Soya

LUISA SARAH BLUM

Soya

Riverfield

Ausführliche Informationen über
unsere Autoren und Bücher unter
www.riverfield-verlag.ch

MIX
Papier aus verantwortungsvollen Quellen
FSC® C083411
FSC
www.fsc.org

2. Auflage 2018

Lektorat
Martin Stiefenhofer, Freiburg im Br. (D)

Korrektorat & Satz
ihleo verlagsbüro – Dr. Oliver Ihle, Husum (D)

Umschlaggestaltung
Hauptmann & Kompanie, Zürich (CH)

Druck und Bindung
CPI books GmbH, Leck (D)

Printed in Germany

ISBN 978-3-9524906-3-1

In Langmut, in Freundlichkeit,
in dem Heiligen Geist,
in ungefärbter Liebe.
2. Korinther 6,6

Für meine Tochter

SAOMA WALD
ZAKRATOS
Berg Arambindol
Dorf Almalyn
Stadt Elindor (Schloss Siramon)
N
W
O
S
Bergdorf Arohby
Turm von Sekretas
Berg Hakul
Dimar
LORIMA SEE
Fischerstadt Habor
Dorf Nadeera
Stadt Vyn
CÄLICIA WALD
Wona-Tal
GAYENOR - GEBIRGE
Fischerstadt Bakul
Dorf Tamalin
Zauberer Zindabor
MANDORIA WALD
Elfenschloss Helandibur

… ich habe mir nie groß Gedanken darüber gemacht, wie mein Leben einmal aussehen würde. Und selbst wenn – meine Vorstellung wäre ohnehin nie Wirklichkeit geworden.

Ein Sprichwort aus Bakul besagt: ›Mach nie zu große Pläne, der Morgen wird etwas ganz anderes bringen.‹

Doch auch wenn du auf alles gefasst zu sein glaubst: Wenn es eintrifft, bist du doch nicht vorbereitet …

Der Beginn

Es war einer jener stürmischen Tage im November. In Elindor herrschte klirrende Kälte. Felder und Wege lagen unter einer dicken Schneedecke und auf den hohen Stadtmauern versperrte eine Eisschicht den Soldaten ihren üblichen Patrouillenweg. Im kalten Dunst konnte man die nächstgelegenen Berge bereits nicht mehr erkennen und es war schwierig, eine klare Grenze zwischen See und Himmel auszumachen, die grau in grau ineinanderflossen und gelegentlich durch dicke Nebelschwaden verschluckt wurden.

Allmählich brach die Nacht an, und während ein Licht nach dem anderen im Schloss Siramon hoch über Elindor erlosch und es wie ein Gespenst in der Dunkelheit verschwand, begegnete man nur selten Wachen, die ihre Runden zogen, obschon die Sicherheitsvorkehrungen vor geraumer Zeit verschärft worden waren.

Es war lange nach Mitternacht, als im höchsten der fünf Türme vier Männer in langen, schweren Umhängen aus dem dunklen Korridor in einen schwach beleuchteten Raum traten. Der Letzte von ihnen schloss die Tür hinter sich zu. Seine Hand zitterte leicht, als er sie vom Türknauf nahm. Mit sorgengefurchter Stirn gesellte er sich zu den beiden anderen Männern, die stehen geblieben waren. Ihre Blicke folgten dem Vierten, der jetzt mit lautlosen Schritten, eingehüllt in einen pechschwarzen Umhang, den langen Tisch umrundete. Seine Gebärden waren nicht die eines gewöhnlichen Mannes. Seine Bewegungen waren verwirrend schnell und geschmeidig. Irgendetwas an ihm machte jeden, der in seiner Nähe war, unruhig: Man hatte das unangenehme Gefühl, in die Enge getrieben worden zu sein; eine unheimliche, eine unerklärliche Angst saß einem im Nacken, sodass niemand es ertragen hätte, allein mit ihm in einem Raum zu sein.

Er blieb hinter dem schweren Holztisch ebenso geschmeidig wie abrupt stehen und zog etwas aus seinem Umhang hervor. Weiße Kerzen warfen ein züngelndes Licht an die hohen Wände und erhellten in ihrem flackernden Schein die vielen Bilder und Bücherregale.

Der Raum war luxuriös ausgestattet. Prächtige, mit samtenem Stoff bezogene Stühle standen um den mächtigen Holztisch, wertvolle Gegenstände glänzten auf polierten Möbeln. Die Wände waren hoch, die Decke leicht gewölbt. Feine Stuckaturen schlängelten sich in einem ziselierten Muster über die gesamte Länge des Raums und schwere, dunkelrote Vorhänge bedeckten große Fenster, die bis zum Boden hinunterreichten.

Die Minuten verstrichen. Nur ein gelegentlich verhaltenes Hüsteln war zu hören, ansonsten war es still. Die bleichen Finger des Herrn schlossen sich um einen grünlich schimmernden Stein, den er verdeckt in der Hand hielt, während das flackernde Licht dunkle Schatten unter seine Augenlider warf.

Die drei offensichtlich in die Jahre gekommenen, leicht gebeugt dastehenden Männer schienen allmählich ungeduldig zu werden, aber der Vierte machte keine Anstalten, sich ihnen zuzuwenden oder den Blick von dem zu heben, was seine Hand verbarg. Es schien ihn nicht zu stören, dass sie alle paar Minuten verstohlen auf die Standuhr blickten. Allem Anschein nach war er in seinen Gedanken mit etwas beschäftigt, das ihn beunruhigte; Wichtiges schien sich in seinem Kopf abzuspielen und ihn ganz zu vereinnahmen.

Doch obwohl die drei Männer die Anspannung fast nicht mehr aushielten, blieben sie stumm. Keiner wagte, die Gedanken ihres Herrn zu unterbrechen. Sie hatten schon den ganzen Tag gewartet; jetzt konnten sie diese Minuten, ehe sie es erfahren würden, auch noch ausharren. Und während sie gleichermaßen verzweifelt wie ergeben an seinem bleichen Gesicht hingen, erhob sich unten im Hof wütendes Gekläff. Ein Tor wurde geöffnet, ferne Stimmen drangen zu ihnen hoch. Dann herrschte wieder Stille.

Zornig ließ der Herr nun einen Blick über das Pergament schweifen, das er aus dem Inneren seines Umhangs zog. Auf der Rückreise hatte er es immer und immer wieder durchgelesen. Doch es gab keine Zweifel – die Lage war eindeutig und er musste handeln.

Der lange Zeiger rückte auf die volle Stunde und die Uhr schlug mit einem hellen Klang drei Mal. Als die Spannung dem Zerreißen nahe war, durchbrach schließlich eine zittrige Stimme die Stille.

»Herr, wir sollten noch warten …«, wisperte einer der älteren Männer und verstummte sogleich, als er die Kälte in den Augen des Herrn sah. Er schlug die Augen nieder, verlor den Faden und der Satz endete in einem jämmerlichen Stottern. Verstört blickte er auf das glänzende Braun der Tischplatte und fuhr dann schließlich sichtlich angestrengt fort: »W-wir s-sollten kei-keine voreiligen …« Wieder brach er ab, irritiert und verängstigt von dem Blick, den er auf sich haften spürte.

»Hat sie denn niemand gefunden!«, donnerte der hohe Herr mit schneidender Stimme. *»Es sollte doch nicht so schwer sein, diese Frau ausfindig zu machen!«* Seine Kiefermuskeln spannten sich, während sein harter Blick erneut die Schrift des Pergaments fixierte.

Der Mann, der zu sprechen gewagt hatte, sackte zitternd in sich zusammen.

»Es ist ja nicht so, dass sie gewöhnlich ist!«, fuhr der Herrscher leise, doch mit nicht minder schneidender Stimme fort. *»Ihre Schönheit fällt noch jedem Tölpel auf!«*

»Fürwahr, Herr«, meldete sich der offenbar Älteste zu Wort. Er hatte schneeweißes, kurz geschnittenes Haar. Seine Stimme klang hoch und leicht hysterisch. »Es heißt, sie sei so schön, dass man meine, Sonne, Mond und Sterne gleichzeitig am Firmament zu sehen.« Einen Moment irritiert von dem lodernden Blick des Herrn auf seinem Gesicht, fuhr er zögernd fort: »Das ganze Land sucht nach ihr, aber sie scheint wie vom Erdboden verschwunden …«

»*Vom Erdboden verschwunden …*«, zischte der Herr und ließ ein leises, hasserfülltes Lachen folgen.

Dann herrschte wieder erbitterte Stille. Keiner der drei Männer wagte es mehr, das Wort zu erheben. Sie hatten das heftige Pulsieren an der Schläfe ihres Herrn bemerkt; es war nicht ratsam, den Herrn, den König herauszufordern.

Nach mehreren tiefen Atemzügen schaute er in die versammelte Runde. Einen nach dem anderen betrachtete er mit seinen lodernden Augen, dann zuckte es abermals heftig an seiner Schläfe und er wandte sich von ihnen ab. Sein dunkler Umhang strich über den Boden, als er sich dem Gemälde zudrehte, das hinter ihm an der Wand in einem dunklen, schweren Rahmen hing. Es war das Bild eines Mannes. Auch er hatte sehr bleiche Haut und rabenschwarzes Haar und, wenn man den Farben Glauben schenken konnte, außergewöhnlich dunkle Augen. Noch dunklere als die des Königs, obwohl das beinahe nicht möglich schien.

Man hatte diesen Mann im Königreich jedoch noch nie gesehen und keiner wusste, wer er war oder was dieses Bild hier im Schloss zu suchen hatte. Den Mut dazu, den König danach zu fragen, hatte bisher niemand aufgebracht. Das Bild war jedoch keinem im Schloss geheuer, weder den Soldaten noch den Beratern des Königs, und schon gar nicht den Dienstmädchen. Sie alle waren sich einig: Es verbreitete eine düstere Stimmung und am liebsten hätten sie es weggeschafft. Aber König Saahrrin schien äußerst viel von dem Bild zu halten. Oft hatte er minutenlang auf das Gemälde gestarrt, tief in Gedanken versunken, und dann plötzlich Entscheidungen getroffen, die eigentlich lange und reiflich überlegt sein wollten. Das Bild, so schien es, hatte auf ihn eine enorme eingebende Wirkung.

Die drei Männer warfen sich abwechselnd nervöse Blicke zu und starrten dann wieder auf den reglosen Rücken ihres Königs, der wie ein abweisendes Brett zu ihnen gerichtet war.

Er hatte müde ausgesehen, als er das Schloss betreten hatte, müde und abgekämpft, seine Gesichtsfarbe war bleich gewesen – noch bleicher als sonst. Während Stille und Dunkelheit miteinander zu verschmelzen schienen und die Kerzenreste kaum mehr Licht spendeten, hob er schließlich den Kopf und straffte seine Schultern.

Seine Stimme war leise, beinahe ein Flüstern, doch jede Silbe unmissverständlich klar und deutlich: »Die Elfen sind nicht bereit zu verhandeln … Wir haben keine andere Wahl.«

»Aber Herr!« Der Mann mit den schneeweißen, kurz geschnittenen Haaren stockte und fasste sich vor Schreck ans Herz, dann schluckte er krampfhaft und fuhr schließlich tapfer fort: »Wir haben keine Chance gegen dieses Volk! Die Elfen werden uns mit einem einzigen Zauber vernichten!«

König Saahrrin drehte sich mit einem Schwung seines Umhangs um und sah ihm ins Gesicht. *»Meint ihr wirklich, ich hätte nicht daran gedacht?«* Seine Stimme war eisig kalt und fuhr wie eine messerscharfe Klinge durch die gespannte Stille.

Mit Mühe unterdrückten die drei Männer ihr Schaudern.

»Glaubt ihr allen Ernstes, ich würde diesen Pakt eingehen, wenn ich eine andere Wahl hätte?«

»Aber, Herr … bitte verzeiht … gewiss … Aber, die *Elfen* … Es ist unmöglich …«

»Unmöglich?« Sein Blick war kalt glühend. *»Zweifelt ihr meine Macht an?!«*

»Aber nein, Herr! Niemals, Herr! Doch die *Elfen* …« Die Finger des Alten krallten sich in den Stoff, während er versuchte, diesem Blick standzuhalten. »Sie … sind u-unbesiegbar.« Seine Stimme versagte.

»J-ja«, meldete sich der mit dem längsten Bart zu Wort. »Entschuldigt, mein König …« Auch ihm schien es ernsthafte Schwierigkeiten zu bereiten, dem Herrn zu widersprechen, »doch … ein einfacher Mensch kann niemals gegen einen Elfen ankommen …« Seine Stimme wurde immer dünner und sein Blick sank auf die glänzende Tischoberfläche, in der sich sein Gesicht verzerrt widerspiegelte. »N-nicht e-einmal H-Hunderte könnten einen E-Einzigen besiegen …«

Der Dritte, der bis jetzt geschwiegen hatte, nickte eifrig mit dem Kopf, wagte es jedoch nicht, etwas zu sagen oder den Blick von der Stuhllehne zu heben, die er wie besessen anstarrte.

Saahrrins Kiefermuskeln zuckten, dann zwickte er sich mit dem Finger in die Nase.

»Ich sage ja auch nicht, dass wir Menschen allein gegen die Elfen kämpfen werden.«

Er bedachte seine Berater mit einem kurzen, durchdringenden Blick, zerknüllte das Blatt Pergament und warf es in eine Ecke. Verunsichertes Gemurmel erhob sich und ratlose Blicke wurden getauscht, doch der König sagte nichts weiter. Er fuhr zärtlich über den kleinen Gegenstand in seiner Hand, während sich der Ausdruck in seinem Gesicht plötzlich veränderte.

»Aber Herr … Was meint ihr?«

Die ohnehin schon versteiften Gliedmaßen der alten Männer verkrampften sich erneut. Sie waren es zwar gewohnt zu warten, fühlten sich ständig in seiner Gegenwart verunsichert und konnten sich aus seinen Sätzen keinen Reim machen – aber diese Äußerung verwirrte sie allesamt über alle Maßen.

Der König fuhr über das silberne Abzeichen, das auf seine Brust gestickt war. Als er wieder hochsah und in die ratlosen Gesichter seiner Berater blickte, schien er seine Worte mit Bedacht zu wählen.

»Die Schirkans werden uns unterstützen«, sagte er leise, und obwohl seine Stimme jetzt sanft war, fiel alle Beherrschung von den Beratern ab und ihre Gesichter zeigten schieres Entsetzen – er hätte genauso gut sagen können, er verhandle mit dem Teufel und verschenke ihm ihre Gliedmaßen.

»Die *Schschirkans*?«, stieß der Mann mit dem langen Bart hervor und griff ebenfalls nach einer Stuhllehne, um sich daran abzustützen.

»Ja«, sagte König Saahrrin schlicht und ging lautlos zum Bücherregal, das zu seiner Linken stand. Seine langen, bleichen Finger glitten über die dicken Bücher und hielten bei einem besonders breit gebundenen Exemplar inne.

»Herr … bei allem Respekt …«, ertönte eine verzagte Stimme hinter ihm, »Herr, Sie können die Schirkans nicht um Hilfe bitten …«

»Nein?« Saahrrins Lippe zuckte.

»Herr, b-bitte versteht mich nicht falsch, aber würden wir uns auf einen Handel mit ihnen einlassen, wären wir zu ewiger Verdammnis verflucht!«

Saahrrin drehte sich mit hochgezogenen Augenbrauen um.

»Adrilan, was denkt ihr, woher wir die Morlaks haben?«

Der letzte Rest an Farbe wich schlagartig aus Adrilans Gesicht und seine Augenlider begannen nervös zu zucken.

»Und, sind Sie seither dem Teufel begegnet? Oder sind sonst irgendwelche Albträume Realität geworden?«

Adrilans Kopf schwankte hin und her, sein Gesicht weiß wie die Kerze, die neben ihm heftig flackerte.

»Sehen Sie? Es ist alles eine Frage von Beziehungen«, sagte Saahrrin lapidar, wandte sich wieder dem Regal zu und zog das breite, in Leder gebundene Buch heraus. Er legte es mit einem dumpfen Knall auf die frisch polierte Tischfläche, ließ sich auf dem größten der samtbezogenen Stühle nieder und begann darin zu blättern.

Plötzlich erfüllte ein Röcheln den Raum. Mit beiden Händen zerrte Adrilan an seinem Kragen, während nur noch stoßweise Luft aus seiner Kehle drang.

»Adrilan!« Binnen einer Sekunde war Saahrrin bei ihm und half ihm auf den Stuhl.

»E-es, es t-tut mir leid, Herr … es ist nur … der Sch-Schock …«

Saahrrin beugte sich langsam zu ihm hinunter. Er sprach ganz leise und obwohl seine Stimme sanft war, begannen sich Adrilans Augen vor Schreck zu weiten.

»Herr …«, flüsterte er atemlos, verstummte jäh und blickte ausdruckslos geradeaus.

Saahrrin wandte sich ab und der alte Mann sackte kraftlos auf dem Stuhl zusammen.

»Bringt ihn in sein Gemach! Er braucht Ruhe!«, befahl er mit kalter Stimme.

Die Berater eilten mit Adrilan rasch hinaus und schlossen dann eilig die Tür hinter sich zu.

*

Viele Meilen vom Schloss entfernt, weit hinter dem verschneiten Gayenorgebirge, erhellten im Mandoriawald grelle Lichtblitze die Baumwipfel. Schnee wurde von der Wucht der Flüche aufgewirbelt, entsetzliche Schreie zerrissen die Stille. Dunkle Gestalten hoben, verborgen im Schatten der Bäume, unheilvoll ihre Arme und der Himmel färbte sich scharlachrot.

Zwei Elfen, für ein menschliches Auge das Ebenbild an Schönheit und Perfektion, standen mitten auf einer kleinen Lichtung. Schnee reichte ihnen bis zu den Knien. Ringsum ragten die riesigen Bäume des Mandoriawaldes empor. Nur auf einer Seite der Lichtung ragte kahl und mächtig eine Felswand empor.

Es gab keinen Ausweg.

Die Flüche, die aus dem Wald kamen, gingen weit über gewöhnliche Magie hinaus. Wer immer sie auch angriff – er wollte die Elfen vernichten!

Die Elfe mit den smaragdgrünen Augen griff verzweifelt nach dem Arm der anderen. Dunkelbraunes, langes Haar fiel ihr flach und glänzend bis ins Kreuz. Eine sanfte Brise teilte ihren langen Umhang und offenbarte den Blick auf ein Medaillon, das sie um ihren Hals trug. Es leuchtete im letzten Schein des Sonnenlichts auf.

»Eldevin!«, schrie sie, *»Eldevin!!!«*

Sie rüttelte und zerrte an Eldevin, die unverwandt zu den Schatten der Bäume blickte – aber nichts erkennen konnte.

»*Tolo!* – Komm!«, schrie sie und zerrte verzweifelt an Eldevins Arm. Um sie schmolz der Schnee von der sengenden Hitze, und von der Wucht der Flüche wurden sie mit ihrem Schild fast zu Boden gedrückt.

»*Lest nin!* – Bitte! *Eldevin!*« Ihre Stimme ging im lauten Donner eines Fluchs unter.

Mit angstentstelltem Gesicht wandte Eldevin endlich den Blick von den Schatten ab.

»*Ta naa neuma, Elehna!* – Es ist eine Falle!«, keuchte sie, die Stimme heftig bebend.

Der Druck von Elehnas Händen um Eldevins Arm verstärkte sich und ihre smaragdgrünen Augen funkelten jetzt in aufrichtiger Demut.

»*I dagor ea ar'estel. Ve boe ritha, di o Soya menantog!* – Der Kampf ist hoffnungslos. Wir müssen versuchen, sie von Soya wegzulocken!«

Einen Moment lang starrten sie sich reglos an. Dann stürzte Eldevin los und zog ihre Tochter mit sich. Sie rannten über die Lichtung und stürmten auf die riesigen, mit Schnee bedeckten Bäume zu, die am nächsten zu erreichen waren.

Sie hatten die Bäume schon fast erreicht, als Elehna ein Fluch heftig in die Seite traf – sie duckte sich und rannte weiter, wollte den grellen Lichtblitzen entfliehen. Doch der nächste Fluch schleuderte sie jäh durch die purpurne Luft. Sie spürte nicht mehr, wie ihr Schild aufflackerte und erlosch, als ein erneuter Fluch sie traf. Sie schlug gegen den Felsen, glitt lautlos an der steilen Gesteinswand hinab und blieb reglos im Schnee liegen. Die schmerzerfüllten Schreie, die durch die Luft gellten, waren nicht mehr die ihren.

Eldevin, bereits bei den ersten Bäumen angelangt, stürzte zurück. Doch noch bevor sie ihre Tochter erreichen konnte, traf auch sie ein Fluch mitten in der Brust und ihre Schreie erloschen rasch, niedergestreckt nur wenige Meter von Elehna entfernt. Ihr Gesicht glitt zur Seite und ihre zuvor noch entstellten Züge glätteten sich.

Stille legte sich über die Lichtung und der Schnee, von der Wucht der Flüche aufgewirbelt, rieselte wieder sanft auf die Erde hinab. Der Himmel verdunkelte sich und für einen kurzen Moment war es, als wären Sonne, Mond und alle Sterne am Firmament erloschen.

Lautlose Schritte glitten über den Boden und giftige Zähne gruben sich in die Körper, während der Wind zu heulen begann, als wollte er protestieren, vor Wut und Entrüstung toben – doch es war zu spät.

Ein großer, hagerer Mann mit schneeweißem, langem Bart, der ihm bis zu den Hüften reichte, blieb reglos unter dem Türrahmen eines kleinen, verschneiten Hauses stehen. Der Saum seines dunkelblauen Umhangs war noch mit Schnee bedeckt und seine Wangen von der eisigen Kälte gerötet. Er starrte auf die zerbrochene Wiege und auf ein kleines Leinenbündel, welches reglos inmitten des verwüsteten Hauses auf dem Boden lag. Er löste sich erst aus dieser Erstarrung, als noch jemand ins Haus gestürmt kam und gegen seinen Rücken prallte.

Auch dieser Mann hatte schneeweiße Haare, doch sie waren nur schulterlang und ein eigenartiger, perlenmatter Schimmer ging von ihnen aus. Sein Gesicht war jedoch das eines jungen Mannes, obgleich etwas darin war, das ihn auf seltsame Weise älter erscheinen ließ. Er war makellos schön. Die Haare hatte er auf den Seiten nach hinten geflochten und so konnte man seine Ohren sehen, die nach oben zu einem Spitz verliefen. Er trug einfache Kleider: eng geschnittene Hosen, Stiefel, die sich vorn verjüngten, und einen dünnen, grünen Pullover, der viel zu wenig warm aussah für diese Jahreszeit. Er stürmte schreiend auf die zersplitterte Wiege zu, fiel auf die Knie und wühlte panisch in dem großen, weißen Leinentuch, das neben den Trümmern lag. Ein Aufschrei der Erlösung entfuhr ihm, als er ein kleines Geschöpf mit zwei funkelnd smaragdgrünen Augen darunter hervorhob. Er schloss es in seine Arme und beugte sich schluchzend darüber.

»Sie lebt. Zindabor. Sie lebt.« Seine Stimme bebte, als würde ihm jedes Wort, das er sagte, Schmerzen bereiten.

Zindabor schloss die Augen. Er schob langsam die gierende, aus den Angeln geratene Tür hinter sich und trat auf die beiden zu.

Als er sich zu ihnen niederließ, breitete sich sein dunkelblauer Umhang wie ein großer, runder Teppich um ihn herum aus. Das Knistern des Kaminfeuers und das krampfhafte Schluchzen des Mannes, der vornübergebeugt dasaß und das kleine Kind an seine Brust gepresst umklammert hielt, wurden erst unterbrochen, als sich Zindabor nach einer Weile leise räusperte.

»Laendor …«, sagte er leise.

Laendor reagierte nicht. Doch dann wurde das Zittern seiner Schultern schwächer und er hob ein wenig den Kopf. Er war weiß wie Kreide und seine Augen glichen jenen eines Gejagten: Unruhig flackerten sie in ihren dunklen Höhlen und suchten nach festem Halt.

»Wer nur … wer, Zindabor … wer hat das getan?« Seine Hand glitt fahrig und zitternd über das weiße Tuch. »Wer kann nur so grausam sein?«, fuhr er mit bebender Stimme fort, den Blick angewidert auf die Trümmer gerichtet.

»Wir werden es herausfinden, Laendor«, sagte Zindabor mit leiser Stimme. »Wir werden sie finden.«

»Sie? Du glaubst, es waren mehrere?«

»Allem Anschein nach ja, jedenfalls deutet alles darauf hin.«

»Aber … wieso sollten …«

Zindabor richtete sich auf und fuhr sich über seinen langen, schneeweißen Bart.

»Ich denke, dass das heute kein Zufall war, keine spontane, erst recht keine unbesonnene Gräueltat, obwohl … mehrere Faktoren nicht übereinstimmen.« Die Falten auf seiner Stirn vertieften sich. »Die beiden Angriffe stehen miteinander in Verbindung, es waren wohl dieselben Angreifer. Nur hier wurden sie gestört und konnten ihr Vorhaben nicht zu Ende bringen … Wir haben ihren Plan durchkreuzt.«

»Es war also sorgfältig geplant«, zischte Laendor. »Sie haben gewusst, dass wir weg sind, und haben dann zugeschlagen …«

Zindabor faltete seine großen Hände ineinander und betrachtete den Boden, der übersät war mit hellen Holzsplittern.

»Und doch waren sie in Eile … Sie mussten gewusst haben, dass wir davon erfahren können.«

»Aber was ist mit den Verletzungen, die Elehna und Eldevin aufweisen? Das müssen eindeutig Tiere gewesen sein.«

Zindabor blickte nachdenklich auf ein kleines Rad, das vor ihm auf dem Boden lag. Vor nicht allzu langer Zeit waren sie mit der Wiege fertig geworden. Elehna war vor Freude fast in Tränen ausgebrochen.

»Hmmmm«, sagte er leise. »Trotzdem bin ich mir sicher, dass es einen Zusammenhang gibt.« Er hielt einen Moment inne, dann huschte sein Blick zum Fenster.

»Es ist klar, weswegen sie hier waren. Nur«, er hob die Brauen, »eines musste zuerst vernichtet werden, bevor das eigentliche Leben angegriffen werden konnte.« Seine Augenbrauen schoben sich tief in die Stirn, während seine Augen auf dem kleinen Bündel in Laendors Arm verweilten. »Was die Verletzungen an Elehnas und Eldevins Körpern angeht, sind es mit ziemlicher Sicherheit Bisswunden von Morlaks.«

»Morlaks?« Laendor hob verblüfft den Kopf. »Diese rotäugigen Monsterhunde?«

»Nun, ja. Es irritiert mich genauso. Doch die Art, wie sich die Haut um die Wunden herum verfärbt hat, lässt keinen Zweifel daran. Womit sich eine wichtige Frage stellt: Wie haben sie es geschafft, überhaupt in den Mandoriawald einzudringen?«

»Die Morlaks können die magische Grenze nicht überschreiten! Das ist nicht möglich! Sie kommen von der dunklen Seite!«

»Gewiss. Und doch bin ich mir sicher, dass es ihr Gift ist«, Zindabor atmete tief aus, »und sie haben sie verletzt. Doch sie allein hätten niemals die Kraft dazu, Eldevin und Elehna zu töten. Selbst wenn es Tausende gewesen wären.«

»Sie müssen unterstützt worden sein von der dunklen Seite«, grenzenloser Zorn stand in Laendors Gesicht, »denn Elfen hätten sie nicht gehorcht! Sie hätten sich gegen sie aufgebäumt! Du weißt, wie groß ihre Abscheu vor dem elbischen Blut ist. Nur dafür wurden sie geschaffen«, flüsterte er boshaft, »um Elfen zu wittern, um sie zu jagen und für immer in die Flucht zu schlagen!« Er verzog verächtlich das Gesicht. »Schreckliche Bestien, herangezüchtet, um das menschliche Reich nach dem Krieg von den Elfen zu säubern.«

Zindabors Falten auf der Stirn vertieften sich.

»Das hier«, seine langen Finger richteten sich auf die zertrümmerte Wiege, »muss ein ausgewachsener Magier gewesen sein – kein Morlak wäre so gezielt vorgegangen. Zudem hätte er sich von uns nicht stören lassen.«

»Und«, fuhr Laendor fort, »jemand muss den, der das getan hat, gewarnt haben, dass wir unterwegs sind. Vermutlich ist er kurz vor unserer Ankunft geflohen.« Laendors Blick fiel auf die Überreste der Wiege, die auf dem dunklen Holzboden verstreut herumlagen; Staub, Splitter, Fetzen, überall ein Bild der Verwüstung.

»Aber wie konnte die dunkle Seite den Mandoriawald betreten?«, fragte Laendor. »Wie konnten sie die Grenze überschreiten? Niemand kann so viel Magie besitzen und den Bann brechen! Das ist elbisches Land!«

In Zindabors Brillengläsern spiegelte sich die orangerote Glut des Kaminfeuers, während er nachdenklich den Funken zusah, wie sie im Rauch erloschen.

»Genau das frage ich mich, seit ich das Haus betreten habe«, murmelte er nachdenklich und neigte den Kopf. »Der Bann müsste so stark sein, dass es selbst den mächtigsten dunklen Magiern nicht gelingen dürfte, ihn zu brechen. Deswegen ist er erschaffen worden. Damit der Krieg ein für alle Mal ein Ende hat.«

Laendor schaute ihn an. »Und? Hast du eine Idee?«, fragte er mit verbissener Miene.

»Natürlich«, sagte Zindabor. Ein freudloses Lächeln erhellte sein Gesicht. »Tausende. Und eine verrückter als die andere.«

Resigniert wandte sich Laendor von ihm ab. »Ich werde nicht eher ruhen, bis ich sie gefunden habe«, sagte er leise. »Sie werden dafür bezahlen. Und wenn es das Letzte ist, was ich tue.«

Zindabor sah zu, wie Laendor mit irrem Blick auf ein abgesplittertes Holzstück stierte, während er, das kleine Geschöpf an sich gepresst, vor- und zurückwippte.

Der Kampf war also unwiderruflich entfacht. Es war ohne Zweifel so, dass Laendor nie in sich hineinhorchen würde. Er würde niemals zur Erkenntnis kommen, dass es besser war, überlegt und langsam zu handeln, statt gedankenlos blutrünstige Rache zu üben ... Sein Stolz war gebrochen. Es gab nichts mehr, was er noch hatte, alles war ihm mit einem Schlag genommen worden; seine Frau und seine Tochter. Jetzt hatte er nur noch dieses kleine Geschöpf, das er in seinen Armen hielt, und um genau das machte sich Zindabor am allermeisten Sorgen.

Eine Weile blieben sie so sitzen; nur das ferne Rufen eines Waldkauzes in der Dämmerung war zu hören. Am Horizont bildeten sich bereits die ersten goldenen Streifen und kündeten den Morgen an.

Zindabor wandte den Blick vom Kamin ab. »Sie hat nicht geweint, Laendor ...«, sagte er in die Stille hinein und blickte besorgt von Laendor auf das kleine, weiße Bündel an seiner Brust.

Verwirrt sah Laendor hoch, dann verlor sein Gesicht sogleich jeglichen Ausdruck. Einen Herzschlag lang schien er wie aus Stein gemeißelt, dann richtete er sich abrupt auf.

»Nein!«, erwiderte er, und seine Stimme war plötzlich laut und stark und glühender Zorn trieb ihm rote Flecken ins Gesicht. »NEIN! Du nimmst mir Soya nicht auch noch weg! Soya ist – *gut*. Wage es nicht, auch nur so etwas zu denken!«

Zindabor richtete sich zu seiner vollen Größe auf, seine Haltung hatte jedoch nichts Bedrohliches an sich, obwohl er Laendor mindestens zwei Köpfe überragte und die Spitze seines Hutes sogar die Decke streifte.

»Laendor«, sagte er sanft, doch Laendor sah entschlossen an ihm vorbei, hinüber zu den Trümmern, wo alles in Schutt und Asche lag. »Du hast einen schweren Verlust erlitten. Ich weiß, was du im Moment durchmachst …«

»Du hast keine Ahnung, was ich durchmache!«, schrie Laendor und seine Stimme zitterte.

»Es ist nur natürlich, dass du dich jetzt mit aller Macht an Soya klammerst und sie schützen willst. Wir sollten aber trotzdem in Betracht ziehen, dass Soya womöglich …«

»Sie hat geschlafen!«, schrie Laendor. »Wir können von Glück reden, dass sie geschlafen und die Gräueltaten nicht mitbekommen hat! Zum Glück, Zindabor! Zum Glück!«

»Tatsächlich?«, entgegnete Zindabor sanft und erwiderte gelassen Laendors zornigen Blick.

»Ja! Ja, hat sie!«

»Nun«, sagte Zindabor leise, aber deutlich, »so wie ich die Wiege daliegen sehe, entsteht in mir doch unweigerlich der Eindruck, dass es womöglich nicht ganz ruhig zugegangen ist. Ich mag mich irren, Laendor, du kennst Soya besser als ich. Doch glaubst du wirklich, dass sie bei so einem Krach hätte schlafen können?«

»Ja!«, schrie Laendor mit sich überschlagender Stimme, die Augen vor irrem Wahnsinn geweitet. Dann wandte er den Blick von Zindabor ab und ließ ihn über das Durcheinander schweifen, das um ihn herum herrschte – seine Gesichtszüge erschlafften, dann wirbelte er herum und stürmte aus dem Haus.

Verborgenes Glück

Ein alter Mann mit Hut, eingehüllt in einen dicken, schweren Wintermantel, ein weißes Bündel unter seinem Mantel fest an die Brust gepresst, eilte durch den knöcheltiefen Schnee die dunkle Küstenstraße Bakuls entlang. Eisige Gischt spritzte an die hohen Klippen und die salzigen Böen schlugen ihm wie Peitschenhiebe ins Gesicht. Immer wieder zuckte er vor den Möwen zusammen, die in der Dämmerung fast nicht zu erkennen waren und mit schrillem Kreischen seinen hastigen Schritten wild flatternd auswichen.

Als er endlich die Küstenstraße hinter sich gelassen und die Stadt erreicht hatte, betrat er ein Labyrinth aus schmalen, schwach beleuchteten Gassen, in denen es stark nach verbranntem Holz roch.

Bei jeder neuen Abbiegung warf er unruhige Blicke hinter sich. Dann – er stolperte beinahe über ein abgefallenes Rad, das jemand mitten in der Gasse liegen gelassen hatte – erreichte er das Zentrum des Fischerstädtchens. Er stand am Rand eines riesigen, vom Mond beschienenen Marktplatzes. Stattliche Häuser umsäumten den mit einer dünnen Schneeschicht überzogenen Platz, der wie weiß bepudert aussah. Ein großer, runder Brunnen, der ganz vereist mitten auf dem Platz stand, wirkte wie ein kleiner Eispalast.

Langsam trugen ihn seine Füße weiter, während sein Blick an einem der Häuser haften blieb, das ein wenig abseits der anderen stand und neben den hohen Bäumen, die den Platz säumten, leicht übersehen werden konnte.

Unschlüssig blieb er stehen, dann wanderte sein Blick hoch zur Kirchturmuhr. Unwillkürlich verdüsterten sich seine Züge – die massiven Zeiger der großen Uhr zeigten erst fünf Uhr morgens an. Hätte er gewusst, dass er so schnell vorankommen würde, hätte er die Abreise noch um einige Stunden hinausgezögert. Ein wenig verärgert dreinblickend schlurfte er noch die letzten Meter bis vor das Haus und setze sich dann, den Schnee von der Stufe wegwischend, mit einem Seufzer auf die weiße, kalte Marmortreppe.

Stunden vergingen und es schien, als hätte sich die Nacht dazu entschlossen, noch ein wenig länger zu dauern. Doch als er schließlich das fünfte Mal den Kopf hob und sein Blick zum Kirchturm schweifte, brachen die ersten Sonnenstrahlen durch die dicke Nebeldecke und tauchten die verschneite Stadt in ein sanftes, rosafarbenes Licht. Über den Dächern und um den hohen Kirchenturm hing ein feiner Nebelschleier und aus den Kaminen quoll dicker, weißer Rauch. Die Fußstapfen, die zum Haus führten und vor dem alten Mann auf der Treppe endeten, waren noch die einzigen auf dem ganzen Platz. Doch schon bald würde sich das ändern.

Um Punkt acht Uhr öffnete sich die Tür des Hauses und ein stattlicher Mann mit großem, rundem Bauch und Schnurrbart trat heraus, um ein Schild mit dem Schriftzug »offen« aufzuhängen.

»Guten Morgen!«, rief er gut gelaunt, als der den seltsamen Gast auf den Steinstufen erblickte. »Ich bin Ludgar Hummkirch, der Bürgermeister. Bitte kommen Sie doch herein!«

Hastig stand der Neuankömmling auf und folgte dem Bürgermeister ins Haus. Dort war es angenehm warm. Es roch nach Kaffee und nach etwas Blumigem, vermutlich ein schweres Frauenparfum. Und tatsächlich, als sich der frierende Gast an den Empfangstresen stellte, sah er eine rundliche Frau mit großen, hellen Locken im Korridor verschwinden. Ludgar Hummkirch rieb sich die kalten Hände, während er sich hinter den Tresen stellte.

»Guten Morgen, mein Name ist Lenidras«, sagte der Mann schließlich leise, als ihn Ludgar Hummkirch mit hochgezogenen Augenbrauen und freundlichem Lächeln ansah. Ludgar bemerkte den eigenartigen Akzent. Auch die Kleider zeigten, dass er ein Fremder war. »Ich komme von Arohby, dem kleinen Bergdorf am Fuße des Berges Arambindol«, fuhr der Fremde fort. »Meine Frau ist diesen Winter gestorben.« Er hob mit einem Ausdruck des Schmerzes im Gesicht die Hand. »Wir hätten eigentlich das Kind unserer Tochter gemeinsam großziehen sollen.«

Sein Blick glitt hinab zu dem kleinen Bündel, das er in den Armen hielt.

»Der Vater des Kindes ist im Krieg umgekommen und meine Tochter ist vor einem Jahr an einer schweren Grippe gestorben.«

Ludgar war hinter dem Tresen immer mehr in sich zusammengesunken.

»Ich möchte Eleona hier in Bakul ein besseres Leben bieten«, fuhr Lenidras leise fort. »Eleona soll *leben*. Sie soll es hier besser haben, als wir es hatten.«

Ludgar beobachtete, wie Lenidras das Tuch ein wenig hinunterschob und erstarrte – über alle Maßen fasziniert und überrascht zugleich sah er zwei verblüffend smaragdgrüne Augen, die ihn aus dem Leintuchbündel heraus anblickten. Ludgar Hummkirch stockte der Atem. Diese Augen waren so wach, so klar und von so unglaublicher Schönheit, wie er es noch nie gesehen hatte!

Erst als Lenidras den Blick wieder hob, schüttelte Ludgar kurz den Kopf, um wieder zu sich zu kommen, ja, um sich regelrecht zusammenzureißen. Er lächelte verlegen. Das war ihm noch nie passiert, dass er sich so vergessen hatte. Er atmete tief ein und versuchte, seine Gedanken zu ordnen. Er wusste, dass Fremde genaustens überprüft werden sollten. Erst vor Kurzem hatte König Saahrrin neue Gesetze erlassen. Irgendetwas musste vorgefallen sein. Doch Ludgar Hummkirch kratzte sich am kahlen Hinterkopf und begann dann nach kurzer Überlegung mit der Suche nach einem der Anmeldeformulare.

Trudi, seine Frau, hätte ihm schön die Leviten gelesen, wenn er diesen erschöpften und bemitleidenswerten Lenidras dieses ganze Prozedere hätte durchmachen lassen. Er hörte schon ihre Worte im Ohr klingen: »Jetzt bürde diesem armen Mann doch nicht noch mehr Schwierigkeiten auf!«

Alles hätte genaustens notiert werden und dann anschließend dem König persönlich übergeben werden sollen. Was für ein Riesenaufwand! Er hatte den Fragebogen durchgelesen. Lenidras hätte unter anderem noch einmal nach Arohby zurückkehren und sich von mehreren Stellen bestätigen lassen müssen, dass er tatsächlich einmal dort gelebt hatte. Also hätte er noch einmal den Weg hin und zurück bei dieser Kälte machen müssen. Was für eine Schikane! Ludgar Hummkirch hatte große Achtung vor dem König. Tatsächlich war das Leben viel besser geworden, seit König Saahrrin an die Macht gekommen war. Doch er konnte das diesem Mann unmöglich zumuten.

Im selben Moment landete eine Brieftaube am Fenster und ein weiterer Mann betrat das Gebäude. Auf dem Gesicht von Ludgar Hummkirch bildeten sich große rote Flecken. Er hatte nicht erwartet, dass so früh am Morgen schon so viel los sein würde. Sonst hätte er Trudi darum gebeten, ihm behilflich zu sein. Aber seine Frau war bereits beim Friseur in der nächsten Straße. Dort ging sie einmal in der Woche hin, um ihre Locken aufzufrischen.

Ludgar holte die Brieftaube vom Fenstersims und begann vorsichtig das kleine Briefchen, das an ihrem Bein befestigt war, abzulösen, während Lenidras hinab auf das Anmeldeformular sah. Er hätte sich nicht damit beeilt, das Formular auszufüllen, doch der Mann neben ihm musterte ihn mit wachsender Neugierde. Bakul war eine kleine Stadt und Fremde sah man hier im Rathaus nicht häufig. So war es vermutlich gar nichts Ungewöhnliches, wenn man hier gemustert wurde. Trotzdem, Lenidras fühlte sich unbehaglich. Rasch kritzelte er das Nötigste auf das Papier und legte es wieder auf den Tresen zurück, wo Ludgar jetzt das kleine Briefchen durchlas, das er vom Bein der Taube gelöst hatte. Seinem Gesichtsausdruck nach zu urteilen stand nichts allzu Erfreuliches darin.

Lenidras traf auf den Blick des anderen Mannes. Allmählich etwas verärgert über dessen Aufdringlichkeit, hob er die Hand und nickte ihm zu. Obwohl der Mann ein wenig den Kopf neigte und ein halbwegs freundliches Lächeln zustande brachte, merkte man ihm eine gewisse Skepsis, eine Scheu und ein Misstrauen an, was wohl an dem Argwohn lag, den man in Bakul allen Neuankömmlingen erst mal entgegenbrachte.

Der Bürgermeister kritzelte eine kleine Notiz auf einen Zettel, band sie wieder um das schmale Beinchen der Taube, öffnete das Fenster und ließ die Brieftaube in den nun bereits wolkenlosen Himmel davonflattern. Schwer ausatmend drehte sich Ludgar Hummkirch seinen Gästen zu.

»Ah, gut!«, rief er, als er das Formular auf dem Tresen sah. Er warf einen prüfenden Blick darauf und presste dann seine Lippen so fest aufeinander, dass sein Schnurrbart einen Hüpfer machte. »Herzlich willkommen in Bakul!«

*

Fünfzehn Jahre waren seither vergangen. Ludgar saß wie an jedem Morgen mit seiner Frau Trudi am Frühstückstisch. Es sollte wieder ein anstrengender Tag werden. Das Herbsteinläuten – ein beliebtes Fest, das am Wochenende gefeiert werden sollte – stand vor der Tür. Ein guter Grund, ordentlich zuzugreifen und sich zu stärken. Schließlich musste bis zum Mittag noch vieles organisiert und auf die Beine gestellt werden.

Trudi schenkte ihm Kaffee nach und schmunzelte über den Rand ihres Kaffeebechers hinweg.

»Schau mal, Ludi, hier auf dem Festprogramm ist Eleona mit ihrer Klasse abgebildet. Sie haben auch einen Stand beim Herbsteinläuten.«

Ludgar beugte sich nach vorn und kniff die Augen etwas zusammen. Er konnte auf dem Bild ein Mädchen im Teenageralter erkennen, das lachend in die Kamera blickte, während ihr ein

Junge mit langen, braunen Haaren den Arm um die Schultern legte. Daneben stand die Tochter eines Freundes, an deren Namen er sich gerade nicht mehr erinnern konnte, und einige andere Schüler. Alle strahlten um die Wette und winkten dem Kameramann zu, um Werbung für ihre Kuchen zu machen, die sie verkaufen wollten.

»Ja«, sagte er. »Lange ist's her. Ich erinnere mich noch gut daran, als sie mich damals mit ihren smaragdgrünen Augen angesehen hat, dick eingepackt und in den Armen dieses ruhigen, alten Mannes, der im tiefen Winter von Arohby nach Bakul gereist war.« Er schüttelte den Kopf. »Ich weiß nicht, was es ihn damals gekostet haben muss, seine Heimat zu verlassen. Ein schweres Schicksal liegt über den beiden. Meine Güte, die ganze Familie tot. Stell dir das mal vor. Eleona hat nur noch ihren Großvater.« Sein Blick schweifte hinüber zum Fenster. »Es war eine unruhige Zeit gewesen, damals. Der Feuerkrieg war gerade ausgestanden.«

Er streute sich Salz auf sein Spiegelei und nahm einen kräftigen Schluck von seinem Kaffee.

»Gott, bin ich froh, dass König Saahrrin an die Macht gekommen ist.«

»Ja«, pflichtete ihm Trudi bei, während ihr Blick wieder auf das Foto fiel.

»Seither hat es nie wieder Krieg gegeben und von Kriminalität kann auch kaum mehr die Rede sein«, ergänzte Ludgar.

»Außer bei diesen kleinen Banden in Bakul«, sagte Trudi und schmunzelte.

»Nun«, Ludgars Schnurrbart erzitterte, »wenn uns die Ferrans in Ruhe lassen, bin ich allemal zufrieden. Was scheren uns die kleinen Banden, die vielleicht mal hier und da was klauen? Es sind Teenager, die nicht wissen, wo ihnen der Kopf steht. Das wird auch wieder vorübergehen.«

»Wenn ich mich nicht irre«, sagte Trudi und hielt sich das Foto näher hin, »habe ich Eleona auch schon ein paarmal mit diesem Jungen gesehen.«

»Mit wem?«

»Mit diesem Jungen, der ihr den Arm über die Schulter gelegt hat.« Sie zeigte ihm das Foto.

»Ja.« Ludgar überlegte. »Ist das nicht dieser Ramon? Ramon, wie heißt er noch weiter? Er ist schon im Sommer aus der Schule gekommen. Muss ein Jahr älter sein als Eleona.«

Trudis Blick verschleierte sich. »Das gäbe ein hübsches Paar ab, die zwei. Sie scheint diesem Ramon jedenfalls zu gefallen. Ich habe einmal beobachtet, wie er sie angesehen hat, als sie über den Markt zum Meer hinuntergeschlendert sind. Kein Mann sieht eine Frau so an, wenn er nicht verliebt ist.«

Ludgar warf ihr einen tadelnden Blick zu.

Trudi lächelte; die blonden Locken auf ihrem Kopf hüpften, als sie den Kopf drehte, zu ihrem Mann schaute und keck die Augenbrauen hob.

»Ramon soll auch in einer solchen Bande sein«, sagte Ludgar, während er sich immer noch den Kopf darüber zermarterte, welchen Nachnamen Ramon hatte. Es fiel ihm partout nicht mehr ein. Er schob sich noch das letzte Stück Spiegelei in den Mund und stand auf. »Möge der Tag glücklich verlaufen!«, sagte er und gab Trudi einen Kuss.

Lenidras, wie üblich bekleidet mit einem einfachen weißen Hemd und braunen Hosen, stand am großen Fenster im Wohnzimmer, wo er einen guten Blick aufs Meer hatte, und sah sich den Sonnenuntergang an. Und wie immer, wenn die Sonne langsam am Horizont verschwand und die Wände in rötlich schimmerndes Licht tauchte, befiel ihn eine eigenartige Traurigkeit. Es war das Ende des Tages und der Anfang der Nacht – ewig gleich und unaufhaltsam; das Licht verschwand und die Dunkelheit brach an. Für manche war es die schönste Zeit des Tages, für andere die Schlimmste.

Er beobachtete, wie die Möwen in der Abenddämmerung ihre letzten Kreise zogen, und gegen seinen Willen legte sich seine Stirn in Falten. Sein Blick fiel auf die Uhr – Eleona verspätete sich abermals … So viele Jahre waren vergangen, seit sie hierhergekommen waren, und wieder einmal neigte sich der Sommer dem Ende zu. Die Tage wurden kälter und die Wellen des Meeres heftiger. Laut tobend krachten sie gegen die hohen Klippen und niemand war mehr so töricht, sich abends unten am Meer der bissigen Kälte auszusetzen – außer ein paar Teenagern, die laut lachend auf dem Uferweg standen und herumalberten.

Eleona räkelte sich am Geländer neben Ramon, der gerade dabei war, Goldmünzen in seiner Hand zu zählen. Seine Augen verengten sich, während ihm sein langes Haar ins Gesicht wehte. Eleona ließ den Blick über seine Züge schweifen: die ausgeprägten Wangenknochen, die vollen Lippen, die sich nun zu einem anerkennenden Lächeln verzogen, die gerade Nase, das Muttermal unter seinem rechten Auge … Sie fühlte seine Wärme durch seine Jacke hindurch, während er sich am Geländer an sie lehnte. Er deutete auf seine Hand. Bedeutungsvoll hob er die Augenbrauen.

»Nicht schlecht, hm?«, flüsterte er ihr zu, und feine Lachfältchen bildeten sich am Rand seiner Augen, die von dichten schwarzen Wimpern umrahmt waren.

Ramon. Er war der Anführer ihrer Bande. Nicht nur, weil er der Älteste war oder weil er gut einen halben Kopf größer war als sie alle. Er verfügte vielmehr über die besondere Gabe zu führen – eine Gabe, die nur sehr wenigen vergönnt war.

»Hm«, entgegnete Eleona. »Nicht übel.«

Jetzt offenbarte Ramons breites Lachen eine Reihe blendend weißer Zähne. Er wandte sich Fin zu.

»Gute Arbeit, Fin, so viel hast du noch nie erbeutet.«

Fin hob abschätzig seine Brauen. »Was? Und was war letzte Woche? Die Perlen waren mindestens genauso viel wert!«

Fin hatte kurzes, blondes Haar, das meist irgendwo wirr am Kopf abstand und über seine Nase verteilten sich haufenweise Sommersprossen, die gerade nach der langen Hitzeperiode besonders deutlich hervorstachen. In seinen wachen, hellblauen Augen lag oft ein freudiger Schalk, der jedoch auch schnell von einem dämonischen Glimmen abgelöst werden konnte.

»Du hättest die mal sehen sollen! Solche Kerle waren das!«

Eleona spürte das Geländer neben sich vibrieren – Xaira, die sich neben sie an das Geländer gelehnt hatte, lachte leise.

»Was!«, zischte Fin, und seine Augen blitzten zu Xaira herüber. »Zeig mal, was du erbeutet hast!«

Sie zwinkerte Eleona zu und stieß sich vom Geländer ab.

Eleona hob neugierig den Blick. Xaira war bisher nie sonderlich erfolgreich damit gewesen, reiche Leute um ihre Wertsachen zu erleichtern. Dass sie Fin so vorwitzig herausforderte, überraschte sie. Mit einem breiten Grinsen zog Xaira eine lange, goldene Kette aus ihrer Jackentasche. Ein anerkennender Pfiff glitt von Ramons Lippen, und mit triumphierendem Blick hielt Xaira die Kette hoch ins matte Licht der Straßenlaterne.

Ein mandelgroßer, grüner Stein hing daran.

Eleona, die am Geländer lehnte und dabei zusah, wie Xairas Augen zu strahlen begannen, jetzt, da es offensichtlich war, wer heute als Sieger nach Hause gehen würde, tauschte einen vielsagenden Blick mit Ramon, als sie plötzlich ein merkwürdiges Ziehen in ihrer Nabelgegend verspürte. Der Griff ihrer Hände um das Geländer lockerte sich und ein sonderbares Summen erfüllte ihren Kopf – Eleona fühlte, wie ihr alle Gedanken entglitten. Sie sah hoch in das herrliche Grün des Steins, in dem sich das Licht tausendmal zu brechen schien.

Von weit her hörte sie undeutlich Fins abschätzige Stimme, hörte, wie Xaira zurückfauchte, und nahm dann vage wahr, wie sich Ramons Silhouette auf die Kette zubewegte.

Der Kreis, in dem sie standen, schien sich immer mehr zu schließen. Ein Windstoß fuhr ihr durchs Haar und ließ sie erschaudern. Eleona spürte, wie ihr Herz zu rasen begann, wie sich ihr Atem beschleunigte und ihr eine sengende Hitze das Rückenmark hochschoss. Dann war sie unfähig, zu denken.

Das sanfte Leuchten des Steins war unvergleichlich. Wie es aus dem klaren, dunklen Grün brach, wie es leicht schimmerte, wenn sich der Stein in der Luft bewegte! Noch nie zuvor hatte sie so etwas Wunderschönes gesehen … Ihre Hände verließen das Geländer, ohne dass sie etwas dazu beitrug.

Der Stein war zu wertvoll – zu wertvoll, um ihn hier zu präsentieren …

Dumpfe, unverständliche Worte drangen an den Rand ihres Bewusstseins, doch sie waren zu leise, als dass sie sie verstanden hätte … Das Summen in ihrem Kopf wurde lauter … Sie musste den Stein beschützen … Sie musste ihn an sich nehmen … Sie musste dafür sorgen, dass er in Sicherheit war … *Er ist mein!*, dachte Eleona. *Er gehört zu mir!* Sie schwebte in einem luftleeren Raum, geblendet von dem sanften Glühen des Steins – hypnotisiert von seinem mystischen Schimmern.

Eine plötzliche Bewegung riss sie aus dieser seltsamen Betäubung – sie war zu schnell, zu hektisch. Irritiert wandte sie den Blick zur Seite, als Ramon den Arm ausstreckte und die Kette ergriff. Eleona schnappte nach Luft, starrte auf seine geschlossene Faust und klammerte sich keuchend am Geländer fest. Eine eisige Schwäche breitete sich in ihrem Körper aus und ihr wurde schlecht. Schwer atmend lehnte sie sich zurück, das Herz hämmerte heftig gegen ihren Brustkorb, dann blickte sie in die Runde.

Alle fixierten Ramon, der die goldene Kette jetzt vorsichtig in die Höhe hielt. In ihren Gesichtern spiegelte sich jedoch nicht diese verrückte Anwandlung, dieser begierige Drang, den Eleona soeben verspürt hatte.

»Woher hast du sie?«, fragte Ramon Xaira, ohne den Blick von der Kette abzuwenden.

»Ich habe sie einer Frau auf dem Markt abgenommen.«

»Es war bestimmt eine Zeunerin!« Fin verzog das Gesicht.

Zeuner. Noch so etwas, worüber man in Bakul Bescheid wissen sollte: Zeuner galten als nichts. Sie waren nirgends willkommen, obwohl sie von weit her ihre Handelsware in die Städte brachten und nicht selten auf dem Weg von den Ferrans ausgeraubt wurden. Trotzdem: Die Zeuner galten als etwas Dreckiges, als Parasiten, die Krankheiten und Unheil mitbrachten, und so wurden sie auch behandelt.

Ramon warf Eleona einen kurzen Seitenblick zu.

»So etwas hab ich noch nie gesehen«, murmelte er.

»Muss Zeunerschmuck sein …« Fin blickte angeekelt drein und Xaira warf ihm einen giftigen Blick zu.

»Hat von euch schon jemand so eine Kette gesehen?«, fragte Ramon und hielt das Schmuckstück in die Höhe, sodass alle einen besseren Blick darauf werfen konnten.

Im Schein der Straßenlaterne erglühte der Stein jetzt in einem merkwürdig rötlichen Schimmer. Das Glühen wurde stärker. Es sah aus, als ob sich ein kleines Feuer in seinem Innersten entfacht hätte. Es brach in feinen Linien durch den Stein, zog sich in dünnen Bahnen durch das beharrlich dunkler werdende Rot, während Ramons Stimme immer leiser wurde.

Abermals erfüllte ein leises Summen Eleonas Kopf. Breit und kühl entfaltete es sich und dämpfte ihre Sinne. Alles in ihr wurde ruhig und unbeschwert und sie glitt in ein nie gekanntes, entspanntes Dasein. Das zärtlich sanfte Glühen, das der Stein ausstrahlte, drang direkt in sie hinein. Es erfüllte sie. Es hüllte sie ein in ein unbeschreiblich glückvolles Dasein. Das Rot im Innersten des Steins wurde stärker. Eleona fühlte, wie sich alle ihre Muskeln lockerten, während die Welt um sie herum jegliche Bedeutung verlor, alles andere war plötzlich unwichtig, wertlos. Nur der Stein allein zählte, nur der Stein allein war wichtig!

Eleona näherte sich dem Stein, während eine Stimme in ihrem Kopf plötzlich schrie: *»Nein! Tu das nicht!«*

Sie hätte nur noch die Hand ausstrecken und ihn an sich nehmen müssen. Es wäre ein Leichtes gewesen, ihn zu ergreifen.

»Lass es!«

»Aber wieso?«, fragte Eleona die Stimme, die dessen Panik nicht verstehen konnte. Sie hob langsam die Hand …

»Neiiin!«

Eleona blinzelte.

»Hör auf damit!«, schrie die Stimme erneut und Eleona riss sich vom Stein los.

Schwer atmend richtete sie den Blick auf Fin, der sich gleich neben dem Stein befand, und versuchte sich auf sein Gesicht zu konzentrieren, einzuprägen, wie sich die Haut im Schein der Straßenlaterne heller abzeichnete, wie …

Das Glühen des Steins wurde stärker – es war mit nichts, was sie je zuvor zu Gesicht bekommen hatte, zu vergleichen …

»Eleona?«

Jemand berührte sie an der Schulter und Eleona zuckte zusammen.

»*Was* …«, keuchte sie mit einem Brechreiz in der Kehle und starrte in das Gesicht, das sie plötzlich vor sich sah.

»Hast du schon einmal so etwas gesehen?«, fragte Ramon und zog eine Augenbraue hoch.

Die eisige Schwäche von zuvor kehrte in ihre Glieder zurück.

»Nein«, stammelte sie.

Abschätzig zog sich Ramons Stirn in die Länge.

»Ach komm schon, Eleona.« Ein spöttisches Lächeln umspielte seine Mundwinkel. »Du hast dir den Stein doch noch gar nicht einmal richtig angeschaut.«

Seine warme Hand hob die ihre und im nächsten Augenblick ließ er den Stein mit der Kette in ihre flache Hand fallen.

Eleona sog scharf Luft ein, als sie plötzlich etwas Kühles und Leichtes auf ihrer Handfläche spürte. Beinahe entfuhr ihr ein zittriges Lachen. Sie wusste nicht, was sie erwartet hatte, doch jetzt, da sie den Stein in der Hand hielt, kam es ihr merkwürdig vor, dass sie nicht mehr empfand als reine Erleichterung. Ramons Blick blieb auf ihr haften, während sie das Glühen im Stein verfolgte; wie feine Risse lief es durch die glatte Struktur und leuchtete da und dort auf. Egal wie sie ihn drehte und in welchem Winkel sie ihn zum Licht hielt, sie hatte den Eindruck, dass der

Stein nicht bloß das Licht der Straßenlaterne reflektierte, sondern solches ausstrahlte.

Eleona fühlte, wie sich Ramons Füße bewegten, wie der Stoff seiner Jacke den ihren berührte und sein Gesicht nur noch wenige Zentimeter von ihrem entfernt war. Ihr Interesse schien seines noch mehr geweckt zu haben. Dann spürte sie, wie er erneut den Blick vom Stein hob und abermals ihr Gesicht betrachtete.

Angestrengt versuchte Eleona, sich weiter auf das rötliche Schimmern zu konzentrieren – doch so besessen sie auch davon war, Ramon machte sie nervös und hinderte sie am Denken.

Das war schon immer so. Für sie war es unerklärlich, mit welchem Interesse er sich ihr widmete. Obwohl Xaira sie als das schönste und außergewöhnlichste Mädchen von ganz Bakul bezeichnete, fand sich Eleona selbst nichts Besonderes. Sie hatte zwar schönes, dunkelbraunes Haar, das ihr bis ins Kreuz fiel, doch ein blasses Gesicht und war viel zu dünn. Das Einzige, was Eleona an ihrem Äußeren wirklich mochte, waren ihre Augen. Sie waren von einem Smaragdgrün, wie sie es anderswo noch nie gesehen hatte. Nur Lenidras hatte ihr einmal erzählt, dass ihre Mutter genau dieselben Augen hatte.

Eleona konnte sich nicht mehr an ihre Eltern erinnern. Sie war noch zu klein gewesen, als sie starben, und sie hatte keinerlei Andenken an sie. Keine Bilder, keine Briefe, rein gar nichts – bis auf ein Medaillon, das sich nicht öffnen ließ. Sie hatte es, seit sie es von ihrem Großvater bekommen hatte, kein einziges Mal abgelegt. Obwohl die feine Kette, an der das Medaillon befestigt war, nicht gerade den robustesten Eindruck erweckte, war sie ihr immer erhalten geblieben.

Eleona kniff die Augen zusammen, als sie plötzlich eine winzig kleine Gravur im Inneren des Steins entdeckte!

»Dieses Symbol, das ist doch …«, murmelte sie und hielt den Stein ans helle Licht der Straßenlaterne.

Egal wie sie ihn drehte, konnte sie das Zeichen genau erkennen und sah es nie verkehrt herum – es schien sich dem Blickwinkel anzupassen. Und jetzt, da sie es sah, fand sie es merkwürdig, dass es ihr bis jetzt noch nicht aufgefallen war – als wäre es soeben erschienen.

Xaira reckte sich nach vorn. Ihre Neugier war wohl zu groß, als dass es sich gelohnt hätte, weiter zu schmollen. Sie zitterte leicht. Wie immer war sie mal wieder viel zu dünn angezogen.

Eleona zog sie an sich. Obwohl sie meistens ihre Jacke geöffnet hatte, fror sie nie. Irgendein Gendefekt schien zu verhindern, dass sie so etwas wie Kälte empfinden konnte – jedenfalls in dem Maße, wie es ein normaler Mensch tat. Vermutlich würde sie erfrieren, ohne es überhaupt zu merken.

Xaira war ihre Freundin. Sie hatte blondes, langes, leicht gewelltes Haar. Hellblaue Augen leuchteten aus einem gebräunten Gesicht heraus, auf dem wie bei Fin viele winzige Sommersprossen zu sehen waren, und wenn sie lachte, bogen sich ihre Augen zu kleinen Halbmonden, sodass man ihre Pupillen fast nicht mehr sehen konnte. Dieses Lächeln jedoch bekam nicht jeder zu Gesicht. Xaira war sehr stolz und etwas eingebildet, fand Lenidras. Überhaupt mochte er Eleonas Bande nicht sonderlich gut leiden. Er meinte immer, es wären nicht die Freunde, die einem in wirklicher Not helfen würden. Aber da täuschte er sich. Ramon, Maurin, Fin und Xaira hatten ihr schon so manches Mal aus der Patsche geholfen. Von diesen Ereignissen wusste Lenidras natürlich nichts; er ertappte sie ohnehin schon zu oft bei Dingen, von denen er besser nichts erfahren hätte.

Xairas Augen weiteten sich, als sie das kleine Symbol in dem Stein erblickte. »Das ist doch … ist es das wirklich?«, keuchte sie und legte den Kopf schräg, um es besser betrachten zu können.

Eleona runzelte die Stirn. »Ja, scheint so. Es hat genau dieses Muster.«

Auch Maurin und Ramon traten jetzt näher; selbst Fin lugte gespannt über Xairas Schulter.

Eleona hatte noch in lebendiger Erinnerung, wie sie im Geschichtsunterricht bei Professor Brandt die Schirkans durchgenommen hatten; ein kleines Kapitel, das er nebenbei hatte einfließen lassen. Doch für Eleona war es das Spannendste im ganzen Jahr gewesen. Die Schirkans – die bösen Wesen der Schattenwelt, die irgendwo im Dunklen einer Höhle leben sollen. Sogar Xaira hatte sich dafür interessiert. Und sie hielt im Allgemeinen nicht mehr vom Geschichtsunterricht als vom Sport. Und Sport ertrug sie nur deshalb, weil sie sich in Lehnar, den Sportlehrer, verliebt hatte.

»Was ist das für ein Symbol?«, bohrte Ramon nach.

»Du kennst es nicht?« Xaira warf sich schwungvoll die Haare über die Schulter. »Es ist das Symbol der Schirkans. Der Überlieferung nach, sollen sie im *Vuir auth*, genannt auch Feuerkrieg, der 547 bis 548 stattgefunden hat, eine Rolle gespielt haben«, führte sie in wichtigtuerischem Ton aus.

»Du bist einer dieser Schildkansfrauen begegnet?«, flüsterte Fin, die Augen schreckensstarr.

»*Schirkan*, Fin!«, fauchte Xaira, »und: Nein! Natürlich war diese Frau kein Schirkan! Sonst wäre ich jetzt nicht mehr am Leben!«

»Aber woher hatte diese Frau denn diesen Schmuck?«, fragte Fin grimmig.

»Keine Ahnung! Was weiß ich!«

»Meint ihr wirklich, der Stein kommt von dort? Das sind doch bloß Legenden …«

Maurin. Er war der Unscheinbarste ihrer Gruppe. Er hatte dunkles, leicht gewelltes Haar und nichts an ihm war wirklich auffallend. Er hatte schöne, grüne Augen und reine Haut, auf der sich kein einziges Muttermal oder sonst irgendeine Unreinheit niederzulassen gewagt hätte. Er hielt sich meistens im Hintergrund auf; nie war er derjenige, der einen Streit anfing oder sich sonst hervortat. Eleona mochte Maurin fast am liebsten – wenn da nicht dieses andauernd warme Gefühl wäre, das sie in Anwesenheit von Ramon verspürte.

Ramon hob die Hand und nahm ihr die Kette wieder aus der Hand – Eleona sog scharf die Luft ein, als sie erneut ein Ziehen in ihrer Magengrube spürte. Auf einmal fühlte sie sich fiebrig und eine kalte Schwäche kroch ihr die Beine hoch. Dann spürte sie, wie sich das Geländer neben ihr bewegte, und riss den Blick mühsam vom Stein los.

Xaira schaute sie missbilligend an.

Die Kirchenglocke läutete zehn Uhr.

»Was?«, fragte Eleona.

»Es hat zehn Uhr geläutet«, bemerkte Xaira und strich sich eine Haarsträhne hinters Ohr.

Eleona lehnte sich nach hinten und blickte in das dunkle Grau des Himmels. Sie liebte die Abenddämmerung, wenn alles ruhig wurde und sich die Stille wie ein Tuch über die Stadt legte. Immer wenn die Nacht hereinbrach, fühlte sie, wie ihr Herzschlag ruhiger und sie gleichzeitig wacher und klarer wurde.

»Solltest du nicht seit neun Uhr zu Hause sein?« Xaira begann ihre wilde Mähne, die sich andauernd im Wind zerzauste, zu einem Zopf zu flechten.

Eleona warf ihr einen finsteren Blick zu.

»Danke«, knurrte sie leise, »das hätte ich glatt vergessen.«

»Ich möchte nur nicht, dass du wieder Hausarrest bekommst.«

»Schon klar.« Eleona stieß sich grimmig vom Geländer ab und trat vor Ramon. Sie war die Letzte, die dran war, ihre *Beute* auszuhändigen.

Maurin hatte heute ein feines Silberarmband in die Fundkiste gelegt, Ramon hatte einen Mann um seine teure Tabakschatulle erleichtert und Fin einige Goldmünzen aus dem Sack eines Händlers erbeutet.

Langsam hob sie die Arme und streifte Ramon eine goldene, mit Juwelen besetzte Kette über den Kopf.

Er verlor mitten im Satz den Faden und als Eleona ein Lächeln in seinem Gesicht erblickte, verspürte sie einen leichten Stich, denn die Tage, die er noch mit ihnen verbringen würde, waren gezählt. Ramon hatte sich im vergangenen Jahr als Soldat beworben und die Prüfung mit Bravour bestanden. Wie erwartet. Da er ein Jahr älter war als sie und schon diesen Sommer die Schule abgeschlossen hatte, würde er bereits in wenigen Tagen den Dienst als Soldat im Schloss Siramon antreten. Ein aufregender Gedanke, für König Saahrrin arbeiten zu dürfen. Natürlich freute sie sich für Ramon, denn das wollte er schon immer. Und dennoch quälte sie dieser Gedanke mehr als alles andere.

In dieser Welt, in der sich Eleona zuweilen nicht verstanden oder dazugehörig fühlte, gab ihr Ramon das Gefühl, getragen zu werden. Wenn er hier war, war alles gut. Seine Nähe gab ihr jedes Mal ein Gefühl der Erleichterung – als würde er sie von allem Ballast befreien. Sie hatte immer gewusst, dass ihre Zeit als verschworene Bande irgendwann abgelaufen sein würde, und hatte versucht, den Gedanken mit aller Kraft zu verdrängen. Doch jetzt, da es so weit war, überfiel sie eine bleierne Schwere, die zu vergleichen war mit einem Abschied für immer. Es war eine Illusion zu glauben, dass sie ihre Freundschaft danach so eng aufrechterhalten könnten, wie es jetzt war – auch wenn Xaira sie andauernd vom Gegenteil überzeugen wollte. Es war nun einmal der Lauf des Lebens, der die Dinge veränderte; das war so klar und logisch wie die Nacht, die auf den Tag folgt – sie würde Ramon verlieren und sie konnte nichts dagegen tun.

»Die Königin der Diebe«, flüsterte Ramon. »Wie hast du es diesmal angestellt?« Das Braun seiner Augen glühte wie flüssiger Bernstein, und während sein Blick auf ihr ruhte, fühlte sie, wie etwas in ihrem Innersten sich zu winden begann. Sie war nie gut darin, Abschied zu nehmen.

»Ich hab sie Hassans Mutter abgenommen«, sagte Eleona ohne Umschweife.

Fin blinzelte, dann brüllte er vor Lachen.

Hassan. Er gehörte zur anderen Bande von Bakul. Es verging praktisch kein Tag, an dem sie nicht wegen irgendwelcher Kleinigkeiten aneinandergerieten. Noch gingen sie in die gleiche

Schulklasse, weil er und seine »Ratten« der gleiche Jahrgang waren. Für Eleonas Geschmack verbrachten sie eindeutig zu viel Zeit mit ihnen.

Eine halbe Stunde später – es hatte wieder mal eine Weile gedauert, bis sie sich hatte losreißen können – überquerte Eleona die schwach beleuchtete Küstenstraße und bog in die dunkle Hohlgasse ein. Ein kalter, bissiger Wind kam auf und Eleona zog die Kapuze tiefer ins Gesicht.

Es fühlte sich merkwürdig an, doch den Stein bei ihren Freunden zu lassen, erfüllte sie mit unerklärlicher, nicht nachvollziehbarer Unruhe.

Eleona beschleunigte ihre Schritte und versuchte den Stein aus ihren Gedanken zu verscheuchen.

Der Wind, der durch die Straße fegte, peitschte die Äste der Bäume und Sträucher heftig aneinander. Ein Heulen fuhr durch die Ritzen der Häuser und gelegentlich schlugen lose Fensterläden gegen die alten Fassaden.

›Vielleicht‹, dachte Eleona, ›hat es etwas mit den Geschichten zu tun, die sich die Leute hier in Bakul erzählen, weshalb Lendras gerade in letzter Zeit so übervorsichtig ist.‹ Seit einiger Zeit geschahen anscheinend merkwürdige Dinge – man erzählte sich von grauenvollen Kreaturen mit roten Augen und riesigen gefletschten Zähnen, die das Land durchzogen und Menschen auflauerten.

Eleona wusste nicht, was sie von diesen Geschichten halten sollte. Sie hielt im Allgemeinen nicht viel von Gerüchten, die immer wieder im Umlauf waren. Es war ihr aufgefallen, dass schon seit Langem nicht mehr viel Aufregendes passiert war. Da war es nicht weiter verwunderlich, wenn solche abstrusen Geschichten bei den Leuten Anklang fanden. Und Verletzte von irgendwelchen Angriffen gab es auch keine.

Eleona wollte gerade einem herunterhängenden Ast ausweichen, als sie mitten in der Bewegung verharrte und sich umdrehte.

Ein eigenartiges Kribbeln im Nacken gab ihr das Gefühl, beobachtet zu werden. Stirnrunzelnd ließ sie den Blick über die verlassene Straße hinter sich schweifen. Irgendetwas hatte sich bewegt. Sie hielt einen Moment inne, doch da war nur der Wind, der erbarmungslos weiter tobte; die Gegend schien menschenleer zu sein. Bestimmt hatte sie sich das nur eingebildet, oder vielleicht rannte irgendwo ein aufgescheuchtes Tier davon. Verächtlich wandte sie sich von der dunklen Hecke ab. Langsam ging Eleona weiter, doch schon im nächsten Augenblick wandte sie sich erneut um und die Kapuze fiel ihr vom Kopf. Eleona spürte, wie sich ihre Nackenhaare aufrichteten und ein Schauer über ihren Rücken hinunterlief.

Etwas bewegte sich in der Hecke neben ihr. Ihre Augen bohrten sich in das dunkle Schwarzgrün der Blätter, während sie angestrengt versuchte, etwas zu erkennen. Da – etwas bahnte sich seinen Weg durch das Dickicht auf sie zu! Eleona starrte in dunkelrote Augen, während sie das Ausmaß seiner Größe erfasste. Etwas Riesiges kam auf sie zu! Eleona hob, bereit zuzuschlagen, die Arme, da ertönte plötzlich ein lautes, ein markerschütterndes Krächzen. Sie stolperte zurück und ein Ungetüm stürzte aus dem Gebüsch auf sie zu, krächzte schrill auf, schlug heftig mit den Flügeln, während Eleona zu Boden fiel und die Hände vors Gesicht hielt, jeden Moment damit rechnend, messerscharfe Krallen in der Haut zu spüren – doch kurz bevor es Eleona erreicht hatte, stieß es sich vom Boden ab und flog in den nachtschwarzen Himmel davon.

»*Eleona!*«

Eleona wirbelte herum. Am Straßenende erkannte sie die Silhouette eines Mannes mit Hut und Gehstock, der plötzlich dastand.

»Lenidras«, flüsterte Eleona und rappelte sich hoch.

Der alte Mann wurde kurz inmitten der Straße von der Dunkelheit verschluckt, dann tauchte sein bleiches, altes Gesicht, erhellt vom matten Mondlicht, wieder vor ihr auf; es war durchzogen mit tiefen, von Sorge getränkten Falten.

»Eleona.« Seine Stimme klang rau. Einen Moment sah er ihr forschend ins Gesicht. Dann richtete er seine Augen zum Himmel empor. »Meine Worte scheinen an dir abzuprallen«, murmelte er leise. »Ich weiß nicht, was noch alles geschehen muss, damit du so spät nicht mehr alleine auf die Straße gehst ...«

Er legte ihr einen Arm um die Schultern und zog sie rasch weiter. Zwischendurch warf er ihr prüfende Blicke zu.

»Es war nur ein Vogel«, murmelte sie, als sie in die Kaistenbergstraße einbogen. Der Vogel hatte ihr nichts angetan. Sicher, er war sehr groß gewesen; wahrscheinlich kam er vom Gebirge und hatte sich hierher verirrt. Trotzdem. Kein Grund so zu tun, als wäre sie gerade dem Tod entronnen.

Zu Hause angekommen, öffnete Lenidras die knarrende, rote Tür und schob Eleona rasch aus der stürmischen Nacht hinein in den warmen Korridor. Er zog Hut und Mantel aus, und während er beides an die Garderobe hängte, streifte ihr Blick kurz über das Foto, das in einem roten, schmalen Rahmen an der Wand hing. Es war ein Foto von Lenidras und Eleona, als sie noch klein war. Beide strahlten in die Kamera, während sich Eleona lachend an seine Schulter lehnte. Es war ihr Lieblingsfoto. Vermutlich weil es das einzige Mal war, da sie ihn so hatte lachen sehen.

Lenidras war oft tief in Gedanken versunken, wirkte zuweilen ernst und bedrückt. Eleona glaubte zu wissen, dass er nie über den Tod seiner Frau und seiner Tochter, Eleonas Mutter, hinweggekommen war. Über ihren Vater sprach er nie. Irgendetwas schien in der Vergangenheit vorgefallen zu sein, das er ihm nicht verziehen hatte.

Eleona zog Jacke und Stiefel aus und folgte Lenidras durch die Küche zum Wohnzimmer. Die Wände waren blau gestrichen, der Boden mit einem dicken, gewobenen grünen Teppich bedeckt. Dunkelblaue, stoffbezogene Sofas standen um einen Holztisch und auf den Regalen stapelten sich neben ihrer Schneekugel haufenweise Bücher.

Sie lehnte sich an den Türrahmen und sah Lenidras an.

»Eleona«, sagte er leise und vergrub das Gesicht in seinen Händen.

Langsam stieß sie sich vom Türrahmen ab und ließ sich neben ihn auf das Sofa fallen.

Lenidras war trotz seines Alters sehr attraktiv. Er strahlte ein Charisma aus, wie sonst niemand, und konnte mit seiner Anmut alle Blicke auf sich ziehen. Er faszinierte Eleona und sie hörte ihm gerne zu, wenn er Geschichten erzählte. Sie tauchte dann immer in eine andere Welt ab, die aus viel mehr bestand, als das gewöhnliche Leben um sie herum bot. Die Geschichten handelten von Elfen und anderen magischen Wesen, von denen man munkelte, dass es sie gab. Lenidras Augen erzählten mehr, als es Worte jemals auszudrücken vermochten – sie konnte sich darin verlieren und vor dem knisternden Feuer wurden die Fantasiekreaturen beinahe real.

Eleona lehnte sich an ihn, grub ihren Arm unter den seinen und sah ihn, das Gesicht an seine Schulter gelegt, an.

»Eleona«, sagte Lenidras leise, während die Kerze vor ihnen unruhig zu flackern begann. »Was glaubst du, weshalb ich dir gewisse Dinge verbiete, hm?« Er sagte es nicht wütend. Auch nicht anklagend. Er schien sich ernsthafte Gedanken zu machen. »Glaubst du, ich möchte dich schikanieren? Dir das Leben schwer machen, oder ich mache das vielleicht aus einer Laune heraus?«

Eleona schüttelte den Kopf. »Nein.«

»Also, weshalb, glaubst du, tue ich es?«

»Weil du Angst um mich hast?« Die Antwort kam zu schnell, und Eleona warf ihm einen vorsichtigen Blick zu. Zu ihrer Überraschung bildete sich ein mildes Lächeln auf seinem Gesicht.

»Nein, nicht weil ich Angst um dich habe. Die habe ich ständig.« Seine Mundwinkel verzogen sich. »Ich verbiete dir manche Dinge aus einer gewissen Notwendigkeit heraus.« Seine Falten auf der Stirn vertieften sich, während er, mit dem Blick auf den Kamin gerichtet, weitersprach: »Die Welt hat sich verändert. Es scheint nicht einmal mehr hier in Bakul sicher zu sein …«

Rote Glut sprang knisternd in das Dunkel des Kamins und Eleona hob den Kopf von seiner Schulter.

»Du glaubst diese Gerüchte?«

Lenidras hob den Blick. »Was für Gerüchte?«

Seine Miene zeigte eindeutig, dass er mal wieder keine Ahnung hatte, wovon sie sprach. Verächtlich hob sie die Hand.

»Die Leute sagen, dass irgendwelche Bestien durch das Land ziehen und Menschen zerfleischen, oder so was!«

»Das erzählen die Leute?«

»Ja. Maurins Mutter sagt sogar, *sie* hätte eine gesehen.« Kein Wunder. Sie war immer die Erste, die irgendwelche Dinge zu sehen oder zu hören glaubte.

»Was? *Hier* in Bakul?«

»Nein, in Tamalin.« Eleona runzelte die Stirn. »Ihre Freundinnen haben diese Bestie *anscheinend* auch gesehen.«

»In Tamalin …«, murmelte Lenidras leise und richtete den Blick wieder ins Feuer.

»Du – du *glaubst* diesen Unsinn?«

Dass die halbe Stadt an diese abergläubischen Märchen glaubte, war das eine, und Eleonas Meinung nach auch nicht anders zu erwarten – aber Lenidras?! Normalerweise war er etwas scharfsinniger.

»Eleona, ich …«

WUMM!

Ein scheppernder Knall erfüllte den Raum.

Lenidras sprang vom Sofa und zog Eleona hinter sich; die Kerze fiel vom Tisch und erlosch, während Eleona mit rasendem Herzen hinter seinem Rücken hervorblickte und versuchte, etwas zu erkennen. Lenidras ging geduckt zwischen den Sesseln hindurch vorwärts. Jeder seiner Tritte brachte die alten Holzdielen zum Knarren. Dann schoss plötzlich etwas vor dem Fenster hoch und im nächsten Moment verdeckten Lenidras' Arme ihr Sichtfeld. Eleona fiel aufs Sofa, sie schlug ihren Arm unsanft an der Lehne an, dann erkannte sie die Gesichter von Fin und Maurin hinter dem Fenster, die ihnen aufgeregt und mit geröteten Wangen strahlend zuwinkten.

Lenidras ließ die Arme sinken.

»Deine Freunde …«, sagte er leise und mühte sich, gelassen zu klingen. Doch die Tonlage war ein bisschen zu tief. Erschöpft ließ er sich aufs Sofa sinken. Dann stellte er die umgefallene Kerze auf und blickte auf den Tisch, der nun übersät war mit Wachsflecken. »Was wohl ihre Eltern dazu sagen würden, wenn sie wüssten, dass ihre Kinder mitten in der Nacht in der Stadt herumstreunen und brave Bürger in Angst und Schrecken versetzen …«

Fin hatte wohl ein bisschen zu heftig gegen die Scheibe geschlagen. Doch so wie es aussah, war sie noch ganz.

Hinter Lenidras fuchtelte Fin jetzt aufgeregt mit den Händen.

»Na gut«, murmelte Lenidras, der Eleonas fragenden Blick auffing, und atmete verächtlich aus. »Geh schon. Aber in zwei Minuten bist du wieder hier bei mir.«

Eleona ließ sich das nicht zweimal sagen. Sie sprang auf und rannte hinaus in den Korridor, während sie Lenidras weiter vor sich hinmurmeln hörte.

Nach einer Viertelstunde stand Eleona wieder auf der Schwelle.

»Das ist echt der Wahnsinn!«, rief sie. Mit hell leuchtenden Augen blieb sie vor Lenidras stehen. »Maurin und Fin haben herausgefunden, dass die Schule im Frühling einen Ausflug zum Schloss Siramon plant! Maurins Mutter hat sich verplappert!«

Eleona genoss das jähe Glücksgefühl, das sie durchströmte. Endlich würde sie König Saahrrin sehen! Sie würden das Schloss besichtigen und würde bereits das erste Mal Ramon besuchen können! Dass sie ihn so schnell wiedersehen würde, hätte sie nicht gedacht! Die Zeit bis dahin würde sie irgendwie durchstehen.

Ein Funke sprang aus dem Feuer, und so schnell, wie dieser in der Luft erlosch, verflog auch wieder ihre Euphorie – Lenidras' Blick richtete sich düster auf das Feuer.

»*Was!*«, rief sie, während ihre Arme schlaff zu Boden fielen.

Sie kannte es zur Genüge: Es war keine Frage, was sie gleich zu hören bekommen würde! Nie durfte sie irgendwohin mitgehen, wenn sich das Ziel außerhalb der Stadt befand! Lenidras hatte sogar schon einmal einen Riesenaufstand gemacht, als sie im Sportunterricht spontan ins Gayenorgebirge gegangen waren, um an einer Felswand eine Klettertechnik zu üben. Er war bis zum Rektor gegangen und hat ihm die Meinung gesagt: Was sie sich eigentlich für Rechte herausnähmen, ohne die Einwilligung der Erziehungsberechtigten mit der Klasse einen Ausflug außerhalb der Stadtgrenze zu machen ... An der ganzen Schule wurde darüber getuschelt. Der Rektor hatte sich ein paar Tage später persönlich bei ihnen zu Hause entschuldigt. Ein Riesending! Wochenlang war sie deswegen das Gespött gewesen.

»Eleona, hör mir zu.«

»Wir ... wir gehen mit der Schule!«

Doch sie wusste, dass die *Schule* bei ihm nicht den geringsten Eindruck machte. Man sollte doch meinen, dass Lehrer Autorität und einen bestimmten Status bei Eltern haben. Lenidras empfand sie jedoch aus irgendeinem Grund als nicht vertrauenswürdig genug.

Lenidras lächelte gequält.

»Glaubst du vielleicht, deine Lehrer könnten dich vor diesen Bestien beschützen?«

Eleona schürzte die Lippen.

»Eleona, wenn sogar Maurins Mutter eine dieser Bestien gesehen hat ...«

»Nein«, sagte sie und fühlte plötzlich neuen Mut in sich hochsteigen – Maurin hatte ihr noch etwas gesagt: »Die Soldaten werden uns begleiten«, flüsterte sie triumphierend.

»Soldaten«, wiederholte er verwirrt.

»Ja! Ein paar Soldaten holen uns von hier ab und bringen uns dann nach einer Übernachtung wieder zurück. *König Saahrrin* stellt sie uns zur Verfügung! Er hat alle höheren Schulen zu einem Schlossbesuch eingeladen. Er hat *uns eingeladen!*«

Siegestrunken blickte sie ihm ins Gesicht. Dem konnte er nichts mehr entgegenstellen.

»König Saahrrin hat euch eingeladen? Er hat *alle* Schulen eingeladen?«

»Nur die in meinem Jahrgang«, berichtigte sie ihn und strich sich die Haare aus dem Gesicht. »Also – kann ich gehen?« Doch noch bevor sie den Satz zu Ende gesprochen hatte, wusste sie, dass sie es ebenso gut hätte bleiben lassen können.

Der Ausdruck in Lenidras' Gesicht war jäh erstarrt. Seine Haut wirkte wie ein Stück Pergament, das dünn und halb durchsichtig geworden war.

Fast hätte sie sich Sorgen um seine Gesundheit gemacht, wäre da nicht dieses Feuer gewesen, das ihr nun unaufhaltsam den Rücken hochkroch.

»Jedes Mal gibt es einen Grund, weshalb ich nicht mitgehen darf!«, platzte es aus ihr heraus. »Ich bin noch nie aus Bakul herausgekommen! Dieses Mal sind es diese, *diese* Bestien, die es geben soll! Und ich darf nicht mit, obwohl uns die Soldaten begleiten. Das nächste Mal ist es zu gefährlich, weil an einem Fest zu viele Leute sind, oder ich darf nicht mit in die Berge, weil ich dort stolpern und abstürzen könnte!«

Sie war kein kleines Kind mehr, das er so bemuttern konnte!

»Er weiß es …«, flüsterte Lenidras schreckensstarr und seine Hand glitt fahrig über den Stoff seines Hemdes. Dann öffnete er den obersten Knopf, als bekäme er nicht mehr genügend Luft; seine Augen richteten sich in die Ferne *»Er weiß es …«*, murmelte er.

»Was?«, fauchte Eleona.

Lenidras riss die Augen auf, als hätte er vergessen, dass sie immer noch da war.

»Eleona«, er fuhr sich mit zitternden Händen über den Kopf. *»Bitte …«* Seine Stimme wurde flehend: »Bitte setz dich – ich muss – ich möchte es dir erklären …«

Eleona verzog das Gesicht.

»Nein!«

Sie hatte genug! Es war an der Zeit, dass er sich daran gewöhnte, dass sie erwachsen war! Sie drehte sich um und stapfte wütend die Treppe hoch in ihr Zimmer, wo sie, so laut es ging, die Tür hinter sich zuknallte.

Noch nie in ihrem Leben hatte sie die Chance gehabt, König Saahrrin zu sehen! Noch nie! Alle verehrten und folgten ihm, als wäre er ein Gott … Seit er das Land regierte, hatte es keinen Krieg mehr gegeben; alle hatten genügend zu essen und es war viel sicherer geworden. Auch die Schwester von Maurins Mutter, die im Schloss als Köchin arbeitete, sprach in den höchsten Tönen von ihm. Und das hieß einiges.

Eleona erinnerte sich noch genau daran – es war an einem heißen Sommertag, als sie bei Maurin zu Hause gewesen und die Schwester seiner Mutter zu Besuch gekommen war. Sie waren alle zusammen im Wohnzimmer gesessen und nach langem Gerede hatte seine Tante eine Weile gedankenversunken in ihrem Tee gerührt und Eleona dann angesehen. Und die Worte, die sie anschließend gesagt hatte, waren Eleona wie ins Gedächtnis eingebrannt. Ihre Stimme war rau gewesen und doch mit unendlich tiefer Bewunderung erfüllt: »Die Leute verfallen seinem Charme, wie sie seinen Befehlen erliegen. Wortlos machen sie das, worum er sie bittet oder was er ihnen befiehlt, auch wenn sie zuvor noch anderer Meinung gewesen sind. Selbst seine Feinde kann er dazu bewegen, ihm zu folgen.« Dann hatte sie plötzlich innegehalten und ihr Blick hatte sich ausdruckslos ins Leere gerichtet: »Doch seine Augen. Niemand wagt es, lange in sie hineinzusehen.« Sie hatte plötzlich geschaudert und Eleona hatte gesehen, wie sich die Härchen an ihren Armen aufgerichtet hatten. Rasch hatte sie weitergesprochen, als wollte sie die Worte, die sie in ihrem Innersten trug, so schnell wie möglich loswerden: »Er hat etwas an sich, das jeden schnell wieder wegsehen lässt.« Sie war sich mit der Hand über die Arme gestrichen, als ob sie frieren würde, obwohl es im Wohnzimmer stickig schwül gewesen war.

Eleona musste ihn unbedingt einmal sehen! Kein Weg führte daran vorbei. Sie wollte fühlen, wie es war, wenn seine Gegenwart einen verzauberte – wie es war, wenn sein Blick über sie alle hinwegglitt. Sie wollte sein Gesicht sehen und seine Augen, mit denen er die Leute fügsam machte. Ihr König faszinierte sie schon, seit sie ein kleines Kind war, und sie hatte nie verstehen können, warum Lenidras eine solche Abscheu für ihn empfand und keine Gelegenheit dazu ausließ, ihn schlechtzumachen. Er war der Einzige, den sie je schlecht über den König hatte reden hören. Man könnte meinen, er hege einen persönlichen Hass gegen ihn – als hätte König Saahrrin ihm persönlich Leid angetan!

Und wieder einmal hatte Lenidras ihre Hoffnung zunichtegemacht. Wieder einmal würde sie nicht mitgehen können, wie die anderen Male zuvor. Schon früher, als König Saahrrin nach Bakul gekommen war, hatten ihn alle Bewohner Bakuls auf dem Marktplatz empfangen. Drei Mal war das bisher vorgekommen. Und sie hatte nie hingehen dürfen.

Wütend zog sie ihr Nachthemd an und warf sich aufs Bett. Ihr Blick streifte hinüber zum Fenster und sie sah zu, wie sich die dunkle Silhouette eines Baumwipfels im Wind bewegte.

Es war lange nach Mitternacht, als sie endlich in einen unruhigen Schlaf fiel. Danach wachte sie mehrmals auf und fühlte sich aus irgendeinem merkwürdigen Grund furchtbar nervös und niedergeschlagen. Ihre Beine wurden kribblig und am liebsten wäre sie aufgestanden und nach draußen gegangen.

Das Geheimnis des grünen Steins

Die Tage im Oktober schleppten sich mühselig dahin; tristes Grau hatte sich über dem Himmel ausgebreitet und schien sich dort festgesetzt zu haben. Auch die nächsten paar Tage wurde es nicht besser und die Sonne blieb hartnäckig hinter einer dicken Wolkendecke versteckt. Was den Ausflug zum Schloss Siramon anbelangte, war Lenidras hart geblieben und Eleona hatte sich seither strikt geweigert, mit ihm zu reden.

Als sie Anfang November in der Schule ein Schreiben bekamen, das sie zu Hause unterschreiben lassen sollten – eine Einverständniserklärung für den Ausflug zum Schloss Siramon –, besserte sich Eleonas Laune keineswegs. Sie betrat mit Maurin, Fin und Xaira den großen, mit Schülern überquellenden Pausenhof, wo sie zu ihrem Platz an der Mauer schlenderten. Es lag bereits vereinzelt Schnee und der Boden war stellenweise so vereist, dass immer wieder Schüler ausrutschten.

»Das wird der Wahnsinn!«, kreischte Xaira.

Fin, der ebenfalls völlig aus dem Häuschen war, spickte ein paar Pergamentkügelchen Richtung Erstklässler und traf prompt einen an der Nase.

»Wir werden König Saahrrin sehen!« Xaira warf sich schwungvoll die Haare ins Kreuz, während ihr langer, hellbrauner Mantel um ihre Knöchel schlug. »Und wir können Ramon sehen! Wir können ihn schon das erste Mal besuchen, Eleona!«

Eleonas Magen krampfte sich bei dem Gedanken zusammen. Erst gestern hatten sie ihn verabschiedet. Es war noch schmerzhaft da: das Gefühl, als er ihr mit der Hand über die Wange gestreift war und ihr dann flüchtig einen Kuss auf die Stirn gegeben hatte – es hatte sie innerlich fast zerrissen, als sie ihn hatte weggehen sehen. Das Einzige, worauf sie sich mit aller Macht zu konzentrieren versuchte hatte, war, dass er glücklich war; dass sein großer Traum in Erfüllung ging. Auch wenn das edel klingen mochte: Es war das Einzige, was sie davor bewahrte, in ein Loch zu fallen – und deshalb war es nichts mehr als eigennützig. Was sie jedoch wirklich ärgerte, war, dass sie anscheinend allein mit diesen Gefühlen war. Die anderen schienen kein Problem damit zu haben, dass er auf einmal weg war. Sie hatten ihm freudig auf die Schulter geklopft, als würden sie selbst es sein, die fortgingen.

Eleona wischte den Schnee von der Mauer und setzte sich auf die Steinplatte.

Doch was tat man, wenn der Mittelpunkt von allem auf einmal weg war? Woran orientierte man sich dann? Die Luft, die ihr noch blieb, fühlte sich zäh an – als könnte sie jeden Moment daran ersticken.

Obwohl Ramon versprochen hatte zu schreiben und auf sich achtzugeben, hatte sich die Verzweiflung tief in ihr Innerstes gefressen, und Eleona wurde sie nicht mehr los.

»Das wird echt super!« Fin packte Maurin am Kragen und zog ihn nach vorn.

»Super«, murmelte Eleona. »Ihr müsst mir dann sagen, wie's war.«

Maurin sah auf. »Was?«

Angewidert blickte Eleona auf den schwarzen Skorpion, den jemand über Nacht an die Wand gemalt hatte. Schon wieder. Allmählich häuften sich diese Vorfälle.

»*Ich darf nicht mit.*« Selbst wenn Eleona es leise sagte und sie so tat, als würde es ihr nichts ausmachen, tat es weh.

»Unsere Klasse wird von König Saahrrin *persönlich* eingeladen – und *du* darfst nicht mit?!« Fin blickte ungläubig drein.

Xaira warf dem Skorpion ebenfalls einen angewiderten Blick zu und setzte sich neben Eleona auf die Mauer.

»Es ist zu *gefährlich* …«, zischte Eleona verächtlich und ahmte dabei Lenidras' Stimme nach.

Xaira lachte über ihre Grimasse und begann dann sorgfältig, den Brief der Schule zusammenzufalten.

»Und wenn du einfach mitkommst?« Fin zwinkerte ihr zu und stellte sich vor den Skorpion. Es war das Symbol der Ferrans-Gang, die irgendwo im Gayenorgebirge ihr Lager hatte. Fin neigte den Kopf ein wenig zur Seite, um das hässliche Gesicht, das ihn aus der Zeichnung anstarrte, besser betrachten zu können.

Die Ferrans waren entweder Mörder, Verbrecher oder betrieben sonstige krumme Geschäfte; man tat also besser daran, einen weiten Bogen um sie zu machen. Am helllichten Tag wurde hier zum Glück noch nie einer gesehen. Sie bevorzugten es anscheinend, in der Nacht durch die dunklen Straßen zu schleichen. Eleona war noch nie einem von ihnen begegnet, und das war wohl auch besser so. Diejenigen, die ihnen über den Weg gelaufen waren, hätten dies nicht überlebt, hieß es. Sie galten als skrupellos und wahnsinnig. Ab und zu kamen sie in die Stadt, um Präsenz zu markieren. Wenn ihr Symbol auftauchte, konnte man davon ausgehen, dass wieder irgendwo eingebrochen, jemand überfallen oder ermordet wurde – das Zeichen verbreitete jedes Mal Angst und Schrecken, die einem noch tagelang fest in den Knochen saßen. Unwillkürlich fragte sich Eleona, wer dieses Mal dran hatte glauben müssen.

Fin fuhr mit der Fingerspitze die schwarzen Windungen nach; es war offensichtlich, dass er noch nie irgendwelche Erfahrungen mit ihnen gemacht hatte.

»Wie wenn es nicht auffällig wäre, Fin …«, sagte Xaira mit schmalen Augen, steckte den gefalteten Brief ins Kuvert zurück.

»Er weiß ja nicht, *wann* dieser Ausflug ist, oder?«, ergänzte Fin, hielt beim Schwanz des Skorpions inne und blickte auf. »Es heißt, wir werden *eine* Nacht dort übernachten. Du kannst ihm ja erzählen, dass der Ausflug zum Schloss im Sommer ist, wenn wir auf unsere Schulreise gehen – wo du ja vermutlich auch wieder nicht mitgehen kannst. Du sagst einfach, dass die Lehrer den Ausflug zum Schloss mit der Schulreise verbinden. Und fragst, wenn wir dann den Ausflug zum König Saahrrin haben, ob du in dieser Nacht bei Xaira schlafen darfst. Er wird nichts mitkriegen von der ganzen Sache.«

Eleona biss sich auf die Lippe und dachte kurz darüber nach.

»Er wird es sowieso rauskriegen«, entgegnete Xaira schnippisch und zog einen Apfel aus der Tasche.

»Er wird es *nicht* rausfinden! Eleona sagt ja selbst immer, dass er sich nicht am Stadtklatsch interessiert.«

»Lenidras findet *immer* alles heraus, Fin!«

»Nein, eben nicht! Und selbst wenn! Dann sieht er mal, dass nichts passiert, wenn sie fortgeht!«

»Ich werde noch einmal mit ihm reden«, murmelte Eleona und sah hinüber zu den anderen Schülern.

Dzana, die zu Hassans Bande gehörte, hatte anscheinend etwas Irrwitziges am Laufen. Ihr langes, schwarzes Haar, das sie hinter die Ohren geklemmt hatte, erbebte auf ihren Schultern, weil sie sich vor Lachen nicht mehr einkriegen konnte. Vermutlich ging es wieder mal um jemanden von ihnen. Es machte ja sowieso am meisten Spaß, Witze auf Kosten der gegnerischen Bande zu machen. Dann, Eleona hatte sich gerade wieder abwenden wollen, schaute Dzana plötzlich zu ihnen herüber und das Grinsen auf ihrem Gesicht bestätigte unmissverständlich Eleonas Befürchtung. Dzana stupste Anil an, dann hielt sie ihr Blatt hoch in die Luft und zeigte auf die Stelle, wo die Eltern oder der Vormund unterschreiben sollten.

»Meine Mutter wird hier sogleich unterschreiben«, verkündete sie mit übertrieben lauter Stimme. »Das ist überhaupt kein Problem.«

Anil, ein magerer Junge mit fettigen, braunen Haaren, die sein Gesicht wie eine Pilzkappe umrahmten, krümmte sich vor Lachen und Peika wieherte laut auf. Peika gehörte ebenfalls zu Hassans Bande und für Eleonas Geschmack war sie die mit Abstand Unausstehlichste von allen. Sie hatte wulstige Lippen und oranges, langes Haar, das sie meist zu zwei Pferdeschwänzen zusammengebunden hatte. Peika war zwar nicht diejenige, die große Sprüche klopfte, aber sie hatte ein so fieses, wieherndes Lachen, das Eleona dermaßen auf die Palme brachte, dass sie sich manchmal noch stundenlang darüber aufregen konnte.

»Und wenn meine Mutter mal mit ihm spricht?«, fragte Maurin. »Sie würde am liebsten selbst mitkommen!«

Fin grinste. »Auch eine von denen, die von seinem *Charme* angesteckt wurde?« Fin ließ sich auf die Mauer sinken und tat so, als würde er einem Ohnmachtsanfall erliegen.

»Vater ist letzthin sogar fast ausgeflippt, als sie nur noch von *König Saahrrin* geredet hat«, gestand Maurin.

»Eeeecht?« Fin lachte laut auf.

Jetzt tat Dzana so, als würde sie heulen, während die anderen in lautes Gelächter verfielen.

»Nein, Maurin, aber danke«, murmelte Eleona, abgelenkt von Peika, die sich nicht mehr vor Lachen erholen konnte. Jetzt musste sie sich an Hassan abstützen, um nicht umzufallen. Ihr wieherndes Lachen wirkte wie ein Echo in Eleonas Kopf.

Xaira atmete verächtlich aus: »Idioten«, zischte sie und verengte ihre Augen zu schmalen Schlitzen. Maurin und Fin drehten sich um und wollten nachsehen, was …

KRACH!

Ein ohrenbetäubender Lärm ließ das Geplapper und Gekreische um sie herum verstummen. Ziegel des Vordachs fielen auf die Schülerschar herab und zerschlugen mit lautem Krachen am Boden.

»Was zum Teufel …« Fin fuhr sich mit den Händen über den Kopf und schaute mit aufgerissenen Augen zu der Schülergruppe, darunter Hassan und seine Bande, die jetzt schreiend in alle Richtungen unter dem Vordach davonstoben.

Maurin machte ein paar Schritte auf die Stelle zu, als wollte er eingreifen, während Xaira ihre Hände so fest in Eleonas Arm krallte, dass ihr das Blut wegblieb.

»Mann!« Halb begeistert, halb zu Tode erschrocken drehte sich Fin zu ihnen um. »Was war das denn?«

»Keine Ahnung!«, kreischte Xaira.

Eleona starrte entsetzt auf die zerbrochenen Ziegel am Boden und schob zitternd ihre Hände in die Manteltasche.

»Na, das hat aber lange gedauert!«, schimpfte Fin und nickte zum großen Torbogen hinüber, aus dem eine Schar Lehrer gestürmt kam. »Immer zur falschen Zeit am falschen Ort!«

Kopfschüttelnd beobachtete er, wie sie über den Pausenplatz stolperten und die Stelle inspizierten, wo die Ziegel heruntergekommen waren. Dann befragten sie einige der umstehenden Schüler, die ganz verdattert dastanden.

Professorin Pekar, ihre Klassenleiterin, blieb bei einer kleinen Ansammlung von Schülern stehen und ließ ihre Augen finster über das Geschehen streifen. Als sie alles ausgiebig in Augenschein genommen hatte, blieb ihr Blick kalt auf Eleonas Gruppe haften.

Fin breitete unschuldig seine Arme aus.

»Schade, dass wir ausgerechnet soooo weit von der Unfallstelle wegstehen mussten! Jetzt kann sie uns schon wieder nicht drannehmen und uns Strafarbeiten aufbrummen!« Ein breites Grinsen ließ seine Augen zu schmalen Schlitzen werden, sodass das Blitzen, das nun dämonisch daraus hervorfunkelte, fast nicht mehr zu erkennen war.

Xaira rümpfte ihre kleine, mit Sommersprossen besprenkelte Nase. In diesem Punkt, und vermutlich ausschließlich in diesem Punkt, schienen sie genau die gleiche Meinung zu vertreten, nämlich dass die Pekar am besten zum Mond geschossen werden sollte.

Die Pausenglocke läutete.

»Zurück in eure Klassenzimmer!«, hallte die Stimme Pekars verstärkt über den Pausenplatz. »Der Unterricht findet wie gewöhnlich statt!« In ihrem schwarzen Rock und dem weißen Hemd – die schwarzen Haare wie immer zu einem strengen Knoten am Hinterkopf zusammengebunden – scheuchte sie, zitternd vor Kälte, die Schüler ins Schulgebäude zurück.

Fin streckte ihr die Zunge raus, als sie gerade nicht hinsah. »Pah! Passiert mal etwas Aufregendes, ist sie garantiert zur Stelle, um es dir kaputt zu machen!«

Das Grüppchen schloss sich der Schülerschar an, die sich langsam in Richtung Eingangshalle bewegte.

»Eleona?« Maurins Gesicht erschien auf einmal neben ihr. »Alles in Ordnung mit dir?«

Eleona schaute ihn einen Moment lang verdutzt an.

»Ja. Wieso?«, hauchte sie und mühte sich, ihrer Stimme einen ruhigen Klang zu geben. Ihre Hände zitterten immer noch.

»Du solltest dich mal sehen. Du bist blass wie ein Gespenst.«

Stirnrunzelnd blickte sie auf seinen Arm, den er jetzt hochhielt; fast so, als habe er vor, sie zu halten, falls sie gleich umkippen würde.

»Es geht mir gut«, murmelte sie widerspenstig.

Eleona kehrte seinem besorgten Blick den Rücken zu und betrat hinter Xaira das Schulgebäude. Ihr war allmählich richtig komisch. Als hätte sie einen Schüttelfrost oder einen Fieberschub hinter sich. Und während sie durch die finsteren Korridore ging, starrte sie, um sich von den lästigen Blicken Maurins abzulenken, hoch zu den schmalen Fenstern, die spärlich das Licht in das Gebäude sickern ließen.

In letzter Zeit geschah so etwas immer häufiger. Und seltsamerweise immer dann, wenn sie wütend war oder sich über etwas aufregte. War es etwa nicht so, dass sie sich eben ernsthaft gewünscht hatte, dass diese Kretins um Hassan endlich die Klappe halten mögen?

›Aber nein‹, dachte Eleona, während sie um die Ecke bog und in den Korridor trat, in dem ihr Klassenzimmers lag, ›das ist völlig absurd – ich habe nicht die Macht dazu, solche Dinge geschehen zu lassen. Es ist völlig albern zu denken, dass ich dafür verantwortlich bin; dass ich zu so etwas überhaupt fähig sein könnte.‹

Und doch, noch während sie vor dem Klassenzimmer langsamer wurden, jetzt, da sich eine Traube Schüler vor der Tür eingefunden hatte, konnte sie das Gefühl nicht mehr abschütteln, dass es so war.

»Hey, Eleona!« Xaira packte sie am Arm und zerrte sie durch das Gedränge. »Frag heute Professor Brandt wegen des Steins!«

Eleona sah sie verständnislos an. Ungeduldig biss sich Xaira auf die Lippen.

»Du weißt schon Eleona, *der Stein*!«

»Oh!«

Xaira zog Eleona noch die letzten paar Meter bis zu ihrem Tisch. »Frag ihn gleich am Anfang!«

Ein aufgeregtes Kribbeln erfüllte Eleonas Zwerchfell – *wie um alles in der Welt hatte sie den Stein vergessen können!*

Professor Brandt saß bereits am Lehrertisch. In seinem üblichen dunklen Hemd und der großen Hornbrille auf der langen Nase. Er war vornübergebeugt und korrigierte einige Prüfungen.

Eleona setzte sich auf den Stuhl, den ihr Xaira zurückschob. Der Rest der Klasse tröpfelte herein und während Xaira ihre Schreibutensilien hervorkramte, schwatzte sie weiter munter auf Eleona ein.

»Bin gespannt, was er dazu sagt! Ramon hat mir den Stein beim Abschied zurückgegeben. Er hat gemeint, wir können Professor Brandt ja mal wegen des Symbols fragen …«

Sie blickte nach vorn zu Professor Brandt, der jetzt dabei war, Anil etwas zu erklären.

»Ich frag ihn ein andermal«, murmelte Eleona matt. Sie wollte jetzt nicht an Ramon denken und auch nicht an den Stein. Im Nachhinein kam es ihr doch recht merkwürdig vor, was damals am Meer vorgefallen war – als hätte der Stein sie magisch angezogen! Als hätte er sie verhext. Und nun, da sie genauer darüber nachdachte: Hatte sie sich anschließend nicht noch mehrere Tage lang nervös gefühlt und nicht richtig schlafen können?

»Was? Wieso denn!«, zischte Xaira.

»Einfach so«, murmelte Eleona genervt, legte ihren Kopf auf ihre Arme und versuchte, Xairas stechenden Blick zu ignorieren.

Die Letzten, die hereingekommen waren, setzten sich. Professor Brandt stand auf und der Unterricht begann.

»Nein! Frag ihn jetzt!«, zischte Xaira, als Professor Brandt umherging und Blätter zu einem Aufstand in Arohby vor fünfzehn Jahren verteilte. »Wieso fragst du ihn nicht jetzt!«

»Weil der Unterricht schon angefangen hat!«

»Das spielt keine Rolle! Wir sind im Geschichtsunterricht! Und es geht um etwas *Geschichtliches*!«

Genervt blies Eleona die Luft aus. »Wieso fragst du ihn nicht selbst, wenn du es unbedingt wissen willst!«

»*Du* hast dieses Symbol entdeckt!«

»Ja, klar.« Eleona warf ihr einen zornigen Blick zu, hob jedoch ergeben die Hand. Sie kannte Xairas Hartnäckigkeit. Sie gab nicht so schnell auf und wenn sie etwas wollte, gab man besser nach.

Professor Brandt, der bereits mit dem Unterricht begonnen hatte, hielt inne und sah Eleona mit hochgezogenen Augenbrauen fragend an.

»Ja, Eleona? Sie haben eine Frage?«

Das Geflüster in der Klasse verstummte.

»Ich habe eine Frage zu den Schirkans, Professor«, sagte Eleona und warf Xaira einen raschen unsicheren Blick zu; doch sie nickte ihr aufmunternd zu. Auf einmal hatte sie das unangenehme Gefühl, ihm ins Wort gefallen zu sein und die Frage zu einem unpassenden Zeitpunkt gestellt zu haben.

»Zu den Schirkans?« Professor Brandt bestätigte mit seiner Tonlage unmissverständlich ihre Befürchtung. Aus dem hinteren Teil der Klasse kamen abschätzige Bemerkungen.

»Hm – ja.« Eleona war sich der vielen Blicke unangenehm bewusst. »Wir haben das Thema schon lange durch, ich weiß«, fügte sie schnell hinzu, »doch uns ist vor einiger Zeit etwas in die Finger gekommen … und dazu wollten wir unbedingt *Sie* fragen.«

Professor Brandt trat näher. Es schien ihn offensichtlich zu besänftigen, dass seine Meinung gefragt war.

»Ach ja?«

Er ließ die Blätter in seiner Hand sinken.

Eleona fühlte, wie ihr Xaira etwas Kühles unter dem Pult herüberschob und sog scharf die Luft ein. Ihr Herz, das eben noch entspannt und gemächlich geklopft hatte, fing an zu rasen. Dann fühlte sie, wie eine kühlende Leichtigkeit ihren Körper durchströmte und alle lästigen Gedanken verdrängte. Das Gefühl von Zeit und Raum entschwand und nichts war noch von Bedeutung … Sanfte Worte drangen an ihr Ohr; Eleona sah, wie sich Professor Brandts Lippen bewegten, wie sie Worte formten, deren Bedeutung ihr verborgen blieb … Dann bekam sie einen kurzen, schmerzvollen Hieb in die Rippen und zuckte zusammen.

»Los!«, zischte Xaira leise. *»Zeig ihm den Stein!«*

Professor Brandt sah sie fragend an, während Gekicher hinter ihnen ertönte.

Eleona hob die Hand. Die Knöchel der Faust, mit der sie den Stein fest umschlossen hielt, waren weiß vor Anspannung.

Professor Brandt sah sie aufmerksam an, die Stirn in schmale Falten gelegt.

»Wollen Sie mir etwas zeigen, Eleona?«

Zitternd und gegen die Übelkeit ankämpfend öffnete sie die Hand – der Stein erglomm leuchtend grün auf ihrer Handfläche. Das Licht, das vom Fenster zu ihnen herüberschien, ließ die feinen Bahnen im Steinesinneren noch deutlicher hervortreten. Sie hatte vergessen, wie unfassbar schön er war! Im nächsten Moment nahm sie wahr, wie Professor Brandt auf sie zukam und erneut befiel sie dieses unangenehme Gefühl der Besessenheit.

»Wo haben Sie den Stein her?«, fragte er sanft.

Eleona fühlte, wie Xaira unruhig neben ihr auf dem Stuhl herumzurutschen begann.

»Wir haben ihn auf dem Markplatz gefunden«, drang Fins Stimme zu ihnen herüber. »Er muss einer Zeunerin gehört haben.« Mit süffisantem Grinsen blickte er zu Xaira, die ihm jetzt einen halb dankbaren, halb wütenden Blick zuwarf. Hassan in der hintersten Reihe schnaubte laut auf.

»Oh«, sagte Professor Brandt. »Kann ich mal sehen?«

Eleona verkrampfte sich.

»Klar!«, hörte Eleona Xairas großmütige Stimme, während sie Eleona erneut in die Seite stieß.

Eleona schob die Hand etwas näher zu ihm hin und Professor Brandt nahm ihr den Stein aus der Hand. Xaira setzte sich neben Eleona kerzengerade hin und beobachtete aufmerksam, wie Professor Brandt ihren Fund zu untersuchen begann, während Eleona ihre Hände unter dem Pult vergrub. Ihre Übelkeit war jetzt so stark, dass sie befürchtete, sich jeden Moment übergeben zu müssen. Ihr Blick glitt fiebrig durch den Raum. Niemand sonst schien die gleiche Besessenheit für den Stein aufzubringen. Da und dort hörte sie bereits Getuschel oder das Kratzen von Stift auf Papier.

Dann, als der Drang, die Hand auszustrecken und ihm den Stein wieder zu entreißen, zu stark wurde, riss sie den Blick von ihm los und starrte auf die leere Tischplatte vor sich. Doch das Glühen des Steins reflektierte auf der glänzenden Oberfläche, und allmählich verlor sie den Verstand.

Endlich hob Professor Brandt den Blick und sah Eleona mit einem Glühen im Gesicht an.

»Da habt ihr einen einmaligen Fund gemacht«, sagte er. »Mir ist noch nie etwas so derart … wie soll ich sagen … *Unvergleichliches* … unter die Augen gekommen. Der Stein scheint echt zu sein. Und wie ihr bestimmt noch wisst, haben wir die Schirkans gar nicht ausführlich durchgenommen. Wir konnten es gar nicht, denn es handelt sich um Legenden … Aber hier scheint es einen Anhaltspunkt, wenn nicht sogar einen Beweis dafür zu geben, dass es sie wirklich geben könnte! Du meine Güte!« Als hätte er erst in diesem Moment begriffen, was er da gerade sagte, wirkte er auf einmal völlig außer sich und doch zu eingeschüchtert, um fortzufahren.

Eleona erwiderte zwanghaft sein bebendes Lächeln, dann blickte er wieder auf den Stein. Plötzlich weiteten sich seine Augen.

»Ja, ja, ja!«, rief er mit viel zu lauter Stimme. Er hob den Stein gegen das Licht. »Ja, da ist es! Das Symbol! Ich sehe das Symbol! Aber das kann nicht sein …« Er drehte sich um, ging mit raschen Schritten zum Pult zurück und griff nach seiner Lupe. »Ja – da muss ich – Eleona«, er sah mit fiebrigem Blick hoch, »kann ich den Stein kurz mitnehmen? Sie bekommen ihn gleich wieder zurück!« Noch bevor Eleona ein zögerndes Nicken zustande bringen konnte, war er aus dem Zimmer gerauscht.

»Ts, ts, ts«, ertönte es neben ihr. »Lonchen, was hast du denn mit dem armen Professor gemacht!«, hörte sie Fins leise, ironisch-vorwurfsvolle Stimme, während er sie breit angrinste.

»So?«, schnarrte eine Stimme hinter ihr, »ihr habt die Kette mit dem Stein also gefunden, ja?« Hassan hatte sich über sein Pult nach vorn gebeugt und sah sie abschätzig an.

»Ach, halt's Maul, Hassan!« Fin funkelte ihn wütend an, dann reckte er sich wieder zu Eleona herüber. »Wart's ab, der vergisst glatt, dass er heute unseren Aufsatz einsammeln muss.« Er zwinkerte ihr zu. »Jetzt hätte ich doch keine Nachtschicht dafür einschieben müssen.«

Xaira schlug ihm auf den Arm und er wich mit dröhnendem Lachen wieder auf seinen Platz zurück.

Im Korridor erklangen Schritte. Die Tür sprang auf, doch es war nicht Professor Brandt, der den Raum betrat. Zum Missmut aller trat die in schwarzem Rock und weißer Bluse gewandete Professorin Pekar mit zügigem, ruckartigem Schritt und hoch erhobenen Hauptes durch die Tür. In einigem Abstand folgte ihr Professor Brandt. Fin verzog das Gesicht, als hätte er in eine Zitrone gebissen.

»So!«, sagte Pekar in einem unheilvollen Ton und ließ den Blick finster über die Köpfe der Klasse schweifen – beim Anblick von Eleona hielt sie inne und ihre Augen verengten sich zu aalförmigen Schlitzen.

»Sie haben es also als *besonders witzig* empfunden, Professor Brandt auf eine so miese und hinterhältige Art zum Narren zu halten?«

»Was? Nein …«, erwiderte Eleona, doch Pekar hob die Hand und schnitt ihr das Wort ab.

»*Sie* haben in den Stein dieses Zeichen geritzt! Das kann man doch von Weitem sehen!« Eleona öffnete den Mund, doch Professorin Pekar winkte erneut ab. »Ich wünsche, Sie heute nach dem Unterricht in meinem Büro zu sehen, Eleona! Und seien Sie pünktlich!« Pekar bedachte sie noch mit einem letzten, finsteren Blick, dann rauschte sie, die Tür hinter sich zuknallend, wieder aus dem Zimmer.

»Miese, hinterhältige, alte Ratte!«, fauchte Fin mit zusammengebissenen Zähnen und Maurin sah Eleona mit leidvollem Blick an; es war ja klar, dass wieder einmal sie für alles würde büßen müssen.

»Tut mir leid!«, flüsterte Xaira, beide Hände an den Wangen. »Tut mir echt leid, Eleona.«

Eleona war so verbittert, dass sie noch nicht einmal antworten konnte. Professor Brandt trat unschlüssig vor und drückte ihr die Kette wieder in die Hand.

»Professorin Pekar war der Meinung, Sie besser zu kennen und zu wissen, dass Sie den Stein manipuliert hätten. Nun, zweifellos bin ich auf Ihren Scherz hereingefallen«, sagte er, ging zu seinem Pult zurück und richtete den Blick auf das Buch, in dem er nun zu blättern begann.

Der Stuhl neben ihr bewegte sich.

»Professor Brandt!«, sagte Xaira freiweg und Eleona hob überrascht den Blick. »Wir haben das Zeichen nicht selbst reingeritzt! Wie sollten wir das auch machen?«

Eine kurze Stille trat ein.

»Sie haben es nicht selber hineingeritzt?«, wiederholte Professor Brandt und sah sie unsicher an, nicht wissend, ob er vielleicht abermals einem Scherz aufsitzen würde.

»Nein!«, warf Fin zornig ein. »Wir hätten es gar nicht gesehen, wenn Eleona es nicht bemerkt hätte!«

Professor Brandts Blick huschte kurz zu Eleona herüber.

»Was wir eigentlich fragen wollten«, fuhr Xaira unbeirrt fort, »unabhängig von dem Stein. Was hat es wirklich mit den Schirkans auf sich?«

Professor Brandts Augen zuckten kurz.

»Könnte es sein, dass diese Bestien, die in letzter Zeit gesehen wurden, etwas mit ihnen zu tun haben?«, fragte ein anderes Mädchen aus der Klasse.

»Steht uns ein Angriff bevor?«, rief ein Junge direkt hinter ihr.

Professor Brandt räusperte sich.

»Nun«, sagte er, schlug das Buch wieder zu und fuhr sich nervös über die Stirn. »Ich denke, wir sollten jetzt keine falschen Schlüsse ziehen. Und was den Stein betrifft: Es ist nur ein Gegenstand, der, wie ich zugeben muss, mich auch ein wenig irritiert hat, doch ich möchte klarstellen, dass keine Gefahr droht. Sonst hätten *wir Lehrer*«, er lächelte bescheiden, »als Allererste davon erfahren, und ich bezweifle, dass *König Saahrrin* uns dann ins Schloss eingeladen hätte.« Er schien über die Tatsache, persönlich eingeladen worden zu sein, über alle Maßen entzückt. »Was die Schirkans anbelangt, so kann ich Ihnen auch nicht mehr sagen, als im Geschichtsbuch auf Seite hundertfünfunddreißig steht.«

Und das war dann auch schon alles gewesen.

Der Rest des Unterrichts war wieder gleich öde wie immer und Eleona, die den Stein in der Hand hin und her rollte, wurde mit der Zeit dösig. Sie folgte dem Unterricht nur noch oberflächlich, hörte ein fernes Geschwafel über den Aufstand in Arohby, wo es allem Anschein nach Eindringlinge gegeben haben soll, die den König dazu veranlassten, mehrere Dutzend Soldaten loszuschicken, um die Lage unter Kontrolle zu bringen. Doch sie verstand nicht, worum es sich handelte. Obwohl sie von Xaira daran erinnert wurde, dass ihre Eltern ja ursprünglich von dort kamen, konnte sie nicht wirklich Interesse dafür aufbringen.

Dieser Stein, so fand Eleona, hatte etwas Hypnotisches an sich, etwas, das sie sich nicht so richtig erklären konnte – als käme er aus einer anderen Welt.

Nachdem sie den Nachmittagsunterricht überstanden hatten, trottete die Bande in Richtung Eingangshalle, um sich endlich hinunter ans Meer zu stehlen, als Eleona einfiel, dass sie ja noch in Pekars Büro musste. Obwohl ihr Fin mehrfach erklärt hatte, sie müsse doch eigentlich gar nicht hingehen, da es ja nur ein *Wunsch* Pekars gewesen sei – er hätte ja auch hunderttausend Wünsche und keiner würde sie ihm erfüllen –, verabschiedete sie sich von den anderen und bog in den Korridor ein, der zu Pekars Büro führte.

»Herein«, ertönte Pekars gellende Stimme hinter der Tür, nachdem Eleona geklopft hatte, und sie trat widerwillig ein.

»Sie kommen zu spät!«, röhrte sie und ruckte mit dem Kopf zum Stuhl, der vor ihrem Schreibtisch stand.

Eleona setzte sich.

»Nun«, sagte Professorin Pekar mit derselben mühsam hohen und gekonnt giftigen Tonlage, die sie schon zuvor im Klassenzimmer zum Besten gegeben hatte, und sah Eleona glupschäugig an. »Ich höre?«

»Ich habe dieses Symbol nicht in den Stein geritzt, wenn Sie das meinen«, sagte Eleona dumpf. Sie wusste, dass es keinen Sinn hatte zu streiten. Trotzdem hatte sie nicht vor nachzugeben. Vielleicht, dachte sich Eleona, hatte das etwas mit diesem Stein zu tun, aber es fiel ihr im Moment einfach schwer, sich wegen irgendwas Sorgen zu machen.

Was konnte Pekar ihr schon anhaben? Sie konnte nicht mehr als drohen – sie hatte rein gar nichts gegen sie in der Hand. Pekars Worte waren wie das Schnauben eines zornigen Stiers: bedeutungslos und überflüssig. Nicht mehr als ein Wind, der aufkommt und auch bald wieder abflauen würde ... Das herrliche Grün strahlte durch ihre Finger. Verborgen unter der Tischplatte öffnete Eleona die Hand einen Spaltbreit und verfolgte das Schimmern des Steins.

»Eleona«, sagte Pekar schließlich, »glauben Sie nicht, dass Sie diesmal ein bisschen zu weit gegangen sind? Es scheint mir, dass diese Streiche, die nun wieder viel häufiger vorkommen in letzter Zeit, immer mehr von Ihnen ausgehen. Zu Anfang dachte ich, Ramon würde Sie dazu anstiften«, Eleonas Magen zog sich bei diesem Namen unsanft zusammen, »doch jetzt, wo er weg ist, sieht die Sache so aus, als wären *Sie* schon immer die Unruhestifterin gewesen. Und ich denke, wir sind uns einig, dass dieser Sache Einhalt geboten werden muss.«

Professorin Pekar klopfte mit der Schreibfeder auf den Tisch.

»Ich denke, mit einer Entschuldigung und einer Stunde Nachsitzen kann ich Sie noch einmal davonkommen lassen. Doch das nächste Mal muss ich leider härtere Konsequenzen ziehen.«

Pekar sah sie lächelnd an.

Das Ticken der Uhr wirkte auf einmal zu laut; allzu sehr wurde Eleona bewusst, wie die Zeit verging, und immer stärker fühlt sie den Drang, etwas zu sagen. Doch ihr Kopf war auf einmal merkwürdig leer und ein dumpfes, monotones Pochen in ihrer Schläfengegend hinderte sie am Denken.

Gerade als Eleona etwas sagen wollte, läutete die Pausenglocke und die Schüler, die noch Unterricht hatten, kehrten wieder in ihre Schulräume zurück.

Pekar stand auf. Die falsche Freundlichkeit war mit einem Mal wie weggewischt.

»So«, sagte sie mit leicht bebendem Ton und kritzelte hastig einige Zeilen auf ein Blatt Pergament. »Wenn Sie keine Entschuldigung für mich haben«, sie schnaubte laut auf, »kann ich Ihnen nicht mehr weiterhelfen. Gehen Sie zum Schulleiter! Ich habe jetzt keine Zeit mehr für solche Dummheiten! Ich muss zum Unterricht und mich um wirklich wichtige Dinge kümmern!«

Sie marschierte um ihren Schreibtisch, drückte Eleona das Blatt Pergament in die Hand und öffnete die Tür.

Eleona stand auf und als sie schließlich wieder allein im Korridor stand, öffnete sie den Brief in ihrer Hand.

»Großartig«, stöhnte sie, als sie die Anschuldigungen gegen sich durchlas. Sie überlegte kurz, den Brief zusammengeknüllt in den nächsten Abfalleimer zu werfen und zu den anderen hinunter zum Strand zu gehen. Eine leise Stimme in ihrem Hinterkopf ermahnte sie jedoch, dass die Sache nicht im Dunklen bleiben würde. Pekar würde den Verlauf ihrer Strafe genauestens verfolgen. Also schleppte sich Eleona den Korridor zurück und machte sich auf den Weg zum Büro des Rektors. Sie war gerade um die Ecke gebogen, da erkannte sie in einigem Abstand Anil, Hassan, Evalac, Dzana und Peika, die zusammenstanden und so taten, als würden sie sich rein zufällig dort aufhalten.

»Musst du etwa nachsitzen?«, höhnte die schnarrende Stimme Hassans zu ihr herüber und Dzana gackerte laut los. »Oder, wart' mal«, er hob ungläubig die Augenbrauen. »Was … musst du etwa zum *Schulleiter*?«

Peika wieherte laut auf.

»Pekar hat dich *wirklich* zum Schulleiter geschickt?«, bohrte Hassan feixend nach.

Eleona schob sich an ihnen vorbei, den Blick fest auf die Tür des Rektors gerichtet.

»Oh, ist sie etwa schlecht drauf?«, hörte sie Dzanas Stimme, überbetont besorgt. »Wäre ich auch, wenn ich *schon wieder* zum Schulleiter müsste!«

Die Tür am Flurende öffnete sich.

Eleona, die nur noch wenige Schritte von der Tür des Schulleiters entfernt war, blieb stehen. In seinen dunklen Anzug gewandet, trat der Schulleiter Professor Dipold in den Korridor. Er war mittelgroß und seine Haare waren auf den Seiten grau meliert. Er trug wie immer eine schmale Krawatte, wie es zurzeit in Bakul üblich war für bessere Leute, und Hosenträger.

»Na dann viel Spaß«, flüsterte Dzana so leise, dass nur Eleona sie hören konnte, und verschwand mit den anderen um die Ecke.

»Eleona?«, fragte Professor Dipold und blieb stehen. Sein Gesicht wirkte freundlich, wenn auch ein wenig besorgt. »Möchten Sie zu mir?«

Eleona nickte, während sie Hassans Kopf an der Ecke nochmal auftauchen sah. Er grinste übers ganze Gesicht, als er sie ins Schulleiterbüro gehen sah, dann schloss sich die große Tür hinter den beiden.

Das Büro von Professor Dipold war in vielerlei Hinsicht anders als das der Pekar. Sein Schreibtisch quoll vor Pergamentrollen über und an den Wänden hingen Zeichnungen von Schülern, die er geschenkt bekommen hatte; ein Regal war vollgestopft mit Büchern und sonstigen Gegenständen und es hätte nicht deutlicher sein können, dass er sich nicht sonderlich viel aus Ordnung machte. Professor Dipold trat mit langen Schritten hinter seinen Schreibtisch. Hinter ihm hing ein Schild, auf dem »Das Genie beherrscht das Chaos« stand.

»Nun«, sagte er und wies freundlich auf den Stuhl, der wie bei Professorin Pekar vor seinem Schreibtisch stand. »Setzen Sie sich bitte.«

Eleona setzte sich. Professor Dipold sah den Brief in ihrer Hand und streckte seine Hand aus.

»Eine Mitteilung für mich?«

Eleona gab ihn zögernd dem Schulleiter. Er las das Gekritzel Pekars kurz durch, dann hob er den Blick.

»Ist es wahr?«, fragte er, »haben Sie Professor Brandt mit diesem … *Stein* hereingelegt?«

»Nein«, murmelte Eleona wie schon zuvor bei Pekar, doch mit etwas freundlicherer Stimme. »Wir haben diese Kette mit dem Stein auf dem Marktplatz gefunden; wahrscheinlich gehörte er einer Zeunerin.« Sie wollte Xaira nicht in Schwierigkeiten bringen, also blieb sie bei der Geschichte. »Wir haben nichts an ihm gemacht. Wir haben das Zeichen erst später entdeckt.«

Der Schulleiter ließ einen Moment den Blick seiner warmen, braunen Augen auf ihr ruhen, dann hob er die Hände vom Tisch.

»Nun. Das lässt sich ganz leicht aufklären. Haben Sie die Kette hier?«

Eleona verkrampfte sich, wie schon zuvor bei Professor Brandt.

»Was?«, hauchte sie.

»Die Kette, haben Sie sie hier?«

»Professor Brandt hat gemeint«, begann Eleona, während sie sich bemühte, ihre Hand ruhig zu halten, »der Stein sehe echt aus. Wir wollten ihn eigentlich nur fragen, ob er Genaueres über die Schirkans weiß, da war er so begeistert von dem Stein, dass er direkt mit ihm zur Pekar gerannt ist.«

»Professorin Pekar, Eleona«, sagte Professor Dipold streng und streckte seine Hand aus.

Eleona rutschte auf dem Stuhl ein wenig vor, dann legte sie ihm die Kette mit bebender Hand in seine geöffnete Handfläche. Mühsam beherrscht lehnte sie sich wieder in den Stuhl zurück und sah zu, wie er den Stein nun nachdenklich in seiner Hand hin und her zu drehen begann. Ihr war sterbenselend zumute. Dauernd hatte sie das Gefühl, etwas schwirre ihr um den Kopf, während ihr der Schweiß an den Schläfen herabrann. Eleona strich sich die Haare über die Schultern und versuchte, sich auf die Buchstaben der vielen Blätter auf dem Tisch zu konzentrieren. War es schon vorher so erdrückend heiß hier drin gewesen? Sicher hatte er den Ofen zu stark eingeheizt.

»Dieses Symbol«, flüsterte Professor Dipold, »könnt ihr gar nicht selbst in den Stein hineingraviert haben; das hat Professor Brandt sehr richtig erkannt. Es ist *echt*, sofern es echt sein kann.« Er fuhr sich gedankenverloren mit der Hand über die Stirn. »Auf jeden Fall kann es niemand gemacht haben, der sich mit Magie nicht auskennt … Das Symbol ist im Stein *drin* … Es ist verschmolzen mit dem Stein selbst …« Er setzte sich aufrechter hin und zog, wie schon zuvor Professor Brandt, seine Lupe aus dem Schreibfach. »Ja, das …« er sah von der Lupe auf. »Aber wenn … wenn es das ist, was ich vermute … dann … muss es sie wirklich geben …«

Er brach ab und streckte Eleona den Stein plötzlich so jäh und ruckartig entgegen, als hätte er sich daran verbrannt.

»Nehmen Sie ihn«, sagte er und stand auf. »Nehmen Sie ihn. Und … passen Sie gut auf ihn auf.« Er wischte sich mit einem Taschentuch über die Stirn. Sein Gesicht war auf einmal bleich. »Gehen Sie … wir sind fertig. Ich muss … muss noch einige Dinge erledigen …«

Eleona stand unschlüssig auf. »Aber was ist mit meiner Bestrafung.«

»Mit der Bestrafung?«, fragte Professor Dipold irritiert. »Oh. Nun, ich habe kein Verbrechen entdeckt. Sie … haben den Stein nicht manipuliert, also gibt es auch keine Bestrafung.« Er zögerte, während sich feine Linien auf seiner Stirn abzeichneten. »Ich möchte Sie allerdings darum bitten«, er hielt kurz inne und seine Augenlider zuckten nervös, »niemandem zu erzählen, was wir hier besprochen haben. Es könnten gefährliche Gerüchte entstehen. Jetzt, da ohnehin schon viel geredet wird.« Er sah sie mit einem merkwürdigen Ausdruck im Gesicht an. »Es würde die Menschen hier in Bakul nur in Angst und Schrecken versetzen. Das … das verstehen Sie doch sicher.«

Er legte seine bebende Hand auf ihre Schulter und trat mit ihr über die Schwelle. Kaum waren sie draußen, schloss er eilig die Tür ab und wandte sich noch einmal zu ihr um.

»Also dann, Eleona. Ich muss jetzt los. Machen Sie's gut.« Er lächelte aufgesetzt, hob die Hand zum Gruß und ging dann raschen Schrittes davon.

Eleona sah ihm stirnrunzelnd nach. Doch als sie hinab auf ihre geöffnete Hand blickte und das sanfte Glühen des Steins erblickte, waren all ihre Sorgen und Bedenken auf einmal wieder wie weggewischt. Die dunklen Korridore glitten an ihr vorüber, während sie in Richtung Ausgang ging, ohne dass sie es wirklich wahrnahm. Plötzlich stand sie vor dem Ausgangstor und trat hinaus ans helle Sonnenlicht. Es war ihr noch gar nicht aufgefallen, dass die dicke Wolkenschicht, die seit Tagen fest über ihnen gelegen hatte, aufgebrochen war. Eleona betrat den Schulhof und während sie über die Pflastersteine trat, fühlte sie sich auf einmal leicht und sorglos. Das Ferranssymbol, das sie mit seinem großen, hässlichen Kopf anstarrte, hinterließ keine düstere Stimmung in ihr und auch sonst kam ihr das Leben gar nicht mehr so trübsinnig vor. Selbst der Gedanke an Ramon schmerzte nicht mehr ganz so sehr. Eigentlich war es egal, wo der Stein herkam, dachte sich Eleona. Und während sie so ging und von einem unerwarteten Glücksgefühl durchflutete wurde, hielt sie plötzlich inne – der Stein, der sich zuvor noch schwer angefühlt hatte, war jetzt auf einmal leicht geworden … leicht und warm.

Eleona sah hinab auf ihre Handfläche und während der Stein immer wärmer wurde, verstärkte sich das rote Glühen in seinem Inneren, breitete sich stetig aus, bis – der gesamte Stein sich in ein leuchtendes Scharlachrot verwandelt hatte! Mit heftig pochendem Herzen starrte sie ihn an. Sie wollte gerade losrennen, um ihn den anderen zu zeigen, als ihr die mahnenden Worte Dipolds durch den Kopf schossen. Sie hatte noch nie Geheimnisse vor ihren Freunden gehabt. Und es widerstrebte ihr zutiefst, welche zu haben. Doch anstatt die Abbiegung zum Meer zu nehmen, bog sie in die Kaistenbergstraße ein. Wenn sie etwas vor den anderen verheimlichen wollte, dann ging sie am besten gleich nach Hause. Maurin würde sofort merken, dass etwas nicht stimmte, und Xaira würde so lange auf ihr herumhacken, bis sie es schließlich doch aus ihr herausquetschte.

Soya

Als Eleona am nächsten Morgen nach ihrem Stein auf dem Nachttisch tastete, sah sie, dass er sich wieder in ein klares Grün verwandelt hatte. Sie fuhr sich durchs Haar und setzte sich auf. Normalerweise wäre sie im Bett geblieben, bis Lenidras sie aus den Federn gescheucht hätte. Doch der Stein hatte etwas an sich – Eleona fühlte kaum merklich ein Lächeln über ihr Gesicht streichen –, dass es sich lohnte aufzustehen.

In der Nacht hatte sich der Stein wieder abgekühlt. Kühl und schimmernd lag er in ihrer Handfläche. Das Schirkanssymbol jedoch stach deutlicher hervor denn je.

Ein leises Knarren auf der Treppe ertönte, dann wurde die Tür leise aufgeschoben.

Lenidras' Kopf erschien im Türspalt.

Unwillkürlich ließ sie den Stein in ihrer geschlossenen Hand verschwinden.

»Du bist schon wach?«, fragte er.

»Was?« Abschätzig sah sie in sein ratloses Gesicht. »Kann ich nicht mal von alleine aufstehen?«

Langsam trat er in ihr Zimmer.

Eleona wusste, dass sie nicht die vorbildlichste Enkelin war, es war jedoch völlig ungerechtfertigt, dass er so überrascht war.

»Es ist das erste Mal seit …« Er überlegte, »fünfzehn Jahren, dass du von alleine aufstehst«, gestand er. »Ich hatte mich auf den allmorgendlichen Kampf eingestellt.«

Eleona verdrehte die Augen. Er lächelte.

»Natürlich können …«, sagte er, doch als er den Kopf wieder hob und sie ansah, erstarrte er jäh und seine Augen begannen unruhig zu flackern.

»Was?«

Eleona fuhr sich mit der Hand durchs Haar.

Lenidras hielt sich am Türrahmen und am Gehstock fest, um nicht umzufallen.

»Was?«

Lenidras flüsterte etwas, brachte jedoch immer noch kein klares Wort heraus.

Aufgebracht trat Eleona hinüber zum Spiegel: Ein blasses Gesicht mit langen, dunkelbraunen Haaren und smaragdgrünen Augen blickte ihr entgegen. Gerade umwerfend sah sie nicht aus, so früh am Morgen; ihre Haare waren verknotet und es war nicht zu bestreiten, dass es ihr gutgetan hätte, etwas mehr an die Sonne zu gehen. Doch viel brauner wurde sie ohnehin nicht. Eleona rieb sich die Wangen, wie Xaira es immer tat, um rote Bäckchen hervorzuzaubern. Doch nicht einmal das funktionierte bei ihr. Sie wurde noch nicht einmal rot. Als hätte sie zu wenig Blut.

»Eleona«, hörte sie Lenidras' bebende Stimme und ein flehender Ausdruck lag in seinem Gesicht. »Es tut mir leid.« Er schüttelte den Kopf. »Ich dachte, ich hätte da was gesehen …«

»Was? Was gesehen?«

Lenidras hob abwehrend die Hand.

»Was hast du gesehen?«, fragte Eleona zornig und griff ihn am Arm. Im selben Moment jagte eine Art elektrischer Schlag durch ihren Körper und sie ließ ihn los. Unterbrochen durch das laute Hämmern ihres Herzens hörte Eleona das erschreckte Aufkeuchen ihres Großvaters. Etwas hatte ihn von ihr zurückgestoßen – wie sengendes Feuer hatte es sich angefühlt.

Für einen Moment blieb Lenidras reglos stehen, fasste sich an die Schläfe; dann schloss er die Augen.

»Was ist passiert?«, fragt er leise.

»Was meinst du?«, flüsterte Eleona.

»Ist …« Seine Stimme klang plötzlich heiser. »Ist in letzter Zeit etwas Merkwürdiges passiert? Hast du …« Er verstummte und hob den Blick. »Hast du jemanden kennengelernt?« Seine Stimme bebte. »Hat dir jemand ein Geschenk gemacht?«

Eleona, die den Stein in ihrer Hand pulsieren spürte, schüttelte heftig den Kopf. Sie hätte die Hand öffnen und ihm den Stein zeigen können, doch irgendetwas, irgendeine leise, ferne Stimme in ihrem Kopf hielt sie davon ab.

»Willst du mir sonst etwas sagen?«, fragte er. »Gibt es da etwas, das du mir sagen willst, Eleona!«

»Nein.«

»Eleona«, flüsterte er. »Hör mir zu …« Lenidras schwankte ein bisschen, als er näherkam. In seinen Augen lag Wehmut und Verzweiflung zugleich. »Das wegen dem Ausflug zum Schloss Siramon …«

Eleona sah, wie er seine linke Hand nach ihr ausstreckte und sie dann auf halbem Weg wieder zurückzog.

»Ist schon gut«, krächzte Eleona. »Ich muss da nicht hin.«

»Du … willst *nicht*?«

»Nein.« Eleona schüttelte den Kopf. »Ich … hab's mir anders überlegt. Du hattest recht.« Eleona hielt den Blick fest auf ihre Kleider geheftet, die sie vom Stuhl hob. »Es ist zu gefährlich. Das mit diesen Bestien und so. Ich muss da nicht hin.«

Es hatte keinen Sinn zu streiten. Es war klar, wer gewinnen würde. Xaira würde ihr ein gutes Alibi verschaffen.

»Also, ich …«, begann Lenidras, doch Eleona hob ihre Kleider.

»Ich muss zur Schule«, erinnerte sie ihn.

»Natürlich.« Lenidras nickte leicht.

Eleona wandte sich von ihm ab. Kein Geräusch deutete darauf hin, dass er gegangen war. Sie konnte förmlich seinen Blick im Nacken spüren.

»Eleona?«, hörte sie seine Stimme erneut hinter sich.

Mit einem bohrenden Gefühl in der Brust drehte sie sich zu ihm um.

Der Stock in seiner Hand zitterte. Tiefe Furchen hatten sich in seine Stirn gegraben und die Art und Weise, wie er dastand und diese verhaltene, leicht bebende Stimme erinnerten an jemanden, der etwas gestehen musste …

»Beeil dich«, murmelt er jedoch nur, »ich habe Pfannkuchen für dich gemacht.«

Er hob die Hand, dann setzte er den Stock einen halben Schritt vor sich auf den Boden, stützte sich darauf ab und ging die knarzende Treppe hinab.

Das schnelle Pochen des Steins hatte nachgelassen und Eleona starrte entsetzt auf ihn hinab, als ihr plötzlich schlagartig bewusst wurde, dass er den Pulsschlag ihres Herzens übernommen hatte.

Nachdem sie sich gezwungen hatte, einige Bissen von Lenidras' Pfannkuchen hinunterzuwürgen, die er extra für sie gebacken hatte, musste sie sich tatsächlich beeilen, um pünktlich zum Unterricht zu kommen, obwohl sie um einiges früher aufgestanden war als jemals zuvor. Hätte sie jedoch gewusst, als sie in letzter Sekunde in den Klassenraum rauschte und sich atemlos neben Xaira auf den Stuhl fallen ließ, dass sich dieser Tag als das reinste Fiasko herausstellen würde, hätte sie sich nicht beeilt, rechtzeig zu kommen. Schlimm genug, gleich zu Beginn Mathe bei der Professorin Pekar zu haben und dauernd deren bissige Bemerkungen über sich ergehen lassen zu müssen, nun, da sie erfahren hatte, dass Eleona ohne die geringste Strafe davongekommen war. Später im Sportunterricht musste sie dann auch noch feststellen, dass Professor Lehnar das Thema Klettern anscheinend noch lange nicht durchhatte. Seit einiger Zeit hatte er eine Faszination fürs Klettern und schien besessen davon zu sein, sie zu wahren Kletterprofis ausbilden zu können. Da Eleona jedoch ab einem Meter über dem Boden aus unerklärlichen Gründen unter Angstattacken litt, wurde jede Übungsstunde zur wahren Tortur für sie. Allmählich begann sie sich ernsthaft zu fragen, was sie mehr hasste: die Unterrichtsstunden bei der Pekar oder Sport – und das war wirklich bedenklich.

»Kommt alle hier rüber!«, gellte Professor Lehnars Stimme. Mit seinen blonden, verstrubbelten Haaren winkte er die Klasse aufgeregt zu sich. Eine Pfeife baumelte um seinen Hals und seine

Wangen waren leicht gerötet; hinter ihm ragten die gigantischen Kletterstangen bis zur Decke.

»In dieser Stunde werde ich euch ein paar Tricks beibringen, wie ihr es am besten anstellt, so schnell wie möglich nach oben und wieder herunterzukommen!«

Eleona sah kurz zu den Kletterstangen und schaute dann rasch wieder weg. In ihrem Bauch begann es zu rumoren.

»Am Schluss wird es einen Wettkampf mit vier Gruppen geben! Jeder hat einen Durchlauf. Mit Handschlag löst ihr euch ab. Die Gruppe, die am schnellsten durch ist, hat gewonnen!« Professor Lehnar klatschte in die Hände. »Also! Kommt alle näher!«

Die Schar bewegte sich und Eleona zwang sich, ihre Augen fest auf Lehnars Rücken zu heften, der sich immer höher an der Stange zur Decke hocharbeitete. Fin rieb sich neben Maurin aufgeregt die Hände.

»Das wird super!«, flüsterte er.

Xaira, die ganz begeistert in ihren neuen Schuhen hin und her trippelte, bekam rosa Flecken im Gesicht.

»Und jetzt seht zu!« Professor Lehnar hob in einer dynamischen Bewegung den Arm und schwang sich zur Seite, um sich dann im nächsten Moment um die Stange immer schneller nach unten zu drehen. Eleona lehnte sich kraftlos an die kühle Wand. Ihr war auf einmal schwindlig. Mit einem federnden Sprung landete Lehnar auf der Matte. Eleona sah nach vorn und blickte in sein verschwommenes Gesicht. Seine Stimme hörte sich an wie durch eine Glasglocke hindurch. Sie verstand nicht, was er sagte. Punkte tanzten vor ihren Augen. Die Stimmen der Schüler brummten monoton, als würde sie sich in einem Bienenschwarm befinden.

»Eleona, sind Sie schon in einer Gruppe?«, hörte sie plötzlich Lehnars Stimme merkwürdig gedehnt vor sich.

Eleona schüttelte den Kopf. Sie hatte gar nicht gemerkt, dass sich Gruppen gebildet hatten.

»Geht es Ihnen nicht gut?«, fragte er weiter. Sein Gesicht kam näher. Eine viel zu warme Hand berührte ihre Stirn. »Sie sind ja eiskalt!«, stellte er entsetzt fest und Eleona hörte, wie er erschrocken die Luft einsog. »Kommen Sie«, sagte er und führte sie zur anderen Seite der Halle. »Setzen Sie sich.«

Eleona ließ sich das nicht zwei Mal sagen. Kraftlos glitt sie zu Boden und schloss die Augen.

»Versuchen Sie, trotzdem etwas zuzuschauen«, hörte sie Lehnars Stimme über sich. »Dann können Sie vielleicht in der nächsten Unterrichtsstunde üben.« Seine Worte klangen jedoch alles andere als hoffnungsvoll.

Lehnar ließ sie sitzen und ging wieder zu den anderen. Es war immer dasselbe. Sie hätte viel dafür gegeben, etwas gegen diese Höhenangst tun zu können, sie irgendwie in den Griff zu bekommen. Die kühle Wand an ihrem Rücken tat gut und beruhigte das Flimmern in ihrem Kopf.

Eigentlich hatte sie Sport immer gemocht, doch in letzter Zeit konnte sie das nicht mehr behaupten. Eleona blickte kurz hinüber – Fin war gerade dabei, eine jener spektakulären Übungen Lehnars auszuprobieren; er rutschte ab, konnte sich noch in letzter Sekunde an der Stange festhalten, sodass es quietschte, und zog sich wieder hoch – mit einer Gänsehaut im Nacken, wandte sie den Blick rasch wieder ab. Die Vorstellung, den sicheren Boden zu verlassen, versetzte sie aus unerklärlichen Gründen in Panik. Das war schon immer so gewesen, seit sie klein war, und es wurde auch nicht besser. Im Gegenteil; es kam ihr sogar so vor, dass es umso schlimmer wurde, je älter sie wurde. Mittlerweile wurde ihr schon schlecht, bevor sie es überhaupt probiert hatte – rein prophylaktisch, um ja nicht erst in Versuchung zu kommen.

Nach Stunden, so kam es Eleona vor, verließen sie endlich die Turnhalle und traten auf den mit Schülern überfüllten Pausenhof. Obwohl es fast Winter war, brannte die Sonne heute außergewöhnlich stark. Eleona öffnete ihre Jacke. Ihr war viel zu heiß. Sie spürte den Stein angenehm kühl an ihrer Haut neben dem Medaillon liegen. Erstaunlicherweise verschob sich das Medaillon immer gerade so weit, dass sie nie direkt übereinander lagen – als würden sie sich gegenseitig abstoßen.

»Und?«, fragte Xaira und setzte sich auf die Mauer.

»Und was?«, murmelte Eleona.

»Die Kette!«, funkelte Xaira sie an. »Was ist damit? Was ist los? Wieso musstest du nicht nachsitzen?« Weil sie heute Morgen so spät zur Schule gekommen war, hatte Xaira noch gar keine Gelegenheit gehabt, sie darüber auszuquetschen.

»Die Pekar hat mich zum Schulleiter geschickt«, gestand Eleona. So viel konnte sie ihr verraten.

Xaira riss die Augen auf. »Sie hat was? Wieso? Und was ist dann passiert?«

»Er hat mir die Geschichte abgekauft«, sagte Eleona und versuchte diplomatisch zu sein. »Das mit dem Reinlegen und so, dass ich das nicht gewollt habe. Er glaubt, es ist ein Missverständnis. Jedenfalls hat er mich laufen lassen.« Gut. Diplomatisch war etwas untertrieben. Eleona hasste sich dafür, Xaira anzulügen.

»Was? Er hat dich einfach so gehen lassen?« Fin schaute sie ungläubig an. »Wow! Deshalb war die Pekar heute früh so blendender Laune!« Er grinste anerkennend.

»Kann ich ihn sehen?«, fragte Xaira prompt. »Professor Brandt hat den Stein angeschaut, als ob er weiß nicht was darin sehen würde!« Sie verdrehte mit einem leicht überheblichen Blick die Augen; es handelte sich immerhin um ihren »Fund«.

»Ähm …«, sagte Eleona.

»O nein! Du musstest ihn abgeben?!« Xaira fluchte leise. »War ja klar!«

»Pffff …«, machte Fin. »Hast du Professor Dipold eigentlich bestochen, dass er dich einfach laufen lässt?«

»Ja, komisch, oder? So kennt man ihn gar nicht.« Xaira runzelte die Stirn und biss von ihrem Pausenbrot ab.

»Er war, glaub ich, ziemlich im Stress«, murmelte Eleona. Lustlos drehte sie den Apfel in ihrer Hand. »Hat vermutlich keine Zeit gehabt, sich noch länger mit mir abzugeben.«

»Er ist in letzter Zeit dauernd im Stress«, bestätigte Maurin und Eleona war froh, dass das Gespräch eine andere Richtung nahm.

»Pah!«, sagte Fin mit vollem Mund. »Der Pekar hast du es so richtig gezeigt!« Er reckte sich genüsslich zum Himmel empor.

Als wären seine Worte ins Lehrerzimmer geflattert, kam die Pekar durch das große Tor und betrat mit düsterer Miene den Pausenhof.

Fin winkte ihr strahlend zu. »Siehst du, wie blendender Laune sie ist?«

Eleona verzog den Mund.

»He!«, sagte Fin und trat mit dem Fuß gegen den weißen Verputz. »Wer hat eigentlich meinen Skorpion weggewischt!«

»Deinen Skorpion?« Xaira blickte angewidert drein. »Du weißt schon, was er bedeutet?!«

»Wieso, ist doch ein hübsches Tier.«

»Fin! Diese Leute sind kaltblütig! Die zögern nicht, jemanden umzubringen!«

»Weiß der Hausmeister eigentlich, was ihm blüht, wenn die Ferrans herausfinden, wer sie einfach ausradiert hat?«, fragte Fin. »Das mögen die nämlich gar nicht.« Er sah hinüber zur Pekar. »Ich hoffe, die Pekar war's!«, sagte er plötzlich mit dämonischem Glimmen in den Augen. »Stellt euch nur mal vor ... wie die Ferrans heimlich nachts in Pekars Haus schleichen und sie dann in ihrem Nachthemd erwischen ...« Ein verträumter Ausdruck legte sich in seine Züge. »Keine Mathe mehr bei der Pekar ...« Fin lehnte sich träumerisch gegen die Mauer und während er weiter auf sie einredete, schweiften Eleonas Gedanken zum Stein in ihrer Jackentasche.

Ihre Finger glitten unablässig über die eben-glatte Oberfläche ... Ob er sich wohl schon wieder verändert hatte? Welche Farbe er jetzt wohl trug? Würde sie es mitbekommen, wenn dies abermals geschehen würde? Was war der Grund dafür? Weshalb veränderte er überhaupt die Farbe?

Ein Zeigefinger bohrte sich in ihren Arm.

»Was!«, keuchte Eleona und blickte in das vor ihr auftauchende Gesicht.

»Herzlichen Dank, Eleona!«, sagte Fin. Seine Mundwinkel verzogen sich zu einem noch breiteren Grinsen. »Herzlichen Dank, dass du diesen Tag zu einem meiner Besten gemacht hast! Hörst du eigentlich nicht zu?« Er nahm ihre Hand und schüttelte sie. »Bist wohl heute nicht so ganz bei der Sache, wie?«

»Hmm«, murmelte Eleona, die immer noch nicht verstanden hatte, worum es eigentlich ging.

»Ich danke dir dafür, dass du die Pekar vergrault hast!« Fin sah sie abschätzig an und ruckte mit dem Gesicht hinüber zur Pekar, während er seinen Mantel auszog. »Jetzt kapiert?«

Eleona nickte – der Geruch von Xairas reich belegtem Pausenbrot drang ihr in die Nase und ihr Magen begann zu rebellieren. Sie zog den Schal von ihrem Hals und blinzelte in die Sonne. Für einen Novembertag war es viel zu warm. Mühsam befreite sie sich aus den Ärmeln ihres schwarzen Mantels, dann sah sie Lehnars federnden Gang – seine Gestalt schien sich wie ein hüpfender Ball über den Pausenhof zu bewegen. Und während sie versuchte, den Geruch von Xairas Brot auszublenden, verzerrte sich ihr Blickfeld und Lehnar verschwamm in einem Gemisch von bunten Farben – der Apfel fiel ihr aus der Hand; sie sah ihn über die Mauer rollen, dann stürzte er über den Rand und verschwand aus ihrem Blickfeld.

»Das war vorhin echt super!« Fins Stimme drang gedämpft an ihre Ohren. »Ich könnte das jeden Tag machen. Habt ihr gesehen, wie ich die Drehung am Schluss so richtig im Griff hatte? Habt ihr gesehen, wie schnell ich war?«

Helle, getupfte Lichtflecken erschienen vor Eleonas Augen.

»Das nächste Mal will ich die Drehung in die andere Richtung versuchen!«

»Vielleicht bringt er uns auch noch den Lelup bei! Hat echt krass ausgesehen, als Lehnar ihn vorgemacht hat! Echt der Wahnsinn!«

»Eleona?«

Eleona legte ihre Handflächen auf die kühle Mauer und versuchte, nicht ohnmächtig zu werden. Hände hielten sie an der Schulter und verhinderten, dass sie zur Seite kippte.

»Eleona!«

Die Stimmen drangen wie von ganz weit weg zu ihr vor.

»Ich glaube, sie fällt gleich in Ohnmacht!«

Eleona blinzelte und versuchte sich an den hellen, aufsteigenden Punkten festzuklammern. Die Stimmen entfernten sich. Sie wollte sich nur noch hinlegen und sich möglichst nicht übergeben müssen.

»Eleona, sag was!«

›Bitte nicht bewegen‹, dachte sie verzweifelt. »Kann ich mich kurz hinlegen, bitte?«, flüsterte sie. Alles drehte sich, als befände sie sich auf einem Karussell.

Der Arm, der um ihre Taille gelegt war, bewegte sich. Dann fühlte sie die kühle Mauer hinter ihrem Rücken. Eleona ließ den Kopf erleichtert auf den kalten Stein sinken.

»Wir sollten sie in den Schatten legen.«

»Wieso das denn? Es ist November! Die Sonne ist doch gar nicht mehr stark!«

»Sie ist eisig kalt!«, hörte sie Xairas nervöse Stimme.

Doch Eleona spürte keine Kälte. Sie nahm nur wahr, wie ihr ganzer Körper in Schweiß ausbrach.

»Ich glaub, sie ist krank.«

Abermals spürte sie Hände auf ihrer Stirn.

»Wieso bist du überhaupt zur Schule gekommen?«, hörte sie jetzt Maurins vorwurfsvolle Stimme.

Eleona blinzelte angestrengt gegen das helle Licht. Ein dunkler Fleck vor ihren Augen wurde größer, plötzlich veränderte sich seine Form und nahm Umrisse an. Fins Augenbrauen schoben sich auseinander und ein Grinsen erhellte seine Züge.

»Lonchen.«

Er schüttelte den Kopf.

»Was machst du denn wieder für Sachen?«

Eleona verzog das Gesicht. Langsam kehrte das Gefühl wieder in ihre Beine zurück.

»Du wärst heute besser zu Hause geblieben«, sagte Maurin vorwurfsvoll.

»Ich habe mich am Morgen noch gut gefühlt«, murmelte Eleona. Das stimmte sogar. Am Morgen war noch keine Spur von Übelkeit dagewesen.

»Du musst nach Hause«, sagte Xaira entschlossen und sprang von der Mauer.

»Ich weiß nicht.«

»*Ich weiß nicht*«, äffte Xaira sie verächtlich nach. »Du bist schneeweiß, Eleona! Du solltest dich mal sehen! Du siehst aus wie ein Gespenst!«

»Okay«, sagte Eleona und verzog das Gesicht. Das war nun etwas übertrieben. Langsam richtete sie sich wieder auf.

Maurin war sofort zur Stelle.

»Geht's?«, fragte er mit besorgter Stimme, während sich seine Arme vorsichtig unter ihre Achseln schoben.

»Ja«, maulte Eleona. »Du kannst mich jetzt loslassen.«

»Am besten kommst du einfach nicht mehr zum Sport. Echt«, fügte er auf Eleonas finsteren Blick mit beschwichtigter Miene hinzu. »Ich habe mal meine Mutter über die Höhenangst sprechen hören. Das ist ernstzunehmen!«

»Mmmm«, murmelte Eleona. Ihr Blick fiel auf den verlassenen Pausenhof. Hatte es etwa schon geläutet? »Geht ruhig«, flüsterte sie und löste sich aus Maurins Griff. »Ihr schreibt eine Prüfung.«

»Ich bring dich nach Hause«, sagte Maurin bestimmt.

»Das musst du nicht, Maurin.«

Xaira schürzte die Lippen. »Ich habe mir noch gedacht heute Morgen, du siehst so komisch aus«, sagte sie und fixierte Eleona mit zusammengekniffenen Augen. »Du warst so bleich und so …«, sie schauderte. »Ich weiß auch nicht, du hast ausgesehen, als hättest du irgendwelche giftigen Pilze gegessen … Deine Augen waren so …«, sie schüttelte abermals den Kopf, »so merkwürdig.«

Eleona murmelte etwas Zusammenhangloses, beugte sich vor und ließ ihre Beine über die Mauer fallen. Sie taten ja alle gerade so, als sei sie frisch von den Toten auferstanden. Dann fiel es ihr plötzlich wieder ein: Sie taumelte und hielt sich an der Mauer fest und bevor sie es verhindern konnte, traten unweigerlich die Bilder von heute Morgen in ihr Bewusstsein – Lenidras, wie er sie angesehen hatte, als würde ein Monster aus ihrem Gesicht herausblicken.

»Hey Eleona, geht's?« Maurins Stimme war ganz nah.

»Es geht mir gut.« Stirnrunzelnd ließ Eleona die Mauer los.

Eine halbe Stunde später trat sie endlich über die Schwelle und schloss entnervt die Tür hinter sich. Maurin hatte sich nicht davon abbringen lassen, sie bis nach Hause zu begleiten. Erst vor der Haustür hatte er sie ihrem Schicksal überlassen.

Eleona hängte ihren Mantel an die Garderobe, dann trat sie in die Küche. Eine Nachricht für sie haftete am Klemmbrett:

Ich bin gegen Abend wieder zurück
Lenidras

Eleona ließ sich im Wohnzimmer in einen der Sessel fallen. Es tat gut, dazusitzen und nicht mehr vorgeben zu müssen, sie würde sich gut fühlen. Es ärgerte sie, immer diejenige zu sein, die irgendetwas hatte. ›*Wie ein Gespenst*‹, dachte Eleona verbittert, die Xairas Stimme wieder im Ohr hatte, und öffnete ihre Hand. Das Schirkanszeichen im Stein schimmerte im Licht, das durch das Fenster fiel. Unvergleichlich und wunderhübsch. Das Glühen in seinem Inneren wurde stärker. Stärker und kräftiger. Und im nächsten Augenblick veränderte sich auf einmal die Farbe und wechselte von Grün zu einem leuchtend hellen Rot. Der Stein erglühte wie glimmende Kohle, sodass sie ihn kaum noch in den Händen halten konnte. Eleona sog entsetzt die Luft ein und sah ungläubig auf das rötliche Glühen. Und während sie ihn von der einen in die andere Hand gleiten ließ, veränderte sich plötzlich die Struktur des Steins. Das Licht vermischte sich mit dem Rot, und auf einmal erglommen in winziger, verschnörkelter Schrift einige Buchstaben und ergaben ein Wort:

Soya

Eleona starrte auf die gleißenden Buchstaben. Irgendetwas sagte ihr dieses Wort. Sie drehte den Stein in alle Richtungen, doch wie immer sie ihn auch drehte, es war wie mit dem Symbol – immer passte es sich ihrem Blickwinkel an. Es schien, als würden die blutroten Lettern aus dem Inneren des scharlachroten Steins herausleuchten, als würde jeder einzelne Buchstabe aus winzig kleinen Flammen bestehen. Eleona blickte starr auf die flackernden Lichter und überlegte, wo sie dieses Wort schon einmal gehört haben konnte. Es klang wie ein Name. Sie fuhr mit den Fingern über die glühend rote Schrift, als wollte sie sich vergewissern, dass die Buchstaben nicht wirklich brannten. Doch obwohl der Stein immer noch scharlachrot war, fühlte er sich jetzt wieder angenehm kühl an.

Und während Eleona dasaß, den Blick auf den Stein geheftet, und darauf wartete, dass sich vielleicht ein neues Wort zeigte, verstrich die Zeit.

Sie schreckte auf, als sie plötzlich den Schlüssel im Schloss hörte und die Haustür mit lautem Quietschen aufging. Das Windspiel ertönte, dann hörte sie Lenidras' Schritte im Korridor.

Sie hatte nicht bemerkt, wie sich der Himmel verfärbt hatte und im Wohnzimmer allmählich schwärzeste Nacht hereingebrochen war. Gleich darauf erschien Lenidras' dunkler Umriss im Korridor und er machte Licht.

»Eleona?«,

Eleona blinzelte gegen das helle Licht.

Lenidras blieb überrascht stehen und der besorgte Ausdruck von heute Morgen erschien wieder in seinem Gesicht.

»Du …«, sagte er leise und lächelte gequält. »Du bist hier?« Seine Stirn kräuselte sich. »Brauchst du denn kein Licht?«

»Ich … bin eingeschlafen«, log sie murmelnd. Sie war eine miserable Lügnerin.

Lenidras lächelte. Anscheinend sah sie wirklich verpennt aus.

»Das war eine lange Reise.«

Er seufzte schwer, ging zur Anrichte und packte seine Tasche aus. Anscheinend war er noch einkaufen gegangen.

»Hmm …«, entgegnete Eleona, die ihm dabei zusah, wie er Obst und Gemüse verstaute, und lehnte sich wieder in den Sessel zurück. Nicht dass sie Lenidras sonst nicht an ihrem Leben teilhaben ließ, aber sie fand es besser, nicht zu erwähnen, dass sie früher von der Schule nach Hause gegangen war. Es hätte ihn nur beunruhigt, und gerade jetzt, wo ohnehin schon genug Merkwürdiges passierte, war es besser, seine Nerven ein wenig zu schonen.

»Wie war's in der Schule?«, fragte er prompt und machte sich daran, einige Brote zu schmieren.

»Gut«, log Eleona abermals und zog eines der Schulbücher aus der Tasche. Sie hatte sich vorgenommen, den Unterrichtsstoff nachzuarbeiten, da sie ja den ganzen Nachmittag verpasst hatte.

Der Stein schimmerte durch die Spalten zwischen den Fingern ihrer geschlossenen Hand.

Eleona schürzte die Lippen.

»Was bedeutet *Soya*?«, brach es aus ihr hervor, noch bevor sie sich zurückhalten konnte, und im nächsten Moment bereute sie es.

Etwas Metallisches fiel in die Spüle. Lenidras' rechte Hand packte den Rand des Spülbeckens, die andere klammerte sich an einen wackligen Stuhl, dann drehte er sich langsam zu ihr um.

»Woher«, keuchte er, »woher hast du diesen Namen?«; alle Farbe war aus seinem Gesicht gewichen.

Eleona biss sich auf die Lippen; hätte sie eine Sekunde länger darüber nachgedacht, wäre sie von alleine draufgekommen, dass dies seine nächste Frage sein würde. Eigentlich war es offensichtlich, dass dieses Wort, egal, was es auch bedeuten mochte, nichts Gewöhnliches sein konnte. Nicht einfach so flammte irgendein Wort in einem Stein auf.

Sie sah hoch in sein Gesicht. Etwas jedoch verunsicherte sie: Woher wusste *er*, was es bedeutete? Sie war sich nicht einmal sicher, ob Professor Brandt es gewusst hätte.

»Woher hast du diesen Namen, Eleona?«, presste Lenidras schwer atmend hervor.

»Xaira hat da etwas gefunden …«, begann Eleona, doch ihre Stimme verlor sich. Sie wusste nicht wieso, doch sie brachte es abermals einfach nicht über sich, den Stein zu verraten.

Lenidras runzelte die Stirn.

»Sie hat etwas gefunden?«, half er ihr auf die Sprünge.

Eleona nickte schwach.

Lenidras kam jetzt aus der Küche geschwankt und setzte sich neben sie aufs Sofa.

»Was hat sie gefunden?«

Die Butterbrote lagen unberührt auf der Anrichte.

»Sie … hat eine Kette gefunden … und dort stand dieser Name drauf.«

Lenidras sah sie durchdringend an.

»Eleona. Es ist sehr wichtig, dass du mir die Wahrheit sagst.«

»Ja«, sagte sie leise und schämte sich jetzt noch mehr.

Seine Augen flackerten. Nun, da sie ihn so verzweifelt sah, tat er ihr leid.

»Xaira hat diese Kette also gefunden. Bist du dir da sicher?«

Eleona murmelte etwas Unverständliches und schüttelte dann den Kopf.

»Sie hat sie also nicht gefunden.«

Er atmete tief ein.

»Woher hat sie denn diese Kette?«

»Was spielt denn das für eine Rolle!«

»Es spielt eine sehr große Rolle, Eleona. Wir befinden uns in einer Welt, die weit größer ist, als die meisten von hier auch nur erahnen … Und es tut sich vieles. Also«, er fixierte sie mit festem Blick, »es ist sehr wichtig, dass du mir alles darüber erzählst, was du weißt. Das heute Morgen …«, er schluckte schwer, »hast du keine Veränderung gespürt? War alles so wie sonst? Oder war da vielleicht etwas, das anders war?«

Eleona starrte in sein altes, bleiches Gesicht. Die Wahrheit war, sie fühlte sich komplett anders … genau genommen, seit sie den Stein das erste Mal gesehen hatte … Aber da waren sie wieder beim Thema. Eleona konnte es sich nicht erklären, doch sie wusste, sobald Lenidras den Stein sehen würde, würde er ihn an sich nehmen. Er würde wissen, was er bedeutete, woher er kam, und er würde sie beschützen wollen …

Doch Eleona hatte den Stein von einer anderen Seite kennengelernt. Er war vielleicht gefährlich, zumindest für andere; doch er war auf irgendeinem Weg zu ihr gekommen. Sie spürte, dass er sie gesucht hatte … Er gehörte zu ihr …

»Also?«, fragte Lenidras mit ruhiger Stimme.

Sie fuhr mit dem Daumen über die glatte Oberseite des Steins, den sie versteckt neben ihren Knien hielt.

»Sie hat diese Kette einer Zeunerin geklaut«, gestand Eleona und wagte einen kurzen Blick auf sein Gesicht.

»Und dann?«, fragte er weiter. »Was ist dann passiert?«

Eleona runzelte die Stirn; es überraschte sie, dass er das Thema Stehlen einfach fallenließ.

»Dann«, fuhr sie fort, »hat sie uns die Kette am Strand gezeigt.«

Lenidras hob die Hand und deutete ihr an, weiter zu erzählen.

»Später dann ist dieser … Name erschienen.«

»Der Name ist erst *danach* erschienen?«, hakte Lenidras nach. Seine Stimme klang leise, aber eindringlich.

»Ja.«

»Auf der Kette«, fuhr er fort.

Eleona nickte, wagte jedoch nicht mehr, in sein Gesicht zu blicken.

Seine ineinander verschlungenen Finger verkrampften sich.

»War an dieser Kette vielleicht ein grüner Stein?«, fragte er eindringlich.

Langsam hob sie den Blick und sah hoch in sein Gesicht.

»Die Kette. Hing an der Kette ein grüner Stein, Eleona?«

»Nein«, antwortete sie unwillkürlich.

»Hast du sie hier?« Ein leichtes Beben lag in seiner Stimme.

Eleona, die den Stein immer noch fest umklammert hielt, schob ihn tiefer unter ihre Knie.

»Xaira hat sie.«

»Bringst du sie mir morgen mit?« Er zögerte. »Und Eleona … erzähl den anderen nichts von diesem Gespräch.« Er hielt wie Professor Dipold kurz inne. »Es geht hier um mehr als nur um irgendein belangloses Geheimnis. Verstehst du? Es ist jetzt erst einmal wichtig, dass du mir diese Kette bringst. In Ordnung? Und zwar so schnell wie möglich.«

Eleona nickte beklommen, während Lenidras wieder in die Küche ging. Kurz darauf sah sie, wie er die bestrichenen Brote unberührt zur Seite stellte.

In dieser Nacht schlief Eleona sehr schlecht. Sie träumte, der Stein hätte sich in einen Felsbrocken verwandelt und würde von einer Anhöhe herabfallen. Mit Schrecken erkannte sie, dass Lenidras direkt darunter stand. Sie schrie und rannte, so schnell sie konnte; doch der Fels begrub Lenidras unter sich, so plötzlich wie er erschienen war. Eine zuckende Hand lugte noch darunter hervor. »Wieso hast du mir nicht die Wahrheit gesagt …«, hörte sie seine gepresste Stimme, »wieso hast du es mir nicht gesagt …?«

Den Rest der Nacht hatte sie nicht mehr richtig schlafen können und als Eleona am nächsten Morgen die knarrenden Holzstufen hinabstieg, nahm sie sich vor, Lenidras den Stein zu zeigen. Sie fühlte den Stein schwer in ihrer Hand lasten, öffnete bereits den Mund, um etwas zu sagen, als sie den Kopf hob und die Küche leer vorfand.

Auf dem Tisch lag ein Zettel.

Ich bin schon etwas früher weg.
Bin am späteren Nachmittag
wieder zurück.
Lenidras

Eleonas Blick fiel durch das beschlagene Fenster. Sie ließ den Blick eine Weile auf der dunkelblauen Oberfläche des Meeres verweilen und schaute zu, wie die weißen Möwen im Nebel verschwanden und an anderen Orten wieder auftauchten.

Lenidras würde den ganzen Tag über weg sein. Es sprach also nichts dagegen, wenn sie heute zu Hause blieb; alle hatten schließlich gesehen, dass es ihr nicht gut ging.

Eleona wandte sich vom Fenster ab und ging wieder hoch in ihr Zimmer. Sie fühlte sich ausgelaugt und müde, obwohl sie erst gerade aufgestanden war. Erschöpft sank sie in ihrem Zimmer in den großen Sessel vor dem Fenster, kramte den Stein aus ihrer Hosentasche und ließ ihn im trüben Tageslicht, das durch das Fenster hereinbrach, erglühen. Sie drehte ihn in den Fingern, um die feinen Maserungen zu betrachten, als sich das Grün im Inneren des Steins erneut veränderte. Und wie am Tag davor verwandelte es sich zu einem leuchtend hellen Rot. Das Wort *Soya* verschwand und aus winzig kleinen Flammen begannen sich neue Buchstaben zu bilden:

Dalharil lil yorn

Eleonas Lippen bewegten sich, während ein Kribbeln sie durchfuhr. »*Tochter der Macht*«, flüsterte sie und starrte auf die glühende Schrift.

Was bedeutete das? Sollte »Tochter der Macht« irgendein Hinweis sein? Oder vielleicht ein Code für etwas? Oder war *Soya* die Tochter der Macht? Aber warum sollten dann die Worte im Steinesinneren entstehen? Diese Soya würde ja wissen, dass sie die Tochter der Macht war.

Eleona überlegte fieberhaft. Wieso kam ihr Soya nur so bekannt vor. Wo hatte sie den Namen, wenn es denn überhaupt ein Name war, schon einmal gehört …

Vielleicht stand im Geschichtsbuch etwas über »Soya«. Eleona kramte es aus ihrer Schultasche hervor und schlug die Seite 135 auf. Obwohl sie nicht wirklich glaubte, etwas zu finden, las sie den Abschnitt, in dem die Schirkans erwähnt wurden, noch einmal durch:

Vuir auth (aus dem Elbischen übersetzt: Feuerkrieg)

Der Auslöser für den *Vuir auth* war der Angriff des elbischen Volks am 1.10.547 aufgrund von Machtansprüchen (nach D. K. Kammbach, Elindor, 547). Der Angriff kam überraschend und ohne vorherige Kriegserklärung. Sie wollten König Okadens Land unterordnen. Die Truppen Okadens umfassten 36 000 Krieger (nach L. P. Elokos und K. S. Stäublin, Elindor, 547). Damit war Okadens Heer ca. drei Mal so stark wie die elbische Macht (nach Z. R. Dynobis, Elindor). Im November 548 umfasste Okadens Heer jedoch gerade noch 1700 Soldaten. Die Aussicht auf einen Sieg war unrealistisch. Dann kam am Dezember 548 die überraschende Wendung. König Okaden fiel und König Saahrrin kam an die Macht. Die elbische Streitmacht zog sich völlig unerwartet zurück. Demnach soll (nach Z. R. Dynobis, Elindor, 548) König Saahrrin einen Pakt mit den Schirkans* geschlossen haben. Am 12.12.548 griff die elbische Macht erneut an. Die Schlacht dauerte noch bis Ende Dezember. Erst am 26.12.548 gab das elbische Heer auf und ein Friedensabkommen wurde geschlossen.

Der *Vuir auth* forderte etwa 35 200 Menschenleben und 800 Elbenleben. Die Opferzahl der Schirkans, die, nach Z. R. Dynobis, angeblich beteiligt waren, ist nicht bekannt.

Die Zivilbevölkerung litt extrem unter diesem Krieg, da Saahrrins Land mehr als 97 % seiner Männer verlor. Die vielen Opfer lösten bei den Menschen Angst und Bestürzung aus. Obwohl auch bei ihnen Erleichterung über das Ende des Kriegs herrschte, blickten sie angstvoll in die Zukunft. Den meisten Erwachsenen blieben die Erinnerungen an die katastrophalen Folgen des *Vuir auth* noch lange präsent. Der Konflikt hinterließ Spuren und gesellschaftliche Disharmonie. Entlang der Frontverläufe waren Dörfer, Städte, und Versorgungseinrichtungen zerstört, Überlebende traumatisiert. Seuchen und Hungersnöte herrschten im Großteil von Saahrrins Land, das sich erst im Verlauf von fünf Jahren erholte.

Eleonas Blick schweifte hinab zu dem kurzen Verweis: * *Schirkans, dunkle Wesen der Schattenwelt, leben nach Z. R. Dynobis in einer Höhle in den Bergen nahe des Gayenorgebirges. Weitere Details sind nicht bekannt. Die tatsächliche Existenz dieser Wesen ist jedoch umstritten.*

Sie hielt inne, dann las Eleona den Abschnitt noch einmal durch: … *dunkle Wesen der Schattenwelt … leben nach Z. R. Dynobis in einer Höhle nahe des Gayenorgebirges … Weitere Details sind nicht bekannt … Die tatsächliche Existenz … umstritten.*

Eleona lehnte sich zurück. Ihr Blick glitt über die glimmenden Lettern im Stein. Was bedeutete *Die tatsächliche Existenz dieser Wesen ist jedoch umstritten*? Wieso wurde nicht weiter darauf eingegangen?

Eleona blätterte die Seite um. Doch das nächste Kapitel befasste sich bereits mit der Bewältigung der wirtschaftlichen Folgen.

Genervt lehnte sie sich zurück. Jetzt, da sie sich genauer damit auseinandersetzte, fand sie es doch merkwürdig, dass nicht mehr darüber zu erfahren war. Die Informationen waren mehr als dürftig. Immerhin handelte es sich um ein wichtiges, ein grundlegendes, ein alles veränderndes Ereignis! Da wäre doch wenigstens zu erwarten, dass man dieses Kapitel etwas genauer ausarbeiten könnte. Sonstige Aufstände noch unter Okadens Regierung wurden immer bis ins kleinste Detail beschrieben.

Verärgert zog sie die Beine hoch und blickte missmutig auf den kurzen Abschnitt. König Saahrrin musste also ein Jahr, bevor sie zur Welt gekommen war, ins Amt gekommen sein, und – Eleona überlegte – soweit sie wusste, hatte es seither keine Angriffe des elbischen Volks mehr gegeben. Ihre Augen glitten abermals über die Zeilen: Okadens Land hatte im ersten Jahr des *Vuir auth* mehr als 95 % seiner Männer verloren. Wie konnte es dann sein, dass sie danach trotzdem gewannen … Eleona las abermals:

König Okaden fiel … und König Saahrrin kam an die Macht – die elbische Streitmacht zog sich völlig unerwartet zurück … demnach soll, nach Z. R. Dynobis, König Saahrrin ein Pakt mit den Schirkans geschlossen haben … Weiter unten hieß es: *am 26.12.548 gab das elbische Heer auf … und ein Friedensabkommen wurde geschlossen …*

Eleona stutzte. Nach dem erneuten Angriff waren nur zwei Wochen vergangen und das elbische Heer hatte einfach aufgegeben? Merkwürdig. Und zuvor, noch mit Okaden an der Macht, hatte das elbische Volk den Großteil des menschlichen Heers vernichtet? Wieso gaben sie denn plötzlich auf? Da schien es plausibel, dass Saahrrin, gerade an der Macht, einen Pakt mit den Schirkans geschlossen und das elbische Heer zum Aufgeben gezwungen hatte. Das war doch offensichtlich! Wieso sonst hätten die Elfen plötzlich aufgegeben!

Doch eines begriff sie nicht: Wieso zweifelten alle, dass es die Schirkans gab? Wie konnte es sein, dass ihre Existenz umstritten ist?

Wütend blickte sie auf die Zeilen. Die Zahlen waren doch ein klarer Beweis dafür, dass es die Schirkans wirklich geben musste! Und sie hatten ihnen geholfen. Das war auch klar. Wieso also wurden sie übergangen, wieso wollte keiner wahrhaben, dass es sie gab? Dank ihnen standen sie jetzt nicht unter der Kontrolle der elbischen Macht!

Missmutig blätterte sie durch das ganze Geschichtsbuch. Doch kein einziger noch so kleiner Hinweis oder eine weitere Erwähnung über die Schirkans oder über Soya war zu finden. Nichts. Einfach rein gar nichts.

Am späteren Nachmittag setzte leichter Eisregen ein. Eleona blickte verdrossen auf die Kaistenbergstraße, auf der sich allmählich kleine Pfützen bildeten. Sie klappte das Geschichtsbuch zu und steckte es neben sich in den Sessel. So sehr sie auch darüber nachdachte, sie kam einfach nicht dahinter, warum man die Existenz der Schirkans so bestritt.

Sie gewann allmählich den Eindruck, dass Lenidras mehr wusste, als er bisher preisgegeben hatte, und auch sonst vieles vor ihr verheimlichte.

Und während schließlich die Dämmerung einsetzte und es in ihrem Zimmer allmählich dunkel wurde, fragte sie sich, *wer* ihr diese Worte und Sätze eigentlich zuschickte? Irgendjemand versuchte durch den Stein mit ihr zu kommunizieren. Doch wieso besaß sie, Eleona, den Stein? Klar, sie hatte ihn an sich genommen, doch aus irgendeinem Grund wusste sie, dass nicht sie den Stein, sondern dass der Stein sie gefunden hatte.

Eleona stand auf und lehnte sich gegen die dumpf schimmernde Fensterscheibe. Das Licht der Straßenlaterne beschien eine schwarze Katze, die den Bürgersteig überquerte. Eleona sah ihr nach, wie sie geschmeidig in einer Hecke verschwand und zusammen mit der schwarzen Nacht verschmolz.

Oder was, wenn doch jemand anderes diese Nachrichten bekommen sollte? Eleona überlegte, für wen der Stein gedacht sein könnte. Für Xaira vielleicht? Oder für diese Zeunerin?

Nein, dachte Eleona, es war völlig unmöglich, dass der Stein für Xaira war. Sie bezweifelte, dass Xaira irgendeine Ahnung hatte, was Soya hieß oder was »Tochter der Macht« bedeutete. Doch diese Zeunerin suchte jetzt vielleicht nach diesem Stein.

Auf einmal erschien das leuchtende Augenpaar der Katze in der Hecke und starrte zu ihr hoch. Eleona wandte sich vom Fenster ab und legte sich wieder aufs Bett.

Der Wettkampf

Die Wochen zogen bleiern und regnerisch vorüber, die Abschlussprüfungen rückten näher und während Eleona darauf wartete, dass ein neues Wort im Stein erscheinen möge, wurde sie immer niedergeschlagener.

Der Stein hatte sie zunächst in eine andere Welt geholt und sie vom Schmerz und der Sehnsucht abgelenkt – Ramon war bereits seit einigen Wochen im Dienst und mit seiner Abwesenheit hatte sich alles verändert.

Xaira war an jenem regnerischen Tag, als Eleona zu Hause geblieben war, noch einmal kurz bei ihr vorbeigekommen, um ihr die Hausaufgaben zu bringen. Doch seltsamerweise hatte Eleona nach ihrem Besuch noch schlechtere Laune gehabt als zuvor.

Es geschah immer öfter, dass sie sich in ihrem Zimmer verbarrikadierte, anstatt mit ihren Freunden draußen Zeit zu verbringen. Aus irgendeinem Grund brachte sie einfach nicht mehr die Kraft dazu auf, hinauszugehen. Ramon fehlte ihr. Mehr als sie sich selbst eingestehen wollte. Und der Besuch im Schloss, bei dem sie Ramon endlich wiedersehen würde, wollte einfach nicht näher rücken.

Egal, was sie mit dem Stein auch anstellte: ihn im heißen Wasser erhitzen, draußen aufs Eis legen oder ihn in der Glut zum Glühen bringen, der Stein blieb unverändert. Tatsächlich schwand in Eleona stückweise die Hoffnung, es könne sich je wieder ein weiteres Wort im Inneren des Steins bilden. Vielleicht hatte der Nachrichtenübermittler gemerkt, dass die falsche Person im Besitz des Steins war … Tatsächlich hatte sich seit damals nicht einmal mehr die Temperatur verändert. Und als dann eines Tages sogar noch die Buchstaben verschwanden, begann sie allmählich ernsthaft daran zu zweifeln, dass das alles jemals wirklich geschehen war.

Eleona drehte sich zur Seite und ihr Blick fiel auf ein Foto von ihr und Ramon. Er hielt sie lachend im Arm und strahlte in die Kamera. Er war nicht ihr *Freund* gewesen. Jedenfalls nicht in dem Sinn, wie er für die meisten gelten mochte. Doch sie hatte sich nach seinen Meinungen gerichtet. Er war der Ausgangspunkt von allem gewesen; um ihn hatte sich die Welt gedreht. Jetzt, da er weg war, fehlte das Allerwesentlichste, der Antrieb, der Motor – die Wärme, die sie am Leben hielt. Dass er eine große Lücke hinterlassen würde, war ihr klar gewesen, aber dass seine Abwesenheit ein so tiefes Loch in ihre Brust brennen würde, hatte sie nicht erwartet.

Das dunkle Blau des Meeres hatte sich in ein eisiges Blau verwandelt und allmählich bedeckten Eis und Schnee die rostbraunen Dächer der Stadt. Es war tiefer Winter geworden.

Eleona kam zum Schluss, dass es am besten war, wenn sie den Stein Lenidras nicht zeigte. Da er sich nicht mehr weiter verändert hatte, fand sie es nicht notwendig, Lenidras' noch mehr zu belasten. Sie hatte ihm erzählt, Xaira habe die Kette verloren, und obwohl sie noch lange danach gesucht hatte, sei die Kette unauffindbar gewesen.

Nachdem Eleona die ganze Schulbibliothek und die Bibliothek der Stadt über die Schirkans und Soya durchforstet und sogar die Leute vom Juweliergeschäft über den Stein befragt, aber nicht den geringsten Hinweis gefunden hatte, verlor sie allmählich die Hoffnung, jemals etwas darüber herauszufinden. In der Tat kam ihr langsam der Verdacht, irgendwer wolle die Existenz der Schirkans mit aller Macht geheim halten und leistete dabei gründliche Arbeit. Tatsächlich hatte die Frau vom Juweliergeschäft nur gemeint, sie hätte noch nie so etwas in der Art gesehen, woher sie denn diesen Stein habe. Und auch Professor Brandt, den sie noch einmal alleine gefragt hatte, in der Hoffnung, ihm unter vier Augen etwas über die Schirkans zu entlocken, schwieg wie ein Grab und legte ihr wärmstens ans Herz, es besser bleiben zu lassen und nicht mehr nach den Schirkans zu suchen. Auf die Frage nach dem Warum, murmelte er undeutlich irgendwelche Sätze, verhaspelte sich und stieß dabei fast mit Professorin Pekar zusammen, die gerade um die Ecke gebogen kam. Natürlich wusste auch Xaira nicht, was »Tochter der Macht« oder »Soya« bedeutete, genauso wenig wie all die anderen Leute, die sie beiläufig in einem Gespräch darüber befragte. Niemand konnte ihr darauf eine Antwort geben. Zuweilen lachten sie sie sogar aus oder warfen ihr mitleidige Blicke zu, ganz so, als dachten sie, sie sei auf ein dummes Märchen hereingefallen.

Ab und zu beschlich Eleona ein schlechtes Gewissen, und zwar immer dann, wenn Lenidras sie wieder einmal wegen der Kette ausfragte. Doch der Preis, sich von dem mulmigen Gefühl zu erlösen, wäre zu hoch gewesen – sie hätte den Stein aushändigen müssen und ihn womöglich nie wiedergesehen.

Lenidras trommelte ungeduldig mit den Fingern auf den Tisch.

»Wieso triffst du dich nicht mehr mit deinen Freuden?«, fragte er eines Abends, als sie zusammen am Tisch saßen und zu Abend aßen. »Habt ihr Streit?«

»Nein«, murmelte Eleona.

»Wieso triffst dich dann nicht mehr mit ihnen?«

Vorwurfsvoll sah sie ihn an.

»Früher hast du jede freie Minute mit ihnen verbracht. Jetzt sitzt du die meiste Zeit daheim.«

»Ramon ist nicht mehr da«, sagte sie und fixierte dabei die Marmelade. »Es ist einfach nicht mehr dasselbe ohne ihn.«

»Du vermisst ihn«, sagte er leise. Es war keine Frage.

Eleona hielt einen Moment beim Kauen inne, dann nahm sie einen Schluck Tee und biss erneut ein Stück von ihrem Brot ab. Lenidras wusste, dass sie Schwierigkeiten damit hatte, von jemandem Abschied zu nehmen. Sie verstand nicht, weshalb er jetzt darauf zu sprechen kam.

»Treffen sich die anderen denn auch nicht mehr?«

Eleona kaute auf der harten Rinde herum, die einfach nicht weicher werden wollte, und versuchte dann, den ganzen Brocken auf einmal hinunterzuschlucken.

»Doch.«

Jetzt so unverblümt davon zu reden, wo sie diese Tatsache doch immer von sich weggeschoben hatte, überforderte sie. Tatsächlich konnte sie sich nicht mehr daran erinnern, wann sie das letzte Mal von ihren Freunden gefragt worden war, ob sie mit ihnen ans Meer hinunterkommt. Irgendwann mussten sie aufgegeben haben, und Eleona konnte ihnen keinen Vorwurf machen. Das Schlimmste an allem jedoch war, dass sich Ramon seit seinem Abschied nie wieder bei ihnen gemeldet hatte, obwohl er versprochen hatte zu schreiben – und mittlerweile waren schon mehrere Monate verstrichen. Die anderen schienen darüber nicht einmal besorgt. Maurin hatte bloß gesagt: »Der wird keine Zeit haben, er ist jetzt wohl rund um die Uhr beschäftigt! Er wird schon seine Gründe haben, warum er sich nicht meldet.«

Und dabei hatte sie es belassen.

Die Prüfungen waren bald geschafft und Eleona wusste nicht, wo die Zeit geblieben war; schon verwandelten sich die Täler wieder in ein helles Grün und kündeten den lang ersehnten Frühling an. Die Bäume erwachten zum Leben und bald stand in Bakul alles wieder in voller Blüte. Es ging schnell, die Tage wurden wieder länger und die sengende Hitze kehrte zurück. In Bakul konnte es nicht angenehm warm sein. Entweder war es sehr kalt oder so schwülheiß, dass man es kaum ertrug. So etwas wie eine Übergangszeit gab es nicht.

Der Schulalltag war neben kleinen Veränderungen gleich öde geblieben, und außer den magischen Fesseln, die Professor Brandt einmal kurz im Geschichtsunterricht erwähnt hatte, war nicht mehr viel Interessantes vorgekommen.

Wie sie jedoch die Abschlussprüfungen hatte bestehen können, blieb ihr ein Rätsel. Wahrscheinlich hatte sie einfach Glück gehabt. So jedenfalls, wie sie die Schulstunden verduselt hatte, war es ein Wunder, dass sie sogar besser abgeschlossen hatte als Fin. Und Fin war ein heimlicher Streber.

Eleona hätte es nicht für möglich gehalten, doch die Zeit hatte ihren Abschiedsschmerz gedämpft. Es fühlte sich allmählich wieder normal an, wenn sie sich ab und zu mit Maurin, Fin und Xaira unten am Meer die Stunden vertrieb, ohne Ramon dabeizuhaben.

»Magische Fesseln«, sagte Xaira halblaut und der Ausdruck in ihrem schon leicht gebräunten Gesicht schwankte zwischen Empörung und Faszination.

»Es ist schon komisch«, bemerkte Fin und zielte mit dem Stein auf einen Felsen unten an der Brandung, »immer wieder kommen solche Geschichten vor wie die der magischen Fesseln, welche angeblich nicht mal der stärkste Magier von alleine wieder lösen kann, und danach behaupten sie wieder steif und fest, dass es solche Wesen überhaupt nicht gibt. Ich mein, was soll das?«

Fin hob triumphierend die Arme – er hatte den Felsen ganz unten in der Brandung getroffen.

»Das sind Legenden, Fin. Schon mal was davon gehört? «, sagte Xaira und warf ihm einen mitleidsvollen Blick zu.

»Ja, Legenden. Sie sind wie nochmal entstanden?!«

»Legenden sind Märchengeschichten.«

Fin funkelte Xaira zornig an: »Legenden basieren auf Erzählungen. Erzählungen, formuliert durch Worte aus Mundwerken wie deinem und meinem.«

»Apropos Legenden«, Xaira wandte sich von Fins glimmenden Augen ab: »Hat dir Professor Dipold den Stein eigentlich immer noch nicht zurückgegeben, Eleona?«

Eleonas Lächeln wurde verbissen.

»Welchen Stein?«, fragte sie und tat so, als wüsste sie nicht, worum es ging.

»Der Stein, na ja, du weißt schon, dieser grüne Stein mit dem Schirkanszeichen.«

»Ah, der«, murmelte Eleona, holte aus und traf den Felsen ebenfalls.

»Jah! Gut getroffen!« Fin gab ihr einen Handschlag.

»Ich weiß nicht. Vielleicht braucht er ihn ja noch«, entgegnete Eleona, mied jedoch ihren Blick.

»Na ja, ist ja auch egal«, schloss Xaira.

»Das war ja auch so eine Geschichte«, warf Fin ein. »Ich mein, dieses Symbol auf diesem Stein … Demnach existieren sie vielleicht doch wirklich.«

Maurins Stein platschte knapp vor dem Felsen ins Wasser.

»Knapp!«, rief Fin und warf erneut.

Peng!

»Habt ihr das gesehen?«, fragte Fin und schlug sich an die Brust. »Habt ihr das gesehen? Voll in die Mitte!«

Xaira, die ihn bis jetzt noch kein einziges Mal getroffen hatte, schürzte die Lippen und versuchte es noch einmal – platsch. Der Stein sank fünf Meter weiter rechts ins Wasser.

»Doofes Spiel!«, zischte Xaira.

Fin grinste.

»Du bist einfach nicht gut im Verlieren, Xaira.«

Genervt lehnte sich Xaira mit dem Rücken gegen das Geländer. »Es macht nur einfach keinen Spaß, immer auf diesen doofen Felsen zu zielen! Fällt dir nichts Besseres ein?«

Fins Grinsen wurde breiter. »Ja, ja«, murmelte Fin und traf den Felsen prompt abermals.

»Es ist Zeit!«, sagte Xaira plötzlich. »Wir müssen hoch zur Schule!«

Eleona drehte sich um und sah hoch zur Kirchturmuhr. Tatsächlich; es war bereits drei Uhr! Die Unterrichtsstunde bei Professor Brandt war ausgefallen und so hatten sie beschlossen, hinunter ans Meer zu gehen. Jetzt klaubten sie ihre Sachen zusammen und machten sich wieder auf den Weg hoch zur Schule.

Als sie durch das große Tor der Schule kamen, sahen sie, dass sich eine Traube Schüler vor dem Anschlagbrett versammelt hatte.

»Was ist da los?«, fragte Fin und drängte sich hindurch, Xaira dicht an den Versen. Eleona blieb stehen.

»Der Wettkampf!«, schrie Fin über die Köpfe hinweg zu ihr und Maurin hinüber und sein Kopf erschien aus der Masse. »Der Wettkampf ist ausgeschrieben!« Rote Flecken glühten auf seinen Wangen. »In drei Wochen findet er statt!«

Der Wettkampf. Er fand jedes Jahr im Frühling statt. Die Abschlussklassen traten dann mit großem Brimborium auf. Es wurde immer eine Riesensache daraus gemacht und es gab nirgendwo mehr ein Thema, das wichtiger war. Eine Euphorie, die jedes Mal wie eine große Welle über ganz Bakul wogte und für Eleona schlicht nicht nachvollziehbar war. Doch vielleicht fehlte ihr einfach das dazu nötige Bakul-Gen. Eine derartige Begeisterung für diese Veranstaltung zu empfinden, war vermutlich nur jenen vergönnt, die hier geboren waren. Sie hatte keine Eltern, die ihr von klein auf beigebracht hätten, wie wichtig dieses Ereignis sei. Niemand hatte ihr Geschichten von früher erzählt, wie aufregend es damals war …

»Cool!«, rief Fin. Auch Xaira bahnte sich wieder den Weg zurück. Sie strahlte genauso übers ganze Gesicht wie Fin, der vor lauter Aufregung einen Schluckauf bekam. Xairas Grund für die rosaroten Wangen glaubte Eleona jedoch zu kennen, und der betrat in eben diesem Moment das Schulgebäude – mit federndem Schritt blieb Professor Lehnar in der Eingangshalle stehen.

»Hey, Eleona!«, hörte sie eine schnarrende Stimme. Hassan und seine Bande standen in einigem Abstand neben dem Anschlagbrett und grinsten hämisch. »Wir haben uns gerade gefragt, wie du es wohl anstellen wirst, wenn wir, wie erzählt wird, einen *Kletterparcours* machen müssen! Bleibst du dann oben hängen wie ein verwirrter Affe und Lehnar muss dich wieder herunterholen wie damals, als wir im Gayenorgebirge klettern waren?«

Dzana gab eine ziemlich komische Vorführung zum Besten und tat so, als würde sie gleich in Ohnmacht fallen, worauf die ganze Bande in lautes Gelächter ausbrach. Peika wieherte laut auf.

Eleona spürte, wie Maurin den Arm um den ihren legte. Bilder von Seilen und Leitern, an denen sie hochklettern musste, traten vor ihr inneres Auge.

»Mach dir nichts draus«, flüsterte ihr Maurin ins Ohr. »Die haben keine Ahnung, was drankommt.«

Im selben Augenblick ertönte Pekars Stimme: »Zurück in die Klassenzimmer! Es hat vor fünf Minuten geläutet!«

Eleona gehorchte dem Arm, der sie mitzog, ohne zu wissen, wohin er sie führte. Dann, als sie wenig später das Klassenzimmer betrat und sich der Arm von ihr entfernte, konnte sie es nicht verhindern – sie sah sich fallen – von einer steilen Felswand hinab – weiter und weiter fiel sie hinab in die Tiefe. Hassan hatte die Wahrheit gesagt; es war nicht eine seiner üblichen Lügen gewesen.

Die wirren Träume vom Stein, welche sie ständig in den Nächten heimgesucht hatten, wurden von Seilen, die hoch in der Luft hingen und an denen sie entlangklettern musste, ausgetauscht. Sie erwachte fortan jede Nacht schreiend aus schwindelerregender Höhe und erholte sich erst wieder, nachdem sie sich mehrere Minuten unter die kalte Dusche gestellt hatte. Es war geradezu unvorstellbar, wie sie den Wettkampf jemals würde überstehen können. Sie konnte sich unmöglich auf den immer näher rückenden Ausflug zum Schloss Siramon freuen, der, wie gerade verkündet worden war, eine Woche nach dem Wettkampf stattfinden sollte.

Das Wetter blieb schön, auch in den folgenden Tagen. Doch was hieß schon schön, dachte Eleona verbittert, während sie über den sonnenbeschienenen Asphalt trat. Weshalb bezeichnete man die Tage als schön, wenn einem eine sengende Hitze den Kopf benebelte und man vor lauter Licht und Brennen in den Augen nichts mehr sehen konnte!

Doch das schöne Wetter schien unter anderem einer der Gründe zu sein, weshalb sich die Hochstimmung und Freude auf den kommenden Wettkampf in unermessliche Höhen steigerte. Es waren alle in großartiger Stimmung und nirgendwo gab es ein anderes Thema.

Niedergeschlagen setzte sich Eleona auf den einzigen Schattenplatz, den es auf der Mauer gab. Sie war viel zu früh dran, doch Lenidras war heute ausgesprochen redselig gewesen und hatte sie schon am Morgen mit Fragen bombardiert, denen sie lieber aus dem Weg ging. Anscheinend wirkte das schöne Wetter auch auf seine Glückshormone. Es war zum Verrücktwerden – überall herrschte gute Laune, wohin sie auch kam. Das Problem war, je näher der Wettkampf rückte – und sie wusste immer noch nicht, was sie gegen ihre Höhenangst unternehmen sollte –, umso tiefer fraß sich die Angst in ihre Gedärme. Mittlerweile war sie so niedergeschlagen, dass sie nicht einmal mehr den Kopf hob, wenn wieder abschätzige Bemerkungen der Hassan-Bande auf sie fielen oder sie dumm vorgeführt wurde. Eleona war die Situation immer und immer wieder durchgegangen, aber sie kam einfach nicht darauf, was ihr dabei helfen könnte, ihre Panik in den Griff zu bekommen. Und jetzt, nur noch ein paar Tage vor dem Ereignis, versagte auch noch ihr Appetit.

»Hey, Eleona!«

Dzana kam, flankiert von Hassan, Evalac, Anil und Peika, auf den Pausenhof. Ein paar weitere Schüler, die ebenfalls den Pausenhof betreten hatten, schauten aufmerksam in ihre Richtung. Die Hassan-Bande hatte es sich zu einer Art Sport gemacht, sie in aller Öffentlichkeit zu blamieren. Mittlerweile fragte sich Eleona ernsthaft, ob diese Peinigungen, die sie nun tagtäglich über sich ergehen lassen musste, nicht genauso schlimm ausgefallen wären, wenn sie von vornherein gesagt hätte, sie mache beim Wettkampf nicht mit.

»Hassans Dad arbeitet in der Ballonfabrik«, hörte sie Dzana schnarren. »Ich habe mir gedacht, er könnte extra für dich einen herstellen. Dann könnten wir dich einen Tag lang hier oben anbinden und dich über dem Pausenhof schweben lassen.« Einige der Umstehenden kicherten.

»Ja! Ist ja echt voll witzig, Dzana!«, hörte sie Xaira von etwas weiter weg fauchen. Sie hatte ebenfalls den Platz betreten und kam nun mit wehender Mähne auf sie zu. »Pass nur auf, Dzana, dass du nicht über deine eigenen Füße stolperst, wenn du versuchst zu rennen! Habe gehört, du bist so miserabel, dass dich Lehnar unter ungenügend eingestuft hat!«

Dzana kniff die Augen zusammen und sah Xaira mit giftigem Blick an, doch zu Eleonas Überraschung drehte sie sich tatsächlich von ihnen weg.

»Hey«, sagte Xaira fröhlich und setzte sich neben sie auf den sonnenbeschienenen Abschnitt der Mauer.

»Schönen guten Morgen!«, hörten sie Fin gut gelaunt, der nun ebenfalls strahlend auf sie zukam. »Alles klar?« Er trug kurze Shorts und ein knallgrünes T-Shirt. »Ah«, stöhnte er und reckte sich gegen den Himmel. »Hab vorher zu Maurin gesagt, dass ich heilfroh bin, wenn ich Hassan und die anderen Birnenköpfe nach dem Abschluss nicht mehr sehen muss!«

Ein panisches Stechen erfüllte Eleonas Magen. In letzter Zeit war sie so durch den Wettkampf abgelenkt gewesen, dass sie es tatsächlich vergessen hatte. Mit dem bevorstehenden Wettkampf rückte auch das Ende ihrer Schulzeit und somit die unvermeidliche Trennung von ihren Freunden näher.

Beim Abendessen versuchte Eleona, einige Bissen hinunterzuwürgen. Sie reagierte empfindlich, wenn sie nichts im Magen hatte.

Nachdem Lenidras fertig gegessen hatte und der Abwasch gemacht war, sah sie auf die Uhr. Es war noch viel zu früh, um schon ins Bett zu gehen. Sie nahm ihre Schneekugel vom Tisch, schüttelte sie ungeduldig und sah dann zu, wie die kleinen Schneeflocken über das Schloss rieselten. Die Kugel erzielte jedoch nicht wie sonst den von ihr gewünschten Effekt. Die Faszination blieb aus.

»Eleona? Alles in Ordnung?« Ein Lächeln bildete sich auf Lenidras' Gesicht. »Möchtest du vielleicht über irgendetwas reden?«

Verwirrt blickte sie in sein Gesicht.

»Ich weiß nicht, wie lange du schon nicht mehr hier unten bei mir geblieben bist«, gestand er.

Ein kleiner Stich des schlechten Gewissens durchzuckte sie.

»Nein«, murmelte Eleona.

»Du bist so ruhig in letzter Zeit«, fuhr er leise fort.

Wenn sie gewusst hätte, dass er versuchen würde sie auszuquetschen, hätte sie sich gleich in ihrem Zimmer verschanzt. Die Panik belauerte sie wie eine Zecke, um sie bei der nächstbesten Gelegenheit zu befallen. Und hier war sie ihr schutzlos ausgeliefert. Bis jetzt war ihr Zuhause immer ein Ort der Zuflucht gewesen – doch nicht mehr länger.

Eleona stellte die Schneekugel auf den kleinen Tisch und stand auf. Unschlüssig fuhr sie sich durchs Haar.

»Morgen ist er«, sagte sie widerwillig. »Es ist nur …«, fuhr sie fort und hoffte, dass er das Zittern in ihrer Stimme nicht hörte, »der Wettkampf macht mich … ein wenig nervös.«

»Der Wettkampf?«, fragte Lenidras ahnungslos.

Einen Moment starrte sie ihn fassungslos an. Dann musste sie fast lachen. Nur eine Person in dieser Stadt schaffte es tatsächlich, sich dem Klatsch und Tratsch zu entziehen und all die Plakate, die überall in der Stadt aufgehängt worden waren, einfach nicht zur Kenntnis zu nehmen.

»Der Wettkampf«, wiederholte sie, »der jedes Jahr stattfindet.«

»Oh«, sagte Lenidras und es war fast sichtbar, wie das Rädchen in seinem Kopf einrastete. »Natürlich – du bist ja in der … Abschlussklasse …« Ein leicht verwirrter Ausdruck legte sich in seine Züge. »Aber du bist doch gut im Sport«, schloss er.

Eleona verzog das Gesicht.

Das stimmte eigentlich. Sie war so ziemlich in allem die Beste, obwohl sie sich nie sonderlich viel Mühe gab und obwohl sie im Sommer immer einige Male wegen der Hitze zusammenklappte. Das mit ihrer Höhenangst hatte sie ihm nie erzählt. Als sie damals das erste Mal mit der Schule im Gayenorgebirge Klettern gegangen waren und Lenidras so ausgerastet war, war ihre Panikattacke völlig in den Hintergrund gerückt.

»Was macht dich denn nervös?« Er runzelte die Stirn.

»Es ist ein ziemlich wichtiger Event«, sagte Eleona leise. »Alle werden kommen …« … ›Und alle werden zusehen, wie ich sterbe …‹

Lenidras Augen blieben eine Weile auf ihr haften.

»Du weißt, du kannst mit allem zu mir kommen. Ich helfe dir, bei was auch immer.«

»Mmm.« Eleona nickte.

Er sah sie mit einem undefinierbaren Ausdruck an.

Einen Moment lang blieb sie stehen und war der Versuchung fast erlegen, doch dann riss sie sich zusammen.

»Gute Nacht«, sagte sie stattdessen, mühte sich ein Lächeln ab.

»Gute Nacht, Eleona.«

Sie hob die Hand, dann wandte sie sich von ihm ab und trat die letzten Stufen zur Hölle empor.

Diese Nacht war genauso schlimm wie sie erwartet hatte und noch schlimmer als die letzten, die sie davor überstanden hatte. Doch es kam dazu, dass sie viel zu früh erwachte. Einen Moment blieb sie keuchend liegen, den Aufschrei vom tiefen Fall immer noch in den Ohren, dann rollte sie sich herum, ließ die Füße auf den Boden fallen und ging ins Badezimmer. Sie zog das klebende T-Shirt von der Haut und drehte ungeduldig den Wasserhahn auf.

Nachdem sich ihr Puls unter dem kalten Wasser beruhigt hatte, zog sie sich an, packte alles, was sie für den kommenden Tag brauchte, zusammen und sah auf die Uhr. Die Ziffern zeigten sechs Uhr an. Eleona stöhnte. Einen Augenblick lang ließ sie sich die Variante, sich nochmal kurz ins Bett zu legen, durch den Kopf gehen. Aber die Vorstellung, im Traum erneut in atemberaubender Höhe auf einem Ast festzusitzen, schreckte sie dann doch zu sehr ab, und sie ging die knarzenden Stufen hinunter in die Küche. Zu ihrer Überraschung saß Lenidras bereits am Frühstückstisch.

»Guten Morgen«, sagte er lächelnd und wies mit der Hand zur Kaffeekanne. »Es ist noch welcher in der Kanne.«

Mit weichen Knien ging sie hinüber.

Lenidras ließ sie in Ruhe. Er schmierte ihr wortlos einige Brote, packte sie ihr dann ein, weil sie nichts essen konnte, und wünschte ihr beim Abschied viel Glück. Dann trat Eleona hinaus auf die noch menschenleere Straße.

Auf dem Schulgelände angekommen – es war schon alles vorbereitet für den bevorstehenden Wettkampf –, setzte Eleona sich auf die Mauer und versuchte, nicht über den kommenden Tag nachzudenken.

Bereits jetzt war der Himmel wolkenlos und als um neun Uhr die ersten Schüler einer nach dem anderen auf den Platz kamen, schien die Sonne schon sengend heiß auf sie herab.

Eleona legte ihre Handfläche auf die kühle Mauer. Dann sah sie, wie sich etwas Lilafarbenes über den Platz bewegte. Bei genauerem Hinsehen erkannte Eleona, dass es sich um Xaira handelte. Gut gelaunt blieb sie vor ihr stehen.

»Heute ist der Wettkampf!«, jubelte sie und deutete auf das abgesperrte Gebiet, hinter dem ein riesiger Vorhang zu sehen war. »Was wohl dahinter steckt?«

Eleona sah hinüber zu dem dunkelblauen Vorhang, der gewöhnlich bei Theateraufführungen in der Turnhalle hing.

»Oh, sieh mal!«, kreischte Xaira und deutete auf Lehnar, der in einem hellblauen Trainingsanzug über den Platz spaziert kam. »Professor Lehnar ist schon da! Bis gleich, ich muss ihn unbedingt noch ein paar Sachen zum Wettkampf fragen!«

Maurin und Fin tauchten kurz nacheinander auf. Maurin schien wie immer. Fin jedoch war komplett von der Rolle. Er zuckte beim kleinsten Geräusch zusammen und schnauzte einen sofort an, wenn man ihm eine Frage stellte.

Eleona fiel auf, dass Dzana sich heute außergewöhnlich still verhielt. Tatsächlich wirkte sie sogar ein wenig blass.

Dann ertönte ein lautes Gejohle hinter den Schulmauern und Hassan und Evalac betraten den Pausenhof. Von da an ging es bergab. Fin machte kurz darauf eine zynische Bemerkung zu Xairas Frisur, von der sich Eleona sicher war, dass sie sehr viel Zeit dafür aufgewendet hatte, und da alle Gemüter ohnehin schon erhitzt waren, begannen sie zu zanken.

Um zehn Uhr, als schließlich ganz Bakul auf dem riesigen Sportplatz versammelt war und sich um die besten Plätze drängelte, betrat Eleona hinter den anderen den Umkleideraum, um sich für die bevorstehende Aufgabe bereitzumachen. Dann verschaffte sich Professor Lehnar mit einem Räuspern Ruhe.

»Also gut, hört mir zu«, sagte er und trat in die Mitte, »es ist wieder so weit. Das große Turnier! Ich verlange von jedem von euch vollen Einsatz und Fairness!«

Xaira strahlte ihn an und nickte eifrig. Sie schien kein Wort von dem zu verstehen, was er sagte.

»Keine Schummeleien, keine miesen Tricks, keine Fouls!«

Fin boxte Maurin in die Schulter und sah zu Hassan und Evalac hinüber, die ihre Köpfe zusammengesteckt hatten und aufgeregt tuschelten.

»Das soll er Hassan und Evalac erzählen!«, zischte Fin und schürzte die Lippen.

»Gut, es wird Zeit! Der erste Wettkampf ist ein Sprint! Wenn der Pfiff ertönt, rennt ihr los! Ich wünsche allen viel Glück! Möge der Beste gewinnen!«

Eleona folgte Fin und Maurin hinaus aus der Umkleidekabine und betrat unter dem Gejubel, das vom Publikum zu ihnen herüberwehte, den sonnenbeschienenen Platz. Sie fühlte sich merkwürdig fern von allen Menschen. Als würde sie einer anderen Art Spezies angehören. Xaira holte tänzelnd zu ihr auf, dann traten sie zusammen ins helle Licht. Eleona warf einen kurzen Blick zum Himmel. Stahlblau blendete er ihr ins Gesicht. Die einzige Abwechslung am wolkenlosen Himmel war eine glühende Kugel, die nun mit aller Kraft auf sie niederbrannte. Eleona stolperte zu ihrer

Nummer, während ihr von der Hitze ein leichtes Surren in den Kopf drang. Das Gekreische wurde lauter und Eleona sah Professor Dipold in die Mitte des Feldes schreiten.

»Liebes Publikum. Liebe Bewohner Bakuls, geschätzter Bürgermeister, verehrte Gäste!«, hörte sie ihn rufen. »Herzlich willkommen!«

Seine Stimme verebbte und der Herzschlag in ihrer Brust wurde lauter.

»Das gibt es doch nicht«, hörte sie Fins Stimme neben ihr. »Eleona, ich glaube, Lenidras ist gekommen!«

Eleona hob den Kopf und tatsächlich, hinten auf der großen Tribüne konnte sie einen Mann mit einem braunen Hut erkennen. Sie sah, wie er die Hand hob und ihr zuwinkte. Eleona hob die ihre, dann ließ sie die Hand wieder sinken.

Lenidras war noch nie zu einem Anlass gekommen. Nicht, seit sie sich erinnern konnte. Noch nie hatte er sich so in der Öffentlichkeit gezeigt.

»Macht euch bereit!«, hallte Pekars schrille Stimme über das Feld.

Alle Schüler neigten sich zu Boden, während Eleona ihre Finger vor Schwindel ins warme Gras krallte. Das Surren in ihrem Kopf wurde stärker und die Hitze war kaum mehr auszuhalten. Sie sah, wie Pekar ihre Pfeife hob und ein schriller Pfiff gellte über den ganzen Platz.

Fünfunddreißig Schüler rannten los und spurteten über die rostbraune Fläche. Alle dem einen Ziel entgegen. Die Menge brach in Beifall aus. Eleona neigte den Kopf und rannte mit zusammengekniffenen Augen auf die Ziellinie zu. Aus den Augenwinkeln sah sie, dass sie mit Abstand die Erste war, da versagten plötzlich ihre Beine und sie konnte sich im letzten Moment noch fangen, bevor sie fiel. Die Hitze drang wie giftiges Gas in ihre Zellen und betäubte ihre Sinne. Ihre Knie knickten erneut ein. Jetzt war sie nur noch mit einigen wenigen an der Spitze. Die heiße Luft drang in ihre Lungen und sie spürte, wie allmählich alles Gefühl aus ihren Beinen wich; ein Dröhnen drang in ihren Kopf und nahm ihr die Sicht. Blind starrte sie nach vorn – in die Richtung, wo sie die Ziellinie vermutete, und stolperte darauf zu. Sie konnte nichts mehr sehen, als würde sie von Scheinwerfern geblendet – jeden Moment würde sie fallen – dann spürte sie plötzlich ein feines Pergamentband an ihrer Taille reißen …

Ohrenbetäubender Lärm umfasste sie. Das Publikum brach in einen tobenden Applaus aus. Eleona schwankte. Benommen schloss sie die Augen. Dann wurde sie stürmisch in die Arme geschlossen.

»Eleona! Wir haben es geschafft!« Fin drückte sie so fest, dass ihr die Luft wegblieb. »Du bist Erste, Eleona!«, rief er außer Atem. »Und ich habe Hassan geschlagen!«

Eleona klammerte sich an seine Schultern, verzweifelt gegen die Ohnmacht ankämpfend, dann gaben ihre Beine nach. ›Bitte, bitte, lass mich nicht fallen!‹, schoss es Eleona durch den Kopf, während sie fühlte, wie alle Kraft aus ihrem Körper glitt.

»Was ist los?« Fins panische Stimme verebbte.

Eiskalte Schwäche breitete sich in ihr aus; betäubender, weißer Nebel erfüllte ihren Kopf … und sie fiel, fiel immer tiefer in ein grelles, blendend helles Loch …

Gedämpfte Stimmen drangen an ihr Ohr.

»Was ist passiert?«

»Sie ist plötzlich umgekippt.«

»Keine Ahnung, was los war.«

»Sie war heute Morgen schon blass.«

»Hat sie euch was gesagt?«

»Nein, nichts.«

»Mist. Das sieht nicht gut aus.«

Eleona schwirrte der Kopf. Der Boden unter ihr fühlte sich hart und kalt an.

»Den Wettkampf kann sie jedenfalls vergessen. Glaube nicht, dass die Pekar sie jetzt noch mitmachen lässt.«

›Wettkampf … Pekar …‹

Eleona schlug die Augen auf.

Sie lag auf dem kühlen Boden des Umkleideraums. Weiße, kahle Wände mit leeren Haken traten in ihr Blickfeld. Dann, im nächsten Moment, beugten sich ein paar Köpfe über sie.

»Lonchen?« Fin verzog unsicher das Gesicht. »Geht's wieder?«

»Wo ist sie?«, rief jetzt eine andere Stimme. Sie klang panisch.

»Fremde haben hier keinen Zutritt!«

Lenidras kam in den Umkleideraum gestürzt, dicht gefolgt von Pekar.

»Eleona!« Erleichtert fiel er neben sie auf die Knie. »Was ist passiert?«

Fin klang nervös.

»Ich glaube, sie ist in Ohnmacht gefallen. Ich weiß nicht recht. Plötzlich ist sie umgekippt.«

Lenidras kühle Hand legte sich auf ihre Stirn und Eleona schloss erleichtert die Augen – eine wundersame Leichtigkeit durchströmte ihren Körper, nahm ihr den Schwindel und verscheuchte das Zittern und die Schwäche aus ihrem Körper. Lenidras Blick wirkte gequält, obwohl er lächelte.

»Du warst super, Eleona.« Er sagte es so leise, dass es eigentlich unmöglich zu verstehen war.

»Hkmhkm!« Obgleich Professorin Pekar in einigem Abstand neben ihnen stand, wirkte ihr Räuspern im Vergleich zu Lenidras' Stimme laut und störend.

»Professorin Pekar«, hörte sie Lenidras sagen, »wie Sie sicher wissen, ist es Angehörigen erlaubt, in einem Notfall den Umkleideraum zu betreten.«

Professorin Pekar öffnete ihren spitzen Mund, doch Lenidras hob die Hand.

»Wenn Sie uns dann freundlicherweise entschuldigen würden, Eleona braucht jetzt Ruhe.«

Mit abgrundtiefem Entsetzen im Gesicht starrte Pekar Lenidras an, der nicht den geringsten Zweifel an seinen Worten aufkommen ließ. Dann, nach heftigem Zucken an ihren Wangenknochen, drehte sich Pekar ruckartig um und trat aus der Kabine.

»Fin, Maurin, Xaira, würdet ihr uns ebenfalls kurz entschuldigen?« Obwohl Lenidras' Stimme jetzt freundlich war, duldete sie keinen Widerspruch.

»Eleona«, sagte Lenidras schließlich sanft, als sie allein waren, und atmete tief ein. »Wie fühlst du dich?«

»Besser.« Ihre Stimme klang heiser.

»Was ist passiert?«

»Ich – ich weiß nicht.« Es war nichts Neues, dass sie die Hitze und die Sonne nicht ertrug.

»Ich war auf einmal so unglaublich schwach ...«, flüsterte sie, »die Sonne ... ich glaube ... es war alles so grell, alles war so unglaublich hell gewesen ... und ich war, war tief in ein helles Loch gefallen.«

»... nun«, röhrte eine aufdringliche Stimme zu ihnen herüber. »Ich schlage vor, für heute ist Schluss für Sie. Herr Sildas, nehmen Sie sie doch bitte mit nach Hause. Wir wollen doch nicht, dass so etwas noch mal passiert, nicht wahr? Einige Schüler vertragen die Hitze einfach nicht.« Professorin Pekar stand mit zornesrotem Kopf wieder beim Eingang. Wütend trat sie auf sie zu.

Einen Moment lang verfinsterte sich Lenidras' Blick, dann war er wieder hochkonzentriert: »Professorin Pekar, vielleicht muss ich noch etwas deutlicher werden.« Er stand auf. Und wie er so vor sie trat, hatte er doch etwas sehr Beeindruckendes an sich.

Er sah sie mit eigenartigem Blick an, dann neigte er sein Gesicht ein wenig zur Seite, sodass Eleona nicht mehr sehen konnte, was sich darin abspielte. Professorin Pekar schrumpfte auf einmal in sich zusammen. Lenidras' Worte waren leise, doch ein Schaudern schoss durch Pekars Gesicht, als ob sie Schüttelfrost hätte. Eleona hatte nicht verstanden, was er zu ihr gesagt hatte, doch die Pekar suchte den Umkleideraum kein drittes Mal mehr auf.

»Nun«, Lenidras seufzte lächelnd und fuhr dann fort, als hätte es keine Unterbrechung gegeben. »Das Loch, in das du gefallen bist, war sehr, sehr grell, nicht wahr?«, flüsterte er mit kaum hörbarer Stimme. Sie war sanft, doch ein Schmerz lag darin, den sie nicht deuten konnte.

Eleona nickte.

»Und die Sonne und die Hitze haben dich geschwächt?«

»Mmm …« Sie blickte beklommen in sein Gesicht. So wie er es sagte, klang das alles andere als erleichtert. »Ist es schlimmer geworden?«, fragte er weiter. »Über all die Jahre, meine ich?«

Eleona nickte. Je älter sie wurde, umso extremer wurde es. »Was … bedeutet das?«

Erneut legte Lenidras seine angenehm kühle Hand auf ihre Stirn. »Es liegt in der Natur, dass die einen die Sonne etwas besser ertragen und die anderen etwas weniger.« Er lächelte, doch es erreichte seine Augen nicht.

»Und deswegen bin ich umgekippt?«, fragte Eleona.

»Aus den einen und anderen Gründen, ja. Ich schlage vor, dass du dich heute ausschließlich an der Sonne aufhältst, wenn du einen Wettkampf hast.«

»Was?«, stieß sie hervor. Sie verstand nicht.

Ein Lächeln umspielte seine Lippen.

»Zudem solltest du viel kaltes Wasser trinken. Wenn möglich eiskaltes. Ich weiß, normalerweise sollte man das nicht, aber bei dir scheint das womöglich etwas anders zu sein.«

»Ich darf trotzdem … mitmachen?«, platzte es aus ihr heraus. »Du hast doch die Pekar gehört …«

Und nicht nur das: Woher kam *sein* plötzlicher Sinneswandel? Er war doch immer derjenige, der ihr sonst andauernd alles verbot.

»Ich weiß, wie … wichtig dir dieses Turnier ist«, sagte Lenidras leise, »und wenn du dich wieder fit fühlst, spricht nichts dagegen, dass du weitermachst. Professorin Pekar wird das bestimmt verstehen.«

Professorin Pekar konnte das natürlich nicht verstehen. Trotzdem führte die geknickt wirkende Professorin Eleona ein wenig später mit einem bitteren Gesichtsausdruck wieder zu ihren Mitstreitern zurück.

Fin blickte drein, als ob Weihnachten und Geburtstag gleichzeitig stattfinden würden.

»Looooooonchen!«, hauchte er und kniff sie zärtlich in die Wange. »Du darfst wieder mitmachen!«

»Hey«, lachte Xaira und schlang ihre Arme um sie. »Dachte schon, du wolltest uns mit Hassan und seiner Bande allein lassen.«

Maurins Gesicht war das einzige, das besorgt blieb: »Lenidras lässt dich mitmachen?«, fragte er. »Einfach so?«

Doch Eleona ging nicht darauf rein.

»Oh, seht mal!«, dröhnte es auf einmal aus einigem Abstand zu ihnen herüber. »Eleona ist wieder unter den Lebenden!« Es war Dzana. Sie stand in einem Grüppchen etwas abseits von ihnen und tat gerade so, als würde sie in Anils Armen ohnmächtig werden.

»Echt lustig!«, fauchte Xaira und machte einen Schritt auf sie zu, doch Fin hielt sie fest.

»Lass sie doch«, zischte er, »die kann es nur nicht ausstehen, dass Eleona sie geschlagen hat. Nicht wahr, Dzana? Du hast doch ein Problem damit, richtig?« Fins Blick wurde höhnisch stechend. »Aber weißt du was, das ist nicht weiter schlimm, du kannst sie ja immer noch bei den anderen Parcours schlagen. Ah, nein!« Er schlug sich mit der flachen Hand auf die Stirn. »Stimmt! Das wirst du ja auch nicht können, weil du eine miese kleine Versagerin bist! Und weißt du was, richte deinem Kumpel einen schönen Gruß aus! Ja, Hassan, ich meine dich! Hast wohl heute keinen so guten Tag, wie?«

Hassan bäumte sich zu seiner vollen Größe auf, doch Fin grunzte nur laut auf und wandte sich wieder Eleona zu.

»Kleiner Nichtsnutz«, flüsterte er giftig, dann trat ein ganz lieblicher Ausdruck in sein Gesicht, mit dem er Eleona bedachte. »Du warst soooo gut, Eleona!« Beinahe zärtlich nahm er ihren Kopf in seine Hände. »Wenn du so weitermachst … wenn du so weitermachst, dann gewinnst du! Wir *müssen* diese Nichtsnutze von Hassan, Evalac, Dzana, Peika und Anil schlagen!« Sein Blick wurde eindringlich. »Wir müssen siegen!«

»Hör auf, Fin!«, Xaira zog Fin energisch von Eleona weg. »Sie war noch vor ein paar Minuten ohnmächtig! Lass sie in Ruhe!«

Fins Gesicht bekam einen gequälten Ausdruck. Dann schaute er, die Augen zu Schlitzen verengt, zu Hassan hinüber, der jetzt mit Evalac in eine angeregte Diskussion verfallen war. »Ich könnte es nicht ertragen, wenn *die* gewinnen!«

Eleonas Blick glitt hinüber zum Publikum, wo sie in einiger Entfernung Lenidras stehen sah. Er stand jetzt ganz vorn und so nah, wie es die Absperrung zuließ. Waren all die Jahre zuvor auch schon so viele Leute am Wettkampf gewesen?

»AUF ZUR NÄCHSTEN RUNDE!«, hallte Pekars schrille Stimme über den Platz. Sie lächelte kurz und spitz dem Publikum zu, dann hob sie die Hand und zeigte auf den dunkelblauen Vorhang zu ihrer Linken.

Ein ungutes Gefühl breitete sich in Eleonas Magen aus.

»Los, los, los!«, flüsterte Fin und zog Eleona mit.

Mit einem panischen Kribbeln im Bauch folgte sie der Schülerschar, die sich auf den riesigen Vorhang zubewegte.

»Stellt euch in einer Reihe auf!«, rief Pekar über ihre Köpfe hinweg. »Wir fangen bei diesem Parcours mit der höchsten Zahl an! Die Nummer 35 startet als Erste! Also los!« Sie klatschte in die Hände. »Stellt euch auf!«

»Du bist als Erste dran, Eleona!«, flüsterte Fin. Dann spürte sie warme Hände an ihrem Rücken, die sie vorwärtsschoben.

Pekars Blick verdüsterte sich bei ihrem Anblick und ihre Augen strichen noch einmal über die Tabelle, fast als hoffte sie, es handle sich dabei um einen Irrtum.

»Gut!«, sagte sie spitz und hob die Hand. »Nun, dann machen Sie sich bereit, Eleona. Sie sind die Erste!«

Professor Lehnar zog an einem langen Seil, während im Publikum gebannte Spannung herrschte; der Vorhang schwang beiseite und Eleonas Herz setzte einen Schlag aus. Der Boden unter ihr erbebte und das Publikum brach in einen ohrenbetäubenden Tumult aus. Die Leute schrien und stampften so fest mit ihren Füßen auf die Holztribüne, dass es sich anhörte, als könnte sie jeden Moment auseinanderfallen.

Eleona taumelte.

»WOW!«, schrien die Leute, »SUPER!«, und konnten gar nicht mehr aufhören zu pfeifen und zu klatschen.

Ein taubes, ein erlahmendes Gefühl in Eleonas Kopf erinnerte sie daran, dass sie wieder atmen musste, und während sie krampfhaft versuchte, Luft in ihre Lungen zu lassen, flippte Fin neben ihr völlig aus.

»Das ist der Wahnsinn!«, schrie er und stieß die Faust in die Luft.

Xaira begann unruhig auf und ab zu hüpfen und brach in ein nervöses Gekicher aus.

Die Albträume der vergangenen Nächte schmolzen zu einem unbedeutenden Nichts dahin, während Eleona hochblickte und sich nicht mehr von diesem Anblick abwenden konnte. Circa hundert Meter vor ihnen offenbarte sich ein gewaltiger, ein riesiger, unglaublich spektakulärer Kletterparcours, der mitten durch den lichten Wald führte. Hohe Seile waren in den Kronen befestigt. Die Strecke, die jeder bewältigen musste, führte in schwindelerregender Höhe über verschiedene Elemente, über Hängebrücken, lose Bretter, einen Baumstamm und so weiter, die sich mit Plattformen abwechselten.

Die Bäume vor ihr wurden auf einmal schief und eine Hand hinter ihr hielt sie fest. Dumpfes Pochen drang in ihren Kopf und Eleona sog keuchend die Luft ein.

Eine gigantische Leiter führte zur ersten Plattform, wo der Parcours begann. Dicht über dem Boden erkannte Eleona so etwas wie ein Netz, das sich den ganzen Parcours entlangzog und etwas tiefer an den Baumstämmen befestigt war. Ihre Ohren begannen von dem lauten Applaus zu schmerzen.

»Also, Eleona!«, schrie Professorin Pekar, die jetzt direkt neben ihr stand. »Gleich sind Sie dran!«

Eleona konnte sich nicht mehr bewegen. Vom Hals her abwärts hatte sie überhaupt kein Gefühl mehr.

»Das ist bestimmt doppelt so hoch wie damals im Gayenorgebirge«, hörte sie jemanden hinter sich aufgeregt flüstern.

»Ja, das ist echt der Wahnsinn!«

»Das ist bestimmt der irrste Wettkampf seit Jahren!«

Eleona fühlte sich, als müsse sie sich jeden Moment übergeben.

»Gibt es ein Problem, Eleona?« Professorin Pekar drehte ihren Kopf ruckartig zur Seite und glotzte sie mit ihren Glupschaugen boshaft an. »Eleona?«, schnarrte sie und wippte ungeduldig mit dem Bein.

Eleona versuchte den Kopf zu schütteln.

»Oh! Gibt es etwa schon wieder ein Problem bei Eleona?«, höhnte eine bittersüße Stimme aus dem Gewühl hinter ihr, von der sie wusste, dass sie Dzana gehörte, und gleich darauf erklang ein wieherndes Lachen.

»Halt den Mund, Dzana!«, hörte sie Fins leise drohende Stimme, während sie Xaira »Miststück!« zischen hörte.

Eleona wandte den Kopf zu Professorin Pekar, ohne sie wirklich anzusehen.

»Nein«, sagte Eleona. Doch ihre Stimme hörte sich fremd an; als würde jemand anderer für sie sprechen. »Es gibt kein Problem.«

»Gut!« Mit herablassendem Blick deutete Pekar zur Startlinie. »Dann machen Sie sich bereit!«

Eleona spürte die Hand in ihrem Rücken deutlicher. »Los!«, zischte Fin hinter ihr und schob sie vorwärts. »Versuch, nicht zu denken«, flüsterte ihr Fin ins Ohr. »Versuch, nicht zu denken! Mach einfach! Mach und denk nicht! Dann wird alles gut! Ich verspreche es dir!«

Sie bekam einen Stoß und Eleona stolperte noch die letzten Schritte bis zur weißen Linie.

»Bereit?!«, drang es schrill an ihre Ohren und Eleona bewegte vorsichtig den Kopf. Sie war sich immer noch nicht sicher, ob sie sich übergeben musste.

»Gut! Begeben Sie sich in die Startposition, Eleona!«

Eleona senkte sich zu Boden.

Dann wurde es im Publikum plötzlich still.

Hämmerndes Dröhnen erfüllte ihren Kopf, während ihr Herz so laut zu pochen begann, dass sie sich sicher war, jeder, der im Publikum saß, könne es hören.

»Denk nicht!«, ermahnte sie sich.

Ihre Hände zitterten. Sie wartete – wartete auf das Unvermeidliche und hoffte doch mit jeder Faser ihres Körpers, dass es niemals eintreffen würde.

Doch dann kam er. Der Pfiff. Er gellte laut und hysterisch über das Wettkampfgelände und Eleona rannte los – aus dem Schatten hinein ins grelle Sonnenlicht.

Eleona zwang sich, ihre Beine zu bewegen, obwohl es in ihrem Inneren zu schreien begann; es schrie und brannte wie Feuer, während sich eine eiskalte Schwäche den Rücken hinab bahnte, die sie erneut erzittern ließ.

Ein Tumult brach hinter ihr aus. Sie hörte Rufe über das ferne Schulgelände hinweg zu ihr herüberdröhnen.

Mit zusammengekniffenen Augen starrte Eleona durch die schwüle Hitze. Sie glaubte, das Blut durch ihre Adern pulsieren zu hören, glaubte zu spüren, wie es sich in ihrem Kopf staute und ihn zum Zerplatzen bringen würde, wenn sie sich noch länger im Sonnenlicht aufhalten würde …

Dann erreichte sie den Schatten des ersten Baums und hielt sich keuchend an der Leiter fest. Ihre Hände zitterten so stark, dass sie sich kaum an der Leiter festhalten konnte. Schwankend setzte sie den rechten Fuß auf die unterste Sprosse.

Nicht denken, nicht denken, es wird alles gut!

Eleona hob den anderen Fuß und würgte.

Was für ein dummes Versprechen!

Erneut drangen Rufe aus der Menge.

Verzweifelt klammerte sie sich an der Leiter fest, kniff ihre Augen zusammen und begann sich dann gegen jedes Widerstreben in ihrem Körper an der Leiter hochzuziehen. Ihre Hände waren so schweißnass, dass sie sich am Holz gar nicht richtig halten konnte. Und dann passierte es – Eleona rutschte ab und konnte sich im letzten Moment festhalten.

Fins Stimme wehte zu ihr hoch: »Eleona, mach schon! Du kannst das!«

Wimmernd umklammerte sie die Holzsprosse und schloss die Augen. Dann atmete sie tief ein und aus und beschleunigte das Tempo – je schneller sie diesen Albtraum hinter sich hatte, desto besser!

Jetzt war das Publikum außer sich, es tobte und schrie, die Tribüne vibrierte. Doch bald hörte sich der Lärm nur noch dumpf und diffus an. Je höher sie den Baum erklomm, desto leiser wurde alles um sie herum.

Mit zusammengebissenen Zähnen fixierte sie das hölzerne Plateau. ›Es sieht viel zu klein aus, um sich sicher darauf bewegen zu können‹, schoss es Eleona durch den Kopf. War es stabil genug, um sie tragen zu können? Sie war die Erste, die diesen Parcours bestritt – vielleicht würde es nicht halten und sie würde hinunterfallen. Das Netz hatte nicht gerade einen zuverlässigen Eindruck erweckt …

Das helle Licht, das jetzt nur noch von einem leichten Blätterdach durchbrochen wurde, stach heiß auf sie hinab – das Surren in ihrem Kopf wurde stärker und das hölzerne Plateau verschwamm vor ihren Augen. Gleich würde sie die Plattform erreichen … Eleona zog sich weiter hoch.

Wer war nur auf die bescheuerte Idee gekommen, so einen Parcours zu errichten! Noch nie zuvor hatte es etwas Derartiges gegeben beim Wettkampf! Noch nie!

Begeisterte Rufe hallten vom Publikum zu ihr hoch. Dann endlich hievte sie sich auf die zusammengenagelte Oberfläche. Das

Plateau schwankte und Eleona blieb reglos darauf liegen. Fiebrig glitt ihr Blick über die wackelige Brücke, die zur nächsten Plattform führte.

»*Nein*«, keuchte sie.

Blind vor Panik rappelte sie sich hoch und versuchte, auf dem schwankenden Plateau stehen zu bleiben. Dann rannte sie los, ignorierte die Übelkeit, die ihr die Kehle hochkroch, die eisig kalte Schwäche, die ihren Körper dominierte. Doch bevor sie das nächste Plateau erreichte, trat sie ins helle Sonnenlicht und ihr Blick vernebelte sich.

»Mach schon, Eleona! Schneller!«, hörte sie Fins Stimme, als hinge sein Leben davon ab.

»Die macht sich in die Hosen dort oben«, dröhnte Hassan, gefolgt von einem wiehernden Lachen.

»*Los!*«, schrie es in ihrem Kopf. »*Los, geh schon!*«

Eleona erreichte das nächste Plateau, packte das Seil, schloss die Augen und stieß sich ab …

Der Parcours schien endlos. Zwischendurch konnte sie das Publikum nicht mehr sehen. In ihrer Panik wurde sie immer schneller, sie sah kaum noch, worüber sie sprang oder was sie tat, während sie in immer kürzeren Abständen zusammenbrach. Dann endlich erkannte sie das Publikum durch das lichte Blätterdach. Als Nächstes erblickte sie die Stange, an der sie hinunterrutschen musste. Eleona rannte darauf zu, rannte über den in der Luft schwebenden Holzstamm, als sie erneut fühlte, wie die Kräfte sie verließen. *Nicht jetzt*, schrie es in ihrem Kopf. *Noch nicht jetzt*! Sie schlang ihre tauben Arme und Beine um die Stange. Doch dann, bevor sie sich versah, blickte sie hinab in die Tiefe … Kalte Ohnmacht schoss ihr in die Glieder; das Publikum schrie und tobte, während sie unkontrolliert hinuntersauste – der Boden kam schnell immer näher, alles begann sich zu drehen, die Farben vermischten sich in ein buntes Durcheinander, während es immer heller um sie wurde.

Die Menge kreischte vor Begeisterung.

Eleona fühlte, wie ihre Haut an Armen und Beinen brannte; im nächsten Moment schlug sie hart auf dem Boden auf.

Unfähig, ihre Arme von der Stange zu lösen, verharrte sie in merkwürdig verrenkter Stellung halb aufgerichtet.

»Eleona!«, hörte sie Fin rufen. Im Publikum war es auf einmal still geworden.

Eleona ließ die Stange los und fiel ins warme Gras. Unendliche, unbeschreibliche Erleichterung durchströmte ihren Körper. Sie fühlte das warme Gras unter ihrer Haut, roch die Erde und grub ihre Finger in den Boden. Sie hatte festen Boden unter sich. Alles war gut. Sie hatte es überstanden!

Mit tauben Armen rappelte sie sich hoch, während das Publikum in Jubel ausbrach. Eleona stolperte noch die letzten paar Meter bis über die Ziellinie, dann hörte sie erneut einen gellenden Pfiff und wusste, dass Fin als Nächster gestartet war.

Blind humpelte sie weiter, dann zogen sie kräftige Arme aus der Sonne in den Schatten, wo es erträglicher war. Eleona gehorchte den Händen, die ihr halfen, sich hinzulegen. Eine Sekunde später legte sich eine kühle Hand auf ihre Stirn und die zittrige Schwäche verschwand.

»Was macht ihr denn hier nur für Sachen!« Lenidras' gedämpfte Stimme bebte vor Wut.

Eleona lag hinter einer Bank, umgeben von hohen Sträuchern und Bäumen, und das Publikum war von hier aus nicht zu sehen.

»Schon als ganz kleines Kind hattest du Höhenangst. Ein Wunder, dass du nicht in Ohnmacht gefallen bist.«

Eleona blickte hoch in das grüne Blätterdach.

»Hätte ich gewusst, was ihr hier für wahnsinnige Sachen machen müsst, hätte ich dich darauf vorbereiten können. Ich dachte, ihr rennt da ein bisschen rum, nichts Verrücktes. Aber das« Lenidras schüttelte den Kopf, »ist ja absoluter Wahnsinn!«

Ein weiterer Umriss beugte sich über sie nieder.

»Eleona?«, fragte eine altbekannte Stimme.

Ramons braungebranntes Gesicht schob sich vor das grüne Blätterdach.

Er sah anders aus. Älter und kräftiger und irgendwie härter, als sie es in Erinnerung hatte. Seine Haare hatte er kurz geschoren und um seinen braungebrannten Hals baumelte ein Abzeichen.

»Ramon?«, krächzte Eleona und starrte ihn an.

Obwohl sie ihn über all die Zeit so herbeiersehnt hatte, ihn nun so plötzlich vor sich zu haben, überforderte sie. Seit er weg war, hatte er sich kein einziges Mal gemeldet, obwohl er ihr versprochen hatte zu schreiben. Jetzt war er auf einmal da und tat so, als läge keine Zeit zwischen ihnen. Doch das tat sie. Schmerzhaft und brennend. Und sein Äußeres deutete unmissverständlich daraufhin. Ramons Muskeln spielten unter seinem Hemd, als er sich zu ihr niederließ.

»Ich habe freibekommen«, sagte er. Seine braunen Augen glühten. »Ich musste den Wettkampf einfach sehen!«

Eleona nickte. Es war klar, dass jemand aus Bakul sowas sagte.

»Alles okay?«, fragte er.

»Jaaa«, krächzte Eleona und verzog das Gesicht. »Ich glaub, es geht wieder.«

Das Surren hatte zwar nachgelassen, doch jetzt bekam sie allmählich Kopfschmerzen von der Anstrengung und den Panikattacken.

Lenidras' Miene verfinsterte sich. »Macht ihr etwa noch mehr solche Sachen?«, fragte er argwöhnisch.

»Als Nächstes müssen sie wohl schwimmen, habe ich gehört«, sagte Ramon leichthin. »Aber das ist kein Problem für Eleona, darin ist sie blendend.«

Für Ramon war es nie schwierig gewesen, sich Informationen zu verschaffen, an die man eigentlich nicht herankam. Das Einzige, was sich nicht an ihm verändert zu haben schien.

»Ich glaube nicht, dass das eine gute Idee ist, wenn du an diesem Wettkampf weiter teilnimmst«, warf Lenidras ein. »Ich hätte dich erst gar nicht beginnen lassen dürfen. Professorin Pekar hatte recht. Es war unverantwortlich. Du hättest dir ich weiß nicht was brechen können.«

»Es gibt Netze, die mich aufgefangen hätten«, murmelte Eleona. Jetzt, da sie den Parcours hinter sich hatte, konnte sie es sich erlauben, großmütig zu sein.

»Trotzdem. Ich möchte nicht, dass du weitermachst.«

Eleona richtete sich auf, nicht ohne dass ihr ein erneuter Schwindel in den Kopf fuhr.

»Ich muss weitermachen!«, protestierte sie. »Ich bin unten durch, wenn ich einfach so aussteige!«

»Sie hat recht«, bestätigte Ramon. »Es ist eine ziemliche Schande, wenn man aufhört.«

Lenidras blickte angewidert drein. »Wie wenn das Glück von diesem Wettkampf abhinge«, murmelte er.

»Sie ist wirklich gut im Schwimmen, Herr Sildas. Unglaublich gut sogar, und ich habe nicht einmal das Gefühl, dass sie sich sonderlich dafür anstrengen müsste. Trotzdem ist sie doppelt so schnell wie wir anderen.«

Eleona fühlte ein Kribbeln auf ihren Wangen und war froh, dass sie nicht rot wurde. Eine entwürdigende Eigenschaft, die bei ihr Gott sei Dank ausblieb. Doch Ramons Worte hatten nicht die gleiche Wirkung auf Lenidras.

»Du machst nicht weiter, Eleona«, sagte Lenidras knapp. »Würde dir etwas passieren, könnte ich mir das nie verzeihen.«

Ramon hielt einen Moment inne, dann warf er Lenidras einen vorsichtigen Blick zu.

»Es sind Rettungskräfte vor Ort, Herr Sildas«, fuhr er diplomatisch fort. »Es kann ihr nichts passieren. Und wenn es sie beruhigt, stelle ich mich persönlich ans Becken und springe, wenn nötig, ins Wasser. Ihre Enkelin bekommt den besten Schutz, den sie sich wünschen können.«

»Den besten Schutz, den ich mir wünschen kann«, murmelte Lenidras und sah einen Moment frustriert aus. »Ramon, lassen Sie uns bitte einen Moment allein?«

Ramon zog eine Augenbraue hoch. »Klar.« Er hob die Hand zum Abschied. »Herr Sildas.« Er nickte ihm höflich zu, dann richtete er den Blick auf Eleona. »Bis dann.«

Sein Abzeichen erglühte in der Sonne, während er sich widerwillig aufrichtete, dann ging er weg.

Stirnrunzelnd ließ Eleona den Kopf zu Boden sinken.

»Eleona«, sagte Lenidras leise. Sein Blick war voller Sorge.

Doch Eleona hatte keine Kraft zu streiten. Sie wollte nur noch daliegen und nichts denken. Ramons Auftritt hatte sie verwirrt und ein flaues Gefühl in ihrem Innersten hinterlassen. Obwohl er sich zu ihr hinabgesenkt hatte, war er ihr fern gewesen, als ob sie ihn gar nicht kennen würde, als ob eine andere Person zurückgekehrt war.

»Ich sehe, wie es dich quält«, fuhr er leise fort. »Trotzdem merke ich, wie wichtig dir dieser Wettkampf ist …« Ergeben atmete er aus. »Wenn du möchtest, kannst du weitermachen.«

Mit einem Schlag öffnete sie die Augen. »Was?«

»Du darfst weitermachen, jedoch nur unter einer Bedingung.«

Das Kreischen des Publikums füllte das Schweigen um sie aus.

Lenidras senkte den Blick »Wenn du schwimmst«, fuhr er so leise fort, dass sie ihn kaum verstehen konnte, »musst du immer die Schnellsten im Blick haben und du darfst nie viel schneller sein als sie.« Er fuhr sich über die gefurchte Stirn und vergrub dann den Kopf in seinen Händen. »Es ist sehr wichtig, dass du das einhältst.« Er lächelte gequält. »Schaffst du das? Und«, seine Stimme war jetzt fast nicht mehr zu hören, »du darfst niemandem etwas davon erzählen, dass ich dir das gesagt habe, niemandem, hörst du? Besonders nicht diesem Ramon.« Sein Blick glitt vorsichtig hinüber zum Publikum, das erneut zu kreischen und zu jubeln begann.

Eleona hievte sich hoch und stützte sich auf den Ellbogen ab. Bevor sie fragen konnte wieso, kam Fin völlig außer Atem zu ihr herübergerannt und ging keuchend in die Knie. Er war so außer Atem, dass er kaum sprechen konnte.

»Hier bist du«, sagte er. »Mensch, Eleona, du hast dich echt gut geschlagen!« Seine Wangen waren von einem feurigen Rot. »Als ich den Parcours gesehen habe, da habe gedacht, das ist zu viel für Eleona. Ich hatte echt Schiss, du würdest dort oben in Ohnmacht fallen oder Lehnar müsste dich wieder herunterholen!« Seine hellblauen Augen glühten. »Mann, das war ein Kampf!« Er schlug sich mit der Hand aufs Knie. »Ah – hallo, Herr Sildas.«

Lenidras kniete so dicht und reglos neben der Hecke, dass Fin ihn zuerst gar nicht bemerkt hatte. Verlegen hob Fin die Hand.

Lenidras' Anwesenheit hatte oft eine eigenartige Wirkung. Auf viele wirkte er einschüchternd, was für Eleona nicht nachvollziehbar war.

»Hallo, Fin«, sagte Lenidras lächelnd und Eleona registrierte sofort, wie anders sein Umgang mit Fin verglichen mit Ramon war.

Ein ohrenbetäubender Tumult wehte von der Tribüne zu ihnen herüber und Fin sprang auf.

Bei Ramon war Lenidras angespannt gewesen. Hart und etwas kühl. Bei Fin wirkte er völlig gelassen. Mehr noch, das Lächeln auf seinem Gesicht schien echt zu sein.

»Hassan ist dran!«, japste Fin und reichte Eleona die Hand. »Den muss ich unbedingt sehen! Komm!«

Eleona ließ sich von ihm auf die Beine ziehen. Einen Moment taumelte sie, dann fühlte sie Lenidras' kühle Hand an ihrem Arm und sofort klärte sich ihr Bewusstsein.

»Pass auf dich auf«, sagte er kurz, während sein Gesicht voll Kummer war. Dann schob er ihr etwas in die Hand. »Und iss das!«

Eleona blickte auf einen schmalen, flachen Keks, der mehr wie ein Stück Fladenbrot aussah. Sie formte mit den Lippen das Wort »*DANKE*«, dann ließ sie sich von Fin zu der Menge ziehen. Als sie sich noch einmal umdrehte, war Lenidras bereits verschwunden.

Eleona setzte sich in den Schatten neben Fin auf eine Bank und aß ein wenig von dem Keks, während sie hinübersah zum Waldrand und das Gefühl genoss, es endlich geschafft zu haben.

»Da!« Fin zeigte auf eine rot gekleidete Person, die gerade dabei war, die Leiter hochzuklettern und dabei mehrere Male beinahe abrutschte. »Das ist Hassan!«

»Hey!« Ebenso atemlos wie zuvor Fin kam jetzt auch Xaira zu ihnen herübergerannt. »Eleona, hast du mich gesehen? Ich bin fast runtergefallen! Da oben!«, sie zeigte mit dem Finger genau zu der Stelle, wo Hassan gerade war. »Ich bin fast zwischen den Brettern durchgefallen!« Auch sie hatte ganz rote Wangen. »Hör mal«, sagte sie. »Du warst echt klasse! Ich konnte fast nicht hinsehen! Ich habe gedacht, Professor Lehnar müsste dich wieder herunterholen! Und diese Säule! Die Leute haben geschrien, als du so schnell heruntergekommen bist; es hat ausgesehen, als ob du die Kontrolle verloren hättest! Aber dann bist du einfach wieder aufgestanden und weitergerannt!« Sie hatte vor Aufregung ganz geweitete Pupillen.

»Hey, Maurin! Maurin!«, kreischte Xaira.

Maurin kam als Nächster ins Ziel gerannt.

Die Abstände zwischen den einzelnen Wettkampfteilnehmern waren nach Eleona verkleinert worden. Jetzt war nicht nur einer auf dem Parcours, sondern gleichzeitig zwei oder drei, die mit kurzen Abständen gestartet waren. Vermutlich hatte Lehnar damit gerechnet, dass es mit ihr, Eleona, ein Drama im Parcours geben würde und sie den Wettkampf würden unterbrechen müssen. Nicht ganz unbegründet.

In weiter Ferne konnte Eleona sehen, wie Hassan die letzte Brücke überquerte; er stolperte, hievte sich hoch und rannte hinkend weiter. Lehnar stand in der Nähe des Waldrands und beobachtete das Geschehen ganz genau.

»Hey, Maurin!« Fin klatschte Maurin in die Hände. »Du warst klasse, Mann!«

Maurin beugte sich nach vorn und Fin klopfte ihm lachend auf den Rücken.

»Mensch, Eleona«, keuchte Maurin und sah schräg zu ihr hoch. Er lachte, dann schüttelte er den Kopf. »Ich sehe noch vor mir, wie du da in den Bergen festgesteckt bist, ohnmächtig, und Lehnar dich wieder herunterholen musste.«

Eleona verzog das Gesicht.

»Das ist der krasseste Wettkampf, der je in Bakul stattgefunden hat!«, Fin schlug Maurin begeistert auf die Schultern und verfolgte jetzt fiebrig, wie Hassan die Säule herunterrutschte.

»Du warst wirklich super!«, sagte Maurin leise und legte Eleona den Arm um die Schultern. »Hab mir echt Sorgen gemacht. Mir wurde dort oben selbst schwindlig.«

»Ist echt voll abgefahren!« Fin schüttelte den Kopf, dann schoss er auf einmal hoch. »Hey, Ramon!«, rief er, während Maurin langsam den Arm wieder sinken ließ.

Ramon stand in einigem Abstand neben der Absperrung. Der Eindruck, den Eleona vorhin von ihm gehabt hatte, verstärkte sich: Ramon wirkte durch seine kurzgeschorenen Haare und seinen muskelbepackten Oberkörper nicht nur älter. Etwas an ihm, und sie wusste es nicht genau, was es war, wirkte hart und abgestumpft.

»Ramon? Ramon! Du bist hier?«

Kreischend sprang Xaira auf und umarmte ihn stürmisch. Fin gab ihm einen Handschlag und Maurin drückte ihn kurz an sich.

»Hallo.« Ramon blieb lachend stehen. »Das ist ja echt abgefahren, was ihr da tut«, sagte er und blickte zum Parcours hinüber.

»Ja, nicht!?« Fin strahlte. »Das ist bestimmt der krasseste Wettkampf seit Jahren!«

Eleona beobachtete Ramon, wie er sich über den kahlgeschorenen Kopf fuhr.

»Und Eleona«, fuhr Ramon fort, während in seiner Stimme nun leichter Spott mitschwang, »hat den Kletterparcours einfach so überstanden?« Er hob die Augenbrauen und sah sie an. »Oder haben sie dir irgendein Medikament verabreicht?«

Fin lachte.

»Nein, im Ernst. Wieso konntest du denn auf einmal einen so gewaltigen Kletterparcours bestreiten?«, fragte Ramon weiter.

»Hat dir Lenidras vorher etwas gegeben?«

»Was?«, flüsterte Eleona.

Ramon trat einen Schritt vor und presste den Kiefer fest zusammen.

»Was hast du gemacht?«

»Nichts«, entgegnete sie kühl.

»Wirklich?« Er hob die Augenbrauen.

Fin trat ungeduldig zwischen sie. »Hey Eleona, nimm Ramon nicht so in Beschlag.« Er boxte Ramon in die Seite und strahlte übers ganze Gesicht. »Wie läuft's denn im Schloss? Erzähl schon!«

»Gut.« Ramon lachte, doch irgendetwas passte nicht. Es klang falsch.

Eleona blickte hinüber zum Parcours und versuchte, sich auf die Wettkämpfer zu konzentrieren. Ein Gefühl des Unwohlseins, das nichts mit dem Parcours zu tun hatte, verstärkte sich.

»Wie läuft's mit Hassans Bande?«, fragte Ramon. »Gibt's was Neues?«

Fin blickte angewidert hinüber zu Hassan, der gerade über die Ziellinie rannte. »Nee, immer noch das Gleiche. Es hat sich hier nicht sonderlich viel verändert.«

Ramon nickte wissend. »Ja, hier verändern sich die Dinge nicht so schnell.«

Dann ertönten drei lange, gellende Pfiffe.

»Wir müssen zur Pekar. Jetzt sind anscheinend alle durch.« Fin hob die Hand zum Gruß. »Bis nachher!«

Ramon zwinkerte ihm zu. »Bis dann!«

»Bis später«, sagte Eleona und stand auf. In letzter Sekunde ergriff Ramon ihre Hand.

»Hey!«, sagte er. »Wie kommt es, dass dich Lenidras plötzlich mitmachen lässt?«, fragte er. Sein Blick war unergründlich.

Eleona runzelte die Stirn. »Es passiert manchmal, dass ich überzeugend bin.«

Der Griff, mit dem er sie festhielt, fühlte sich nicht mehr wie früher an. Seine Hand wirkte grob, als wolle er sie abführen.

»Gut. Und jetzt die Wahrheit. Was hast du gemacht?«

»Nichts, Soldat.«

Ramon und sie hatten immer zusammengehört – wie ein durchsichtiges Band, das sie miteinander verband. Dass sich dieses Verhältnis nun so drastisch verändert hatte, vermochte nicht einmal die Erleichterung darüber, dass der Kletterparcours endlich vorüber war, mildern.

»Komm schon«, zischte er durch die Zähne.

»Eleona!« Xaira und Fin winkten aufgeregt zu ihnen herüber. »Komm, Eleona! Es geht weiter!«

Eleona riss sich von ihm los. »Ich muss gehen.«

Sein Blick fiel auf den halb gegessenen Keks in ihrer Hand.

»Was ist das?«, fragte er prompt und streckte seine Hand danach aus. Wütend zog Eleona die Hand zurück.

»Etwas zu essen, wenn du nichts dagegen hast!«, fauchte sie und ließ ihn stehen. Mit Wut im Bauch stellte sie sich zu den anderen und versuchte, sich auf die Worte Pekars zu konzentrieren. Doch ihre Gedanken glitten immer wieder ab. Und je mehr Zeit verstrich, umso mehr regte sie sich auf. Sie stopfte sich den ganzen Rest des Kekses auf einmal in den Mund und fühlte, wie neue Kraft durch ihren Körper floss. Was nahm sich Ramon eigentlich heraus? Kreuzte hier auf mit nur einem »Hallo wie geht's?«, und mischte sich gleich in alles ein. In der Zeit, wo er weg war, schien es ihn auch nicht interessiert zu haben.

Die drei weiteren Disziplinen, die auf sie zukamen, waren nicht weiter schwer zu bestreiten, obwohl es sengend heiß war. Die Wut, die in Eleona festsaß, machte sie eigenartig klar im Kopf und schien sogar die Hitze merkwürdigerweise erträglicher zu machen.

Wie Ramon vorausgesagt hatte, war als Nächstes Schwimmen dran. Und während Eleona Lenidras' Bitte genau befolgte und immer genau darauf achtete, nie viel schneller als die Schnellsten zu sein, fragte sie sich erneut, weshalb er sie darum gebeten hatte.

Warum durfte sie nicht viel schneller als die anderen sein, und weshalb hatte Ramon genau darauf angespielt?

Nach zwei weiteren Disziplinen war der Wettkampf zu Ende und Eleona ließ sich zu Xaira und den anderen in den Schatten der großen Eiche fallen, erschöpft, aber froh, endlich alles überstanden zu haben. Keiner sagte mehr etwas.

Professor Dipold, der Rektor der Schule, trat auf die Bühne und das Geplapper und Gejohle auf der Tribüne erstarb.

»Bald wieder ist ein Schuljahr vorüber!«, rief Professor Dipold fröhlich in die Menge und hob die Hand. »Wieder werden junge Menschen einen neuen Lebensabschnitt beginnen und neue Herausforderungen angehen …«

»Hey, Ramon! Pssst, hier sind wir!«, zischte Fin.

Das Gras neben ihnen bewegte sich und Ramon ließ sich nieder. Seine Hand berührte ganz kurz Eleonas Arm, als er sich zwischen sie und Xaira setzte.

Angestrengt richtete Eleona ihre Augen geradeaus.

Professor Dipold genoss den kurzen Applaus, der seinen Worten folgte, dann ergriff er erneut das Wort.

»Ist dir kalt?«, fragte Ramon und neigte sich zu Eleona. Erneut fühlte sie seine viel zu warme Hand auf ihrem Arm. »Du bist eisig kalt«, stellte er fest. Sein Blick blieb eindringlich auf ihr haften. »Frierst du?«

»Nein«, zischte Eleona und zog ihren Arm zurück.

»Sicher nicht?«

Stur blickte sie nach vorn, wo Professor Dipold auf der Bühne stand und über diverse Zukunftsvisionen sprach. Was ihre Möglichkeiten waren, was für Chancen sie hätten, wenn sie überlegten fortzuziehen, um ihr Glück anderswo zu versuchen, und so weiter.

»Du hältst dich am liebsten im Schatten auf, nicht wahr?«, fuhr Ramon leise fort, als hätte es keine Unterbrechung gegeben. »Viel brauner bist du auch diesen Sommer nicht geworden.«

Ihre Haut wirkte neben seinem Arm tatsächlich wie ein fahles Blatt Pergament.

»Weiß und kalt wie ein Fisch«, murmelte er.

Eleona kaute auf ihren Lippen herum.

»Ich fass es nicht, hast du dich bis jetzt im Keller versteckt?« Ramon hielt seinen Arm dicht an ihren und verglich den Unterschied. Als seine Haut die ihre berührte, tat er so, als würde er frösteln.

»Du glühst ja förmlich!«, zischte Eleona wütend.

»*Meine* Haut ist völlig normal«, gab Ramon zurück.

Genervt wandte Eleona sich von ihm ab. Professor Dipold war abgeschweift. Er erzählte jetzt von seiner Jugend, wie er sich dazu entschlossen hatte, Lehrer zu werden, wie er eine weite Reise durchs ganze Land gemacht und das als bereichernd und wunderschön empfunden hatte …

»Schon mal auf den Gedanken gekommen, dass es vielleicht am Blut liegen könnte?« Ramon sah sie mit hochgezogenen Augenbrauen an.

Den Bruchteil einer Sekunde starrte Eleona in sein Gesicht und einen Moment war sie zu perplex, um zu reagieren.

»Was ist eigentlich dein Problem!«, platzte es schließlich aus ihr heraus. »Was ist im Schloss passiert!?«

»Was meinst du?« Seine Stimme war unterkühlt.

»Du hast dich verändert.«

»Kann sein.«

Eleona schlang die Arme um ihre Knie.

Der Schulleiter redete immer weiter, während sie auf Dipolds Lippen starrte, ohne auch nur das Geringste von dem zu verstehen, was er sagte.

Als Ramon vor einiger Zeit gegangen war, hatte sie ihn verloren, und nichts von ihm war zurückgekehrt – die Tatsache, dass er ihr in der Abwesenheit nähergestanden hatte als jetzt, da er hier war, war schwerer zu ertragen als der Moment, als sie ihn damals hatte gehen lassen müssen.

Abermals klatschte das Publikum und Jubelrufe erklangen aus der Menge, dann ertönte laute Blasmusik.

Eine Weile blieben sie stumm sitzen und niemand sagte mehr etwas, dann sah Eleona aus den Augenwinkeln, wie Ramon sie erneut ansah.

»Wieso hast du dir beim Schwimmen keine Mühe gegeben?«, fragte er bissig.

»Was?«

»Wieso hast du dich nicht angestrengt.«

»Das habe ich …«

»Schhht!« Xaira stieß sie in die Seite.

»Nein«, flüsterte Ramon eindringlich weiter, »das hast du nicht.«

»Nun zur Rangverkündigung«, rief Professor Dipold über den Platz. »Ich muss sagen, es ist bisher in keinem Jahr so knapp ausgegangen wie in diesem.«

Sein Blick glitt über die Gesichter der Schüler. »Der dritte Platz …«, seine schneeweißen Zähne blitzten auf, »geht an Hassan Nerivan!«

Fin machte ein Geräusch, als müsse er sich übergeben, während das Publikum in Tumult ausbrach. Hassan jedoch sah enttäuscht aus, nur den dritten Platz belegt zu haben. Missmutig trat er nach vorn und bestieg die kleinste der drei Treppen.

»Hat dir Lenidras gesagt, dass du dich nicht anstrengen darfst?« Ramon beobachtete ganz genau ihre Reaktion, während sie in seine braunen Augen blickte, in denen nichts als Kälte lag. Die Wärme war mit seinen langen Haaren verschwunden.

»Zum zweiten Platz!«, ertönte abermals Professor Dipolds Stimme und das Publikum verstummte augenblicklich.

»Der zweite Platz geht an«, abermals lächelte er, »Fin Neukirch!«

Um sie herum brach ein ohrenbetäubender Lärm aus. Fins ganze Verwandtschaft lebte in Bakul und alle waren hier versammelt. Das Publikum war außer sich und Fin rannte strahlend auf das zweithöchste Podest. Grinsend blickte er auf Hassan hinab.

»Uuuuund der erste Platz«, verkündete Professor Dipold geht aaaaaan …«

Das Publikum wartete gespannt.

»Eleona«, flüsterte Ramon, bevor Professor Dipold laut verkündete:

»Eleona Sildaaaas!«

Eleona wurde auf die Beine gerissen und nach vorn zu Fin auf die Bühne gezerrt. Von oben versuchte sie Ramons Gesicht zu finden. Und das stellte sich als nicht weiter schwer heraus – es war das einzige, das nicht lachte; das einzige, das ihr nicht zujubelte. Und während sie seinem unbarmherzigen Blick begegnete, fühlte sie, wie sie keuchend die Luft einsog – sein Blick schmerzte sie mehr als eine körperliche Wunde.

Professor Dipolds Stimme ging im tosenden Applaus unter, während Fin ihren Arm zum Himmel streckte.

Der kalte Engel

Als Xaira, Fin, Maurin und Eleona endlich den Nachhauseweg antraten und aus dem Gewühl der vielen Leute kamen, klärte sich ein wenig Eleonas Kopf.

»Das war der Wahnsinn!«, rief Fin begeistert in die Nacht hinaus, während sie über die immer noch warmen Straßen schlenderten. »Das war echt irre!«

Eleona verabschiedete sich von ihren Freunden an der Kreuzung. Bis sie die Haustür hinter sich schloss, hörte sie das Lachen und die Ausgelassenheit der anderen.

Lenidras schlief bereits und Eleona ging die wenigen Stufen hoch in ihr Zimmer.

Noch vor wenigen Stunden hatte sie geglaubt, den heutigen Tag nicht zu überstehen. Nun wünschte sie sich beinahe die Panik der vergangenen Tage zurück. Dieses Gefühl hatte sie dominiert, sie abgelenkt und verhindert, dass sie richtig nachdenken konnte.

Jetzt, da die Panik weg war, fühlte sie nichts als Schmerz. Ramons Wiedersehen hatte nichts Positives mit sich gebracht. Schlimmer noch: Das Gefühl, ihn endgültig und für immer verloren zu haben, durchströmte sie so heftig, dass sie keine Luft mehr bekam. Sie rollte sich im Bett zusammen und schlang ihre Arme um die Knie. Sein harter Gesichtsausdruck, mit dem er sich verabschiedet hatte, erschien wieder vor ihrem inneren Auge. Ramon war gleich, nachdem die Platzierungen bekanntgegeben wurden, gegangen. Bis zum Schloss war es ein langer Weg und er musste vor Mitternacht wieder dort sein. Selbst mit einem Pferd brauchte man mehrere Stunden.

Sie konnte immer noch nicht glauben, dass das wirklich geschehen war. Was war passiert, dass er sich so verändert hatte?! Dass sie ihn kaum mehr wiedererkannte?!

Den anderen war das nicht einmal aufgefallen.

»Wieso denn?«, hatte Fin gefragt. »Bist du gekränkt, weil er dich gefragt hat, ob du ein Medikament genommen hast?«

Maurin hatte gemeint: »Soldat zu sein, ist ein hartes Leben. Da wird man zu einem harten Kerl. Er hätte uns ja nicht besucht, wenn wir ihm nicht wichtig wären.«

Xaira war überhaupt nichts aufgefallen. Sie hatte sich nur kurz darüber ausgelassen, wie hübsch Ramons durchtrainierter Körper doch geworden sei, und Fin hatte daraufhin eine abschätzige Bemerkung über Xaira und ihre Oberflächlichkeit gemacht.

Die letzten Schultage glitten vorüber, während sich der goldene Pokal vom Wettkampf im Wohnzimmer allmählich mit Staub bedeckte. Die Frage, die sie am Tag nach dem Wettkampf Lenidras gestellt hatte – wieso es ihm so wichtig gewesen war, dass sie nicht viel schneller als die anderen sei –, hatte er mit einer schwachen Ausrede abgetan: Man soll auch den anderen eine Chance geben und er habe Angst gehabt, sie würde sich wieder überanstrengen. Doch obwohl sich Eleona damit nicht zufriedengegeben hatte, konnte sie ihm nichts mehr entlocken.

Der Stein, den sie weiterhin unter den Kleidern neben der Kette mit dem Medaillon trug, schien sich immer noch vom Medaillon abzustoßen, als würden zwei gleichpolige Magnete aufeinanderliegen. Nie lagen sie direkt neben- oder übereinander, sondern immer so weit wie möglich voneinander entfernt, wie es ihr Fallgewicht zuließ.

Die Aussicht, Ramon im Schloss wiederzusehen, hatte für Eleona den Reiz verloren. Sie überlegte sich sogar, ihren Plan, heimlich mitzugehen, fallen zu lassen.

Es war bereits wieder Wochenende und Eleona hatte sich mit Maurin, Fin und Xaira am Meer unten verabredet. Heute würde sie es ihnen sagen. Sie würde ihnen irgendeine Ausrede auftischen, weshalb sie nicht zum Schloss mitgehen könne.

Lustlos trat Eleona aus der kühlen Gasse, die auf den Marktplatz führte. Es wimmelte auf dem Platz nur so von Leuten und der Geruch nach Kohl und Schweiß stieg in ihre Nase. Sie drängte sich durch die Menschenmasse. Wie konnte man nur freiwillig bei dieser Hitze auf den Markt gehen. Es war ihr ein Rätsel, wie man es ertragen konnte, sich von massigen Körpern zur Seite schubsen zu lassen, geschweige denn diese durchdringenden Gerüche zu ertragen, die einem noch stundenlang in den Kleidern saßen.

Resigniert hob Eleona die Tasche auf, die ihr im Gewühl zu Boden gefallen war. Sie bereute es, dass sie sich dazu hatte überreden lassen, ans Meer hinunterzugehen. Als ob es Spaß machen würde, sich die Haut verbrennen zu lassen! Nicht dass sie eine Spur von Farbe annahm. Sie wurde ja nicht einmal rosa, geschweige denn braun. ›Kalt und weiß wie ein Fisch‹, schoss es Eleona durch den Kopf. Doch Xaira und Fin hatten darauf bestanden. Und zu ihr nach Hause kamen sie nicht … *es ist zu langweilig* … Wie wenn man im Schatten der Bäume keinen Spaß haben könnte.

»He, Eleona!«

Lachende Stimmen wehten vom hinteren Teil des Marktplatzes zu ihr herüber. Verzerrt durch die schwüle Hitze sah sie Dzana, flankiert von Hassan, Evalac, Peika und Anil, langsam durch die Leute auf sie zukommen. Die Scheiben der Fenster erglommen golden und blendeten sie. Genervt senkte Eleona den Blick und stieß plötzlich hart mit jemandem zusammen.

»Entschuldigung«, murmelte Eleona gereizt. Sie drückte ihre Tasche näher an ihren Körper, als sie plötzlich innehielt – der Körper, mit dem sie zusammengestoßen war, war nicht warm und weich wie alle anderen hier auf dem Platz. Er war eisig kalt und hart. Ihr Blick blieb an einem Arm haften, der genauso blass war wie der ihre.

»Keine Ursache«, sagte eine Stimme, die samtweich und wütend zugleich war.

Überrascht hob sie den Blick und sah in ein Gesicht, das den anderen so wenig ähnelte wie das ihre. Sein auffallend bleicher

Teint war unnatürlich hell. Doch das war nicht der Grund, weshalb sie sich nicht mehr von ihm abwenden konnte. Es waren auch nicht seine tiefschwarzen Augen oder sein durchdringender Blick, mit dem er sie gleichermaßen fesselte und erschaudern ließ. Was ihre Aufmerksamkeit erregte und in den Bann zog, war seine umwerfende und überirdische Schönheit. Eine Strähne seines dunklen Haars fiel ihm ins Gesicht, dann wandte er sich mit einem letzten Blick von ihr ab und verschwand im dichten Gewühl der Menschenmasse.

Mit heftig pochendem Herzen blieb Eleona stehen.

Als Nächstes bekam sie einen harten Stoß in die Rippen – Hassans breites Grinsen tauchte vor ihr auf.

»Tut mir leid Eleona. Habe dich gar nicht gesehen!«

Eleona funkelte ihn wütend an.

»He! Wohin denn so schnell?«, säuselte Dzana und stellte sich ihr in den Weg.

»Lass mich durch, Dzana!«, fauchte Eleona.

»He! Du läufst in die falsche Richtung! Wolltest du nicht zum Strand?«

Eleona blinzelte in die Menge. Das Sonnenlicht machte sie halb blind. Überall sah sie nur verschwommene Menschen. Wo war er? Wo ist er nur hingegangen? Hektisch sah sie sich um.

»Was denn, noch übler gelaunt als sonst? So viele Menschen um dich herum bist du nicht gewohnt, wie? Sonst immer zu Hause, ganz allein mit dem Großvater.«

Eine dicke Frau neben Eleona begann mit ihrem kleinen Sohn zu schimpfen, der sein Brotstück auf den Boden fallen gelassen hatte.

»Überheblich, seit du den Wettkampf gewonnen hast, wie?« Dzanas Stimme klang wie pures Gift. »Gewonnen, obwohl sie sich dort oben in den Bäumen zum Affen gemacht hat. Wie ein kleines, aufgescheuchtes Huhn ist sie über die Brücke gerannt.« Peika brach in wieherndes Gelächter aus.

Die Sonne stand im Zenit und brannte mit voller Kraft.

»Eleonaaa! Eleona, wo gehst du denn hin?«, rief Dzana laut hinter ihr her.

Die Umrisse wurden unscharf und Eleonas Kopf fühlte sich an, als würde er gleich zerplatzen.

»Eleonaaaa!«, rief Dzana; hinter ihr ertönte lautes Gelächter.

Er war weg …

Eleona drehte sich um und drängte sich wieder in die andere Richtung durch die schweißnasse Menge zum Strand. Leises Knirschen unter ihren Füßen sagte ihr, dass sie bald da war. Dann, im nächsten Moment, stach etwas Spitzes in ihren Zeh.

»Ah«, stöhnte Eleona und humpelte weiter. Der Sand zwischen ihren Zehen brannte wie Feuer.

»Eleona?«

Eleona erkannte Fins Stimme. Blind steuerte sie in seine Richtung. Schemen von dunklen Schatten strichen an ihr vorbei, dann stolperte sie über etwas, das am Boden lag, und im letzten Moment wurde sie von zwei festen Händen ergriffen, bevor sie in den heißen Sand fiel.

»Mensch, Eleona!« Fins Stimme klang merkwürdig fern. Seine Hände hielten sie fest und ließen sie sanft zu Boden gleiten.

Verzerrte Schatten kamen in ihr Gesichtsfeld.

»Eleona?« Jetzt war es Xaira, die sprach. »Geh mal zur Seite, Fin!«

»Was ist los?«, fragte Xaira. Eleona spürte eine warme Hand auf der Stirn. »Mein Gott, du bist ja eiskalt!«

»Ich bin nur …«, nuschelte Eleona, »es ist nur …« Doch die Worte kamen nur als undeutliches Lallen aus ihrem Mund und plötzlich konnte sie ihre Zunge nicht mehr bewegen.

»Du blutest!«

»Ich habe …«, nuschelte Eleona, da drängte sich Maurins Stimme dazwischen. Anscheinend war er unten am Wasser gewesen. »Was ist los?«, rief er.

Eleona kämpfte gegen das flaue, zittrige Ohnmachtsgefühl an, das sie drohte, in die Tiefe zu ziehen.

»Sie muss in den Schatten!«, befahl Maurin. »Habt ihr das noch nicht begriffen?!«

Hände hoben sie hoch. Dann fühlte sie, wie sie eine schattige Stelle erreichten, und Eleona ließ sich in den kühlen Sand fallen. Jetzt mischten sich noch andere Stimmen dazu. Sie gehörten Hassan und seiner Bande – und sie kamen näher.

»Na, Eleona, suchst mal wieder Zuwendung, wenn du sie zu Hause nicht bekommst?«, kläffte Dzana.

»Zieht Leine!«, knurrte Fin.

»Schon immer gewusst, dass du kleine Heulsusen magst, Fin. Kommst dir dann wohl wie ein Held daneben vor.«

»Lass …«, hauchte Eleona, doch weiter kam sie nicht; es war ihr sterbenselend zumute und alles begann sich zu drehen.

»Du bist schneeweiß«, flüsterte Maurin nervös.

Peika und Dzana prusteten los.

Eleona spürte, wie Xaira aufstand, dann im nächsten Moment vernahm sie einen lauten Aufschrei Dzanas.

»Spinnst du?«, schrie Dzana, doch weiter kam sie nicht. Wütendes Gebrüll erfüllte die Luft, dann mischten sich noch Männerstimmen dazwischen.

Maurin atmete geräuschvoll aus. »Was machen die denn!«, zischte er.

»Maurin!« Es war Fins Stimme und sie klang, als bekomme er fast keine Luft mehr.

»Verflucht, was soll denn das!«, zischte Maurin. Widerwillig stand er auf. »Kann ich dich kurz allein lassen, Eleona?«

Eleona versuchte zu nicken.

»Gut. Fin braucht Hilfe.« Er schnaubte verächtlich durch die Nase. »Immer dasselbe!«

Sie spürte seine Hand auf ihrer Schulter, dann war er weg.

»Hört auf! Was soll denn das! Aua!«

Eleona schloss die Augen. Sie fühlte sich mit jeder Minute normaler. Zwei erwachsene Männer beendeten den Streit und Fin, Maurin und Xaira kamen völlig zerzaust zu ihr zurückgeschlurft.

»Hey.« Xaira ließ sich stöhnend neben Eleona fallen.

»Mann, diese Idioten!« Fin hinkte. »Die Sterne müssen echt schlecht gestanden sein, als Hassan geboren wurde!«

Xaira lachte laut auf und Fin zwinkerte Eleona zu.

»Lonchen, geht's wieder? Wieso hast du uns denn nicht geholfen?«

Xaira boxte ihm in die Seite.

»Ahhh!!!«, schrie Fin auf. »Spinnst du? Nicht diese Seite. Da hat mich Hassan getroffen!« Sein Stöhnen wechselte in ein gequältes Lachen.

Maurin ließ sich neben sie in den Sand gleiten. Er hatte ein blaues Auge abgekriegt. Im Gegensatz zu den anderen, die jetzt ausgelassen herumalberten, wirkte er genervt.

»Hey, Maurin!« Fin hob die Hand zum Dank. »Du warst Klasse!«

»Jaa …« Er blickte verdrießlich auf seine zerschlissene Hose.

»Hast es diesem Nichtsnutz so richtig gezeigt!«

»Jaaaa …«

»Der kann es wirklich, unser Maurin-Spatz. Der hat's nämlich voll drauf! Nicht wahr, Maurin? Der tut nur immer so bescheiden.«

Maurin warf ihm einen vernichtenden Blick zu.

»Dafür ist jetzt meine Hose ruiniert.« Er wandte das Gesicht Eleona zu. »Geht's wieder?«

Eleona nickte.

»War wohl wieder mal die Sonne, was?«

»Hmmm.«

»Was hattest du denn an deinem Fuß?«

»Keine Ahnung«, grummelte Eleona. »Muss auf was Spitzes getreten sein.« Mittlerweile hatte es aufgehört zu bluten. Eleona löste ihren Blick von der besorgten Wärme seiner Augen. »Kommt mal jemand mit ins Wasser?«

Sie streifte sich das Kleid über den Kopf und ließ ihre Haare über die Schultern fallen.

Xaira warf ihr einen mitleidigen Blick zu. Neben ihr sah sie aus wie ein verblasster Käse.

»Klar!« Fin hievte sich hinkend hoch. »Muss den Sand irgendwie aus meinen Haaren kriegen!«

Maurins Hände halfen ihr hoch.

»Geht's?« Sein Blick glitt abermals über ihr Gesicht.

»Ja. Klar. Geht schon wieder.« Eleona runzelte die Stirn und konzentrierte sich mit aller Macht auf den Felsen am Ufer. Erneut schoss ihr ein Schwindel in den Kopf.

»Gott, du siehst echt schlimm aus, Eleona.« Fin stellte sich mit kritischem Blick vor sie.

Kalte Schwäche rann durch ihre Glieder, ihre Beine wurden schwammig und drohten einzuknicken, während ihr Herz zu holpern begann. Maurins Hände hielten sie immer noch fest.

Bitte, bitte, nicht wieder ohnmächtig werden …

»Ich bin nur«, stieß Eleona krächzend hervor und kämpfte gegen die Übelkeit an, »zu schnell aufgestanden.«

»Ich glaub nicht, dass das eine gute Idee ist, jetzt schwimmen zu gehen.« Maurins Stimme wurde undeutlich.

Bloß nicht übergeben, dachte sie panisch und presste die Kiefer fest zusammen.

Fin stellte sich jetzt auf die andere Seite und Eleona fühlte seine viel zu warme Hand an ihrem Arm.

»Alles klar, Captain Schneefisch?« Fins Miene brachte sie zum Lachen.

»Pass auf sie auf, Fin!«, drohte ihm Maurin. Zögernd ließ er sie los.

Der Sand brannte wie glühend heiße Kohle unter ihren Füßen und Fins Arm fühlte sich genauso heiß an wie die Sonne, die ihr auf den Kopf brannte. Die blaue Wasserfläche kam nur langsam näher und sie kamen nicht annähernd so schnell vorwärts, wie sie gehofft hatte.

Dann erreichten sie das Wasser und Eleona ließ ihn los – sie ließ sich ins kalte Wasser gleiten und war im Himmel. Das Rauschen und das Surren verschwanden aus ihrem Kopf; sie fühlte sich klar und kerngesund, und die Übelkeit war wie auf einen Schlag wie weggewischt. Eleona schloss die Augen, fühlte, wie das kühle Wasser über ihr Gesicht glitt, und genoss die Kraft, die ihren Körper zu durchfluten begann. Im nächsten Moment hörte sie ein qualvolles Stöhnen und gleich darauf einen entsetzten Aufschrei.

Fin war einige Meter neben ihr. Sein Blick war panisch auf das Wasser gerichtet. Dann schrie er erneut und im nächsten Moment sah sie es auch: Fin war umzingelt von mehreren Dutzend riesigen Quallen! Sie kamen von überall. Es war zwar nichts Ungewöhnliches, dass es zu dieser Zeit Quallen gab, doch so viele hatte sie noch nie gesehen. Eleona tauchte ab.

Fin war bereits durch die Strömung weiter hinaus ins Meer gelangt. Jetzt konnte er nicht mehr stehen. Kurz vor ihm tauchte sie zwischen den Quallen hindurch und musste mehr aufpassen, kein Bein von ihm ins Gesicht geschlagen zu bekommen, als von einer Qualle gesteift zu werden. Der quallenfreie Bereich um ihn herum wurde immer kleiner. Eleona tauchte auf.

»Mist! Was tun die denn alle hier?«, wimmerte Fin. Dann schaute er Eleona plötzlich an, als realisierte er erst jetzt, was sie hier tat. »Was machst du denn hier, Eleona! Geh zurück! Du – Achtung!« Er begann mit der Hand wild im Wasser hin und her zu wedeln. »Hat sie dich gestreift?« Er zeigte auf eine Qualle direkt neben ihr. »Pass auf, Eleona, wenn dich zu viele berühren, kannst du dich mit der Zeit vor Schmerzen nicht mehr bewegen und ertrinkst!«

»Ich weiß«, antwortete sie. Merkwürdigerweise hatte sie überhaupt keine Angst.

»Verfluchte Quallen!« Fins Stimme wurde immer panischer.

Eleona sah in die Richtung, aus der sie kamen. Lenidras hatte ihr einmal beigebracht, was sie gegen Quallen tun konnte, wenn sie in Gefahr war – und genau das tat sie jetzt: Sie bewegte ihre Hände wellenförmig in die Richtung, aus der die Quallen kamen, und konzentrierte sich mit aller Kraft auf diese Bewegung – Eleona kniff die Augen zusammen und starrte auf die weißen, riesigen Quallen, während sie sich konzentrierte. *Geht weg! Verschwindet!*, dachte sie mit aller Kraft. *Weg von hier!*

Plötzlich spürte sie ein merkwürdiges Kribbeln in ihren Handflächen. Ihre Hände bewegten sich jetzt beinahe wie von selbst im rhythmischen Takt, und dann drehten die Quallen plötzlich ab und glitten davon.

Fin stöhnte erleichtert auf. Vier Quallen hatten ihn gestreift und die lähmenden Schmerzen drückten ihm die Schläfrigkeit ins Gesicht. Immer wieder fielen ihm die Augen zu und seine Beine bewegten sich zuckend und unregelmäßig.

»Wach auf, Fin!«, rief Eleona und schüttelte ihn. »Schwimm!«

Fin riss die Augen auf. Doch fast sofort fielen sie ihm erneut zu.

Eleona zog ihn mit. Sie versuchte, den Quallen auszuweichen, die noch vereinzelt herumschwammen, und als sie wieder stehen konnte, zog sie ihn noch die letzten Meter bis ans Ufer. Der halbe Strand war jetzt um die beiden versammelt. Xaira half Eleona, Fin auf den Sand zu legen; alle starrten auf Fin, der sich vor Schmerzen wand.

»Danke, Eleona«, keuchte Fin, dann kam Maurin mit einem Mann in weißem Kittel angerannt. Er hatte in der Zwischenzeit Hilfe geholt. Der Mediziner kniete sich neben Fin, kontrollierte die verbrannten Hautstellen und bestrich sie mit einer Salbe.

»Gut. Das sollte reichen.« Er ließ einen prüfenden Blick über das Gesicht seines Patienten gleiten. »Sie haben Glück gehabt«, sagte er leise. »Es müssen sehr viele gewesen sein …« Sein Blick ging hinaus aufs Meer.

»Ja«, krächzte Fin. »Es waren … bestimmt um die fünfzig Stück!«

Der Mann sah überrascht hoch. »Fünfzig?! Wie seid ihr denn da lebend wieder rausgekommen?«

»Eleona hat sie vertrieben«, sagte Fin prompt und richtete die Hand auf Eleona, die neben Xaira im Hintergrund stand.

»N-nein«, murmelte Eleona. »Ich habe nur …«

»Eleona hat auch welche abgekriegt«, sagte Fin plötzlich und Xaira zog sie nach vorn.

»Nein. Ich glaube nicht, dass ich was abgekriegt habe.«

»Setzen Sie sich«, sagte der Arzt sanft und deutete neben sich.

Widerwillig setzte sich Eleona in den heißen Sand.

»Wirklich, es hat mich keine berührt«, beteuerte Eleona.

»Aber ich habe es doch gesehen!«, beharrte Fin. »Mit deiner Hand bist du ein paarmal an die Quallen gekommen.« Er setzte sich auf.

»Ich kann nichts sehen«, sagte der Arzt, der jetzt ihre Hände untersuchte. »Es ist nichts rot, nichts verbrannt. Keine Anzeichen, dass sie mit einer Qualle in Berührung gekommen ist.« Er sah hoch. »Das Wasser kann einem manchmal einen Streich spielen. Fühlen Sie sich sonst gut?«

Eleona nickte.

»Gut«, sagte der Arzt. »Sie haben sich wohl geirrt, junger Mann. Kein Wunder, bei so einem Vorfall.« Er lächelte Fin wohlwollend zu. »Ja. Nun, Sie waren sehr tapfer, ihm zu Hilfe zu eilen. Nicht jeder hätte das getan.«

Er richtete sich auf und Eleona erhob sich ebenfalls. Und dann überkam sie abermals eine Welle jener Schwäche, die sie nur allzu gut kannte, ein Schwindel jagte ihr durch den Kopf und im nächsten Moment spürte sie zwei kräftige Hände an ihrer Schulter.

»O lala!« Der Arzt hielt sie vorsichtig fest. »Sie sind wohl zu schnell aufgestanden.«

Eleona lächelte verkrampft, schloss die Augen und versuchte, sich wieder zu fassen.

»Maurin«, keuchte sie. »Bitte hilf mir.«

Er zog sie sorgfältig an sich.

»Ich muss in den Schatten«, flüsterte sie ihm zu.

»Ich weiß«, sagte er leise.

Der Arzt trat ihnen in den Weg. »Sie sind ganz weiß«, sagte er stirnrunzelnd und legte ihr beiläufig eine Hand auf den Kopf. »Du meine Güte!«, sagte er, »Sie sind ja eiskalt.«

»Die Sonne«, stammelte Eleona. »Maurin, *bitte.*«

Maurin lächelte den Arzt freundlich an. »Entschuldigen Sie, Sie muss in den Schatten.«

Stirnrunzelnd ließ er sie gehen.

»Ja«, hörte sie ihn rufen. »Die Sonne ist sehr stark. Vielleicht ist es auch der Schock. Gehen Sie heute nicht mehr allzu oft in die Sonne, und ruhen Sie sich ein wenig aus; und sonst kommen Sie vorbei!«

Eleona nahm wahr, wie Maurin die Hand zum Dank hob, dann waren sie im Schatten und Eleona ließ sich in den kühlen Sand gleiten. Erleichterung, kühle wundersame Erleichterung durchströmte ihren kraftlosen Körper. Das Surren verschwand und die zittrige Schwäche verflüchtigte sich so schnell, wie sie gekommen war.

Xaira und Fin ließen sich jetzt ebenfalls nieder.

»Ahhh!«, ertönte es abermals vom Strand her und sie fuhren erschrocken herum. Hassan und seine Kumpane standen knietief im Wasser und Hassan tat so, als würde er von einer Qualle angefallen.

»Idiot«, murmelte Xaira und wandte sich von ihnen ab. Fin jedoch, die Augen zu Schlitzen verengt, richtete sich langsam wieder auf.

»Leg dich hin!« Maurin zog ihn zurück.

»Was machen die denn schon wieder hier!« Fin blickte voll abgrundtiefem Hass zu ihnen hinüber.

»Hey, Eleona, jag doch mal ein paar Quallen auf sie«, zischte Fin mit glimmendem Blick.

»Ja, sicher.«

»Ich mein es ernst.«

Eleonas Lachen wurde verbissen.

»Wie wenn ich so etwas könnte.«

Doch im Grunde war sie sich sicher, dass sie die Quallen manipulieren konnte, aus welchem Grund auch immer. Auf einmal hatte sie Lenidras' Worte im Ohr: »*Es ist nicht ratsam, in der jet-*

zigen Zeit aufzufallen, Eleona. Jemand könnte noch auf dumme Gedanken kommen.«

Sie hatte Lenidras immer für übervorsichtig gehalten. Doch mittlerweile war sie sich dessen nicht mehr so sicher. Sie bekam sogar immer mehr den Eindruck, er wolle sie vor etwas beschützen – es schien ihr, als wollte er verhindern, dass irgendjemand etwas über sie herausfand …

»Ihr jungen Leute wisst nicht mehr viel von früher … vom Feuerkrieg. Die ältere Generation allerdings schon, und wenn jetzt zu den merkwürdigen Dingen, die hier geschehen, noch jemand da ist, der besondere Fähigkeiten hat, bekommen sie Angst und verstoßen dich.«

»Eleona, bitte.« Fins Stimme riss sie aus ihren Gedanken. »Bitte, bitte jag die Quallen auf sie.«

»Wir hatten vorhin einfach Glück, Fin. Du glaubst doch nicht im Ernst, dass ich sowas kann?« Sie warf ihm einen abschätzigen Blick zu. »Vermutlich sind sie vorhin einfach nur von der Strömung erfasst worden, was weiß ich, wieso die alle so schnell abgehauen sind.«

»Nein«, sagte Fin hartnäckig. »Ich hab's genau gesehen. Die Quallen haben auf dich reagiert.«

»Ja, klar.«

»Ja! Alle zusammen haben dir gehorcht und sind einfach weggeschwommen! Als hätten sie … Angst oder sowas.« Fin machte eine Pause, dann fiel sein Blick wieder auf Hassan und seine Bande.

Hassan lenkte ihn ab, indem er jetzt so tat, als würde er ertrinken.

»Pah!« Fin funkelte wütend zu ihm hinüber. »Möchte dich mal sehen, wie du da wieder rauskommst!«

Xaira blickte ebenfalls angewidert zu Hassan.

»Zeig mal deine Hände«, sagte Fin plötzlich und drehte sich zu Eleona um. »Ich habe doch gesehen, wie du mit bestimmt dreien in Berührung gekommen bist, als du sie verscheucht hast!« Er griff nach ihrer Hand, drehte sie um und sah sie verblüfft an.

Eleona lachte, ohne aufzublicken.

»Du hast den Arzt ja gehört, im Wasser sieht das alles immer ein wenig anders aus.« Doch Eleona war sich sicher, dass sie sie berührt hatte. Sie hatte es genau in Erinnerung, wie es sich angefühlt hatte, als sie eine Qualle gestreift hatte; wie eisiges Feuer …

Fin ließ ihre Hand sinken.

»Du hast mein Leben gerettet, Lonchen.« Ein breites Grinsen legte sich in sein Gesicht. »Du bist meine Heldin.« Langsam ließ er sich auf sein Tuch nieder und sah sie weiterhin glückselig an.

Eleona verdrehte die Augen.

»Wenn nicht ich gekommen wäre, dann jemand anderes.«

»Bestimmt Hassan!«, kreischte Xaira und ließ ihr Haar in einem Schwung nach hinten fallen.

»Xaira wäre mich nicht retten gekommen«, sagte Fin giftig und seine Augen funkelten zu ihr hinüber. »Ihre Haare hätten ja nass werden können!«

»Natürlich hätte ich dich gerettet!« Xaira strich sich eine Strähne aus dem Gesicht. »Wenn wirklich niemand sonst gekommen wäre.«

»Pah!« Fin warf ihr einen gehässigen Seitenblick zu.

»Im Ernst, Eleona, ich bin dir was schuldig.«

»Gut! Du willst ihr einen Gefallen tun?!«, raunzte Xaira, »dann halt die Klappe und leg dich hin!«

Auf Fins Gesicht erschien ein spöttisches Grinsen.

»Und dreh dich auf die andere Seite!«

Fin lachte laut und dröhnend auf, dann wandte er sich auf die andere Seite.

Die gefälschte Unterschrift

Der sonnenbeschienene Abschnitt des Pausenhofs war früh am Morgen mit Schülern überfüllt, die alle ungeduldig auf die Ankunft der Soldaten warteten. In der Nacht hatte es geregnet und die Temperatur war stark gesunken.

Eleona sah hinüber zu Xaira, die als eine der Letzten über den Pausenhof wirbelte. Anscheinend war die freudige Nachricht, dass Professorin Pekar ausfiel und sie von Professor Lehnar vertreten wurde, auch schon zu ihr vorgedrungen.

Dann sah Eleona die Soldaten in ihren glänzenden Rüstungen. Sie marschierten über den Pausenhof und blieben in einigem Abstand stehen. Der Unterschied zwischen ihnen und den Schülern war grotesk. Während ihre Kameraden freudig und übermütig ihre letzten Sachen zusammenpackten, hätte der Ausdruck in den Gesichtern der Soldaten nicht feindseliger sein können.

Fin pfiff anerkennend durch die Lippen. Dann sah Eleona zu ihrer Erleichterung, dass Ramon nicht dabei war.

»Eleona!« Xaira hatte sie erreicht und blieb mit rosigen Lippen vor ihr stehen. »Hast du gehört, Professor Lehnar kommt mit!«

»Hey«, entgegnete Eleona, ohne aufzusehen, und holte ihre Einverständniserklärung heraus, auf der die gefälschte Unterschrift von Lenidras aufgekritzelt war. Obwohl sie nicht mehr vorgehabt hatte mitzugehen, hatten sie die anderen doch noch dazu überreden können, mit zum Schloss zu kommen.

Professor Lehnar mischte sich unter die Schüler.

»Bitte bringt mir die unterschriebenen Einverständniserklärungen«, rief er und zog bereits die ersten ein. »Schön, dass Herr Sildas sie mitgehen lässt, Eleona.« Lehnar lächelte, als Eleona ihm das Blatt überreichte. »Sicher hat es mit ihrem wohlverdienten ersten Platz beim Wettkampf zu tun, wo sie auch ihre Höhenangst besiegt haben!«

Eleona biss sich auf die Lippen.

»Ja«, murmelte sie und runzelte die Stirn. Es war keine Frage, dass er noch nie irgendwelche Erfahrungen mit Phobien gemacht hatte. Eine Höhenangst besiegte man nicht einfach so.

»Ja, echt cool!« Xaira strahlte Lehnar an und überreichte ihm die ihre.

»Eleona?!«

Eleona die gerade dabei war, ihren Pullover in den Rucksack zu packen, erstarrte in der Bewegung.

»Kommst *du* etwa auch mit?!«

Langsam drehte sie sich um. Ramon, die Sonne im Gesicht, braungebrannt und immer noch mit kurz geschorenen Haaren, schaute sie mit einem merkwürdigen Ausdruck im Gesicht an.

Xaira zwängte sich an ihr vorbei und warf sich ihm kreischend um den Hals.

»Ramon! Du bist hier! Ich habe dich noch gar nicht gesehen!«

»Hey Ramon! Cool, du bist dabei!« Fin gab ihm einen Handschlag, während ihn Maurin kurz umarmte.

Dann kehrte Ramons Blick wieder zu Eleona zurück. Ungeduldig wartete er darauf, dass sie etwas sagte.

Eleona holte tief Luft. »Ich dachte nicht, dass …«

»… dass ich bei etwas so *Wichtigem* dabei sein kann, meinst du?« Ramon warf Fin einen abschätzigen Seitenblick zu.

»Tja« – er zögerte, dann trat er einen Schritt auf sie zu. »Anscheinend ist *König Saahrrin* der Auffassung, dass ich der Sache durchaus gewachsen bin.« Er schien sich in Zeitlupe zu bewegen, als er seine Arme hob und Eleona damit in eine kurze Umarmung schloss. Sie fühlte das kühle Kettenhemd unter ihrer Handfläche und die stahlharten Muskeln darunter. Ihr Gesicht berührte kurz seinen heißen Hals. Dann ließ er sie wieder los.

»Ah, Xaira!«, stöhnte Fin.

»*Was ist*?«, zischte sie und funkelte ihn wütend an.

»Er – hat – eine – Frau – und – Kinder, Xaira. Der Mann ist *tabu*!«

»Ich mach doch gar nichts!«

»Ach nein!«

»*Es geht dich so oder so gar nichts an, Fin*«, zischte Xaira, und als sie erneut zu Lehnar hinübersah und er ihren Blick kurz streifte, setzte sie eines ihrer bezauberndsten Lächeln auf.

Ramon blickte Maurin verständnislos an.

»Frag besser nicht.«

»Xaira hat den Größenwahn gekriegt!«, fauchte Fin.

Ramon lächelte künstlich.

»Komm schon!«, Fin schlug Ramon auf die Schulter. »Erzähl, was läuft im Schloss? Nicht so bescheiden. Wie lauten die News vom Adelsklatsch? Meine Mutter ist darüber völlig aufgeregt, dass ich König Saahrrin sehen werde. Sie möchte am liebsten selbst mitkommen!«

»Hmm«, sagte Ramon und legte seinen Kopf schief. Dann glitt sein Blick hinüber zu seinem Trupp. Seine Miene veränderte sich. »Ich muss kurz weg.« Er hob die Hand. »Wir sehen uns.« Er besah Eleona mit einem letzten grimmigen Blick, dann bahnte er sich einen Weg durch die Menge.

Eleona sah ihm wütend hinterher. Dann blieb ihr Blick an den Soldaten kleben, die in ihren eisernen Rüstungen und mit kahlgeschorenen Haaren dastanden. Auf einmal fühlte sie jähe Wut in sich hochsteigen. Waren sie diejenigen, die ihn so gemacht haben, zu dem gemacht haben, der er nun war?

»Ach, Eleona, was soll ich nur tun! Ich bin ihm vollkommen verfallen«, stöhnte Xaira und lehnte sich mit leidendem Lächeln an sie. »Er ist einfach so süß …«

»Pah!«, fauchte Fin. »Das ist echt abscheulich! Was sagst du dazu, Eleona!?«

»Mmm …«

»Sag ihr, dass das nicht in Ordnung ist!«

»Halt du dich da raus Fin! Es ist meine Sache! Und klar hält Eleona zu mir, sie ist ja schließlich *meine* Freundin!«, zischte Xaira mit zusammengekniffenen Augen und wandte sich dann mit strengem Blick Eleona zu. »Nicht wahr, Eleona?!«

»Eleona hat aber auch Grips und kann dir sagen, dass man so etwas nicht tut! Zudem ist sie genauso meine Freundin wie deine!«, gab Fin zurück.

Ramon sprach mit einem etwas kleineren Soldaten. Er hatte rötliches Haar und Sommersprossen im Gesicht. Seine Miene war ausdruckslos, beinahe maskenhaft.

»Was meinst du, Eleona«, fuhr Xaira schwärmerisch fort, »würde er für mich seine Frau verlassen, wenn er sich so richtig in mich verlieben würde?«

»Sag mal, spinnst du? Tickst du jetzt völlig aus?«, röhrte Fin entsetzt. »Wer bist du, hm!? Der Teufel höchstpersönlich? Gibt es bei euch Reichen keine Grenzen, die man nicht zu überschreiten hat? Ah, nein, stimmt ja, bei euch steht einem ja die ganze Welt offen! *Unbegrenzte Möglichkeiten*. Was man will, bekommt man. Egal, um welchen Preis. Sowas wie Gewissen kennt ihr wohl nicht! Schnell für einen Flirt ein ganzes Familienglück zerstören, nur weil Xaira sich in den Lehrer verguckt hat!« Seine Augen sprühten pures Gift.

»Ja, klar, du musst gleich wieder beleidigend werden, Fin! Und ist ja logisch, dass meine Herkunft hier wieder mit ins Spiel kommt!«

»Eleona! Sag doch mal was!«

Sie sah, wie Ramon kurz zu ihnen herüberschaute. Seine Augen verengten sich bei ihrem Anblick zu schmalen Schlitzen.

»Ich muss mal kurz auf die Toilette …«, murmelte Eleona und stolperte auf den Eingang zu.

Im Korridor lehnte sie sich gegen die kühle Wand. Sie hätte nicht mitgehen sollen. Sie hätte sich von ihren Freunden nicht überreden lassen sollen.

Nach einer Weile sprang die Tür abermals auf.

Eleona sah nicht hin. Sie wusste, wer hier war. Niemand sonst würde so herausfordernd vor ihr stehen bleiben.

»Und?«, hörte sie Ramon sagen. Seine Stimme klang so vorwurfsvoll, dass sie zusammenzuckte. »Lenidras lässt dich einfach so mitgehen?« Er wartete einen Moment auf eine Antwort, dann, als sie nichts sagte, lag plötzlich Wut in seiner Stimme. »Du hast es ihm nicht gesagt.«

Ungläubig sah sie ihn an.

»Was ist eigentlich dein Problem?«

»Was mein Problem ist?«, fragte er zornig. »Du gehst hier ohne Erlaubnis mit!«

»Oh! Jetzt tu doch nicht so!«

»Wie soll ich nicht tun!«

»Du bist so ein Heuchler, Ramon!«

»Es geht hier um mehr als nur eine dumme Schulregelmissachtung, Eleona! Das sollte dir klar sein!«

»Ich weiß nicht, was dich das angeht.«

»Das hast du früher nicht getan!«, knurrte er. »Du hast früher Lenidras nicht angelogen!«

Draußen ertönte ein Horn.

»Es geht los.« Seine Kiefermuskeln spannten sich.

Eleona öffnete den Mund, um etwas zu sagen, dann schloss sie ihn wieder.

»Du hättest nicht mitkommen sollen!«, fauchte er. »Geh wieder nach Hause!« Es war kein gut gemeinter Rat.

Plötzlich brannten ihre Augen. Verzweifelt suchte sie in seinem Blick nach einem Anzeichen, dass das alles ein dummer Witz sein sollte. Doch nichts in seinen Augen stand im Widerspruch zu seinen Worten.

»Ich muss jetzt los!«, knurrte er. »Wir brechen in Kürze auf! Du gehst jetzt besser nach Hause.«

Ein weiterer Soldat betrat das Gebäude.

»Wir brechen auf«, sagte er und blieb stehen.

Ramon nickte. »Ich komme gleich.«

»Sind noch andere im Gebäude?«, fragte er und ließ den Blick weiter den Korridor entlangstreifen.

»Nein«, entgegnete Ramon knapp. »Wir sind die Einzigen.«

»Gut.« Der Soldat wandte sich wieder um und die Tür fiel hinter ihm ins Schloss.

»Geh nach Hause, Eleona«, flüsterte Ramon und sein Blick wurde auf einmal flehend. »Geh! Geh heim!«

Seine Augen warteten voller Anspannung auf ein Zeichen ihrer Einwilligung. Doch Eleona schüttelte hartnäckig den Kopf.

»Wieso soll ich …«

»Tu es einfach.«

»Nein«, presste sie hervor.

Ramon schloss die Augen, dann fuhr er sich mit der Hand über den kurz geschorenen Kopf.

»Du lässt mir keine andere Wahl«, zischte er mit zusammengebissenen Zähnen. Er drehte sich von ihr ab und steuerte auf den Ausgang zu.

»Was …«

Eleona zog ihn am Arm zurück. Mühelos schüttelte er sie ab, dann trat er durch die Tür und ging draußen auf Professor Lehnar zu.

Eleona erstarrte in ihrer Bewegung.

Professor Lehnar neigte den Kopf, während Ramon eindringlich auf ihn einsprach.

Eleona steuerte auf die beiden zu, das wilde Pochen ihres Herzens verscheuchte all ihre Vorsicht.

»Herr Professor Lehnar, bei allem Respekt, ich glaube nicht, dass Eleona die Erlaubnis dazu bekommen hat, mitzukommen …«

»Was fällt dir ein!«, donnerte Eleona und schlug Ramons Hand von ihrer Einverständniserklärung weg. Die ganze angestaute Wut brach aus ihr heraus. »Was ist nur los mit dir!«

»Eleona«, sagte Professor Lehnar mit gedämpfter Stimme, »wenn ich Sie bitten darf, beruhigen Sie sich. Kommen Sie. Bitte kommen Sie mit.«

Einige der umstehenden Schüler blickten mit wachsender Neugierde zu ihnen herüber. Professor Lehnar führte sie weg, weg aus Sicht- und Hörweite der anderen, und stellte sich vor ihnen auf mit einer Miene, von der er glaubte, sie würde beschwichtigend wirken.

»Haben Sie die Einverständniserklärung gefälscht, Eleona?«, fragte er ernst.

»Nein!«

»Natürlich hat sie sie nicht selbst gefälscht«, erklärte Ramon in gedämpften Tonfall und lächelte dabei künstlich.

»Was …« Eleona blitzte ihn wütend an, »was haben die im Schloss mit dir gemacht?«

»Eleona, ich bitte Sie, bleiben wir sachlich. Sie haben die Einverständniserklärung also auch niemandem sonst zum Unterschreiben gegeben? Herr Sildas hat sie selbst unterschrieben? Wir können das leicht nachprüfen.«

Mit bleichem Gesicht wandte sie sich Lehnar zu.

»Herr Professor«, sagte Eleona mit aller Überzeugungskraft, die sie imstande war aufzubringen, »ich habe die Unterschrift weder selbst gefälscht noch hat das jemand anderer für mich getan. Sie können Lenidras gleich jetzt fragen, wenn Sie wollen. Er hat sie selbst unterzeichnet.« Ohne zu blinzeln, blickte sie in sein Gesicht. Noch nie war es ihr so leicht gefallen zu lügen.

Lehnar nickte. Ihre Wut über Ramon ließ sie anscheinend überzeugend wirken.

»Gut. Und weshalb werfen Sie es ihr dann vor?« Sein Blick wanderte hinüber zu Ramon.

»Professor Lehnar«, schnitt Eleona Ramon das Wort ab, der nicht fassen konnte, was da gerade vor sich ging. »Wenn ich etwas hinzufügen darf«, ihre Augen waren dabei fest auf Ramon gerichtet, »es könnte etwas damit zu tun haben, dass er noch nicht darüber hinweggekommen ist, dass ich ihm das letzte Mal einen Korb gegeben habe.«

Ramons Augen weiteten sich. Ungläubig sah er sie an.

»Oh.« Professor Lehnar schien das für eine plausible Erklärung zu halten. »Nun, das wirft doch ein ziemlich klares Licht auf die Sache.«

Ramon starrte mit offenem Mund von Eleona zu Lehnar und wieder zu Eleona. »*Nein*!« Seine Stimme war leise und drohend. »Eleona, tu das nicht!«

»Ist schon gut, Ramon.« Eleona schaute in sein leicht errötetes Gesicht. »Ich verzeihe dir.«

Lehnar klopfte dem perplexen Ramon auf die Schulter. »Gut. Da wir das geklärt haben, schlage ich vor, dass wir zu den anderen zurückgehen. Wir sollten jetzt wirklich aufbrechen.« Er lächelte sie wehmütig an.

Eleona drehte sich ebenfalls um, doch Ramon ergriff ihren Arm.

»Lass mich los!«, fauchte Eleona und funkelte ihn wütend an.

»Nein. Bitte, hör mir zu!«

Eleona versuchte ihren Arm freizubekommen. Aber es war zwecklos, er hielt ihn mit eisernem Griff fest. Schäumend vor Wut wartete sie. Dann schlug er ergeben die Augen nieder.

»Du darfst nicht mitkommen. Bitte, bleib hier.« Von der einen Sekunde auf die andere sah er plötzlich gequält aus. Sein Griff um ihren Arm lockerte sich, und Eleona zog ihn weg. »Es ist besser für dich.«

»Das ist ja mal etwas ganz Neues!«, fauchte Eleona. »Jetzt wissen anscheinend auch noch andere, was gut für mich ist!«

»Ich meine es ernst, Eleona. Du solltest nicht mit ins Schloss …« Er rang mit sich, seine Stimme wurde auf einmal so leise, dass sie ihn kaum verstehen konnte, während sein Blick hinüberstreifte zu den anderen Soldaten, die um die Ecke aufgetaucht waren. »Du darfst da nicht hin.«

»Wieso?«, fragte Eleona mit frostiger Stimme.

»Weil es da gefährlich für dich ist«, zischte er leise. Er zögerte, dann hörten sie Schritte, die näherkamen, und über sein Gesicht glitt wieder die Maske unnahbarer Kälte.

»Ramon, wir brechen jetzt auf.«

Eleona sah in das Gesicht eines der drei Soldaten, die sich um sie stellten. Es war der mit den roten Haaren, der zuvor schon das Schulgebäude betreten hatte.

»Gut.« Ramon nickte. »Gehen wir.« Er warf ihr noch einen letzten Blick zu, dann ging er mit dem Trupp zurück.

Ihr Blick blieb wie angefroren auf seinem Hinterkopf haften.

Er hatte nicht gesagt, es sei allgemein gefährlich, sondern *für sie, Eleona.*

Während sie allesamt die großen, schwarzen Kutschen bestiegen, vermied sie es, zu den Soldaten hinüberzuschauen. War das nur eine tückische List von ihm gewesen, weil er sie nicht dabeihaben wollte? Weshalb sollte es für sie gefährlich sein?

Xaira nahm Eleona in Besitz; sie und Fin hatten sich anscheinend heftig gezofft und nun berichtete sie Eleona in allen Einzelheiten, was Fin gesagt hatte. Fin und Maurin saßen in einer anderen Kutsche. Ramon ritt auf einem Pferd mit dem rothaarigen Soldaten voraus. Die zwei anderen Soldaten folgten den drei Kutschen.

Es vergingen Stunden, und während Eleona so tat, als würde sie Xaira zuhören, bekam sie allmählich den Eindruck, Ramon fürchtete sich tatsächlich vor etwas. Je näher sie dem Schloss kamen, desto finsterer wurde sein Blick und desto angespannter seine sowieso schon steife Haltung.

Kurz nachdem sie die schmale Schlucht durch die rötliche Gebirgskette des Gayenorgebirges passiert hatten, veränderte sich die Landschaft. Rechts von ihnen sahen sie die feinen Fichten und Tannen des Cäciliawaldes und die Stadt Vyn thronte auf einer kleinen Anhöhe. Die Gegend wirkte karger und das satte Grün der Wiesen und die üppige Flora, die ganz Bakul umsäumten, waren ebenso wie die feuchte Hitze verschwunden. Wahrscheinlich lag es daran, dass sie etwas höher waren und ein kühler Wind von den Bergen Arambindol und Hakul herkommend über die Ländereien wehte und alles austrocknete. Die Kutschen wurden langsamer und hielten an. Eleona lugte mit Xaira gespannt aus den Fenstern.

»Wir machen hier eine Rast!«, ertönte Professor Lehnars Stimme, und als Eleona den Blick hob und zu ihm hinübersah – er stieg gerade aus der Kutsche – konnte sie dunkelblaues Wasser hinter den Bäumen glitzern sehen. Hatten sie etwa schon den Lorima-See erreicht?

»Wir werden in einer Stunde wieder aufbrechen, alle bleiben in der Nähe. Was außerdem wichtig ist: Das Baden ist ausdrücklich verboten!«

»Pah!«, schimpfte Fin, der mit Maurin langsam aus der Kutsche stieg. Er war ein bisschen bleich um die Nase. »Für was soll denn ein See sonst gut sein!«

»Es ist gefährlich«, hörten sie eine Stimme hinter sich.

Fin fuhr herum. Es war Ramon. Sein angespannter Blick war düster auf die glitzernde Wasseroberfläche gerichtet. Fin verzog das Gesicht.

»Ja, sicher. Komm schon!« Er lachte.

Doch Ramon sah ihn nicht an.

»Gehen wir hinunter zum Ufer«, sagte er und ging an ihm vorbei.

Ein Soldat blieb bei den Kutschen und bewachte die Pferde. Die anderen begleiteten sie, während die Schüler sich in Grüppchen auf der grünen Wiese am See niederließen.

»Wie früher, zu alten Zeiten«, scherzte Fin ein wenig später.

Ramon sah ihn wortlos an. Eleona wusste nicht, wieso er sich ausgerechnet zu ihnen setzen musste. Wenn ihm ihre Gesellschaft so zuwider war, wieso gesellte er sich dann nicht zu seinen neuen Freunden?

»Jetzt schaut euch mal diesen Idioten an!«, sagte Fin plötzlich und deutete auf die kleine Gruppe, das sich etwas weiter unten am See aufhielt. Hassan war gerade dabei sich auszuziehen, um in den See zu springen.

Ramon stand auf.

»Mistkerl!«, fluchte Fin, »Der will nur, dass du Ärger bekommst!«

Ramon machte kurz ein Handzeichen zu einem der anderen Soldaten, nickte und ging, dicht gefolgt von Fin, auf Hassan und seine Gruppe zu.

»Hey, du Schwachkopf, lass das gefälligst!«, rief Fin wütend, doch Ramon warf ihm einen warnenden Blick zu.

»Ist doch wahr!«, zischte er.

»Hey, Hassan, sieh mal, wer da kommt!«, kreischte Dzana und zeigte auf Ramon, der jetzt nur noch wenige Schritte von ihnen entfernt war. »Der will dir sicher *das Baden verbieten*!« Hoffnungsvoll hob sie die Augenbrauen.

»Hey Ramon – äh, *Verzeihung* – ich meine: *Soldat*, Soldat Ramon sollte man wohl sagen. Oder wie sagt man das?« Hassan grinste hämisch. »Das klingt ja doof.«

Ramon lächelte schwach.

»Geh vom Ufer weg!«

Sein Gesichtsausdruck war unergründlich, als sein Blick erneut über die glitzernde Oberfläche streifte.

»Was, bist du etwa unter die Spielverderber gegangen?

»Hör auf, du Idiot!«, sagte Fin.

»Das Baden ist tatsächlich verboten, wie ihr wisst. Es ist für eure eigene Sicherheit«, wiederholte sich Ramon.

»Für unsere eigene Sicherheit! Glaubst du, irgendein Monster schwimmt hier rum?«, blaffte Hassan.

»Nun, um genau zu sein, ja.« Ramon verzog keine Miene.

Jetzt kamen die anderen Soldaten dazu. Hassan und seine Kumpane krümmten sich vor Lachen.

»Ja, sicher!«, kläffte Hassan.

Peika lachte auf. Ramon zog eine Augenbraue hoch.

»Siehst du hier irgendjemanden im Wasser schwimmen?« Er blickte hinüber zu den anderen, die sich am See befanden. »Aber mach nur. Nur zu, mir soll's recht sein, wenn's einen von euch erwischt. Spring nur rein, du wirst ja sehen, was dann passiert.« Ramon hob gleichgültig die Schultern und wandte sich von ihm ab.

Hassans Lachen verschwand.

»Du bluffst!«

Hassan steckte einen Zeh ins Wasser.

Einer der vier Soldaten riss Hassan grob an er Schultern herum. »Hast du nicht gehört, was er gesagt hat?! Baden ist verboten! Also weg vom Ufer!«

Hassan zog genervt die Schultern zurück; Dzana warf ihnen einen angewiderten Blick zu.

»Ihr werdet sonst von den Ländereien verwiesen, wenn ihr euch nicht daran haltet!«

»Wofür soll denn ein See gut sein, wenn man darin nicht baden kann?!«, blaffte Hassan ihn an.

»Es gibt Dinge, die einem größeren Wohl dienen! Aber das versteht ihr natürlich nicht!«

»Einem größeren Wohl dienen?«

»Glaubst du, das verraten wir euch?! Davon kannst du weiter träumen! Und jetzt los, verzieht euch!«

Fin zwinkerte Hassan zu.

»Hast du gehört, Hassan? Er hat dir einen Befehl erteilt. Also los, zieh Leine.«

Mürrisch zogen sie von dannen.

»Es gibt ein Monster im See? Wirklich?!«, fragte Fin ein wenig später Ramon und setzte sich wieder auf die Wiese.

»Du würdest es nicht glauben, was sich alles da im Wasser rumtreibt. Ich rate dir einfach davon ab, es auszuprobieren, okay?«

Fin runzelte die Stirn.

»Wieso sollte ich es ausprobieren?«

Ramon warf ihm einen abschätzigen Blick zu.

»Weil du du bist. Deshalb. Also noch einmal: Lass es sein!«

Eleona blickte auf die dunkelblaue Oberfläche. Das Wasser wirkte ungemein verlockend auf sie. Sie fühlte sich unruhig. Zu unruhig, um sitzen zu bleiben. Sie wollte schwimmen gehen, sie wollte ins Wasser springen …

»Eleona! Was tust du da?«

Erschrocken blickte sie in Ramons Gesicht. Seine Arme hielten sie zurück. Sie hatte gar nicht gemerkt, dass sie aufgestanden war und sich auf das Wasser zubewegt hatte.

»Wir brechen auf!«, hallte Professor Lehnars Stimme über das Seegelände und alle machten sich daran, ihre Sachen wieder zusammenzupacken.

Ramon wich nicht mehr von ihrer Seite. Er blieb dicht bei ihr und Eleona vermied es, noch einmal auf das dunkle Wasser zu sehen.

Der schwarze Reiter

Als sie die steinerne Straße zum Schloss emporgingen und sich die Sonne allmählich dem Horizont zuneigte, war Ramon nicht mehr wiederzuerkennen. Dauernd ließ er gehetzte Blicke über die Schulter zu ihr hinüberschweifen und benahm sich tatsächlich so, als würde er langsam den Verstand verlieren.

»Ramon benimmt sich eigenartig«, bemerkte Xaira stirnrunzelnd.

Eleona sah, wie Maurin ihr einen flüchtigen Blick zuwarf, als die Kutschen von den Soldaten weggebracht wurden, dann betraten sie mit den anderen Schülern den Innenhof. Die Abschlussklassen aus den anderen Dörfern und Städten hatten sich bereits eingefunden. Der ganze Platz war erfüllt von freudiger Erwartung. Die Gebäude waren riesig und mit seinem hellen Gestein wirkte das Schloss in der untergehenden Sonne blutrot. Die Türme waren mit hellbraunen Ziegeln gedeckt und die Vordächer und überdachten Brücken schimmerten in einem kupfernen Ton. Alles war sehr beeindruckend und eine wahre Augenweide. Trotzdem wollte Eleona die Besichtigung so schnell wie möglichst hinter sich bringen. Sie musste mit Ramon sprechen. Sie wollte endlich wissen, was los war.

Entsprechend ungeduldig hörte sie Professor Lehnar zu, der über die Architektur der Gebäude sprach, während sich eine große Schar Soldaten auf dem Platz einfand, die sich überall verteilten.

Nervös blickte Eleona über ihre Schulter.

»Ah, da sind sie ja schon«, sagte Professor Lehnar und die Köpfe der Schüler wandten sich um.

»Was denken die denn, dass wir den König überfallen wollen, oder so was?«, fragte Fin genervt.

Professor Lehnar unterhielt sich einen kurzen Moment mit einem der Soldaten, dann wandte er sich wieder den Schülern zu.

»Gut. Begrüßen wir den König!«

Gejubel erfüllte die Luft. Überall wurden Laternen und Fackeln angezündet und erhellten das prächtige Mauerwerk. Dann erklang Musik.

»Ich bin ja so nervös!«, hauchte Xaira und zog Eleona mit sich nach vorn, um einen besseren Blick zu bekommen.

»Uhhhh, ich bin ja so nervös«, äffte Fin sie verächtlich nach und trottete ihnen missmutig hinterher.

Xaira warf ihm einen vernichtenden Blick zu.

»Du hast ja keine Ahnung, Fin.«

»Nein? Nun, zufällig bin ich ziemlich normal und mir ist es ein Rätsel, wie man für einen Menschen ins Hyperventilieren geraten kann, wenn man ihn nicht einmal kennt!«

Dann prallten sie wie gegen eine Wand. Die Schülerscharen waren so dicht aneinandergedrängt, dass man kaum durchkam. Xaira zog Eleona weiter. Die Sonne verschwand bereits hinter einem der Türme und warf lange Schatten auf den hellen Asphalt, auf dem Aberhunderte Schüler und Soldaten dicht beieinanderstanden und erwartungsvoll zum großen Tor blickten, zum Eingang des Hauptgebäudes.

Eleona starrte angestrengt geradeaus, um die wütenden Blicke der anderen nicht sehen zu müssen, die sie beschimpften, während Xaira sie hinter sich herzog und sich durch die Masse kämpfte.

»Hier ist ein guter Platz«, sagte Xaira endlich, als sie nur noch wenige Meter vom Eingang entfernt waren, und stellte sich neben einen Lehrer. Sie standen jetzt sehr nah am großen Tor. »Weiter kommen wir nicht. Ich denke, das reicht schon …«

»Knapp«, sagte Eleona, doch der Sarkasmus blieb ihr im Hals stecken, als sie Ramons Blick traf. Er stand ein wenig abseits und sah zu ihr herüber. Er war kreidebleich und das erste Mal sah sie Angst in seinem Gesicht.

»Ja, ich denk auch«, sagte Xaira zufrieden und blickte voller Spannung nach vorn.

Dann, als hätte Ramon eine Entscheidung gefasst, drängte er sich durch die vielen Leute zu ihr. Im selben Moment traten Soldaten in glänzender Rüstung zwischen sie und trieben die Leute auseinander, sodass ein Durchgang entstand.

»Wir treffen uns später beim Haupttor!«, rief Xaira Eleona über den Durchgang hinweg zu, die wie Ramon auf die andere Seite gedrängt wurde. Ihre Stimme ging im Gekreische unter.

Eleona wandte den Kopf in Richtung des Hauptgebäudes und sah zwischen hochgereckten Armen einen Mann mit wehendem Umhang durch das Tor schreiten. Immer wieder verdeckten winkende Hände sein Gesicht. Er war in Schwarz gekleidet und sein Gesicht war von einer ungewöhnlichen Blässe. Es wirkte viel zu jung, um das Gesicht eines Königs zu sein. Dunkles Haar fiel ihm wie Seide in geschmeidigen Wellen bis auf die breiten Schultern und dunkle Augen blitzten über die Menge hinweg. Seine Art war von einer übernatürlichen Eleganz. Sie füllte den ganzen Platz aus und seine bloße Erscheinung reichte aus, um alle anderen fügsam zu machen. Eleonas Blick blieb an ihm haften, obwohl sie von der Seite unsanft angerempelt wurde und ein Tumult hinter ihr ausbrach, der nichts mit seinem Auftreten zu tun hatte. Wie gebannt starrte sie in sein Gesicht. Noch nie hatte sie jemanden so anmutig über den Boden gleiten sehen, als würden seine Füße den Boden nicht berühren.

Mitten auf dem Platz blieb er stehen und hob die Hand zum Gruß – und mit heftig pochendem Herzen erkannte Eleona einen Ring an seinem Finger mit einem leuchtend grünen Stein darauf.

Keuchend griff sie sich an die Brust, wo ihr Stein hing. Im nächsten Moment ließ ein Schrei, der vom hinteren Schlossgelände kam, alle verstummen. Stille breitete sich in einer kalten Welle des Entsetzens aus. Dann schrien die Menschen erneut. Hunde, rotäugige, sabbernde Scheusale kamen um die Ecke gehetzt und jagten auf die Menge zu.

»Xaira!«, schrie Eleona, während sie von allen Seiten geschoben wurde. Verzweifelt suchte sie in der Menge nach dem blonden Haarschopf ihrer Freundin. »Xaira!« Verzerrte Gesichter und unkontrolliert fuchtelnde Hände versperrten ihr den Blick. »Maurin!« Leute, die sie nicht kannte, drängten sie zur Seite und suchten schreiend nach einem Ausweg.

Fin war doch direkt hinter ihr gewesen! Verzweifelt stellte sie sich auf die Zehen.

»Fin!«

Eleona wirbelte in alle Richtungen, als sie plötzlich wie angewurzelt stehen blieb. Sie blickte geradewegs in rote, glimmende Augen. Langsam und geduckt kam einer dieser Monsterhunde auf sie zu. Ein bedrohliches Knurren kam aus der breiten Kehle. Dann öffnete er die Schnauze und entblößte eine Reihe spitzer, dolchähnlicher Zähne. Eleona starrte wie vom Donner gerührt in sein Gesicht. Dann setzte das Untier zum Sprung an …

Heilloses Chaos herrschte und hysterische Schreie hallten über das Schlossgelände. Während der Hund auf sie zuschoss, leuchtete plötzlich ein greller Blitz auf. Der Hund brach vor ihr zusammen und im nächsten Moment spürte sie zwei kräftige Arme, die sie zur Seite wegzogen – weg aus der kreischenden Menge, hinein in eine dunkle Gasse –, den Bruchteil einer Sekunde sah sie Saahrrins Gesicht, dessen dunkle Augen, zu schmalen Schlitzen verengt, plötzlich auf Eleona gerichtet waren. Die Soldaten scharten sich mit erhobenen Waffen um ihn, dann verschwand er aus ihrem Blickfeld. Dunkler Nebel umhüllte sie, schemenhafte Schatten drehten sich wie in einem Wirbel um sie. Der Lärm und das Licht verebbten, dann schlug sie auf festem Boden auf.

»Nimm die Zügel!«, befahl eine zornige Stimme, dann wurden ihr Lederriemen in die Hände gedrückt.

Um sie herum waren keine hohen Mauren mehr, kein Chaos, kein Geschrei. Sie stand mitten auf einer Wiese nahe bei einem abgelegenen Hof.

»Schnell hoch!«, befahl die Stimme erneut.

Kräftige Hände halfen ihr auf ein Pferd.

»Was …« Eleona wirbelte herum. Sie sah eine Gestalt neben ihr auf ein Pferd springen, das Gesicht unter einer schweren Kapuze verborgen. Er peitschte die Zügel und ritt los.

»Los! Komm!«, schrie er, während sein dunkler Umhang aufflatterte.

Eleona klammerte sich an den Zügeln fest. Das Ross wieherte, dann galoppierte es los. Sie ritten unter riesigen Bäumen hindurch, eine leicht aufsteigende Wiese empor und an Obstbäumen vorbei. Der Gegend nach zu schließen, mussten sie zwischen Almalyn und Nadeera sein. Doch wie um alles in der Welt waren sie da hingekommen? Eine Herde Ziegen stob auseinander und der Hirte lugte mit offenem Mund den beiden Pferden nach, die in einer Staubwolke verschwanden.

»Du musst schneller reiten!«, drängte die Stimme.

»Wir müssen zurück!«, kreischte Eleona. Wie zum Teufel waren diese rotäugigen Hunde in das Schloss gelangt? Xaira, Maurin und Fin waren immer noch dort …

»Meine Freunde!«, rief Eleona, während sich ihre Stimme überschlug. »Wir müssen zurück! Wir müssen ihnen helfen!«

Keine Antwort.

Wütend starrte sie auf den wehenden Umhang.

»Hey!« Eleona zerrte wütend an den Zügeln. »Wir müssen umkehren! Wir können sie nicht einfach diesen Hunden überlassen!«

»Morlaks«, berichtigte sie die Stimme. »Und deinen Freunden geschieht nichts.«

»Was – woher wissen Sie das?«

In diesem Moment bog er scharf nach links ab und ritt einen steinigen Hang herunter. Die Gegend hatte sich verändert; die Wiesen wurden karger und sie kamen dem rötlichen Gestein des Gayenorgebirges immer näher.

Sie durchquerten ein breites Flussbett. Die Pferde schreckten vor dem kniehohen Wasser nicht zurück und auch nicht vor den schwarzen Vögeln, die auf einmal um sie herum kreischten – doch die Gestalt wurde plötzlich unruhig.

»Schneller!« Hektisch sah er sich um. »Komm schon! Schneller!«

Eleona warf einen Blick auf die dunklen Vögel.

Das Gayenorgebirge war nicht mehr weit, doch statt auf der Straße ritten sie immer noch auf dem Feld nahe am Waldrand, und auch als sie die ersten Ausläufer des Gayenorgebirges erreicht hatten, bog er nicht in die schmale Schlucht ein, die durchs Gebirge führte. Er ritt geradewegs auf das rötliche Gestein zu. Dann plötzlich verlor sie ihn aus dem Blickfeld und er verschwand hinter einem Felsblock. Eleona hob die Zügel und galoppierte darauf zu, die Vögel kreischten unruhig am Himmel, dann kam ihr Pferd schlitternd zum Stehen.

Die dunkle Gestalt stand bereits neben seinem Pferd.

»Steig ab«, befahl er.

Eleona blieb sitzen.

»Los! Wir haben keine Zeit!«

»Nein, was …«

»Wir haben keine Zeit für Erklärungen, Eleona! Also bitte tu, was ich dir sage!«

Eleona starrte ins Dunkel der Kapuze, wo sein Gesicht sein musste.

»Wer sind Sie?« Auf einmal stieg Panik in ihr hoch. Woher kannte er ihren Namen? »Wieso soll ich mitkommen? Ich kenne Sie doch gar nicht!«

Ein dumpfes Lachen drang aus seiner Kehle.

»Ich habe dir gerade das Leben gerettet. Wenn ich dir etwas Böses wollte, hätte ich dich einfach dem Morlak überlassen können. Also bitte. Tu, was ich dir sage, sonst schaffen wir es nicht.«

»Was schaffen wir nicht!«

Er packte ihre Hand und zog sie vom Pferd. Dann gab er beiden Tieren einen Klaps und sie stürmten davon.

Verzweifelt und wütend zugleich blickte sie den Pferden nach.

»Los!«, zischte er und zerrte sie mit. »Schnell!«

Sie betraten einen schmalen Pfad, der durch das rötliche Gestein immer höher hinaufführte.

»Und sieh nicht zurück!«, sagte er. Bevor sie sich umdrehen konnte, packte er mit beiden Händen ihr Gesicht. »SIEH – NICHT – ZURÜCK!«

Mit einem kalten Schauder blickte sie auf die tief ins Gesicht gezogene Kapuze. Er wusste, dass sie Höhenangst hatte – er wusste, dass sie keinen Schritt mehr weiter gehen könnte, wenn sie sah, wie hoch sie schon waren!

»Weiter, Eleona!« Er eilte voran.

»Was ist im Schloss passiert?«, keuchte Eleona, während sie ihm auf dem steilen Weg hochfolgte. »Wie sind die Morlaks ins Schloss gelangt?« Ihre Stimme brach: »Was wollten sie …«

Obwohl sie sein Gesicht immer noch nicht sah, fühlte sie seine Anspannung.

»*Dich.*«

Eleona blieb wie angewurzelt stehen.

»Rein da!«, befahl er.

Eine kreisrunde Öffnung tat sich hinter dornigem Gestrüpp auf. Eleona stolperte hinein in schwärzestes Dunkel. Sie nahm den Geruch von feuchter Erde wahr. Die Gestalt zog sie erbarmungslos weiter.

Eleona wusste nicht, wie lange sie durch die Dunkelheit hasteten. Eine Stunde, zwei? Oder fünf Minuten? In ihrer Panik kam ihr alles vor wie eine Ewigkeit. Immer wieder tauchten Abzweigungen auf und es kam ihr vor, als wäre das gesamte Gayenorgebirge ein Labyrinth aus Gängen und Höhlen.

Auf einmal erklangen ferne Stimmen und die Gestalt drückte sie an die Wand. Der Schein einer Kerze erhellte eine weitere Abzweigung, wo sie drei Männer mit rauen Stimmen hineingehen sah. Sie hörte ihr Herz, wie es panisch gegen ihren Brustkorb schlug, dann erstarben die Stimmen und sie befanden sich wieder in Dunkelheit.

»Rasch, komm!«, flüsterte die Gestalt und zog Eleona weiter.

Am liebsten hätte sie ihre Hand aus der seinen gerissen, doch er rannte jetzt so schnell, dass sie Angst hatte, sie würde ihn in dem Labyrinth verlieren. Immer wieder nahm er eine weitere Abzweigung und zuweilen wurden die Durchgänge so schmal, dass sie befürchtete, irgendwann würden sie stecken bleiben.

Eleona atmete erleichtert auf, als sie wieder in eine große Höhle abbogen und entzog ihm endlich ihre Hand. Irgendwo hörte sie das Geplätscher von Wasser, dann drangen wieder Stimmen zu ihnen vor.

»Wer war sonst noch hier?«, fragte sich Eleona, und dann durchfuhr es sie plötzlich eiskalt – die *Ferrans*. Eleona keuchte, als ihr schlagartig bewusst wurde, dass die Ferrans ja ihren Sitz im Gayenorgebirge hatten.

Die Hand der Gestalt zog sie zur Seite und gerade noch rechtzeitig bogen sie in einen schmalen Gang, bevor der Schein einer Kerze um die Ecke bog. Leise schlichen sie weiter und plötzlich sah sie wieder Ramons Gesicht vor Augen, die Anspannung, die Panik und seine Versuche, sie vom Schloss fernzuhalten – er hatte es gewusst, er hatte gewusst, dass sie in Gefahr war. Eleona umklammerte ihren Stein; im nächsten Moment stolperte sie über eine Schwelle aus dem Dunkel und das Mondlicht erhellte die Gestalt vor ihr. Der Stein in ihrer Hand war plötzlich feurigheiß – Eleona öffnete ihre schweißnassen Finger und sah sie die blutrote Schrift: *khal ukta naut.* »Vertrau ihm nicht«, flüsterte Eleona, dann wurde ihr der Stein aus der Hand gerissen. Dunkle Vögel schossen kreischend auf sie zu.

»Lauf!«, schrie die Gestalt. Er hob die Hand – Eleona sah den Stein in Zeitlupe durch die Luft fliegen.

»NEIN!«, schrie sie.

Er zerrte sie weiter, während sie ihren Stein ins dichte Gras fallen sah.

»SIE KOMMEN!«, rief er.

Eleona spürte, wie sich ihre Kehle verengte, wie ihr Herz zu rasen begann – doch das hatte nichts mit dem dröhnenden Gekläff zu tun, das hinter ihnen losbrach: Der Stein war fort! Sie konnte ohne ihn nicht sein!

Der Boden unter ihnen begann von den schweren Pfotenschlägen zu beben.

»LAAAUUUUUF!«, schrie er.

»*Der Stein*«, keuchte Eleona.

Wenige Hundert Meter hinter ihnen tauchte ein Meer wütender, kläffender Morlaks auf.

»Rasch!« Die Gestalt zeigte auf eine kleine, grüne Anhöhe vor dem Waldrand. »Dort sind wir sicher!«

Verständnislos blickte sie auf die grüne Wiese, die nicht viel anders aussah als der Rest darum herum.

»Es ist die Grenze«, erklärte er rasch.

»Die Grenze zu was …«

»Die Grenze von Saahrrins Land. Die Morlaks können die Schranke nicht überschreiten!« Sein Gewand flatterte wild, als Eleona begriff – es war die Grenze zum Elfenreich.

»Los, schneller, Eleona!«

Kurz bevor sie den Hügel erreichten, sprangen sie durch eine durchsichtige Wand, die sich plötzlich schimmernd vor ihnen auftat – der Griff seiner Hand verstärkte sich, sengende Hitze brannte auf ihrer Haut, als sie durch den kühlen Film glitt, dann fiel sie in kühles Gras.

Die Gestalt wirbelte herum, hob die Arme und sprach leise Worte, während die Morlaks auf sie zustürmten. Dutzende, Hunderte. Zähnefletschend kamen sie auf sie zu – waren nur noch wenige Meter entfernt – gleich würden sie sie erreichen, gleich würden sie ihre Zähne in ihr Fleisch bohren … Die Monster setzten zum Sprung an und Eleona schloss die Augen – es gab einen dröhnenden Knall und die Hunde prallten gegen die durchsichtige Wand. Laut kläffend bäumten sie sich auf.

Eleona, die Hände immer noch vor dem Gesicht, blinzelte in ein Meer roter Augen. Wütend knurrten sie, fletschten die Zähne und hetzten vor ihnen hin und her.

»Gehen wir«, sagte die Gestalt.

Kaum merklich nahm Eleona wahr, wie er neben ihr die Kapuze vom Kopf streifte. Sie wandte den Kopf und blickte in das vertraute, alte Gesicht ihres Großvaters, das jetzt von Sorgenfalten durchfurcht war. Lenidras Stimme war leise.

»Ich schulde dir einige Erklärungen.« Er wandte sich um und nickte mit dem Kopf in Richtung Wald, als sich im selben Moment der Himmel erhellte. Ein Donnerschlag erschütterte den Boden unter ihnen und die Morlaks jagten über die durchsichtige Schranke auf sie zu. Lenidras fuhr herum.

»Nein!«

Seine Stimme ging im lauten Gekläff unter, im nächsten Moment wurde Eleona zur Seite gerissen.

Sie spürte, wie etwas Kühles über sie niederglitt und eine Sekunde später prallten die Monsterhunde kurz vor ihnen abermals gegen eine durchsichtige Schranke.

»Nein, das kann nicht sein!«, hauchte Lenidras atemlos und zog sie noch näher an sich. *»Das ist nicht möglich!«* Er zeigte auf den Baum zu ihrer Rechten. »Klettere da hinauf!« Er stellte sich mit ihr dicht an den dunklen Baumstamm. »Los!«

Eleona sah hoch. Sah, dass der erste Ast erst einige Meter über dem Boden erreichbar war.

»Eleona! Egal, was du jetzt fühlst, klettere da hoch!«

Sie wollte etwas sagen, aber sie brachte keinen Ton hervor.

»*LOS*!«

Das Gekläff um sie herum wurde lauter. Eleona umklammerte den Baumstamm mit zitternden Händen und begann sich widerstrebend hochzuziehen.

»WEG VON MIR! *WYNVAINKRA*!«, ertönte die gebieterische Stimme Lenidras' unter ihr und ein gleißend heller Strahl roten Lichts fegte wie rotes Feuer über die Morlaks hinweg.

»IHR KÖNNT DIE GRENZE NICHT ÜBERSCHREITEN! *WYNVAINKRA*!«

Eine sengende Hitze fegte die erste Reihe der Morlaks weg. Doch die nächsten jagten bereits über die Toten hinweg.

Eleona kletterte weiter, alles begann sich zu drehen und ein altbekanntes Dröhnen erfüllte ihren Kopf.

Lenidras' Stimme wurde wütend. Lauter. Hunderte fielen zu Boden.

Doch dann, mit einem Sprung gegen seinen Schild, riss ein Morlak Lenidras von den Füßen; er fiel zur Seite und die Morlaks stürzten sich auf ihn.

»Nein!«, schrie Eleona.

Lautes Gekläff erfüllte die Luft, sein Schild erlosch und er verschwand in einem Bündel aus schwarzem Fell.

Eleona ließ sich fallen.

»*WYNVAINKRA*!«, rief sie am ganzen Leib schlotternd, die Hände wie Lenidras erhoben und ging auf den Knäuel zu.

Einige der Monsterhunde fielen reglos zu Boden, dann spürte sie plötzlich, wie sich spitze Zähne in ihre Seite bohrten – ein Morlak, der aus dem Hinterhalt auf sie zu geschlichen war, versenkte jetzt seine Zähne tief in ihre Taille. Ein unvorstellbarer Schmerz jagte durch ihren Körper. Unwillkürlich schrie sie auf und zu ihrer Überraschung ließ er sie los. Fiebrig schaute sie sich um, während ihr die klaffende Wunde eine Schläfrigkeit in die Augen trieb.

»Eleona, zum Teufel nochmal, scher dich auf den Baum!« Lenidras' Stimme klang wie ein fürchterlicher Aufschrei.

Eleona stolperte auf ihn zu. Sie fühlte, wie ihr alle Kraft aus dem Körper wich. »WYNVAINKRA!!!«, rief sie verzweifelt und kämpfte gegen die Ohnmacht an. »*Wyn…*«

Sie hörte Lenidras stöhnen. Helles Licht fegte über sie nieder. Eleona fühlte die feuchte Erde an ihren Knien, dann an ihrem Gesicht, hörte das triumphierende Knurren der Morlaks über sich, wusste, dass alles vorbei war, und während sich erneut messerscharfe Zähne in ihr Fleisch gruben, glitt sie hinab in die Tiefe.

Das Ende

Licht, das durch dic weißen Vorhänge zu Eleona herüberstrahlte, blendete sie unbarmherzig in den Augen. Sie lag auf einem weichen Bett. Über ihr war ein Tuch an einer Stange angebracht, das an den Seiten bis zum Boden reichte. Eine Kommode und ein Schrank aus Holz standen an der Wand ihr gegenüber, an der anderen hing ein Bild mit einer Lilie darauf.

Ihr Körper fühlte sich merkwürdig flau an. Taub. Als hätte jemand sie über Nacht zusammengeflickt und mit Morphium vollgepumpt. Eleona wollte ihren Arm heben, um ihre Augen zu beschirmen. Doch er war zu schwer. Zudem verhinderten Bandagen, dass sie ihn anwinkeln konnte. Ihr Kopf arbeitete nur sehr langsam. Eine dumpfe, trübe Ahnung zog in ihrem Magen und zerrte wie verrückt an ihrem Unterbewusstsein. Vage Traumbilder drangen in ihr hoch, ließen sie erschaudern, obwohl sie keinen Sinn ergaben. Dann erfüllte ein lautes Gekläff ihren Kopf; Knurren und Schreie – Schreie, die ihr Innerstes auseinanderrissen.

»Lenidras«, keuchte Eleona und schoss hoch – ein Schmerz, den sie kaum auszuhalten vermochte, brach in ihrer Bauchgegend auf. Ihre Finger tasteten nach der Taille, die mit einem dicken Verband umwickelt war.

»Hallo!«, krächzte Eleona in die Stille hinein. »Hallo – ist hier jemand!«

Sie starrte auf die offene Verandatür, vor der sich der Vorhang im lauen Wind blähte.

»Bitte. Irgendjemand …«

Als wäre ein Filmabspann in ihrem Kopf gestoppt, sah sie das schneeweiße, vor Schmerzen verzerrte Gesicht Lenidras' vor sich; den zuckenden Arm, der aus dem schwarzen Knäuel laut knurrender Morlaks hervorlugte.

»Eleona?«

Die Stimme kam von der Verandatür. Es war eine freundliche Stimme. Doch sie war ihr genauso fremd wie alles andere an diesem Ort.

Eleona blinzelte gegen das blendende Licht und versuchte, etwas zu erkennen. Zuerst sah sie nur einen hellen Umriss. Dann erkannte sie einen großen, dünnen Mann mit schneeweißem Bart und Haar, das ihm bis zu den Hüften hinunterreichte. Sein langer, hellbeiger Umhang strich über den hölzernen Boden, und während er unbemerkt einen Bund Kräuter in seinem Umhang verschwinden ließ, drang der Duft nach Harz und frischen Tannennadeln in ihre Nase. Er blieb lächelnd vor ihrem Bett stehen.

»Mein Name ist Zindabor. Wie ich sehe, bist du aufgewacht.« Obwohl schon sehr alt, erweckte er den Eindruck ungeheurer Kraft. »Es ist lange her, dass du das letzte Mal hier warst.« Die Haut neben seinen verblüffend hellblauen Augen legte sich in Falten. »Es kann gut sein, dass du dich nicht mehr an mich erinnern kannst. Du warst noch sehr klein.« Sein Blick fiel auf ihr Medaillon, das einzige Andenken, das sie von ihrer Mutter vererbt bekam und welches sie nun mit festem Griff umklammert hielt – der Filmabspann ging erbarmungslos weiter und Eleona zuckte zusammen.

»Wo ist Lenidras?«, krächzte sie. »Was ist mit ihm passiert?«

»Ich werde dich morgen zu ihm bringen.« Zindabor setzte sich auf den alten Stuhl neben ihrem Bett. »Versuch zu schlafen. Deine Verletzungen sind tief und schwer zu heilen. Du bist noch nicht so weit. Es grenzt an ein Wunder, dass du überlebt hast.«

Panisch richtete sie sich auf. »Nein.« Die Schmerzen in ihrer Taille raubten ihr die Sicht. Blind starrte sie in seine Richtung. »Nein, *bitte*! Ich muss zu ihm.«

Eine große, warme Hand legte sich auf ihre Stirn. Dann spürte sie, wie sich eine wundersame Entspannung in ihr ausbreitete.

»Nein«, krächzte Eleona und kämpfte gegen das Gefühl an, das sie schläfrig in ihr Kissen zurücksinken ließ. »Ich will mich nicht beruhigen!«

Eleona hörte ihn leise Worte murmeln, die sie nicht verstand, während eine bleierne Müdigkeit über sie kam.

»Nein!«, lallte sie mit schweren Augenlidern. Die Schmerzen waren nur noch dumpf, nur noch vage zu erahnen. Sie glitt immer tiefer in ein völlig ruhiges, entspanntes Dasein. Ein angenehmes Farbenmeer trat vor ihr inneres Auge. Blau, Violett und ein smaragdfarbenes Grün mischten sich in langsamen, wellenförmigen Mustern ineinander …

Ein Duft frischer Aprikosen weckte sie. Bleiern und taub lag Eleona da und versuchte, ihre schweren Lider zu öffnen. Verzerrte Bilder von Monsterhunden, die sie noch nicht einordnen konnte, tauchten in ihr auf. Sie hob den Arm und legte ihn übers Gesicht.

»Guten Morgen.«

Die Stimme kam vom Stuhl neben ihrem Bett. Widerwillig öffnete sie die Augen. Zindabor, diesmal in einen königsblauen Umhang gewandet, lächelte sie an.

»Das sind Sanda-Lilien«, erklärte er lächelnd, als ihr Blick auf die gelben Blumen auf ihrem Nachttisch fiel. »Diese wunderschönen, nach Aprikosen duftenden Blumen kommen nur im Mandoriawald vor. Sie sind höchst selten und sehr vielversprechend in der Welt der Wundheilung. Sie haben deine vielen Bisswunden geheilt.« Zindabor hob den Blick und seine Finger deuteten auf das Bild an der Wand. »Es gibt aber noch jene, die nach Zimt riechen.«

Eleona blickte auf die hellweiße Lilie, die darauf abgebildet war.

»Jene, die noch um einiges schöner sind als die Sanda-Lilien. Doch diese sollte man besser von einer gewissen Distanz betrachten. Schon ein klein wenig von ihrem Gift ist absolut tödlich.« Er lächelte und Eleona wandte den Blick vom Bild ab.

»Wo ist er?«, krächzte sie. »Kann ich zu ihm?«

Zindabor erhob sich.

»Wenn du dich besser fühlst, denke ich, spricht nichts dagegen.«

»Ich fühl mich gut«, sagte Eleona rasch und richtete sich auf. Sie versuchte, das Stechen in ihrer Taille auszublenden.

Zindabor bot ihr seinen Arm an und Eleona klammerte sich daran fest. Ihre Beine fühlten sich noch nicht sicher an. Langsam führte er sie aus dem Zimmer und blieb dann vor einer weiteren Tür stehen. Er drückte die Klinke hinab und die Tür sprang auf. Es war dunkel in dem Raum. Die Läden waren zugezogen und die einzige Lichtquelle war eine Kerze, die flackerndes Licht auf Lenidras' blasse Gestalt warf. Er lag eingehüllt in einem weißen Bett. Rechts davon stand eine Kommode mit merkwürdigen Gegenständen. Kräuter, die einen eigenartigen Geruch verströmten, hingen an der Decke.

Wie gelähmt vom Geräusch röchelnden Atmens starrte sie in sein Gesicht. Ihre Hand fand den Türrahmen und im selben Augenblick spürte sie Zindabors Hände stützend an ihrem Unterarm. Unsicher sah sie zu ihm hoch.

Zindabors Augen waren voller Güte und Eleona wandte den Blick wieder von ihm ab. Sie ertrug es nicht, in sie hineinzusehen – als wäre es nicht ihre Schuld –, als wäre nicht sie für all das verantwortlich. Zittrig ließ sie den Türrahmen los. Ihr ganzer Körper fühlte sich unwirklich an, als sie auf ihn zuging, als hätte sie ihn bei Zindabor zurückgelassen. Reglos blieb sie vor Lenidras stehen. Seine Augen rollten unruhig unter seinen geschlossenen Augenlidern umher und hie und da zuckte ein Nerv an seiner Schläfe.

»Lenidras«, flüsterte Eleona, doch es kam nur ein jämmerliches Krächzen heraus.

Blinzelnd öffnete er die Augen. Einen Moment lang sah er verwirrt aus. Dann entspannten sich seine Züge.

»Eleona«, sagte er mit leiser Stimme. Ein Lächeln erhellte die Orte in seinem Gesicht, die nicht von einer dicken, weißen Paste zugekleistert waren. »Du bist hier.« Er schluckte schwer. »Geht es dir gut?«

Eleona nickte mechanisch.

Angestrengt streckte er seine zittrige Hand nach ihr aus.

»Komm … setz dich … setz dich zu mir.«

Er verzog ein wenig das Gesicht, als er seinen Arm hob, um ihre Hand zu halten. Die dicke Paste roch nach starker Medizin und drang ihr beißend in die Nase.

»Ich kann leider nicht mehr groß ausholen. Dafür fehlt mir die Zeit.«

Eleona sah, wie sich seine Lippen vor Schmerzen und Anstrengung verzogen.

»Ich muss dir das Geheimnis anvertrauen. Mein Geheimnis, und schlussendlich auch deins.«

Lenidras hob entschuldigend den Blick.

»Ich war nicht immer ganz ehrlich zu dir, Eleona.«

Während er die Augen schloss und einen quälenden Moment lang die Schmerzen erduldete, die über sein Gesicht zuckten, waren ihre Augen plötzlich wie blind. Sie blinzelte die Tränen weg, die ihr die Sicht raubten.

»Es tut mir leid«, flüsterte er.

Eine tiefe, uralte Traurigkeit lag in seinem Blick und das zerreißende Gefühl in ihrer Brust erweckte ihren tauben Körper wieder zum Leben. Die Schmerzen stachen wie scharfe Messer zu.

»Ich muss dir die Wahrheit über dich und deine Welt sagen …« Der Druck von Lenidras' Händen, mit denen er ihre Hand hielt, wurde fester und obwohl sie es nicht hören wollte, nicht wissen wollte, was seinen Augen den Anlass gab, sie so anzusehen, öffnete er den Mund und begann zu sprechen. Seine Worte glitten wie Eis und Feuer in ihre Seele und rissen ihr den Boden unter ihren Füßen weg.

»Deine Welt, unsere Welt ist eine andere als die, in der du aufgewachsen bist … Sie ist viel mehr als das. Ich habe dir nicht die Wahrheit über deine Herkunft erzählt …« Die Sätze kamen aus seinem Mund, als hätte er es schon tausendfach geübt. »Ich bin ein *Elf,* Eleona. Auch deine Mutter Elehna war eine Elfe und natürlich deine Großmutter Eldevin, meine Frau – deshalb haben uns die Morlaks angegriffen und deshalb konnte ich dich nicht ins Schloss lassen. Seit dem Krieg hat Saahrrin die Morlaks zu sich ins Land geholt. Sie riechen elbisches Blut, spüren die Elfen auf und jagen sie in die Flucht.« Er hielt kurz inne, dann sprach er weiter. »Aus diesem Grund war ich in Sorge, als ich hörte, dass die Morlaks gesehen worden waren. Zuerst hatte Saahrrin sie nur um Elindor postiert. Bislang hatte ich dich in Bakul gut verstecken können. Meine und Zindabors Schutzzauber haben magische Wesen von dir ferngehalten. Du warst unaufspürbar.«

Ein merkwürdiges Klingen in den Ohren erfüllte Eleonas Kopf und hinderte sie am Denken.

»Ich werde mich nun verwandeln«, hörte sie ihn leise weitersprechen. »Nur so kannst du mir wirklich glauben …«

Widerwillig löste er den Blick von ihrem Gesicht.

»Laendor, du hast fast keine Kraft mehr – tu es nicht«, hörte sie Zindabors Stimme leise und eindringlich.

»Ich habe keine Wahl, Zindabor. Ich bin es ihr schuldig. Wie kann sie daran glauben, wenn sie es nicht mit eigenen Augen gesehen hat? Wie kann sie dir vertrauen, wenn nicht die letzten Zweifel ausgeräumt sind?«

Lenidras' Stimme drang wie durch Watte in Eleonas Bewusstsein, während sie langsam registrierte, dass Zindabor ihn anders genannt hatte … doch im selben Moment entglitten ihr die Gedanken. Sie sah, wie Lenidras die Augen schloss und einen quälenden Moment lang, als er einfach so dalag und kein Atemzug mehr von ihm zu kommen schien, zwängte sich der schleichende, der grauenvolle Verdacht in ihr auf, er wäre bei, was auch immer er vorgehabt hatte zu tun, gescheitert …

Sie wollte gerade ihre Hand nach ihm ausstrecken, als plötzlich blendend helles Licht von ihm ausstrahlte. Eleona hörte, wie Lenidras stöhnte, sich vor Schmerzen wand, wie sich sein ganzer Körper unter der Decke durchbog, dann entglitten ihr seine Finger. Zwei warme Hände hielten sie an den Schultern fest und verhinderten, dass sie zur Seite kippte.

Dann war es plötzlich vorbei.

Eleona starrte blind geradeaus, dorthin, wo sein Gesicht sein sollte, die brennenden, schmerzenden Augen weit geöffnet. Dann, auf einmal, verschwanden die tausend blinkenden Punkte vor ihren Augen und ihr Blick fiel auf ein fremdes, hübsches Gesicht. Es war das Gesicht eines jungen Mannes und er lag genau an der Stelle, wo zuvor Lenidras gelegen hatte. Doch nun war sein Gesicht mit der gleichen weißen Paste überzogen wie zuvor die Haut von Lenidras. Der junge Mann blickte sie gequält an. Seine Haut war porenrein und sah so zart und glatt aus wie Seide. Sein Haar war lang und perlweiß und seine Ohren liefen nach oben spitz zu.

Einen kurzen Moment wandte Eleona ihren Blick zur Seite mit der aberwitzigen Idee, Lenidras hätte mit diesem jungen Elfen den Platz getauscht. Doch da war nur Zindabor, der nun langsam seine Hände wieder von ihren Schultern nahm.

»Eleona«, sprach eine klare, reine Stimme und Eleona wandte den Kopf zu ihr um, obwohl sie ihr fremd war.

»Es tut mir leid, dass du es so erfahren musst.«

Er lächelte sie an. Doch Eleona konnte ihre Mundwinkel nicht bewegen. Sie fühlte sich kalt und starr, unfähig, sich zu rühren.

»Es gab einen fürchterlichen Streit«, sagte der Elf weiter.

Ihre Hände lagen auf dem weißen Bettlaken. Das Klingen in ihrem Kopf wurde lauter.

»Elehna wurde aus dem Elfenreich verbannt. Damals war sie bereits mit dir schwanger. Wir, deine Großmutter Eldevin und ich, gingen mit ihr fort und Zindabor nahm uns bei sich auf. Wir waren noch nicht lange bei ihm, als deine Mutter und Eldevin von den Morlaks angegriffen wurden. Zindabor und ich fanden sie zu spät. Die beiden waren bereits tot. Nur dich konnten wir noch rechtzeitig retten.« Seine Augenbrauen schoben sich zusammen. »Die einzige Möglichkeit, die mir blieb, war, dich bei den Menschen zu verstecken. Ich verwandelte mich in einen Menschen und zog dich auf. Gott sei Dank hast du ein ziemlich menschliches Aussehen, so musste ich dir nicht auch noch dein

Äußeres wegnehmen. – Alles, was ich wollte, was ich mir für dich wünschte, war, dir ein normales Leben zu ermöglichen. Das, worauf du ein Recht hattest … worauf jeder, der geboren wird, einen Anspruch hat … Zindabor und ich taten alles, was in unserer Macht stand, um dich zu schützen und es geheim zu halten, und das gelang uns bis vor Kurzem.« Ein hasserfüllter Ausdruck legte sich in sein Gesicht. Dann, in der nächsten Sekunde, sah er wieder schwermütig aus. »Du hast elbisches Blut, Eleona – jedoch nur von der einen Seite. Dein Vater«, seine Stimme bebte, »dein Vater ist – kein Elf.« Sein Blick wurde ausdruckslos. Dann schloss er kurz die Augen. »Ich habe nicht mehr viel Zeit. Die Verletzungen sind zu tief. Es braucht einiges, um einen Elfen zu töten, das musst du wissen. Aber die Morlaks haben zwei äußerst giftige Fangzähne, die sogar für uns Elfen tödlich sein können. Bei einem Menschen braucht es vermutlich nur ein klein wenig von ihrem Gift.« Wieder schloss er erschöpft die Augen. »Man kann meine Wunden nicht mehr heilen. Meine Kräfte schwinden dahin. Du hast Gott sei Dank ein paar Bisse weniger abbekommen und bist stärker als ich.«

Sein Blick blieb gequält auf ihrem Gesicht haften. Plötzlich versteifte er sich. Schweiß bildete sich auf seiner Stirn und er begann krampfhaft zu zucken. Die Salbe löste sich von den Bisswunden und hellrotes Blut quoll heraus. Es tränkte den weißen Stoff und überall bildeten sich rote Flecken. Das Bett begann von seinen Krämpfen heftig zu beben und Zindabors dunkler Umhang streifte ihren Arm, während er an ihr vorbeirauschte. Leises Gemurmel vermischte sich unter die erstickten Schreie, Wörter in einer fremden Sprache wurden gesprochen, während Zindabor den Elfen an der Stirn und Brust aufs Bett drückte. Als sich die Krämpfe verstärkten, wurde Zindabors Stimme laut und gebieterisch und die Silben hallten dröhnend im Raum wider. Helles Licht strahlte unter seinen Handflächen hervor, die nach innen gedrehten Augen des Elfen entspannten sich und sein Körper sank wieder auf die Matratze zurück.

Zindabor tauschte mit dem Elfen noch einige leise geflüsterte Worte aus, dann glitt Zindabors königsblauer Umhang wieder aus ihrem Blickfeld.

»Eleona.« Der Elf streckte seine Hand nach ihr aus und legte sie auf die ihre. »Ich hoffe, du kannst mir je verzeihen.«

Eleona sah in das fremde Gesicht, während etwas in ihrer Magengegend zu ziehen begann – der Elf, der sie nun mit traurigem Blick besah, war nicht ihr Großvater. Sie hatte Lenidras bereits verloren. In dem Moment, als er sich verwandelte, hatte er sie bereits verlassen. Und als sie den Mund öffnete und ihre zitternde Stimme leise die Stille erfüllte, blickte sie auf den weißen Fleck in seinem Gesicht, der nicht mit Blut durchtränkt war.

»Nein.« Ihre Stimme brach. Die fremde Hand drückte die ihre noch fester und am liebsten hätte sie sie weggezogen. »Es ist meine Schuld«, hörte sie sich sprechen. Sie versuchte sich Lenidras' Gesicht vorzustellen – vorzustellen, wie er sie immer angesehen hat. »Mir tut es leid, Lenidras«, flüsterte sie, doch ihre Stimme brach.

Der Fleck vor ihren Augen verschwamm. Eine zarte Hand berührte ihre Wange. »Ich kann mir vorstellen, wie schwierig das für dich jetzt sein muss, und ich wünschte mir, ich hätte mich anders von dir verabschieden können. Doch mich wieder zu verwandeln, würde ich nicht mehr schaffen, und mich zu sehen, wie ich wirklich bin, ist notwendig, damit du später Zindabor vertraust und ihm Glauben schenkst.« Sein Blick wurde eindringlich. »Aber ich möchte nicht, dass du dir die Schuld dafür gibst. Ich hätte es wissen müssen, dass du mitgehen würdest. Du hattest keine Ahnung. Der Zeitpunkt, an dem ich dir alles hätte sagen müssen, war schon lange gekommen. Ich wollte es nur nicht wahrhaben – du warst so glücklich – ich wollte dir deine Welt nicht kaputt machen, ich wollte sie dir nicht wegnehmen … Spätestens als du dann mit deiner Schule zum Schloss Siramon von König Saahrrin gehen wolltest, da hätte ich es dir sagen sollen – nein.« Er schüttelte den Kopf. »Ich hätte es dir sagen *müssen* – du hattest ein Recht darauf!« Er senkte den Blick und seine Lippen begannen zu zittern. »Vergiss niemals, Eleona, wer du bist. Und egal, was dir andere sagen werden, du trägst einen Schatz in dir, den dir niemand nehmen kann: dein goldenes Herz – achte gut darauf, versprich mir das.« Sein Atem stockte. Kaum noch hörbar, fuhr er fort: »Ich wollte dich noch vieles lehren, aber das Schicksal lässt es nicht zu. Es liegt nicht mehr länger in meiner Hand.« Er holte tief und lange Luft. »Ich wollte dir alles beibringen, wenn du reif und stark genug bist, um diese neue Welt annehmen zu können. Ich hatte dich ausbilden wollen, dich in die Kunst der Elfen einführen. Doch das kann ich leider nicht mehr. Mein Plan ist gescheitert.« Seine Augen füllten sich mit einem traurigen Glanz. »Du musst mir versprechen, dass du mit Zindabor zu den Elfen gehen und ihre Künste lernen wirst. Versprichst du mir das?« Das Glühen in seinen Augen wurde stärker. »Du musst fleißig sein. Du musst alles von ihnen lernen. Es ist sehr wichtig, dass du das tust, hörst du? Du musst dich verteidigen können. Zindabor war mein ganzes Leben lang mein Freund und ebenso der deine. Du weißt es nicht, aber er war oft bei uns. Als kleiner, bunter Vogel in unserem Garten. Er hat dich aufwachsen sehen. Er kennt dich so gut, wie ich dich kenne. Er wird dir helfen und wird für dich da sein.«

Sein Atem verlangsamte sich und Eleona spürte, wie sein Herz jetzt unregelmäßig in seinem Brustkorb schlug.

»Ich liebe dich über alles, Eleona.«

Seine Augen begannen zu flackern. Der Druck, mit der er ihre Hand festhielt, ließ nach. Seine Hand glitt hinab und blieb reglos auf der blutgetränkten Decke liegen.

*

Die Zeit dominierte die Veränderung, und die anfänglichen Schreikrämpfe wichen allmählich bleierner Stille. Das Licht, das sich durch die geschlossenen Läden zwängte, veränderte sich. Und während sie dalag, gegen die weiße Wand starrend, hörte sie von irgendwoher Wölfe heulen. Dann war es wieder still.

Sie wusste nicht, wie lange sie schon in diesem Zimmer lag, wusste nicht, ob es Tag oder Nacht war. Ob es langsam Morgen wurde oder bereits wieder Abend. Sie hörte nur den monotonen Schlag ihres Herzens und fühlte ihre tauben Beine merkwürdig angewinkelt auf der blutgetränkten Decke liegen.

Irgendwann, als sie sich nicht mehr bewegen konnte, fühlte sie zwei warme Hände unter sich. Sie hoben sie hoch und ihr Kopf wurde gegen einen weichen, kühlen Stoff gelegt. Der Duft nach frischen Tannennadeln drang in ihre Nase. Dann spürte sie eine sanfte Erschütterung. Und während sie das Knarren alter Holzdielen wahrnahm, rüttelte plötzlich etwas in ihr wach – sie entfernte sich schrittweise vom verschwommenen Antlitz eines völlig fremden, jungen Mannes, und während sie den Toten ahnungslos anstarrte, begann sich plötzlich etwas tief in ihr zu winden.

Sie bogen um die Ecke, der Mann trat aus ihrem Blickfeld und das Etwas in ihr drin entfesselte sich. Eleona schlug die großen, warmen Hände von sich, ihre Beine fanden den Boden, dann stolperte sie auf die Tür zu. Sie wusste nicht, woher die Panik plötzlich kam, die sie durchflutete. Sie wusste nur eins: Würde sie den jungen Mann verlassen, wäre es das Ende.

Ihre Beine ließen nach und sie schlug auf dem kalten Boden auf. Warme Hände kamen zu Hilfe. Sie hoben sie hoch und trugen sie fort. Doch nicht in die Richtung, in die sie wollte – nicht zurück.

Die Nacht schien endlos und Eleona hatte es nicht für möglich gehalten, dass sie irgendwann zu Ende gehen würde. Doch jetzt, wo der Morgen da war, wusste sie nicht, wieso sie ihn so sehr herbeigesehnt hatte.

Das helle Licht wirkte störend, obwohl sie die Lider geschlossen hatte. Sie tastete um sich, fand ein Kissen neben ihrem Kopf und schob es über ihr Gesicht.

»Eleona?«

Sie hatte diese Stimme schon einmal gehört, konnte sich aber nicht mehr daran erinnern, wem sie gehörte.

»Es ist Zeit. Wir können nicht mehr länger warten. Wir müssen ihn bestatten.«

Eleona blinzelte unter dem Kissen hoch in ein helles Gesicht, das mit schneeweißem Haar und Bart umrahmt war. Eine ovale Brille glitzerte auf einer großen Nase.

»Ich habe so lange gewartet, wie ich konnte. Aber auch bei Elfen wird es nach einer Woche Zeit.«

Sie wusste, dass seine Worte etwas bedeuteten und versuchte, sich zu konzentrieren.

Am Horizont bildeten sich bereits die ersten orangeroten Streifen.

Sie fühlte Zindabors Arm unter dem ihren und trat hinaus in den wilden Garten. Ihr Blick fiel auf einen strahlend weißen Schimmel.

Hätte sie in diesem Moment so etwas wie Freude empfinden können, hätte sie es mit Sicherheit getan. Er war so hellweiß wie der Schnee, der im Winter zuweilen die Dächer in Bakul bedeckte.

Er ruckte mit dem Kopf in ihre Richtung und peitschte mit dem Schweif, während sie langsam auf ihn zugingen. Dann half ihr Zindabor hoch und setzte sich hinter sie.

Sie rauschten durch den Wald und die Bäume und Sträucher glitten wie ein grünes Band an ihnen vorbei. Bald glitzerte die Sonne nur noch schwach durch das grüne Blätterdach und irgendwann wurde der Schimmel langsamer. Eine dunkelblaue Fläche tat sich vor ihnen auf. Eleona starrte ungläubig auf das Wasser. Sie konnten doch unmöglich schon am Meer sein.

Der salzige Duft von Meer und Algen drang ihr in die Nase, während Zindabor ihr vom Schimmel half. Sein Umhang flatterte leicht, als er sich ein paar Schritte entfernte und die Arme ausbreitete. Sie hörte ihn Worte in einer anderen Sprache flüstern. Dann erschien wie aus dem Nichts ein langes, schmales Floß, dessen Spitze sanft nach oben geschwungen war und in einer Schleife endete. Es war hellsilbern, und in weiße Blumen gebettet lag darauf ein Elf.

»Ich habe beschlossen, ihn schon vorher hierherzubringen. Ich habe ihn nur sicherheitshalber mit einem Unsichtbarkeitszauber belegt. Man weiß ja nie.«

Eleona, die neben dem Schimmel gewartete hatte, trat einige Schritte vor.

Das fremde Gesicht des Elfen mit den perlweißen Haaren, die an den Seiten nach hinten geflochten waren, sah im Licht der Abendsonne beinahe unwirklich aus. Wie eine aus Wachs gegossene Märchenfigur. Zu schön für diese Welt.

Eleona fühlte, wie Zindabor sie ansah und darauf wartete, ob sie noch etwas tun oder sagen wollte, doch sie blieb reglos stehen. Erst als sein königsblauer Umhang an ihr vorbeiglitt und er das Floß mit einem Schwebezauber hinab zum Meer brachte, fiel sie aus ihrer Starre und stolperte ihm nach. Sie sah zu, wie Zindabor das Floß ins ruhige Meer schob und es dann langsam abtrieb, während eine leise Melodie erklang.

Die untergehende Sonne tauchte das Wasser in orangerotes Licht, dann, als es mehrere Dutzend Meter im offenen Meer trieb, ging das Floß in hell leuchtende Flammen auf.

Das Nächste, woran sie sich erinnerte, war, dass sie schreiend in der Nacht erwachte. Danach konnte sie sich lange Zeit an gar nichts mehr erinnern.

Wie die Welt sich verändern kann; und nichts mehr ist so, wie es vorher war. Man sitzt da in der Kälte und sehnt sich nach Licht. Aber da ist keins. Und man verliert die Hoffnung, dass irgendwann an einem Morgen die Sonne wieder aufgehen wird. Alles um einen herum bewegt sich rasend schnell, nur selbst bleibt man stehen. Man bewegt sich in Zeitlupe, und trotz größter Anstrengung kann man nicht mehr mithalten.

Die Kutsche ist abgefahren und man bleibt zurück. Es wird dunkel, Kälte kriecht in die Seele und irgendwann verliert man das Wissen, weshalb man dasitzt und wartet.

Warten – worauf?

Wenn die Schmerzen weg sind und alle anderen Gefühle, ist man dann noch fähig, Freude zu empfinden, oder ist alles nur noch ein bloßes Wahrnehmen, ein Erleben ohne jegliches Empfinden? Ein Wiedererkennen und eine Erinnerung an ein Gefühl, das einmal in einem existierte?

Der Stern

Die Blätter an den Bäumen wurden golden und verwandelten Zindabors Garten in ein buntes Farbenmeer. Es wurde kühler und gelegentlich roch es bereits nach Schnee.

Zindabor hatte ein Kreuz hervorgezaubert, worauf sich in geschwungener Schrift die leuchtende Letter *L* bildete. Es stand unter der großen Eiche und sie konnte es von ihrem Zimmer aus gut sehen.

Oft saß sie stundenlang am Fenster und starrte es an. Das Grabmal beruhigte und beunruhigte sie gleichermaßen fest. Obwohl ihr Lenidras gesagt hatte, es wäre nicht ihre Schuld, wusste sie, dass er das nur gesagt hatte, weil er sie liebte. Die Wahrheit war – und das hatte sich tief in ihr eingebrannt –, dass es ihre Schuld war, und nichts in dieser Welt würde sie jemals vom Gegenteil überzeugen können.

Um die Tage abzukürzen, hatte sie begonnen, einige Schritte in den Wald zu gehen. Er nahm ihr das Gefühl für Zeit und Raum. Obwohl sich Zindabor alle Mühe gab, immer um sie herum zu sein und sie wenn möglich in alles, was er tat, miteinzubeziehen, fühlte sie sich allein.

Ihre Freunde, das Einzige, was sie neben Lenidras gehabt hatte, durfte sie nicht besuchen. Bakul war wie Elindor zu einem verbotenen Ort geworden.

Eleona stieg über einen umgefallenen Baumstamm und ihr Blick fiel auf ihre grünen Schuhe, die Zindabor ihr gegeben hatte. Sie waren aus einem dünnen Material, wie sie es in Bakul noch nie gesehen hatte. Leicht und angenehm, und obwohl sie nicht gerade robust aussahen, hatten sie noch nie Wasser durchgelassen, obwohl es in letzter Zeit andauernd regnete.

Es war ein stürmischer Tag und bald fing es wieder an zu regnen. Eleona zwängte sich durch das dichte Unterholz und ging in irgendeine Richtung. Der Wald war so groß, dass es egal war, welchen Kurs man nahm. Die Zeit war im dichten Blättermeer wie eingefroren.

Sie erreichte eine Felsgruppe und als sie hinaufgeklettert war und den Blick auf die farbigen Baumkronen richtete, die sich wie ein Meer bis zum Horizont dahinzogen, sagte ihr ein Gefühl, dass sie schon länger unterwegs war, als ihr eigentlich bewusst gewesen war.

Der Regen wurde so stark, dass sie nichts mehr sehen konnte. Sie kauerte sich auf dem Felsen zusammen, zog die Kapuze über den Kopf und betrachtete das Medaillon, das sie immer bei sich trug.

Würde sie je erfahren, wieso all dies geschah? Wer für den Tod von Lenidras verantwortlich war? Wer ihre Mutter und ihre Großmutter getötet hatte? Würde sie lange genug leben? Wenn sie es geschafft hatten, ihre ganze Familie auszulöschen, dann war es nur eine Frage der Zeit, bis sie auch sie, Eleona, kriegten.

Es war bereits dunkel, als sie plötzlich von einem Geräusch geweckt wurde. Von irgendwoher drang Licht zu ihr vor. Eleona wandte den Kopf und sah einen Schimmel in schimmerndem Licht auf sie zukommen. Eine Gestalt in einem langen, silbergrauen Umhang glitt von seinem Rücken und kam auf sie zu.

»Eleona.«

Die Stimme war ihr mittlerweile so vertraut, dass sie sie überall wiedererkennen würde. Sie klang ebenso erleichtert wie besorgt. Das Moos und die Farne verschluckten seine Schritte. Dann betrat er den großen Felsvorsprung. Er wirkte riesig, wie er so vor ihr stehen blieb. Doch vielleicht fühlte es sich auch nur deshalb so an, weil sie am Boden saß. Zindabor neigte sich zu ihr hinab und Eleona blinzelte durch die dicken Tropfen zu ihm hoch.

»Hast du dich verlaufen?«, fragte er.

Eleona sah ihn einen Moment verwirrt an. Dann realisierte sie, dass es schon mitten in der Nacht sein musste.

Seine hellblauen Augen sahen sie wachsam an.

»Nein.« Ihre Stimme kam ihr fremd vor. Fremd und merkwürdig matt.

»Ist etwas passiert?«, fragte er weiter, während er sie mit einer sorgfältigen Bewegung hochzog.

»Nein«, hörte sie erneut ihre Stimme. Sie hätte sich darüber aufgeregt, wie monoton und teilnahmslos sie klang. Aber da war nichts mehr in ihr drin, das sich hätte aufregen können.

Dann verschwanden sie in einem Wirbel aus Licht. Zindabor schloss eine Tür auf und es kam ihr vor, als wäre es keine drei Atemzüge her, seit sie den Felsvorsprung verlassen hatten.

»Eleona«, sagte er leise. »Ich weiß, dass Dunkelheit deine Seele umhüllt, und ich weiß, dass alles hoffnungslos scheint. Aber das ist es nicht.«

Sie lauschte seinen Worten, die fern an ihr Unterbewusstsein stießen, daran abprallten und irgendwo im Nichts verloren gingen.

»In jeder noch so dunklen Nacht verbergen sich Sterne. Du musst nur die Augen heben und nach oben sehen. Auch deine Nacht offenbart dir Sterne.« Seine verblüffend hellblauen Augen leuchteten in der Dunkelheit. »Es liegt jedoch an dir, deinen Stern zu finden.« Das Leuchten in seinen Augen wurde von einem Schatten bedeckt. »Wenn du hingegen weiter hinab in die Tiefe blickst, wirst du in der Finsternis verschwinden und eins werden mit ihr. Es liegt an dir zu entscheiden, welchen Weg du gehen willst.«

Aus den Krallen des Tieres

Obwohl sie den Herbst als sehr wirre und anstrengende Zeit in Erinnerung hatte, war das nichts im Vergleich zum Winter, der nun folgte. Zindabors Worte hatten irgendetwas in ihr wachgerüttelt. Plötzlich sah sie alles wieder klar, als hätte sie sich zuvor in einer Nebelwolke aufgehalten. Doch mit dem Erwachen kam auch der Schmerz zurück. Sie hatte ihren Stern noch immer nicht gefunden. Vermutlich war Lenidras der einzige Stern an ihrem Himmelszelt gewesen. Doch sie hatte einen Entschluss gefasst: Sie wollte diejenigen, die für den Tod ihrer Familie verantwortlich waren, zur Rechenschaft ziehen. Auch wenn sie dabei ihr eigenes Leben riskieren würde.

Langsam ließ sie die Beine über den Bettrand fallen, zog sich um, band die Haare nachlässig zu einem Pferdeschwanz zusammen und ging hinaus in den Korridor. Zögernd blieb sie am Kücheneingang stehen.

Zindabor hielt beim Schneiden der braunen, knolligen Pilze inne und sah hoch. Seine Augen waren voller Wärme und Eleona wandte den Blick davon ab. Sie schaute auf die sorgfältig geschnittenen Stücke, die auf einem Holzbrett vor ihm lagen.

»Das sind die Koreliskumbus«, erklärte Zindabor, der ihrem Blick gefolgt war, und hob ein wenig das Brett, damit sie sie besser betrachten konnte. »Schon wenig davon macht dich für ein paar Tage satt«, fuhr er fort und hängte sie auf einem Gitter über die Glut.

Als ihr Blick an ihm vorbei durchs Fenster hinaus zum Kreuz glitt, war sie überrascht, als sie eine dicke, weiße Schicht Schnee auf den Bäumen und Sträuchern im Garten sah.

»Ja, der Winter ist angebrochen«, sagte Zindabor leise. Er schob die Koreliskumbus in eine Vorratsdose und stellte sie auf ein Regal. Dann ging er hinüber zur Theke und goss Tee in zwei große Tassen.

Zindabor hatte sie nie gefragt, ob sie ihren Stern gefunden hatte. Auch später nicht. Und Eleona war ihm dankbar dafür. Ihm zu sagen, dass sie nur deshalb weiterlebte, um die Morde zu rächen, erschien ihr taktlos. Zumal er sich so viel Mühe gab, sie aus diesem Loch herauszuholen. Er nahm sie überallhin mit, brachte ihr alles bei, was er wusste; welche Pflanzen giftig waren und welche heilende Wirkungen haben konnten. Er klärte sie darüber auf, worauf man im Mandoriawald aufpassen musste, denn es gab viele alte Flüche, die schon seit Jahrhunderten an manchen Stellen wirkten. Sie wurden wie Fallen verwendet, die von Zauberern oder Elfen aus irgendeinem Grund an einem bestimmten Ort platziert worden waren. Sie lernte, wie sie solche Flüche erkennen konnte, und was sie tun musste, wenn sie doch in eine dieser Fallen tappte.

»Was ist der mächtigste Zauber?«, fragte Eleona, als sie wieder einmal einen Zauber aufgelöst hatten und weiter durch den knöchelhohen Schnee stapften.

Sie hatte sich in letzter Zeit oft den Kopf über diese neue Welt zerbrochen und dabei waren ihr tausend Fragen durch den Kopf geschwirrt. Noch so vieles war ihr ein Rätsel und schlichtweg unvorstellbar.

»Der mächtigste Zauber«, sagte Zindabor und hielt inne, »ist meines Erachtens der Schutzzauber, der um den Mandoriawald liegt.«

»Das ist der mächtigste Zauber?«, fragte Eleona, die noch in lebendiger Erinnerung hatte, wie sich dieser Schutz einfach so vor ihr und Lenidras in einem Donner aufgelöst hatte, als sie von den Morlaks angegriffen wurden.

Zindabors Augenbrauen schoben sich zusammen.

»Ja. Nun, einer der mächtigsten auf jeden Fall.« Er fuhr leise fort: »Als der Krieg vorbei war, hatten die Elfen den Schutzzauber um den Mandoriawald gelegt. Er macht es der dunklen Seite unmöglich, den Mandoriawald zu betreten.«

»Aber die Morlaks«, begann sie, »gehören doch auch zur dunklen Seite.«

»Ja.«

»Aber«, Eleona schüttelte den Kopf, »wenn der Zauber so mächtig ist, warum konnten ihn dann die Morlaks einfach so durchbrechen?«

»Es waren nicht die Morlaks, die den Zauber aufgehoben haben.« Zindabors Stimme klang rau. »Da mussten viel mächtigere Zauber mit im Spiel gewesen sein. Die Morlaks waren nur ein Teil der Waffen – ein eher nebensächlicher Teil.«

»Wieso?«, flüsterte Eleona.

»Nun«, sagte Zindabor leise und blickte nachdenklich in die Ferne. »Nicht immer zeigt man gern das eigene Gesicht.«

Verwirrt sah sie ihn an.

»Ich denke, es waren dieselben wie das letzte Mal.«

»Das letzte Mal?«, fragte Eleona und das schwere Gefühl in ihrem Magen verstärkte sich. »Der Bann wurde schon einmal gebrochen?«

»Ja. Damals, als Eldevin und Elehna getötet wurden.«

»Von wem?«, hauchte sie.

Zindabor blieb stehen. Seine Nase und seine Wangen waren von der eisigen Kälte gerötet und sein Spitzhut war von einer feinen Schicht Schnee bedeckt.

»Das ist eine gute Frage.« Er sah hoch in die Bäume. »Lenidras und ich haben uns schon damals den Kopf darüber zerbrochen. Wir vermuten, dass es jemand ist, der von der dunklen Seite kommt … Elfen würden die Morlaks nicht gehorchen. Und es ist zu abwegig zu denken, Elfen und Schirkans würden sich vereinen, um einen Pakt zu schließen, nur um den Zauberbann zu brechen.«

Eleona starrte in sein Gesicht – er hatte das Wort Schirkans benutzt, als wäre es das Natürlichste auf der Welt.

»Dann existieren sie also wirklich, die Schirkans?«, flüsterte Eleona.

»Natürlich existieren sie.«

»Dann sind es die Schirkans, die ...« Ihre zitternde Stimme brach.

Zindabor atmete schwer aus. »... die deine Familie auf dem Gewissen haben? Nun, wir, oder besser gesagt Lenidras war der Annahme, dass es König Saahrrin ist, der dich jagt.«

Eleona schluckte schwer.

»Der mich *jagt.*«

Bilder vom Schloss liefen wie ein Film vor ihrem inneren Auge ab. Sie hörte das Jubeln der Menschen auf dem mit Fackeln erhellten Platz. Sah, wie Saahrrin durch das große Tor schritt. Sah sein Gesicht, sah, wie er sich mit geschmeidigen, lautlosen Schritten bewegte, als würde er den Boden nicht berühren. Und dann sah sie den Stein – den grünen Stein an seinem Finger. Lautes Kläffen der Morlaks erfüllte ihren Kopf. Dann sah sie die Monsterhunde auf den Platz strömen, spürte starke Arme, die sie wegzogen, und sah noch ein letztes Mal den Blick von Saahrrins dunklen Augen. In ihrem Kopf begann sich alles zu drehen.

»Wieso?«, keuchte sie.

Zindabor atmete tief ein.

»Nun, das ist eine wichtige Frage, deren stimmiger Beantwortung ich hier und jetzt noch nicht ganz gerecht werden kann. Zum einen, weil ich mir bei einigen Punkten noch nicht sicher bin. Zum anderen, weil ich denke, dass der Zeitpunkt, an dem du alles erfahren sollst, noch nicht gekommen ist. Es war alles sehr viel für dich in den letzten paar Monaten. Lass dir erst mal Zeit, das zu verdauen, was du schon weißt. Sicher spielt unter anderem die Tatsache, dass du elbisches Blut hast, dabei eine wesentliche Rolle.«

»Er hatte denselben Stein«, stieß sie hervor und blickte starr geradeaus. In dem ganzen Durcheinander hatte sie das ganz vergessen.

Zindabor sah plötzlich ungewöhnlich ernst aus.

»Was hast du da gesagt?«, fragte er.

»Saahrrin. Er hatte denselben Stein.« Panik erfüllte ihr Innerstes und sie hatte das Gefühl, nicht mehr genug Luft zu bekommen. »Derselbe, den ich bekommen habe.«

»Du hast einen Stein bekommen?«, fragte Zindabor rasch, und Eleona entging nicht, dass seine Stimme jetzt einen schärferen Unterton angenommen hatte. Eleona schwirrte der Kopf.

»Ja.«

»Von wem?«

»Ich weiß es nicht.« Sie schüttelte den Kopf. »Xaira hat ihn einer Zeunerin abgenommen und irgendwie …« Ein Dröhnen in ihrem Kopf verhinderte, dass sie denken konnte. »Ich wollte den Stein unbedingt, vom ersten Moment an, als sie ihn uns das erste Mal gezeigt hatte.«

»Der Gierzauber«, flüsterte Zindabor. »Jemand hat dafür gesorgt, dass du den Stein unbedingt haben willst.«

Eleona schüttelte benommen den Kopf.

»Das war ein Zauber?«, flüsterte sie, den Tränen nahe. »Ein dummer Zauber?«

»Nun, ein sehr schlauer Schachzug«, murmelte Zindabor dumpf. »Was ist dann passiert?«, fragte er weiter.

Eleona vergrub ihr Gesicht in ihren Händen.

»Dann sind Wörter im Stein erschienen.«

Zindabors Ausdruck im Gesicht veränderte sich.

»Was stand darin geschrieben?«

»Soya«, flüsterte Eleona.

Zindabor schloss die Augen.

»Und weiter?«, fragte er, ohne sie anzusehen.

»Tochter der Macht«, flüsterte sie lautlos.

»Ist noch mehr darin erschienen?«

»Nur noch etwas.« Ihre Hände klammerten sich am Stamm fest. »Trau ihm nicht.« Zindabor hob den Kopf und sah sie eindringlich an. »Und wann wurde das geschrieben?«, fragte er.

Eleona fühlte, wie etwas in ihr aufbrach. »Kurz bevor uns die Morlaks angegriffen haben«, flüsterte sie lautlos.

»Hast du den Stein immer noch?« Seine Stimme war ruhig. Doch sie traute ihr nicht.

»Nein.« Sie fuhr sich mit den Händen über den Kopf. »Lenidras hat ihn fortgeworfen.«

Eine Weile sagte keiner etwas.

»Dann hat Saahrrin mir dic Nachrichten geschickt?«

»Tochter der Macht, hast du gesagt?« Tiefe Falten entstanden auf seiner Stirn. »Dann ist er zurück …«, murmelte er.

»Wer?«, flüsterte Eleona.

Zindabors Blick wirkte abwesend. »Ich muss ein paar Tage weg«, murmelte er mehr zu sich selbst. Seine hellblauen Augen blitzten über die Baumwipfel. »Es braut sich etwas zusammen. Das Böse ist wiedererwacht.« Ein dunkler Schleier glitt über sein Gesicht.

Eleona schüttelte verwirrt und aufgebracht zugleich den Kopf.

»Aber du sagst, der Zauberbann ist einer der mächtigsten Zauber! Wie konnte der Bann dann einfach so gebrochen werden!«

»Nun, ich fürchte, auch dem kann ich mit einer Antwort nicht ganz gerecht werden. Ich denke, dass dieser Jemand, der den Bann überwunden hat, die schwärzeste der schwarzen Magie benutzt haben muss.«

»Schwarze Magie?«

»Das ist die dunkle Seite der Magie.« Zindabor atmete tief und lange aus. »Sie ist sehr gefährlich – und sehr mächtig … Und diese Tatsache verleitet manchmal einen verzweifelten oder nach Macht strebenden Magier dazu, sie zu benutzen.«

»Wie funktioniert sie?«, flüsterte Eleona.

Zindabor schaute besorgt auf.

»Es gibt verschieden Formen der schwarzen Magie. Eine davon ist der *Op'elgin*, das heißt übersetzt Diebstahl. Du entziehst mit dem Zauber deinem Opfer seine Kraft. Ein schwarzer Magier hat Sklaven, denen er regelmäßig Kraft entzieht, um sich selbst in kurzen Abständen zu stärken. Er ritzt ihre Haut an, legt seine Hand darauf und entzieht ihnen mit dem Zauber so viel Kraft, bis er selbst genug hat.« Zindabor hielt inne und hob die Augenbrauen. »So kann man jedoch auch mit Leichtigkeit jemanden töten. Sobald du einmal beginnst, jemandem Kraft zu entziehen, kann sich derjenige nicht mehr wehren. Er ist von dem Zeitpunkt an, wo du die Hand auf seine Wunde presst und den Zauber walten lässt, bewegungsunfähig und du kannst ihm so viel Kraft entziehen, wie du willst. Es ist eine grauenvolle und hinterlistige Art, jemanden so umzubringen. Doch die schwarzen Magier sind grundsätzlich nicht darauf aus, jemanden mit dem *Op'elgin* zu töten. Der Tote ist für sie nutzlos. Sie suchen sich oft sehr starke Wesen als Sklaven aus, um sich zu stärken. Die Schirkans zum Beispiel praktizieren schwarze Magie. Deswegen sind sie so mächtig. Ein Schirkan, der keine schwarze Magie gebraucht, ist einem Elfen mehr oder weniger ebenbürtig.«

Eleona schauderte. Die Vorstellung, jemanden auf diese Art zu benutzen, war schrecklich.

Sie traten auf eine kleine Lichtung, auf welcher der Schnee in der Sonne glitzerte.

»Dann sind sie also böse, die Schirkans?« Sie verstand immer noch nicht, weshalb die Schirkans aus dem Geschichtsbuch gelöscht wurden, obwohl die Menschen dank ihnen den Krieg gewonnen hatten.

»Böse«, murmelte Zindabor in Gedanken versunken. »Was ist böse?« Er fuhr sich über den langen Bart und blickte nachdenklich zum Gayenorgebirge hinüber. »Licht und Dunkelheit haben schon seit Urzeiten zusammengehört. Sie sind gegensätzlich, ergänzend, und doch sind sie im Kern eins.« Zindabor lächelte schwach. »Was wäre der Tag ohne die Nacht? Die Nacht ohne jeglichen Stern? Die Sterne ohne Dunkelheit? Die Sonne ohne Schatten? Wenn etwas dunkel ist, bedeutet es nicht unbedingt, dass es schlecht oder böse ist. Schatten muss nicht zwingend kalt und die Nacht nicht bedrohlich sein. Ein schattiges Plätzchen an der prallen Sonne kann einen auch davor bewahren, einen Hitzschlag zu bekommen, und die Nacht verspricht Ruhe und Erholung von einem langen Tag.

Zudem leben viele Tiere in der Nacht, da sie die Sonne nicht ertragen können.« Er sah sie liebevoll an. »Du stimmst mir sicher zu, dass das Licht auch unangenehm, die Sonne zu heiß und die Helligkeit störend wirken kann? Alles im Gleichgewicht jedoch bedeutet, dass es für jeden seinen Platz gibt und jedem die Luft zum Atmen bleibt.«

Eleona lauschte seinen Worten, während sie einen schmalen Pfad zwischen schneebedeckten Tannen entlanggingen, und dachte eine Weile darüber nach.

»Aber wenn die Schirkans die schwarze Magie benutzen«, begann Eleona leise. »Wieso tun es die Elfen nicht, wenn es sie doch stärker machen würde?«

»Die schwarze Magie hat nicht ohne Grund diesen Namen. Sich selbst mit der Kraft eines anderen zu stärken, ist für viele ein Verbrechen.«

»Und die Schirkans sehen das anders?«

»Es sind ganz andere Wesen. Sie betrachten es aus einem ganz anderen Blickwinkel.«

»Aber wenn diejenigen einverstanden sind, welchen Kraft entzogen wird – für ihr Volk, um einen Krieg zu gewinnen und das Böse zu besiegen –, dann wäre es doch auch für die Elfen in Ordnung. Oder nicht?«

»Die Elfen würden sich niemals die Hände mit einem dunklen Zauber schmutzig machen«, sagte Zindabor. Er hob ein paar Zweige beiseite und Eleona trat hindurch. »Eigentlich hätte die schwarze Magie in Vergessenheit geraten sollen. Doch zumindest der *Op'elgin* wird noch regelmäßig bei den Schirkans angewendet.«

Eleona sah ihn stirnrunzelnd an.

»Vor Hunderten von Jahren wurde die schwarze Magie verboten und geriet mehr und mehr in Vergessenheit. Heute wissen viele nicht einmal mehr, dass es sie gibt. Und das ist auch gut so«, fuhr Zindabor fort.

Dann schwieg er einen Moment.

»Ich kann deinen Gedanken, diese Magie ein einziges Mal zu gebrauchen, um damit etwas Gutes zu bewirken, verstehen. Aber dabei würde es nicht bleiben. In vielen schlummert das Verlangen nach Macht. Und wenn sie einmal davon gekostet haben, können sie oft dem Drang nicht widerstehen. Es ist wie ein Hunger, den sie nie mehr stillen können.«

Sie bogen in einen schmalen Pfad ein und seine Stimme fuhr leise fort, während sie neben vereisten Bäumen entlanggingen.

»Es gab einmal einen mächtigen Magier, Jarell Pytheko hieß er, ein Schirkan. Er kam hinter das Geheimnis der schwarzen Magie und verfasste ein Buch, in dem er alles, was er wusste und aus alten Schriften gelernt hatte, niederschrieb. Phylenos wird es genannt. In diesem Buch werden die schlimmsten und gefährlichsten dunklen Zauber beschrieben, die Macht der schwarzen Magie, und so zum Beispiel auch die Anwendung des *Op'elgin*. Sekretas, ebenfalls ein dunkler Magier und mächtiger Zauberer, ist der Phylenos vor einigen Jahrzehnten in die Hände gefallen. Keine Ahnung, wie er in seinen Besitz gekommen ist.« Zindabors Gesicht wirkte auf einmal fahl. »Er wurde immer mächtiger und sein Hunger nach Macht konnte nicht mehr gestillt werden. Niemand konnte ihn mehr besiegen. Sogar die Schirkans fürchteten ihn. Sie schlossen sich ihm zum Teil an. Ob aus Angst oder Faszination, ist umstritten. Er hat jedoch mit Sicherheit auch einige dazu gezwungen. Mit der Zeit hat er angefangen, seine eigenen Kreaturen zu erschaffen, weil ihm die Wesen aus Fleisch und Blut immer mehr verloren gingen.« Etwas Dunkles überschattete den Glanz von Zindabors klaren, hellblauen Augen. »Es geschahen schreckliche Dinge. Viele Morde; Leute verschwanden. Eine düstere Zeit brach an. Seit einigen Jahren jedoch ist er spurlos verschwunden. Niemand weiß, was geschehen ist oder wo er ist. Ob er überhaupt noch lebt.«

Eleona fröstelte.

»Und die Schirkans können dem Drang nach immer mehr Macht widerstehen?«

»Die Schirkans besitzen ihre eigenen Regeln, um die Anwendung schwarzer Magie kontrollieren zu können.«

Eleona sah ihn einen Moment lang verständnislos an. Dann traf sie der Sinn seiner Worte wie ein Schlag und sie fühlte, wie ihr die Luft entwich.

»Was ist mit anderen Zaubern?«, flüsterte sie immer noch atemlos. Seit geraumer Zeit beschäftigte sie ein Gedanke mehr als alles andere und sie wurde ihn nicht mehr los: »Wie zum Beispiel, Tote wieder zum Leben zu erwecken?« Ihre flüsternde Stimme brach.

»Nein. Den gibt es nicht. Kein Zauber kann so mächtig sein.«

»Ich meine«, fuhr Eleona fort und wich seinem Blick aus, »auch nicht, wenn sie eben erst gestorben sind?«

Zindabors hellblaue Augen leuchteten im klaren Weiß des Schnees um ihn herum.

»Nein. Doch selbst wenn es diesen Zauber geben würde, so bin ich mir nicht sicher, ob es im Willen der Verstorbenen geschähe. Niemand ist je vom Tod wieder zurückgekehrt. Daher kann man auch nicht sagen, wohin sich die Seelen nach dem Tod begeben. Vielleicht möchten sie gar nicht zurückkehren.« Er blickte auf etwas weiter vorne.

»Ah«, sagte er und deutete in die Höhe. »Ein Helikus.«

Aus irgendeinem Grund hatten sie noch kein einziges Tier bei ihren täglichen Spaziergängen gesehen, obwohl ihr Zindabor oft erzählte, wie viele Lebewesen es im Mandoriawald gab.

»Siehst du die blauen Streifen auf seiner Brust? Den Helikus sieht man nur sehr selten.«

Doch obwohl Eleona versuchte, sich so lautlos wie nur möglich zu bewegen, flog er sogleich weg, als seine Augen sie erblickten.

So kam es, dass Zindabor sie über die Tierwelt nur theoretisch unterrichtete und sie lernte – ebenfalls theoretisch –, welche Tricks sie bei welchen Tieren anwenden konnte, um ungeschoren an ihnen vorbeizukommen, ohne sie verzaubern zu müssen. Oder welches die Gegenmittel waren, wenn man zum Beispiel von einer Schlange gebissen wurde.

»Das gefährlichste und mächtigste Tier hier im Mandoriawald ist jedoch der schwarze Wolf«, sagte Zindabor.

»Der schwarze Wolf?« Erstaunt sah sie hoch.

»Normalerweise kommen sie nicht in die Nähe der Menschen, und von Elfen schon gar nicht. Sie leben tief verborgen im Mandoriawald. Sollte aber ein schwarzer Wolf Jagd auf dich machen, so gibt es kein Entrinnen und dein Tod ist gewiss.«

»Wieso ist er so gefährlich?«

»Der schwarze Wolf unterscheidet sich von der Größe her nicht sonderlich vom gewöhnlichen Wolf. Er soll nur um wenige Handbreit größer werden. Genaue Beschreibungen gibt es jedoch nicht darüber.« Zindabor runzelte die Stirn. »Was den schwarzen Wolf jedoch so gefährlich macht, gefährlicher als die größte Bestie, ist seine außergewöhnliche Intelligenz. Berichten zufolge soll sie die der Drachen deutlich in den Schatten stellen.« Er lächelte beim Anblick von Eleonas verblüfftem Gesicht. Sie hatte die Erzählungen Zindabors noch gut in Erinnerung. Im Inneren des Mandoriawaldes, weit im Westen, soll es Drachen geben. Ihre Intelligenz soll die eines Menschen oder Elfen sogar übertreffen.

»Bist du schon einmal einem schwarzen Wolf begegnet?«, fragte Eleona, die jetzt gespannt an seinem Gesicht klebte.

»Nein.« Wieder huschte der Anflug eines Lächelns über sein Gesicht. »Nein. Einen schwarzen Wolf bekommt man nicht einfach so zu Gesicht.«

Ohne dem noch etwas hinzuzufügen, ging er weiter.

»Und der gefährlichste Zauber?«, fragte Eleona und eilte ihm hinterher.

Zindabor blieb stehen und sah ihr nachdenklich ins Gesicht.

»Der gefährlichste Zauber. Nun, ich fürchte, da sind wir bei einem schwierigen Thema angelangt.«

Die Dämmerung hatte eingesetzt. Zindabor hatte sie gelehrt, wie man sich im Mandoriawald orientieren konnte, und ließ sie jetzt vorausgehen. »Ich denke«, fuhr Zindabor zögernd fort, »dass sich bei diesem Punkt viele uneins wären. Doch meiner Ansicht nach ist der Zauber der magischen Fesseln der gefährlichste Zauber. Er ist der simpelste, doch der effektivste Zauber. Ist man einmal in dessen Gefangenschaft, kann man sich nicht mehr davon befreien. Die magischen Fesseln gelten als unüberwindbar. Niemandem ist es je gelungen, sich aus ihnen zu befreien. Alle sollen bisher darin den Tod gefunden haben.«

»Sie töten einen?«, hauchte Eleona.

Sie konnte sich noch an die magischen Fesseln erinnern, die im Geschichtsunterricht vorgekommen waren. Ein Kapitel, das Professor Brandt nebenbei hatte einfließen lassen.

»Nein. Doch man kommt nicht mehr davon los. Sie halten einen fest und man kann sich nicht mehr befreien. Daher kann man nur allzu leicht darin getötet werden.«

Sie verließen schon bald den Wald und betraten den Weg, der zum kleinen Haus führte. Das schimmernde Kreuz leuchtete aus der dicken Schneedecke heraus und endlich fühlte Eleona sich dazu bereit, den Gedanken, den sie ganz weit von sich weggeschoben hatte, wieder aufzunehmen.

»Du hast ein L auf das Kreuz von Lenidras geschrieben«, flüstert Eleona. »Und ich habe gehört, wie du am Tag, als Lenidras starb, ihn anders genannt hast.« Vorsichtig sah sie auf. »Du hast ihn Laendor genannt.«

Zindabor blieb stehen und das sorglose Gesicht wirkte auf einmal gepeinigt.

»Hast du deshalb nicht den ganzen Namen auf das Kreuz geschrieben, weil Lenidras nicht sein richtiger Name war?«, flüsterte sie lautlos.

Zindabor ließ den Blick zum Kreuz schweifen. Dann nickte er.

»Ja.«

Obwohl ihr das Wort wie ein Messer in den Magen stach, war sie froh, dass er ihr die Wahrheit sagte.

»Am Tag seines Todes«, begann er, »ist mir etwas herausgerutscht, das ich dir zu diesem Zeitpunkt eigentlich nicht auch noch zumuten wollte. Deswegen hielt ich es auch nicht für angebracht,

Laendor auf das Kreuz zu schreiben, obwohl das sein ursprünglicher Name war. Jedoch Lenidras auf das Kreuz zu schreiben, wäre mir ebenso falsch vorgekommen.« Sie blieben vor dem Kreuz stehen. »So habe ich mich für ein schlichtes L entschieden, das beide Namen einschließt, die ihn eine Zeit lang begleitet haben.« Er hob den Blick. »Er hat seinen richtigen Namen ablegen müssen, als er zu den Menschen ging. Laendor ist ein elbischer Name. Man hätte sofort gewusst, dass er nicht von Arohby kommen kann.«

Eleona schaute auf den Boden vor ihren Füßen. Zu wissen, dass er ihretwegen seine Herkunft hatte verleugnen und eine ganz neue Existenz aufbauen müssen, schmerzte sie noch mehr als das Gefühl, ihn gar nie richtig gekannt zu haben.

»Die Namen der Elfen haben immer eine Bedeutung und werden oft aus zwei oder mehr Begriffen zusammengesetzt«, erklärte Zindabor weiter. »Laendor zum Beispiel setzt sich aus Laer, was in der elbischen Sprache …«

»Sommer bedeutet«, beendete Eleona flüsternd den Satz. Obwohl sie die Sprache nicht kannte, hatte sie unerklärlicherweise gerade gewusst, was es bedeutete. »Woher weiß ich das?«, hauchte sie überrascht.

In Zindabors Gesicht erschien ein Lächeln.

»Einer der wertvollen Schätze, die du anscheinend vererbt bekommen hast.«

»Aber wie kann ich eine Sprache verstehen, die ich zuvor noch nie gehört habe?«

»Das«, sagte Zindabor und schaute sie über seine ovalen Brillengläser hinweg an, »ist mir auch ein Rätsel. Ich bin sehr lange mit Laendor befreundet gewesen und kann mir immer noch nicht alles erklären. Es … ist einfach so.« Er lächelte. »Jedenfalls«, murmelte er, »setzt sich wie gesagt Laendor aus Laer und aus Elandor zusammen, was, wie du ja weißt, Blume bedeutet.«

Etwas Schweres regte sich in ihrem Inneren, als sie die Bedeutung seines Namens verstand.

»Sommerblüte.« Mit aller Kraft fixierte sie das Kreuz.

»Was ist mein richtiger Name?«, hauchte sie.

Es dauerte eine Weile, bis Zindabor den Kopf hob. Dann atmete er lange und schwer aus.

»Dein ursprünglicher Name ist *Soya*.«

Eleona fühlte, wie alles in ihr kalt wurde. Und plötzlich traten Bilder eines schon fast vergessenen Traums in ihr hoch: Ein Fels, der auf Lenidras herabfällt und ihn unter seiner Last erdrückt. Und obwohl seine Stimme aus dem Traum nur schwach und wie aus ferner Erinnerung zu ihr drang – *»Wieso hast du mir nicht die Wahrheit gesagt … wieso hast du es mir nicht gesagt …«* –, erdrückte sie die Erinnerung beinahe. Wie Zindabor gesagt hat, hatte sie den grünen Stein nur gewollt, weil ein Zauber auf ihm gelegen war. Doch wenn Soya, ihr eigentlicher Name, schon so kurz nach ihrer Geburt durch Eleona ersetzt wurde, wie konnte derjenige, der ihr den Stein hatte zukommen lassen, wissen, wie ihr ursprünglicher Name war? Wie hatte er sie überhaupt gefunden?

»Soya hat ebenfalls eine Bedeutung«, hörte sie ihn weitersprechen. »Es setzt sich aus *soahin*, Sorgenlied, und *shasanya* zusammen, was Sonnengrüßerin bedeutet«, sagte Zindabor sanft. »Deine Mutter … hat dir diesen Namen gegeben. Sorgenlied daher, weil du mit einer schweren Last zur Welt kommen musstest, und Sonnengrüßerin, weil du für sie ihre eigene kleine Sonne warst. Du hast ihr alles bedeutet. Mit dir hat ihr Herz wieder begonnen zu leben, obwohl alles zu dieser Zeit dunkel um sie war. Wenn sie dich in ihren Armen hielt, waren aller Schmerz und alle Sorge wie weggewischt.«

Seine Augen glänzten.

»Ich wage zu behaupten, dass sie keine gewöhnliche Elfe gewesen war«, sagte Zindabor leise und seine Stimme wurde zärtlicher. »Nein. Sie war einzigartig und auf eine Art den Menschen viel ähnlicher als dem Elfenvolk. Ihr Weitblick und ihre Offenheit erstaunten mich immer wieder aufs Neue.« Seine Stirn legte sich in Falten. »Da wir nach ihrem Tod nicht wussten, wer wirklich dahintersteckt, war es uns zu unsicher, zum Schloss zurückzukehren. Laendor beschloss, dich bei den Menschen aufzuziehen, und legte seine Identität ab, indem er eine andere annahm. Auch dein Name war zu unsicher. Wir konnten die Möglichkeit nicht ausschließen, dass das Wissen über deine Existenz und deinen Namen schon durchgesickert war. Also musste er auch dir einen neuen Namen geben. Er wollte, dass er so ähnlich wie möglich wie Elehna und Eldevin klingt. Damit wollte er einen Teil von ihnen mit dir zu den Menschen nehmen.«

Eleona wandte den Blick ab und schaute zu den schneebedeckten Tannen, die sich am Horizont wie Fingerhüte erhoben.

»Wenn du möchtest, werde ich ihn weiterhin Lenidras nennen«, hörte sie seine sanfte Stimme.

»Nein«, brachte Eleona mühsam hervor. »Er hat das Recht auf seinen richtigen Namen.«

Zindabor nickte.

»Und was ist mit deinem Namen? Du hast ihn schon so lange getragen. Es wäre nur verständlich, wenn du ihn auch weiterhin benützen möchtest.«

»Nein«, flüsterte Eleona abermals und schüttelte den Kopf. »Meine Mutter hat diesen Namen für mich ausgesucht.« Das Medaillon und der Name waren das Einzige, das sie von ihr hatte.

Obwohl die Sonne schon untergegangen war, wirkte es durch den vielen Schnee um sie herum immer noch hell.

»Etwas anderes scheint mir außerdem noch wichtig, dir zu sagen. Eine von Laendors größten Sorgen war, dass du nach seinem Tod wütend auf ihn sein könntest.« Zindabor schwieg und Soya sah ihn überrascht an. »Er hat geglaubt, du würdest es nicht verstehen, wieso er das alles vor dir verschwiegen hat.«

Soya blinzelte über den Rand des hellen Kreuzes hinweg.

»Nun«, fuhr Zindabor vorsichtig fort, »Folgendes solltest du wissen: Laendor hat es für sich behalten, um dich zu schützen. Wir waren uns beide einig, dass es unklug gewesen wäre, es dir schon als Kind zu sagen. All die unbeschwerten Jahre, die du als Kind genießen durftest, haben dich und deine Seele gestärkt.« Er fuhr sich nachdenklich über den Bart. »Du wärst zudem unglaublich schnell zu finden gewesen, wenn du Magie benutzt hättest.«

»Ja«, krächzte Soya mit heiserer Stimme.

Die Schuldgefühle brannten in ihrer Brust. Sie alle hatten ihr Leben aufgegeben, um das ihre zu schützen. Und sie hatte dieses Opfer mit ihren Füßen getreten.

Taoko

Die vielen frischen Blätter leuchteten in der untergehenden Frühjahrsabendsonne. Soya überquerte die moosbewachsene Lichtung. Bald musste sie an der Stelle sein, von der ihr Zindabor erzählt hatte; der Wasserfall konnte nicht mehr weit entfernt sein. Soya schob das dichte Blätterdach am Ende der Lichtung beiseite und spähte durch ein Meer aus klaren, hellgrünen Blättern. Und dann sah sie ihn, den kleinen Wasserfall, wie er über einen Felsen plätscherte und in einen kleinen, türkisfarbenen See stürzte. Fast unwirklich kam er ihr vor, wie er so Helltürkis aus dem hellen Grün des Waldes herausstach.

Die Zeit war vergangen, wenn auch mühsam und anstrengend. Der Schnee war geschmolzen und der Frühling hatte seinen Platz eingenommen.

Viele Leute in Bakul fanden, der Frühling hätte etwas Leichtes, etwas Befreiendes an sich. Doch jetzt, da der Frühling da war, regte sich Soya über dessen Schönheit auf; als hätte er nicht das Recht dazu, sich in seiner vollen Pracht zu präsentieren, wenn die Tage dunkler Trostlosigkeit hätten dominieren sollen. Laendor war gestorben und nichts hatte das Recht dazu, es zu verleugnen.

Doch die Welt hatte es bereits vergessen.

Soya stieg über eine große Wurzel, schlängelte zwischen den herunterhängenden Lianen hindurch und wollte gerade auf der anderen Seite wieder hinunterspringen, als sie plötzlich jäh innehielt.

Mit heftig trommelndem Herzen blickte sie auf etwas Schwarzes, das reglos vor ihr am Boden lag.

Sie klammerte sich mit aller Kraft am Stamm fest und blickte auf einen schwarzen Wolf hinab.

Er war größer als ein normaler Wolf. Muskulöser und tiefschwarz. Seine dunklen Augen glitzerten zu ihr herüber, dann zog er die Lefzen langsam hoch und offenbarte die Sicht auf blendend weiße, dolchartige Zähne. Ein leises, schauerliches Knurren drang tief aus seiner Kehle.

Etwas in ihr befahl ihr wegzulaufen. Doch ihre Beine blieben wie angewurzelt stehen. Wie gelähmt vor Schreck starrte sie auf den schwarzen Wolf hinab. Obwohl ihr sein Anblick eine Gänsehaut über den Körper jagte, war er das Schönste, was sie je in ihrem Leben gesehen hatte. Sein glänzendes Fell wirkte wie schimmernde Seide.

Dann sah sie plötzlich eine tiefe, klaffende Wunde an seinem rechten Bein. Dunkles Blut quoll heraus. Sie hätte in diesem Moment froh sein sollen – froh darüber, dass er wohl zu verletzt war, um sie anzugreifen –, doch der Schmerz, den sie beim Anblick der Wunde empfand, war um ein Vielfaches größer.

Sie ließ den Stamm los und rutschte von der Wurzel. Langsam und geduckt ging sie auf den Wolf zu. Sein Knurren wurde lauter und seine Haare am Nacken richteten sich bedrohlich auf.

Soya blieb in einigem Abstand von ihm stehen. Das Knurren vermischte sich mit einem leisen Wimmern und Soya sah, wie das Bein des Wolfs zu zittern begann. Ohne zu überlegen, trat sie noch die wenigen Schritte zu ihm vor und bevor er begriff, was sie da tat, legte sie ihre Hände über die Wunde und sprach leise flüsternd Worte, die ihr Zindabor erst wenige Tage zuvor beigebracht hatte:

»Nerrheviur warwyn tewel.«

Außer ihrem hämmernden Herzen und seinem bedrohlichen Knurren nahm sie nichts mehr um sich herum wahr. Helles Licht erstrahlte zwischen ihren Händen, und obwohl das Knurren nicht aufhörte, empfand sie nur Erleichterung – der Heilzauber funktionierte, der Wolf würde wieder gesund werden.

Die Wunde hörte auf zu bluten und schloss sich. Dann sandte sie etwas von ihrer Kraft zu dem Wolf hinüber, und als sie seine Persönlichkeit mit ihrem Geist erspürte, erschrak sie, wie schwach er war. Sie sandte noch mehr von ihrer Kraft aus, bis sie merkte, dass er wieder stärker wurde und dass er es schaffen würde, wieder gesund zu werden. Dann stolperte sie zurück zu der großen Wurzel und lehnte sich dagegen.

Seine dunklen Augen fixierten sie aufmerksam und während sie wahrnahm, wie sich ihr Herzschlag beruhigte, wusste sie, dass er sie ebenso gerettet hatte wie sie ihn – das erste Mal seit Laendors Tod verspürte sie so etwas wie ein warmes Gefühl von Freude. Es fühlte sich echt an, als würde sie wirklich leben.

Der Wolf neigte seinen Kopf und beschnupperte die Stelle, an der sich zuvor noch die Wunde befunden hatte. Dann richtete er erneut seine dunklen Augen auf sie. Soya blieb ganz still sitzen und beobachtete, wie sich sein Oberkörper in regelmäßigen Abständen hob und senkte.

Eine kühle Brise wehte über die kleine Lichtung, und plötzlich hatte sie ein eigenartiges Gefühl im Nacken, das sie aufhorchen ließ. ›Nein‹, dachte Soya, ›es ist Irrsinn zu glauben, ein Tier kann sich in die Nähe eines schwarzen Wolfs wagen.‹ Doch fast sofort fuhr sie erneut hoch.

›War da nicht ein Geräusch?‹

Dann sah sie, dass auch der schwarze Wolf seine Augen auf einen Punkt hinter ihr richtete. Seine Nackenhaare begannen sich zu sträuben und ein tiefes Knurren drang aus seiner Kehle. Und dann begriff sie – und der Schreck erfasste sie mit eisigem Griff. Was immer es auch für ein Wesen war, es war stark und mächtig genug gewesen, um den schwarzen Wolf zu verwunden – und es kam zurück!

Soya rappelte sich hoch und stolperte auf das Geräusch zu, und als sie es erblickte – ein Ungetüm groß wie ein Bär, mit stachelartigen Fortsätzen auf dem Rücken und mit säbelartigen Schneidezähnen –, blieb sie jäh erstarrt stehen.

Die Äste unter seinen riesigen Pranken knackten, während es auf sie zustürmte, und die gelben Augen, die starr auf sie gerichtet waren, flackerten wild. Soya warf einen letzten Blick zurück, ließ ihre Augen auf dem glänzenden, tiefschwarzen Fell des Wolfs ruhen, sah noch einmal in seine glimmenden, dunklen Augen, dann wandte sie sich wieder dem monströsen Bärdrachen zu. Noch nie war ihr eine Entscheidung so leichtgefallen. Wie eine Mutter, die ihr Kind verteidigt, stellte sie sich zwischen den Wolf und das Ungetüm. Der Boden erbebte und ein widerlicher Geruch von faulen Eiern erfüllte die Luft. Dann, als das Tier nur noch wenige Meter von ihr entfernt war, riss Soya die Arme in die Luft. Funken aus grünem Licht schossen hervor und Worte drangen aus ihrem Mund, die sie noch nie gehört hatte. Ein leichtes Vibrieren erfüllte die Luft, die Bestie riss jäh die gelben Augen auf, erstarrte an Ort und Stelle und der massige Körper krachte auf den Boden.

Die Hand immer noch erhoben, taumelte Soya zurück, stieß gegen einen Ast und sank in die Knie. Angestrengt blickte sie auf den massigen Körper, der nur wenige Meter vor ihr entfernt auf dem Boden lag. Dann verschwamm alles vor ihren Augen.

In ihrem Kopf drehte sich alles. Soya lag merkwürdig verrenkt auf feuchtem Moos. Licht glitzerte durch das dichte Blätterdach und sie versuchte sich zu erinnern, was sie hier tat.

Ein fürchterlicher Geruch nach faulen Eiern drang ihr in die Nase und die Erinnerung kehrte schlagartig zurück. Das Ungetüm lag immer noch am Boden und neben sich sah sie den schwarzen Wolf. Er lag reglos da und sah sie an. Sein Kopf war nur eine Armlänge von ihr entfernt.

Obwohl er ihr so nah war, fühlte sie keine Angst. Und während sie ihren Blick auf ihm ruhen ließ und ein freudiges Kribbeln ihr Zwerchfell erfüllte, fiel ihr wieder ein, was sie getan hatte: Sie hatte einen Zauber benutzt, den ihr Zindabor nicht beigebracht hatte.

»Du hast das auch gespürt, nicht wahr?«, flüsterte Soya lautlos.

Die dunklen Augen des Wolfs musterten sie aufmerksam.

»Du hast gewusst, dass ich dir helfe, nicht wahr? Deshalb hast du mich nicht angegriffen.« Und das erste Mal seit einer Ewigkeit fühlte sie, wie ihre Lippen ein Lächeln formten.

Die Zeit schien wie eingefroren, das Glück war ihrem Herz noch nie so nah. Doch dann hörte sie von weiter Ferne ein Heulen – sein Wolfsrudel suchte nach ihm.

Soya richtete sich auf. Sie wollte nicht gehen. Nicht jetzt.

Das Heulen wurde lauter.

Widerwillig riss sie sich von seinen dunklen Knopfaugen los, ließ den Blick noch ein letztes Mal über sein prächtiges Antlitz schweifen, dann kletterte sie über die große Wurzel und rannte, so schnell sie konnte, zurück. Erst als sie Zindabor vor dem Haus stehen sah, verlangsamte sie ihre Schritte.

Auf der Veranda verließen sie ihre Kräfte und sie sank erschöpft, aber glücklich auf den Stuhl neben ihm. Mit immer noch einem Lächeln im Gesicht sah sie ihn an.

»Was ist passiert?«, fragte Zindabor.

Die Worte sprudelten nur noch so aus ihr heraus. Erst als sie fertig war, sah sie auf. Zindabors Stirn war gefurcht. Er lehnte sich in seinem Stuhl zurück, dann zog er ein paarmal an seiner Pfeife.

»Du hast da etwas getan, das sehr mutig und zugleich sehr gefährlich war«, sagte Zindabor und fuhr sich über den schneeweißen Bart. »Es gegen ein, wie ich annehme, Körhjok aufzunehmen, und dies«, er hob die Hand, weil sie etwas erwidern wollte, »obwohl du noch fast keine Erfahrung hast, war sehr gefährlich.« Zindabor runzelte die Stirn, dann fuhr er nachdenklich fort: »Und gerade *dies* ist sehr merkwürdig: Wie du Dinge in Kraft bringen konntest, die du zuvor weder gehört noch gesehen hast, geschweige denn, dass sie dir beigebracht worden wären.«

Zindabors Blick streifte ihre Augen, dann sah er hinüber zur Sonne, die jetzt hinter den höchsten Baumwipfeln verschwand.

Sein Blick verschleierte sich und seine Stirn begann sich abermals zu kräuseln.

»Um solch mächtige Zauber ausführen zu können, bräuchte es jahrelange Übung.«

Er nahm erneut einen Zug von seiner Tabakspfeife.

»Kannst du dich noch daran erinnern, was du gesagt hast? Was waren es für Worte, die du benutzt hast?«

»Ich – weiß nicht.« Soya schüttelte den Kopf.

Zindabors Augenbrauen schoben sich zusammen. »Versuch dich daran zu erinnern. Schließ die Augen und stell dir vor, der Körhjok würde noch einmal auf dich zukommen. Versuch dir diese Worte zu merken und schreibe sie dann …«, er holte ein Pergament und eine Feder hervor und legte beides auf den Tisch »hier drauf.«

Soya fühlte die Feder in ihrer Hand, schloss die Augen und versuchte sich die Situation im Wald noch einmal vorzustellen; wie sie den Körhjok auf sich zukommen sah; wie sie wusste, dass er sie beide töten würde, wenn sie nichts unternehmen würde. Sie versuchte, das Gefühl wieder wachzurufen, das dort allgegenwärtig gewesen war; die Angst, das Entsetzen; die Wut, darüber, dass er dem schwarzen Wolf etwas tun wollte; und da hörte sie plötzlich die Worte abermals ganz leise. Soya tastete mit geschlossenen Augen nach dem Pergament und begann zu schreiben:

Oloth jiv'elgg

Wieder strich ein Lächeln über ihr Gesicht. Dann öffnete sie die Augen und das Lächeln gefror ihr auf den Lippen.

»Was«, presste sie hervor.

Bevor Zindabor den Blick hatte abwenden können, hatte sie etwas in seinen Augen gesehen – war es Angst gewesen? Entsetzen?

»Was ist damit?«, stieß sie hervor.

»Nun«, sagte Zindabor leise und schloss für einen kurzen Moment die Augen. Mit seiner Stimme schien irgendetwas nicht in

Ordnung zu sein. Er nahm das Pergament vom Tisch und steckte es in seinen Umhang, dann legte er sorgfältig seine Feder in die Holzschachtel zurück. »Ich kann nicht leugnen, dass es mich … ein wenig überrascht. Wie gesagt, es war sehr wagemutig von dir, einen Zauber zu benutzen, den du nicht kennst – oder von dem du zumindest nicht weißt, was er bedeutet oder verursacht.«

»Aber ich wusste es in dem Moment einfach!«, brach es aus ihr hervor. »Ich wusste es und ich war mir sicher, dass es richtig ist!«

»Nun«, begann Zindabor aufs Neue und Soya glaubte abermals, diesen merkwürdigen Unterton in seiner Stimme zu bemerken. »Dieser Zauber hat dich beinahe dein Leben gekostet.« Er hielt inne. »Er hat dir so viel Kraft geraubt, dass es dich beinahe erschöpft hat. Und mit erschöpft meine ich den endgültigen Erschöpfungszustand. Den Tod im eigentlichen Sinn.« Er hob den Kopf, sah sie jedoch immer noch nicht an. »Du darfst keine Magie benutzen, wenn du dir über ihre Wirkung und Macht nicht im Klaren bist. Wenn ein Zauber mehr Kraft benötigt, als du besitzt, wird er dir sämtliche Energie entziehen. Das hat schon vielen überheblichen Elfen und Zauberern vor dir das Leben gekostet. Je mehr oder je mächtiger deine Feinde sind, umso mehr Kraft brauchst du für einen Zauber. Wie auch ein Zauber mehr Kraft von dir benötigt, wenn du statt einen Feind zehn oder zwanzig töten oder große Distanzen überwinden musst. Ein Kaninchen kannst du sehr leicht mit demselben Zauber töten, wie du es bei dem Körhjok getan hast, und es würde dich fast keine Kraft kosten. Der Zauber für den Körhjok jedoch hat so viel von deiner Kraft verbraucht, dass du das Bewusstsein verloren hast.«

»Wie kann ich wissen, wie viel Kraft mich ein Zauber kostet?«

»Du musst lernen, ein Gespür für deinen Körper zu entwickeln. Es ist keinesfalls leicht und selbst ein noch so erfahrener Zauberer kann sich irren. Man fängt in der Zauberei wie überall beim Kleinen an. Man lernt abzuwägen, wie viel Kraft man für den einen oder anderen Zauber benötigt. Und je mehr Erfahrung und Wissen man hat, an desto größere und mächtigere Zauber darf man sich wagen. Es ist ein andauerndes Lernen, Soya. Gib dich nie der Illusion hin, du hättest jemals ausgelernt.«

»Was also …«, setzte Soya an, »was bedeuten diese Worte?« Und während sie in sein Gesicht schaute, in die Tiefe seiner stahlblauen Augen, verstärkte sich das ungute Gefühl in ihr, dass damit etwas nicht stimmte.

Zindabor neigte den Blick.

»Es ist ein Todesschlag«, erklärte er leise und mit angespannter Miene. »Ein äußerst schwerer und komplexer Zauber. Nicht viele können ihn benutzen. Und nur sehr wenige begreifen dessen Kunst; haben überhaupt das Wissen und die Macht dazu, diesen mächtigen Zauber auszuführen, geschweige denn, ihn so zu benutzen, dass er seine Wirkung vollbringt.«

Soya blieb reglos auf dem Stuhl sitzen. So wie er es sagte, hörte es sich so an, als hätte sie ein Verbrechen begangen. Sie hatte sich und den schwarzen Wolf retten können; da war es doch schlussendlich egal, *was* sie gesagt hatte.

»Benutze nie wieder einen Zauber, der dir nicht von jemandem beigebracht wurde, und von dem du nicht weißt, was er bedeutet und was er für Folgen haben kann. Irgendwelchen Worten zu folgen, die einfach so in deinem Kopf erscheinen und die du nicht seriös von einer guten Seite beigebracht bekommst, ist gefährlich.«

»Aber sie sind in mir entstanden!«

»Trotzdem.« Das erste Mal sah sie ihn um Fassung ringen. »Und versprich mir, dass du mit niemandem darüber sprichst. Mit niemandem. Du darfst keiner Seele anvertrauen, was du getan hast oder was du weißt. Du darfst niemandem diese Worte offenbaren und auch andere nicht, die dir eventuell noch einfallen werden!«

Soya schaute in sein aufgebrachtes Gesicht.

»Es ist von höchster Wichtigkeit, dass du dich daran hältst«, wiederholte Zindabor.

»Wieso denn?«, rief sie ungeduldig und schlug mit der Hand auf den Tisch. »Was ist denn so schlimm an diesem Zauber! Der Körhjok hätte uns beide getötet!«

Zindabor fuhr sich über den Umhang, dann legte er seine Pfeife behutsam auf den Tisch zurück.

»Es ist ein Zauber von der dunklen Seite«, sagte er schließlich leise. »Würdest du jemandem davon erzählen, würde es ihn in Angst und Schrecken versetzen.«

Soya stockte. Sie hatte Worte von der dunklen Seite ausgesprochen? Sie schluckte laut.

»Was?«, stieß sie hervor und klammerte sich an der Tischkannte fest. »Wieso kenne ich diese Worte. Wieso erscheinen diese Worte in meinem Kopf?!«

»Ich habe dir bereits einen möglichen Grund genannt, weshalb dich Saahrrin jagt«, erklärte er.

»Weil ich elbisches Blut habe«, krächzte Soya.

»Richtig. Weil du auch elbisches Blut in dir trägst. Seit jeher verachten sich Elfen, Menschen und Schirkans. Daher ist es auch nicht weiter überraschend, dass es Mischungen zwischen diesen verschiedenen Rassen äußerst selten gab und gibt.« Er fuhr sich nachdenklich über den Bart. »Aus alten Schriften konnte man entnehmen, dass es sich bei Mischlingen immer um gefährliche, äußerst mächtige Magier handelte. Deshalb waren Laendor und ich so darum bemüht und besorgt, dich gut zu verstecken. Viele mächtige Magier würden nur allzu gern jemanden wie dich in ihrem Kreis oder sogar als Untertan bei sich haben. Andere haben Angst vor solchen Mischlingen und wollen sie möglichst früh vernichten, bevor sie groß und stark sind.« Zindabor hielt inne. »Weil du Mischblut in dir trägst, ist es auch nicht erstaunlich, dass du besondere und unerklärliche Fähigkeiten besitzt.«

Soya lehnte sich kraftlos in den Stuhl zurück.

»Ich werde dir helfen, Soya«, hörte sie ihn weitersprechen. »Ich werde dich alles lehren, was ich weiß, dir alles beibringen, was ich kann, und dann werden wir zu den Elfen gehen, damit du auch ihre Künste lernst und dich noch besser zu verteidigen weißt.«

»Ich muss nur deswegen zu den Elfen? Damit ich mich verteidigen kann?«, kam es einsilbig aus ihrem Mund. Ein Gefühl der

Ohnmacht überkam sie. Schlaff hing sie im Stuhl und starrte auf ihre Füße.

Plötzlich richtete sich Zindabor auf, während ein Ausdruck der Überraschung über sein Gesicht glitt.

»Ohhh …«, sagte er leise, während sich seine Augen auf etwas in der Ferne richteten. »Wir haben Besuch.«

Soya hob den Blick.

Zuerst sah sie nur Dunkelheit. Dann sah sie, wie sich zwischen den Bäumen etwas Schwarzes auf sie zubewegte. Er trat aus der Dunkelheit des Waldes auf sie zu; Soya umklammerte die Armlehnen ihres Stuhls und blickte wie gebannt auf sein vom Mondlicht erhelltes Antlitz.

Er war unfassbar schön!

Und jetzt, wo sie ihn aufrecht stehen sah und beobachtete, wie er mit lautlos geschmeidigem Gang auf sie zukam, wirkte er noch um das Tausendfache beeindruckender. Seine dunklen, glimmenden Augen waren wachsam auf sie gerichtet. Vor Zindabors Garten blieb er zögernd stehen.

Soya fühlte, wie sie sich erhob, ohne dass sie etwas dazu beitrug. Fühlte, wie ihre Füße über das Holz der Veranda gingen – dann blieb sie einige Schritte vor ihm stehen.

Ein kehliges Dröhnen drang aus seiner Brust und Soya ging mit wildem Herzklopfen zu ihm hin. Sie verspürte keine Angst, obwohl sich Zindabor auf der Veranda erhob und sie ihn erschrocken einatmen hörte.

Der schwarze Wolf neigte seinen Kopf und legte ihn in ihre geöffnete Hand.

Wenn man vergessen möchte, um dem Schmerz zu entrinnen, dann geht man am besten fort.

Manche würden sagen, man flieht vor sich selbst. Andere, man unterdrückt die Gefühle und sie kommen zu einem späteren Zeitpunkt wieder hoch. Doch wenn man es als einzigen Weg sieht, um ganz zu bleiben, wählt man am besten den Weg der Flucht.

Seit jenem Zusammentreffen waren sie und der schwarze Wolf unzertrennbar. Taoko – so hatte sie ihn fortan genannt – war seither nie wieder von ihrer Seite gewichen und Soya nicht von der seinen. Es verband sie etwas, das sie sich nicht erklären konnte; als wäre er schon immer dagewesen, als hätte er schon immer zu ihr gehört.

Soya rannte weiter über die Felsen, die vor ihr aufgetaucht waren, und kam auf eine Anhöhe. Dahinter erblickt sie ein Gebiet, das sie genauso verblüffte wie faszinierte. Es war dunkler als sonst im Mandoriawald. Eigenartige Kletterpflanzen mit blauen Blüten wanden sich bis hoch in die Baumkronen und bildeten ein so dichtes Blätterdach, dass man den Himmel darüber nicht mehr sehen konnte. Der Boden war mit Farnen bedeckt und viele kleine Bäche mit moosbewachsenen Steinen mäanderten durch das dichte Grün. Es fühlte sich an, als betrat man eine andere Welt. Zudem war es eigenartig ruhig. Noch ruhiger als sonst im Mandoriawald. Kein Vogelgezwitscher war zu hören, kein Rascheln von einem Tier. Alles lag still und ruhig da, als würde ein Zauber darüberliegen.

Plötzlich sah Soya, wie Taoko an ihr vorbeiflitzte und sich jäh vor sie stellte, sodass sie beinahe in ihn hineinlief.

»Was?«, stieß Soya hervor, doch noch im selben Moment hörte sie das Knacken feiner Äste. Reglos blieb sie stehen. Sie fühlte Taokos seidiges Fell an ihrer Haut, sah, wie er den Blick in das dichte Grün richtete, dann sah sie etwas Riesengroßes durch die Äste auf sie zukommen. Es war so groß wie ein ausgewachsenes Pferd und tiefschwarz.

Soya starrte in die glimmenden Augen eines mächtigen schwarzen Wolfs, der in einiger Entfernung von ihnen stehen blieb. Obwohl seine Haltung nicht bedrohlich war, fühlte sie, wie sich eine Gänsehaut über ihren Nacken zog. Und während sie ihre Augen ungläubig auf das gewaltige Tier heftete, sah sie in den Augenwinkeln, dass immer mehr von ihnen auftauchten. Graziös traten sie auf die Lichtung; wie Könige blieben sie stehen, die Blicke wachsam.

Das erste Mal verspürte sie das Gewicht von Zindabors Worten, verstand die Bedeutung seiner Aussage, als er vom gefährlichsten Tier des Mandoriawalds sprach, und erkannte das Ausmaß der Angst, die man vor den schwarzen Wölfen eigentlich haben sollte. Taoko wirkte im Gegensatz zu den anderen winzig klein.

Sie wusste nicht, dass Taoko noch ein junger Wolf war. Seine Art war von solch alter Weisheit, dass sie ihn für viel älter gehalten hatte.

Einer der größten Wölfe kam noch einige Schritte auf sie zu und Soya fühlte, wie ihre Beine zu zittern begannen. Jetzt so nah bei ihr, wirkte er riesig. Das Einzige, was sie noch davon abhielt, hysterisch loszuschreien und wegzurennen, war, dass sich die Nackenhaare von Taoko nicht sträubten. Ein tiefes, kehliges Dröhnen drang aus Taokos Brust. Es hörte sich an wie ein langes Gespräch und ab und an mischten sich die Laute der anderen Wölfe dazu. Dann war es plötzlich wieder still. Der Wolf vor ihr neigte den Kopf und seine riesige Schnauze war nur noch Zentimeter von ihr entfernt. Dann wich er mit dem Kopf wieder ein Stück zurück. Soya wagte nicht zu atmen. Taoko stupste sie mit der Schnauze und Soya zog sich zusammen mit ihm langsam zurück. Dann, als sie bei den Felsen anlangten, konnte sie es nicht mehr verhindern. Die Panik übermannte sie und sie rannte los. Soya spürte Taoko nur Zentimeter hinter sich, fühlte seinen heißen Atem, als sie durch das dichte Unterholz jagte. Adrenalin schoss durch ihre Adern, während sie waghalsig über die felsigen Steine sprang. Noch nie in ihrem Leben war sie so schnell gewesen. Taoko rannte neben ihr, bis sie Zindabors Haus erblickten. Dann hielt sie endlich an und beugte sich keuchend in die Knie. Ihre Arme und Beine zitterten immer noch. Taokos Kopf erschien über ihr und Soya sah hoch in seine treuen, schwarzen Augen.

»Das war deine Familie, nicht wahr?«, flüsterte sie und streichelte ihm den Hals.

Ein tiefer Ton kam aus seiner Brust, dann legte er seinen Kopf auf ihre Hand.

»Vermisst du sie denn nicht?«, flüsterte Soya. »Du kannst wieder zu ihnen zurückgehen, wenn du möchtest. Du musst nicht hierbleiben.« Obwohl sie die Worte schmerzten, hätte sie ihn gehen lassen können. »Du kannst mich auch hin und wieder besuchen kommen«, flüsterte sie weiter. »Ich verstehe das, wenn du zu ihnen zurück möchtest.«

Sie wusste, wie es war, die eigene Familie nicht bei sich zu haben.

Taoko schmiegte sich an sie und drückte seinen Kopf gegen den ihren, während es in seiner Brust zu dröhnen begann.

Helandibur

»Es ist nicht mehr weit.« Zindabors Blick schweifte abermals in die Bäume.

Soya fuhr über Taokos Kopf, der sich an sie schmiegte.

Die Zeit bei Zindabor war zu schnell vergangen – jetzt, wo der Sommer da war und ihr Zindabor alles beigebracht hatte, was sie von ihm lernen konnte, gab es keine Ausrede mehr, die Reise zu den Elfen noch weiter aufzuschieben. Einige sehr mächtige, große Zauber hatte sie von ihm gelernt; sie wusste, wie man Heiltinkturen braute, welche Wirkungen die verschiedenen Kräuter hatten, wie man sich aus Zauberfallen befreien konnte und worauf es ankam, wenn man einen Zauber sprach – ein Zauber konnte stärker oder schwächer wirken, je nachdem, wie viel Aufmerksamkeit, Kraft und Wille man einbrachte. Nicht zuletzt hatte sie von ihm gelernt, wie man die elbische Sprache auch richtig aussprach. Das meiste hatte sie aus unerklärlichen Gründen bereits gewusst, als ob die Sprache in ihr angelegt gewesen wäre und nur hätte geweckt werden müssen.

Nun also war es so weit.

Sie hatte Laendor versprochen, nach Helandibur zu gehen, um auch noch die Zauber und Künste der Elfen zu lernen, damit sie auf alles bestmöglich vorbereitet war.

Mit bleiernem Herzen folgte sie Zindabor durch das dichte Unterholz und versuchte, die nagende Ungeduld zu verdrängen. Sie wusste nicht, was sie erwartete – sie würde in eine neue Welt kommen, in der alles fremd war.

Sie überquerten eine Felsplatte – und plötzlich war es da. Wie aus dem Nichts stand es vor ihr: das Elfenschloss! Es erhob sich turmhoch in den Himmel, als wäre es soeben aus dem Boden gewachsen.

Zindabors Umhang streifte ihren Arm, als er neben ihr stehen blieb.

»Ja ja. Sie sind wahre Meister darin, ihre Besucher zu beeindrucken«, sagte er leise schmunzelnd und ging langsam weiter. »Obwohl sie nie welche bekommen.«

Soya sah ihm stirnrunzelnd nach.

»Wieso konnte man es erst von hier aus sehen?« Sie hätten so ein Bauwerk schon viele Meilen vorher entdecken müssen, so riesig und gewaltig erhob es sich vor ihnen.

»Das Schloss ist mit einem Schutzzauber umgeben«, erklärte Zindabor, »der es Fremden ab einer gewissen Distanz unmöglich macht, es zu sehen. Wir haben nun diese Grenze überschritten. Wir sind auf *ihrem Schlossgelände.*«

»Aber«, Soya holte rasch zu ihm auf. »Wir … was? Lassen sie denn Fremde einfach so auf ihr Gelände?«

Soya hatte noch die vielen Wachen in Erinnerung, an denen sie im Schloss Siramon hatten vorbeigehen müssen, um hineinzugelangen. Und hier sah sie weit und breit niemanden.

»Nein«, murmelte Zindabor, hob seine Augenbrauen und lächelte milde. »Natürlich nicht. Es wurde uns erlaubt, die Grenze zu überschreiten.«

»Erlaubt?« Sie sah in das alte, weise Gesicht.

»Wir werden schon seit Längerem beobachtet«, erklärte er.

Rasch sah sie sich um.

»Wer ich bin, wissen sie«, fuhr er leise fort. »Wer hingegen Taoko ist oder wer gar du bist …«, er hob die Schultern. »Ich denke, der Grund, weshalb sie uns einfach so in ihr Land hineinmarschieren lassen, ist, dass sie einfach zu neugierig sind zu erfahren, was mich nach all den Jahren veranlasst, wieder bei ihnen aufzukreuzen – noch dazu mit zwei unbekannten Gästen, von denen einer zudem einer gewissen Elfe sehr ähnlich sieht, die sie einst gut zu kennen glaubten.«

Laendor hatte nie über ihre Eltern gesprochen, sie nie erwähnt, und Soya hatte schnell gelernt, keine Fragen über sie zu stellen.

Damals hatte sie geglaubt, die Erinnerung an sie würde ihn zu sehr schmerzen. Heute wusste sie, dass er sie damit hatte schützen wollen.

Taoko streifte ihr rechtes Bein und stupste sie mit der Schnauze.

»Wieso habe ich sie nicht gesehen?«, flüsterte Soya und fuhr Taoko über den Nacken. Sie war mittlerweile sehr gut darin geworden, Dinge in ihrer Nähe aufzuspüren. Nichts von irgendwelchen Beobachtern bemerkt zu haben, ärgerte sie ein wenig.

»Du vergisst, es sind *Elfen*, die uns beobachten.«

»Wieso hast du mir das nicht gesagt?«

»Vor ein paar Stunden?«

Soya schnappte nach Luft.

»Sie beobachten uns schon seit Stunden?«

»Siehst du? Ich glaube nicht, dass dir das gutgetan hätte. Du bist ohnehin schon so nervös wie ein Zirpenaffe.« Er lächelte. »Es gibt einige talentierte Elfen, die durchaus in der Lage sind, sich für einen kurzen Moment unsichtbar zu machen«, erklärte Zindabor; er schien davon jedoch nicht sonderlich beeindruckt.

»Und du?«, stieß Soya hervor: »Du konntest sie trotzdem sehen?«

Er klang amüsiert: »Als sie nicht immer ganz vorsichtig waren, ja.« Sein Blick fiel auf Taoko. »Taoko übrigens ebenfalls.« Die Barthaare des Wolfs zitterten leicht. »Oh, es wird ihnen gar nicht gefallen, das zu hören … Ah …«, er zeigte mit einer Hand auf das große, silberne Tor vor ihnen, das jetzt nach außen aufschwang, »sie empfangen uns bereits.«

Das Tor war bestimmt über sechzig Fuß hoch. Es war geschmückt mit feinen Verzierungen, die in zierlichen Schleifen ineinander übergingen.

Ein Elf trat hoch erhobenen Hauptes heraus und blieb vor dem Eingang stehen. Seine Kleider waren aus einem grünen, feinen Stoff. Alles saß perfekt, wie maßgeschneidert. Sein Körper war schlank und muskulös. Sein blondes, glattes Haar war an den Seiten schräg nach hinten geflochten und fiel ihm bis über die Schultern. An den Hüften trug er einen hellbraunen Gürtel, an dem ein langes, schmales Schwert hing. Seine Schuhe waren aus dem gleichen hellen Braun wie der Gürtel und liefen vorn spitz zu. Seine Haut war bleich. Bleich und makellos, fast wie bei einem kleinen Kind, das noch nie an der Sonne war.

›Wie anders er ist‹, dachte Soya, ›nicht nur äußerlich – ein komplett anderes Wesen.‹ Doch am allerschwierigsten einzuschätzen war sein Alter. Er hatte ein jugendliches Aussehen und doch hatte er etwas an sich, das ihn auf eine merkwürdige Art älter erscheinen ließ. Wie Laendor, als er die Elfengestalt angenommen hatte. Obwohl er viele Jahre alt war, hatte er jung ausgesehen.

»*Daro!* – Halt!« Der Elf hob seinen Arm. Der Blick seiner klaren, grünen Augen war so intensiv, dass Soya ergeben die Augen niederschlug. Dann fiel ihr ein, was ihr Zindabor erzählt hatte, nämlich dass man den Elfen in die Augen schauen muss, sonst gilt man als falsch. Sie schaute rasch hoch, doch der Elf hatte sich bereits Zindabor zugewandt.

Zindabor hob seinen Stab und neigte den Kopf zu einer leichten Verbeugung. Soya tat es ihm gleich. Nur Taoko blieb mit gesträubten Nackenhaaren stehen und blickte den Elf mit seinen dunklen Augen feindselig an. Ein leises Knurren drang aus seiner Kehle. Soya legte ihre Hand beschwichtigend auf seinen Kopf und der Elf fuhr bei diesem Anblick zusammen, als hätte ihn ein Blitz getroffen.

»*Maer gwein* – Guten Abend«, sagte Zindabor leise. Es klang ruhig und freundlich. Dennoch fiel Soya auf, dass seine Stimme anders klang als sonst. Sie wirkte kühl und distanziert. »*Glass nin* – Es ist mir eine Freude.«

Der Elf neigte seinen Kopf ebenfalls leicht mit einer Maske kühler Unnahbarkeit.

»*Gen suilon* – Ich grüsse euch.« Seine klare, reine Stimme war ebenso kalt, wie seine Gebärden mechanisch wirkten, dann zeigte er auf den Eingang. »*Tolo* – Kommt!«

Soya spürte Zindabors warme Hand an ihrem Rücken, die sie jetzt hinter dem Elfen hinein ins Schloss schob.

Blinzelnd sah sie um sich. Es war, als würden sie von Scheinwerfern geblendet. Alles war in so strahlend hellen Weißtönen gehalten, dass es schien, als würde helllichter Tag im Gebäude herrschen. Nur der Blick durch die übergroßen, nach oben spitz zulaufenden Fenster verriet, dass es draußen bereits dunkelte. Auf der anderen Seite des Eingangssaals konnten sie ein weiteres Tor erkennen, ebenfalls silbern und riesengroß, das jedoch noch verschlossen war. Der Elf eilte voraus. Vollkommen lautlos und mit geschmeidigem Gang glitt er auf das Tor zu, während ihre und Zindabors Schritte laut im Saal widerhallten. Hellweiße Säulen stützen die gewölbte Decke, in der überall große, runde Einbuchtungen zu sehen waren. Alles schien so geschmeidig und glatt, als ob es in einem Stück gegossen worden wäre.

Dann schlug das Tor hinter ihnen mit einem leisen Klicken zu und verriegelte sich von selbst.

Soya schaute zurück und streckte ihre Hand nach Taoko aus. Er ging ganz dicht neben ihr. Sein weiches Fell berührte ihr Bein, sein Atem ihre Hand.

Zindabor hatte sie davor gewarnt, Taoko könne sie womöglich auf dem Weg nach Helandibur verlassen, da er wegen seines dunklen Blutes die Elfen im wahrsten Sinne des Wortes nicht riechen konnte.

Sie hatte gemerkt, dass Taoko sich verändert hatte, je näher sie Schloss Helandibur gekommen waren. Sie hatte gefühlt, wie er immer dichter neben ihr gegangen war, als würde er sie beschützen wollen, wie sich seine Nackenhaare immer deutlicher aufgestellt hatten und immer öfter ein leises, bedrohliches Knurren aus seiner Kehle gedrungen war. Das alles hatte sie versucht zu verdrängen. Doch jetzt, da sie hier waren, hatten sich die gesträubten Haare an seinem Nacken nicht mehr gelegt und seine Haltung war die eines bedrohlichen Raubtiers geworden. Mit glimmendem Blick fixierte er den Elf, der lautlos vor ihnen über den spiegelglatten Boden ging, und ließ ihn keinen Moment aus den Augen.

Sie erreichten das silberne Tor. Dann flüsterte der Elf einige Worte und das Tor sprang auf. Helles Trompetengeblase ertönte. Sie traten durch den hohen Bogen, und kaum waren sie auf der anderen Seite, verriegelte sich auch dieses silberne Tor hinter ihnen. Soya kniff die Augen zusammen. Im ersten Moment konnte sie nichts erkennen. Der Saal war so von Licht durchflutet, dass sie die Elfen, die sich auf beiden Seiten aufgestellt hatten und nur einen schmalen Durchgang freiließen, für Gemälde hielt.

»*Tolo gwa nin! Asca!* – Kommt mit mir! Schnell!«, sagte der Elf mit seiner reinen, klaren Stimme und winkte sie weiter.

»Gehen wir«, sagte Zindabor sanft und abermals spürte sie seine warme Hand, die sie langsam vorwärtsschob. Ihre Augen richteten sich schmerzend auf Hunderte von Elfen. Ihre makellosen Gesichter waren kühl auf die Besucher gerichtet. Soya schauderte. Nicht einmal die Musik konnte die Kälte mildern, die sich in ihren Gesichtern widerspiegelte. Geflüster erfüllte die Halle und Soya richtete den Blick angestrengt geradeaus.

»*Schau sie dir an!*«, hörte sie eine Stimme direkt neben sich zischen und Soya wandte sich erschrocken zur Seite.

Eine junge Elfe, ungefähr im selben Alter wie sie, mit leicht welligen, hellbraunen Haaren und karamellfarbenen Augen blickte sie kalt und herablassend an. »*Ego!* – Verschwinde!«, zischte sie und verengte ihre Augen zu schmalen Schlitzen.

Im selben Moment wandte Zindabor den Kopf zu ihr um. Soya hörte nicht, was er sagte, doch die Elfe verstummte jäh. Dann schob er Soya weiter.

Taoko hob seinen Kopf und vergrub seine Schnauze unter ihrem Arm, was ein Raunen links und rechts von ihr auslöste. Kurz bevor sie den Thron erreichten, konnte sie die Augen kaum mehr offen halten, so sehr schmerzte sie das Licht.

»*Daro* –Halt!« Der Dienerelf hob die Hand.

Sie blieben stehen.

Soya blinzelte zum Königspaar hinauf, sah in den Augenwinkeln, wie Zindabor den Kopf in eine leichte Verbeugung neigte, und tat es ihm gleich. Taoko blieb aufrecht stehen; ein leises Knurren in der Brust ließ seinen Körper vibrieren.

»Das ist der Elfenkönig Colin und die Elfenkönigin Izaroha«, flüsterte ihr Zindabor zu.

Die Elfenkönigin war wie jede andere Elfe in diesem Raum über alle Maßen schön; sie hatte schneeweißes, langes, glattes Haar, das ihr auf beiden Seiten bis zur Taille fiel, und auf ihrem Kopf trug sie ein Diadem, das aus den gleichen glitzernden Diamanten bestand wie der Thron, auf dem sie saß. Ihre Augen waren von einem eisigen Hellblau und ihr Blick war genauso unnahbar und kühl wie der aller anderen.

Soya schaute von der Elfenkönigin hin zum König, damit rechnend, demselben kalten Blick zu begegnen, und starrte ihn einen Moment lang verdutzt an. Sein Gesicht wirkte offen und warm und zu ihrer Überraschung bildete sich ein Lächeln auf seinem Gesicht. Auch er hatte schneeweißes, glattes Haar, das ihm auf die Schultern fiel und das an den Seiten nach hinten geflochten war. Er nickte kaum merklich, dann wandte er sich Zindabor zu.

»*Zindabor!*«, hörte Soya die Elfenkönigin mit einer klaren, kühlen Stimme sprechen. »Welche Überraschung, Euch nach all den Jahren wieder hier zu sehen und dies mit solch *unerwarteten Gästen*!«

In der Halle war es mucksmäuschenstill geworden.

»Mir waren schon seit einiger Zeit merkwürdige Gerüchte zu Ohren gekommen. Es ist also wahr …« Ihr Blick glitt plötzlich zu Soya. »Ist es tatsächlich *Elehnas* Tochter?«, fragte sie, und bei dieser Frage ging ein Raunen durch die Menge, gefolgt von einem aufgeregten Geflüster.

Zindabor jedoch stand dort in seinem silbernen Umhang und sah aus, als könne ihn nichts und niemand aus der Ruhe bringen. Ein Lächeln erschien auf seinem Gesicht, als würde er sich über einen alten Witz eines guten Freundes amüsieren.

»Ja«, sagte er höflich und ohne Umschweife, »Soya ist Elehnas Tochter.«

Ein lautes Stimmengewirr erhob sich, manche schrien empört auf und andere schlugen entrüstet die Hände zusammen. Der Lärm schwoll an, bis sich der Elfenkönig schließlich erhob. Mit einer raschen Handbewegung brachte er das Stimmengewirr abrupt zum Verstummen und die erdrückende Stille breitete sich wieder aus.

»Wir sind in friedlicher Absicht gekommen – Ihr habt nichts zu befürchten«, fügte Zindabor hinzu.

Der Anflug eines Lächelns huschte über das Gesicht von Izaroha. *»In friedlicher Absicht …«*, sagte sie leise, die Kälte in der Stimme verriet ihren Hohn.

Der Elfenkönig hob die Hand. Seine Stimme war so, wie Soya erwartet hatte: ruhig und sanft.

»Was wollt Ihr?«, fragte er bestimmt. Sein Lächeln wirkte jedoch im Gegensatz zu dem der Elfenkönigin echt.

»Das würde ich gerne unter acht Augen mit euch besprechen. Unter zehn, um genau zu sein«, antwortete Zindabor und blickte lächelnd zu Taoko.

Colin nickte.

»Natürlich«, sagte er und erhob sich anmutig. Die Dienerelfen um ihn wichen sofort beiseite. »Bitte folgt uns.«

Er ging durch die sich teilende Menge hinaus.

Izaroha warf sich ihr Haar ins Kreuz und schritt hinterher. Es war offensichtlich, dass ihr die Vorstellung, sich mit ihnen allein in einem Raum aufzuhalten, zutiefst widerstrebte.

Zindabor, Soya und Taoko folgten ihnen durch einen gewölbten Bogen, dann sah sie das Königspaar um eine Ecke verschwinden und Zindabor begann leise zu sprechen.

»Ich möchte, dass du hier draußen einen kurzen Moment wartest, bis ich dich hereinhole. Es dauert nicht lange.«

Sie blieben vor einer Tür stehen.

»Gut«, antwortete Soya matt.

Zindabor hob seine Hand, berührte kurz ihre Schulter und verschwand hinter der Tür.

Soya konzentrierte sich auf die regelmäßigen Atemzüge Taokos, die sie an ihrer Hand spürte.

Am Boden neben seinem Fell schlängelten sich die hellen Mosaiksteinchen in einem kunstvollen Muster ineinander. Doch das grelle Licht spiegelte sich in den Steinchen und Soya wandte genervt den Blick davon ab. Egal wohin sie sah, ihre Augen hörten nicht auf zu brennen.

»Taoko«, flüsterte sie, als er sich an sie schmiegte, und streichelte ihm über den Kopf. Das dunkle Schwarz seiner Augen beruhigte sie ein wenig und dämpfte das Brennen in ihren Augen. Dann erstarrte sie in ihrer Bewegung.

»*Dass Ihr es wagt, hierher zu kommen*!«, donnerte es von drinnen und Soya starrte auf die verschlossene Tür. Es war die Stimme der Königin.

»*Noch dazu mit ihr*!«

»*Izaroha*!« Jetzt war es der Elfenkönig, der sprach. In seiner Stimme lag eine Autorität, der zu widersprechen niemand auch nur im Entferntesten gewagt hätte. Außer …

»Nein, Colin! *Was glaubt Ihr eigentlich, Zindabor! Ihr könnt einfach so hereinspazieren und sie auf einen Besuch mal schnell vorbeibringen! Sie! Die Tochter von Elehna!*«

Einen Moment lang war es still, dann hörte sie die Stimme Zindabors. Obwohl sie immer noch freundlich war, hatte sie jetzt etwas Eindringliches.

»Es ist lange her, dass ich das letzte Mal hier war … Aber wie es scheint, hat sich nicht viel verändert. Nun, eigentlich bin ich hier, weil ich euch darum …«

»*Seht mal*!«, hörte Soya plötzlich vom Ende des Korridors her eine Stimme rufen, die jene hinter der Tür übertönte. Ein paar Elfen standen in einem Grüppchen beieinander und kamen jetzt langsam auf sie zu. Taoko erhob sich.

Einen Moment lang irritiert von Taokos Reaktion, blieben die Elfen wie angewurzelt stehen, dann sprach dieselbe Elfe, die ihr schon zuvor in der großen Halle aufgefallen war, erneut. Sie war es gewesen, die sie beschimpft hatte, und jetzt warf sie ihr Haar hochmütig zurück und betrachtete sie mit eisigem Blick.

»Darfst du denn nicht rein?«

Ihre hellbraunen, gewellten Haare spielten in der Luft und leuchteten mit kupfernem Schimmer. Sie hatte ein sehr hübsches Gesicht, wäre da nicht dieser hasserfüllte Ausdruck gewesen, der alles wieder zunichtemachte. Ihre karamellfarbenen Augen bohrten sich in die von Soya, und anstatt den Blick höflichkeitshalber irgendwann wieder abzuwenden, sah diese sie weiterhin durchdringend an. Dann ertönte Izarohas Stimme erneut hinter der geschlossenen Tür.

»*Wie könnt Ihr es wagen …*«

»Erstaunlich«, fuhr die hochnäsige Elfe in giftigem Ton fort, »ich frage mich, wieso. Sie reden wohl über zu wichtige Dinge.«

»*Izaroha*!«, unterbrach Colin Izaroha mit fester Stimme.

Dann übertönte das Lachen der Elfen erneut die Stimmen im geschlossenen Raum. Es war kein freudiges Lachen – es klang zynisch und boshaft.

»Also«, sagte die Elfe spitz, die hellbraunen Haare mit einem Schwung nach hinten streifend, »was tust du hier?«

»*Colin! Es reicht! Was bildest du dir ein! Komm zur Vernunft!*«

»Bist du etwa schwerhörig?«, fragte die Elfe vor ihr jetzt so giftig, dass Soya verdutzt zurückwich; ein Knurren drang aus Taokos Kehle.

Entsetzt blickte die Elfe auf Taoko, der sie mit gefletschten Zähnen und boshaft glimmenden Augen fixierte. Sie legte den Kopf schräg auf die Seite, dann sah sie Soya an, als sei sie schwer von Begriff.

Doch bevor Soya antworten konnte, sprang die Tür auf und Zindabors Kopf erschien im Türspalt. Einen Moment verdutzt über den Anblick, der sich ihm bot, blieb er stehen, dann trat er hinaus in den Korridor. Soya wusste nicht, was er in ihrem Gesicht zu sehen glaubte. Doch während er sich zu voller Größe aufrichtete und den Blick seiner klaren, hellblauen Augen auf die Elfen richtete, war alle Freundlichkeit wie auf einen Schlag aus seinem Gesicht gewichen. Eine Macht ging von ihm aus, die wie eine sengende Hitze über sie hinwegglitt. Auf einmal sah er furchteinflößend aus.

Das Licht im Korridor begann zu flackern.

Unter seinem Blick schrumpften die großspurigen Worte der Elfe zu Ausreden und sie wichen rasch einige Schritte zurück.

»Komm, Soya. Sie möchten dich sprechen.« Er hob die Hand, das Licht hörte wieder auf zu flackern und er trat beiseite.

Soya stieß sich von der Wand ab und trat mit Taoko durch die Tür. Auch dieser Raum war wie alles hier im Schloss gewaltig und über alle Maßen beeindruckend. Unschlüssig blieb sie stehen. Sie befanden sich in einer Art Bibliothek. Bücherregale, die bis hoch zur Decke reichten, waren in schön symmetrischer Ordnung aufgestellt. Im hinteren Teil des Raums konnte sie einen länglichen Tisch erkennen, um den viele weiße Stühle standen.

Die makellosen Gesichter des Königspaars waren ihr zugewandt. Izaroha trug ein hellweißes, besticktes Kleid, das bis zum Boden reichte. Colin dagegen eng anliegende Kleider aus einem dunkelblauen, glänzenden Stoff. Über seine Schultern hatte er einen schlichten Umhang geworfen, der mit einer silbernen Fibel zusammengehalten wurde. Beide waren unermesslich schön, doch der Ausdruck in ihren Gesichtern hätte nicht gegensätzlicher sein können. Während Izaroha Soya aus stechend eisblauen Augen kalt und herablassend ansah und sich nicht mehr die geringste Mühe gab, ihre Abscheu zu verbergen, erschien jetzt ein strahlendes Lächeln auf Colins Gesicht.

»Du siehst deiner Mutter unglaublich ähnlich«, seufzte er leise und schwebte mit einer übernatürlichen Anmut auf sie zu. Er hob feierlich die Arme und nahm ihr Gesicht in seine Hände. »Wahrlich. Als würde Elehna vor mir stehen.« Er seufzte erneut. »Du bist hier herzlich willkommen, Soya.«

Dann ging sein Blick hinüber zu Taoko.

»Und das ist wer?«

»Taoko«, murmelte Soya.

»Taoko?«

Soya nickte, fuhr ihm über das schwarze Fell. Colin hielt jäh die Luft an, während Izaroha entsetzt einen Schritt zurückwich.

»Faszinierend!«, rief Colin und klatschte in die Hände. »Erstaunlich, dass dir ein schwarzer Wolf folgt.« Eine feine Linie bildete sich auf seiner Stirn.

»Er folgt mir nicht«, berichtigte ihn Soya matt.

»Natürlich nicht!« Colin sah sie begeistert an. »Was ich meine, für gewöhnlich bewegen sie sich nur in Rudeln und bleiben unter sich.« Das dunkle Blau seiner Augen glühte. »Ich muss zugeben, ich bin mein ganzes Leben lang noch nie einem schwarzen Wolf begegnet. Dass er dazu noch in unsere Mitte kommt«, Colin schüttelte den Kopf, »ist höchst erstaunlich!«

»Wir haben uns durch einen besonderen Zufall kennengelernt«, sagte Soya leise.

Colin faltete die Hände ineinander, dann neigte er sich zu Taoko hinab.

»Herzlich willkommen, Taoko!«

Taoko jedoch zeigte keine Regung. Sein Fell war immer noch gesträubt und er sah ihn weiterhin widerstrebend an.

»Nun, Soya.« Colin neigte ein wenig den Kopf zur Seite. »Du willst sicher einiges über diese … eine Seite in dir erfahren, nicht wahr?«

»*Wir wollen doch nichts überstürzen, Colin!*« Izaroha holte sie mit ihrer kalten Stimme wieder in den ungemütlichen, sterilen Raum zurück.

»Izaroha«, Colins Blick verfinsterte sich vor ihren Augen, »wir haben das doch gerade besprochen.«

»*Tatsächlich?*«, entgegnete sie unterkühlt, »*haben wir das? Nun, ich mag mich daran erinnern, dass du etwas gesagt hast, und ich etwas ganz anderes …*«

Soya wandte ihr Gesicht ab. Es war ihr unangenehm, dass sie sich in ihrer Gegenwart stritten. Noch dazu ihretwegen. Erschöpft blickte sie auf die bequem aussehenden Sessel, die zu ihrer Linken standen. Soya hörte auf einmal vom Korridor her gedämpfte Stimmen und Zindabor folgte stirnrunzelnd ihrem Blick.

»*Diese arrogante Kuh glaubt, sie könne einfach so ins Schloss hineinspazieren! Glaubt, sie könne einfach so hierherkommen! Habt ihr gesehen, wie die hier hereingetapst ist? Wie sie sich bewegt hat?*« Wildes Gekreische drang in ihre Ohren. »*Nicht einmal ein Viertel ihres Blutes kann elbisch sein!*«

Einen Moment lang stand Soya wie angewurzelt da, hörte, wie sich die Elfen vor der Tür lauthals über sie lustig machten, während Zindabor einfach weiterhin so dastand, als würde er sie nicht hören.

»Soya?«, fragte Zindabor vorsichtig. »Alles in Ordnung?« Besorgt kam er einen Schritt näher. »Was ist los?«

»Nichts – es geht mir gut«, log sie und legte ihre Hand auf Taokos Nacken.

Sein Blick glitt musternd über sie. Dann richtete er sich an das Königspaar. Und wie schon zuvor, wirkte er kühl und distanziert: »Wenn ihr uns bitte einen Raum zur Verfügung stellen könntet, wo wir uns kurz zurückziehen können? Die Gastfreundschaft ist wie immer umwerfend.«

Izaroha seufzte erneut. »*Zerbrechlich und schwach wie einst ihre Mutter*«, giftete sie.

Colin jedoch glitt sofort zur Tür.

»Sicher. Folgt mir.« Er trat hinaus in den Korridor und blieb einen Moment überrascht stehen. Die Elfen von vorhin standen noch immer dort.

»Kashika, was tut ihr hier?«, zischte Colin und sprach leise mit der Elfe mit den hellbrauen, gewellten Haaren. »Geht zurück zur großen Halle! Ihr habt hier nichts verloren!«

Stirnrunzelnd führte er Zindabor und Soya an ihnen vorbei.

Das Schloss wirkte von innen noch tausendmal größer, als es von außen ausgesehen hatte. Immer weiter stiegen sie Treppen hinauf und gingen durch unendlich viele Korridore. Verzweifelt versuchte Soya, sich Einzelheiten zu merken, um wieder zurückzufinden. Doch irgendwann gab sie auf. Die Korridore sahen allesamt gleich aus. Irgendwann blieb Colin stehen, öffnete eine Tür und führte sie in ein edles Zimmer.

»Dein Gemach, falls du eine gewisse Zeit hier verweilen möchtest, Soya? Es wäre mir eine Ehre.«

»Wir besprechen das gerne unter sechs Augen«, sagte Zindabor.

Soya spürte seine große, warme Hand auf ihrer Schulter. Colin nickte.

»Natürlich.« Sein Blick glitt kurz zu Taoko, dann trat er zur Tür. »Gut denn, du weißt, wo du mich findest, Zindabor.« Er neigte den Kopf zu einer kleinen Verbeugung und schloss die Tür hinter sich.

Soya drehte sich um, ging zum Fenster und schaute hinaus in den dunklen Wald. Ein paar Minuten stand sie einfach nur da, dann fühlte sie, wie sich ihre Augen allmählich wieder entspannten. Taokos Pfoten glitten leise über den Boden. Dann spürte sie seine Schnauze an ihrer Hand.

»Du hast mir nicht gesagt, dass ich hier nicht willkommen bin«, flüsterte Soya leise.

»Wärst du hierhergekommen, wenn ich es dir gesagt hätte?«

Langsam drehte sie sich zu ihm um und schaute in sein altes, besorgtes Gesicht.

»Nein, wahrscheinlich nicht.« Sie sah hoch zur Decke, die leicht gewölbt war. »Ich verstehe das alles nicht. Woher kommt dieser Hass?«

Zindabor seufzte.

»Es ist eine lange Geschichte.« Er strich sich mit der Hand über den silbernen Umhang und auf seiner Stirn entstanden tiefe Furchen. »Elehna war sehr beliebt. Oh, ja. Sie war die Blüte dieses Schlosses. Zumindest eine Zeit lang.«

»Und dann?«, half ihm Soya auf die Sprünge, als er nachdenklich die Hände knetete und sein Blick sich irgendwo verlor.

»Dann hatte sich das Blatt gewendet. Elehna wurde Vermittlerin zwischen den Elfen und dem Menschenvolk und war von diesem Zeitpunkt an viel unterwegs. Sie war keine gewöhnliche Elfe, nein; das war sie auch zu den Zeiten nicht, bevor sie diese Aufgabe übernommen hatte. Sie war schon immer besonders gewesen. Weltoffen und weitsichtig. Durch die Arbeit mit den Menschen ist diese Seite noch stärker geworden und sie unterschied sich mit den Jahren von den Elfen immer stärker. Nicht dass sie es gewollt hätte. Jedoch liegt es in der Natur, dass wir uns verändern. Veränderungen geschehen tagein, tagaus, und sie sollten nicht gebremst werden, jedenfalls nicht, wenn es gute sind.« Er atmete tief ein. »Elehna wurde immer unglücklicher und jedes Mal, wenn sie wieder nach Helandibur zurückkehrte, spürte sie immer deutlicher, dass sie eigentlich gar nicht mehr hierher gehörte. Sie hatte das Gefühl, plötzlich nicht mehr dieselbe Sprache zu sprechen; sie fühlte sich nicht mehr verstanden. Die langjährige Ehe, die sie damals geführt hatte, begann zu bröckeln. Immer häufiger gab es Streit und Elehna stürzte sich noch tiefer in die Arbeit, die sie auffing und zugleich noch mehr von den Elfen entfernte. Sie war immer häufiger unterwegs, bis sie praktisch nie mehr da war.« Abermals hielt er inne. »Nicht ganz unschuldig dabei war wohl dieser Mann, in den sie sich verliebte. Bei ihm fühlte sie sich, ihren Erzählungen nach, vollkommen verstanden, akzeptiert, und er schien sie so, wie sie war oder geworden war, zu lieben …« Zindabors Augenbrauen hoben sich. »Aus dieser Liebe heraus bist du entstanden, Soya. Eine verbotene Liebe. Die niemals hätte sein dürfen.« Er neigte den Kopf, als hätten ihn diese Worte erschöpft. »Elehna hatte ihre Ehe mit einem Betrug gebrochen. Und in der Sicht der Elfen bist du bloß der Beweis für ihre verachtenswerte Tat.« Er hielt inne und etwas Dunkles überschattete seine Züge. »Jemanden zu betrügen, ist in der Welt der Elfen eines der größten Verbrechen, das es gibt. Es ist unverzeihlich …«

Soya atmete langsam ein.

»Sehe ich meiner Mutter denn so ähnlich?«

Zindabor lächelte.

»Nun, ich denke Colin hätte das nicht treffender ausdrücken können. Du bist ihr tatsächlich wie aus dem Gesicht geschnitten.« Ein trauriger Glanz schimmerte in seinen Augen. »Du hast dieselben Augen, dasselbe Haar, nur deines ist etwas dunkler. Dein Gesicht ist etwas weicher und blasser als das ihre. Und du bist genau das gleiche bezaubernde Wesen, wie sie es war.«

Soya konzentrierte sich mit aller Kraft auf das Muster des Sofas. Obwohl sie keine Erinnerung an ihre Mutter hatte, rührte und schmerzte sie dieses Wissen so sehr, dass ihr Tränen in die Augen schossen.

»Egal, wie sie sich hier dir gegenüber verhalten«, hörte sie Zindabors Stimme vom Sofa her, »egal, was sie dir sagen, behalte immer in deinem Herzen, wer du bist. Bleib dir treu und geh niemals unter deine Würde.«

Soya presste die Lippen aufeinander.

»Ich muss ihre Kunst nicht kennen.« Ihre Stimme klang nicht annähernd so gefasst, wie sie gehofft hatte. »Ich muss nicht das wissen, was sie wissen. Ich komm auch ohne ihre Künste klar.«

Zindabor schloss die Augen.

»Dich selbst verteidigen zu können, ist wichtiger als alles andere«, flüsterte Zindabor.

Dann wurde leise an die Tür geklopft. Zindabor hob die Hand, schnippte mit dem Finger und die Tür schwang leise auf. Draußen stand ein Dienerelf.

Zögernd betrat er das Zimmer. Beim Anblick von Taoko, der sich nun langsam erhob und ihn anschaute, zuckte er kaum merklich zusammen.

»Colin lässt ausrichten, dass ihr beim Abendmahl, das in wenigen Minuten beginnt, sehr willkommen seid«, sagte er und richtete seinen Blick fest auf Zindabor. Es war ihm deutlich anzumerken, dass er und, wie er glaubte, wohl das ganze Volk mit ihm anderer Meinung waren.

Zindabor nickte freundlich und mit steifer Miene trat der Elf wieder zurück; Zindabor schnippte und der Elf verschwand genauso schnell wieder hinter der geschlossenen Tür, wie er erschienen war.

»Auch *das* war nicht immer so«, sagte Zindabor und fuhr sich über den langen, weißen Bart. »Kaum zu glauben, aber ich habe hier einmal für sehr lange Zeit gelebt … und alle waren meine besten Freunde.« Er seufzte. »Doch das war lange, bevor du auf die Welt gekommen bist … noch bevor der Krieg ausgebrochen ist …«

»Und jetzt. Ist das nicht mehr so?«, flüsterte Soya.

»Es ist sehr viel passiert.«

»Ich habe schon genug von dir gelernt!«, entfuhr es Soya. »Du bist viel besser als sie! Ich brauche sie nicht. Ich kann mich auch anders verteidigen …«, sie schüttelte den Kopf, doch Zindabor hob die Hand.

»Soya.« Er holte tief Luft. »Die Elfen sind die besten Lehrer für dich. Ich habe weder elbisches Blut noch kenne ich ihre Traditionen und Gebräuche wirklich gut. Ich weiß«, er breitete entschuldigend die Arme aus, »ich sollte es eigentlich wissen, doch ich fürchte, ich war bisher einfach zu wenig interessiert. Ich kann dir weder mit Bildern noch mit Worten vermitteln, wie das Leben deiner Vorfahren war, wie die Sitten und Traditionen sind. Das alles kannst du nur verstehen, wenn du es selbst erfährst. Vielleicht entdeckst du Ähnlichkeiten oder Gemeinsamkeiten, die du bei den Menschen immer vermisst hast. Es ist auch eine gute Gelegenheit, dass du dich selbst und dein Denken besser kennenlernst.« Er hielt einen Moment inne. »Meine Zauber sind anders. Viele davon kennst du mittlerweile und sie bringen dich sicher auch weiter. Doch die Elfen haben zusätzlich einige sehr gute Zauber und können dir die beste Ausbildung in Kampfkunst und elbischer Zauberei geben.«

»Und wenn ich das gar nicht will? Was, wenn ich gar nicht wissen will, was sie können?«

Zindabor erhob sich.

»Wie dir schon Laendor gesagt hat, wollte er dich einmal in alles einweihen, dir alles beibringen, und wir hatten niemals vor, dich hierherzuschicken. Doch«, er neigte seinen Kopf, »mit seinem Tod hat sich alles geändert.«

Er blickte gedankenversunken auf ihre Hand, die auf Taokos Nacken lag.

»Du bist keine reinblütige Elfe, Soya; du trägst verschiedenes Blut in dir, und wie gesagt, es ist höchst selten, dass solche Mischungen überhaupt zur Welt kommen. Es ist ein Wunder, dass du überhaupt lebst. Ich selbst habe keine Erfahrungen mit solchen Wesen, wie du eines bist. Auch Laendor kannte niemanden. Seit Jahrhunderten hat es keine mehr gegeben. Und du hast ja gemerkt, wie die verschiedenen Völker aufeinander reagieren. Wir können nur mutmaßen, welche Kräfte in dir schlummern. Zu viele wären an deiner Macht interessiert. Ich will dich nur gerade so stark sehen, dass du dich gegen solche Leute wehren kannst. Dass du dich verteidigen kannst und nicht zum Sklaven wirst. Sobald du so weit bist, sobald du stark genug bist, ist dir überlassen, wie du leben willst. Doch zuvor«, er nickte, »musst du alles dafür tun, dass du dich selbst wehren kannst. Taoko und ich können dir nicht immer beistehen. Man weiß nie, was das Leben mit sich bringt.«

Resigniert blickte sie zu Boden.

»Wie lange muss ich bleiben?«

»Nun, ich denke ein paar Monate sollten reichen.«

»Monate!«, stieß Soya hervor.

»Wir schauen, wie es sich entwickelt«, gab Zindabor nach. »Dann sehen wir weiter. Versuch einfach, so viel wie möglich zu lernen.«

Soya ließ den Kopf in ihre Hände sinken. Die Einwilligung wurde von ihren Armen gedämpft.

»Gut.«

Zindabor schwieg eine Weile, dann sah er sie mit sehr ernstem Blick an.

»Bevor wir zum Essen gehen noch etwas anderes.« Ein Schatten glitt über sein Gesicht, das jetzt eigenartig eingefallen und alt aussah. Seine Stimme war dumpf und eintönig: »Leiste niemals einen Schwur. Verpflichte dich unter keinen Umständen. *Nie. Niemals.* Verstehst du mich – selbst wenn sie dir mit dem Tod drohen.«

Soya nickte einfältig.

»Gut.« Er lächelte, obwohl seine Miene immer noch angespannt war. »Es ist schon so viel Unheil geschehen. Damit muss endlich Schluss sein.«

Die Falle

Desillusioniert und frustriert streckte Soya ihre Hand aus und griff sich wahllos eines der vielen Bücher, die um sie herumlagen. Ihre Augen brannten noch immer von dem viel zu hellen Licht, doch allmählich gewöhnte sie sich daran. Sie blätterte ein paar Seiten durch, dann streifte ihr Blick hinüber zum Fenster. Irgendwo da draußen im Wald war Taoko.

Sie hatte es nicht mehr mitansehen können, wie er sich immer gedrückter durch die Korridore geschleppt hatte. Von da an hatte sie ihn jeden Morgen hinausgeschickt und am Abend, bei Anbruch der Dämmerung, war er wieder zurückgekehrt. Das musste ihr reichen. Ihn nur in der Nacht bei sich zu haben, war besser, als ganz auf ihn verzichten zu müssen.

»Heilzauber«, las Soya den Titel des ersten Kapitels und begann, es durchzuarbeiten.

Nebenbei lernte sie auch noch Kampfkunst, Geschichte und Heilkunde. Zindabor hatte mit Colin ihren Stundenplan so gestaltet, dass sie in kürzester Zeit möglichst viel profitieren konnte. Eigentlich in ihrem Sinne. Obwohl sie Kunstgeschichte, Zeichnen und Schmieden ebenfalls interessiert hätte. Doch für alles reichte die Zeit nicht aus und ihr selbst lag genauso viel daran, nicht für alle Ewigkeit hier festsitzen zu müssen.

Mit dem Stein hatte alles begonnen. Die Schwere, der Abschied und das neue Leben.

Erneut schweifte ihr Blick hinüber zum Fenster. Sie vermisste die Zeit in Bakul und ebenso die Zeit bei Zindabor, obwohl sie mit viel Schwere belastet war. Ihren Freunden war damals nichts passiert, als die Morlaks das Schlossgelände gestürmt hatten. Die Monsterhunde jagten nur elbisches Blut. Trotzdem hätte Soya sie gerne noch einmal gesehen, um ihnen zu erzählen, was mit ihr passiert war. Für ihre Freunde war sie wie vom Erdboden verschwunden.

Zindabor hatte es nicht für gut befunden, ihnen eine Brieftaube zu schicken, um sie über alles zu informieren. Er glaubte, es wäre zu gefährlich, falls die Taube abgefangen würde. Zudem würde es sie in Gefahr bringen, wenn andere von ihrer Freundschaft erfuhren. Vor allem jetzt, da die ganze Welt über sie Bescheid wusste. Wusste, dass es sie gab, dass sie existierte. Ein Mischblut, das anscheinend besondere Kräfte besaß und dessen Kräfte missbraucht werden konnten. Am meisten jedoch vermisste sie Ramon, obwohl die letzte Erinnerung an ihn keine schöne war. Sie hielt sich daran fest, dass er sie mit seiner abweisenden Art nur hatte schützen wollen, dass er herausgefunden hatte, was sie war und sie deshalb vom Schloss hatte fernhalten wollen. Der letzte Blick von ihm, als der Schlosshof von den Morlaks gestürmt wurde, war panisch gewesen.

Blinzelnd wandte sie sich vom Fenster ab und starrte auf die verschwommenen Buchstaben in ihrem Buch. Wenn das hier vorbei war, würde sie zu ihm gehen und alles aufklären, egal, was Zindabor sagte. Sie *musste* wissen, was er gewusst hat.

»Sie ist hier!«
»Was macht sie denn!«
»Denkt, die Bibliothek gehört ihr!«

Soya sah eine kleine Gruppe Elfen die Bibliothek betreten.

»Oh, hallo Soya. Liest du was *Dunkles*?!«, fragte die Elfe mit den karamellfarbenen Haaren giftig, von der Soya mittlerweile wusste, dass sie Kashika hieß. Sie hatte bisher keine Gelegenheit ausgelassen, deutlich zu machen, dass Soya hier nicht willkommen war.

»Freut mich auch, euch zu sehen«, murmelte Soya knapp.

Vom ersten Tag an hatten sie die Blicke der Elfen überall verfolgt. Wo immer sie aufgetaucht war, ging ein Flüstern durch die Menge, die Köpfe wurden nach ihr umgedreht und manche stellten sich sogar auf die Zehenspitzen, um einen besseren Blick auf sie erhaschen zu können.

Kashika schaute finster auf sie hinab.

»Ich muss dir ausrichten, dass Kampfkunst morgen Nachmittag im großen Saal stattfindet«, sagte sie brüsk und strich sich ihre lange Mähne über die Schulter.

»Gut«, sagte Soya leise.

Obwohl der Unterrichtsstoff sehr spannend war und sie – trotz der Umstände – wirklich gern in die Schule ging, besuchte Soya am liebsten die Kampfkunstkurse. Was vermutlich jedoch mehr am Lehrer lag als am Fach selbst. Denn Vyn, der Lehrer der Kampfkunst, schien neben Colin der Einzige hier im Schloss zu sein, der sie anscheinend wirklich mochte.

»*Alae Soya, mare toll!* – Hallo Soya, willkommen!«, sagte Vyn, als er Soya als erste den großen Saal betreten sah, und neigte den Kopf in eine leichte Verbeugung.

Soya tat es ihm gleich. Sie war froh, noch ein paar Worte mit ihm reden zu können, bevor es losging. Der Austausch fehlte ihr. Nie sprach jemand ein Wort mit ihr. Außer es war zwingend notwendig.

»*Man mathach?* – Wie geht es dir?«, fragte er.

»*Im maer* – Mir geht's gut«, log Soya und versuchte zu lächeln.

»*E ea ù nill an le.* – Es ist nicht einfach für dich.«

Soya biss sich auf die Lippe.

»*Mae.* – Ja.«

»*Telitha lù ammaer.* – Es wird eine bessere Zeit kommen.«

Soya nickte beklommen und folgte Vyn in die Mitte des Raums.

»Du bist anders als die anderen Elfen«, sagte Soya leise und nahm das Schwert, das er ihr entgegenstreckte.

»Das kann gut sein.« Er machte mit dem Schwert eine kunstvolle Bewegung in der Luft. Dann drehte er sich in Sekundenschnelle und landete geschmeidig – die Spitze seines Schwertes auf sie gerichtet – wieder auf dem Boden. »Vermutlich war ich schon immer ein wenig aufgeschlossener als die anderen Elfen. Das Reisen und die Arbeit bei den Menschen, wo ich eine Zeit lang als Vermittler eingesetzt war, hat meine Offenheit womöglich noch verstärkt.«

Er zeigte ihr, wie sie das Schwert in der Hand halten musste, dann trat er wieder einen Schritt zurück.

»Mein Volk hat den Blickwinkel wie durch einen schmalen Schacht hindurch. Sie sehen weder links noch rechts, weder hinauf noch hinunter. Sie sehen nur sich und ihr Leben, ihr Dasein, ihre Traditionen, Gebräuche und ihre Sitten. Sie sind anderen Wesen gegenüber sehr verschlossen, was man ihnen zum Großteil nicht verübeln kann. Zu oft wurde in früheren Zeiten ihre Gutgläubigkeit von den anderen Völkern ausgenutzt und missbraucht. Es ist ein Schutz, den sie sich aufgebaut haben in all den Jahren. Nichts ist ihnen wichtiger, als ihr eigenes Volk, ihre Familie und die Natur um sich herum.«

Er demonstrierte jetzt ganz langsam diese schwungvolle Bewegung von vorhin und Soya machte es ihm nach. Dann machte er eine so schnelle Bewegung, dass er gänzlich verschwand. In der Umdrehung hüpfte ihm eine Halskette aus dem Ausschnitt – ein makellos grünschimmernder Stein hing daran.

Soya starrte auf den Stein, doch im selben Moment schob ihn eine bleiche Hand blitzschnell wieder unter das Hemd. Vyn lächelte gekünstelt, hob das Schwert und kam wieder auf sie zu.

Etwas Kaltes regte sich in ihrer Magengrube.

»Beleg dich mit einem Schutzzauber, Soya.« Er zwinkerte ihr zu und ging in Kampfposition.

Soya atmete tief ein und versuchte sich zu konzentrieren. Sie umklammerte das Schwert mit festem Griff und machte sich bereit für den Angriff. Im nächsten Moment flog Vyn durch die Luft und kam direkt auf sie zu. Soya drehte sich zur Seite und wehrte ihn geschickt ab. Dann schlugen ihre Klingen aufeinander. Der ganze Raum begann von den Schlägen der Schwerter, die laut klirrend aufeinanderkrachten, zu vibrieren.

»*I rinc hen u-vaer* – Diese Bewegung war nicht gut.«, sagte Vyn, zog sein Schwert zurück und ging etwas auf Abstand.

»Was war an dieser Bewegung nicht gut?«, fragte Soya atemlos.

»*Garo i vagol erin annranc* – Halte das Schwert mit Abstand zum Körper«, meinte er und sah sie ernst an.

»Wieso?«, sie verstand nicht, was falsch daran gewesen war. »Ich habe doch das Schwert mit Abstand von meinem Körper gehalten.«

»Nein. So wirst du dich eines Tages noch selbst aufschlitzen.« Er kam näher. »Ich bin dein Lehrer. Der Meister der Kampfkunst in der Elfenwelt. Zweifelst du an meiner Aussage?«

Obwohl er dabei lächelte, ging sie nicht davon aus, dass er es nicht ernst meinte.

»Also nochmals von vorn. Und denk an das, was ich dir gesagt habe.« Er drehte sich um und ging wieder in die Kampfposition.

Nach fünf Minuten – der eigentliche Unterricht würde bald beginnen – beendete er den Kampf.

»Gut gemacht, *Elanor* – Sternsonne«, sagte er und klopfte ihr auf die Schulter. Du wirst immer besser. Ich habe noch nie bei einem Schüler so schnelle Fortschritte gesehen. Du bist sehr begabt und deine Auffassung ist ungewöhnlich schnell.«

Vyn fuhr sich über den seidenen Stoff seines Hemdes und hielt genau an der Stelle inne, wo der Stein hing.

»Alles klar?« Seine klaren, hellblauen Augen leuchteten.

»Klar.« Sie versuchte so locker wie möglich zu gucken.

»Nein, nein, nein. Du bist keine Elfe, Soya. Du kannst deine Gefühle nicht so gut verstecken.« Er lächelte.

»Du meinst, ich bin nicht so kalt«, gab Soya zurück.

Jetzt lachte er laut auf.

»Unkontrolliert«, warf er ein, »könnte man es auch nennen.« Er boxte sie sanft in die Schulter. »Was ist los?«

»Nichts«, log Soya. In ihrem Kopf hatte sich ein riesen Durcheinander eingenistet. War es nicht das Absurdeste überhaupt, dass ein Elf etwas mit der dunklen Seite zu tun hatte?

Vyn stöhnte überheblich.

»Du hast den Stein gesehen, nicht wahr?«, fragte er, ohne mit der Wimper zu zucken. Der unbeschwerte Umgangston war jedoch verschwunden.

Soya starrte ihn an. Dass er es einfach so von sich aus zugab, hatte sie nicht erwartet. Sie konnte den Ausdruck in seinem Gesicht nicht deuten.

»Es war ein Geschenk Saahrrins. Als ich dort im Dienst war«, erklärte er ohne Umschweife. »Wir gebrauchten den Smürgold, um wichtige Informationen auszutauschen.«

Soya runzelte die Stirn. »

Und warum trägst du ihn noch?«

»Ein Geschenk darf man nicht abschlagen.«

»Ich dachte, seit dem Krieg ist das Verhältnis gespalten.«

Spöttisches Gelächter ertönte vom Eingang her. Kashika und die anderen standen an der Wand und schauten abschätzig zu ihnen herüber.

»Sollte das gerade ein richtiger Kampf gewesen sein, Soya?«, rief sie.

»Oder, nein, es war vermutlich eher einer der schmutzigen Straßenkämpfe, die sie bei den Menschen gesehen hat!«

Lialuna lehnte sich lässig an Faromir und flüsterte ihm etwas zu; er verzog daraufhin hämisch das Gesicht.

»Oder sonst etwas Düsteres …Oh, ja, muss wahrscheinlich in der Familie liegen, Elehna hatte es mit dem Kämpfen auch nicht so. Hat es nicht einmal gegen ein paar Morlaks geschafft!«

Soya fühlte Vyns Hand an ihrem Arm.

»Sie wollen dich nur provozieren«, sagte er leise. »Gib ihnen keinen Grund, dich schlechtzumachen.«

»Oh! Etwa auch zu feige?« Kashika kam zu ihnen herüber, hob jäh die Arme und Soya wurde von der Wucht eines Fluchs nach hinten geschleudert. »Ha!«, Kashika klatschte in die Hände. »Null Reaktion!« Sie ging weiter auf sie zu. »Das magst du, hm?«, zischte Kashika, während sie Soya jetzt in einer Drehung zu Boden drückte. »Und das?!« Sie zog sie an den Haaren nach hinten, sodass sie keine Luft mehr bekam. Dann sprang sie zur Seite, zog sie am Bein durch die Luft und Soya krachte mit voller Wucht gegen die Wand.

»Hör auf Kashika!«

Vyn trat zwischen sie und Soya rappelte sich auf.

»Ach, dann stimmt es also?«, zischte Kashika, den hasserfüllten Blick weiterhin fest auf Soya gerichtet: »Du kämpfst so feige, wie man es gehört hat! Und bist auch so ein Nichtsnutz, wie es Elehna gewesen ist! Sie hatte nicht einmal ihre Mutter beschützen können! Sie hat es nicht einmal fertiggebracht, gegen ein paar mickrige Morlaks anzukommen!«

Soya wusste nicht mehr, was sie als Nächstes tat, doch plötzlich wurde Vyn von ihr weggeschleudert und Kashika gegen die Wand gedrückt. Alles, was sie wusste, war, dass ihre Beine sie vorwärts trugen und dass ihr eine Hitze das Rückenmark hochschoss, die sie nicht kontrollieren konnte. Wörter drangen aus ihrer Kehle, die sie noch nie gehört hatte. Sie sah hoch in Kashikas Gesicht und fühlte nichts als Hass. Kashikas Schreie erreichten ihre Ohren nicht. Sie spürte nicht, wie Vyn sie anflehte und versuchte, sich ihr zu nähern, wobei ihn eine unbekannte Macht immer wieder zurückwarf.

»Was ist hier los!«, ertönte es auf einmal von der anderen Seite der Halle und sogleich fiel all ihre Macht in sich zusammen. Soya taumelte, dann ließen ihre Beine nach.

Colin, flankiert von Wächtern kam herbeigerauscht.

»Was spielst du hier für ein dreckiges Spiel!«, krächzte Kashika würgend und hielt sich mit schmerzverzerrtem Gesicht den Hals fest.

Vyn stand langsam auf.

Colins durchdringender Blick ruhte auf Soya, während sie sah, wie Vyn Kashika und ihre Bande aus der Halle führte. Der Elfenkönig kam rasch auf sie zu und beugte sich zu ihr nieder. Die Wächter stellten sich um sie herum auf.

»Soya«, sagte er, »begleitest du mich bitte kurz in mein Arbeitszimmer?«

Zitternd stand sie auf. Draußen im Flur stand Vyn. Er war allein, und als er sie kommen sah, hob er den Blick. Der Ausdruck in seinem Gesicht war unergründlich.

Das Getuschel der herumstehenden Elfen verfolgte sie den ganzen Weg entlang. Dann endlich erreichten sie Colins Arbeitszimmer.

»Bitte«, sagte Colin freundlich zu den Wachen, wenn auch sein Ton nun ein wenig schärfer war. Sie hatten sich um sie herum aufgestellt, als könnte Soya jeden Moment über ihn herfallen. »Sie wird mir schon nichts antun«, sagte er und deutete zur Tür. Widerstrebend verließen die Wächter den Raum.

»Nun«, sagte Colin, als sie die Tür hinter sich geschlossen hatten, und setzte sich. »Wie kommt es, dass du die verbotene Sprache sprechen kannst?«

Soya sah ihn verdutzt an. Er wies auf den Stuhl neben ihr.

»Setz dich doch bitte.«

Ihr Gehirn war wie gelähmt. Langsam ließ sie sich auf den Stuhl nieder. Hatte sie erneut Wörter von der dunklen Seite benutzt?

»Hat Zindabor dich darin unterrichtet, Soya?«

»Was?« Sie starrte ihn perplex an. »Nein!«

»Soya.« Er schlug die Augen nieder. »Ich möchte ganz ehrlich zu dir sein. Es wirft nicht gerade ein gutes Licht auf dich. Es ist besser für dich, wenn du jetzt die Wahrheit sagst.«

»Nein!«, sagte sie noch einmal. Nun ein wenig lauter. »Zindabor hat damit nichts zu tun!«

Colin sah sie prüfend an.

»Hat er dir vielleicht ein Buch gegeben, in dem du diese Zauber gefunden hast?«

In diesem Moment rauschte Izaroha in den Raum. Und mit ihr doppelt so viele Wächter wie zuvor.

»Was ist passiert?!«, fuhr sie Colin an.

Colin stand auf.

»Es ist im Grunde nichts passiert, Izaroha, beruhige dich«, sagte Colin und legte seine Hand beschwichtigend auf ihren bebenden Rücken.

»Ich habe gehört, Soya sei mit dunkler Magie auf Kashika losgegangen!« Sie wandte ihren scharlachroten Kopf Soya zu. »Ist das wahr?!«, brüllte sie. »Wer hat dich darin unterrichtet!«

»Niemand«, sagte Soya matt.

»Wer hat es dir beigebracht! Sag es uns!« Wie ein wütendes Tier stapfte sie auf Soya zu.

Colin stellte sich beschwichtigend dazwischen.

Soyas Blick glitt an ihr vorbei. Hinüber zum Fenster, durch das sie einen dunklen Flecken am Waldrand stehen sah. Hinter ihm tauchte die Abendsonne den Himmel in ein mildes, rosafarbenes Licht.

»Die Wörter erscheinen in meinem Kopf«, sagte Soya leise und stand auf. Es war ihr egal, was sie dachten. »Kashika hat mich angegriffen und ich habe mich verteidigt. Zindabor wäre mit mir sicher einer Meinung, dass ich mich zurückziehen darf, nachdem ich alles gesagt habe.« Sie ging an dem purpurnen Gesicht Izarohas vorbei und wie ein sich öffnender Vorhang traten die Wächter vor ihr zur Seite.

Sie hatte es getan – sie hatte die Macht Zindabors benutzt und ihnen mit ihm gedroht. Keine Ahnung, was Zindabor ihr später dazu sagen wird. Doch wer weiß, wann er sie besuchen wird? Seit er damals gegangen war, hatte er nichts mehr von sich hören lassen.

*

Es war bereits eine Woche seit dem Vorfall vergangen und wie an jedem Morgen, der heranbrach, rechnete Soya damit, entweder hinausgeworfen zu werden oder eine andere Bestrafung aufgebrummt zu bekommen. Doch nichts geschah. Auch heute benahmen sich wieder alle so, als wäre nichts passiert.

Die Tür der Bibliothek ging auf und Vyn trat ein. Er blieb einen kurzen Moment stehen, dann kam er zu ihr herüber und ließ sich neben ihr in den Sessel fallen.

»So fleißig?« Er beugte sich vor und sah auf den Titel des Buchs in ihrer Hand. »Interessant: *Flüche und Gegenflüche*. Nützlich.«

Soya verzog das Gesicht.

Er schaute sie eine Weile an, dann nahm er die anderen Bücher in Augenschein, die um sie herum lagen.

Soya schürzte die Lippen. War das jetzt etwa ein Kontrollbesuch? Sie hatte ihn seit der Auseinandersetzung mit Kashika nicht mehr gesehen. Ein anderer Elf hatte den Unterricht in Kampfkunst übernommen. Als sie die anderen gefragt hatte, wo Vyn sei, hatte ihr keiner Auskunft geben können.

»Alles gut?«, fragte er und hob den Blick.

»Klar«, antwortete sie.

Er sah sie mit hochgezogenen Augenbrauen an.

»Wo warst du?«, fragte sie ihn.

»Ich war für eine Woche dienstlich unterwegs. Wir hatten einen Auftrag.«

»Du arbeitest wieder als Vermittler?«, fragte sie, sah jedoch nicht hoch.

»Nein.«

Soya wartete ab, doch er sagte nichts weiter. Genervt schlug sie ihr Buch wieder auf.

»Und sonst?«, fragte er und lehnte sich tiefer in den Sessel.

»Und sonst *was*?«

»Kommst du voran? Mit dem Lernen, meine ich.«

»Ja«, sagte sie und sah hoch. »Willst du sonst noch etwas wissen, Vyn?«

Wenn er nur deswegen hier war, um sie auszuspionieren, dann konnte er gleich wieder gehen.

Ein Lächeln erhellte sein Gesicht. Dann holte er tief Luft, als stünde er vor einem Fenster und würde das erste Mal seit Langem wieder einatmen.

»Ah«, stöhnte er, »genau auf das habe ich mich gefreut. Deine Art ist erfrischend. Erfrischend ehrlich. Genau das habe ich bei den Menschen immer so gemocht.« Er grinste. »Hier«, sagte er und zog etwas aus seiner Tasche. »Das ist für dich.«

Argwöhnisch sah sie ihn an.

»Nimm es schon.«

Zögernd nahm sie es entgegen.

Ein schwaches Lächeln schob sich in sein Gesicht.

Soya ließ den Blick über das Foto gleiten. Eine Elfe mit braunen, langen Haaren und smaragdgrünen Augen strahlte ihr entgegen und um ihren Hals hing – ihr Medaillon. Soya griff nach ihrem Medaillon und sah in das Gesicht ihrer Mutter, während sich ein stechender Schmerz ihre Brust hochkämpfte.

Die Tür ging auf, ohne dass sie es bemerkte. Ein freudloses Gekicher erfüllte den Raum. Kashika und ihre Freunde kamen in die Bibliothek und blieben demonstrativ vor ihnen stehen.

»*Schaut mal*«, sagte Kashika mit gespielt zuckersüßer Stimme. »*Wen haben wir denn hier*?« Sie beugte sich blitzschnell vor und riss Soya das Foto aus der Hand.

»Gib es zurück«, zischte Soya und sprang auf.

»Sehen wir doch mal, *was* es ist«, sagte Kashika mit hämischem Grinsen und drehte das Foto um.

Eine Pause entstand und fast wie in Zeitlupe versteinerte sich Kashikas Stirn. Ausdruckslos und fahl im Gesicht ließ sie die Hand sinken, als wäre ihr plötzlich schlecht. Einen Moment lang schien sie wie aus Stein gemeißelt. Dann, als sie die Augen wieder hob, war ihr Blick eiskalt.

»*Elehna …*« sagte sie herablassend und in jeder einzelnen Silbe hörte Soya die kalte Wut. Ihre Augen flackerten kurz zu Vyn hinüber, dann richteten sie sich wieder auf Soya. Kashika fuhr über das Foto – es erklang ein helles Reißen – und im nächsten Moment war es entzwei.

»*Nein*!«, keuchte Soya und stürzte auf sie zu, doch Vyn war diesmal schneller. Mit eisernem Griff hielt er sie zurück.

»Lass sie doch«, hörte sie Vyns gepresste Stimme an ihrem Ohr.

Kashika warf ihre lange Mähne in den Rücken und sah sie abschätzig an.

»*Scheinst dein Blut nicht im Griff zu haben, wie*?« In ihrer Stimme klang jetzt ein hasserfülltes Zittern mit.

Soya schloss die Augen und versuchte ruhig zu bleiben.

»Gib mir das Foto, Kashika«, sagte sie langsam und streckte dabei ihre bebende Hand aus.

Kashika zog die Augenbrauen hoch.

»Es ist ein Foto aus dem Archiv. Du dürftest es gar nicht besitzen. Was glaubst du, wie Izaroha und Colin reagieren werden, wenn sie erfahren, dass du es dort gestohlen und noch dazu beschädigt hast!« Kashika schaute gespielt wehmütig auf die zwei Fetzen in ihrer Hand.

»Zum letzten Mal, Kashika«, sagte Soya leise, drohend, »*gib – es – zurück.*«

Doch Kashika stieß die anderen zur Seite und rannte Hals über Kopf davon.

»Soya – nein!«, rief Vyn, aber Soya war schon auf halbem Weg zur Tür heraus. Sie stürmte Kashika hinterher und sprang zwei Stufen auf einmal nehmend die Treppe hinab; Elfen im großen Saal sahen sich argwöhnisch nach ihr um, als sie Vyn vom oberen Stock etwas rufen hörte, doch es war ihr egal. Seine Stimme verebbte, während sie durch einen Rausch von Farben immer tiefer hinab ins Schloss kam. Die Treppen wurden immer länger, dann verschwand Kashika plötzlich hinter einer schweren Tür aus ihrem Blickfeld. Soya rannte auf die Tür zu und riss sie auf. Der Raum war dunkler als die anderen. Merkwürdige Bilder hingen an den Wänden und ein eigenartiger Geruch lag in der Luft. Ein lauter Knall ertönte und die schwere, dunkle Tür fiel hinter ihr ins Schloss. Im selben Moment fühlte Soya, wie es stetig wärmer wurde, und durch einen nebligen Dunst konnte sie Kashika von der anderen Seite des Raums langsam auf sich zukommen sehen. Gemächlich trat sie auf Soya zu, ein fieses Lächeln im Gesicht. Kashika murmelte einige Worte, dann erschien wie aus dem Nichts eine Wand aus hellem, grellem Licht, die sie voneinander trennte.

Soya schlug die Hände vors Gesicht. Ihre Augen brannten von dem Licht, als hätte jemand Säure darüber ausgekippt. Tränend blinzelte sie zu Kashika hinüber, dann vernahm sie ein erneutes »Ratsch«, und die zwei Fetzen in Kashikas Hand waren nochmals entzweigeteilt.

Soya stürzte nach vorn, die Panik, die ihr wegen der hellen Lichtschranke auf einmal in die Glieder schoss, ignorierend. Dann riss sie jäh die Augen auf – das helle Licht durchzuckte ihren Körper barbarisch und rücksichtslos und ihre Beine ließen nach. Sich krümmend und windend schrie sie auf vor Schmerz und zog sich am Boden mit letzter Kraft von der Lichtwand weg.

»Ja«, hörte sie Kashikas leise flüsternde Stimme. »So schnell ist man gefangen.« Sie neigte den Kopf. »Da siehst du, wie wenig du hierher gehörst.« Sie trat durch die helle Wand auf sie zu, drehte sich um und ging wieder zurück. Das Licht schien ihr nicht das Geringste auszumachen. Mit funkelnden Augen ließ Kashika die Fetzen durch die Lichtwand vor Soya auf den Boden fallen. »Hier. Falls dir langweilig wird …« Sie drehte sich lächelnd um und verschwand durch die Tür, durch die sie gekommen war.

Soya blinzelte mit tränenden Augen auf das Bild ihrer Mutter, das zerknittert und zerrissen vor ihr lag. Sie tastete nach den Fetzen und zog sie näher zu sich heran.

Es vergingen Stunden, bis sie sich aufrichten konnte, ohne dass ihre Beine nachgaben. Mittlerweile war es so stickig heiß, dass sie kaum mehr atmen konnte. Soya steckte die Fotofetzen, das Gesicht ihrer Mutter zuoberst, sorgsam in die Tasche, dann wandte sie sich der großen, massiven Holztür zu.

Die ersten rosaroten Linien brachen bereits am Horizont durch die dicke Wolkendecke und tauchten die Tannenwipfel in violettes Licht. Erschöpft betrat Soya die große Halle. Irgendwie hatte sie es geschafft, die dicke Tür aufzubrechen und nach langem

Umherirren wieder hoch in die oberen Gebäude zu finden. Wie es schien, wurde es bereits wieder Morgen.

Soya stolperte zu der großen Treppe, und gerade als sie den Fuß auf die erste Stufe setzen wollte, hörte sie, wie eine Tür zugeworfen wurde.

Izaroha kam mit wehendem, seidig-weißen Morgenmantel auf sie zu gerauscht.

»Aha!«, sagte sie mit unheilverkündender Stimme und blieb mit zornesrotem Kopf vor ihr stehen. »Was hast du hier mitten in der Nacht im Dunkeln zu suchen?!«

Soya stützte sich am Treppengeländer ab. Sie war so müde, dass sie die Augen kaum noch offen halten konnte.

Izaroha schnaubte aufgebracht durch ihre aufgeblähten Nasenlöcher.

»Schön«, sagte sie, dann beschwor sie eine Leuchtkugel herauf, die alles in blendendes Licht tauchte. Soya kniff die Augen zusammen. »Du willst es nicht anders. Folge mir!« Der Morgenmantel flatterte auf, als sich Izaroha in einem Schwung drehte und den Korridor zurückrauschte, den Soya gerade hergekommen war.

Soya warf einen sehnsüchtigen Blick zum Treppengeländer und folgte ihr dann stöhnend den Korridor zurück. Sie gingen an einer großen Uhr vorbei, es war fünf Uhr morgens, dann betraten sie einen Raum, in dem Soya noch nie gewesen war. Ein Stammbaum schmückte eine ganze Wand. Über den Namen standen jeweils kleine Figuren, die so real aussahen, als wären sie lebendig. Eine Krone leuchtete unter den Namen Izaroha und Colin, darunter Elias und Elehna, weiter unten …

»Setz dich!«, fuhr Izarohas sie an und Soya schreckte zusammen. Sie deutete auf einen der Stühle, die um einen durchsichtigen Tisch standen, der aussah wie eine große Eisplatte.

Izaroha ging um den Tisch herum und blieb mit immer noch aufgeblähten Nasenflügeln stehen.

»Kashika hat mich darauf hingewiesen, dass du spät am Abend noch nicht in deinem Gemach warst«, sagte Izaroha unwirsch.

»Sie habe lange auf dich gewartet, weil sie ein Buch von dir ausleihen wollte, von dem sie wusste, dass es in deinem Besitz war. Doch du bist nicht gekommen!«

»Wirklich«, entgegnete Soya.

»Sie behauptet, sie habe dann das ganze Schloss nach dir abgesucht, dich aber nirgends gefunden … Später hat mich ein Diener darauf hingewiesen, dass jemand im Archiv eingebrochen ist … Hast du mir vielleicht irgendetwas zu sagen?« Izarohas Blick bohrte sich in ihre Augen und Soya versuchte angestrengt, nicht zu blinzeln.

»Nein«, sagte Soya dumpf. Hätte sie mehr Energie gehabt, hätte ihre Stimme vermutlich wütend geklungen.

»Nein?« Ihr Blick flackerte. »Denn es ist wirklich merkwürdig. Nach längerem Suchen haben die Diener entdeckt, was fehlt … Kannst du dir vielleicht vorstellen, was es ist?«

Soya versuchte so zu gucken, als wäre sie ganz interessiert zu erfahren, was fehlte.

»Ein Foto!«, donnerte Izaroha. »Ein Bild von deiner Mutter!« Mit kaltem Blick fixierte Izaroha ihr Gesicht. »Ich fragte mich, wer daran – abgesehen von dir – interessiert sein könnte!«

Auf einmal fühlte Soya die Fotofetzen schwer in ihrer Tasche lasten. Sie setzte sich gerader hin und hielt Izarohas stechendem Blick stand. Sie war schließlich nicht dort eingebrochen; sie wusste nicht einmal, wo sich dieses Archiv befand.

Izarohas Augen verengten sich.

»Was hast du die ganze Nacht im Schloss getrieben?! So ganz allein!«

Izaroha beugte sich über den Tisch und legte ihre Hände auf die durchsichtige Tischplatte, sodass ihr Gesicht nur noch einen halben Meter von dem ihren entfernt war.

»Wo warst du, Soya!«

»Ich bin herumspaziert …«, sagte Soya und schluckte, »ich konnte nicht schlafen.« Sie hoffte inständig, dass Izaroha nicht von ihr verlangte, ihre Taschen zu leeren.

Erneut bildeten sich große, rote Flecken in Izarohas Gesicht.

»Du bist *herumspaziert*?!«, fauchte sie. Ihr Mund war mittlerweile nur noch ein dünner, weißer Strich. »Du bist …«, sagte sie und richtete sich zur vollen Größe auf. »Du willst mir doch nicht erzählen, dass du die ganze Nacht im Schloss einfach nur *herumspaziert* bist!«

Soya starrte auf die gläserne Tischplatte, in der sich das rote Gesicht Izarohas spiegelte. Was sollte sie sagen? Es war mehr oder weniger die Wahrheit – wie seltsam es auch klang; jedenfalls stimmte es zu einem gewissen Teil. Herumspazieren war vielleicht der falsche Ausdruck; herumirren und kraftlos, halb tot am Boden liegen würde der Sache wohl am nächsten kommen. Aber dieses Geständnis, diese Blamage, zu sagen, dass sie den Weg aus den unteren Geschossen nicht zurückgefunden hatte, diesen Gefallen würde sie Kashika nicht machen.

»Du bist wirklich aus demselben Holz geschnitzt wie einst deine Mutter«, zischte Izaroha mit giftiger Stimme. »Auch sie glaubte, so wichtig, so bedeutend zu sein und über allen anderen zu stehen – meinte, wir wären dumm und sie könne uns mit Leichtigkeit hinters Licht führen! Arrogant und über alle Maßen hinterlistig und verdorben!«

»Das war sie nicht!« Auf einmal war Soya auf den Beinen.

»Elehna hat sie alle um den Finger gewickelt«, fuhr Izaroha mit eiskalter Stimme fort, als hätte sie Soya nicht gehört. Ihr spitzes Gesicht war vor Hass verzerrt. »Hat alle umgarnt und ihnen das Gefühl gegeben, das Wichtigste auf der Welt zu sein. Doch ich habe sie durchschaut – in Wirklichkeit waren sie nichts für sie … sie bedeuteten ihr nichts! Wir waren nichts weiter als Spielfiguren, die sie benutzte. Am Schluss ist sie ihnen auf dem Kopf herumgetanzt … hat sie liegen lassen und ihnen das Herz gebrochen. Immer und immer wieder.« Angewidert schüttelte sie den Kopf. »Sie hat das ganze Volk verraten und uns alle im Stich gelassen!«

Soya hatte gar nicht gemerkt, wie die Tür aufgeglitten war und Colin hereingetreten kam.

»Izaroha«, sagte er überrascht und blickte von ihr zu Soya. »Was geht hier vor?«, fragte er und legte seine warme Hand auf Soyas Rücken.

Izarohas Lippen wurden bei diesem Anblick noch dünner.

»Soya hat ein Bild aus dem Archiv gestohlen!«, fauchte sie.

Colin wandte sich langsam Soya zu.

»Soya«, er lächelte sanft, »hast du ein Bild aus dem Archiv gestohlen?«

»Nein«, sagte Soya leise und schüttelte den Kopf. »Nein, habe ich nicht.«

»Da siehst du es«, sagte Colin. »Sie hat es nicht gestohlen.«

Izarohas Mund klappte auf und ihre Augen begannen zu blitzen, doch bevor sie etwas sagen konnte, versteinerte sich plötzlich ihr Gesicht; sie sackte auf dem Stuhl zusammen und sah aus, als wäre sie auf einmal furchtbar müde.

Bestürzt blickte Soya zu Colin und konnte gerade noch sehen, wie ein eigenartiges Leuchten in seinen Augen erlosch und sich sein Mund wieder schloss. Verstört blickte sie zu Boden.

»Komm«, sagte er ruhig und streckte ihr den Arm hin. »Du bist bestimmt müde. Ich bring dich hoch.«

Soya warf Izaroha einen zweifelnden Blick zu, doch Colin schob sie aus dem Zimmer. Draußen winkte er ein paar Wachen herbei und schickte sie ins Zimmer mit der Bitte, sie mögen Izaroha in ihr Gemach bringen.

Colin führte Soya die Treppe hoch, an der Bibliothek vorbei zu ihrem Gemach. Nachdem sie dort angekommen waren, lächelte er entschuldigend.

»Es tut mir leid, Soya. Izaroha ist krank.« Er hob die Augenbrauen und sah mit erloschenem Blick in eine Ecke. »Manchmal kommt es vor, dass sie nicht bei sich ist. Und ich fürchte, in letzter Zeit ist es wieder schlimmer geworden. Die Krankheit scheint wieder vollkommen von ihr Besitz ergriffen zu haben.«

Soya sah ihn fragend an, doch er sagte nichts weiter.

»Colin«, sagte Soya leise. »Ich war es wirklich nicht.«

»Ich weiß«, sagte er mit ebenso leiser Stimme und bedachte sie mit einem väterlichen Blick. »Ich weiß, Soya.«

»Woher?«

»Nun«, er schmunzelte, »Du hast es mir doch eben gesagt. Nicht wahr?«

»Ja, aber …«

Die Sterne an der Decke begannen immer heller zu leuchten, je näher der Tagesanbruch rückte. Colin legte die Hand auf den Türgriff.

»Ich bin sehr gut darin zu erkennen, ob jemand lügt oder ein falsches Spiel treibt«, erklärte er sanft. »Du bist echt, authentisch und du hast ein gutes Herz. Mehr brauche ich nicht zu wissen. Mehr interessiert mich auch nicht. Und jetzt geh schlafen. Du brauchst nicht zum Frühstück zu kommen. Ich werde dir kurz vor der ersten Stunde etwas bringen lassen. Schlaf gut.«

»Wollen Sie denn nicht wissen, wo ich war?«, entfuhr es ihr, noch bevor er ganz die Tür geschlossen hatte.

»Nein.« Er lächelte. »Du wirst schon deine Gründe gehabt haben, weshalb du nachts auf warst.«

Er drehte sich um und mit einem leisen Klicken fiel die Tür ins Schloss.

Soya trat müde auf die Lichtung. Das Fach der ersten Unterrichtsstunde war Sport und alle waren schon versammelt. Die Lehrerin warf ihr einen vorwurfsvollen Blick zu. Soya stellte sich zu den anderen und sah hinüber zu den Fichten. Taoko musste die ganze Nacht auf sie gewartet haben und sie war nicht gekommen. Jetzt war keine Spur mehr von ihm zu sehen.

Alle stellten sich in einer langen Reihe auf. Kashika, an erster Stelle, ließ mit einem Schwung ihr karamellfarbenes Haar nach hinten fallen. Dann duckte sie sich, bereit, beim Startsignal loszurennen.

Der Pfiff gellte und sie rannte los. Wie eine Gazelle schoss sie durchs dichte Unterholz, über die umgefallenen Baumstämme und über die kleinen Bäche. Blitzschnell umrundete sie den kleinen Hügel und kam wieder zurück.

Soya unterdrückte ein Gähnen – sie würde da niemals mithalten können. Und schon gar nicht, wenn die Sonne bereits wieder so heiß auf ihre Köpfe schien. Zudem fühlte sie sich immer noch merkwürdig. Ihre Beine waren wabbelig und ihr war schwindlig; diese Lichtwand hatte alle Energie aus ihr herausgesaugt. Wenn sie noch lange hier an der Sonne stehen bleiben musste, würde sie umkippen, ohne gerannt zu sein. Mit zusammengebissenen Zähnen schaute sie zu, wie Kashika ins Ziel kam.

»Nächste!«

Lialuna war an der Reihe. Sie machte sich bereit, dann ertönte der Pfiff.

Soya sah Lialuna zu, wie sie gekonnt über die Hürde sprang und dabei spontanen Applaus bekam. Kashikas glückliches Gesicht sagte ihr, dass die Bewertung, die ihr die Lehrerin gerade gegeben hatte, hervorragend sein musste.

»*Alae,* Soya! – Hallo!« Kashika ließ ihr langes Haar in den Nacken fallen. »*Hattest du einen erholsamen Schlaf letzte Nacht?*« Sie stellte sich neben Faromir.

»Der Nächste soll sich bereit machen!«, rief die Lehrerin.

»Was für ein wunderschöner Tag, findest du nicht auch, Soya?« Kashika hatte sich zu ihr herübergelehnt. »Ein perfekter Tag für eine hervorragende Leistung. So gut war ich schon lange nicht mehr. Muss am sonnigen Wetter liegen.«

Faromir und Emerio stimmten in ihr Lachen ein.

»Na, was meinst du?«, fragte Kashika und ihr Grinsen schwand. »Meinst du, du kommst bis zu dem Baum da?« Sie zeigte auf die Eiche, die nur wenige Meter von ihnen entfernt stand. »Wobei …«, sagte sie gespielt grüblerisch, »dort ist Schatten … da …« Emerio stieß sie mit dem Ellbogen in die Seite. Kashika lächelte überheblich und drehte Soya den Rücken zu.

»Nächster!«

Sie schlossen auf. Ein monotones Surren drang in ihren Kopf.

»Mir ist schlecht«, flüsterte Soya und drehte sich von den anderen weg, ging hinüber zu den Bäumen und setzte sich unter die Kiefer. In ihrem Kopf drehte sich alles und sie fühlte sich, als ob sie sich übergeben müsste.

»Soya?«, ertönte plötzlich eine Stimme über ihr und Soya blickte in ein verschwommenes Gesicht. »Die anderen sagten, dir sei schlecht?« Die Stimme der Lehrerin war weder freundlich noch bösartig. Sie war genauso sachlich und kühl, wie sie es von ihr kannte.

»Ja«, erwiderte Soya.

»Gut. Dann denke ich, ist es besser, wenn du es für heute bleiben lässt. Kommst du alleine zurück zum Schloss?«

»Klar.«

Verzweifelt überlegte sie, wie sie es anstellen sollte, überhaupt erst aufzustehen.

»Gut.«

Sie warf ihr noch einen prüfenden Blick zu, dann entfernte sie sich. Die Gruppe machte noch einige Durchläufe, dann entfernten sie sich langsam einer nach dem anderen vom Platz.

Soya versuchte, sich aufzurichten.

»Soya?« Vyns Gesicht erschien über ihr. »Was ist denn los?«, fragte er.

»Nichts«, log sie und lehnte sich wieder zurück an den Stamm.

»Haben …«, sein Blick schweifte hinüber zum Schloss, »haben sie dich einfach allein gelassen?« Rasch beugte er sich zu ihr hinab, während sie ihn leise fluchen hörte. »Komm, ich helfe dir.« Er berührte sie kurz an der Schulter und Soya fühlte wie ein Schub kühler Energie in ihren Körper rann.

»Danke«, flüsterte Soya.

»Keine Ursache.« Sein Blick wirkte gequält. »Und jetzt komm schon.«

Er führte sie hinauf ins Schloss. Schweigend traten sie durch den Korridor, dann blieben sie vor ihrem Klassenzimmer stehen. Er hob die Hand zum Abschied und Soya trat durch die Tür.

Der Tag verlief zum großen Teil ereignislos. Soya besuchte die Unterrichtsstunden wie üblich und machte sich zum Unterrichtsstoff Notizen.

Als sie am Abend mit den Hausaufgaben fertig war, ging sie hinunter zum Waldrand und wartete auf Taoko.

Als er um zwölf Uhr nachts immer noch nicht dort stand, ging sie hoch in ihr Zimmer und überließ sich dem Heulkrampf, den sie nicht mehr zurückhalten konnte.

Am nächsten Morgen schleppte sie sich niedergeschlagen hinunter zum Spielfeld.

»Wo willst du denn hin?«, hörte sie Vyns Stimme hinter ihr und drehte sich um.

»Wohin wohl?«, antwortete Soya matt.

»Ihr habt erst heute Abend Sport.« Vyn zögerte. »Hat dir das niemand gesagt? Der Unterricht ist verlegt worden.«

Sie blinzelte ihn gegen das Sonnenlicht an.

»Die Lehrerin hat den Unterricht auf acht Uhr heute Abend verlegt.«

»Wieso?«, murmelte Soya.

»Anweisungen von Zindabor. Er möchte, dass ihr nur noch am Abend Sport habt. Du hättest ihn sehen sollen, als er erfahren hat, dass ihr bei dieser brütenden Hitze herumrennt.«

»Er war hier?«, stieß Soya hervor.

»Ja.«

»Zindabor war hier?« Sie fasste es nicht. »Wann denn?«

»Es hat anscheinend Probleme bei den Drachen gegeben. Er ist gestern spät am Abend gekommen und dann gleich wieder abgereist.«

Etwas Eisiges verknotete sich in ihrer Magengegend. Wenn er hier gewesen war, wieso hatte er sie denn nicht einmal kurz besucht?

»Kommst du?«, fragte Vyn und deutete mit dem Kopf in Richtung Schloss.

Soya taumelte. Das Schloss war auf einmal merkwürdig schief.

»Was ist los?«, fragte er und hielt sie fest.

»Ich … ich vertrage die Sonne nicht so gut«, flüsterte sie. Das Geständnis ließ ihre Wangen kribbeln. Bei den Elfen galt es als Makel, schwach zu sein. In welcher Hinsicht das auch immer sein mochte.

Vyn antwortete nicht. Wortlos führte er sie weiter.

»Weißt du, was Zindabor gesagt hat, warum er die Stunden verlegen will?«, fragte Soya leise.

»Na ja … er hat wohl so etwas Ähnliches gesagt.«

»Wissen die anderen … ich meine, wissen sie …«

»Dass du die Sonne nicht verträgst?«, fragte er. »Spielt das denn eine Rolle?«

»Nein.« Sie runzelte die Stirn, »eigentlich nicht.«

»Also, und denk daran, heute Abend um acht Uhr. Und sei pünktlich.«

Um Punkt acht Uhr stand Soya auf dem großen Platz. Kaum hatte die Uhr vom Schloss her aufgehört zu schlagen, drehte sich die Lehrerin Lakrin zu ihnen um und sah sie an. Ihr Blick glitt prüfend über alle hinweg und als er auf Soya fiel, hielt sie kurz inne. Sie schien keineswegs erfreut über den veränderten Stundenplan zu sein. Als Lakrin schließlich festgestellt hatte, dass alle anwesend waren, klatschte sie in die Hände.

»Gut«, sagte sie, »wie ihr schon wisst, wird von nun an die Sportlektion am Abend immer um die gleiche Zeit stattfinden.«

Allseits verständnisloses Stöhnen.

»Ja. Nun, das habe nicht ich so entschieden.« Dabei warf sie Soya einen ihrer strengeren Blicke zu, während ihre hellgrünen Augen heute besonders intensiv hervorstachen.

»Können wir wissen, wieso das so ist?«, fragte Kashika mit einer Stimme, die Soya sagte, dass sie ganz genau wusste, weshalb es so war.

»Nein«, sagte die Lehrerin knapp.

Soya sah Lakrin verdutzt an.

»Das kannst du nicht. Es sind höhere Anweisungen, die zu befolgen sind. Es ist so und wir müssen das akzeptieren.«

Hatte Zindabor den Elfen einen Strick um den Hals gelegt, dass sie sich so fügten?

Kashika rümpfte die Nase.

»Gut. Dann stellt euch auf. Soya?«

Soya hob den Blick.

»Wieder fit?«, fragte Lakrin.

»Ja.« Soya nickte überrascht. Sie war nicht gewohnt, irgendeine Art der Aufmerksamkeit von Lakrin zu bekommen.

»Gut. Dann kommt alle hier rüber. Los, los, los. Beeilung, oder wollt ihr noch den ganzen Abend hier rumstehen!«

Rasch traten sie zu ihr vor.

»Heute machen wir etwas anderes. Ihr sollt paarweise gegeneinander antreten.«

Neugierige Blicke wurden getauscht.

»Wer will zusammen?«

Sofort bildeten sich Pärchen. Soya blieb als Einzige übrig.

»Alle zusammen? Soya?« Sie sah sich um. »Wer von euch ist noch allein?«

Niemand meldete sich.

»Niemand?«, fragte Lakrin noch einmal. »Dann wird jemand zwei Mal drankommen.«

Einige der Umstehenden warfen Soya verachtende Blicke zu.

»Kashika, du warst letztes Mal die Beste. Du wirst zwei Mal rennen.« Lakrin klatschte in die Hände. »Stellt euch auf!«

Kashika stellte sich widerwillig neben Soya.

Der Pfiff gellte über den Platz und die Ersten rannten los.

Es war spannend zuzusehen, wer am Schluss siegte und wer verlor. Oft lag Soya mit ihrer Einschätzung völlig daneben. Meistens gewannen die, denen sie es am wenigsten zugetraut hatte. Bei jeden Paaren, die durchs Ziel kamen, gab es lauten Applaus. Es rannten noch drei weitere Paare und dann waren sie und Kashika an der Reihe. Soya machte sich bereit und neigte sich zu Boden. Es dämmerte bereits. Sie war froh, dass es jetzt etwas kühler wurde.

»Bereit?«, fragte Lakrin und legte die Pfeife abermals an den Mund.

Soya nickte; Kashika ebenfalls.

Dann gellte der Pfiff und Soya rannte los. Die kühle Luft glitt über sie hinweg und sie fühlte, wie die Kraft durch ihre Adern floss. Ihre Füße trugen sie wie von alleine; es war ein Leichtes zu rennen – es war toll! Ihr Herz machte Luftsprünge, während sie so schnell rannte, wie sie nur konnte, und sie versuchte noch schneller zu sein. Dann, als sie die erste markierte Tanne erreichte, wagte sie einen kurzen Blick hinüber und traute ihren Augen nicht – sie hatte Kashika abgehängt! Wilde, übermütige Freude durchflutete ihren Körper, als sie schließlich die Ziellinie überquerte. Es kam kein Applaus. Doch Soya war es egal. Sie hatte gewonnen! Und sie hatte Kashika geschlagen! Dies würde ihr die nächsten paar Tage Genugtuung verschaffen.

Der Phylenos

Die Fenster waren wie immer geöffnet, als sie die Bibliothek betrat. Soya schloss die Tür hinter sich, dann setzte sie sich auf ihren üblichen Platz. Von draußen hörte sie Stimmen und für einen kurzen Moment schloss sie die Augen. Es würde noch ein paar Stunden dauern, bis sie zu Taoko zum Waldrand hinuntergehen konnte. Gestern war er das erste Mal wieder aufgetaucht. Und heute Morgen hatte sie sich nur mit größter Mühe wieder von ihm trennen können.

Ihr Blick fiel auf ein dunkles, schweres Buch, das vor ihr auf dem kleinen Tisch lag. Blutrote Lettern bildeten einen Schriftzug in feinen Linien: Phylenos.

Irgendetwas sagte ihr dieses Wort. Es passte so gar nicht, dass die Elfen irgendetwas vergaßen wegzuräumen oder gar versehentlich liegen ließen. Vielleicht war es ein Scherz von Kashika und sie hatte das Buch mit irgendetwas bestrichen, sodass sie einen schrecklichen Hautausschlag bekam, wenn sie es anfasste.

Soya ignorierte das Buch und begann in ihrer Tasche nach den Hausaufgaben zu suchen, als ein jäher Windstoß das Buch aufschlug und es wie wild durchzublättern begann. Soya starrte auf die weißen Seiten, die wirr vor- und zurückgeschlagen wurden. Dann legten sie sich plötzlich. Soya neigte sich ein wenig nach vorn. »Seite 534«, las sie und bekam Gänsehaut. Es war auf einmal kühl geworden. Sie fröstelte und ein eigenartiges Gefühl sagte ihr, dass sie nicht allein war.

Ihr Blick glitt hinüber zu den Bücherregalen. Doch die Bibliothek schien so leer zu sein wie immer, wenn sie hier war.

Zögernd beugte sie sich vor und las die dunklen Lettern auf dem weißen Papier: »Stärkster Zauber der mächtigsten Kybalis«, las sie. Sie hatte keine Ahnung, was das war. Hatten sie es schon einmal im Unterricht? Stirnrunzelnd nahm sie einen Zipfel ihres Umhangs, fasste damit den Rand des Umschlags an und ließ das Buch vorsichtig wieder zufallen.

Im selben Moment, als sie die Augen wieder davon abwandte, fiel das Buch mit einem dumpfen Knall zu Boden.

Soya blieb reglos sitzen und starrte auf das offene Buch. Dann drehte sie es vorsichtig um. Erneut war die Seite 534 aufgeschlagen. Stirnrunzelnd ließ sie den Blick erneut über den Titel gleiten: »Stärkster Zauber der mächtigsten Kybalis.«

Darunter stand: »Die Kunst des Zauberns liegt in der Art und Weise, wie man einen Zauber ausspricht …«

»Hier sollte sie sein!«, hörte Soya eine Stimme draußen im Flur und zuckte zusammen. Sie schlug das Buch zu und schob es unter ihre Tasche.

Zindabor, immer wieder ein Anblick von Größe und Kraft, öffnete die Tür. Sein langer, königsblauer Umhang streifte über den Boden, während er feierlich auf sie zutrat.

»Soya«, sagte er und hob die Arme. Strahlend lächelte er sie an.

Soya stand auf. Ein Duft nach Tannennadeln und Harz drang ihr in die Nase, während seine großen, warmen Hände sie an sich drückten.

Der Diener an der Tür räusperte sich.

Sie hörte, wie Zindabor seufzte, dann nahm sie wahr, wie er langsam die Hand hob.

»Danke«, sagte Zindabor. »Ihr dürft gehen.« Seine Stimme war kühl und er machte sich nicht einmal mehr die Mühe, sich nach dem Dienerelfen umzudrehen.

Ein Klicken erklang, dann waren sie allein.

»Wie waren die Tage im Schloss Helandibur? Kommst du klar?«, fragte er und setzte sich in einen der Sessel.

»Jaaa«, antwortete Soya mechanisch.

Zindabor sah auf.

»Ich habe von deinen Fortschritten gehört. Du meisterst alles mit Bravour! Noch ein paar Wochen, und du hast es geschafft.«

»Wochen!«, stieß Soya hervor und ließ sich ebenfalls in die weichen Kissen fallen.

»Nun, wir sehen, wie es sich entwickelt.« Er sah sich um und hob dann mit verdrießlichem Ausdruck im Gesicht den Blick. »Die Gastfreundschaft hier im Schloss ist wie immer überwältigend. Ich könnte einen warmen Tee vertragen. Du nicht auch?«

Er sprach einige Zauberwörter und schon erschienen auf einem Tablett zwei Tassen und eine Teekanne, aus der kleine Dampfwölkchen aufstiegen. Er ließ geschickt den Tee in die beiden Tassen fließen und daraufhin flog eine Tasse zu Soya. Das Tablett mit der dampfenden Teekanne sank langsam auf den Tisch nieder, dann erschienen Kekse und ein paar Gebäckstücke. Er rührte ein, zwei Mal in der Tasse mit dem kleinen, silbernen Löffel. Dann fiel sein Blick auf das Buch, das jetzt unter ihrer Tasche hervorlugte, und der Löffel fiel ihm aus der Hand.

»Woher …«, fragte er und starrte wie vom Donner gerührt auf die blutrote Schrift. »Grundgütiger!«, murmelte er und holte es vorsichtig unter ihrer Tasche hervor. »Woher hast du dieses Buch, Soya? Wie zum Teufel, wie um alles in der Welt bist du zu diesem Buch gekommen?«

»Es«, sie hob die Hand und zeigte auf den Tisch, »es lag da, als ich kam.«

»Es *lag da*? Es, es *lag* da?«

»Ja.« Sie runzelte die Stirn. »Wieso, was ist damit?«

Er musterte sie scharf. Sein Blick fiel abermals auf das Buch, fast so, als müsse er sich versichern, dass es immer noch auf seinem Schoß lag. Er sah sie vielsagend an.

»Es ist der *Phylenos*.«

Er hob seine Augenbrauen. Seine Stimme war voller Ehrfurcht und gleichzeitig lag ein Ton darin, der einem alle Härchen aufstellen ließ. Er sprach es so aus, als wäre damit alles erklärt.

Unsicher schaute sie ihn an.

»Sollte ich wissen, was das ist? Der *Phylenos*?«

Zindabors Blick verdüsterte sich.

»Ich habe es einst erwähnt … Es ist ein sehr böses Buch. Ein Buch, das in die Vergessenheit hätte geraten sollen.« Er atmete tief ein. »Der Phylenos ist ein überaus wertvolles und äußerst gefährliches Buch. So ein Buch lässt man nicht einfach so herumliegen.« Er strich mit seiner Hand über die glutrote Schrift, als müsse er ein Ungeheuer besänftigen, damit es nicht urplötzlich zuschnappte. »Soviel ich weiß, war Sekretas zuletzt im Besitz des Buchs …« Ein seltsam leerer Blick erfasste ihn. »Dieses Buch liegt nicht ohne Grund hier.«

»Sekretas?«, flüsterte Soya, und als sie seinen Namen aussprach, fröstelte sie. »Etwa dieser schreckliche Zauberer, von dem du mir erzählt hast?«

Zindabor nickte.

»Hast du jemanden hier herauskommen sehen, bevor du die Bibliothek betreten hast?«, fragte er.

»Nein.«

»Bist du dir ganz sicher?«

»Ja!«

Seine Stimme klang gedämpft.

»Hast du darin gelesen?«

Schuldbewusst sah sie ihn an.

»Ja.«

»Und, hast du es verstanden?«, fragte er weiter, immer noch mit gesenktem Blick.

»Ich habe nur kurz reingeschaut.«

»Du verstehst mich falsch«, sagte Zindabor leise und hob endlich den Blick. »Ich meine, hast du es lesen können?«

»Wieso?«, murmelte sie. »Weshalb – sollte ich es nicht lesen können? Was …« Sie stockte und auf einmal hatte sie einen Kloß im Hals.

»Wer hat es dich gelehrt, Soya?«

»Was?«, stieß sie hervor.

»Diese Schrift zu lesen«, sagte er – zu leise, als dass es für ein menschliches Ohr hörbar gewesen wäre.

Zindabor schaute sie mit einem merkwürdigen Ausdruck im Gesicht an, dann öffnete er langsam das schwere Buch, ohne den Blick von ihr abzuwenden, und hielt es ihr hin.

Dann fühlte sie plötzlich, wie ihr das Blut aus dem Gesicht strömte.

»Du konntest es also einfach so lesen?«

»Ja«, keuchte Soya und starrte auf die fremde Schrift. Es war eine Sprache, die ihr fremd war, aber doch auf unerklärliche Weise vertraut – sie verstand jedes Wort, ohne sich anstrengen zu müssen.

»Was ist es für eine Sprache?«, flüsterte sie. Ihre Stimme bebte, obwohl sie vergebens versuchte, sie ruhig klingen zu lassen.

Zindabors Augenlider senkten sich.

»Dieses Buch, Phylenos genannt, hat, wie ich dir bereits einmal erzählte, ein Mann namens Jarell Pytheko verfasst. Er war ein Schirkan, Soya. Du hast die Sprache der Schirkans gelesen«, er beobachtete sie ganz genau, »und sie verstanden.«

Ihre Hände fielen schlaff in ihren Schoß. Dass Wörter in ihrem Kopf erschienen, war das eine. Aber dass sie die verbotene Sprache jetzt auch ohne Weiteres lesen konnte, als ob sie das schon ihr Leben lang getan hatte, war etwas vollkommen anderes.

»Wie …«, flüsterte sie. »Wie konnte … wie ist das möglich?«

Zindabor klappte das Buch langsam wieder zu und legte es auf seinen Schoß.

»Es gibt verschiedene Möglichkeiten.« Er fuhr über seinen Bart. »Hast du denn eine Ahnung, weshalb du es lesen kannst, Soya?«

Auf einmal kam sie sich vor wie in einem Verhör.

»Nein!«

»Ich kann mir nicht vorstellen, dass sich *Sekretas* die Mühe macht, in das Schloss Helandibur einzudringen und dann seinen wichtigsten Schatz *hier vergisst*. Und so *töricht*, ihn hier liegen zu lassen, ohne genau zu wissen, wer ihn bekommt, kann er nicht sein.«

Zindabor starrte finster auf den dunkeln Umschlag.

»Und kein Zauber, keine Magie kann so mächtig sein, dass er vermag, den Schutz um das Schloss zu durchdringen und das Buch mit einem Zauber in das Schloss hineinzubringen. Das Buch kann also gar nicht nur mit Magie hierhergekommen sein.« Er schüttelte den Kopf. »Und auch wenn; weshalb sollte er es hierherkommen lassen? In die Bibliothek, an einen Ort, wo *jeder* es finden könnte.« Er senkte den Kopf. »Das ergibt keinen Sinn. Zudem hätte er wohl wissen müssen, dass *ich* unterwegs bin hierher. Das passt alles nicht. Es passt einfach nicht zusammen.«

»Vielleicht ist etwas schiefgegangen. Vielleicht sollte dieses Buch gar nicht hierherkommen und wir haben es zufällig gefunden«, warf Soya ein.

Zindabor schaute hoch.

»Nein.«

»Wieso nicht?«

»Dieses Buch ist zu wichtig! Man experimentiert nicht mit Zauber, wenn es um den Phylenos geht!«

Und da war er wieder, dieser Blick, der ihr fast die Luft abschnürte.

»Im Phylenos stehen Zauber, die eigentlich gar nicht existieren dürften. Sie gehen weit über die dunkle Magie hinaus. Der Phylenos ist erschaffen worden, um zu vernichten, um zu foltern und zu zerstören. Es ist die gefährlichste Waffe überhaupt. Nicht dass jeder diese Zauber wirklich vollbringen könnte, denn um solch mächtige Zauber ausüben zu können, braucht es mehr als nur großes Talent. Nur diejenigen, die schon äußerst mächtig sind, können sie benutzen. Und da wird es erst gefährlich. Sobald jemand sehr Mächtiges an dieses Buch gelangt, gibt es für die anderen kein Entkommen … Jarell Pytheko war ein äußerst mächtiger Magier. Im höchsten Maße intelligent, aber leider auch durch und durch böse.«

Zindabor seufzte. Dann durchbrach er abermals die Stille.

»Jemand muss gewollt haben, dass *du* es findest. Eine andere Möglichkeit gibt es nicht. Wer konnte es also hierhergelegt haben und weshalb? Wer konnte wissen, dass *du* als Nächste in die Bibliothek gehen würdest und dass du es dir überhaupt ansehen würdest, geschweige denn es lesen *kannst*?« Zindabors Wangenknochen traten hervor und er blickte finster auf seine Hände hinab, die das dunkle Buch fest umschlossen hielten. »Wenn es Sekretas war, was hat er dann vor? Was nützt es ihm? Herrgott noch mal, was hat er denn davon, wenn *du* das Buch hast?« Wieder schüttelte er den Kopf und starrte aufgebracht auf das Buch. »Was würde es für einen Sinn ergeben?«

»Es war das Buch selbst«, flüsterte Soya.

Überrascht sah er hoch.

»Das Buch – es war es, das auf sich aufmerksam gemacht hat.«

»Wie?«, fragte er ruhig, doch seine Augen flackerten leicht.

Soya rutschte unruhig auf dem Sitz herum.

»Ich war in der Bibliothek – und ein Windstoß hat es geöffnet.« Sie sah unsicher hoch, doch Zindabor deutete ihr an, weiterzusprechen: »Das Buch hat zu blättern begonnen und schließlich die Seite 534 aufgeschlagen. Ich dachte zuerst, ich hätte mir das alles nur eingebildet und es wäre bloß der Wind gewesen. Ich habe das Buch wieder geschlossen, doch dann ist es auf einmal zu Boden gefallen, und«, sie schluckte und spürte Zindabors Blick auf sich haften, »wieder war die Seite 534 aufgeschlagen.«

Zindabors Gesicht war aschfahl geworden. Sein Blick wanderte langsam durch die Bibliothek. Jeder Winkel wurde von seinem durchdringenden Blick erfasst, alles haargenau abgesucht. Doch wie zuvor schon Soya, schien auch er nichts Auffälliges im gesamten Raum zu entdecken – außer der Tatsache, dass der Phylenos auf seinem Schoß lag.

Langsam schlug er Seite 534 auf.

»Ich denke, irgendjemand möchte dir damit etwas mitteilen. Weißt du vielleicht, was?«

Bestürzt sah sie in sein Gesicht.

»Nein! Ich weiß es nicht! Ich habe keine Ahnung, was das alles soll!« Verzweifelt fuhr sie sich mit den Händen über den Kopf.

»Ich denke, es ist besser, wenn ich das Buch vorerst mit zu mir nehme, solange wir nicht wissen, woher und von wem es stammt – und welche Absichten dahinterstecken«, sagte Zindabor und steckte das Buch in seine Tasche. »Sofern du damit einverstanden bist?«

Soya nickte energisch.

Zindabor erhob sich aus dem Sessel.

»Es wird Zeit«, sagte er und hob den Stab. »Ich werde herausfinden, was es mit dem Buch auf sich hat, Soya«, versprach er. »Obwohl mir davor graut.« Er machte eine kurze Pause. »Erzähl niemandem davon.«

Soya nickte beklommen.

»Gut«, sagte Zindabor. »Dann bis bald.« Er lächelte ihr zu und ging leise zur Tür hinaus.

Soya blieb reglos stehen und sah ihm stirnrunzelnd nach. Wenn er glaubte, dass das Buch für sie bestimmt war, warum nahm er es dann an sich? Glaubte er, es wäre nicht sicher bei ihr? Oder dachte er, sie könnte es missbrauchen? Sie wäre fähig, solch niederträchtige Zauber auszuführen?

Dann fiel ihr Blick auf Zindabors Tasse, aus der immer noch dichter, weißer Dampf aufstieg.

Farol

In den nächsten Tagen verbrachte Soya jede freie Minute in der Bibliothek, um etwas über die Kybalis in Erfahrung zu bringen. Doch nach dem fünften Regal schwand allmählich ihre Hoffnung, jemals etwas darüber hier in Helandibur zu finden. Und einen Lehrer im Schloss danach zu fragen, wäre zu riskant gewesen.

»Soya?«

Vyns Kopf erschien in der Tür und sah sie überrascht an.

»Du hast jetzt Unterricht, das weißt du, oder?«

Ihr Blick fiel auf die Uhr.

»Erst in einer Stunde«, murmelte sie.

»Dann bist du falsch informiert worden.« Er atmete tief aus, während sich sein Blick vor ihren Augen verdüsterte. »Der Unterricht findet jetzt statt.«

Soya sprang auf und klaubte alle ihre Sachen in die Tasche.

»Wenn du dich beeilst, schaffst du es vielleicht noch«, rief er ihr nach, während sie ihm zum Dank zuwinkte, die Treppe hinabstürmte und den Korridor entlangrannte.

Kurz vor dem Klassenzimmer kam sie schlitternd zum Stehen und öffnete vorsichtig die Tür. Alle saßen bereits, die Köpfe über die Bücher gebeugt, und lasen einen Artikel aus dem Buch der großen Zauber.

»Oh – Soya. Was für eine Ehre, dass du uns mit deiner Anwesenheit beglückst!« Die Stimme der Lehrerin, die vom Pult her zu ihr herüberdrang, war mit Missbilligung getränkt.

»Entschuldigen Sie«, flüsterte Soya und ging zum letzten freien Tisch. »Ich hatte die Info …«

»Du bist zu spät, Soya«, sagte sie streng. »Punkt. So einfach ist es, nicht wahr? Weswegen, ist mir egal. Du schreibst bis Morgen einen Aufsatz über die Heilwirkung der Pfaffenblüten.«

Soya ließ sich stöhnend auf den Stuhl fallen.

»Nun gut«, fuhr die Lehrerin fort, als hätte es keinen Zwischenfall gegeben, und schwebte andächtig durch den Raum. »Wir waren beim Kambilot stehen geblieben.«

Soya rieb sich die Augen. Das Licht heute Morgen wirkte besonders grell.

»Soya, weißt du, was der Kambilot ist?« Serille, die Geschichtslehrerin, blieb vor ihr stehen.

Ein leises Gekicher drang von den vorderen Reihen zu ihnen herüber.

»Nein?« Die Mundwinkel der Lehrerin zuckten ein wenig. »Sicher nicht?«

»Nein. Ich weiß es nicht«, sagte Soya laut. Ohne zu blinzeln, schaute sie ihr in die kühlen, silbergrauen Augen.

»Gut denn.« Serille hob die Lider. »Keine Schande, mal etwas nicht zu wissen.«

Genervt blickte Soya auf die leere Tischplatte vor sich. Nach einer Weile hörte sie ein leises Schnauben und Serille glitt wieder in die Mitte des Raums zurück.

»Weiß jemand von euch, was der Kambilot ist?« Ihr Blick richtete sich an die Klasse.

Die Hände gingen in die Höhe.

»Ja? Kashika?«

»Den Legenden zufolge muss es ein Kambilot in den Höhlen der Schirkans geben.«

Soyas Blick schoss hoch.

»Der Kambilot ist ein Zauber, der einen Sternenhimmel exakt nachahmen soll. Doch ...«, fuhr Kashika fort und ihre Stimme wurde auf einmal so hoch, dass es sich anhörte, als müsse sie sich das Lachen verkneifen, »nicht alle Geschichten beruhen auf der Wahrheit.«

Die Lehrerin schenkte ihr ein verständnisvolles Lächeln.

»Ganz richtig.«

Soya wusste nicht, was daran so komisch sein sollte.

»Wieso nicht?«, fragte Soya, bevor sie sich zurückhalten konnte. Das Gekicher ging ihr allmählich auf die Nerven.

Die Augen der Lehrerin blitzten zu ihr herüber und das Lächeln gefror ihr auf den Lippen.

»Wieso dies nicht die Wahrheit sein kann?«, fragte die Lehrerin mit bemüht ruhiger Stimme. »Nun Soya, es ist ganz einfach. Weil die Schirkans nicht in der Lage wären, so etwas wie einen Kambilot zu erschaffen. Nicht einmal *wir* haben das jemals geschafft.«

»Und wieso sollten es dann die Schirkans nicht hinkriegen?« Soya wusste, dass sie vermutlich zu weit ging. Aber diese Hochnäsigkeit machte sie rasend. Wie überheblich zu denken, sie seien unschlagbar und nie würde ihnen je einer das Wasser reichen können.

»Die Kräfte der Schirkans sollen die der Elfen weit übersteigen«, sagte Soya kühl; im Klassenraum wurde es auf einen Schlag still.

Serilles linkes Auge zuckte.

»Merk dir eins, Soya, ich toleriere diese Frage nur, weil du offensichtlich unwissend bist. Ich sage es dir jetzt also einmal klar und deutlich, und danach will ich nie wieder in diesem Klassenzimmer eine derart beleidigende Aussage zu hören bekommen: Die Schirkans würden niemals, nie und unter keinen Umständen an das Wissen, die Zauberkünste und die Magie der Elfen herankommen. Sie würden uns nicht annähernd bei irgendetwas überbieten können.«

»Kennen Sie denn einen von ihnen?«, fragte Soya. Einige drehten sich zu ihr um.

»Jetzt reicht es!«, donnerte Serille. »Was fällt dir ein!«

»Sie kennen also keinen«, fuhr Soya leise fort, innerlich kochend vor Wut. »Nun, dann frage ich mich doch ernsthaft, wie Sie so eine Aussage machen können, wenn Sie noch nie einem Schirkan begegnet sind.«

»Raus!«, fauchte sie. »Raus!« Mit feuerrotem Gesicht zeigte sie auf die Tür.

»Wieso denn?« Soya versuchte eine Unschuldsmiene aufzusetzen. »Man darf im Unterricht doch Fragen stellen.«

»Raus habe ich gesagt!«

»Ich frage mich, wie Zindabor darauf reagieren wird, wenn er hört, dass Sie mich wegen einer Frage aus dem Klassenzimmer werfen.« Mit einem Lächeln sah Soya zu ihr hoch. Diesmal hatte sie nicht den Hauch eines schlechten Gewissens. Im Gegenteil, sie genoss es zu sehen, wie die Gesichtsfarbe der Lehrerin schneller von Rot auf Weiß wechselte, als sie blinzeln konnte.

Wütend wandte sich Serille von Soya ab und ging hinter ihr Pult. Es dauerte ein paar Sekunden, bis sie sich wieder beruhigt hatte, dann gab sie ihnen die Aufgabe, etwas durchzulesen.

*

»Es ist schön hier, nicht wahr?«, hörte sie eine tiefe, raue Stimme hinter sich.

Soya saß auf einem der felsgroßen Steine mit dem Blick zum Wald gerichtet und wartete auf Taoko, der bald da sein sollte.

»Du bist Soya, nicht wahr?«, fragte die Stimme erneut.

Soyas Blick blieb auf einem moosbewachsenen Baumstumpf haften.

»Nun ja«, seufzte er. »Das ist ja nicht zu übersehen.«

Soya biss die Zähne aufeinander.

»Gefällt es dir hier in Helandibur?«

Ich kann mich nicht erinnern, dich zu einem Gespräch eingeladen zu haben, dachte Soya zerknirscht.

»Was machst du denn hier draußen?«, fragte er weiter, als er keine Antwort bekam. »Ah ja«, sagte die Stimme nachdenklich. »Ich weiß schon. Du wartest auf deinen vierbeinigen Freund, nicht wahr?« Soya nahm wahr, wie der Unbekannte langsam um sie herum ging. »Dein einziger Freund hier, vermute ich …« Er blieb stehen. »Nun, das ist auch nicht weiter überraschend, wenn man von draußen kommt.«

Soya hob die Augenbrauen.

»Richtig«, knurrte sie. »Ich sollte am besten von der nächsten Brücke springen, um ihnen einen Gefallen zu tun.«

Ein unterdrücktes Lachen drang an ihre Ohren – Soya drehte sich um. Ein Elf mit schneeweißem, schulterlangem Haar, die wie üblich auf den Seiten nach hinten geflochten waren, stand vor ihr und lächelte sie an. Seine Haut wirkte pudrig und seine Augen waren von einem hellen Grau. Er musste schon sehr alt sein. Älter als Colin und Izaroha, älter als Laendor.

»Du siehst genauso aus, wie ich es mir immer vorgestellt habe, seit ich erfahren habe, dass es dich gibt«, sagte er und schaute sie weiterhin unverwandt an. »Was mich ein wenig enttäuscht, ist …«, er schaute ihr prüfend in die Augen, »nein, ich sehe nichts.«

»Was?« Soya schaute zu ihm hoch.

»Nun, ich dachte, ich würde da noch etwas vom anderen Anteil deines Blutes erkennen.« Er lächelte, dann schaute er gedankenverloren in den Wald hinein.

»Wer seid Ihr?«, fragte sie ohne wirkliches Interesse.

Sein Blick verschleierte sich.

»Wer ich bin, ist nicht so wichtig, Soya. Nein.« Er schüttelte den Kopf. »Viel wichtiger ist«, fuhr er fort und richtete seine hellgrauen Augen wieder auf sie, »*wieso* du hier bist.«

Soya sah ihn fragend an.

»Nun«, er hob seine Augenbrauen. »Du befindest dich immerhin auf meinem Land.«

»Oh.«

Unangenehm berührt stand sie auf. Tatsächlich hatte sie sich heute etwas weiter in den Wald begeben. Sie hatte nicht riskieren wollen, dass ihr noch jemand über den Weg läuft. Doch obwohl sie an einem anderen Fleck stand als sonst, konnte sie trotzdem keine Grenze erkennen. Fünfzehn Meter vor oder zurück, sah alles gleich aus.

Wieder verzogen sich seine Mundwinkel zu einem warmen Lächeln.

»Es tut mir leid«, murmelte Soya. Und noch mehr leid tat es ihr, dass sie nicht beim Schloss geblieben war. Dort wäre ihr mit Sicherheit niemand zu nahe gekommen.

»Ist schon gut«, sagte er leise. »Ich freue mich über Besuch. Ich habe nie welchen.«

Soya hob kaum merklich die Augenbrauen.

»Ich habe schon viel über dich gehört«, sagte er, und auf einmal fingen seine Augen an zu glühen, »schon sehr viel. Doch nichts von dem, was ich gehört habe, wird dem gerecht, was ich jetzt mit eigenen Augen erblicken kann. *Le vi ely nin ar vi gin.* – Dein Glanz bezaubert mein Herz.«

Soya sah ihn misstrauisch an. Sollte das vielleicht ein dummer Scherz sein, den sich Kashika hatte einfallen lassen?

»Es ist wahr«, sagte er, dann atmete er tief ein. »*Le bain sui Elehna.* – Du bist so schön wie Elehna.«

»*Hannon* – Danke«, flüsterte Soya leise, unsicher, ob er nicht gleich in schallendes Gelächter ausbrechen würde. Doch er schaute ihr weiterhin wachsam in die Augen.

»Du solltest nicht hier sein, Soya«, sagte er schließlich.

Soya blinzelte erstaunt.

»Gut. Ich gehe wieder.«

»Nein, das meine ich nicht.« Er hob beschwichtigend die Hände, als sie Anstalten machte wegzugehen. »Ich meinte damit hier – bei den Elfen.«

Soya hielt inne. Er schüttelte den Kopf, wandte sich ab und ging mit geschmeidigem, schnellem Gang, noch tiefer in den Wald hinein. Unschlüssig blieb sie stehen, dann schürzte sie die Lippen und ging ihm hinterher.

»Wartet!«, rief sie. Doch obwohl sie rannte, war er plötzlich verschwunden. Der Wald schien ruhig und verlassen dazuliegen, als ob er nie dagewesen wäre.

Missmutig stapfte sie zum Schloss zurück.

Taoko tauchte gerade hinter einem Baum auf, als sie Vyn von Weitem kommen sah.

»Wo bist du gewesen?«, fragte Vyn. Es klang vorwurfsvoll.

Taoko schmiegte sich an ihre Beine und einen Moment legte sie ihren Kopf auf sein weiches Fell. Ein tiefes Dröhnen drang aus seiner Brust.

»Ich habe dich was gefragt!«, hakte er nach.

»Ich wusste nicht, dass es verboten ist, in den Wald zu gehen«, gab sie zerknirscht zurück.

»Ich habe dir schon einmal gesagt, dass du nicht in diese Richtung gehen sollst.«

Stimmt. Jetzt, wo er es sagte, fiel es ihr wieder ein. Doch damals hatte er bloß die Nase gerümpft und gemeint, falls sie in den Wald gehen wollte, sei es nicht ratsam, in diese Richtung zu gehen, dort gebe es nur Moor und viele Schlangen.

»Hast du da jemanden getroffen?«, fragte er.

Wild entschlossen, ihm nichts von der Begegnung mit diesem rätselhaften Elfen zu erzählen, ging sie an ihm vorbei.

»Farol ist kein guter Umgang«, fuhr er fort, ohne auf eine Antwort von ihr zu warten, und holte zu ihr auf.

Taoko knurrte ihn an und Vyn wich einen Schritt zurück.

»Du solltest dich nicht mit ihm abgeben, Soya.«

Sie sah Taoko an und fühlte, wie sie sich beruhigte.

»Er ist nicht *gut*«, fuhr er fort, als ob sie danach gefragt hätte. »Ein sturer, eigensinniger, alter Elf. Ein wenig verrückt, wenn du mich fragst. Und irgendwann hat er den Verstand verloren. Er lebt allein da draußen im Wald. Hat sein eigenes Revier, wo er lebt. Oder was auch immer er da treibt.« Er hob die Augenbrauen.

»Spionierst du mir etwa nach?« Soya warf ihm einen abschätzigen Blick zu.

Vyn lachte hohl.

»Hast du das Gefühl, ich habe nichts Besseres zu tun?«

Soya sah ihn an. *›Nein?‹*

»Um beim Thema zu bleiben«, seine Miene wurde wieder ernst, »Farol kommt nie nach Helandibur. Das letzte Mal, als er im Schloss war, ist dreihundert Jahre her.«

»Dreihundert Jahre?« Mit offenem Mund sah sie in sein Gesicht. Er war mehr als dreihundert Jahre alt? »Wieso das denn?«

Vyn runzelte die Stirn.

»Er hat das Gesetz gebrochen.«

Wäre sie nicht zu perplex gewesen und nicht so furchtbar schlecht drauf, hätte sie laut herausgelacht.

»Habt ihr euch das irgendwo aufgeschrieben, was er damals getan hat, damit ihr noch weitere fünfhundert Jahre auf ihn wütend sein könnt?!«

»Das ist nicht witzig, Soya.«

»Nein, Vyn. Das finde ich auch nicht.«

»Du kannst das nicht gerade sehr gut beurteilen.«

»Ach, komm schon, Vyn! Das ist doch nicht normal!«

»Du weißt nicht, was er getan hat.«

»Hat er vielleicht jemanden betrogen?«

»Du hast nicht das Recht, dich über uns lustig zu machen!«

»Bei so einem Verhalten, Vyn! Dreihundert Jahre! Es war vor dreihundert Jahren!«

Um ehrlich zu sein, wusste sie gar nicht, wie alt ein Elf werden konnte. Wie alt wohl Colin und Izaroha waren? Und wie alt konnte sie werden, wenn sie ein Mischling war? Vyn blickte einen Moment wütend zur Seite. Dann atmete er plötzlich tief ein.

»Also, wie gesagt, er ist ein wenig irre. Doch im Grunde genommen sind wir froh darüber, dass er sich nicht mehr hier blicken lässt. Es wäre gut, wenn das so bleiben würde.«

Sie waren beim Hauptsaal angelangt und er musste in die andere Richtung.

»Gute Nacht, Vyn«, sagte sie.

»Soya.« Er neigte den Blick. »Ich bin wirklich froh, dass du das verstehst.«

Sie wusste zwar nicht, inwiefern er glauben konnte, dass sie das akzeptiert oder gar verstanden haben könnte, hob jedoch die Hand zum Abschied und steuerte auf die große Treppe zu. Sie hatte keine Lust, sich noch weiter mit Vyn zu streiten.

Taoko schmiegte sich an ihre Hand und sie strich über sein seidenglattes Fell. Er war hier – das war das einzig Wichtige.

Das Einzige, was zählte.

*

»Soya?«

Da stand er wieder, erschienen wie aus dem Nichts. In hellbeigen Hosen und einem leichten, olivfarbenen Pullover. Die Haare fielen ihm über die Schulter und die kalten, hellgrauen Augen sahen sie aufmerksam an.

»Hallo, Farol.«

Ein Lächeln erhellte sein Gesicht.

»Du weißt also, wie ich heiße. Sehr gut. Wer hat es dir denn gesagt?« Er fuhr mit der Hand über den groben Stamm zur seiner Rechten. »Darf ich raten? Vyn vielleicht?«

Soya sah ihn grimmig an. Er war vermutlich einer dieser Elfen, die den Unsichtbarzauber beherrschten. Er lachte leise.

»Überrascht?«

»Nein.«

Sie runzelte die Stirn. Es überraschte sie mittlerweile gar nichts mehr. Sie hatte aufgehört, die Dinge mit logischem Menschenverstand zu betrachten.

»Ich habe nicht gedacht, dass du mich schon so früh aufsuchen würdest.«

Etwas pikiert blickte sie in den Wald hinein.

»Woher willst du wissen, dass ich dich aufsuche?«

Wieder lachte er leise.

»Es ist wirklich erfrischend, mit dir zu sprechen, Soya.« Er drehte sich um und deutete ihr an, ihm zu folgen. »Du bist so ehrlich und durchschaubar. Es tut mir fast ein bisschen weh zu wissen, dass du das alles verlieren wirst.«

Soya folgte ihm durch den Wald, dann plötzlich wandte er sich um und packte sie am Arm.

»Komm, hier durch«, flüsterte er und zog sie zur Seite. Obwohl sie nichts sah, fühlte es sich plötzlich so an, als trete sie durch einen eiskalten Regenschauer.

»Ich mag es nicht, wenn man uns beobachtet«, erklärte er.

Verwirrt schaute sie zurück.

Er deutete auf ein kleines Anwesen, das sich plötzlich vor ihren Augen zeigte.

»Hier wohne ich.«

Soya blieb verblüfft stehen und blickte auf ein kleines, hübsch aussehendes Häuschen, umsäumt von großen Birken. Daneben stand ein hellweißer Schimmel, der jetzt ein wenig mit den Hufen scharrte. Es sah fast so aus wie der Schimmel von Zindabor. Obwohl, dachte Soya und musterte ihn genauer – irgendetwas war anders. Doch sie kam nicht dahinter, was es war. Hatte er einen schmaleren Kopf? War er etwas größer oder hatte er andere Augen?

»Wie du sicher bemerkt hast, habe ich mein Daheim mit einem Schutzzauber umgeben«, fuhr Farol in normalem Tonfall fort. »Ich möchte hier meine Ruhe haben und nicht ausspioniert oder belästigt werden.« Er hob entschuldigend die Hand. »Natürlich ist deine Anwesenheit ausgenommen.« Seine hellgrauen Augen ruhten einen kurzen Moment auf ihrem Gesicht, dann folgte er ihrem Blick, der sich immer noch auf den Schimmel richtete. »Das ist *Gwaloth* – Blüte«, sagte er. Ein trauriges Lächeln ließ seine Augen zu schmalen Schlitzen verengen.

Gwaloth wieherte leise, stieg mit den Vorderbeinen in die Luft und verschwand dann zwischen den Bäumen aus ihrem Blickfeld.

»Mach dir nichts draus. Er reagiert auf Fremde immer etwas scheu.« Entschuldigend hob er die Schultern. »Es erstaunt mich, dass er überhaupt hiergeblieben ist, als er uns hat kommen sehen.« Er blickte nachdenklich an den Ort, an dem eben noch Gwaloth stand. »Möchtest du etwas zu trinken?«, fragte er schließlich. »Ich bin gerade dabei, ein neues Schwert zu schmieden. Meine alte Kunst, musst du wissen.«

Ein wenig abseits stand ein knorriger, alter Baum und Soyas Blick blieb unwillkürlich daran haften. Auf einmal fühlte sie eine Gänsehaut über ihre nackten Arme streichen – mit diesen tausend kleinen, violetten Blumen, die den Boden um den Baum schmückten, erinnerte der Platz sie plötzlich an ein Grab.

Farol ging hinüber zum Haus, wo er so etwas wie eine Werkbank stehen hatte, und Soya, die ihm langsam folgte, riss widerwillig den Blick von der Blütenwiese los.

»Ich mochte deine Mutter sehr«, sagte Farol und holte sein Werkzeug hervor. »Sie war wie eine Tochter für mich. Sie war sehr liebenswürdig zu mir … Und das auch, nachdem das alles mit mir passiert war.« Er holte tief und lange Luft, während sein Blick auf ihr verweilte. »Du bist ein bisschen wie sie, Soya. Du respektierst jeden so, wie er ist, egal, was andere sagen.« Seine Augenbrauen schoben sich zusammen. »Du bist ein gutes Wesen. Es tut mir im Herzen weh, dass sie dich kaputtmachen werden.«

Soya schüttelte den Kopf. »Sie machen mich nicht kaputt.«

»Doch, das tun sie.«

»Nein«, sagte Soya und fühlte den altbekannten Schmerz in ihrem Magen brennen. »Ich bin es selbst, die mich kaputtmacht.« Langsam hob sie den Blick und zwang sich, fest in seine Augen zu sehen.

»Wie meinst du das?«, flüsterte er.

»Du sagst, du hast meine Mutter geliebt wie deine eigene Tochter«, sagte sie und hielt sich den schmerzenden Bauch fest. »Nun, sie ist meinetwegen ums Leben gekommen. Genauso wie Eldevin und Laendor. Sie alle haben beim Versuch, mich zu beschützen, ihr Leben gegeben.«

»Sag so etwas nicht.« Er schüttelte den Kopf. »Du trägst nicht die Schuld für ihren Tod.« Farol machte einen Schritt auf sie zu. »Nur diejenigen, die sie umgebracht haben!« Seine Augen leuchteten wie silberne Monde. »Wenn man liebt, dann tut man Dinge, die manchmal nicht nachvollziehbar sind. Du würdest wohl gleich handeln, wenn du eine Tochter hättest.«

Soya sah hinüber zu den kleinen, violetten Blumen, die jetzt in der Sonne, welche durch das dichte Blätterdach brach, hell erstrahlten.

»Deswegen bist du also hier«, flüsterte er. »Um dich irgendwann zu rächen.«

Soya sagte nichts. Doch Farol nickte wissend.

Er neigte sich über ein sehr hübsch verziertes Schwert und holte eine Feile hervor. Dann fuhr er mit der Hand darüber und ein dunkelgrüner Schimmer erstrahlte auf der Klinge.

»Wenn du möchtest, lehre ich dich, dein eigenes zu schmieden.«

Farols Geheimnis

Schon fünf Tage hatte Soya Farol nicht mehr besuchen können, weil Vyn ihr immer irgendwo aufgelauert hatte.

Missmutig stapfte sie ihm den schmalen Pfad hinterher, der zum Dorf hinabführte.

»Du bist noch nie im Dorf gewesen!«, hatte sich Vyn lauthals darüber beklagt und so lange auf sie eingeredet, bis sie schließlich eingewilligt hatte, ihn zu begleiten.

Sie nahm kaum wahr, dass sie bereits die steinerne Straße erreicht hatten, bei der das Dorf begann. Vyn blieb stehen und richtete den Blick starr geradeaus. Sie befanden sich neben einem moosbewachsenen Haus, vor dem tausend hell leuchtende Kristallanhänger glitzerten. Die Tür zum Laden stand offen und davor, gegen die Wand gelehnt, stand – Farol.

»Farol«, keuchte Soya. Sie hob die Hand, doch Vyn ergriff ihren Arm.

»Was tust du denn?«, zischte er. »Hast du den Verstand verloren?«

Farols Augen verengten sich. Er wandte sich ohne die Andeutung eines Grußes um und betrat mit schmalen Augen den Laden.

Soya riss sich los. Ein Klingeln ertönte, als sie den Laden betrat, dann erkannte sie Farol hinter einem Regal.

»Farol«, flüsterte Soya und trat rasch zu ihm. Sie schüttelte lächelnd den Kopf. »Du bist hier?«

Seine hellgrauen Augen betrachteten sie kühl und unnahbar.

»Hallo?«, raunzte er misstrauisch und hob die Augenbrauen.

Die Verkäuferin, die aus dem Hinterzimmer gekommen war, warf ihnen einen argwöhnischen Blick zu.

»Du …«, stammelte Soya, »du kommst ins Dorf?« Nervös fuhr sie sich durchs Haar. »Das ist schön, Farol.«

Farol sagte nichts. Stattdessen sah er sie weiterhin mit zornigem Blick an.

»Kennen wir uns?«, bellte er nach einer Weile.

Soya starrte ihn an. Sie konnte nicht glauben, dass sie richtig gehört hatte.

»Hören Sie, ich habe keine Zeit für solchc Spielchen! Wenn Sie jemanden verulken möchten, dann tun Sie das gefälligst mit jemand anderem!« Er wandte sich mit einem angewiderten Blick von ihr ab und sagte beim Hinausgehen zur Verkäuferin: »Abgedrehte Leute heute«, und verschwand.

Soya wandte sich von der Verkäuferin ab, die sie über die Theke hinweg misstrauisch ansah. Dann hörte sie, wie Vyn den Laden betrat. Er wechselte einige Worte mit der Verkäuferin, dann spürte sie, wie er hinter ihr stehen blieb.

»Soya?«, fragte er vorsichtig.

»Der hier gefällt mir«, murmelte sie und zeigte auf einen der Kristalle, der aussah wie ein Stern.

»Der gefällt dir?«, fragte Vyn und sah sie mit hochgezogenen Augenbrauen an.

»Wieso sollte er mir nicht gefallen?«

»Nun ja«, er suchte nach den richtigen Worten. »Er glitzert.«

Ein halbes Lächeln trat in sein Gesicht. »Du störst dich doch immer so daran, dass es im Schloss überall so glitzert.«

»Ich möchte ihn jemandem schenken«, entgegnete Soya dumpf.

Vyn sah sie mit einem eigenartigen Blick an, dann hob er schließlich die Hand.

»Gut. Dann warte hier«, sagte er und ging hinüber zu der Elfe, die sie die ganze Zeit über mit Argusaugen beobachtet hatte.

»Was möchten Sie gern?«, ertönte plötzlich eine hohe, glasklare Stimme hinter ihr, und während sie künstlich lächelte, bildeten sich feine Grübchen in ihren Wangen.

Soya deutete auf zwei Kristalle vor ihr.

»Diese beiden hier?«, fragte die Elfe und Soya nickte.

Es war ihr unangenehm bewusst, dass Vyn sie musterte.

Die Ladenbesitzerin nahm die beiden Kristallanhänger, schenkte ihr erneut eines ihrer strahlendsten Lächeln und trug die Anhänger zur Theke. Soya bezahlte, und ein wenig später fand sie sich mit zwei wunderhübschen Päckchen vor dem Laden wieder.

Vyn sah sie zweifelnd an.

»Hier.« Soya streckte ihm das eine Päckchen entgegen.

»Das ist für mich?«, fragte er verblüfft.

»Ja«, murmelte Soya. Eigentlich hatte sie vorgehabt, Farol etwas zu kaufen.

Vorsichtig nahm Vyn das Päckchen entgegen.

»Darf ich es aufmachen?« Seine klaren blauen Augen leuchteten.

»Sicher.«

Vorsichtig holte er die Kette aus dem gefalteten Papier. Und als er die Kette über seinen Kopf streifte und der kleine Kristall auf seine Brust fiel, sah es wirklich hübsch aus.

»Danke«, flüsterte Vyn. Seine offensichtliche Freude nahm ein wenig von dem bitteren Nachgeschmack, den das Treffen mit Farol in ihr hinterlassen hatte. »Es hat mir noch nie jemand ein so hübsches Geschenk gemacht.« Dann fiel sein Blick auf das andere Päckchen. »Darf ich fragen, für wen dieser Kristall ist?«

Soya sah hinab auf das kleine Päckchen, das sie immer noch in der Hand hielt.

»Es ist für Laendors Grab«, sagte sie leise.

Es dauerte eine Weile, bis Vyn antwortete. Dann, als er sprach, klang seine Stimme verändert: »Laendor hätte sich sicher darüber gefreut.«

Soya nickte.

»Ja. Kann sein.«

Sie schob das Päckchen in ihre Tasche, dann wagte sie einen Blick auf sein Gesicht.

»Können wir wieder zurückgehen?«

Vyn schüttelte langsam den Kopf.

»Wir sind doch gerade erst hergekommen.«

Die Blicke der anderen Elfen nervten sie zunehmend. Außerdem wollte sie wissen, was mit Farol los war.

»Ich muss noch die Verwandlungszauber üben«, sagte sie ausweichend.

Vyn zögerte.

»Na gut«, sagte er. »Soll ich dich zurückbegleiten?«

»Nein.« Sie winkte rasch ab.

»Gut, dann bis später.« Widerstrebend ließ er sie gehen.

Soya trat auf die steinerne Straße zurück, schob ein paar Äste zur Seite und stieß beinahe einen Schrei aus:

»Farol!«, rief sie und zuckte zusammen.

»Soya.« Farols Miene war entschuldigend. Schnell zog er sie weiter. »Tu das nie wieder«, flüsterte er.

»Was!«

»Sprich mich nie wieder an, wenn noch andere Elfen uns sehen.«

»Wieso denn?« Sie stolperte beinahe über einen heruntergefallenen Ast.

»Verstehst du denn nicht ... Ich bin seit Jahrhunderten verhasst. Wenn sie dich mit mir sehen ... sehen, dass wir befreundet sind, wirst du nie eine Chance haben, dass sie dich bei sich aufnehmen!«

»Es ist mir egal, was sie denken, Farol.«

Er schüttelte beklommen den Kopf.

»Das sollte es nicht.«

»Wieso warst du denn im Dorf?«, fragte sie stattdessen.

Er antwortete nicht sofort.

»Ich wollte nach dir sehen«, gestand er. »Du hast mich schon lange nicht mehr besucht. Da machte ich mir Sorgen.«

»Ja.« Sie fuhr sich über die Stirn. »Vyn hat mich die ganze Zeit beschattet ... da war es schwierig.«

»Ja, ich verstehe schon«, sagte er schnell. »Ist vermutlich auch besser so. Wer weiß, was sonst noch passiert.«

»Was meinst du?«, fragte sie.

»Nichts. Ich möchte nur, dass du vorsichtig bist. Ich möchte nicht, dass mit dir das Gleiche geschieht wie …«, sagte er mit tonloser Stimme und hielt plötzlich inne.

»Wie mit meiner Mutter?«, fragte Soya widerspenstig.

Farols Gesicht verzerrte sich.

»Wenn sie dich verbannen, kannst du nie wieder hierher zurückkehren.«

»Lassen wir es darauf ankommen«, murmelte Soya.

Er hob die Hand und strich ihr über die Wange.

»Du hast wahrlich die Unvernunft deiner Mutter geerbt.«

Der Himmel war leicht bewölkt und es war angenehm kühl. Soya war froh, dass der Unterricht am Nachmittag draußen stattfand. Sie standen am Rand einer Lichtung und beobachteten von Weitem ein Reh, das ein wenig abseits graste.

Die Lehrerin hielt sich den Finger an die Lippen und deutete ihnen an, leise weiterzugehen. Das Reh hob den Kopf und schnupperte, als es plötzlich erschrocken die Augen aufriss und panisch davonrannte.

»Super!«, zischte Kashika, klatschte wütend die Hände zusammen und warf Soya einen vorwurfsvollen Blick zu. »Jetzt hast du es verjagt!«

Soya sah sie perplex an.

»Kein Wunder, dass wir kein einziges Tier sehen, wenn du dabei bist!«, sagte Kashika laut.

Plötzlich war es unnatürlich still um sie geworden. Sogar Vyn hatte sich von einer Elfe in ihrer Klasse abgewandt, mit der er in ein ernstes Gespräch vertieft gewesen war, und kam zu ihnen herüber. Er war als unterstützende Lehrperson dabei.

»Kashika«, sagte Vyn drohend und warf ihr einen warnenden Blick zu.

»Was?! Ist doch wahr! Wir werden nie ein Tier sehen, wenn die hier ist!«

»Was meinst du?«, fragte Soya.

»*Was meinst du*«, äffte Kashika sie nach und verdrehte die Augen. »*Sie spüren die dunkle Seite in dir*!«

»*Kashika!*« Vyns Stimme war jetzt unmissverständlich, die eines Lehrers, und beendete die Diskussion postwendend.

»Komm. Wir gehen da rüber.«

Doch Soya entzog ihm ihren Arm.

»Was meinst du damit?«

Kashika schnalzte missbilligend mit der Zunge.

»Ist das denn nicht offensichtlich? Was muss eigentlich noch alles passieren, damit du es endlich kapierst!«

»Komm, Soya. Hör ihr nicht zu. Kashika redet Unsinn!«

»*Was* ist offensichtlich?«, bohrte Soya nach.

Kashika lachte laut auf.

»Wieso, glaubst du, *mögen* dich *die Wölfe*; nein warte, ich meine: *die schwarzen Wölfe?*!« Ihre Stimme klang wie pures Gift. »Die *Morlaks* würden dich auch mögen, wenn sie nicht darauf ausgerichtet worden wären, Elfen zu jagen!«

»*Kashika, hör auf damit!*«, drohte Vyn.

Kashika warf sich wütend die Haare in den Nacken.

»Ach, komm schon, Vyn! Wieder die Seite gewechselt?!«

»Das wird Folgen haben!«, zischte ihr Vyn drohend zu und nahm Soya an die Hand. »Komm jetzt, Soya!«

»Auf was willst du hinaus, Kashika?«, rief Soya.

Das Gesicht der Lehrerin tauchte zwischen ihnen auf. Sie war auf einmal bleich.

»Genug jetzt!«, zischte sie. »Kashika, du solltest doch nicht …«, sagte sie mit bebender Stimme und biss dann die Zähne zusammen.

»*Was soll sie nicht …*«, flüsterte Soya.

»Nichts«, sagte Vyn. »Kashika will dich hier nur fertigmachen.«

»Ja, genau!« Kashika funkelte Vyn herausfordernd an.

»Das glaube ich nicht«, flüsterte Soya.

In diesem Moment läuteten die Glocken.

Kashika warf ihr noch einen letzten, bemitleidenden Blick zu, bevor sie sich dann mit ihren Freunden in Richtung Schloss verzog.

»Was weißt du, Vyn?«, fragte Soya mit schwacher Stimme, als sie noch als Letzte auf der Lichtung standen.

Er öffnete den Mund für eine Antwort, schloss ihn dann aber wieder.

»*Bitte … sag es mir.*«

Eine Weile sah es aus, als fände ein Kampf in seinem Innersten statt. Dann senkte er den Blick.

»Vyn. *Bitte.*«

Doch als er den Blick wieder hob, hatte sich die Maske der kühlen, unnahbaren Höflichkeit wieder über sein Gesicht gelegt.

»Vyn.« Obwohl sie wusste, dass es keinen Sinn mehr hatte, nahm sie seine Hand. »Bitte sag mir, was du weißt.«

Kurz glaubte sie, etwas über seine Augen flattern zu sehen, doch im nächsten Moment war es auch schon wieder weg. Seine Hand löste sich von der ihren.

»Es ist nichts. Sie wollte dich ärgern, das ist alles. Du solltest langsam wissen, wie sie ist. Ich weiß nicht, wie du dich immer noch so wegen ihr aufregen kannst. Komm jetzt, wir verpassen noch das Essen.«

Wütend blieb sie stehen.

»Soya. Was glaubst du, was die anderen denken würden, wenn du nicht zum Essen kommst?«

»Was sollen sie schon denken?«

Wütend ballte er die Faust.

»In solchen Momenten merkt man, dass du *keine richtige* Elfe bist!« Überrascht über seinen plötzlichen Wutausbruch sah sie ihn an. »Sie würden denken, dass dir das alles so zu schaffen macht – sie würden denken, dass du schwach geworden bist!«, sagte er erbittert und mit blitzenden Augen. »Wenn du hier bei den Elfen bist, solltest du dir wenigstens die Mühe geben, dich wie eine zu verhalten!«

»Was meinst du damit …?«

»Ist das denn so schwer zu verstehen? Überleg doch mal! Vielleicht solltest du dich einfach etwas mehr anstrengen, dich hier zu integrieren! Du ziehst dich ständig zurück! Das ist beleidigend für uns. Du kommst und gehst, wann immer du willst, und hältst dich überhaupt nicht an die geregelten Zeiten. Du veranstaltest ein Durcheinander, wenn du dich so unangepasst verhältst. Du …«, er streckte hilflos die Hände aus, »du solltest versuchen – netter zu sein.«

»Ich soll netter sein?« Es war ja nicht so, dass sie sich keine Mühe gab! Es waren die Elfen, die ihr seit Anbeginn mit tiefster Abneigung und Abscheu gegenübertraten! »Ich bin nett!«, rief Soya.

Er hob ungläubig die Augenbrauen.

»Was soll ich denn machen? Ich meine, sie hassen mich! Soll, soll ich mich etwa zu ihnen an einen Tisch setzen und so tun, als sei nichts? Als ob ich es nicht mitbekäme, wenn sie hinter vorgehaltener Hand wieder über mich reden? Was verlangst du denn Vyn?«

Beherrscht biss er die Zähne zusammen.

»Ich weiß, dass du dir, für deine Verhältnisse, Mühe gibst«, sagte er langsam und kontrolliert. »Es ist nur so, dass die Elfen garantiert nicht den ersten Schritt tun werden. Sie warten auf eine Entschuldigung, auf Demut und Bereuen deinerseits. Und wenn das nicht von dir kommt, verstärkt sich ihre Ablehnung nur noch mehr.«

»Wieso soll ich mich entschuldigen?«, fuhr sie ihn an. »Dafür, dass ich geboren wurde?!« Vyn zuckte nicht mit der Wimper, während sie in sein Gesicht schrie. »Oder weil meine Mutter einen anderen geliebt hat?! Soll ich mich dafür entschuldigen?!!«

Vyn sah sie unverwandt an.

»Ich will dir doch nur helfen. Ich möchte dir bloß aufzeigen, was für Möglichkeiten dir bleiben, dass du es hier besser hast. Es gibt nun mal keinen Weg darum herum. Das ganze Elfenvolk sieht es so, sie sind alle der gleichen Meinung – du stehst alleine da. Möchtest du denn nicht, dass es aufhört? Möchtest du denn nicht, dass sie dich endlich akzeptieren und dich aufnehmen?« Sein Blick war auf einmal verzweifelt. »Komm.« Er streckte seine Hand nach ihr aus. »Bitte begleite mich zum Essen.«

»Nein, Vyn«, sagte sie leise, blickte in seine hellblauen Augen und sah, wie sich der Ausdruck in seinem Gesicht veränderte.

»Du entscheidest dich gegen das Volk«, schloss er, die Augen schmal, den Mund zusammengepresst.

»Wenn ich wählen soll zwischen gespielter Nettigkeit und harter Ehrlichkeit, entscheide ich mich lieber für das Letztere. Es liegt nicht an mir, Vyn. Das hat es nie getan. Ich wäre ihre beste Freundin geworden, hätten sie es nur zugelassen.«

Vyn sah sie noch mit einem letzten, finsteren Blick an, dann folgte er den anderen zum Schloss.

*

Farol legte aufgebracht seine Feile auf den Tisch.

»Möchtest du denn gar nicht wissen, was ich getan habe?«, fragte er und taxierte Soya eindringlich.

Die vergangenen Tage hatte sie sich immer gleich nach dem Unterricht zu Farol geschlichen, um an ihrem Schwert zu arbeiten. Mittlerweile waren sie bereits beim Feinschliff angelangt.

Verwundert über seinen Tonfall hob Soya den Blick.

»Was?«, fragte sie.

Mit den Gedanken war sie wieder einmal bei Kashika gewesen. Das vergangene Gespräch mit ihr trieb sie um und fortwährend kreisten ihre Gedanken um die Frage, was Kashika gemeint hatte. Die Tatsache, dass sie etwas Wichtiges übersah, was anscheinend alle wussten, brachte sie um den Verstand.

Farol verzog leicht das Gesicht.

»Damals, meine ich.« Er holte tief Luft und schien mit sich zu ringen. »Bist du denn gar nicht neugierig?« Seine Stimme bebte.

»Worauf?«

»Was passiert ist«, fuhr er fort, während sie auf den Knauf des Schwertes feine Linien gravierte. »Fragst du dich denn nie, weshalb ich ausgestoßen wurde?«

»Es ist schon dreihundert Jahre her, Farol …«

Plötzlich wurde seine Miene wieder ernst.

»Sagen dir das die anderen im Schloss? Es …« Er fuhr aufgeregt über seine Klinge. »Es ist erst zweihundertachtundneunzig Jahre her. Zweihundertachtundneunzig Jahre!«

Dann, als er seinen Blick wieder hob und Soyas abschätzigen Blick auffing, hielt er inne.

»Für mich ist es ein Unterschied!«

»Mmmm«, entgegnete Soya, »ja. Es fehlen zwei Jahre.«

»Ich meine es ernst!«

Er atmete tief ein und aus, dann schloss er die Augen.

»Wieso gehst du nicht einfach fort«, flüsterte sie. Im Grunde fand sie es traurig. »Wie hältst du das hier nur aus? Du erduldest schon so lange ihr abscheuliches Benehmen. Das musst du nicht.« Sie schüttelte den Kopf. »Geh – geh weg. Lebe so wie Zindabor, wie du es hier tust, nur irgendwo weit weg von hier.«

Farol schüttelte den Kopf.

»Ich kann nicht von hier fort.« Sein Blick war auf einmal gequält. »Ich würde ja sofort gehen, wenn ich könnte, aber – ich kann nicht.«

»Wieso?«, flüsterte Soya. »Du hast doch nichts von den anderen. Sie werden dich noch weitere zwei-, drei-, vierhundert Jahre so behandeln. Sie hören niemals auf.«

»Ich weiß«, sagte er tonlos.

»Okay«, sagte Soya und schlug auf den Tisch. »Sag es mir! Sag mir, was du getan hast!«

»Ich dachte, es ist nicht wichtig.«

»Ist es auch nicht!«

»Warum möchtest du es dann wissen?«

»Weil ich jetzt verflucht noch mal wissen will, warum sich hier alle so benehmen!«

Farol setzte sich niedergeschlagen auf den Stuhl, dann grub er das Gesicht in seine Hände.

»Ich habe mich mit einer Schirkansfrau eingelassen.« Er stockte, dann hob er vorsichtig den Blick.

Soya warf ihm einen halb missbilligenden, halb ungläubigen Blick zu, dann setzte sie sich ebenfalls.

»Deshalb tun alle so?«, fragte sie, eher entsetzt als wütend. »Weil du dich in jemanden verliebt hast von der dunklen Seite?«

Farol nickte niedergeschlagen.

»Ich habe sie kennengelernt, als wir dienstlich unterwegs waren«, fuhr er leise fort. »Wir sollten vermitteln; ein Friedensabkommen schließen. Wir waren zu fünft unterwegs. Ich und vier weitere Elfen. – Es dunkelte bereits, als wir den Treffpunkt erreichten. Auch sie waren zu fünft: zwei Frauen, drei Männer. Ich kann mich noch genau daran erinnern, wie sie aus dem dunklen Wald heraus auf uns zukamen; wie ihre pechschwarzen, langen Haare um ihre Köpfe geweht wurden, wie anmutig und geschmeidig ihre Bewegungen waren und wie ihre dunklen Augen uns eindringlich musterten. Eine Schirkansfrau hieß *Xukuth*.« Farol hielt inne, eine Ader an seiner Schläfe pulsierte. »Sie war engelsgleich.« Wieder hielt er inne und schloss gequält die Augen.

Mehrere Sekunden war es still. Sie konnte sehen, wie viel es ihn kostete, darüber zu reden, als wäre es eine Art Folter – als wäre es gestern geschehen und nicht vor zweihundertachtundneunzig Jahren. Seufzend legte sie ihre Hand auf die seine.

»Du musst es nicht erzählen … ist schon gut.«

»Nein!« Mit schmerzverzerrtem Gesicht riss er die Augen auf. »Ich möchte es dir erzählen! Es …« Seine Finger pressten sich auf die Tischkante. »Es ist das erste Mal, dass ich es jemandem sage.«

»Gut«, sagte sie leise, während sich die Wut auf die Elfen verstärkte. Sie hatten ihn verurteilt, ohne überhaupt die Geschichte zu kennen.

Farol starrte auf die glänzende Oberfläche seines Schwertes. »Mit dem Auftrag, den wir hatten, war alles recht gut verlaufen.«

Er zog abschätzig eine Augenbraue hoch. »Wenn man darüber hinwegsieht, dass keines der beiden Völker das andere auch nur annähernd ausstehen kann. Aber wir hatten es immerhin geschafft, den Vertrag zu verhandeln. Und darauf kam es an. Das Ganze dauerte mehrere Tage, und während dieser Zeit lernte ich Xukuth kennen. Anfangs wehrte ich mich gegen die Gefühle, die ich für sie entwickelte, und redete mir ein, dass ich sie sofort wieder vergessen würde. Nach diesen paar Tagen machten wir uns dann wieder auf den Heimweg und verließen die fünf Schirkans, und somit auch Xukuth. Es zerriss mir das Herz.« Jeder Nerv in seinem Gesicht schien vor Qual angespannt.

Soya löste ihren Blick von seinem Gesicht, dann plötzlich erregte etwas anderes ihre Aufmerksamkeit. Farol fuhr über einen Ring an seinem Finger; über einen goldenen Ring, in den ein grüner Stein eingelassen war.

»Wir waren einen Monat in Helandibur«, fuhr er mit bebender Stimme fort, »dann kam überraschend der Befehl des Königspaars, dass wir noch einmal mit den Schirkans verhandeln sollten, da sie bei einigen Punkten noch nicht einverstanden waren. Ich konnte es mir nicht mehr ausreden, ich konnte es nicht mehr verleugnen – ich freute mich so sehr auf das Wiedersehen!« Mit strahlenden Augen sah er hoch. »Noch nie war ich so verliebt gewesen! Noch nie zuvor in meinem ganzen Leben!« Er hob die Hand und der grüne Stein an seinem Ring erglühte. »Mit flatterndem Herzen und mit wachsender Ungeduld machte ich mich mit den anderen auf den Weg Richtung Gayenorgebirge! Ich konnte es nicht erwarten, sie zu sehen. Doch kaum waren wir dort, bemerkte ich schon von Weitem, dass etwas nicht stimmte. Irgendetwas war passiert; irgendetwas war vorgefallen, das ihr dunkle Schatten unter die Augen trieb.« Er atmete schwer aus. »Es vergingen viele Stunden, bis wir die einzelnen Punkte geklärt hatten, und es war die reinste Folter für mich, sie so gleichgültig, ausgelaugt und abgestumpft zu sehen. Es kam mir tatsächlich so vor, als hätte ihr jemand das Glück aus der Seele gesaugt und sie als leere Hülle hergeschickt. Sie war nicht mehr wiederzuerkennen. – Doch die anderen nahmen es gar nicht wahr … oder sie wollten es nicht sehen … oder es interessierte sie nicht. Es ging sie ja auch nichts an. Hätte ich nicht so für sie empfunden, hätte ich nicht ununterbrochen das pochende, schwere Gefühl in meinem Innersten gehabt, das mich fast zum Wahnsinn trieb, dann wäre es mir vermutlich auch egal gewesen. Es war ja nur eine Schirkansfrau. Was spielte es für eine Rolle, wie es ihr ging?« Mit ausdruckslosem Blick starrte er auf das Schwert. »Dann war es endlich vorbei und wir hatten den Befehl, gleich wieder abzureisen, doch ich musste sie fragen – ich musste wissen, was sie quälte.« Farol schwieg eine Weile, während er um Fassung rang. »Hätte sie mir klar zu verstehen gegeben, dass sie nicht ebenso für mich empfand, wäre es etwas anderes gewesen. Es hätte mein Herz gebrochen, ja, doch ich wäre ohne ein weiteres Wort wieder abgereist und hätte sie in Ruhe gelassen. Aber ich spürte ihre Liebe zu mir, auch wenn sie alles dafür tat, es zu verbergen.« Atemlos richtete er sich auf. »Ich musste mir etwas überlegen! Ich musste etwas tun! Ich wäre verrückt geworden, sie noch einmal zu verlassen, so zu verlassen, in dem Wissen, dass sie litt, dass sie womöglich in Gefahr war. Das war die allerletzte Gelegenheit. Noch ein Treffen würde es nicht mehr geben. Noch so ein glücklicher Zufall würde mir nicht vergönnt sein.«

»Und dann bist du zurückgekehrt.« Soyas Stimme war fast lautlos. Farol nickte.

»Als wir schon auf halbem Weg zurück waren, gab ich vor, etwas liegen gelassen zu haben … ein Erbstück, das ich natürlich absichtlich hatte fallen lassen. Einer der Elfen wollte mit mir kommen und es war ein hartes Stück Arbeit, ihn davon zu überzeugen, dass ich es auch allein schaffen würde. Sobald sie außer Sicht waren, rannte ich los. Ich schaffte es, noch vor den anderen Schirkans vor Zakratos, der Schirkanshöhle, zu sein und beobachtete den Eingang von einer kleinen Anhöhe aus. Dann kamen sie. Doch sie waren nur zu viert. Xukuth war nicht dabei.« Farols

Stimme wurde leiser. »Ich wartete, bis sie in die Höhle hineingegangen waren, und rannte den Weg zurück. Nahe bei dem Treffpunkt, an einem abgelegenen Ort fand ich Xukuth. Sie lag reglos da, blutend. Als ich kam, war sie schon fast tot. Nur noch wenig Leben war in ihrem Körper. Sie nahm mich kaum noch wahr. Hat wirres Zeugs gemurmelt, dann wurde sie bewusstlos und ihre schon zuvor kalte Haut wurde noch kälter. Wie Eis fühlte sie sich an. Ich wusste, sie würde bald sterben, wenn ich ihr nicht helfen würde, doch das durfte ich nicht. Es hatte seine Gründe, weshalb sie so dalag, sonst hätten die anderen sie nicht so zurückgelassen.« Er fuhr sich über den Kopf. »Und dann wusste ich plötzlich, dass Xukuth es schon vorher gewusst hatte – dass sie schon vor dem Treffen gewusst hatte, dass der Tod sie erwartete … Sie hatte mich nicht um Hilfe gebeten. Sie hatte sich nicht dagegen gewehrt … Sie hatte es einfach hingenommen und mich durch ihr abweisendes Verhalten geschützt. Sie hatte nicht gewollt, dass ich mich in Schwierigkeiten bringe, dass ich ebenfalls dem Tod ins Auge blicken müsste.« Sein Kinn begann zu beben. »Doch ich konnte mich nicht dagegen wehren. Ich begann sie zu heilen.« Farol stützte sich auf der Tischkante ab, als hätte ihn die Geschichte geschwächt. »Xukuth wachte auf und fand sich in meinen Armen wieder. Einen Moment begriff sie nicht, was geschehen war, denn sie war ja vollkommen unversehrt. Ich war überrascht, dass die Schirkans offensichtlich nicht über die Kunst des Heilens im Bilde waren.«

Gwaloth, der weiße Schimmel, ließ ein leises Wiehern hören und trabte übermütig zu ihnen herüber. Dann blieb er vor ihnen stehen und ruckte mit dem Kopf. Farol fuhr ihm über den weißen Hals.

»Dann erzählte sie mir, weshalb sie hätte sterben sollen …«, fuhr Farol bitter fort. »Kurz bevor sie mich kennengelernt hatte, hatte sie sich verlobt. Sie erzählte, dass sie eigentlich schon viel zu alt dafür gewesen war, um noch nicht verheiratet zu sein, also hatte sie sich auf diesen Schirkan eingelassen, der sie ständig umworben hatte. Bald darauf hätten sie geheiratet … Doch ihr Zukünftiger merkte nach dem Auftrag, dass etwas anders war; sah das Leuchten in ihren Augen, als sie von dem Treffen zurückkam, und merkte, wie sie von Tag zu Tag ihm gegenüber abweisender wurde. Ja – welcher Mann merkt nicht, wenn seine Geliebte einen anderen begehrt …« Farol sah sie finster an. »Eines Nachts hörte er sie dann im Schlaf reden. Sie sagte meinen Namen …«

Er seufzte und blickte gequält hinüber zu dem knorrigen, alten Baum.

»Dann war der Fall klar. Dieser Schirkan, ihr Verlobter, hatte eine hohe Position inne, und er war gekränkt. O ja! Und wie er gekränkt war! Wie konnte sie einen *Elf* einem *mächtigen* Schirkan vorziehen! Wie nur konnte sie ihm seine Liebe verweigern, wo sie doch ein so gutes, fürstliches Leben mit ihm hätte haben können!« Farol machte eine so ruckartige Bewegung, dass Gwaloth erschrocken zurückwich. »Er ging zum König und verlangte nach der Todesstrafe! Er dichtete natürlich noch einige Dinge dazu, da er nur mit der Kränkung alleine nicht durchgekommen wäre, schließlich hatte sie sich nicht mit mir eingelassen, sie hatte nichts Ungesetzliches getan. Doch sein Wort stand gegen das ihre, und wem glaubten der König und das gesamte Volk wohl am meisten?«

»Dem fürstlichen Verlobten«, flüsterte Soya.

Farol nickte.

»Sie hätten die Todesstrafe sofort vollzogen, hätte nicht das zweite Treffen bevorgestanden. Es konnte natürlich nicht sein, dass auf einmal nur vier Schirkans beim Treffen anwesend sein würden oder ein neues Mitglied. Also wurde die Frist verlängert: Gleich nach dem Abschluss des neu verhandelten Vertrages sollte sie sterben …« Er zögerte und beobachtete Soya ganz genau, als er fortfuhr. »Wir wussten beide, dass sie nicht zurückkonnte und dass sie nicht mit mir nach Helandibur gehen konnte. Also entschlossen wir uns, sie zu verzaubern, damit sie niemand erkennen würde und wir trotzdem zusammenbleiben konnten.«

Soyas Mund klappte auf. Dann wanderte ihr Blick hinüber zu Gwaloth.

»Oh, nein!« Farol lachte. Doch es war ein freudloses Lachen. »Es wäre viel schöner gewesen … sie in ein Tier zu verwandeln, das mir Gefühle hätte zeigen können …« Er sah Gwaloth mit leeren Augen an.

»In was hast du sie denn verwandelt?«, fragte Soya atemlos.

Farol senkte den Blick.

»Ich wollte sie in etwas verzaubern, das genauso lange leben würde wie ich. Ein Tier hätte ihre Lebenszeit verkürzt …«

»… und sie wäre vor dir gestorben«, ergänzte Soya flüsternd den Satz. Sie war immer noch wie erstarrt.

»Ja«, murmelte er und lehnte sich erschöpft zurück. Seine hellsilbernen Augen wirkten leer und erloschen. »Ich weiß nicht, ob ich damals alles so hätte lassen sollen, wie es war … Sie hätte sterben lassen sollen … um dann mit ihr zu gehen. Es hätte mir viel Leiden erspart … und ihr vermutlich auch. Es ist ja nicht so, dass ich sie jetzt, wo sie eigentlich bei mir ist, nicht mehr vermisse …« Er schluckte laut. »Ich vermisse sie jeden Tag, jeden Tag so sehr, dass es mich beinahe um den Verstand bringt! Doch mein Leiden ist nicht einmal das Schlimmste. Das Schlimmste ist, nicht zu wissen, wie es ihr dabei ergeht; wie sie sich fühlt; was sie gerade durchmacht! Ich ertrage es nicht, es nicht zu wissen!«

Auf einmal hielt er inne.

»Es tut mir leid«, flüsterte er mit bebender Stimme. »Ich habe noch nie in Anwesenheit einer anderen Person die Beherrschung verloren.«

»Das macht doch nichts«, murmelte Soya. »Es ist doch gut, mal mit jemandem drüber zu sprechen.«

»Es tut mir leid, dass du das mitansehen musst.«

»Quatsch. Bei den Menschen ist das ganz normal. Die heulen andauernd.«

Ein ersticktes Lachen drang aus seiner Brust, dann schnitt er eine Grimasse.

»Ich würde sie dir gern zeigen. Aber du musst *schwören*, dass du es niemandem je verraten wirst.«

Soya versteifte sich und augenblicklich hörte sie Zindabors mahnende Worte in ihrem Ohr: »Lass dich niemals auf einen Schwur bei den Elfen ein.« Doch das hier war etwas anderes. Hierbei ging es nicht um sie. Sie schwor ihm ja nicht ihre Treue oder ihren Dienst. Sie legte hier, vor ihm, lediglich das Versprechen ab, sein Geheimnis zu hüten …

»Ja. Ich verspreche es dir«, sagte sie mit einem deutlichen Kloß im Hals.

»Leg den Schwur in der Elfensprache ab. Sag: *amin gwesta ta manth lthil ent gilgalad, manth emel ent adar, ent manth rhaw ent fae.*«

Soya versuchte sich die Worte genau einzuprägen, um ja keinen Fehler zu machen, und wiederholte dann seine Worte:

»Ich schwöre es, bei Mond und Sternenlicht, bei Mutter und Vater und bei Leib und Seele.«

Farols Brustkorb blähte sich, als würde er die Luft anhalten, dann zeigte er auf den knorrigen, alten Baum, der etwas abseits stand und unter dem die vielen kleinen, violetten Blumen blühten.

Auf einmal wurde ihr kalt.

»Farol. Das ist …«, doch weiter kam sie nicht. Die Worte blieben ihr im Hals stecken. Auch wenn sie Bäume mochte, der Gedanke, einer zu sein, war schrecklich. »Wenn du wissen möchtest, wie es ihr geht«, flüsterte sie, »wieso zauberst du sie denn nicht einfach wieder zurück?«

Farol wimmerte.

»Ich musste ihr versprechen, sie nie mehr zurückzuverwandeln.«

»Wieso das denn?«, rief Soya. »Du hättest sie mal nach einem Jahr zurückverwandeln und sie fragen können, wie es gewesen ist! Was ist, wenn sie all die Jahre über gelitten hat?«

Farol sah jetzt aus, als hätte ihm jemand ins Gesicht geschlagen.

»Das frage ich mich jeden Tag.«

»Dann tu es endlich! Zaubere sie zurück. Und frag sie!«
»Das kann ich nicht.«
»Was?! Wieso nicht!«
»Du verstehst das nicht, Soya. Ich musste einen Schwur ablegen. Ich musste ihr schwören, sie nie wieder zurückzuverwandeln.«
»Dann brich ihn! Brich den Schwur!«
»Das geht nicht.«
Soya schlug mit der Faust auf die Werkbank.
»Herrgott noch mal, Farol! Jetzt spring über deinen Schatten!«
Farol schüttelte ergeben den Kopf.
»Dir hat noch niemand beigebracht, wie ein Schwur funktioniert, oder?« Er runzelte unglücklich die Stirn. »Wenn du einen Schwur abgelegt hast, kannst du so viel zaubern, wie du willst, es geschieht nichts. Du bist selbst wie verzaubert. Du kannst nichts dagegen tun. Deshalb sind Schwüre ja so machtvoll. Und du kannst sie nicht wieder aufheben. Nur derjenige, der dich hatte schwören lassen, kann es.«
»Deshalb kannst du nicht fortgehen«, flüsterte sie.
Farol nickte verzweifelt.
»So sehr ich auch wollte. Ich kann nicht.«
»Gut.« Soya nickte, dann stand sie entschlossen auf. »Dann sag mir den Zauber. Ich verwandle sie zurück.«
Farols Augen weiteten sich. Einen Moment starrte er sie wie vom Donner gerührt an, dann sog er scharf die Luft ein und verschwand im Haus.
Heftig atmend blieb sie stehen – ihr Herz trommelte schmerzhaft gegen ihre Rippen, während ihr Blick zum Baum hinüberglitt.
Im nächsten Augenblick kam Farol wieder aus dem Haus gerauscht, eine Schriftrolle in der Hand.
»Hier.« Er streckte ihr das Pergament zitternd entgegen. »Das ist der Zauberspruch. Ich habe dir den Verwandlungszauber oben hingeschrieben und unten den Wiederaufhebungszauber. Übe sie. Alle beide. Verwandle Dinge und verwandle sie wieder zu-

rück. Übe so oft du kannst, und dann lass mich wissen, wenn du bereit bist. Ich werde auf dich warten, und bis dahin wird dein Schwert fertig sein.«

Er hob es sachte auf.

»Nun geh, Soya«, er schob sie ungeduldig vorwärts, während Soya auf den Zauberspruch schaute, der sich vom gewöhnlichen Verwandlungszauber jedoch ziemlich stark unterschied. »Und merk dir: Niemand darf wissen, dass sie hier ist. Hörst du?« Er erbleichte. »Sonst fällen sie den Baum.«

»Ja«, krächzte Soya.

»Bis dann!«

Soya fühlte den kühlen Schutzzauber über sich hinweggleiten, und als sie sich wieder umsah, sah sie nichts als Wald. Sie hob die Hand zum Abschied, obwohl sie Farol nicht mehr sah, und fühlte, wie eine Gänsehaut über ihre Haut strich.

Benommen trat sie durch den dichten Farn, dann erkannte sie in einiger Entfernung Vyn. Als er sie entdeckte, sah er erleichtert aus. Aber nur kurz. Dann wirkte er wütend.

»Wo warst du?«, zischte er und folgte ihr zurück zum Schloss. Im großen Saal schnitt er ihr den Weg ab und blieb zornesfunkelnd vor ihr stehen. »Wo warst du?«, fragte er noch einmal.

Ihre Miene verhärtete sich.

»Das geht dich nichts an!«

»Du sollst nicht allein in den Wald gehen! Wer weiß, was da alles auf dich lauert!«

»Wirklich?«, zischte sie. »Bist du so um meine Sicherheit besorgt?«

Seine Stirn kräuselte sich.

»Natürlich!«

Wütend wandte sie sich von ihm ab.

»Klar.«

Einen Moment lang rang er mit sich, dann zuckte es an seiner Lippe:

»Zindabor hat eine Nachricht geschickt«, sagte er und wartete darauf, dass sie ihn ansah. Der neue Monat war schon angebrochen und er hatte sich immer noch nicht blicken lassen.

»Er wird übernächste Woche vorbeikommen.«

Soya blieb stehen. In dem Moment öffnete sich die Tür erneut und Colin trat ein.

»Oh«, sagte er und kam die wenigen Schritte zu ihnen herüber. »Soya.« Er lächelte. »Geht's dir gut?« Er nahm sie ein wenig zur Seite.« Deine Abwesenheit bei den gemeinsamen Mahlzeiten hat mir Sorgen bereitet.«

Soya nickte. »Ja. Es geht mir gut. Danke, Colin.«

»Ich habe eine Nachricht von Zindabor«, fuhr er fort.

»Vyn hat es mir gerade erzählt.«

»Ah. Sehr gut.« Sein Blick streifte kurz über Vyns Gesicht.

»Dann weißt du also Bescheid?« Er wandte sich Soya zu.

»Ja. Er kommt in zwei Wochen.«

»Ja.« Er runzelte seine Stirn. »Ja. Ungefähr in zwei Wochen. Er ist anscheinend sehr beschäftigt. Er hat mir noch diesen Brief für dich zukommen lassen.«

Ein rotes Siegel lag darauf. Zögernd nahm sie ihn entgegen. Erwartungsvoll sah Colin auf den Brief. Doch Soya schob ihn zu dem anderen Pergament in die Tasche.

»Nun gut, ich muss weiter.« Colin strich sich fahrig über den Umhang.

»Ich auch«, sagte Soya rasch. »Ich muss für morgen noch viel üben.«

»Dann begleite ich dich hoch«, sagte Colin.

Soya lächelte, dann winkte sie Vyn zum Abschied.

»Bis Morgen.«

Vyns Blick war kühl und unnahbar, als er antwortete.

»Bis Morgen«, sagte er, dann neigte er den Kopf zu einer leichten Verbeugung.

Das dunkle Blut

Müde schleppte sich Soya zum Unterricht. Sie hatte die halbe Nacht damit verbracht, den Verwandlungszauber zu üben, den ihr Farol gegeben hatte, und obwohl sie allmählich besser wurde, sank der Mut, Farols Liebe aus der Gestalt des Baums wieder zurückzuverwandeln, immer mehr in sich zusammen. Wie könnte sie es sich je verzeihen, wenn etwas dabei schiefging?

Sie prallte fast mit Vyn zusammen, der gerade um die Ecke geschossen kam.

»Entschuldigung«, murmelte Soya und hob ihre Tasche auf, die ihr zu Boden gefallen war.

»Macht nichts«, sagte er hastig und mit leiser Stimme. »Wir sind wohl beide spät dran.«

Dann wandte er sich von ihr ab und betrat den Kampfsaal. Die anderen waren schon da und Vyn ging mit raschen Schritten auf die Klasse zu.

»Guten Morgen«, sagte er. »Beginnen wir dort, wo wir gestern aufgehört haben!«

Er hob die Hand und sofort bildeten alle einen Kreis.

»Wenn ich das Zeichen gebe, beginnt das Duell«, erklärte er.

Soya trat hastig hinzu und machte sich bereit.

»Wir gehen heute noch etwas weiter!«, rief er. »Ihr sollt merken, wie es ist, an die Grenze eurer Kräfte zu kommen! In einem Kampf ist es äußerst wichtig, die Kraftreserven gut einschätzen zu können und einteilen zu lernen. Ich bin gespannt, was ihr tut, wenn ihr am Ende eurer Kräfte seid. Falls ihr aufgeben wollt, so lautet das Wort: *Tampa*! – Stopp! Wenn der Gegner das Stopp hört, muss er augenblicklich aufhören! Dann ist das Duell beendet und es ist entschieden, wer als Sieger und wer als Verlierer hervorgeht. Habt ihr das alle verstanden?«

Er warf einen kurzen Blick in die Runde.

Soya schauderte, als sein Blick den ihren streifte. Der Augenblick, während seine klaren hellblauen Augen auf ihr verweilten, währte nur eine Sekunde, doch die Kälte darin brachte sie zum Frösteln.

»Gut«, sagte er und wandte sich wieder der Klasse zu, »wenn alle bereit sind, beginnen wir jetzt!«

Er gab das Zeichen und der Kampf begann. Immer wieder forderte er ein neues Paar auf, das sich im Inneren des Kreises zu duellieren begann.

Dann, als fast alle an der Reihe gewesen waren, winkte er Kashika ins Feld und richtete seine klaren, hellblauen Augen auf Soya. Soya trat vor.

Kashika schoss los, bevor er das Zeichen gegeben hatte, doch Vyn pfiff nicht ab. Das Duell begann, dann spürte sie noch etwas anderes in ihrem Nacken. Eine Kraft, die nicht von Kashika kam. Soya wirbelte herum und sah, wie sich Vyns Lippen kaum wahrnehmbar bewegten. Dann spürte sie den nächsten Zauber Kashikas hart auf ihren Schild prallen. Leises Gekicher ertönte. Das waren Zauber, mit denen sie noch nicht vertraut gemacht worden war. Kashika trat nun noch einen Schritt auf sie zu und Soya schloss die Augen.

Ganz leise, kaum hörbar, erklangen auf einmal Worte in ihrem Kopf. Worte, die sie nicht kannte und die sich dazu anschickten, auf ihre Lippen zu schleichen. Heiße Glut strömte ihr das Rückenmark empor und eine sengende Hitze durchflutete ihre Hände. Entschieden drängte Soya die Worte beiseite. Dann spürte sie, wie sie von einem Zauber von hinten zu Boden gedrückt wurde. Der Fluch zwang sie auf die Knie. Etwas legte sich um ihren Schutzzauber, das ihn immer dünner werden ließ.

Kashikas Augen flackerten triumphierend auf. Soya schmetterte einen Fluch so heftig gegen ihren Schild, dass sie erschrocken zurücktaumelte. Vergebens versuchte Soya, ihren Schutzzauber zu verstärken. Doch was sie auch tat, er wurde immer schwächer.

Hitze, sengend heißes Licht drückte sie von hinten nieder. Schwäche durchflutete ihren Körper. Dann fiel sie zu Boden. Kashika stellte sich vor ihr auf, hob die Hände, dann fühlte sie den nächsten Fluch auf ihren Schild schmettern. Soya keuchte und drehte sich zur Seite. Kashikas Mund murmelte leise weiter und Soya krümmte sich zusammen. Tausend Messerstiche schienen ihren Körper zu durchbohren. Blind vor Entsetzen und Schmerz sah sie zu ihr hoch. Kashika benutzte einen der verbotenen Flüche – den Qualfluch.

Soya fühlte, wie ihr die letzte Kraft entwich, dann bewegte sie leise ihre Lippen: »*Famidorr kamanndos.*«

Sie sah in Kashikas verschwommenes Gesicht, hörte ein erschrockenes Keuchen und im nächsten Moment fühlte Soya neben sich eine leichte Erschütterung. Kashika lag reglos neben ihr auf dem Boden.

Soya rappelte sich hoch. Kashikas Augen waren vor Entsetzen weit aufgerissen. Schreie erklangen, dann rannte jemand aus dem Saal. Soyas Hände zitterten wie verrückt. Sie sah, wie Vyn sich über Kashika beugte, dann hörte sie schnelle Schritte vom Korridor. Soldaten stürmten herein. Grobe Hände hoben Soya hoch und zerrten sie fort. Hinaus aus dem Kampfsaal, irgendwo in ein anderes Zimmer. Dann fühlte sie Fesseln um ihre Hände und sie wurde auf einen Stuhl gedrückt.

Es vergingen mehrere Minuten, bis sich die Tür wieder öffnete. Schon einmal war sie wegen eines Fluchs hier gewesen. Colin und Izaroha stürzten hinein. Colins Gesicht war bleich. Das von Izaroha feuerrot.

»Soya«, sagte Colin. Sie spürte seine warmen Hände an ihrem Rücken, dann merkte sie, wie die Fesseln von ihr abfielen. Sie fühlte seinen Blick auf sich ruhen. Doch aus irgendeinem Grund brachte sie es nicht über sich, ihn anzusehen.

»Bitte erklär mir, wieso du das getan hast«, sagte er.

»Was hast du dir nur dabei gedacht«, schrie Izaroha dazwischen, »Kashika wieder so hinterhältig anzugreifen!« Sie bebte vor

Wut. »Was ist das für ein dämonischer Zauber, den du benutzt hast!?« Ihre Stimme war schrill. Hysterisch kam sie auf Soya zu. Colin hob beschützend vor ihr die Hand.

»WER ZUM TEUFEL BRINGT DIR SOLCHE SACHEN BEI!?«, schrie Izaroha.

Es klopfte und Izaroha schnippte zornig mit dem Finger. Die Tür sprang auf und ein Soldat kam herbeigeeilt. Er flüsterte so laut und eindringlich auf das Königspaar ein, dass es unmöglich war, nicht hinzuhören.

»Ihr könnt ruhig laut sprechen«, sagte Soya genervt. »Ich verstehe jedes Wort, das Ihr sagt.«

Izarohas Kopf schoss wütend zu ihr herum.

»Schön!«, sagte Izaroha in unheilverkündendem Ton. »Kashika liegt immer noch wie bewusstlos da! Die Augen weit und panisch geöffnet! Wir können sie nicht mehr von dem Zauber befreien! Also wirst du sie jetzt davon erlösen!« Schnaubend riss sie Soya hoch. »Los! Auf mit dir!«

Grob zerrte sie Soya mit. Erst im Kampfsaal blieb sie stehen. Als bestünde Soya aus Gift, bildete sich vor ihr ein Durchgang. Die Elfen traten zurück und ließen sie durch. Soya ging langsam auf Kashika zu, die immer noch reglos am Boden lag. Vyn stand neben ihr.

Niemand sagte etwas.

Verzweifelt versuchte sich Soya zu konzentrieren. Schloss die Augen und wartete krampfhaft darauf, dass irgendwelche Wörter in ihrem Kopf erschienen. Doch selbst wenn das geschehen wäre, hätte sie dennoch nicht gewusst, was sie bedeuteten. Was, wenn sie sie damit umbrachte? Bei dem Gedanken wurde ihr schlecht. Sie trat noch einen Schritt auf Kashika zu. Dann kniete sie sich zu ihr nieder, während alle um sie herum die Luft anzuhalten schienen, und berührte sie ganz sanft am Arm.

Plötzlich fiel die Erstarrung von Kashika ab und ihr Kopf fiel schlaff auf den kalten Stein. Mit hasserfülltem Blick riss sie jäh den Arm hoch und schleuderte Soya zurück.

»Kashika!« Es war Colins Stimme. Und es war auch er, der auf einmal neben Soya stand und ihr half aufzustehen. »Genug!« Seine warme Hand hielt sie am Rücken fest. »Genug jetzt! Es gibt hier nichts mehr zu sehen. Der Unterricht ist beendet. Vyn, ich wünsche dich nachher in meinem Arbeitszimmer zu sehen.«

Er führte Soya aus dem Saal. Weg von den stierenden Blicken der anderen, weg von dem leisen Getuschel.

*

Soya setzte sich auf einen umgefallenen Baumstamm und wartete in der Dämmerung.

»Soya?«

Soya drehte sich um und sah Vyn auf sie zukommen.

»Ich warte auf Taoko«, sagte sie leise und wandte sich wieder von ihm ab.

Eine Weile war es still, dann spürte sie, wie er sich neben sie auf den Stamm setzte. Wortlos begann er mit einem Ast in der Erde herumzustochern.

Finster sah sie zu ihm herüber.

»Soya«, sagte er leise und die gepflegte Fassade, die er sonst immer mit Sorgfalt aufrechterhielt, war plötzlich wie weggewischt. »Es tut mir leid. Ich habe beim Duell die Beherrschung verloren.«

Soya lächelte gekünstelt.

»Ich wusste gar nicht, dass du dich in meiner Anwesenheit beherrschen musst.«

Vyn verzog das Gesicht.

»Das hat nichts mit dir zu tun«, sagte er leise und hielt verbittert inne.

»Ah, nein«, entgegnete Soya zerknirscht, »natürlich nicht. Wie dumm von mir, so etwas zu denken.«

Vyn atmete tief und konzentriert ein und aus. Seine Augen flackerten unter seinen geschlossenen Lidern, dann biss er die Zähne zusammen.

»Es ist nur so, dass du mich schmerzlich an Elehna erinnerst.«

Soya sah ihn einen Moment fassungslos an, dann verlor sie die Beherrschung.

»Wirklich?!«, rief sie aus. »Es geht schon wieder um meine Mutter?!«

»Soya.« Vyns Blick war voller Schmerz. »Bitte lass es mich erklären.«

»Weißt du, was ich mich die ganze Zeit über frage?«, zischte Soya. »Wenn ihr doch so wenig von ihr angetan seid, warum sprecht ihr dann die ganze Zeit nur von ihr! Ich weiß wirklich nicht, was ihr alle für ein Problem habt! So erhaben wie ihr immer tut, als würdet ihr über allem stehen! Ihr seid solche Heuchler!«

Vyn schüttelte den Kopf. Leise und angespannt redete er weiter, obwohl Soya genervt die Zähne zusammenbiss.

»Als ich den Dienst als Vermittler antrat, lernte ich sie kennen. Elehna arbeitete auch als Vermittlerin, musst du wissen. Es war das Schönste, was mir je in meinem Leben passiert ist; mit ihr zu reisen. Mit ihr zusammen zu sein. Ich war so nervös, als ich das erste Mal mit durfte … zu den Menschen … mit ihr … Ich war begeistert von allem: von dem Reisen, von der Welt der Menschen, ihren Verhaltensweisen, aber auch und vor allem von Elehna. Sie war schlau und witzig und sie war so anders als die anderen Elfen. Sie war nicht so stur und festgefahren. Sie war offen. Offen für die andere Welt, in die wir für mehrere Tage jeden Monat gingen. Doch sie war die Frau vom Sohn des Königs. Sie war vergeben. Und das vergaß ich auch nicht. Gewissermaßen genügte es mir sogar, in diesen kurzen Momenten, wo wir zu zweit unterwegs waren, bei ihr zu sein. Dann war ich der Nächste an ihrer Seite. – Anfangs waren wir in der Zeit, wo wir uns bei den Menschen aufhielten, immer zusammen. Wir waren unzertrennlich. So sah ich es auf jeden Fall. Dann war sie auf einmal immer häufiger länger allein im Schloss unterwegs. Und dann sah ich es plötzlich in ihren Augen. Ich wusste, dass sie sich verliebt hatte. Immer öfter schlich sie sehr spät in der Nacht aus ihrem Gemach. Es gab keinen Zweifel – sie hatte noch einen anderen. Einen Menschen. Ich wusste nicht, was ich mir damals erhofft hatte. Nichts eigentlich. Ich hatte ja nicht einmal Anspruch auf sie. – Trotzdem fühlte ich mich verletzt und gedemütigt, obwohl ich kein Recht dazu hatte. Ich war wütend auf sie, obwohl sie mir nichts getan hatte. Sie hatte ja nicht mich betrogen. Und es hätte mir egal sein sollen …«

»Schön«, zischte Soya. »Du warst verliebt in sie. Ich verstehe aber immer noch nicht, was das jetzt mit mir zu tun hat!«

Vyn zog die Augenbrauen zusammen und schluckte krampfhaft.

»Als du das Schloss betreten hast, da hatte ich das Gefühl, Elehna würde durch die große Tür kommen. Du sahst aus wie sie. Du hattest dasselbe Auftreten wie sie, dieselbe Sicherheit und die gleiche Ausstrahlung. Du warst das genau gleiche bezaubernde Wesen. So voller Anmut und Perfektion. Es zerbrach mir ein zweites Mal das Herz; und erneut fing es an zu bluten.«

»Wenn es dich so verletzt hat, wieso bist du mir dann nicht einfach aus dem Weg gegangen?« Sein wehmütiger Blick machte sie nur noch wütender.

»Das wollte ich. Doch ich unterrichte Kampfkunst. Ich wollte das Amt abgeben. Zumindest, solange du hier bist. Doch niemand wusste von meinem gebrochenen Herzen. Niemand wusste, dass ich Elehna geliebt hatte. Und das musste auch so bleiben. Colin hat mich gebeten zu bleiben, als ich die Stelle kündigen wollte. Er sagte, er wolle den besten Lehrer für dich. Also blieb mir keine Wahl, ich konnte ihm meine Gründe nicht verraten. Dann kamst du zur ersten Unterrichtsstunde und ich verliebte mich erneut in dieses wundervolle entzückende Wesen.« Einen Moment schaute er sie liebevoll an, dann veränderte sich sein Gesichtsausdruck und er blickte wütend geradeaus. »Doch die Liebe währte nicht lange. Ich merkte, dass eigentlich nur die alte, tiefe Liebe, die ich für Elehna empfunden hatte, wieder aufgeflammt war. Und dass ich in Wirklichkeit, wenn ich dich ansah, nicht dich, sondern Elehna sah. Ich vermisste sie so sehr. So sehr! Es war ein Elend, ein Teufelskreis, und mit der Zeit wurde ich so niedergeschlagen, dass ich davon überzeugt war, du hättest die Schuld an allem. Mit deiner Ankunft war auch mein Leiden zurückgekehrt.« Flehend hob er den Blick. »Soya. Es tut mir leid.«

Mehrere Herzschläge lang war nichts außer dem Rauschen der Blätter zu hören.

Obwohl er ihr alles gestanden hatte, war ihre Wut auf einmal verraucht.

»Ist schon gut«, flüsterte sie leise. Sie war müde. Müde von dem vielen Hass. Von diesen unverständlichen und engstirnigen Sichtweisen. Ihre Mutter war tot. Und Wut ließ sie auch nicht wieder lebendig werden. »Bitte lass mich einfach«, flüsterte sie und hob die Hand. Taoko würde sicher bald kommen.

Sein Blick erlahmte.

»Jetzt fühle ich mich noch elender«, sagte er mit schwacher Stimme und suchte vergeblich ihren Blick. »Ich habe es nicht verdient, dass du mir verzeihst.«

Plötzlich drehte er sich zum großen Tor um; sein Körper verkrampfte sich und seine Stirn war auf einmal mit feinen Falten überzogen.

Kashika, Lialuna und Singarol kamen auf sie zu geschlendert. Ein verächtliches Schnauben erklang hinter ihr.

»Wie Elehna schreitet sie durch die Gegend und hält sich für was Besseres. Zu eingebildet, um den Blick zu heben, wenn jemand ihren Weg kreuzt! Kein bisschen besser! Elehna war zu gut, um sich auf jemand anderen einzulassen, außer es diente ihrem Nutzen!« Kashika verzog den Mund und blieb herausfordernd vor Soya stehen.

»Das war sie nicht«, sagte Soya leise. »Meine Mutter war nicht arrogant und hochnäsig.«

Kashikas stechend kalte Augen blieben unverwandt auf ihr haften. Dann wurde das Flackern in ihren Augen heftiger.

»Deine – *deine Mutter*?«, zischte sie plötzlich und drehte sich zu den anderen um, welche jetzt wie auf Kommando in lautes Gelächter ausbrachen.

»Kashika!« Vyns Stimme klang drohend.

»*Deine Mutter*«, wiederholte Kashika giftig und blickte ihr boshaft ins Gesicht. »WIE KANNST DU SIE DEINE MUTTER NENNEN? SIE HAT DICH VERLASSEN, BEVOR DU NUR EIN WORT SPRECHEN KONNTEST! ELEHNA HAT DICH NICHT GEWOLLT! DU BIST KEIN WUNSCHKIND! DU BIST *EIN FEHLER! EIN FEHLER!!! Nichts weiter!*«

»Kashika, hör auf!« Vyn zog sie beiseite.

Soyas Magen krampfte sich zusammen, während das Gelächter um sie herum verebbte. Eine unnatürliche Stille breitete sich aus.

»Ja«, keuchte Soya; ihr Blick schweifte fahrig durch den Wald. »Ja. Ich kannte meine Mutter nicht ...« Verschwommen sah sie einen schwarzen Flecken im dichten Grün. »Leider.« Sie versuchte, dem plötzlichen Schmerz zu entkommen. »Aber sie hat mich nicht verlassen. Die Morlaks haben sie und Eldevin getötet.«

»Hört ihr das?« Kashikas Stimme war leise vor Abscheu. »Habt ihr gehört, was sie gesagt hat? Kein Morlak könnte einen Elfen überwältigen! Nicht Tausende hätten eine Chance gegen sie gehabt! SIE HAT AUCH DICH VERLASSEN!« Kashika atmete keuchend aus und Soya sah ihr überrascht ins Gesicht. »Ich meine«, stieß sie hervor. »Sie hat uns alle verlassen!«

Ihre Stirn war plötzlich mit dünnen Falten überzogen und ihre Augen begannen heftig zu flackern.

»Genug jetzt. Gehen wir«, flüsterte jemand hinter Kashika, doch Soya sah nicht, wer gesprochen hatte. Sie sah nur, wie Kashika plötzlich mit den Tränen kämpfte.

»Es tut mir leid, wenn dich das so getroffen hat«, flüsterte Soya.

»DAS HAT MICH NICHT GETROFFEN!«, fauchte Kashika, während sich ihre Stimme kreischend hell anhörte und das dämonische Glimmen wieder in ihre Augen zurückkehrte. »UND JETZT LASS DAS WIDERLICHE DING DA LOS!« Angewidert blickte sie auf das Medaillon, das Soya festhielt, und schlug es ihr aus der Hand. »Ist ja erbärmlich, wie du dich daran immer festklammerst, als ob es etwas besonders Wertvolles oder Wichtiges wäre! Es ist nichts als noch ein weiterer schmutziger Gegenstand dieser Heuchlerin! EIN WERTLOSES DING!«

Jemand versuchte Kashika zurückzuziehen. Energisch riss sie sich los.

»Elehna hat über das ganze Volk eine Schande gebracht, die unverzeihlich ist! Sie hat den Königssohn von Heliandor zutiefst gedemütigt und bloßgestellt! Sie hat uns alle verraten! Sie hat Elias mit dem Abschaum *Saahrrin* betrogen und damit, mit *dir*, schmutziges Blut gezeugt!«

Vyn zerrte Kashika grob beiseite.

»*Nein!*« Kashika wehrte sich gegen die vielen Hände. »Sie soll es wissen!«, schrie sie. »Sie soll wissen, *was* sie ist! *Du* dürftest gar nicht existieren, *Soya*! Du hast dreckiges Blut!«

Vyn stand reglos und bleich neben ihr. Niemand außer Kashika sah Soya an.

»Oh!«, hörte sie Kashika kreischen. »Der kleine *Relosecoor* – hat es tatsächlich noch gar nicht gewusst! Hast du etwa nicht gewusst, dass du von diesen Schirkansbestien abstammst? Wie rührend! Dein *Freund Zindabor* hat es dir also noch gar nicht gesagt? Tja, jetzt verstehst du vielleicht, weshalb er dir nur die einfachen Zauber beigebracht hat. Er hat *kein Vertrauen* in dich, Soya, wie dir nie jemand vertrauen wird! Was glaubst du, weshalb wir uns hier mit dir herumquälen müssen? Hast du Zindabor wirklich geglaubt, als er sagte, dass die Elfen die besten Lehrer für dich wären? Hast du das wirklich geglaubt? Bei seiner Arroganz und Hochnäsigkeit? Nein!«, Kashikas Lachen hallte laut wider. »Er wollte dich loswerden! Er hat dich zu uns abgeschoben, weil er vermutlich Laendor ein Versprechen gegeben hat! Dass er gut für dich sorgen würde … Er hat dich also einfach uns überlassen! Er wäre der *beste Lehrer* für dich gewesen! Aber er wollte kein *schmutziges Schirkansblut* in seinem Haus! Nein! Nicht seit dem Tod seines Bruders, der von den Schirkans getötet wurde!« Ihre Augen flackerten heftig. »Glaubst du es jetzt? Die gute Seele Zindabor! Hast du im Ernst geglaubt, er *mag* dich? Wie rührend!« Kashikas Augen glitzerten. »Du hast nicht nur *ekelhaftes Menschenblut*, sondern auch noch *abscheuliches Schirkansblut* in deinen Adern! *Saahrrin ist ebenfalls ein Mischling! Er* ist *halb* Mensch, *halb* Schirkan!«

Soyas Hand fand die raue Rinde des Baums neben ihr.

»Aber nein, die Menschen wissen das natürlich nicht! Niemand sagt ihnen, wer der König wirklich ist! Hast du dich nie gefragt, weshalb überall Morlaks in König Saahrrins Land sind? *Morlaks kommen von der dunklen Seite*! Hast du dich nie gefragt, warum Saahrrin so *anders* aussieht? Weshalb er so bleiche Haut, pechschwarzes Haar und dunkle Augen hat?! Vermutlich hast du die Dummheit der Menschen geerbt!« Kashika sah sie abschätzig an. »Weißt du, ich dachte, spätestens als ich dich durch die Schirkansfalle unten in den Kellern geführt habe, würdest du kapieren, was Sache ist. Würdest kapieren, dass du dunkles Blut hast!! Fandest du es nicht ein wenig merkwürdig, dass das helle Licht mir nichts ausgemacht hat, es dich aber bis an deine Substanz geschwächt hat? Hast du dir nie darüber Gedanken gemacht, weshalb du das Sonnenlicht nicht verträgst und dich das Licht im Schloss blendet?! Weshalb alle Tiere vor dir panische Angst bekommen und davonlaufen? Weshalb du Höhenangst hast und deine Kräfte beim Anbruch der Dunkelheit stärker werden?!«

»Was ist hier los?«

Kashika verstummte jäh.

Einige der Wächter traten zu ihnen auf die Lichtung. Soya nahm wahr, wie sie neben ihnen stehen blieben. Zitternd ließ sie den Baum los und stolperte zurück zum Schloss. Ein dunkler Schatten kam von der anderen Seite zu ihr. Sie griff nach dem Knauf des Tores und zog es auf. Blind stolperte sie hinein, dann spürte sie Taokos Schnauze an ihrer Hand.

Sie wusste nicht mehr, wie sie es geschafft hatte, in ihr Gemach zu kommen. Irgendwann saß sie, den Kopf in die Hände gepresst an der kalten Wand. Tausende Bilder schossen auf sie ein. Bilder von bleichen Gesichtern. Und sie alle waren dasselbe – das Gesicht Saahrrins.

Sie sah ihn in seinem wehenden, langen Umhang über den Innenhof schreiten, sein alabasterfarbiges Gesicht der Menge zugewandt, die laut jubelte und schrie.

Sie sah seine funkelnden, dunklen Augen, seine unvergleichliche Schönheit … und den grünen Stein auf einem goldenen Ring.

Bei Nacht und Nebel

Es war lange nach Mitternacht, als sie das erste Mal wieder einen klaren Gedanken fassen konnte. Durch ein dumpfes, mattes Gefühl tauchte er auf … drängte sich in ihr Unterbewusstsein … bis sie sich fragte, wer da so schrie …

Blinzelnd öffnete sie die Augen.

Sie lag immer noch auf dem kalten Steinboden. Dann spürte sie Taokos Fell an ihrem Arm.

Die Stimme schrie erneut: »Soya soll verschwinden! Wenn die Schirkans zu uns kommen – nicht auszumalen, was das für Konsequenzen hätte. Sie würden vermutlich unser ganzes Volk ausradieren, ohne mit der Wimper zu zucken!«

»Wenn die Schirkans Soyas Tod wollten, hätten sie sie schon lange umgebracht.«, meinte eine andere, tiefere Stimme ebenso wütend, und Soya erkannte sie sofort wieder. Es war die Stimme Colins.

»Vielleicht wissen sie noch gar nicht, dass es Soya gibt! Selbst wir hielten sie für tot! Wenn sie herausfinden, dass Soya bei uns ist, werden sie kommen, um sie zu holen! Soya muss fort! Sie muss von hier verschwinden! Sie ist es nicht wert, dass wir *unser Leben* für sie aufs Spiel setzen!«

»Und wenn wir sie unterrichten und sie auf unserer Seite ist? Ich habe ihre Kraft gespürt. Sie ist unwahrscheinlich stark. Stärker als wir beide zusammen! Und sie kann noch viel stärker werden. Soya hat eine gute Seele. Sie hat es nicht verdient, dass wir sie einfach wegschicken. Was soll denn aus ihr werden? Was ist, wenn sie sich gegen uns wendet?«

»Das glaube ich einfach nicht! Wie kannst du sie so in Schutz nehmen! Wieder das gleiche Drama wie bei Elehna. Auch für sie hattest du dich so eingesetzt, Colin!«

Soya griff sich ihre Tasche, stopfte ihre Sachen hinein und stolperte zur Tür, Taoko folgte ihr lautlos. Der Korridor war leer. Sie rannte den dunklen Flur entlang bis zur großen Halle. Auch hier war weit und breit kein Wächter zu sehen, der ihr das Tor hätte öffnen können. In der Nacht wurde es geschlossen. Soya trat zum Tor hinüber und legte ihre Hand auf die kalte Oberfläche.

»*Sanya* – Öffne dich!«, befahl sie dem Tor.

Sie presste die Augen zu und ließ ihre gesamte Energie gegen den Zauber fließen, der das Tor versperrte. Er flackerte, erlosch und das Tor sprang auf.

*

Im Schloss Helandibur herrschte große Aufruhr. Die Nachricht, Soya habe das mächtige Silbertor überwinden können, hatte sich wie ein Lauffeuer verbreitet.

»Wie ist es möglich, dass Soya so viel Kraft besitzt?«, wurde ein Berater, ein für die Sicherheit verantwortlicher Elf, gefragt. »Noch nie zuvor ist das jemandem gelungen!«

Izaroha, Colin und vier königliche Berater hatten sich in der Bibliothek versammelt. Colin saß im großen Sessel, den Blick auf einen fernen Punkt geheftet, während Izaroha mit angespannter Miene aus dem Fenster sah.

»Es ist gefährlich für Soya, ganz allein dort draußen. Sie könnte wer weiß wem in die Arme laufen. Wie viele machtgierige Wesen würden Soya liebend gerne aufnehmen, um sie für ihre Ziele zu missbrauchen. Stellt euch vor, wenn sie sich gegen uns wendet. Sie ist erbost. Und sie hat nichts mehr zu verlieren. Wir haben sie vermutlich zu einem unserer schlimmsten Feinde gemacht«, sagte ein Berater bedrückt.

»Aber wie um Himmels willen war es ihr möglich, den Zauber des silbernen Tors zu bezwingen?«, fragte erneut ein anderer.

»Zindabor!«, zischte Izaroha wie eine Schlange. »Er wird es ihr beigebracht haben«, fuhr sie mit bebender Stimme fort. »Was für ein Narr! War ihm nicht bewusst, wie gefährlich sie ist?«, rief Izaroha völlig außer sich in die Runde.

»Ich denke nicht, dass sie eine Gefahr für uns sein wird«, sagte Colin schlicht und fuhr sich über den gekräuselten Stoff, um ihn wieder glatt zu streichen.

Alle Augenpaare richteten sich auf ihn. Izaroha funkelte ihn hasserfüllt an.

»Und wieso glaubst du das?«, fauchte sie ihn an.

Colin lehnte sich in den Sessel zurück.

»Soya ist traurig – traurig und enttäuscht, dass gerade das *Elfenvolk* sie so abgrundtief verabscheut, und zwar für etwas … für etwas, wofür sie gar nichts kann. Dabei stehen wir doch überall so für Größe. Sie hat sich dieses Leben nicht ausgesucht – sie wurde von den Elfen gehasst, von dem Tag an, als sie geboren wurde, und musste von Laendor bei den Menschen versteckt werden. Ich denke, sie hat schon schwer genug daran zu tragen, dass ihr vor noch nicht so langer Zeit das Einzige, was sie noch hatte, genommen wurde – ihr Großvater. Dazu kommt, dass sie sich wieder ganz neu finden muss, denn scheinbar ist sie *nicht*, wie sie glaubte, ein ganz normales, menschliches Kind oder besser: halb Elfe, halb Mensch, nein, sie muss sich auch noch damit abfinden, dass sie König Saahrrins Tochter ist, wie Kashika ihr verraten hat.« Colin strich sich mit den Händen die Furchen glatt, die sich auf seiner Stirn gebildet hatten. »Sie hat das Tor aufgebrochen, weil sie gehen wollte. Sie hat keinem von uns etwas getan. Keinem!« Er stand wütend auf und drehte sich einem der riesigen Bücherregale zu.

»Dann sollten wir versuchen, sie für uns zu gewinnen. Noch ist nichts zu spät«, meinte ein Elf und blickte zu Colin.

»Sie ist bestimmt auf dem Weg zu Zindabor. Und wir sollten sie dringend vorher abfangen, bevor sich auch er gegen uns wendet«, meinte der andere Berater.

Colin jedoch blätterte in einem großen, silberfarbenen Buch und Izaroha schaute ihn mit dünnen Lippen an.

»Genug!«, rief Izaroha plötzlich und hob die Hände. »Genug!« Sie warf Colin einen gehässigen Seitenblick zu. »Ich werde es nicht dulden, dass sie wieder zurückkommt! Es wäre noch eher denkbar, wenn sie nur Menschenblut in sich trüge, aber *Schirkansblut*! Ich verbiete euch, nach ihr zu suchen!« Wütend warf sie ihre Haare zurück. »Sie war hier noch nie willkommen und ist trotzdem einfach hergekommen! Macht lieber Jagd auf sie und tötet sie, bevor sie zu mächtig wird und eine Gefahr für uns werden kann. Noch ist sie fast ein Kind, und wenn wir unsere besten Krieger nach ihr ausschicken, wird es für sie kein Entrinnen geben!«

Nun war es mucksmäuschenstill. Alle Berater schauten vorsichtig zu Colin.

Dessen Finger strichen ruhig über die nächste Seite. Es vergingen mehrere Herzschläge, ehe er zu sprechen begann.

»Man könnte meinen, ihr tragt Schirkansblut in euch, Izaroha«, sagte Colin in kühlem Ton, immer noch allen den Rücken zugewandt.

Izaroha lief feuerrot an.

»Wie kannst du es wagen! Wie kannst du dich so gegen mich stellen! Ich hatte gedacht, das Problem Elehna sei aus der Welt geschafft, als sie gestorben war! Aber nun geht mit Soya das gleiche Theater weiter! Dass du immer nur sie ins Licht stellst und sie sogar über deinen Sohn Elias und mich stellst!«

Colin klappte das Buch zu und steckte es wieder ins Regal zurück.

»Dachte ich mir doch, dass es das ist, was dich veranlasst, sie so zu verabscheuen. Wie ich sehe, hat die Krankheit, an der du leidest, wieder überhandgenommen. Eifersucht hat hier nichts zu suchen, Izaroha.« Er fuhr sich über die Stirn. »Es ist ganz richtig, was du gesagt hast, Soya ist nicht Elehna. Das solltest du dir allerdings auch zu Herzen nehmen. Zudem solltest du dafür sorgen, dass die alten Wunden heilen, und nicht immer noch so nachtragend sein. Verzeih ihr endlich. Elehna hatte niemanden *um-*

gebracht. Sie hat nur ihrem Herzen nachgegeben und ist schwach geworden.«

Izaroha stürmte ohne ein weiteres Wort hinaus. Colin wandte sich an die Berater.

»Wir werden ein anderes Mal die Diskussion weiterführen. Unternehmt nichts, vorerst. Und falls – falls Izaroha euch Befehle erteilen sollte, so informiert mich umgehend und führt sie auf keinen Fall aus!« Er sah sie durchdringend an, die Berater nickten und ließen ihn allein.

*

»Soya!«

Erschrocken wirbelte Soya herum. Farol stand so reglos neben einer Kiefer, dass sie ihn gar nicht bemerkt hatte. Irritiert schaute er auf ihre Tasche.

»Es ist also schon so weit?«, fragte er. Mit gerunzelter Stirn kam er näher. »Natürlich«, murmelte er leise. »Ich habe gewusst, dass es irgendwann passieren wird. Dass du es früher oder später hier nicht mehr aushalten wirst.« Er hielt kurz inne. »Doch dass es so früh sein wird … Ich hatte gehofft, du würdest Xukuth noch verwandeln können.« Er hob vorsichtig den Blick. »Oder was meinst du Soya?«, fragte er leise und nahm sie an der Hand.

Sie gingen durch dichtes Grün, dann fühlte sie einen kühlen Schleier über ihre Haut gleiten und gleich darauf standen sie vor Farols Haus. »Denkst du, du bist schon so weit?«

Unwillkürlich fiel ihr Blick auf den knorrigen, alten Baum und ihr Magen zog sich zusammen.

»Ja. Ich denke schon.« Ihre Stimme war schwach vor Angst.

Farols Lippen bebten, dann wandte er sich um und verschwand im Haus.

Langsam trat Soya auf den Baum zu. Es kam ihr komisch vor, zu einem Baum zu sprechen. Sie wusste nicht einmal, wie viel Xukuth selbst davon wirklich mitbekam.

»Ich werde dich zurückverzaubern, Xukuth«, sagte Soya leise und streckte ihren Arm aus. Ihre Hand zitterte so heftig, dass die Nadeln am Ast zu beben begannen. »Du brauchst keine Angst zu haben. Es wird alles gut gehen.«

Dann spürte sie, dass Farol plötzlich hinter ihr stand. In den Händen hielt er zwei Gegenständc. Der eine war ein Schwert in einer hellsilbernen Scheide. Es hing an einem feinen Gürtel, den er um ihre Hüften band.

»Ich habe das Schwert für dich fertig gemacht und zusätzlich noch ein kleines Messer.«

Soya nahm es stumm entgegen.

Sein Blick glitt hoch in die Baumkrone.

»Danke«, flüsterte Soya.

Farol schüttelte den Kopf. »Nichts zu danken.« Seine Lippen verzogen sich, dann holte er tief und lange Luft. »Bringen wir es hinter uns.«

Soya hörte noch die letzten Silben des Zaubers über ihre Lippen gleiten, dann sog sie überrascht die Luft ein; ein Gefühl von tiefer Schwäche legte sich in ihre Glieder und auf einmal wurde ihr schlecht. Ihre Hand fand irgendwo Halt, dann fühlte sie, wie ihre Beine nachließen. Ein Zittern ließ ihren Körper erbeben. Der Zauber war vollendet. Schwer atmend lag Soya auf der Erde, die Hände auf den Boden gepresst, und versuchte etwas zu erkennen.

»Xukuth«, hörte sie Farols erstickte Stimme.

Sie sah ihn, wie er sich über etwas niederbeugte inmitten der violetten Blumen, dort, wo zuvor der Baum gestanden hatte. Ein leises Stöhnen erfüllte die Stille und Soya schloss erschöpft die Augen. Über sich spürte sie einen warmen Atem.

»Taoko«, flüsterte Soya und legte ihre Hand auf eine seiner Pfoten. Ein beruhigendes Dröhnen drang aus seiner Brust.

Dann sah sie zwischen den Bäumen etwas Großes, Schneeweißes näherkommen. In einigem Abstand blieb der Schimmel Gwaloth stehen und richtete seine eisblauen Augen auf sie.

»Ich weiß nicht, wie ich dir jemals danken kann«, hörte sie Farols erstickte Stimme. Sie hörte, wie er sich erhob, wie er mit wackligen Knien zu ihr herüberstolperte, dann erschien sein Kopf über ihr.

Soya hob die Hand.

»Ist schon gut«, lallte sie.

Seine Augen flackerten, dann schürzte er die Lippen.

»Ich habe dir verschwiegen, dass es einer der schwierigsten Zauber ist, den es überhaupt gibt.« Er neigte ergeben den Kopf. »Ich hatte Angst, es würde dich erschrecken.«

Taoko neigte den Kopf in Farols Richtung und seine Nackenhaare sträubten sich.

»Aber ich wusste, dass du es schaffst!«, fügte er nachdrücklich hinzu. »Wenn nicht du, wer sonst?« Sein Blick streifte kurz zu Xukuth hinüber. »Sie hat es geschafft. Sie ist noch schwach, aber mit ein wenig Hilfe wird sie in ein paar Tagen wieder bei Kräften sein.«

»Gut«, flüsterte Soya.

Seine warmen Hände glitten über die ihren.

»Danke, Soya!«

Dann sah er sich auf einmal um und deutete ihr an zu schweigen.

»Du musst los«, zischte er und half ihr hoch, dann blieb er reglos stehen, während sein Blick auf Gwaloth haften blieb. »Genau zur richtigen Zeit am richtigen Ort. Wie immer«, murmelte er und wandte dann seinen verschleierten Blick wieder Soya zu. »Ich dachte mir schon, dass es so kommen wird.«

»Was meinst du?«, flüsterte Soya.

Gwaloth ruckte mit dem Kopf.

»Er wird dich begleiten«, sagte Farol schlicht.

Soya hatte auf einmal einen Kloß im Hals.

»Ich glaube nicht, dass Gwaloth das tun möchte.«

Natürlich würde er das nicht wollen. Der Mandoriaschimmel war ein elbisches Wesen. Ein Wesen des Lichts. Und sie hatte dunkles Blut. Es überraschte sie, dass er ihr überhaupt so nahekam. Jedes Tier, abgesehen vom schwarzen Wolf, suchte das Weite vor ihr.

»Du denkst, er möchte nicht?«, fragte Farol.

»Nun«, fuhr er leise fort, »sicher wirst du mir gleich erklären, weshalb du das denkst.«

Der Kloß in ihrem Hals wurde größer.

»Glaubst du, ich hätte nicht gewusst, wer du bist?«, sagte Farol leise. »Oder *was* du bist? Es enttäuscht mich ein wenig, dass du mich in denselben Topf wie die anderen Elfen wirfst.«

Überrascht sah sie, dass er lächelte.

»Obwohl du meine Geschichte kennst, denkst du, ich würde dir Gwaloth nicht geben wollen, wenn ich wüsste, dass verschiedenes Blut durch deine Adern fließt?«

Soya senkte den Blick.

»Ich denke nicht, dass es in deiner Hand liegt, was Gwaloth tun wird. Du kannst ihn nicht zwingen, mit mir mitzukommen …«

»Natürlich nicht«, flüsterte Farol. »Doch es war Gwaloth, der uns damals gerettet hat. Er hat mich mit Xukuth hierhergebracht. Gwaloth hat gewissermaßen schon immer zu dir gehört, seit du nach Helandibur kamst«, erklärte er und fuhr Gwaloth über die seidene Mähne. »Von dem Zeitpunkt, da du unser Reich betreten hast, hat sich Gwaloth ganz anders aufgeführt. Du hast es vielleicht nicht gemerkt, doch Gwaloth ist dir überallhin gefolgt, als du dich in den Wäldern aufgehalten hast. Er hat dich immer beobachtet und zu keiner Zeit aus den Augen gelassen. Einen Schimmel aus dem Mandoriawald kannst du nicht zu deinem Sklaven machen. Es wird dein Gefährte, wenn er dich aussucht.«

Plötzlich hörten sie helle Hornklänge vom Schlossgelände. Das Alarmzeichen – sie wussten Bescheid.

Farols Erstarrung währte nur eine Sekunde. Dann legte er seine Hände um Soyas Gesicht und presste seine Lippen fest auf ihre Stirn. »Pass auf dich auf, Soya.«

Gwaloth wieherte leise.

»Los!«, zischte er. »Sie kommen!«

Das Horn ertönte abermals.

»Du darfst niemandem sagen, wer du bist!«, redete Farol weiter eindringlich auf sie ein. »Halte dich im Hintergrund. Und geh nicht zu deinen Bekannten nach Bakul zurück. Suche niemanden auf, den du vorher kanntest. Versuch, ein neues Leben aufzubauen.«

Soya wollte etwas sagen, aber sie fand ihre Stimme nicht.

»Saahrrin sucht dich!«

Farols Stimme war leise und flehend.

»Das jedenfalls vermuten die Elfen. Sie halten auch ihn für den Mörder deiner Familie.«

Sein Blick war auf einmal gequält und Soya nickte krampfhaft.

»Sie alle glauben, er möchte dich nicht nur töten, weil du elbisches Blut in dir trägst, sondern weil er die Schmach nicht ertragen würde, wenn das Volk erführe, dass er eine Tochter mit elbischem Blutanteil hat. Deshalb hat er deine ganze Familie ausgelöscht, damit es keine Beweise dafür gibt!«

Verkrampft hielt sie sich an Gwaloth fest, dann hievte sie sich unbeholfen auf ihn.

»Los! Geh!«, zischte Farol.

Gwaloth setzte sich in Bewegung und Farol hob die Hand. Der Ausdruck in seinem Gesicht war auf einmal maskenhaft. Er zeigte keine Regung mehr und sie hatte auch keine erwartet.

»*Cuio vae* – Leb wohl«, flüsterte sie, dann galoppierte Gwaloth los und Farol verschwand aus ihrem Blickfeld.

Das satte Grün des Waldes verschwamm und raste an ihnen vorüber, während ihnen Taoko folgte.

Dann ertönten leise Worte in Soyas Kopf, die sie wie eine Melodie begleiteten, bis sie die smaragdenen Flüsse erreichte:

»Trasta, thel meleth … trasta. No veren.
Lend vaer Eleona Soya. Hebo estel!

Edra le men, men na guil edwen,
Haer o auth a nîr a naeth.
Û i vethed, nâ i onnad.
I dh rodyn garo gaim in or le
A no achirich i lalaith gîn.
Meneg hennad an tulu lîn – Im al le van wi –
cuio vae.
Trasta, thel meleth … trasta. No veren.«

Ruhig, meine Liebe … ruhig. Sei tapfer.
Gute Reise, Eleona Soya. Behalte Hoffnung!
Du hast die Aussicht auf ein anderes Leben,
weit ab von Krieg, Trauer, Verzweiflung.
Das ist nicht das Ende, es ist der Anfang.
Mögen die Götter ihre Hände über dir halten
und mögest du dein Lachen wiederfinden.
Tausend Dank für deine Hilfe – ich werde dich
nie vergessen – Leb wohl!
Ruhig, meine Liebe … ruhig. Sei tapfer.

Auf der Flucht

Soya blinzelte hoch in die Baumkronen und stopfte sich einige Beeren in den Mund; es gab nicht viel Essbares in der Gegend, doch abgesehen davon hatte sie auch keinen großen Hunger. Die Vorstellung, dass Saahrrin ihr Vater war, dass er sie suchte und vernichten wollte, lag wie ein schwerer Klumpen in ihrem Magen.

Es fiel ihr schwer sich zu entscheiden, ob sie weiterziehen sollte oder nicht. Immer wenn sie sich dazu entschloss, den Ort zu verlassen, an den sie Gwaloth gebracht hatte, kamen Ängste und Zweifel hoch und sie wollte noch bleiben, und immer wenn sie sich dazu entschlossen hatte zu bleiben, wollte sie gehen.

Es war ihr nicht nur die Vergangenheit genommen worden, sondern auch die Zukunft – sie durfte nicht zu ihren Freunden zurück und sie würde nie wieder jemandem sagen können, wer sie war. Keiner würde vorurteilslos ihr gegenüber sein können und sie so annehmen, wie sie war. Die Gegenwart, die ihr blieb, war indes wie ein beschriebenes Blatt Pergament voller Zeilen, deren Worte sie nicht verstand. Sie hatte keine Lust, einem Kapitel anzugehören, das negativ behaftet war.

Die Anschuldigungen gegen Zindabor hatten sich in ihrem Gehirn eingebrannt und vergifteten die Gedanken an den großartigsten Zauberer, den sie je gekannt hatte. Zu ihm zurückzugehen, fühlte sich auf einmal falsch an. Sie wollte nicht an einem Ort sein, wo sie nicht willkommen war. Wenn sie ihn nicht aufsuchte, so brach Zindabor auch nicht sein Versprechen, das er Laendor gegeben hatte. Er konnte sich schließlich nicht um sie kümmern, wenn sie nicht auftauchte.

Doch eines verstand sie nicht: Wieso hatte Zindabor ihr nie von seinem Bruder erzählt? Und wieso hatte er ihr nie gesagt, dass sie dunkles Blut hatte und Saahrrin ihr Vater war? Wieso hatte er ihr all das vorenthalten? War es, wie Kashika gesagt hatte, und er hatte sie nur in den einfachen Zaubern unterrichtet, weil sie nicht vertrauenswürdig war? Wenn ja, wieso hatte er sie dann zu den Elfen geschickt?

Sie kam sich auf einmal schmutzig vor, unrein, als stünde es ihr nicht zu, hier zu sein, als hätte sie kein Recht dazu, auf dieser Welt zu leben, wo sie doch nichts als eine Gefahr darstellte, eine tickende Zeitbombe, die jeden Moment explodieren könnte.

Soya drehte sich auf die Seite und spähte zu Gwaloth, als sie plötzlich etwas Hartes unter ihrem Rücken spürte – erschrocken blickte sie auf ein schwarzes Buch mit flammend roten Lettern darauf:

Phylenos

Soya sprang auf und sah sich um. Sie erinnerte sich noch genau daran, wie Zindabor den Phylenos an sich genommen, wie er ihn in seine Tasche gepackte hatte!

Ihre Augen suchten jeden Winkel ab. Doch der Wald wirkte so verlassen wie immer, seit sie hierhergekommen war. Zögernd ließ sie sich wieder nieder, zog das schwarze Buch auf ihre Knie und schlug es mit zitternden Händen auf. Ihre Augen glitten über die Zeilen und sie tauchte in eine eigenartige Welle der Erregung. Sie wusste, dass der Phylenos böse war; dass sie ihn eigentlich hätte wegwerfen sollen. Doch so grausam er auch war – und Soya wollte es sich selbst nicht eingestehen – faszinierte er sie auch.

Sie las ihn am Stück durch, um ihn sofort noch ein zweites Mal zu lesen. Manchmal las sie eine Seite mehrmals, bis sie den Inhalt richtig verstand. Zindabor hatte gesagt, sie müsse lernen, sich zu verteidigen. Nun, das tat sie. Es war mehr als gerechtfertigt, dass sie darauf vorbereitet war, wenn sie angegriffen wurde.

Entschlossen schlug sie das Buch zu, stopfte es in ihre Tasche und stand auf. Sie kannte nun jeden Zauber im Phylenos auswendig und auch die wichtigsten Regeln, worauf es beim Zaubern ankam.

Taoko sah ihr nach, während sie hinüber zu Gwaloth ging.

»Bringst du mich zum Schloss Siramon?«, fragte sie ihn und streichelte seine schneeweiße Mähne.

Gwaloth schnaubte, dann begann er, nervös mit den Vorderbeinen zu scharren.

»Du kennst den Weg, nicht wahr, Gwaloth?«, flüsterte Soya.

Gwaloth wieherte laut auf, Soya saß auf und dann stürmte er voran, Taoko dicht hinterher.

Sie brauchten einige Stunden, bis sie das Schloss Siramon von Weitem erblickten. An einem felsigen Abhang blieb Gwaloth stehen und Soya stieg vorsichtig von seinem Rücken.

Drei ganze Tage blieben sie dort, bis sie Saahrrin und seine Männer fortreiten sah. Dann packte sie ihre Sachen zusammen und ritt los. Sie schaute noch einmal zurück und sah Taoko hinter dem Felsen warten, die dunklen Augen fest auf sie gerichtet. Sie wusste, dass er auf sie wartete und sie suchen würde, wenn sie das Schloss wieder verlassen hatte. Trotzdem, von ihm wegzugehen machte sie nervös.

Die Wachen am Eingang musterten sie neugierig. Rasch ging sie an ihnen vorbei und betrat den gepflasterten Platz des Schlossgeländes. Ein Bursche nahm ihr Gwaloth ab und führte ihn in einen der Ställe.

Sie wusste, dass es ein heikles Unterfangen war, doch sie musste Ramon sehen. Er hatte gewusst, dass sie kein ganz normaler Mensch war, dass sie in Gefahr war, und sie musste erfahren, was er noch wusste. Saahrrin würde die nächsten paar Stunden wohl nicht zum Schloss zurückkehren. Krampfhaft versuchte sie nicht *mein Vater* zu denken.

»Eleona?«

Soya wirbelte herum, während dieser Name etwas in ihr frei ließ – Erinnerungen an eine Zeit, die schon hundert Jahre weit zurückliegen musste. Ihr Magen zog sich unsanft zusammen. Doch nicht, weil die Gedanken an diese Zeit wieder alte Wunden aufrissen, sondern weil die Stimme, die sie so gut kannte, kalt und wütend klang.

Ramon stand im Schatten des Torbogens. Wie es schien, hatte er noch einiges an Muskeln zugelegt. Sein Gesicht wirkte kantiger und seine Haut war tiefbraun.

»Ramon«, flüsterte Soya.

Seine Schritte wirkten grob, während er auf sie zukam. Dann, als er in einigem Abstand vor ihr stehen blieb, hob er die Brauen. »Was machst du hier?«, fragte er angriffslustig.

»Ich wollte dich besuchen«, krächzte sie. Es klang armselig.

Ramon sagte nichts. Er funkelte sie nur weiterhin feindselig an. Verzweifelt schüttelte sie den Kopf.

»Möchtest du nicht wissen, wo ich war?«

Endlose Sekunden lang schauten sie einander ins Gesicht, dann hob er die Hand und fuhr sich über seinen kahlgeschorenen Kopf.

»Ich kann es mir denken«, zischte er.

Seine Worte schmerzten sie überraschend heftig – ein körperlicher Schmerz, ein Stich ins Herz.

»Was?«, zischte sie zurück.

Er lachte mit bitterer Miene auf.

»Ist das nicht offensichtlich?«

Ihr Mund klappte auf – er wusste es also wirklich, und er hatte sie bereits verurteilt.

»Ich bin immer noch dieselbe«, flüsterte sie.

Er atmete kontrolliert aus und schloss die Augen.

»Ich habe dich anscheinend nie gekannt.«

»Ramon, ich …«

»Du hättest nicht herkommen sollen!«

Energisch schüttelte sie den Kopf. Es konnte unmöglich das sein, was er sagen wollte. Seit sie denken konnte, war er ihr Freund gewesen. Genauer gesagt, bis er den Dienst bei Saahrrin angetreten hatte.

Seine Worte kamen wie Peitschenhiebe.

»Das hier ist jetzt meine Welt! Du passt nicht hierher!«

»Du … möchtest … mich nicht hier haben«, flüsterte sie. Die Luft kam nur noch stoßweise aus ihren Lungen.

»Ja.« Die Antwort kam prompt und nichts Entschuldigendes lag in seinem Blick.

Wie betäubt blickte sie auf die hellen Pflastersteine und versuchte, das lähmende Gefühl zu ignorieren, das sich allmählich in ihr hochkämpfte.

Eine kleine Gruppe Soldaten stand ein wenig abseits neben einer Treppe, die zu einem anderen Platz hochführte. Sie sprachen in gedämpftem Ton und blickten immer wieder zu ihnen herüber.

»Ramon, bitte«, hörte sie sich flüstern, »ich wollte das nicht.«

»Das spielt jetzt alles keine Rolle mehr.«

Sie schüttelte den Kopf, während ihr Tränen die Sicht raubten.

»Du weißt, wem ich hier diene«, knurrte er leise, »wem ich Treue geschworen habe.« Sein Amulett schimmerte grünlich.

Verständnislos blickte sie in sein Gesicht. Dann traf sie die Erkenntnis wie ein harter Schlag.

»Es ist besser, wenn du jetzt gehst.« Seine Hand packte ihren Arm, der Griff war grob, der eines Soldaten. »Komm.«

Beim Stall angelangt, ließ er sie los und Soya stolperte hinein.

Die ganze Zeit über hatte sie geglaubt, Ramon hätte sie mit seiner kalten, abweisenden Art nur schützen wollen, verhindern wollen, dass sie ins Schloss kam, weil er wusste, dass es für sie dort zu gefährlich war. Doch der schmerzerfüllte, panische Ausdruck, den sie damals auf seinem Gesicht gesehen hatte, als die Morlaks auf den Innenhof gestürmt waren, hatte nicht ihr gegolten, wie sie glaubte, sondern den vielen unschuldigen Menschen, die ihretwegen in Gefahr waren.

Gwaloth stand im hinteren Teil des Stalls und wandte den Kopf zu ihr um.

»Bitte, Gwaloth«, flüsterte Soya und griff zittrig nach den Zügeln. »Bring mich weg von hier.«

Gwaloth sah sie mit seinen eisblauen Augen an und während sie ihn aus dem Stall führte, ging er ganz dicht neben ihr. Draußen blieb sie noch einmal stehen. Ramon wirkte wie ein abweisendes Schild. Er sah nicht auf, als sie aufstieg, und auch nicht, als sie die Zügel hob.

»Mach's gut«, flüsterte sie, Gwaloth wieherte auf und trabte davon.

Irgendwann hielt Gwaloth an und Soya stieg ab. Sie wusste nicht, wohin er sie gebracht hatte. Sie sah ihn noch einmal vor sich aufragen, dann wurde alles dunkel um sie herum. Die Nacht legte sich wie ein schwarzes Tuch über sie, während ein tobender Wind die Finsternis erfüllte. Etwas Großes, Dunkles schlich auf sie zu. Als sein Kopf nur noch wenige Zentimeter von ihr entfernt war, öffnete Soya die Augen –

»Taoko«, flüsterte sie, hob ihren kraftlosen Arm und legte ihn um seinen Hals. Ein kehliges Dröhnen drang aus seiner Brust, und als sie in seine dunklen Augen schaute, spürte sie, wie der Schmerz ein wenig nachließ.

Die Tage und Nächte mit Taoko waren nicht zu unterscheiden – er ließ sie nicht fallen. Wenn sie nicht schlief, nötigte er sie aufzustehen und jagte mit ihr durch den Wald. Das Rennen tat gut; es klärte ihre Sinne. Er hielt sie zusammen wie eine unsichtbare Hülle, ein Verband, der verhinderte, dass sie in Stücke fiel.

*

Es war an einem nebligen Morgen, die ersten Sonnenstrahlen waren am Horizont zu sehen, als Soya es zum ersten Mal hörte: Das Tuten eines dumpfen Horns, dann ein Donnern und lautes, grausiges Gekläff.

Gwaloth wieherte laut. Wie von Sinnen galoppierte er an ihnen vorbei, riss die Vorderbeine in die Luft und stürmte davon.

Taoko hob den Kopf, dann spürte sie den Boden unter sich erbeben.

Keuchend rappelte sie sich auf.

Taokos Haare sträubten sich, während er sich neben ihr aufrichtete. Mit gefletschten Zähnen blicke er bedrohlich knurrend zu den Bäumen.

Der Todesfluch

Sie konnte nicht behaupten, niemand hätte sie davor gewarnt – Zindabors mahnende Worte hallten in ihrem Kopf wider, während sie zu Boden fiel.

Alles um sie herum war weiterhin von ihrem Zauber rot erhellt. Sie sah sie scharenweise zu Boden fallen, die roten Augen noch immer geweitet. Dann schlug sie hart gegen einen Baum, während sie spürte, dass der Schild um sie und Taoko erlosch.

Man sagt, ein Zauber zehre von deiner Kraft, bis er vollbracht ist. Doch wenn deine Kraft nicht ausreicht und der Fluchtweg versperrt wird, steht es dir frei, ob du den Weg des Sterbens oder den des Kampfes wählst.

Feine Lichtstrahlen fielen durch das Blätterdach – ein Meer aus schwarzem Fell bedeckte den Boden. Soya blickte zum Blätterdach empor. Ihre Haare verdeckten bis zur Hälfte ihr Gesicht und klebten an der schweißnassen Haut, auf ihrem Bein lag ein toter Morlak. Dunkle Vögel kreisten am Himmel und allmählich näherten sich die gelben Augen, die sich bis zuvor noch im Schatten des Waldes zurückgehalten hatten. Die Raubtiere witterten frisches Blut, Beute, die sie sich einfach nehmen konnten. Neben sich hörte Soya ein wütendes Knurren.

Taoko stand mit gesträubten Haaren neben ihr und schirmte sie mit gefletschten Zähnen von ihnen ab.

Soya wollte ihren Arm heben, wollte sich aufrichten, doch ihre Gliedmaßen gehorchten ihr nicht.

Etwas Bleiernes drückte ihre Lider nieder und ihre Augen fielen erneut zu.

*

Es war schon Mittagszeit und die Sonne hatte bereits ihren höchsten Punkt erreicht, als Zindabor den Blick von den Rauchringen hob, die vor ihm in der Luft verpufften. Mit zusammengezogenen Brauen legte er die Tabakspfeife auf den Tisch und stand auf.

Dann, als hätte jemand nach ihm gerufen, rannte er auf den Waldrand zu. Etwas Schwarzes, seltsam Beladenes neigte seinen Kopf und ließ seine Last vor ihm ins kühle Moos fallen.

*

Soya hob ihren schmerzenden Arm. Zindabors Umhang streifte über den Boden, als er über die Türschwelle zu ihr trat. Der lange Bart schimmerte im Licht der Kerzen. Taoko, der neben ihrem Bett lag, erhob sich.

»Dachte ich es mir doch, dass du es bevorzugst, zu dieser Uhrzeit aufzuwachen«, schmunzelte er. Ohne den Blick von ihr zu wenden, setzte er sich auf den Stuhl vor ihrem Bett. Seine Stimme wirkte besorgt. »Was ist passiert, Soya?«

Soya wich seinem fragenden Blick aus.

»Wir wurden von Morlaks angegriffen«, murmelte sie. »Wir wollten fliehen …« Sie konzentrierte sich auf die Dielen an der Wand, »doch sie haben uns eingekreist.« Die Erinnerung daran ließ sie erschaudern. »Du hast uns gerade noch rechtzeitig gefunden.«

»Oh.« Zindabor hob seine Brauen. »Ich habe euch nicht gefunden.« Sein Blick glitt hinüber zu dem dunklen Kopf, der sich nun an ihren Arm schmiegte. »Taoko ist derjenige, der dich gerettet hat. Er hat dich gestern Mittag zu mir gebracht.«

Ein tiefer, kehliger Laut drang aus Taokos Brust.

»Taoko«, Soya schmiegte sich an ihn, »ich danke dir.«

»Als ihr angegriffen wurdet«, fuhr Zindabor in ernstem Tonfall fort, »wo wart ihr da?«

Ihre Hände krampften sich um die langen Haare in Taokos Nacken. »Ich weiß es nicht.« Das Geständnis hinterließ ein leichtes Kribbeln auf ihrer Haut.

Ein Anflug der Überraschung glitt über Zindabors Gesicht, dann jedoch war er wieder hoch konzentriert.

»Wart ihr noch im Mandoriawald?«

Soya schüttelte den Kopf; sie hatte keine Ahnung, wohin Gwaloth sie gebracht hatte. Es kam ihr vor, als wären sie in immer dichteren Wald vorgedrungen. Zu diesem Zeitpunkt war es nicht wichtig gewesen, wo sie waren.

»Das kann ich nicht sagen«, sagte sie erneut und mit schwacher Stimme.

»Hmmm.«

Zindabor blickte gedankenversunken zum Fenster und eine Weile lang sagte niemand etwas.

»Was mich außerdem beschäftigt«, fuhr Zindabor fort, »ist die Tatsache, dass zwischen dem Angriff gestern und deinem Verlassen Helandiburs zwei Wochen liegen. Hat es weitere Komplikationen gegeben oder gibt es einen anderen Grund, weshalb du nicht direkt hierher zurückgekehrt bist?«

Soya blickte auf Taokos schwarzes Fell, ein monotones Klingen in den Ohren.

»Ich nehme an, Farol hat dir gesagt, dass es zu gefährlich ist, nach Bakul zurückzukehren?«

Soya nickte. Sie fragte nicht, woher er von Farol wusste.

»Hast du den Weg nicht gefunden?«, hakte er nach.

Energisch schüttelte sie den Kopf. Sie kaute eine Weile auf der Lippe herum, dann holte sie tief Luft.

»Dein Bruder Safirol«, gestand sie und zwang sich, den Blick von Taoko zu heben, »wurde von den Schirkans getötet.«

Zindabor nickte, dann hob er die Hand und deutete ihr an weiterzuerzählen.

»Die Elfen sagen, dass du die Schirkans deswegen hasst.« Sie zwang sich, in seine leuchtend hellblauen Augen zu sehen. »Ich habe Schirkansblut in mir«, hauchte sie. »Sie sagen, du hättest mich nur zu ihnen abgeschoben, weil du mich nicht bei dir haben wolltest.«

Zindabor senkte den Kopf. Dann nickte er langsam und sah in die Flamme der Kerze.

»Natürlich«, murmelte er schließlich leise. »Selbstverständlich kann man es auch so auslegen …« Er fuhr sich über seinen langen Bart. »Es erstaunt mich nicht, dass die Elfen so etwas sagen.« Er lächelte traurig. »Ich hoffte aber«, fuhr er fort, »du würdest meinem Wort mehr Glauben schenken als dem ihren. Zumindest«, er hob die Hand, »hatte ich gehofft, du würdest, wenn du Zweifel hast, mich nach der Wahrheit oder nach meiner Sicht der Dinge fragen.«

Er schob sich seine Brille höher und neigte den Kopf.

»Ich habe Laendor gesagt, dass es nicht ratsam ist, dir zu verschweigen, dass du Schirkansblut in dir hast. Er meinte jedoch, dich gut genug zu kennen, um zu wissen, dass du dann nicht zu den Elfen gehen würdest. Wobei ich ihm im Nachhinein, offen gestanden, recht geben muss. Hättest du über alles Bescheid gewusst, hätte ich dich nie dazu bewegen können, dorthin zu gehen.«

Seine Stirn war mit tiefen, uralten Falten durchzogen.

»Ich verüble es dir nicht, dass du wütend bist … Ich an deiner Stelle würde mich auch betrogen fühlen. Es ist nicht leicht zu verstehen, wenn man vom Schmerz geblendet ist.«

Zindabor nickte verständnisvoll.

»Ohne Zweifel hat mich der Tod meines Bruders sehr mitgenommen. Aber das eine hat mit dem anderen nichts zu tun. Was damals mit meinem Bruder geschehen ist, ist schrecklich. Aber wie es bei den Menschen Gut und Böse gibt, gibt es das auch bei den Schirkans. Sicher, sie sind von Natur aus anders gesittet, streben nach anderen Zielen und haben andere Bräuche und Vorstellungen vom Leben, was Unverständnis, Unsicherheit oder gar Angst auslösen kann. Aber dennoch steht es niemandem zu, über ein ganzes Volk zu urteilen. Jedes einzelne Wesen, ob Mensch, Elf oder Schirkan, ist ein Individuum. Und so sollte es auch betrachtet und behandelt werden. Leider vergessen das zuweilen einige unter uns.« Er atmete tief ein.

Soya betrachtete ihn, während die unterschiedlichsten Gefühle über sein Gesicht huschten.

»Was ist das Blut?«, fragte er sich nachdenklich. »Macht es uns wirklich zu der Person, die wir sind? Das Blut? Die Herkunft? Die Veranlagung? Sind es nicht vielmehr unsere Taten und Überzeugungen, die uns zu der Person machen, die wir sind?« Seine Stimme war sanft. »Soya, du verstehst es vielleicht noch nicht vollends, als Laendor dir sagte, ich kenne dich, seit du ein kleines Kind bist. Für dich bin ich erst vor Kurzem in dein Leben gekommen. Du jedoch bist in dem meinen schon dein ganzes Leben lang. Ich war oft bei dir und Laendor als kleiner, farbiger Vogel im Garten und habe mit euch zusammen gefrühstückt oder euch zugeschaut, wie ihr getanzt habt und er dir immer auf die Füße getreten ist … Ich habe dich heranwachsen sehen, Soya.« In seinen Augen lag dieselbe Warmherzigkeit, die sie von ihm gewohnt war und die sie die ganze Zeit über vermisst hatte. »Ich gebe zu, dass ich anfangs meine Bedenken hatte, was dich anbelangt«, sagte Zindabor wahrheitsgetreu. »Solche Mischungen kommen höchst selten vor. Aber diese Zweifel haben sich im Lauf der Zeit gelegt. Ich habe gesehen, zu welch herzensgutem Wesen du herangewachsen bist. Es ist nicht immer einfach zu wissen, wem man trauen kann und wem nicht. Ganz besonders nicht, wenn man so mächtig ist und so viele Feinde hat wie du. Sicher, ich habe Laendor ein Versprechen gegeben, auf dich aufzupassen. Doch das hätte ich auch getan, wenn er mich nicht darum gebeten hätte. Ich lasse nicht zu, dass du verloren gehst in dieser Welt. Mein Zuhause wird auch immer das deine sein. Ich möchte, dass du dir diese Worte gut merkst.«

Soya blinzelte die Tränen weg, die ihr auf einmal in die Augen schossen.

»Ich wollte wirklich durchhalten …«, flüsterte sie, »aber dann …«, die Worte Kashikas drangen erneut in ihr Innerstes, »wollte ich nur noch weg. Alle hassten mich. Colin war der Einzige, der hinter mir stand.«

Zindabor schwieg eine Weile, dann räusperte er sich.

»Erstaunlich«, sagte er und seine Stirn legte sich in Falten, »dass du diesen Eindruck von Colin hast.«

»Wieso?«, hauchte sie.

»Weil er es damals gewesen ist, der die Verbannung deiner Mutter ausgesprochen hat.«

Soya schüttelte hartnäckig den Kopf.

»Nein, das kann nicht sein.«

»Ich weiß, Soya. Niemand hat es verstanden. Doch ich war dabei, als er es in der großen Halle verkündet hat, als Elehna ihr Nötigstes zusammenpacken musste und sie aus dem Schloss vertrieben wurde. Einen Tag, nur einen, hatte er ihr Zeit gegeben. Laendor, Eldevin und ich sind mit ihr gegangen.«

»Colin war der Einzige, der sich für mich eingesetzt hat!« Verzweifelt versuchte sie die Bilder, die nun auf sie einstürmten, zu ordnen. »Das kann nicht sein! Er hat Elehna geliebt, ganz bestimmt! Er muss … er muss nicht gewusst haben, was er da tut!«

»Soya«, sagte Zindabor leise.

»Er muss unter einem Bann gestanden haben!« Ihr wurde schwindlig. »Er war verzaubert! Er kann das nicht gewollt haben!«

»Um einen Elfen mit einem Zauberbann zu belegen, braucht es Kräfte, die weit über die der Elfen hinausgehen. Und ich wage die Behauptung aufzustellen, dass nur die Schirkans über ein solches Zaubermittel verfügen, das einem den Willen brechen, einen kontrollieren und Dinge tun lassen kann, die man bei klarem Verstand niemals tun würde, und«, er hob die Hand, »ich bin mir ganz sicher, dass die Elfen niemals einen Pakt mit ihnen schließen würden.«

»Izaroha ist krank!« Soyas Stimme überschlug sich. »Das hat Colin selbst gesagt! Was für einen Grund sollte er haben, nett zu mir zu sein, obwohl er mich hasst?!«

»In dieser Welt ist so vieles undurchsichtig.« Er hielt inne, »aber ich könnte mir vorstellen, dass er Angst hat.«

»Angst? Vor was denn?«

»Vor dir. Vor deiner Macht. Alle hören nur immer von diesen uralten Legenden. Doch niemand weiß genau Bescheid. Colin weiß, dass er damals etwas Schlimmes getan hat, und denkt, du rächst dich irgendwann an ihm … Er wollte dich vielleicht einfach nur besänftigen … oder für sich gewinnen.«

»Nein.«

Soya vergrub den Kopf in ihren Händen.

»Das passt einfach nicht. Ich habe das Gespräch zwischen Izaroha und Colin gehört! Izaroha hat gesagt, ich müsse verschwinden! Sie hat gesagt, es sei wieder das *gleiche Drama wie bei Elehna*. Auch für sie habe er sich so eingesetzt! Er hat meine Mutter damals auch beschützt!«

Zindabor hob die Brauen.

»Und wo hast du diese Stimmen gehört?«

»Im Zimmer nebenan!« Verzweifelt schaute sie in sein Gesicht. Sie verstand nicht, was das für eine Rolle spielte. »Wieso?«, stieß sie hervor.

»Weil dir vielleicht das alles nur vorgetäuscht worden ist.«

»Nein«, sagte Soya kopfschüttelnd. »Nein – so war es nicht. Dazu war Colin zu überrascht.«

»Elfen sind wahre Meister darin, jemanden etwas glauben zu machen, das nicht der Wahrheit entspricht«, sagte Zindabor leise. »Alle Zimmer in Helandibur sind mit einem Schutzzauber umgeben, der es einem unmöglich macht, etwas von einem Gespräch, das drinnen stattfindet, zu hören.«

Doch sie war sich sicher, dass es keine Täuschung gewesen ist. Was gäbe es auch für einen Sinn? Dieser Schutzzauber wirkte demnach nicht bei ihr. Sie hatte schon einmal gehört, was in einem Zimmer gesprochen wurde, und da war Zindabor selbst dabei gewesen.

»Da ich von Farol gehört habe, dass Gwaloth dich begleitet hat, frage ich mich, ob er wieder in den Mandoriawald zurückgekehrt ist.«

Etwas Kaltes regte sich in ihrem Magen.

»Er ist geflohen, als wir angegriffen wurden«, erklärte Soya dumpf.

Zindabor nickte.

»Da wäre noch eine andere Frage, die ich dir gern stellen würde, Soya«, sagte Zindabor und sein Ton ließ sie aufhorchen. »Vor einiger Zeit hat sich etwas sehr Merkwürdiges ereignet.« Er hob den Blick. »Der Phylenos«, fuhr er fort, »hat sich vor meinen Augen wortwörtlich in Luft aufgelöst.«

Soyas Herz schlug auf einmal sehr schnell.

»Kann es vielleicht sein, dass es wieder in deinem Besitz ist?«

Einen Moment wägte sie ab zu lügen, als plötzlich alles in ihr drin taub wurde. Sie sah den Felsbrocken fallen – der grüne Stein hatte Laendors Leben gekostet.

»Ja.« Widerwillig zeigte sie auf ihre Tasche. »Er lag plötzlich neben mir.«

Zindabors Blick verhärtete sich.

»Ich nehme an, du hast ihn gelesen? Ganz, meine ich?«

Soya nickte.

»Gut. Demnach weißt du jetzt auch, was eine Kybalin ist. Ich möchte, dass du alle Zauber, die darin stehen, lernst und sie auswendig kannst.«

Verwirrt schaute sie ihn an.

»Derjenige, der dir das Buch hat zukommen lassen, muss über Mächte verfügen, die tief in die schwarze Magie hineingehen.« Er überlegte, sagte schließlich: »Ich weiß nicht, weshalb er dir das Buch immer wieder zukommen lässt und so vor dir seine eigene Waffe niederlegt. Eigentlich töricht, wenn du mich fragst. Doch vielleicht stehen dahinter auch ganz andere Gründe, als dich zu beeindrucken, oder der verzweifelte Wunsch, etwas in dir zu entfesseln.«

»Glaubst du, dass es Sekretas war?«, hauchte Soya.

Zindabor nickte gedankenversunken.

»Er war der Letzte, der im Besitz des Buchs war, ehe es verschwand. Daher ist das durchaus möglich.«

»Aber wieso sollte er Interesse an mir haben, wenn er selbst so mächtig ist?«

»Sekretas sucht seit jeher eine Möglichkeit, unbesiegbar zu werden. Ein Wunsch, dem er schon sein ganzes Leben lang hinterherjagt.«

»Aber ist er das nicht schon? Unbesiegbar, meine ich?«

»Nein.« Zindabor hob seufzend den Blick und sah sie durch seine ovalen Brillengläser hindurch traurig an. »Seine größte Angst ist es, im Schlaf überrascht und überwältigt zu werden. Und da auch er demnach der Auffassung ist, dass du eine wahrhaftige Kybalin bist, eine starke Magierin mit außergewöhnlichen Kräften, die zu viel mehr fähig ist als ein ganz gewöhnlicher Elf oder Schirkan, wird es auch gefährlich für ihn.«

Er lächelte müde.

»Jeder ist verwundbar, Soya, und wird irgendwann sein Ende haben. Es sei denn«, Zindabor erhob sich und ging hinüber zum Fenster, »man ist im Besitz der drei Smilions.«

»Der drei was?«, fragte sie zögernd.

»Der Smilions. Die drei Smilions bilden die vollkommene Macht. Ist man einmal im Besitz aller drei, wird man unsterblich und unbesiegbar.«

Soya schauderte bei dem Gedanken daran, jemand könnte über so eine Macht verfügen, jemand, der durch und durch böse war.

»Aber was ist das, ein Smilion?«, fragte sie.

»Ein Smilion ist ein Lichtkörper mit einem eigenen Gedächtnis«, erklärte Zindabor. »Nicht größer als eine Haselnuss. Du kannst dir eine kleine, glühende Kugel vorstellen. Die Smilions sind leicht und verformbar. Sie lassen sich gut in Gegenständen aufbewahren oder sie verbergen sich in einem Zauberkunstwerk. Fällt dieses zusammen, bleibt der Smilion übrig.« Er hob die Hand. »Sind aber alle drei zusammen, verbinden sie sich zu einem Xulixgk.«

»Zu einem was?«

Zindabor lächelte matt.

»Ja, nicht? Einmal eine Sprache, die du nicht verstehst. Es ist Drachensprache und bedeutet Krone«, ergänzte er leise. »Die Sprache der einstigen Könige, die vor Tausenden von Jahren hier gelebt haben. Die Smilions wurden ihnen gestohlen und die Drachen wurden aus ihrem Land vertrieben. Wie du weißt, leben sie heute tief im Süden des Mandoriawalds.« Seine breiten Schultern hoben sich, dann atmete er tief aus. »Glücklicherweise bekamen die drei Menschen, die sie gestohlen hatten, Streit. Jeder wollte für sich die alleinige Herrschaft. So zerfiel die Macht und die Smilions wurden getrennt.«

»Die Menschen haben sie gestohlen?«, fragte Soya atemlos.

Zindabor nickte und ein tiefes Knurren drang aus Taokos Kehle.

»Ja. Ein schon immer benachteiligtes Volk.«

»Aber wenn du sagst, man sei unbesiegbar, wenn man im Besitz der drei Smilions ist, weshalb konnten dann die Drachen besiegt werden?«

»Das ist eine sehr gute Frage, Soya«, sagte Zindabor leise. »Den Legenden zufolge müssen die Drachen von den Menschen hinters Licht geführt worden sein. Meiner Ansicht nach ist es auch die einzige Erklärung.« Zindabor senkte die Stimme. »Es waren die schwarzen Wölfe, die die drei Menschen im Streit überrascht haben. Drei Wölfe, jeder nahm sich ein Smilion und versteckte es bei einem anderen Volk. Damit sie niemals wieder zueinanderfinden würden.«

Soyas sah auf Taoko hinab, dessen Augen wachsam auf Zindabor gerichtet waren.

»Eine sehr ehrenvolle Tat, wie ich sie keinem Volk zugetraut hätte. Die schwarzen Wölfe hätten die Smilion für sich behalten können. Doch ihre Weisheit bewahrte sie vor diesem Fehler.«

»Die Wölfe haben sie zu den anderen Völkern gebracht?«, fragte Soya fassungslos.

»Richtig. Den Quellen zufolge soll eines bei den Schirkans versteckt sein, eines bei den Elfen und eines sollen sie den Drachen zurückgebracht haben. Den Menschen haben sie keines mehr gegeben.«

»Und nun ist Sekretas auf der Suche nach ihnen«, flüsterte Soya.

Zindabor nickte.

»Alles deutet darauf hin.«

Einen Moment ließ sie seine Worte auf sich wirken, dann traf sie die Erkenntnis wie ein Schlag.

»Deshalb will Sekretas mich«, stieß sie hervor. Sie sah hoch und begegnete Zindabors Blick. Sie brauchte keine Antwort – sie sah es in seinen Augen.

Merian

Glut kann im Feuer nur vergehen.
Ein alter Schmerz verliert durch neue Qual.
Romeo und Julia zweite Szene, erster Akt. Shakespeare

Soya riss keuchend die Augen auf und schnappte nach Luft; der Schrei ihrer eigenen Stimme immer noch in den Ohren.

Draußen stürmte es und der Wind heulte durch die Ritzen des Hauses.

Sie hatte von Saahrrin geträumt. Von Saahrrin und seinen Soldaten. Und da waren wieder diese schwarzen Vögel. Der ganze Himmel war dunkel von ihnen. Sie war gerannt, und als sie hinfiel und ein Soldat sie mit seinem Schwert erstechen wollte, hatte sich ein Vogel in Rauch verwandelt und den Soldaten damit erstickt.

Soya drehte sich zur Seite und versuchte, die Bilder aus dem Kopf zu verscheuchen. Wenigstens war Ramon nicht darin vorgekommen.

Ihr Blick ging hinüber zur Uhr. Es war fünf Uhr morgens. Taoko schief neben ihrem Bett. Soya stellte vorsichtig ihre Füße auf den Boden und stand auf.

Wenn Sekretas hinter ihr her war, er sie aber lebend wollte, waren vielleicht nur deshalb Saahrrins Versuche, sie zu töten, bisher gescheitert? Vielleicht waren die Vögel von Sekretas geschickt worden, damals in Bakul und im Schloss Siramon, und hatten ihr geholfen. Und jetzt hat er ihr ein Buch geschickt, damit sie sich besser gegen Saahrrin wehren konnte …

Soya öffnete leise die Tür und ging hinaus in den Korridor. Sie wusste nicht, was schlimmer war: Saahrrin, der sie ihr Leben lang jagte und verfolgte, oder dass der schreckliche Sekretas sie nur deshalb vor ihm rettete, weil er sie für seine Macht benutzen wollte.

Sie ging um die Ecke und sah eine Gestalt am Fenster der Küche stehen. Langsam drehte sich Zindabor in seinem nachtblauen Morgenmantel zu ihr um. Er lächelte, als er sie unter dem Türrahmen erblickte. »Kannst du nicht mehr schlafen, Soya? Wie du siehst, ist ein alter Mann wie ich schon sehr früh wach. Die Rehe kommen immer in den ersten Morgenstunden.« Er zeigte auf eine Gruppe junger Rehe, die sich sehr nahe an Zindabors Garten gewagt hatten. »Und da habe ich noch jemanden gesehen.« Er deutete auf etwas ganz rechts am Waldrand.

Soya beugte sich vor.

»Gwaloth!«, stieß sie hervor und fühlte, wie sich ein Lächeln in ihrem Gesicht bildete.

Hellweiß und wunderschön stand er am Hang, der zu Zindabors Haus hinabführte. Soya ging hinaus auf die Veranda und Gwaloth trabte übermütig auf sie zu.

»Du bist gekommen«, flüsterte sie und legte ihren Kopf in seinen Hals.

Zindabor setzte sich vergnügt in den Schaukelstuhl und beschwor ein kleines Frühstück herauf. Taoko kam und setzte sich in einigem Abstand auf die Veranda. Dann sahen sie Zindabors Schimmel, der langsam und nervös auf Gwaloth zutrabte. Soya setzte sich neben Zindabor an den Tisch und beobachtete, wie sich die beiden Pferde vorsichtig beschnupperten.

Soya erzählte Zindabor von ihrem Traum und ihrer Theorie dazu: »Demnach müsste Sekretas mir schon ein paarmal das Leben gerettet haben.«

»Ja … und nein«, sagte Zindabor und nahm einen Schluck von dem dampfenden, nach Pfefferminze riechenden Tee. »Mit den schwarzen Vögeln liegst du insofern richtig, dass sie zu Sekretas gehören. Sie sind seine Spione. Er hat sie im ganzen Land verteilt. Wachtposten, die für ihn die Lage im Auge behalten. Er sieht durch sie, was sie sehen. Nicht mehr und nicht weniger. Wenn es seines Erachtens nach notwendig ist einzugreifen, tut er das selbstverständlich. Es kann daher durchaus sein, dass er eingegriffen hat. Aber so schön das auch klingen mag; so wie ich ihn einschätze, lässt er den Kampf so lange wie möglich zu. Er hilft dir nur gerade so weit, dass du nicht stirbst. Wenn du ihm irgendwann von Nutzen sein sollst, will er sehen, wie du dich schlägst. Ich kann mir durchaus vorstellen, dass er die Gefahr, die dich umgibt, zuweilen noch vergrößert und schaut, wie du damit umgehst.« Zindabor zögerte. »Verstehst du jetzt, weshalb du zu den Elfen musstest?«, sagte er ernst.

Soya sah hinüber zu den beiden Pferden, die nun übermütig über die Wiese trabten.

»Jaaa«, sagte Soya ausdruckslos. Eine andere Frage war, ob ihr die Zauber der Elfen gegen Sekretas jemals nützlich sein würden.

Am Nachmittag übten sie im Wald die verschiedensten Zauber. Taoko lag unter einer Blautanne, den Kopf auf die Pfoten gelegt, und beobachtete sie aufmerksam.

»Sehr gut«, sagte Zindabor, als die Sonne sich bereits dem Horizont zuneigte und die Gipfel in gelbliches Licht tauchte, »ich denke, du bist so weit.«

»Ich bin so weit?«, fragte Soya. »Wofür?«

Taoko erhob sich und Soya lehnte sich erschöpft an ihn.

»Mir zu helfen«, entgegnete Zindabor schlicht.

Bei der Veranda angekommen, ließ sie sich in den Stuhl fallen; Taoko rollte sich neben ihr auf dem Boden zusammen.

»Der Grund«, fuhr Zindabor fort, als hätte es keine Unterbrechung gegeben, und begann auf dem Schaukelstuhl, seine Pfeife zu stopfen, »weshalb ich dich damals so selten in Helandibur besuchen oder nicht gar selbst dort verweilen konnte, ist der, dass ich damit beschäftigt war, die Smilions zu finden.«

Soya starrte ihn an.

Zindabor hielt inne und zündete die Pfeife an. Bald stieg feiner Rauch empor.

»Nun, die Zeit ist gekommen, dass ich die Suche fortsetze.«

»Du möchtest die Smilions finden?«

»Du sagst das ganz richtig. Ich möchte sie finden. Finden, nicht besitzen. Wenigstens eines von den dreien …«

»… bevor Sekretas sie in die Hände bekommt«, ergänzte Soya den Satz bedrückt.

»Ganz richtig.« Zindabor nickte.

»Eines hat Sekretas schon an sich genommen. Erst vor ein paar Wochen. Er hat die Drachen überrascht und ist in ihr Gebiet eingedrungen. Ich kam leider zu spät.«

Jetzt erinnerte sich Soya an das, was ihr Vyn gesagt hatte.

»War es an dem Tag, als du kurz in Helandibur warst?«

»Ja. Leider konnte ich nicht lange bleiben. Ich wollte nur Colin davon in Kenntnis setzen und Sekretas dann so schnell wie möglich folgen.«

»Also gibt es noch ein Smilion bei den Elfen und eines bei den Schirkans«, murmelte Soya.

»Von dem Ersteren hatte ich gehofft«, fuhr Zindabor fort, »könntest du mir sagen, wo es sich versteckt.«

Soya riss den Blick von Taoko los, den sie gedankenversunken angestarrt hatte.

»Um ehrlich zu sein, nehme ich an, dass es in Laendors Besitz gewesen ist.« Zindabor fuhr sich stirnrunzelnd über seinen schneeweißen Bart. »Laendor hat mir vor seinem Tod etwas anvertraut: Er hat mir gesagt, dass du wüsstest, wo es ist.«

Etwas Schweres senkte sich in ihrem Magen und der Atem entwich einem Zischen.

»Versuch dich zu erinnern, Soya«, flüsterte Zindabor.

»Er hat es mir nicht gesagt«, keuchte sie. Oder hatte er es einmal erwähnt und sie konnte sich einfach nicht mehr erinnern?

»Hatte er einen Ort, wo er all seine Habseligkeiten aufbewahrte?«, fragte Zindabor nachdrücklich. »Oder hast du zu etwas, zu einem Gegenstand eine besondere Beziehung gehabt, das er vielleicht deshalb für das Versteck des Smilions ausgesucht hat?«

»Nein!« Aufgebracht stand Soya auf. »Ich weiß es nicht!«

Sie hatte keine Ahnung! Laendor hatte ihr nichts gesagt! Nichts, dass ihr irgendwie nützlich sein konnte. Er ließ sie einfach im Dunkeln tappen. Sogar nach dem Tod bestand alles aus einem großen Geheimnis.

*

»Alter Löwe« las Soya auf dem regennassen Schild und drückte die große Türklinke hinab.

Drinnen war es stickig warm. Das Lokal war brechend voll; dicke Luft, eine Mischung aus Rauch und Alkoholdunst, strömte ihr entgegen, und während sich Soya zum einzigen freien Platz am Schanktisch durchkämpfte, streifte sie sich die Kapuze vom Kopf. Missmutig blickte sie vor sich auf die klebrige Theke. Hätte sie eine Alternative gehabt, wäre sie nicht hierhergekommen. Doch anscheinend war das die einzige Wirtschaft in Tamalin, die um diese Zeit noch geöffnet hatte. Angewidert schaute sie einer Ratte zu, die hinter einem Bierfass verschwand.

Die letzten Tage hatte sich Soya den Kopf darüber zerbrochen, wo das Smilion sein könnte. Doch so sehr sie auch nachdachte, sie hatte keine Idee, wo Laendor es versteckt haben könnte. Die einzige Möglichkeit, es herauszufinden, war, noch einmal nach Bakul zurückzukehren.

Zindabor war zwar nicht darüber erfreut gewesen, aber er hatte sie gehen lassen. Er hatte ihr einen Ring mit einem Bergkristall mitgegeben – ein Geschenk der Drachen. Sollte sie in Not sein, müsste sie den Ring zum Himmel werfen und den Zauber sprechen. Der Ring würde sich in eine Art Kolibri verwandeln und Zindabor die Nachricht bringen.

›Fragt sich nur, ob Zindabor die Nachricht schnell genug erhalten würde, um noch rechtzeitig zu Hilfe zu kommen.‹

Ein betrunkener Mann neben ihr schlug mit der Faust auf den Tresen.

»Heja, mein bester Freund! Das ist es! Das ist es!«, rief er und klatschte mit Tränen in den Augen in die Hände.

Auf den Regalen hinter der Theke stapelten sich Tabakschachteln und etliche Flaschen unterschiedlichster berauschender Getränke standen neben abgenutzten Gläsern. Der Mann davor zapfte ein Bier nach dem anderen. Vermutlich hätte er ein freundliches Gesicht gehabt, wären da nicht diese übergroßen, dunklen Augenbrauen gewesen, die an riesige behaarte Spinnen erinnerten. Nach dem fünften Bier sah er endlich auf. Sein Blick schweifte über den Tresen und blieb dann an Soya hängen. Er legte das Handtuch beiseite und schlurfte zu ihr herüber.

»Hör mal, Mädchen, ich sag das wirklich nicht gern: Aber zu so später Stunde solltest du nicht mehr hier sein, geschweige denn allein auf die Straße gehen.« Anscheinend war er zu dem Schluss gekommen, dass keiner der Anwesenden ihr Begleiter sein konnte.

»Wieso, was ist denn los?«, fragte Soya und strich sich nervös die Haare aus dem Gesicht.

Der Wirt beäugte sie misstrauisch.

»Hast du nichts mitgekriegt?«, fragte er skeptisch. »Die ganze Gegend ist in Panik. Leute verschwinden. Werden umgebracht.« Stirnrunzelnd griff er nach einem leeren Glas. »Aber hier ist es vergleichsweise ruhig. In Bakul ist es noch viel schlimmer. Dort ist der Teufel los.«

Soyas Finger verkrampften sich unter der Theke.

»Bist du aus Vyn?«, fragte der Wirt. »Von den Bergen kommst du jedenfalls nicht.«

»Ich komme aus Elindor«, log Soya rasch. »Was passiert denn in Bakul?«

Der Wirt fuhr sich mit dem Handrücken über die glänzende Stirn.

»Es wurde in fast allen Häusern eingebrochen. Das Eigenartige ist, es wurde nichts gestohlen. Als würden sie etwas suchen und hätten es bis jetzt noch nicht gefunden. Auf wertvollen Schmuck waren die jedenfalls nicht aus.«

Er wischte mit der Hand über den Tresen, während sich Soya elender fühlte als je zuvor. Der Wirt winkte drei Gästen vertröstend zu, die nach einem Bier grölten.

»Was möchtest du denn zu trinken, hm? Wie heißt du überhaupt?« Seine buschigen Augenbrauen hoben sich.

»Xaira«, antwortete Soya. Das war der erste Name, der ihr eingefallen war. Sie bestellte einen heißen Panschimo, und als der Wirt sich abgewandt hatte, lauschte sie weiter den Gesprächen der Männer an der Bar.

»König Saahrrin wird diese Woche wieder herkommen«, hörte sie den rothaarigen Mann mit Stoppelbart neben sich lallen.

»In letzter Zeit häufen sich die Besuche«, warf der Mann neben ihm ein. »Früher ist er vielleicht einmal pro Monat dagewesen!«

»Wenn überhaupt.«

»Irgendwas ist nicht mehr normal!«

Ein Windstoß streifte ihre Beine und Soya sah aus dem Augenwinkel, wie die Tür aufging. Sie legte ihre Hände um die heiße Tasse, die der Wirt vor sie hingestellt hatte, doch bevor sie einen Schluck daraus nehmen konnte, sah sie erschrocken auf. Etwas hatte sie gestreift. Ein Zauber, der wie eine elektrische Spannung an ihr vorbeigeglitten war. Soya ließ den Blick über die vielen Köpfe schweifen. Doch das Lokal war so voll, als hätte sich das gesamte Dorf hineingezwängt. Es war schwierig, sich einen Überblick zu verschaffen. Dann fiel ihr eine dunkle Gestalt auf. Der Statur nach zu schließen war es ein Mann. Er stand im hinteren Teil des Raums reglos an der Wand. Er trank nichts und sprach mit niemanden. Sein auffallend bleiches Gesicht, das teilweise von einer dunklen Kapuze verdeckt war, kam ihr vage bekannt vor.

Dann hoben sich urplötzlich seine Lider und seine dunklen Augen bohrten sich in sie hinein.

Erschrocken von seinem durchdringenden Blick, wandte sie den Blick von ihm ab.

Erinnerungen an einen längst vergangenen Nachmittag schossen ihr durch den Kopf: ein sonniger Tag in Bakul. Der Marktplatz war überfüllt von Menschen, als sie plötzlich mit jemandem zusammenprallte – an sein Gesicht würde sie sich immer und jederzeit erinnern. Selbst wenn es in der Dunkelheit und verborgen unter einer Kapuze lag – es war schlichtweg zu schön.

Erneut verspürte sie einen Luftzug, und als sie wieder hinübersah, war er verschwunden.

»Hey Süße, willst du noch was haben?« Es war der rothaarige Mann mit den Stoppelhaaren, der mit breitem Grinsen seine schiefen Zähne zeigte.

»Nein, danke«, murmelte Soya, legte ein paar Münzen auf die Theke und stand auf. Sie schob sich an ihm vorbei, drängte sich durch die Menge und stieß die Tür auf.

Frische Luft schlug ihr entgegen; im Schein der Laterne sah sie eine Katze hinter einem Zaun verschwinden, ansonsten war die Straße leer. Rasch ging sie an den Fenstern des Lokals vorbei, durch die dumpf die Stimmen der Gäste drangen. Sie bog um die Ecke des Wirtshauses und blieb abrupt stehen.

Auf der Straßenseite gegenüber stand er gegen eine Hausmauer gelehnt. Seine Kapuze lag auf seinen Schultern; das perfekte Gesicht hatte er zur Seite geneigt und seine dunklen, glimmenden Augen funkelten sie wütend und herausfordernd an.

Soya stockte der Atem.

Obwohl ihr Körper in Alarmbereitschaft war, konnte sie den Blick nicht von ihm abwenden.

»Ich dachte, Elfen ist es nicht gestattet, in Saahrrins Land einzudringen«, sagte er mit einer samtweichen, aber dennoch drohenden Stimme, die so schön war, dass sie der Sinn seiner Worte erst nach einem weiteren Herzschlag verstand.

»Woher …«, begann sie und riss ihren Blick von seinem Gesicht los. Es fiel ihr eindeutig leichter, sich zu konzentrieren, wenn sie ihn nicht ansah.

»Woher ich weiß, dass du eine Elfe bist?«, zischte er. Er lachte herablassend. »*Bitte*!«

Er sah sie abschätzig an.

»Elfen überschätzen sich andauernd.« Seine Wangenmuskeln spannten sich an. »Und sie sind zu neugierig. Was auch dir gerade zum Verhängnis wird. Mutig von dir, allein hier nach draußen zu kommen und einer unbekannten Person zu folgen. Oder vielleicht ist es auch bloße Dummheit.«

Soya öffnete den Mund, doch ihr fiel partout nichts ein, was sie hätte sagen können.

»Und?«, fragte er. Seine Stimme klang immer noch bösartig. »Hast du deine Stimme verloren?« Er zog ironisch seine linke Augenbraue hoch.

Die Wut kühlte allmählich ihre überreizten Sinne.

»*Ich – bin – keine – Elfe*«, stieß sie hervor.

»Neeeein!«, brach es aus ihm heraus und er kam langsam auf sie zu. »Das gibt es doch nicht! Elfen lügen sogar? Ich dachte, das ist bei euch nicht gestattet. Das würde doch euer Stolz nicht zulassen. Ist doch nicht zu fassen. Wie tief seid ihr denn gesunken? Als würde eure Hochnäsigkeit und Arroganz nicht genügen!«

Widerwillig hielt sie seinem feindseligen Blick stand.

»Ich lüge nicht.«

»Ach, komm schon!« Er hob die Arme. »Das glaubst du ja wohl selbst nicht!«

Soya biss die Zähne zusammen.

»Willst du etwa behaupten, du bist ein Mensch?!«

Ihr Blick fiel auf den matten Schein der Laterne.

»Nein«, antwortete sie tonlos.

»Was dann?«, zischte er und stellte sich ihr in den Weg.

Wie hypnotisiert öffnete sie den Mund. Sie wusste nicht, weshalb sie ihm plötzlich ergeben antwortete, als hätte sie keinen eigenen Willen mehr. Sie hörte nur, wie ihre Stimme plötzlich seltsam fremd und niedergeschlagen klang:

»Jedenfalls nicht nur.«

Sie war ein Mischblut, das nicht existieren durfte.

»Aber ich weiß nicht, was dich das überhaupt angeht«, sagte sie leise. Sie hatte Hunger und Durst gehabt und sie hatte wissen wollen, was bei den Menschen für Gerüchte in Umlauf waren; nur deshalb war sie in Tamalin eingekehrt. Hätte sie gewusst, in was für einem Fiasko das enden würde, wäre sie niemals hierhergekommen.

Die Stille hielt an.

Er sagte nichts, als sie wütend die Hand hob. Und auch nicht, als sie sich an ihm vorbeischob und weiterging. Zuerst merkte sie es nicht einmal, dann sah sie aus dem Augenwinkel, dass er ihr folgte und lautlos neben ihr herging. Sein Blick war wie der ihre auf die Straße gerichtet.

»Es tut mir leid«, sagte er leise.

Seine Stimme bebte vor aufrichtigem Ernst. Er zog eine Augenbraue hoch und die Andeutung eines Lächelns strich über sein Gesicht, das derart schön war, dass sie ihn einen Moment lang nur idiotisch anstarren konnte.

»Darf ich nochmal von vorn beginnen?« Seine Augen glühten mit einzigartiger Kraft. »Es liegt wohl in meiner Natur, dass es mir gelegentlich schwerfällt … mich zu beherrschen. Zudem hatten wir wohl in letzter Zeit einfach einige zu dramatische Zwischenfälle.« Er verzog das Gesicht.

»Wie, du kannst auch nett sein?«, zischte Soya.

Er lachte leise.

»Ich bin Merlan«, sagte er und streckte seine Hand aus; seine Haut war genauso kühl wie die ihre.

»Soya«, antwortete Soya, erneut wie hypnotisiert.

»Freut mich, Soya.« Abermals zogen sich seine Mundwinkel zu einem schiefen Lächeln empor. »Also«, sagte er. Seine Stimme war kaum mehr als ein Flüstern. »Was für *Blut* … fließt denn noch durch deine Adern? Das, was ich mir denke, scheint unmöglich wahr sein zu können.«

Langsam und widerstrebend ging sie weiter.

»Das willst du nicht wissen.« Obwohl auch sie jetzt sehr leise sprach, hallten die Worte in ihrem Kopf wider.

Aufmerksam betrachtete er ihr Gesicht.

Soya biss die Zähne zusammen und fixierte einen Punkt auf der Straße.

»Was denn?«, flüsterte er. »Du hast wirklich *dunkles Blut?* In deinen Adern fließt Menschen, Elfen- und Schirkansblut?«

Ihr wurde übel und am liebsten hätte sie sich die Ohren zugehalten. Sie wollte nicht fühlen, was sie zweifellos fühlen würde, wenn sie hörte, was er über sie dachte.

»Eigentlich …«, sagte er nach einer Weile und legte seinen Kopf schräg, sodass ihm die nassen, dunklen Haare ins Gesicht fielen, »hätte ich es wissen müssen. Eben noch im Lokal habe ich mich gefragt, ob du wohl nur elbisches Blut hast. Doch dafür siehst du viel zu menschlich aus.«

Er hob den Blick.

»Auch dein Verhalten war nicht das einer Elfe. Du hättest dich ja auch verwandeln können«, fügte er erklärend hinzu. »Doch irgendetwas in deinen Augen sagte mir, dass da noch etwas von einem Schirkan ist – aber …«, er hob seine Augenbrauen, »ich dachte, das sei unmöglich. Helles, mittleres und dunkles Blut? Nicht zu glauben!« Fasziniert sah er sie an. »Aber im Nachhinein scheint es mir beinahe logisch.« Er fuhr mit der Hand über seinen Arm. »Eine Elfe wäre mir nie so direkt gefolgt.«

Zitternd blieb sie stehen. Ihr war mittlerweile so übel, dass sie Angst hatte, sich gleich übergeben zu müssen.

»Was?« Ergeben hob er die Hände. »Ist es in deinen Augen eine Schande, von den Schirkans abzustammen?«, fragte er. Es klang beinahe wütend.

Soya sagte nichts.

»Also ist es eine Schande«, zischte er durch die Zähne. Er war definitiv wütend.

Von ganz weit her hörte sie das Flattern von Vogelflügeln. Merlan fuhr herum und blickte misstrauisch zum Himmel.

»Ich muss los«, flüsterte sie.

»Nein«, sagte er leise und ergriff ihren Arm, während sich seine Wangenmuskeln spannten. »Das kann ich nicht zulassen.«

»Du kannst es nicht zulassen«, wiederholte sie und ihre flüsternden Worte bebten.

»Nein.« Seine Augen flackerten.

»Wieso?«, hörte sie sich sagen. Und plötzlich wusste sie es. »Du arbeitest für Saahrrin«, flüsterte sie, während alles in ihr kalt wurde. War er deswegen hier? Weil er sie suchte? War er bloß ein Soldat ohne Uniform?

»Und wenn es so wäre?«, fragte er.

Soya schauderte.

Würde es darauf hinauslaufen, dass sie gegeneinander kämpfen mussten? Und wenn ja, sah er nicht so aus, als ob er verlieren würde.

»Beantworte mir eine Frage. Dann kannst du gehen.«

Soya presste die Lippen fest zusammen. »Gut.«

Er hielt kurz inne. Dann hob er den Blick.

»Wer ist dein Vater?«

»Nächste Frage.«

»Nächste Frage? Was gibt es denn für eine einfacher zu beantwortende Frage als diese.«

»Ich dachte, wir hätten die Blutsfrage geklärt«, zischte sie.

»Eine definitive Antwort von dir habe ich zwar noch nicht bekommen, aber ja, ich denke, wir haben sie einigermaßen geklärt.« Seine Miene wurde wieder ernst. »Doch das ist nicht das einzig Wichtige. Jedenfalls nicht für mich.« Er hob die Hand. »Es ist zentral, *wer* dein Vater ist.« Entschuldigend sah er sie an. »Ich möchte nur einige Dinge ausschließen.«

»Das kann ich dir nicht sagen«, flüsterte sie, während sie versuchte, seinen Blick zu ertragen.

»Nun, Sekretas ist es jedenfalls nicht, oder?« Mit einem schrägen Grinsen sah er sie an.

»Was? Nein!« Soya schüttelte den Kopf.

»Na also.« Er schien auf einmal erleichtert. »So schlimm wird es dann ja wohl nicht sein.« Das hätten aufbauende Worte sein sollen.

›Das ist Ansichtssache‹, dachte Soya.

Er wartete, dass sie noch etwas sagte, doch als er merkte, dass nichts mehr kam, hob er die Hand.

»Gut. Noch eine Frage.« Er warf ihr einen finsteren Seitenblick zu: »Woher kommst du?«

Abermals spürte sie leise Wut in sich hochsteigen.

»Musst du das auch für Saahrrin herausfinden?«

»Wie ich bereits erwähnt habe, muss ich bloß einige Dinge ausschließen, um mir ein grobes Bild über die Lage zu machen.« Misstrauisch runzelte er die Stirn. »Sucht er dich etwa?«

»Nein!« Die Antwort kam zu schnell und brannte wie Gift in ihrem Mund.

Sein dunkler Blick fixierte sie erneut.

»Hast du irgendein Problem mit ihm?«

»Was?«

»Hast du ein Problem mit König Saahrrin?«

»Nein!«

»Was ist dann dein Problem?«

»Ich hab' kein Problem! Jedenfalls hatte ich keines, bis du mir über den Weg gelaufen bist. Du bist hier derjenige, der mich ausquetscht!«

Gereizt stieß er die Luft aus.

»Na hör mal, ich will ja keine Geheimnisse wissen.« Seine Wangenmuskeln spannten sich. »Darf ich dir eine andere Frage stellen?«

»Ich weiß nicht, was du dir davon erhoffst«, zischte sie.

»Das lass mal meine Sorge sein.«

Wütend ging sie weiter.

»Gut.« Er hob eine Augenbraue. »Was machst du hier?«

Soya schürzte die Lippen.

»Was – wieder zu schwierig?«

»Nein.«

»Aber?«, bohrte er weiter.

»Es ist eine lange Geschichte.«

Er hob seine Schultern.

»Ich hab' gerade nichts anderes vor.«

»Ich muss noch einige Dinge … regeln«, sagte sie wahrheitsgetreu. »Es gab … einen Todesfall … in der Familie.«

»Oh.« Er senkte den Kopf. »Verstehe. Und jetzt musst du dich um die Angelegenheiten kümmern«, mutmaßte er.

Ohne sich darauf zu einigen, bogen sie nach links ab in eine breitere Straße.

»In gewisser Weise.«

Er nickte. Sagte aber nichts weiter.

»Wie hast du mich gefunden?«, flüsterte sie.

Er fuhr seine Hand aus und ließ sie über die kühlen Blätter der niedrigen Hecke gleiten.

»Ich sehe Dinge, die den meisten verborgen bleiben.« Seine Augen glühten mit einzigartiger Kraft.

»Hmmm.« Sie nickte.

»Der Ring an deinem Finger«, fuhr er fort, immer noch ein kleines Lächeln auf den Lippen. »Woher hast du ihn?«

Ihr Blick fiel auf den Ring mit dem Kristall, den Zindabor ihr mitgegeben hatte.

»Ich dachte: eine Frage, eine Antwort.« Sie ließ die Hand in der Manteltasche verschwinden.

»Gewöhnlich besteht eine Konversation aus mehr als zwei Sätzen …« Sein Lächeln wurde breiter. »Und – normalerweise bin ich derjenige, der den Fragen ausweicht.«

»Du hast nichts von einem Gespräch erwähnt, und wenn ich richtig mitgezählt habe, wäre ich wieder dran, eine Frage zu stellen.«

»Was möchtest du denn wissen?«, fragte er und ließ das Thema fallen.

»Wie kommt es, dass es in Tamalin nur ein Lokal gibt, wo man etwas trinken kann?«

»Du kommst also aus einer Stadt«, spekulierte er. »Darf ich raten?« Er kniff die Augen zusammen: »Bakul?«

Er bog nach rechts ab. Große Bäume säumten einen säuberlich geschnittenen Rasen und Blumen schmückten den schmalen Pfad, der mitten durch einen Park führte. Sie gingen an einer Ansammlung von Bänken vorbei, während der Kies unter ihren Füßen knirschte.

»Soll schön sein, Bakul«, ergänzte er leichthin, während er vorsichtig den Blick hob.

Sie sah in seine glühenden Augen und fühlte, wie sich ihre Mundwinkel zu einem Lächeln hoben. Sie waren stehen geblieben, ohne dass sie es gemerkt hatte.

»Wieso fragst du mich, woher ich komme, wenn du es schon weißt?«

Wieder lachte er leise.

»Warum denn so misstrauisch?« Sein Gesicht war nur noch eine Armlänge von dem ihren entfernt.

»Was bist du, wenn du kein Elf bist?«, flüsterte Soya.

»Hmmmm.« Er neigte den Kopf. »Wieso fragst du, wenn du es schon weißt?«

Dann hörten sie die Kirchenglocke. Elf ganze Schläge. So spät war es schon … Merlan verzog das Gesicht – er schien den gleichen Gedanken zu haben.

»Wo übernachtest du in Tamalin?«, fragte er.

Soya sah aus dem Augenwinkel, wie er seine Hand unwillkürlich hob, wie aus einem Reflex, als würde er das schon sein Leben lang tun. Seine Wangenmuskeln traten hart hervor, dann schob er die Hände wieder in den Umhang zurück. Kontrolliert biss er die Zähne zusammen.

»Hm?«

»Ich hatte nicht vor, hier zu übernachten«, gestand sie.

Er hob überrascht die Brauen.

Nachdem sie eine Sekunde darüber nachgedacht hatte, musste sie sich eingestehen, dass es nicht gerade ein typisch menschliches Verhalten war. Selbst für einen Elfen war das ungewöhnlich. Doch ihre Menschlichkeit oder sonstige übliche Verhaltensmuster hatte sie schon lange hinter sich gelassen. In der Zeit mit Taoko und Gwaloth in den Wäldern war sie selbst einem Tier ähnlich geworden.

»Du magst diesen Ort nicht«, sagte er leise.

»Nein – ich …« Soya schüttelte den Kopf. »Das ist es nicht. Es ist nur, ich – war auf der Durchreise.«

›Und ich bekomme Albträume, wenn ich nicht bei Taoko schlafe‹, dachte sie.

»Bitte geh nicht.« Das Dunkle seiner Augen erglomm und das erste Mal erkannte sie, dass sie nicht schwarz, sondern von einem edlen, tiefdunklen Blau waren. »Das sage ich nicht, weil es zu meinem Job gehört.« Er verzog das Gesicht, dann streifte sein Blick durch die Schatten der Bäume. »Es ist nur … Es ist nicht gut, zu so später Stunde noch allein unterwegs zu sein. Vor allem, wenn man so ist wie du.«

Sie spürte seine Hand an ihrem Rücken, die sie sachte weiterschob.

Er sah sich kurz um, dann bog er scharf nach rechts ab. Merlan zog das quietschende Gartentor einer verrosteten Umzäunung auf und führte sie um ein mit Efeu bewachsenes Haus. Ein wilder Garten mit hohen Sträuchern und Bäumen verdeckte die Sicht auf die Straße. Vorsichtig drückte er die Klinke hinunter.

»Komm«, flüsterte er, und Soya ging hinter ihm in das dunkle Haus.

Er machte kein Licht und führte sie weiter durch einen schmalen Korridor. Eine große Kiste versperrte den halben Durchgang. Soya stieg darüber, dann gelangten sie in eine Art Küche. Es stand nicht wirklich viel in dem Raum. Bloß ein Herd und ein Waschtrog, und auf einem Regal stapelten sich einige Pfannen und Teller. Es hingen keine Bilder an der Wand und auch sonst deutete nichts darauf hin, dass hier jemand wohnte.

»Hast du Hunger?«

Soya schüttelte den Kopf. Sie hätte jetzt ohnehin keinen Bissen hinuntergebracht.

Er nahm einen Krug. »Gibst du mir bitte mal die Gläser?«

Soya war einen Moment abgelenkt von dem Ring an seinem Finger, an dem ein grüner Stein eingebracht war. Die Gläser standen ganz hinten im Regal. Soya angelte sie hervor und stellte sie ihm auf den schmalen Rand neben der Ablage. Es gab nicht wirklich viel Platz.

»Reichst du mir bitte noch eine der Zitronen?«

›Klar‹, dachte sie und runzelte die Stirn, ›wenn's weiter nichts ist‹.

Er machte sich daran, Wasser in den Krug zu füllen. Die Zitronen lagen verpackt in einer Papiertüte neben ein paar Tellern.

»Hier.«

Sie hielt ihm eine hin. Da er keine Anstalten machte, sie entgegenzunehmen, sah sie ihm ins Gesicht.

Seine Stimme war leise, als er erneut zu sprechen begann. Leise und ungläubig und noch um vieles fassungsloser war sein Blick, mit dem er sie nun betrachtete.

»Du hast tatsächlich dunkles Blut«, flüsterte er.

»Was?« Soya legte die Zitrone auf die Ablage neben die Gläser und schob sich beschützend die Haare über die Schulter.

»Wie kommst du darauf?«, hauchte sie.

»Erstens, du hast keine Anstalten gemacht, Licht zu machen, als wir hereingekommen sind.«

Er sah ihr so direkt in die Augen, dass sie nur sehr schwer seinem Blick standhalten konnte.

»Zweitens, du bist weder über die Kiste im Korridor gestolpert, noch bist du sonst irgendwo hineingelaufen. Drittens, du hast die Gläser gefunden, obwohl sie ganz hinten im Regal versteckt waren, und hast sie mit einer bemerkenswerten Sicherheit auf die schmale Ablage gestellt, ohne dass sie hinuntergefallen sind. Viertens, du hast die Zitrone in der Papiertüte erkannt. Und«, er sah sie eindringlich an, »fünftens, du hast die ganze Zeit über, seit wir das Haus betreten haben, keine Angst verspürt.«

Auf einmal war ihr kalt.

Sie sah, wie sich seine Lippen zu einem Lächeln verzogen, dann spürte sie seinen Handrücken kaum wahrnehmbar über ihre Hand streichen.

»Du kannst genauso gut im Dunklen sehen wie ich und deine Körpertemperatur ist dieselbe wie meine.«

Soya sagte nichts. Irgendetwas hatte sich in ihrem Hals verfangen.

»Du hast vielleicht das Gefühl, du müsstest dich dafür schämen, dass du dunkles Blut hast. Kann sein, dass es dir so beigebracht wurde.« Er schüttelte den Kopf. »Doch das musst du nicht.« Sein Blick war auf einmal so offen und er sah so ehrlich und verletzlich aus, dass sie das Gefühl hatte, durch seine Augen direkt in seine Seele blicken zu können. Vage nahm sie wahr, wie seine Finger immer noch die ihren berührten. »Es spielt keine Rolle, was für Blut durch deine Adern fließt oder woher du kommst, wer deine Eltern sind oder unter welchen Umständen du aufgewachsen bist.« Er neigte ein wenig das Gesicht. »Es ist egal, was deine Eltern tun oder wie sie denken. Deine Vergangenheit ist ebenso unbedeutend wie das, was du früher getan hast. Für die Verbrechen, die deine Vorfahren begangen haben, kannst du nichts. Wirklich wichtig, wirklich von Bedeutung ist nur, was du hier drin hast.« Sein Finger berührte sanft den Umhang über ihrem Herzen. »Deine Gedanken im Hier und Jetzt und schlussendlich dein Handeln. Das macht dich und dein Wesen aus, und nichts anderes sonst wird jemals von Bedeutung sein.« Seine Wangenmuskeln spannten sich an und seine Augen waren von einer uralten Traurigkeit erfüllt.

»Auf diejenigen, die dich wegen deines Bluts verurteilen und verstoßen, kannst du getrost verzichten.«

»Du hast mich ebenfalls verurteilt, als du dachtest, ich sei eine Elfe.«

»Das hat mit meinem Job zu tun. Und, ja«, er verzog das Gesicht, »bei reinblütigen Elfen treffen gewisse Vorurteile durchaus zu.« Er zwinkerte ihr zu.

»Du verurteilst Elfen, die schlecht von dir denken, weil du dunkles Blut hast. Aber du machst dasselbe umgekehrt. Elfen sind gut. Jedenfalls unter ihresgleichen.« Die Erinnerung an die Zeit bei den Elfen rief ein schweres Gefühl in ihr hervor.

»Jaaaa.« Er hob abschätzig die Brauen. »Das hast du genau richtig ausgedrückt. Unter ihresgleichen. Sie haben dich nicht akzeptiert, richtig?«

Soya fixierte das Messer in seiner Hand.

»Hmmm?« Er schnitt zwei Stücke von einer Zitrone ab.

Soya sagte nichts. Vielleicht Farol. Laendor hatte sie auch geliebt. Das wusste sie. Und ihre Mutter musste sie auch geliebt haben. Ganz sicher.

»Weißt du, Soya, Elfen sind so. Du kannst ihnen keinen Vorwurf machen. Ich sage nicht, dass alles schlecht ist. Aber sie sind halt etwas eingeschränkt und eng. Es ist ihre Art, so zu denken. Es gibt ihrer Ansicht nach nur einen richtigen Weg, eine richtige Art und Weise zu leben, und eine Sorte Blut, die rein und gut ist.« Er hob die Augenbrauen. »Wenn du nicht genauso funktionierst wie sie, kannst du es selbst in fünfhundert Jahren vergessen, jemals bei ihnen Anschluss zu finden. Ich habe gegen niemanden grundsätzlich etwas. Aber wenn mich jemand nur wegen meines dunklen Blutanteils hasst, so kann ich ihm auch nicht viel Respekt entgegenbringen.« Er hob die Hand. »Und wegen meines anderen Blutanteils, der, wie du dir sicher schon gedacht hast, menschlich ist, gibt sich ein Elf nicht mit mir ab. Denn ich bin ja ein Nichts. Daher spielt es keine Rolle, was ich denke.« Er nahm einen Schluck von seinem Zitronenwasser und sah sie wissend an. »So viel zu diesem Thema.« Er hielt Soya ein Glas hin.

»Du wirfst trotzdem alle in einen Topf.« Vorsichtig nahm sie es entgegen. »Danke.«

»Gibt es tatsächlich eine Ausnahme?« Sein linker Mundwinkel zog sich zu ihrem Lieblingslächeln schräg nach oben.

»Ja. Die gibt es«, murmelte sie leise. »Mehrere.« Sie runzelte die Stirn.

Merlan neigte den Kopf.

»Es tut mir leid, falls ich dich angegriffen haben sollte. Das war nicht meine Absicht.«

»Du kränkst mich nicht«, flüsterte Soya. »Es sind trotzdem nicht alle so.«

»Wie, deine Mutter?« Seine Stimme war auf einmal einfühlsam. »War sie eine Elfe?«

»Ja«, gestand Soya, abermals wie hypnotisiert unter seinem Blick. »Aber sie starb wenige Wochen nach meiner Geburt.«

Obwohl sie jetzt zu den zwei Stühlen und dem kleinen Tisch blickte, nahm sie wahr, dass er sie immer noch musterte. Sie sah, wie er die Hand ausstreckte, und fühlte dann seine kühle Hand in der ihren.

»Komm«, flüsterte er und führte sie in einen anderen Raum. »Ich zeige dir, wo du schlafen kannst.«

Sie traten durch die Tür und Soya blieb verblüfft stehen.

»Das hier ist das Schlafzimmer«, erklärte er.

Es war ein eigenartiger Anblick: Mehrere Betten standen in dem großen Zimmer herum. Wahrscheinlich war das einst das Wohnzimmer gewesen. Einen Schrank oder eine Kommode gab es nicht. Bilder hingen auch hier keine an der Wand und die einzige Lichtquelle war eine alte Laterne draußen auf der Straße.

Soya spürte, wie Merlan auf einmal dicht hinter ihr stand, und ihr Herz begann zu rasen.

»Diesen Ort darf ich gelegentlich nutzen, wenn ich hier in der Nähe bin«, sagte er leise. »Saahrrin stellt diese Schlafstätte seinen Soldaten zur Verfügung. Heute sollte jedoch niemand mehr hier vorbeikommen. Wenn du möchtest, kannst du hier übernachten.« Er ging an ihr vorbei und streifte dabei kurz ihren Umhang. »Du kannst dir ein Bett aussuchen.« Er zeigte auf ein Bett ganz hinten. »Das dort ist das bequemste.«

Soya ging lächelnd zum Bett.

»Danke.«

Er hob dankesabwehrend die Hand.

»Es freut mich, wenn du hier bleibst. Und – es beruhigt mich ein bisschen.«

Seine Worte ließen ihre Wangen kribbeln.

»Ich bin dann mal in der Küche, falls du dich umziehen willst.«

Mit einem eigenartig fiebrigen Gefühl sah sie ihm nach. Sie hatte nur ein abgetragenes Hemd und eine schlabberige Hose dabei. Rasch zog sie sich um, dann trat sie unsicher zu ihm hinaus.

»Ich geh noch kurz ins Bad«, murmelte sie.

Kurz danach kehrte sie in den Schlafraum zurück und sah Merlan auf einem Bett etwas weiter rechts von dem ihren liegen. Wie zuvor war er ganz in Schwarz gekleidet: schwarzes, langes Hemd und lange, dunkle Hosen. Ihr kam der Gedanke, wie unfair es sei, sogar in solch nachlässiger Kleidung so gut auszusehen. Sie stolperte beinahe über ihre Tasche, die sie am Boden abgestellt hatte.

»Ich muss am Morgen noch kurz was erledigen. Ich sollte aber nicht allzu spät wieder zurück sein.« Zögernd hielt er inne. »Wir könnten dann zusammen frühstücken, wenn du magst. Ich bringe frisches Brot mit.« Sein Gesicht wirkte für einen kurzen Moment lang überraschend verletzlich.

»Klar«, sagte sie so leichthin wie möglich, doch ihr Herz überschlug sich. In einer Welt, wo nichts mehr normal war, kam ihr so etwas wie ein banales Frühstück mit frischem Brot geradezu absurd vor. Und trotzdem hinterließ dieser Gedanke ein nervöses Kribbeln in ihrem Bauch.

Er lächelte, dann lehnte er sich ins Kissen zurück.

»Schlaf gut, Soya«, flüsterte er.

»Gute Nacht«, wisperte Soya.

Doch so, wie ihr Herz nun pochte, würde sie diese Nacht kein Auge zumachen.

*

Soya lag eingekuschelt unter einer weichen Bettdecke. Sie hörte jemanden in der Küche hantieren, es roch bereits nach Kaffee und frischem Brot. Auf einen Schlag war sie hellwach und das nervöse Kribbeln vom Vorabend kehrte wieder in ihr Bauchfell zurück. Sie warf die Decke zur Seite und stand auf.

Doch noch bevor sie einen weiteren Schritt machen konnte, hörte sie, wie die Haustür aufging und die Geräusche in der Küche verstummten.

»Hallo?«, hörte sie Merlan sagen.

Unwillkürlich griff sie nach ihrer Tasche und begann sich in Windeseile umzuziehen, als sie plötzlich wie zu Eis gefror – die Stimme, die sie vom Korridor her hörte und die sie so gut kannte wie kaum eine andere, war immer noch genauso grob und kalt, wie sie sie in Erinnerung hatte …

»Ist sie hier?«

»Ich bin allein, Ramon«, hörte sie Merlan antworten. »Was willst du?«

»Du bist nicht allein«, hörte sie Ramon sagen.

Merlan klang verärgert.

»Es kann jederzeit wieder einen Angriff geben. Du solltest im Schloss sein.«

»Was willst du von ihr?«, hörte sie Ramon fauchen.

»Ich frage mich, weshalb du nicht in meiner und ich in deiner Position bin«, entgegnete Merlan mit kühler und mühsam kontrollierter Stimme.

»Was meinst du damit?«

»Saahrrin hat seine Gründe, wen er wofür einsetzt. Du solltest mehr Vertrauen in unseren König haben.«

Einen Moment lang war es still. Dann hörte sie ein Gerangel. Vermutlich hatte Ramon versucht, an ihm vorbeizukommen.

»Zwing mich nicht, dich verletzen zu müssen«, hörte sie Merlan zischen, während sie einen dumpfen Schlag gegen die Wand hörte.

»Sie hat nichts mit alldem zu tun!«, hörte sie Ramons gepresste Stimme.

»Ich weiß nicht, wovon du sprichst.«

»Ich kenne sie!«

»Hör zu, ich weiß nicht, was du gerade für eine komische Phase durchmachst. Aber ich möchte jetzt gerne meine Ruhe. Also geh jetzt. Das ist meine letzte Warnung.«

Diese Worte zeigten Wirkung. Sie hörte Ramon fluchen, dann schlug die Tür mit einem lauten Knall zu.

Ihre Schlafsachen immer noch verkrampft in ihren Händen, sank Soya kraftlos auf ihr Bett zurück.

Merlan erschien in der Tür.

»Guten Morgen.« Ein Lächeln erschien auf seinem Gesicht. »Gut geschlafen?«

»Ja.«

Sie stopfte ihre Sachen in die Tasche, und sie gingen in die Küche.

»Wer war das?«, fragte Soya und nahm auf dem Stuhl Platz, den er ihr hinschob.

»Ein Soldat«, antwortete er wahrheitsgemäß. Er schnitt ein paar Stücke Brot ab.

»Es gibt Anschläge?«, fragte sie.

»Ja. In letzter Zeit häufen sich die Vorfälle. Es ist nicht gut, wie sich alles entwickelt.«

»Wer greift denn das Schloss an?«

»Sie haben sich bisher immer selbst zerstört, bevor wir einen davon kriegen konnten. Wir wissen noch nicht zu hundert Prozent, wer sie schickt.«

»Sie haben – was?«, keuchte Soya.

»Ja. Ärgerlich. So kommen wir einfach nicht weiter.«

Als er ihren entsetzten Blick sah, hob er die Hand.

»Entschuldige. Das war taktlos. Man wird mit der Zeit abgebrüht. Du musst dir diese Kreaturen nicht als Individuen vorstellen. Sie besitzen keine Seele.« Er hob mit mattem Blick die Brauen. »Ihr Herz wird ihnen bei der Geburt genommen.«

Angewidert sah sie ihn an.

»Es sind Züchtungen. Nichts weiter.« Dann schaute er plötzlich auf seinen grünen Ring, der sich wie damals bei ihr scharlachrot verfärbte. Sein Blick verdüsterte sich. »Wieder ein Angriff«, sagte er mit leiser Stimme.

»Das Schloss wird angegriffen? *Jetzt*?«

»Es sieht so aus.«

Merlan packte seine Sachen zusammen, dann blieb er vor ihr stehen. Er zögerte. Und auf einmal wirkte er hin- und hergerissen.

»Es tut mir leid Soya. Ich muss los.«

Seine Augen wanderten über den Ring mit dem Kristall an ihrem Finger, und er runzelte die Stirn.

»Aber wenn du noch länger in der Gegend bist, ich müsste morgen wieder hier sein.«

Soya nickte schwach.

»Du lässt mich also einfach so gehen?«

»Es geht keine Gefahr von dir aus«, sagte er leise und lächelte sein schiefes Lächeln.

»Wieso bist du dir so sicher?«

Seine Hand fuhr ihre Schläfe hinab.

»Ich weiß es einfach.«

Dann ließ er sie los, drehte sich um und im nächsten Moment war er durch die Tür hinaus verschwunden.

Mit weichen Knien ließ sie sich auf den Stuhl nieder, dann fiel ihr Blick auf die Blume, die in einer Vase mitten auf dem Tisch stand.

Plötzlich ging die Haustür wieder auf und sie hörte Schritte im Korridor.

»Hast du etwas vergessen?«, fragte Soya lächelnd und drehte sich um.

Ramon, groß und mächtig und mit zornigem Blick, stand unter dem Türrahmen und funkelte sie wütend an.

Das Lächeln gefror ihr auf den Lippen.

»Was machst du hier?«, zischte sie.

Ungläubig hob er die Augenbrauen.

»Was *ich* hier mache? Die Frage ist wohl eher, was du hier machst!« Sein Blick fiel auf das frische Brot, dann blieb er an der Blume hängen. »Hast du hier etwa übernachtet?!«

»Das geht dich nichts an!«, fauchte sie.

»Das …« Er biss die Zähne zusammen und schlug mit der Hand auf die Anrichte. »Das geht mich sehr wohl was an!«

»Du bist derjenige, der mich weggeschickt hat!« Sie verstand nicht, wieso er jetzt so tat, als hätte sie ihn betrogen. *Er* wollte nicht mehr ihr Freund sein.

Mühsam beherrscht blickte er geradeaus, seine Wangenmuskeln spannten sich.

»Du freundest dich mit den Falschen an«, zischte er. Seine Stimme war so hart wie der Ausdruck in seinem Gesicht.

»Ist das dein Ernst? Du hast wirklich den Mut, mir vorzuschreiben, mit wem ich zusammen sein darf?«

»Du kennst ihn nicht«, zischte er.

Fassungslos starrte sie in sein Gesicht.

»Er ist nicht so, wie du denkst«, beharrte er. »Er spielt nicht mit offenen Karten!«

»Alle haben Geheimnisse«, erwiderte sie.

»*Alle haben Geheimnisse*«, machte er sie verächtlich nach. »Was soll das heißen! Entschuldigst du so seine Herkunft?«

»Nein. Ich entschuldige nicht seine Herkunft. Ich hab' keine Ahnung, woher er kommt.« Sie stand auf und begann die Sachen abzuräumen. Sie hatte keinen Hunger mehr. »Es ist mir auch egal.«

»Denkst du, es spielt keine Rolle, was er für eine Vergangenheit hat?«, sagte er schroff.

»Ja, genau! Es spielt keine Rolle!« Sie sah ihn wütend an, während sie die Worte Merlans wieder in sich hörte: *Es spielt keine Rolle, was für Blut durch deine Adern fließt oder woher du kommst. Wirklich wichtig, wirklich von Bedeutung ist nur, was du hier drin hast …*

»Eleona, du weißt nicht, in was du dich hier hineinbegibst.«

Soya hob entschieden die Hand.

»Lass gut sein, Ramon.« Sie schüttelte den Kopf. Merlan hatte recht – sie griff nach ihrer Tasche –, auf solche Menschen konnte sie verzichten.

»Ich weiß nicht, wieso du zu mir gekommen bist.« Sie sah ihm fest in die Augen und versuchte den Schmerz zu ertragen. »Doch tu es nicht wieder.« Sie biss die Zähne zusammen und verschwand durch die Tür.

Sie wollte so rasch wie möglich von Bakul wieder zurück sein, um Merlan nicht zu verpassen, und Ramon würde sie dabei nicht aufhalten.

Die dunklen Wesen

Die mit Spinnennetz umwobenen Laternen spendeten nur spärlich Licht. Mülltonnen lagen umgekippt an den Straßenrändern, der Abfall war überall verstreut. Es war ein schmutziges, übel riechendes Viertel. Die meisten, die in diesem Teil von Bakul wohnten, lebten von krummen Geschäften oder Schlimmerem. Doch es war der unbequemste Weg, zu ihrem Zuhause zu gelangen. Niemand würde ihn überwachen oder hier Ausschau nach Ungewöhnlichem halten.

Weiter vorn kamen drei junge Männer aus einem kleinen Lokal. Soya zog die Kapuze tiefer über den Kopf. Laut begannen sie über etwas zu lachen.

»Oh, sieh mal, Palen!«, rief einer, als Soya unter der Straßenlampe durchging, und pfiff anerkennend.

»He! Wo gehst du denn hin? Der Abend hat doch erst begonnen!«, rief der mit Palen Angesprochene, der sich anscheinend besonders unwiderstehlich fand. Cool hatte er die Arme hochgereckt, in einer Hand eine halbvolle Bierflasche.

»Hey! Süße! Komm zurück!« Er lachte dröhnend.

»Komm schon, sei keine Spielverderberin!«, rief Palen, immer noch mit erhobenen Händen.

Soya erreichte die nächste Abbiegung.

»Oh, wen haben wir denn hier, sie mal an, Fred«, hörte sie Palen mit einer zuckersüßen Stimme. Dann hörte Soya das erschreckte Aufatmen eines Mädchens und blieb wie angewurzelt stehen.

»Wie niedlich, wo kommst denn du her?«, fragte Fred.

»Eh, so ganz alleine?«

»Möchtest 'n bisschen Gesellschaft, wie?«

»Na komm schon, Süße …«

»Stell dich nicht so an!«

»Du magst das doch …!«

»Komm schon!«

Soya biss die Zähne zusammen. Dann wandte sie sich langsam um. Die drei betrunkenen Männer hatten ein Mädchen eingekreist und Fred zog sie zu sich. Sie war etwa im selben Alter wie Soya. Obwohl sie die meisten Schüler in Bakul kannte, konnte sich Soya nicht an dieses Mädchen erinnern. War sie in einer Klasse unter ihr gewesen?

»Na komm schon, dir gefällt das doch«, flüsterte Fred. Er hielt ihre Hände fest und versuchte sie auf den Mund zu küssen. »Stell dich nicht so an!«, fluchte er und packte sie mit der anderen Hand am Unterkiefer, sodass er seinen Mund auf den ihren drücken konnte.

Die anderen begannen zu lachen.

Soya ging die wenigen Schritte zurück und blieb in einigem Abstand vor ihnen stehen.

»Hört auf!«, zischte sie.

Augenblicklich drehten sich alle drei zu ihr um. Das Mädchen zitterte am ganzen Leib. Wimmernd blickte sie zu Soya herüber.

»Lass sie los!«, hörte Soya sich sagen und nahm wahr, wie anders ihre Stimme klang. Eigenartig leise und zischend.

»He!«, rief Fred und sah sie einen Moment lang verdutzt an. »Was soll denn das? Was mischst du dich eigentlich ein!«

Soya ließ ihren Blick durch die Straße schweifen. Es war niemand da. Wer würde drei besoffenen Männern schon Glauben schenken, wenn sie etwas Magie benutzte …

Palen schlenderte lässig auf sie zu. Soya blieb stehen, bis er kurz vor ihr stand, dann drehte sie sich blitzschnell, schraubte sich in die Luft und trat ihm so fest gegen die Brust, dass er nach hinten flog. Seine Bierflasche zerbrach mit lautem Klirren und er blieb stöhnend liegen.

»Was zum Teufel …«, fluchte Fred und zog ein Messer aus der Hosentasche.

Der andere kam in leicht gebückter Haltung auf Soya zu.

»Nein, Bennert!«, schrie Palen.

Soya sah aus dem Augenwinkel, wie sich Palens Hand langsam in Richtung seiner Hosentasche bewegte. Dann ging alles auf einmal ganz schnell. Soya trat Palens Hand weg, packte Bennerts Arm und warf ihn durch die Luft; dann blieb sie vor Fred stehen.

Bedrohlich drückte Fred das Messer an den Hals des Mädchens. Die Haut war angeritzt und Blut perlte die Klinge hinab.

Soya kniff die Augen zusammen und konzentrierte sich auf das Messer. Es entfernte sich Millimeter für Millimeter vom Hals des Mädchens, während Fred verzweifelt dagegendrückte. Doch seine Hand, die das Messer zitternd umklammert hielt, näherte sich langsam seinem Oberschenkel. Wimmernd versuchte er nun das Messer loszulassen, es von sich wegzuwerfen und sich davor in Sicherheit zu bringen.

Doch im nächsten Augenblick rammte seine eigene Hand das Messer in seinen Oberschenkel. Qualvoll schrie er auf, das Mädchen entwand sich seinem Griff, rannte zu ihr herüber und Soya zog sie rasch hinter sich.

Ein Stöhnen drang aus dem Gebüsch. Humpelnd und eine Hand am blutenden Kinn, kam Bennert auf sie zu.

Soya blickte abschätzig von Fred, der sich immer noch wimmernd das Bein hielt, zu Palen, der abwehrend die Hände hob. Mit einem letzten Zauber ließ sie alle an einen Baum fesseln.

»Seid verflucht«, zischte Soya.

Sie war so wütend, dass sie sich zurückhalten musste, ihnen nicht noch Schlimmeres anzutun, als nur die Fesseln so fest zuzuschnüren, dass sie ihnen in die Haut schnitten. Mühsam beherrscht wandte sie sich von ihnen ab und nahm die Hand des Mädchens.

»Gehen wir«, sagte Soya, doch noch im selben Moment ließ sie ihre Hand wieder los – irgendetwas in ihren Augen ließ Soya erschaudern.

Das Mädchen schloss eilig zu ihr auf und ging dann im Gleichschritt neben ihr her.

»Darf ich jetzt bei dir sein?«, fragte sie leise.

»Was meinst du?«, erwiderte Soya und blickte angestrengt geradeaus.

»Ich muss nicht wieder zurück, oder? Ich darf jetzt bei dir sein.« Sie begann auf einmal zu zittern. »Ich möchte nicht wieder zurück. Bitte.«

»Woher bist du denn?«, flüsterte Soya und fühlte plötzlich eine Gänsehaut über ihre Haut streichen.

»Ich weiß es nicht.«

»Du …«

Der Wind blies ein ächzendes Tor auf, dann sah sie einen schwarzen, großen Vogel davonfliegen. Soyas Herz begann zu rasen.

»Schnell«, zischte sie und zog das Mädchen in die nächste Seitengasse.

»Ja. Sie sind überall, nicht wahr?«, sagte das Mädchen mit ihrer kindlichen Stimme.

»Manchmal habe ich das Gefühl, sie beobachten mich«, flüsterte sie weiter und blickte jetzt zum Himmel.

»Wie heißt du?«, fragte Soya.

»Sabina – glaube ich.«

Jetzt konnte sie es nicht verhindern, Soya fuhr es eiskalt den Rücken hinab. Angestrengt versuchte sie, die aufkommende Panik zu verdrängen.

»Du glaubst es«, wiederholte Soya.

»Ja«, flüsterte das Mädchen. »Ich bin mir nicht sicher.«

Soya zog ihren Umhang fester um sich. Sie fröstelte, obwohl es nicht kalt war.

»Was hast du mitten in der Nacht allein in diesem Viertel zu suchen?«, fragte Soya tonlos und ihr graute davor, was sie gleich hören würde.

»Ich musste hierher«, hörte sie Sabina sagen.

»Wohin musstest du?«

»Zu dir.«

Soya packte sie am Ärmel und zog sie weiter, obwohl sie sie am liebsten losgelassen hätte. Merlan hatte ihr heute Morgen von diesen Züchtungen erzählt. Von Kreaturen, die das Schloss angriffen, Züchtungen, die nur aus einem Grund erschaffen wurden.

»Wer hat dir gesagt, dass du das tun sollst?«, fragte Soya tonlos.

»Ich weiß nicht, wie er heißt.«

»Wieso hast du es dann getan? Wenn du nicht einmal seinen Namen kennst.«

»Weil ich musste«, antwortete Sabina in einem merkwürdigen Ton. Als wäre das selbstverständlich und nichts, was man hinterfragen müsste.

›*Seelenlose Wesen*‹, schoss es Soya durch den Kopf.

Ein Rascheln ertönte hinter ihnen – es war ein anderes Geräusch als das Rascheln der Blätter in den Sträuchern. Irgendwie dumpfer. Soya spähte zu den dunklen Bäumen hinüber und blieb stehen. Irgendetwas bewegte sich dort ganz behutsam. Orangerote Augen glühten aus der Düsternis; starrten sie an und Soya starrte zurück. Das Etwas war größer als die schwarzen Vögel, die sie kannte. Größer und …

»Was ist los? Ist da irgend…« Soya hielt Sabina die Hand auf den Mund. Was es auch war, es gehörte nicht hierher und es bedeutete ganz sicher nichts Gutes.

Die Baumkronen bogen sich im tobenden Wind, die Äste peitschten aneinander, da und dort quietschte ein Tor, während die orangeroten Augen sie weiterhin unverwandt anstarrten.

»Was ist los?«, flüsterte Sabina abermals und legte vorsichtig ihre Hand um Soyas Arm.

Und während Soya darauf wartete, dass es auf sie losjagte, sich auf sie stürzte, begriff sie plötzlich: »Weg hier!«, zischte sie und riss Sabina mit. »Lauf, so schnell du kannst!« Wenn es sie nicht angriff und wenn es nicht davonflog, dann konnte es nur etwas bedeuten. Es wartete – und auf was immer es wartete, dem wollte sie lieber nicht begegnen.

»Lauf!«

Sie bogen scharf nach rechts ab.

»Hier lang!«, zischte Soya und zog sie um die Ecke.

Sie kamen auf einen großen Platz. Etwas weiter vorne erkannte sie die alte Schreinerei.

»Da lang!«

Sabina rutschte auf dem kiesigen Boden aus. »Halt dich besser an mir fest«, zischte Soya und zog sie hoch.

»Hier rein!« Sie schob Sabina durch den schmalen Spalt zweier loser Bretter. Mit aufgerissenen Augen starrte Sabina Soya aus der Dunkelheit der Scheune heraus an.

»Bleib hier drin, egal, was passiert! Versteck dich hier irgendwo und komm erst wieder raus, wenn ich dich hole. Falls mir etwas geschehen sollte, bleib in deinem Versteck und schleich dich erst fort, wenn sie wirklich gegangen sind, hörst du? Und dann geh irgendwohin, weit weg von hier. Und fang ein neues Leben an. Du musst nicht wieder zurück. Du musst das alles nicht tun, was dir befohlen wird!«

Hinter ihr hörte sie vom Himmel her ein schrilles, durch Mark und Bein dringendes Kreischen.

»Los!«, zischte Soya und Sabinas braune Augen verschwanden in der Dunkelheit.

Mit hämmerndem Herzen wandte sich Soya um. Ein gigantischer, pechschwarzer Adler kreiste am Himmel. Sein Schnabel war weit geöffnet und ein schrilles Kreischen durchfuhr ihr Innerstes. Ohne zu überlegen, rannte sie los – ein Wind kam auf und eine Staubwolke nahm ihr die Sicht. Die gellenden Schreie näherten sich. Soya rannte mit gesenktem Kopf auf ein paar nahe gelegene Büsche zu. Dann hörte sie einen gewaltigen Flügelschlag und im nächsten Moment bohrten sich messerscharfe Krallen in ihre Schultern. Sie wurde in der Luft herumgeschleudert und dann zurück auf den Kies geworfen. Soya hob die Hände vors Gesicht, jeden Moment damit rechnend, seine Krallen erneut in ihrem Fleisch zu spüren. Die orangeroten, stechenden Augen des riesigen Vogels ließen sie keine Sekunde aus den Augen, während er dicht über ihr kreiste. Soya starrte zu ihm hoch und sah seine Federn bläulich im Licht der Laternen schimmern. Auf einmal wandte er ruckartig seinen Kopf nach rechts und schoss dann hoch in die Luft. Mit fiebrigem Blick sah sie um sich. Nur noch die letzten Flügelschläge des Adlers waren zu hören, dann war es still.

Soya tastete keuchend nach ihren Schultern und heilte rasch die Wunden, die seine Krallen in ihrer Haut hinterlassen hatten. Dann rappelte sie sich hoch.

»Bleib, wo du bist«, zischte eine leise, unmissverständlich klare Stimme, die ihr den Atem stocken ließ.

Zitternd wandte sie sich zu der Stimme um. Dort, wo zuvor nur ein leerer Kiesplatz gewesen war, stand jetzt eine Gestalt in einem dunklen Umhang. Sein Gesicht war unter einer Kapuze versteckt und sein seidig glänzender Umhang reichte bis zum Boden. Langsam hoben sich seine schneeweißen Hände und streiften die Kapuze vom Kopf. Wie in Zeitlupe fiel sie auf seine Schultern. Pechschwarze, lange Haare flossen an seinem fahlen Gesicht hinab und ließen die wächserne Haut wie gebleichtes Pergament erscheinen. Der Mann hatte dieselbe Anmut und Grazie, die sie schon bei Merlan und Saahrrin gesehen hatte. Und obwohl ihre Knie jetzt so heftig zitterten, dass sie kaum mehr aufrecht stehen konnte, blickte sie wie gebannt auf seine geschmeidigen Schritte, die ihn langsam auf sie zu trugen. Sie konnte sich nicht bewegen, selbst wenn sie eine Chance in der Flucht gesehen hätte.

»Endlich treffen wir uns«, zischte er leise. Ein goldener Ring mit einem grünen Stein funkelte an seiner Hand.

Dann endlich kam das Gefühl wieder in ihre Beine zurück und Soya stolperte rückwärts. Doch hinter ihr war nur eine hölzerne Wand.

»Soya«, zischelte er leise, als ob es ein besonderer Genuss wäre, ihren Namen auszusprechen. »Wie lange ich gebraucht habe, um Euch zu finden!« Er seufzte. »Der Meister wird mich belohnen. Ich bin schon lange auf der Suche nach Euch. Und es war mühsam und anstrengend und der Herr war allmählich ungeduldig geworden. Doch er wird zufrieden sein. Ihr seid sehr mutig, Soya.«

»Wer ist Euer Meister?«, presste sie mühsam hervor und zwang sich, in seine dunklen Augen zu blicken.

»Natürlich wisst Ihr nichts über unser Volk. Über Euer Volk. Ihr könnt es nicht wissen.« Es hörte sich so an, als ob diese Frage von ihr so entschuldbar wäre, dass er besonders nachsichtig sein müsste. »Meredon«, fuhr er ebenso andächtig wie aufgeregt fort. »Er ist der Herrscher der Schattenwelt.«

»Meredon«, keuchte Soya und versuchte, normal weiterzuatmen. Innerhalb von Augenblicken schoss ihr alles durch den Kopf, was sie über die Schirkans schon gehört hatte. In Bakul waren die Schirkans und die Magie als Legenden abgetan worden – wenn sie denn überhaupt je thematisiert wurden. Bei den Elfen wurde nur höchst abfällig über sie gesprochen. Alles, was mit der dunklen Seite zu tun hatte und eine Bedrohung war, wurde dort möglichst totgeschwiegen. Nur Zindabor hatte sie mit Würde als das *andere Volk* bezeichnet – als *der Schatten* vom Licht. Doch das wenige Wissen, das Soya von den Schirkans hatte, zeichnete das Volk und demnach auch den Herrscher der Schattenwelt alles andere als vorteilhaft. Und vor allem, das schien ihr unzweifelhaft, war der Herrscher der Schattenwelt eines – gefährlich.

»Und wieso möchte … Meredon … *mich* sehen?«, krächzte Soya.

Seine Nasenflügel bebten, als er erneut zu sprechen begann:

»Ihr wisst es also nicht. Ihr wisst nicht, wer Ihr seid.« Seine geflüsterten Worte wirkten gespenstisch in der Stille. »Oh, wie schwer mir das Herz wird.« Er neigte kurz mit schmerzvollem Ausdruck den Kopf. »Ihr stammt von seinem Blut – Ihr seid des Königs Enkelkind.« Er hielt kurz inne und seine Worte waren nun voller Demut: »Saahrrin ist Meredons Sohn. Meredon ist der Herrscher der Schattenwelt.«

Soya starrte fassungslos in sein bleiches Gesicht.

Plötzlich wurde es ihr klar: Von Meredon hatte Saahrrin die Morlaks. Deshalb hatten ihm die Schirkans einst geholfen, die Elfen zu besiegen. Und jetzt setzten ihr die Krieger Meredons nach – im Auftrag von Saahrrin.

»Es ist höchst selten, dass Schirkans Kinder bekommen«, flüsterte er kaum hörbar fort, »und wenn, dann überleben sie meist nicht lange … Dass Ihr lebt, grenzt an ein Wunder.« Er bedachte sie mit einem beinahe zärtlichen Blick. »Wir müssen los – der Meister wartet nicht gern.« Er seufzte abermals. »Oh, er wird entzückt sein, wenn ich Euch zu ihm bringe. Er wird mich belohnen.«

Diese Worte holten sie aus der Starre zurück.

»Nein!«, stieß sie hervor. Sie war noch nicht bereit zu sterben. Laendors Tod war noch nicht gerächt.

»Wollt Ihr denn nicht endlich nach Hause?«

Soya starrte ihn an. Er wusste selbst, dass sie nicht lange überleben würde, wenn sie einmal dort war.

Das Lächeln wich aus seinem Gesicht.

»Der Meister hat mich gewarnt – er hat gesagt, es könnte schwierig werden …« Sein Kopf neigte sich betreten zu Boden. »Er hat gesagt, Ihr könntet es nicht als Ehre betrachten, es Euer Zuhause nennen zu dürfen.« Seine Lippen schlossen sich einen kurzen Moment. »Es tut mir leid, Soya. Aber ich muss das jetzt tun.« Seine Hände erhoben sich, der Umhang glitt zurück und seine schneeweißen Arme kamen zum Vorschein.

Noch bevor sie sich darüber im Klaren war, was sie da tat, hatte sie das kleine Messer von Farol gezückt, einen Schnitt in seinen Arm geritzt und ihre Hand fest darauf gepresst: »*Usstan plynn dosst Yorn! Belbau il ussa*!«, keuchte Soya. Ein greller Schrei durchbrach die Stille. Mit vor Entsetzen geweiteten Augen blickte der Schirkan in ihr Gesicht, dann, nach ein paar sehr langen Atemzügen, sackte er in sich zusammen und glitt zu Boden. Angewidert ließ sie ihn los und stolperte zurück. Dann hörte sie von weit her erneut das Schlagen von Flügeln in der Luft und Soya sah vier dunkle Punkte am Nachthimmel rasch näherkommen.

Sabina stolperte auf sie zu.

»Was tust du denn?«, keuchte Soya. »Ich sagte doch, du sollst dort drinbleiben!«

Dann ließen die schrillen Schreie sie zusammenfahren. Soya griff nach Sabinas Arm und zerrte sie mit. Weg von diesem Schirkan. Weg von den dunklen Gestalten am Himmel, die immer näherkamen. Sie stolperten über den kiesigen Platz, rannten zur Böschung und im Schutz der vielen Bäume weiter, bis der Wald dichter wurde. Sabinas Beine knickten immer häufiger ein und als sie über einen Baumstamm sprangen, stolperte sie erneut und stand nicht wieder auf.

»Komm!«, zischte Soya und versuchte, sie aus ihrer merkwürdig verdrehten Position zu befreien.

Sabina schrie vor Schmerz auf, dann richtete sie ihre Augen entsetzt auf etwas hinter ihr – Soya wirbelte herum.

Vier Schirkans in langen, dunklen Umhängen glitten lautlos auf sie zu und schlossen einen Kreis um sie.

»Soya«, hörte sie einen von ihnen leise zischen. »Feirhak hatte sich in Euch getäuscht, wie wir alle. Nie hätten wir es für möglich gehalten, dass Ihr so mächtig seid. Es gegen einen Wächter der Dunkelheit aufzunehmen und ihn zu besiegen.« Seine Stimme war monoton und er sprach ohne Punkt und Komma. »Meredon wird stolz auf Euch sein, so mächtig wie Ihr seid. Ihr stammt von seinem Blut.«

Die letzten Worte klangen in Soyas Ohren nach, als ob er sie angeschrien hätte.

»Nun scheint es mir an der Zeit, dass wir aufbrechen.«

Er streckte die Hand nach ihr aus.

»Ich komme nicht mit«, sagte sie leise, während sich die Worte panisch überschlugen.

Ungläubig sah er sie an.

»Wollt Ihr es wirklich gegen vier von uns aufnehmen?«, fragte er leise. »Ihr übertrefft selbst meine Erwartungen.«

Einen Moment blickte sie angewidert in sein Gesicht.

»Wenn es sein muss«, sagte sie leise und schaute ihm zu, wie er betreten den Blick senkte, dann warf er einen kurzen Blick auf seinen Ring, der jetzt rot aufflammte.

Er hob den Kopf.

»Ihr lasst uns keine andere Wahl.«

Soya hob ihre Arme im selben Moment wie er. Blitzschnell schloss sie ihren Schild um Sabina und sich, wie sie es bei den Elfen gelernt hatte. Zitternd murmelte sie die erste Formel, obgleich sie nicht wusste, was sie bedeutete. Es war die erste, die ihr in den Sinn kam und die sie fähig war auszusprechen. Im Phylenos war sie als mächtige Waffe beschrieben worden. Aber wie der Fluch wirkte, war nicht erklärt worden.

Soya schloss die Augen. Und während sie sich auf den Fluch konzentrierte, spürte sie den ersten Fluch der Schirkans auf ihren Schild treffen. Entsetzt riss sie die Augen auf. Er war von einer solch immensen Wucht, dass er ihren Schild fast zu Boden drückte. Es war offensichtlich, dass diese Wächter ihr überlegen sein mussten. Sie würde hier nicht lange überleben, wenn sie nicht all ihre Kraft einsetzte.

Der Zauber glitt von ihr fort, in dem Moment, als die letzte Silbe von ihren Lippen wich. Wie eine durchsichtige Welle hellgrünen Lichts erhob er sich. Dann schlug er mit voller Wucht auf die Schirkans. Grauenvolle, helle Schreie hallten durch den Wald. Es schleuderte sie gegen die Baumstämme und sie blieben am Boden liegen. Soya blickte starr auf sie hinab; reglos lagen die Körper auf der dunklen Erde. Doch dann, in einem wabernden, dunklen Qualm erhoben sie sich wie Geister vom Boden. Sabinas Hände krallten sich um ihren Arm und im nächsten Moment schossen rote Flammen auf sie zu. Ihre geflüsterten Worte hörten sich an wie ein leises Zischen in der Luft.

Soya sprach den nächsten Fluch und fühlte, wie ihr eine sengende Hitze entwich – sie hörte einen unterdrückten Schrei, dann sackte der Schirkan vor ihr in sich zusammen. Entsetzt starrte sie auf das dunkle, reglose Bündel am Boden.

Schon donnerten die nächsten Flüche erbarmungslos auf sie ein. Soya taumelte.

»*Makarindus nandarr*!«, keuchte sie und fixierte den nächsten von ihnen. Sein Schild flackerte auf – und erlosch. Sie hatte nur einen Wimpernschlag Zeit, ehe sein Schutz wieder äußerst schwer zu durchdringen sein würde, das wusste sie, »*Schikindor rebur*!«, rief Soya. Der Fluch traf ihn mitten in der Brust und er stürzte zu Boden.

Keuchend starrte sie auf den toten Schirkan. Dann traf sie etwas Hartes. Die Energie entwich ihr wie Luft aus einem löcherigen Ballon. Sie taumelte.

»Nein«, flüsterte Soya und hielt sich an einem Baumstamm fest. Sie fühlte, wie die Arme von Sabina sie von hinten stützten, damit sie nicht zur Seite kippte.

»Ich werde nicht sterben«, flüsterte Soya. Und noch während sie das sagte, sah sie auf einmal Laendor vor sich. ›Nein‹, dachte Soya, ›es ist noch nicht vorbei!‹ Sie riss die Augen auf und fixierte mit flackerndem Blick den nächsten Schirkan.

»*Makarindus nandarr*!«, zischte Soya und fühlte, wie ihre Beine nachließen. Der Schild des Schirkans gab nach. »*Makarindus nandarr*!«

Der Schirkan taumelte rückwärts.

»*Schikindor rebur*!« Die Bäume um sie her wurden rot erleuchtet. Mit voller Wucht wurde er gegen einen Baum geschleudert, dann schlug sein Körper dumpf auf den Waldboden.

Soya würgte. Alles begann sich zu drehen, dann hörte sie Sabinas angsterfülle Stimme: »Nein«, schrie sie und hielt sie noch fester. Soya versuchte, die Augen offen zu halten. Ein schemenhafter Umriss kam auf sie zu. »*Schakafy nindostor*«, keuchte Soya und blinzelte blind nach vorn. Rote Flammen schossen aus ihren Händen, während die Äste um ihn zu brennen begannen. Das Bild klärte sich. Stumm vor Überraschung schaute der Schirkan sie an. Er wirkte wie betäubt. Verzweiflung lag in seinem Blick und es sah aus, als ob er nur widerwillig die Arme hob.

»Er wird uns töten«, flüsterte Sabina und drückte ihr Gesicht in Soyas Rücken.

»*Makarindus, makarindus …*«, hauchte Soya. Doch ihre Stimme trug nicht. Sein Fluch prallte wie ein Donner auf ihren Schild, er schwankte und erlosch.

Taumelnd blickte sie in die Nacht.

Soya beschwor ihren Schild wieder hoch, doch bevor er sie beide vollständig umhüllte, spürte sie wie etwas sengend Heißes an ihr vorbeischoss.

Die stützende Hand hinter ihr rutsche weg und Sabina schlug auf dem Boden neben ihr auf.

»Nein!«, keuchte Soya, und starrte auf Sabinas reglose Gestalt. Im selben Moment fanden ihre Hände das feuchte Laub. »*Makarindus – Makarindus nandarr*«, keuchte sie und blinzelte zu dem wehenden Umhang, der vor ihr stehen blieb. Im rot erhellten Himmel sah sie, wie er innehielt und auf sie herabsah, ganz nahe bei ihr.

»Nein, bitte …«, flüsterte sie.

Sie sah Merlans Gesicht, wie es ihr ein letztes Mal zulächelte. Sah das Gesicht ihrer Mutter, dann begann sich alles zu drehen … die Umrisse des Schirkans verschwammen erneut … Rot und Schwarz vermischten sich ineinander … Sie tastete um sich …

Der nächste Fluch, der auf ihren Schild prallte, ließ ihn abermals erlöschen. Schwer atmend sah sie zu dem Angreifer hoch. Sie tastete nach ihrem Ring. Versuchte ihn abzustreifen. Spürte, wie sie zur Seite rutschte und ihr Gesicht auf den feuchten Boden fiel.

Der Schirkan beugte sich zu ihr hinunter, seine kühle Hand glitt über ihre Stirn.

»Ich bringe Euch jetzt zu ihm«, flüsterte er sanft, während sie im Gebüsch einen dunklen Schatten erkannte. Im nächsten Moment hörte sie ein Knurren, dann wurde der Schirkan am Genick gepackt und aus ihrem verschwommenen Blickfeld gezerrt. Schreie hallten durch den Wald, dann hörte sie ein fürchterliches Knacken und der Schrei verstummte.

»Taoko«, flüsterte Soya und während sie ihren Blick auf Sabina richtete, entglitten ihr die Sinne.

Soya ließ noch den letzten Schirkan mit einem Schwebezauber auf den Holzhaufen gleiten, dann legte sie auch seinen Ring zu den anderen auf das ausgebreitete Tuch.

»*Schakafy nindostor*«, murmelte sie.

Taoko stand ganz nah bei ihr. Das Holz fing Feuer und die Flammen züngelten gierig an den toten Körpern. Sie verknotete das Tuch und stopfte es in ihre Tasche. Die Ringe würde sie Meredon zukommen lassen, sozusagen als Vergeltung oder Warnung. Er konnte es betrachten, wie er wollte.

Sie wusste nicht, wie er reagieren würde, wenn er erfuhr, dass sie vier seiner Wächter getötet hatte. Vielleicht würde er irgendwann aufgeben, seine Wächter nach ihr auszuschicken.

Niedergeschlagen setzte sie sich neben Sabina und beschwor etwas Wasser herauf, das sie über ihre Hände laufen ließ, um sie vom Blut zu reinigen.

Sie fuhr über Sabinas Gesicht und schloss ihr die Augen.

»Es tut mir leid«, flüsterte sie, erhob sich und ließ Sabinas leblosen Körper ins Grab gleiten.

»Leb wohl«, flüsterte Soya und ließ Erde und Laub über sie niedergehen. Zuletzt beschwor sie eine Rose herauf und ließ sie auf dem Grab erblühen, dann drehte sie sich um und ging weg, während das Feuer hinter ihr die toten Schirkans verzehrte.

Sie wusste nicht, woher Sabina gekommen war, oder vielleicht passender ausgedrückt: wem sie gehört hatte. Doch wo auch immer sie gelebt hatte, sie hatte dort keine Liebe erfahren. Deshalb war es auch nicht notwendig, ihre Eltern oder ihren Herrn darüber zu informieren, dass sie gestorben ist. Vermutlich wurde sie losgeschickt, um genau diese Mission zu erfüllen – um als Köder zu sterben.

Soya versuchte krampfhaft, keine Schuld zu empfinden, und betrat den kiesigen Platz. Es war tröstlich, Taoko neben sich zu spüren. Sein Fell dicht an ihrem Körper, ging er neben ihr hinüber zu dem ersten Schirkan, der ihnen, immer noch am Boden liegend, angsterfüllt entgegenblickte.

*

Hunderte Kilometer weiter entfernt hallte ein wütender Schrei durch die Schattenwelt …

»Meister«, erwiderte darauf eine unterwürfige Stimme. »Sie ist so stark, bitte, verzeiht mir.«

»Fünf meiner besten Wächter habe ich geschickt!«, erklang eine kalte Stimme, die einem das Blut in den Adern gefrieren ließ. »Einer davon ist zurückgekehrt!«

Eine Weile lang herrschte Stille, dann flehte die unterwürfige Stimme, zitternd vor Angst: »Herr, bitte verzeiht. Ich werde es wiedergutmachen. Ich werde euch nicht noch einmal enttäuschen. Bitte, Meister, lasst mich noch einmal gehen.« Die vier goldenen Ringe klimperten in seiner zitternden Hand.

»Du wagst es, mich um Gnade zu bitten?«, ertönte die kalte Stimme.

»Bitte Herr, nein, ich meine … Verzeiht mir, ich werde alles tun …« Ein leises Wimmern folgte.

»Du hast versagt!«

Ein roter Lichtblitz erhellte die Wände, dann ertönte ein dumpfer Aufprall.

»*Schafft ihn hier weg*«, sagte die kalte Stimme und verließ den Raum.

Die Wachen eilten mit bleichen Gesichtern herbei und trugen die Leiche weg. Einer hob die vier Ringe auf und warf sie in eine Schale.

Vertrauen gegen Vertrauen

Der Wind brauste kalt um ihre Ohren und Soya betrat das alte Haus in Tamalin. Sie hatte Bakul verlassen, ohne zuvor noch bei ihrem früheren Zuhause vorbeigegangen zu sein – was der eigentliche Grund gewesen war, weshalb sie dorthin aufgebrochen war. Doch nachdem sie und Taoko Feirhak mit den vier Ringen weggeschickt hatten, hatte sie nicht mehr die Kraft dafür aufbringen können, nach dem Smilion zu suchen.

Obwohl sie nur ihr eigenes Leben verteidigt hatte, fühlte sie sich schuldig. Ihre Hände, mit denen sie den Wächtern die Ringe von den Fingern gezogen hatte, zitterten noch immer, und obgleich sie sich mehrmals vom Blut sauber geschrubbt hatte, fühlte sie sich immer noch schmutzig. Es waren bloß Soldaten gewesen, die auf den Befehl Meredons hin gehandelt hatten. Es war nicht richtig, dass jemand für den Befehl eines anderen büßen musste.

Soya betrat den dunklen Korridor. Sie strich sich die Haare aus dem Gesicht und stieg über die Kiste, die immer noch mitten im Korridor lag. Es war kühl und es zog durch alle Ritzen. Das Haus wirkte ohne Merlan nicht halb so warm und heimelig, wie sie es erwartet hatte. Es wirkte armselig und schmutzig und erinnerte an eine Obdachlosenunterkunft. Sie betrat die Küche und blieb wie versteinert stehen.

An dem kleinen Tisch saß jemand. So reglos und still, dass sie ihn zuerst gar nicht bemerkt hatte.

»Ramon«, stieß sie hervor und hielt sich am Türrahmen fest.

»Hallo.« Seine Mundwinkel verzogen sich. »Wohl nicht die von dir erwartete Person, die hier sitzt.«

Seine braunen Augen leuchteten golden, während am Horizont langsam der Morgen heranbrach und das Zimmer in orangerotes Licht tauchte.

»Ich dachte, dass du hierher zurückkommen würdest. Wo solltest du auch sonst hingehen …« Er senkte desinteressiert den Blick.

»Merlan ist für Saahrrin auf geheimer Mission«, fuhr er unbeirrt fort. »Er kümmert sich um die Dinge im Hintergrund. Wenn du weißt, was ich meine. Dinge, die nicht an die Öffentlichkeit geraten.« Mit angewidertem Blick strich er die letzten Brotkrümel vom Tisch. »Aber du kennst ihn ja anscheinend und weißt, was er tut.« Er verzog das Gesicht.

Soya sagte nichts – sie überschlug ihre Chancen, wieder umzudrehen und ohne Ramon draußen auf Merlan zu warten. Sie waren nicht besonders groß.

»Wo warst du?«, fragte er plötzlich, als sein Blick über ihre Kleider strich. Sein Stuhl rückte über den Boden. »Was ist passiert?«, fragte er. Ramon wirkte riesig, während er so vor ihr stand.

Soya ließ ihre Hände im Umhang verschwinden und versuchte, nicht auf das Amulett zu starren, das jetzt aus seinem Hemd herauslugte. Die obere Schicht schimmerte grünlich und war aus demselben Stein, wie sie einst selbst einen besessen hatte.

Wieder legte sich dieser frustrierte Ausdruck über sein Gesicht. »Du dürftest nicht hier sein«, sagte er schließlich.

»Bist du hiergeblieben, um mir das zu sagen?!« Mit leerem Blick sah sie ihn an.

»Wieso bist du hierher zurückgekommen«, sagte er unvermittelt. »Hat er dir etwas versprochen?!« Das Gold in seinen Augen begann zu flackern. »Hat er dir gesagt, dass du zurückkommen sollst?«

Die Wut in ihrem Bauch verstärkte sich.

»Hm?!« Aufdringlich suchte er ihren Blick.

»Nein!«

»Hat er gesagt, dass er dir hilft?«

»Nein!«

»Wieso bist du dann zurückgekommen!? Es ist seinetwegen, nicht wahr? Du bist nur zurückgekommen, weil du ihn wiedersehen wolltest!« Er verschränkte die Arme vor der Brust und sah sie wütend an. »Ist es nicht so!«

»Ich weiß nicht, was das für eine Rolle spielt.«

»Das spielt sehr wohl eine Rolle! Merlan ist nicht – *gut*! Er …« Seine Kiefermuskeln spannten sich.

»Ich weiß, was Merlan ist, wenn du das meinst.«

»Du weißt es …«, wiederholte er resigniert. »Natürlich.« Seine Stimme war auf einmal leblos. »Es hätte mich auch überrascht, wenn dich so jemand wie *er* nicht anziehen würde …«

Soya starrte ihn an.

»Was willst du damit sagen?«

»Na ja …«, er lächelte gekünstelt, »fremdes Blut und so …«

»Das zieht mich nicht an!«

»Er benutzt dich nur.«

Etwas Bleiernes pochte in ihrem Magen.

»Hast du das Gefühl, es war Zufall, dass du Merlan getroffen hast? Schicksal vielleicht?« Seine Stimme bebte vor Abscheu.

»Was meinst du?«, hauchte sie.

Er schnaubte: »Jetzt tu doch nicht so naiv! Sonst bist du auch nicht so schwer von Begriff!«

Soya schüttelte hartnäckig den Kopf.

»Merlan jagt solche Wesen, wie du eines bist. Es ist seine Stärke, jemanden wie dich aufzuspüren. Es ist seine Aufgabe!« Eindringlich sah er sie an. »Er wird dich ihm bringen, wenn er dich so weit hat.«

»Wem bringen?«, hörte sie sich flüstern.

Ein bitteres Lachen erfüllte die Küche.

»Wem wohl?«, donnerte er. Sie sah, wie er die Lippen öffnete, und während er es aussprach und die Worte wie Messer in ihr Innerstes drangen, hätte sie sich am liebsten die Ohren zugehalten: »Saahrrin natürlich!«

Soya stolperte zurück.

»Es ist doch Saahrrin, der dich jagt, nicht wahr?«

Forschend sah er ihr ins Gesicht und biss die Zähne zusammen.

»Wieso sollte er mich jagen?«, hauchte Soya, während sie fühlte, wie alles in ihr taub wurde.

Er trat immer näher auf sie zu und Soya wich weiter in den Gang zurück.

»WEGEN – DEINES – BLUTES!« Er legte seinen Kopf schief und sah sie eindringlich an.

Ihre Hand strich fahrig über den Türgriff.

»Meinst du, ich weiß nicht, was hier läuft?!« Er zwängte sich an ihr vorbei, hielt die Tür fest, die sie geöffnet hatte, und schob sie wieder ins Haus zurück. Jetzt stand er vor ihr, mit dem Rücken zum Ausgang. Und das Licht hinter ihm, das durch die halb geschlossene Haustür drang, blendete ihr ins Gesicht.

»Ich weiß nicht, was du meinst«, stammelte Soya mechanisch.

»Komm schon, Eleona! Wo ist überhaupt Lenidras?! Der ist auch plötzlich spurlos verschwunden und nie wieder aufgetaucht!«, rief er. »Euer Haus ist abgesperrt seither! Niemand darf mehr hinein! Und jedes Mal, wenn ich vorbeigehe, sind da irgendwelche Leute, die mich wieder wegschicken!«

»Du warst da«, murmelte Soya, der jetzt ganz schwindlig wurde. »Du warst bei mir zu Hause.« Der Gedanke daran, dass er den Schirkans gegenübergestanden hatte und nicht wusste, in welcher Gefahr er sich befand, schnürte ihr die Luft ab. »Geh da nicht mehr hin, Ramon.«

»Wieso?«

Verzweifelt blinzelte sie gegen das helle Licht, das den Korridor flutete.

»*Bitte.*« Ihr Denken war vor lauter Angst gelähmt. Sie würde es nicht ertragen, wenn ihm etwas zustieße.

Der Griff um ihren Arm wurde fester.

»Klär mich auf, Eleona! Sag mir endlich, was los ist!«

»Das kann ich nicht.«

»Wieso! Wieso nicht, Eleona?«

Der Schmerz in ihrem Arm ging in ein taubes Gefühl über.

»Hör mir zu!« Er schüttelte sie so heftig, dass sie keine Luft mehr bekam. »Dass Merlan von den dunklen Wesen abstammt, weißt du also bereits.« Er hob die Augenbrauen, dann nickte er. »Gut. Doch du weißt nicht, dass …«, fuhr er fort.

Doch eine Bewegung rechts von ihm ergriff ihre Aufmerksamkeit. Und dann sah sie ihn durch die einen Spaltbreit geöffnete Haustüre – Merlan.

Er kam langsam auf sie zu. Und während seine dunklen Augen auf sie gerichtet waren und ein nervöses Kribbeln sie durchfuhr, wusste sie, dass sie noch nie in ihrem Leben etwas mehr herbeigesehnt hatte. Als sie geglaubt hatte zu sterben, hatte sie sich am allermeisten davor gefürchtet, ihn nie wieder zu sehen.

»Ramon«, flüsterte Soya.

Ramons Augenbrauen schoben sich zusammen.

»Er ist schon hier«, sagte er leise, resigniert. »Er ist schneller, als ich gedacht habe.«

Unter anderen Umständen hätte sie ihm gesagt, dass man Merlan nicht aufhalten oder überlisten konnte. Doch Merlans Anblick ließ sie verstummen.

Ramons Gesicht trat in ihr Blickfeld.

»Nur eins noch«, sagte er mit zusammengebissenen Zähnen.

»Damals in Elindor …«, begann er und fuhr sich über den kahlgeschorenen Kopf.

Soya starrte ihn an. Wollte er jetzt wirklich darauf zu sprechen kommen?

»Du musst mir nichts erklären«, sagte sie und fühlte, wie ihr Blick kalt wurde.

»Doch.«

»Ich habe schon verstanden, Ramon …«

Plötzlich fragte sie sich, ob er wohl wusste, was sie war. *Genau* wusste, was sie war, dass sie von den Schirkans abstammte, wie

Merlan. Hätte er trotzdem so abwertend über dieses Volk gesprochen, sie die dunklen Wesen genannt, wenn er gewusst hätte, dass sie auch zu einem Teil von ihnen abstammte? Vermutlich nicht.

In der dumpfen Wahrnehmung fühlte sie plötzlich eine ganz leichte Vibration auf dem Boden neben sich.

»Soya.«

Merlans melodische Stimme drang an ihr Ohr. Sie war leise und klang entschuldigend. Sein Blick war ausschließlich auf sie gerichtet.

»Ich habe gehofft, dass du hier sein würdest. Ich wollte schon früher da sein. Aber gewisse Dinge haben mich aufgehalten.« Seine Augen verdüsterten sich und er wandte sich an Ramon. »Man könnte fast meinen, ich sei in die Irre geführt worden.«

Ramon zuckte nicht mit der Wimper. Sie konnte sehen, wie es ihm zutiefst widerstrebte, mit ihm zu sprechen.

»Was tust du hier, Ramon?«, fragte Merlan mit scharfem Unterton. »Ich dachte, du warst einer anderen Aufgabe zugeteilt.«

Ramons Blick richtete sich kalt auf Soya.

»Eleona. Du weißt nicht, in was du dich hier hineinbegibst.«

Merlan hob überrascht die Augenbrauen.

»Interessant. Ich mag mich erinnern, dass wir denselben Schwur geleistet haben.«

»Ansichten ändern sich.«

»Tatsächlich?«

»Vielleicht sollte ich dich erinnern, wem du dich verpflichtet hast.«

Jetzt schaute Ramon Merlan ins Gesicht und fast bewunderte sie ihn für seinen Mut.

»Ich kann gut selbst beurteilen, wann ich die Grenzen überschreite«, sagte er.

»Gut.« Merlans Stimme war leicht unterkühlt. »Dann solltest du jetzt gehen.«

»Viel Spaß auf dem Weg in die Hölle«, zischte Ramon Soya zu, dann drehte er sich um und verschwand durch die Tür.

Diese simplen Worte hatten eine unglaubliche Wirkung; vor Wut und Kränkung schossen ihr Tränen in die Augen. Sie hätte nicht gedacht, dass er sie erneut treffen könnte.

»Soya? Ist alles in Ordnung?« Merlans Stimme war jetzt ganz nah. Von einer Sekunde auf die andere war sein Gesicht nicht mehr hart, sondern besorgt.

»Ja«, hörte sie sich flüstern.

»Kannst du mir bitte sagen, was passiert ist?«, fragte er leise und mit angespannter Stimme, während er ihr ein Blatt vom Umhang zupfte.

Einen Moment lang löste sie widerstrebend den Blick von seinem Gesicht und schaute an sich hinab. Das Blut war zwar abgewischt, aber der Wald hatte Spuren auf ihren Kleidern hinterlassen.

»Ich hoffe doch nicht, dass Ramon daran schuld ist?« Merlan sprach leise und mit angespannter Stimme.

Es dauerte einen Moment, bis sie den Sinn seiner Worte verstand.

»Nein«, stieß sie krächzend hervor und ließ sich in der Küche zitternd auf den Stuhl nieder – seine Nähe brachte ihr Herz zum Rasen und verhinderte, dass sie normal denken konnte. Benommen lehnte sie sich auf dem Tisch auf.

»Hmmm«, machte Merlan und ging zur Anrichte hinüber. Er angelte sich zwei Tassen, während das Schweigen anhielt.

Verzweifelt suchte sie nach einem Thema, um ihn abzulenken. Sie konnte ihm unmöglich von den Schirkans erzählen, oder von dem Mädchen, das ihretwegen gestorben war – und dass alles von Saahrrin ausging.

»Was meintest du damit, ihr habt denselben Schwur geleistet?«, fragte sie und versuchte, ihn nicht allzu sehr anzustarren.

Merlan neigte ein wenig den Kopf.

»Wir dienen demselben König«, sagte er schlicht. »Da ist es falsch, Kollegen anzuschwärzen.« Er fuhr sich über die Stirn. »Ramon muss aufpassen. Er mischt sich in Sachen ein, die ihn nichts angehen. Zudem hat er keine Ahnung. Er reimt sich Dinge zusammen und macht sich dann ein falsches Bild. Und genau das macht die Sache gefährlich.«

»Hmm«, machte Soya, wie zuvor Merlan.

»Ist Ramon dein Freund?«, fragte er nach einer Weile, als er einen Topf mit Wasser aufsetzte. Es hätte nebensächlich klingen sollen.

»Nein.« Sie schüttelte einfältig den Kopf.

»Aber er war einmal dein Freund«, mutmaßte er.

»Nein«, sagte sie und versuchte, normal zu sprechen, obwohl sie einen Kloß im Hals hatte. »So war das nicht. Wir waren nie *zusammen*, wenn du das meinst.« Sie setzte das Kinn auf ihren Armen auf und versuchte, so neutral wie möglich zu gucken. Doch dann trat plötzlich das Bild von Ramon mit seiner abweisenden Haltung vor ihr inneres Auge und sie schlug betreten die Augen nieder. »Wir waren früher in der gleichen Bande. Das ist alles.«

Merlan nickte.

Er begann, die Kräuter sorgfältig in feine Stücke zu reißen.

»Wieso warst du in Tamalin vor zwei Tagen?«, fragte sie weiter. Ramon hatte ihr gesagt, es wäre kein Zufall gewesen.

Merlan hob vorsichtig den Blick – er sprach langsam.

»Weil du da warst«, gestand er. Der Blick seiner dunklen Augen lag auf ihrem Gesicht und ihr Herz begann erneut zu rasen.

»Wir …« Ihre Gedanken überschlugen sich, während sie sprach. »Wir sahen uns da zum ersten Mal …« Doch das war so nicht ganz richtig, das wusste sie. Sie hatte ihn in Bakul schon einmal gesehen. »Das erste Mal richtig«, korrigierte sie sich.

Er nickte.

»Für dich mag das stimmen. Für mich nicht ganz.« Er begann langsam, mit der Kelle im Wasser zu rühren. »Damals in Bakul«, fuhr er mit samtener Stimme fort, »habe ich dich nach unserem kurzen Zusammentreffen wieder aus den Augen verloren.« Er hielt kurz inne. »Jemand hielt dich mit Magie gut versteckt.« Unsicher sah er sie an und sie hatte den Eindruck, als wähle er jedes Wort mit Bedacht. »Später dann habe ich dich wieder gefunden. Jedoch erst vor einigen Wochen …« Der Blick, den er ihr zuwarf, war entschuldigend. »Ich habe dich im Cäciliawald wiederentdeckt. Du warst mit einem Wolf und einem Schimmel zusammen. Ich wartete, denn ich dachte, es kämen noch mehr. Ich dachte, du müsstest für andere zuerst die Lage überprüfen … Ich dachte, ihr wolltet angreifen. Doch es kam niemand und ich wurde aus dir nicht schlau. Ich erkannte keinen Plan. Dann hast du dich dem Schloss genähert und ich wurde langsam nervös.«

»Nervös«, bemerkte Soya.

»Ich dachte, du wärst ein Spion oder ein Mirok«, erklärte er.

»Ein Mirok?« Sie richtete sich auf.

»Ein Mirok ist das, wovon ich dir gestern erzählt habe. Es gibt nichts Gefährlicheres.« Mit angespannter Miene goss er den Tee durch ein Sieb. »Es sind magische Wesen, die nur aus einem Grund erschaffen werden.« Er sah sie mit glimmendem Blick an: »Um zu töten.«

Soya sog scharf die Luft ein.

»Sie werden nur auf einen oder zwei Flüche geschult. Die jedoch beherrschen sie zweifellos perfekt. In letzter Zeit tauchten viele solcher Wesen auf. Wir haben eine ungefähre Ahnung, wer sie schickt. Doch wenn es tatsächlich so ist, wie wir denken, haben wir ein ziemliches Problem. Saahrrin hält sich zwar noch mit definitiven Aussagen zurück. Aber ich bin mir sicher, dass er es weiß.«

Er trat zu ihr und stellte ihr eine dampfende Tasse Tee auf den Tisch. Dann ließ er sich auf den Stuhl ihr gegenüber fallen.

»Diese«, er machte eine abfällige Handbewegung, »Miroks wissen meistens nicht, zu was sie eingesetzt werden, was sie erwartet. Der Macher dieser Geschöpfe lässt sie im Dunkeln tappen. Er klärt sie nicht auf. Falls sie anfangen, schwierig zu werden und Fragen zu stellen, verspricht er ihnen, zu Hilfe zu kommen, oder er verspricht ihnen eine Belohnung. Ich habe mal einen erwischen können, bevor er sich selbst zerstört hat.«

Soya zuckte zusammen und Merlans Wangenmuskeln traten hart hervor; sein Blick richtete sich resigniert auf die Tischplatte.

»Ja«, sagte er bitter und die Augenbrauen schoben sich tief über seine Augen. »Ihr Erschöpfer füttert sie mit falschen Informationen. Er weist sie an, diesen Zauber, diesen Selbstzerstörungszauber anzuwenden, wenn sie die Tat vollbracht haben, um wieder zu ihm zurückzukommen. Doch stattdessen zerstören sie sich damit selbst.« Er schwieg und nahm einen Schluck von seinem Tee.

»Wer tut sowas?«, flüsterte Soya.

»Ich hatte bei dir zuerst auch den Gedanken, du könntest so etwas in der Art sein«, sagte er. »Doch dann betratst du das Schloss, als Saahrrin gar nicht da war … und zwar einfach so, ohne dich nachts reinzuschleichen oder irgendetwas in der Art. Es passte einfach nicht. Du warst anders als ein Mirok oder ein Spion. Du verhieltest dich wie ein normaler Mensch. Dann trafst du dich mit diesem Typen … Ramon …«

Sein Blick hob sich.

»Er kannte dich anscheinend. Doch er war … nicht nett zu dir. Ich kam nicht dahinter, was da los war. Was er bei dem Ganzen für eine Rolle spielte.« Merlan zögerte. »Er schickte dich wieder weg … Und zu meiner Überraschung bist du einfach gegangen. Du gingst fort mit deinem Schimmel. Dann im Cäciliawald kam wieder dieser Wolf dazu.« Er runzelte die Stirn. »Dort warst du allein. Es gab niemanden, mit dem du Kontakt hattest, zu dem du gehen wolltest. Und niemand nahm Kontakt mit dir auf …« Merlan schüttelte den Kopf. »Die enge Beziehung zwischen dir und dem schwarzen Wolf faszinierte mich. Auch der Schimmel schien dich über alles zu lieben.« Sein Blick war auf einmal warm und seine Hand lag so nah an der ihren, dass sie sich fast berührten. Er lächelte. »Dann musste ich kurz fort und als ich wiederkam, warst du verschwunden. Lange Zeit hatte ich keine Spur von dir. Ich konnte dich nicht mehr finden, egal, was ich unternahm. Als wärst du vom Erdboden verschluckt.« Er hielt kurz inne. »Erst später fand ich dich in Tamalin wieder und beschloss, mich dir zu offenbaren.«

Soya schürzte die Lippen.

Er hatte sie also die ganze Zeit beobachtet; die Zeit im Cäciliawald hatte sie nur noch vage im Gedächtnis. Es war eine Zeit, in der alles im Dunklen lag. Ramon hatte recht … Ihr Zusammentreffen war kein Zufall gewesen.

Merlan beugte sich zu ihr vor.

»Soya.«

Seine Stimme war tief und eine uralte Traurigkeit lag darin. Sein Finger berührten jetzt ganz sachte ihre Hand.

»Ich weiß nicht, was du gerade durchmachst oder was du erlebt hast. Aber«, die ganze Intensität seines überwältigenden Blickes lag auf ihr, »ich kann dir versichern, es gibt einen Weg, wie du damit leben kannst. Du musst nicht allein sein.« Er schüttelte langsam den Kopf. »Es gibt einige, nicht viele, aber es gibt ein paar, die einen aufnehmen und dich so akzeptieren, wie du bist.«

Der grüne Ring an seinem Finger leuchtete blutrot und seine Hand verkrampfte sich. Mit zusammengebissenen Zähnen fuhr er sich durchs Haar.

»Ich muss …« Seine Wangenmuskeln spannten sich. »Ich *muss* wieder gehen.«

Soya versuchte, die aufkommende Enttäuschung hinunterzuschlucken. Sie hatte nicht damit gerechnet, dass er sie schon so schnell wieder verlassen würde.

»Wer, glaubst du, schickt diese Miroks?«, fragte sie rasch, um den Abschied ein wenig hinauszuzögern.

Merlans Blick verdüsterte sich.

»Sekretas«, sagte er leise, die Stimme voller Abscheu.

»Sekretas«, hauchte Soya und spürte, wie ihr das Blut aus dem Gesicht wich.

»Wer sonst hätte das Wissen und die Macht dazu?« Sein Blick verschleierte sich. »Sekretas schreckt vor nichts zurück und er will die Macht. Die Macht über alles.«

Mit einer Geschmeidigkeit, die sie beinahe schmerzte, erhob er sich. Sein Gesicht war bleich und wirkte abgekämpft. Er litt, das war offensichtlich; unter seinen Augen lagen dunkle Schatten und trotz seines Lächelns wirkte er bedrückt.

»Kann ich dich alleine lassen?«, fragte er, als er langsam den Tisch umrundete.

Soya nickte.

Machte sie mittlerweile einen so erbärmlichen Eindruck, dass er das Gefühl hatte, sie käme nicht allein über die Runden? Sie schämte sich, dass er sie jetzt so sah; dass er sie in den Wäldern so gesehen hatte, als sie am tiefsten Punkt ihres Daseins war.

»Es tut mir leid«, flüsterte sie und senkte beschämt den Blick, »ich war nicht immer so.« Hätte er sie früher kennengelernt, hätte er sie sicher gut gefunden.

Merlan hob eine Augenbraue. »Wie meinst du das?«

»Es ging mir auch mal gut.« Soya lächelte mühsam. Sie stand hier mit dem umwerfendsten Mann zusammen und sah so aus, als würde sie jeden Moment zusammenklappen.

»Du musst dich nicht dafür entschuldigen.«

»Doch, ich …«

»Haben – haben dir die *Elfen* so einen Quatsch beigebracht – dass du dich für so etwas schämen musst?« Seine Stimmung hatte sich plötzlich geändert und das Dunkle in seinen Augen glitzerte boshaft.

»Was? Nein.«

Er musterte sie mit einem seltsamen Ausdruck der Frustration.

»Wieso verteidigst du sie?«

»Ich verteidige sie nicht … Es ist – eben ein stolzes Volk.«

»Es ist eben ein stolzes Volk«, wiederholte er reserviert, während seine Stimme jetzt einen kühlen Ton annahm. »Ich bin auch stolz, Soya. Aber wenn man Schwachsein als Schande betrachtet, ist das falsch. Das kann jedem passieren … Deswegen bricht dir noch lange kein Zacken aus der Krone.«

»Ist schon gut.«

»Nein, ist es nicht. Du solltest nicht meinen, dich dafür entschuldigen zu müssen.«

»Gut.«

Merlan schloss kurz die Augen. Die Haltung, die er jetzt einnahm, erinnerte sie an eine Statue: hart, kalt und wie aus Stein gemeißelt. Wie aus einem Reflex heraus fuhr sie ihre Hand nach ihm aus – sie ertrug es nicht, ihn so zu sehen.

»Wie lange weißt du schon, was du bist?«, flüsterte er.

Soya versuchte sich zu erinnern: Wie viel Zeit war verstrichen, als sie und Laendor von den Morlaks angegriffen worden waren – eine Ewigkeit? Ein halbes Leben – oder lagen erst ein paar Wochen dazwischen? Sie hatte das Gefühl für die Zeit verloren.

»Noch nicht lange«, antwortete sie, während die Schuldgefühle in ihrem Magen erneut zu pochen begannen. Dann fiel ihr wieder ein, dass es am Tag des Ausflugs zum Schloss Siramon war, im Sommer, als Laendor ihretwegen starb. Danach war ein langer Winter gefolgt. »Ungefähr ein Jahr«, sagte sie schwach.

»Dann ist es auch nicht erstaunlich, wenn es einem nicht gut geht. Meine dunkle Zeit liegt schon eine Weile hinter mir.« Er atmete tief ein. »Meine Mutter hat mich, als ich sechs Jahre alt war, auf der Straße ausgesetzt.« Er schlug die Augen nieder, als schmerzte ihn die Erinnerung daran noch immer. »Ich war mir sicher, dass sie wiederkommen würde, und wartete. Denn wenn ich irgendwo anders hingegangen wäre, hätte sie mich vielleicht nicht mehr gefunden. Also blieb ich dort. Es begann zu regnen. Dann kam der Morgen und schließlich wurde es wieder Abend; drei weitere Tage vergingen. Leute kamen vorbei und wollten mich mitnehmen, doch ich sagte: Meine Mam kommt bald. Ich war mir sicher, dass sie bald wiederkommen würde. Aber sie kam nicht mehr zurück … Dann wurde ich ausgehungert in ein Waisenhaus gebracht. Die Menschen dort waren sehr freundlich und nach einiger Zeit fing ich an, mein Leid zu vergessen. Doch dann kam dieser Morgen.« Merlan verzog das Gesicht und sein Blick richtete sich ins Leere. »Eine der Frauen nahm mich an der Hand und zog mich aus dem Haus. Und noch während sie mich hinauszog, merkte ich, dass sich diese Berührung gleich anfühlte wie damals bei meiner Mutter, als sie mich verlassen hatte. Sie setzte mich vor die Tür und ich hatte keine Ahnung, wieso. Ich wusste nicht, was ich getan hatte, und ich bekam auch keine Antwort, als ich schrie und darum flehte, dass sie mir doch sagen sollen, was ich falsch gemacht habe. Als ich am nächsten Morgen immer noch vor der Tür lag, weil ich irgendwann in der Nacht vom vielen Weinen und an die Tür Klopfen eingeschlafen war, jagten sie die Hunde auf mich. Ich ging weg und nach einer gewissen Zeit … fand ich Anschluss in einer Bande. Nicht weit vom Waisenhaus entfernt. Lange Zeit ging es gut. Doch dann griff mich spät in der Nacht die ganze Gruppe an. Ohne Ausnahme. Alle hatten sich gegen mich gewandt.« Seine Hände ballten sich zu Fäusten. »Ich muss ihnen Angst gemacht haben. Und ich kann es ihnen nicht verübeln. Ich machte mir selbst Angst. Es passierten mir immer häufiger Dinge, die ich nicht kontrollieren konnte. Ich hatte das Gefühl, den Verstand zu verlieren. – Den Vorstellungen meines Vaters konnte ich ein wenig später auch nicht gerecht werden. Er war wie aus dem Nichts erschienen und hat mich zu sich geholt. Es war eine Qual, bei ihm sein zu müssen. Daraufhin bin ich ins Gayenorgebirge geflüchtet und habe mich dort versteckt. Dann hat mich König Saahrrin halb verwahrlost gefunden. Er hat mich aufgenommen und mich behandelt wie einen Sohn. Er gab mir zu essen und gewährte mir Unterschlupf in seinem Schloss. Mit der Zeit übertrug er mir seine wichtigsten, geheimsten Aufträge und bezahlte mich gut dafür. Er ist der Einzige, der mich je als das akzeptiert hat, was ich bin. Er hat nie Fragen gestellt über meine Vergangenheit. Er hatte mir damals nur lange in die Augen geschaut, als er mich gefunden hat, und von da an hat er mir vertraut.«

Er fuhr ihr mit dem Handrücken über die Wange und erst jetzt merkte sie, dass sich Tränen in ihren Augen gebildet hatten.

»Was ist bei dir passiert?«, flüsterte er.

Soya spürte augenblicklich, wie sie sich verkrampfte.

»Du musst es nicht erzählen, wenn du nicht willst«, flüsterte Merlan leise.

»Doch«, krächzte Soya. Sie wollte nicht, dass er ging. »Meine Mutter …«, begann sie und sah dann unsicher hoch. Und als sie in die Tiefen seiner Augen blickte, ging es auf einmal ganz leicht. »Sie wurde aus dem Elfenreich verbannt, weil sie untreu war«, sprudelte es plötzlich aus ihr heraus. »Sie und ihre Eltern fanden Unterschlupf bei einem Freund im Mandoriawald. Kurz nach meiner Geburt wurden meine Mutter und Großmutter von einer Horde Morlaks getötet.«

»Von *Morlaks*?«, fragte er verblüfft und hob eine Augenbraue.

»Ja«, sagte Soya. »Es scheint so. Es wurde Morlaksgift in ihren Adern gefunden.«

»Morlaks sind niemals so stark wie Elfen. Es sei denn …«

»Sie wurden unterstützt von schwarzer Magie«, beendete Soya den abgebrochenen Satz.

Merlan schloss den Mund zu einer harten Linie. Er zögerte.

»Aber weshalb – sie waren doch im Mandoriawald, im elbischen Reich? Weshalb sollten sie denn angreifen?«

Soya zuckte mit den Schultern.

»Die Wahrheit ist bis jetzt nicht ans Licht gekommen. Mein Großvater hat mich damals zu sich genommen und ist mit mir zu den Menschen nach Bakul geflüchtet. Dort bin ich aufgewachsen.«

»Bei den Menschen.« Jetzt klang er ernsthaft überrascht. »Das erklärt zumindest dein menschliches Verhalten.«

»Ja«, sagte Soya dumpf, »ich weiß nicht, was es ihn damals gekostet haben muss, zu den Menschen zu gehen …«

»Du warst das Einzige, was ihm geblieben war.«

Erneut spürte sie das vertraute Gefühl des schlechten Gewissens.

»Bei den Menschen führte ich, bis ich sechzehn war, ein ganz normales Leben. Dann wurden wir von König Saahrrin ins Schloss eingeladen. Morlaks haben mich aufgespürt. Laendor konnte mich gerade noch rechtzeitig retten. Wir flohen. Kurz nach der Grenze zum elbischen Land wurden wir erneut von Morlaks angegriffen. Laendor starb kurz darauf. Er erlag den Verletzungen. Dann wurde ich zu den Elfen geschickt. Ich wusste damals aber noch nicht, dass ich dort keineswegs willkommen sein werde. Ich erfuhr schnell, was meine Mutter getan hatte und dass nun ich ihre Bürde tragen musste. Ich musste trotzdem bleiben und ihre Zauber lehren, damit ich mich irgendwann verteidigen kann. Dass ich Schirkansblut in mir habe, erfuhr ich erst ganz zum Schluss. Dann habe ich's nicht mehr ausgehalten und bin abgehauen …«

»Soya«, flüsterte er, »kannst du mir erklären, weshalb du immer noch gut von den Elfen sprichst, nach allem, was sie dir angetan haben?« Nichts als Abscheu lag in seiner Stimme.

»Die Elfen …«, Soya hielt inne. Sie wusste nicht, wie sie es formulieren konnte, damit er verstand, »… sind nicht schlecht. Laendor ist der wundervollste Mensch«, sie verzog das Gesicht, »*Elf*, den ich je kennengelernt habe. Und ich war bei den Elfen in Helandibur; ich habe gesehen, wie sie untereinander sind, wie sie miteinander umgehen. Liebevoll. Sie sind *gut*. Es ist nur, sie schützen sich so. In der Vergangenheit wurde ihnen viel Leid angetan.«

Merlan sagte nichts dazu. Es war offensichtlich, dass er anderer Meinung war.

»Du denkst also, die dunkle Seite hat etwas damit zu tun?«, fragte er stattdessen.

»Mit dem Tod meiner Mutter? Niemand sonst wäre in der Lage, den Schutzzauber um den Mandoriawald zu durchdringen?«

»Ich könnte Saahrrin nach dir fragen, wenn du willst«, sagte er langsam.

»Nein!«, stieß sie hervor.

Merlans Miene blieb unverändert.

»Ich verrate ihm nicht, dass ich dich kenne. Ich sage ihm, dass ich davon gehört habe.«

»Was? Nein. Nein!« Der Schreck saß ihr immer noch in den Gliedern.

»Ich könnte …«

»Nein! Du – tust gar nichts dergleichen!«

»Was ist daran denn gefährlich?«

Da brach es plötzlich aus ihr hervor: »Ich glaube, Saahrrin arbeitet mit den Schirkans zusammen!«

Merlan stand reglos da und verzog keine Miene.

Verzweifelt starrte sie in sein Gesicht.

»Du weißt es«, hauchte sie.

»Ja.« Seine Stimme war tief und rau.

»Und du akzeptierst das einfach?!«

»Soya. Wenn es nicht notwendig wäre, würde er es nicht tun.«

Ungläubig sah sie ihn an. »Wenn es nicht *notwendig* wäre? Weißt du überhaupt, was du da sagst? Merlan, du …«

»Glaubst du, die Menschen würden so unbesorgt und friedlich leben können, wenn er nicht etliche Abkommen mit ihnen geschlossen hätte? Die Schirkans haben die Menschen vor dem Untergang bewahrt. Das alles hier«, er deutete um sich, »wäre sonst elbisches Land.«

Soya öffnete den Mund.

»Er *muss* mit ihnen verhandeln«, warf Merlan ein. »Die Morlaks gehören zum Abkommen dazu. Glaubst du, Saahrrin würde sie freiwillig in seinem Land herumspazieren lassen?«

Also stimmte es, dass die Schirkans den Menschen im Feuerkrieg geholfen hatten.

»Hat dir Saahrrin gesagt, dass auch er ein Halbblut ist?«, hauchte Soya.

Merlan antwortete nicht sofort.

»Nein.«

Sie wartete, aber er sagte nichts mehr dazu.

»Aber du weißt es«, flüsterte sie. Sie brauchte keine Antwort. »Wissen es die anderen auch?«

»Nein.« Er hob seine tiefschwarzen Wimpern. »Sie wagen nicht, so etwas zu denken. Er ist der König. Und der König hat reines Blut. Etwas anderes ist nicht vorstellbar. Die meisten Menschen wissen nicht einmal, dass es die Schirkans wirklich gibt. Sie lesen höchstens darüber und die Kinder lernen in der Schule irgendwelche Geschichten, die sie nicht für wahr halten … Der Krieg ist schon lange vorbei und das Gedächtnis der Menschen ist schwach.« Er atmete schwer aus. »Ich weiß nicht, weshalb du eine solche Abscheu gegen Saahrrin hegst …« Er hob die Augen und die Intensität seines Blickes erfasste sie mit voller Wucht. »Doch ich kann es mir denken.«

Soya versteifte sich.

»Du warst sehr lange bei den Elfen …«, erklärte er seine Sichtweise. »Es ist nur natürlich, dass du so über ihn denkst. Die Schirkans sind des Elfen größter Feind. Sie hassen einander seit jeher …« Er schüttelte den Kopf und eine dunkle Strähne fiel ihm ins Gesicht. »Wenn du ihn nur kennen würdest, Soya. Ich habe noch nie einen Mann mit so viel Ehre, Mut und Tapferkeit gesehen. Doch er ist nicht nur das, er ist so viel mehr.« Seine Stimme bebte vor Ergebenheit. »Er hat die Größe, die eines Königs würdig ist. Er tut alles für sein Land.«

Ja, er tut alles für sein Land – Soya legte den Kopf wieder auf ihren Arm, der schlaff auf dem Tisch lag.

»Glaubst du, ich würde für ihn arbeiten, wenn ich nicht überzeugt von ihm wäre?«

Soya fühlte, wie eine Kälte in ihr Innerstes drang. Sie sah hinüber zu den Schatten an der Wand.

»Was würdest du sagen, wenn du wüsstest, dass er nach *mir* sucht?«, flüsterte Soya. »*Dass er mich töten will*?« Widerstrebend löste sie den Blick von der Wand.

Der Ausdruck in seinem Gesicht wurde weich.

»Wieso sollte dich Saahrrin denn jagen? … Ich bin derjenige, der Ausschau nach Ungewöhnlichem halten muss.« Er kniete sich neben sie und nahm ihre Hand. »Saahrrin hat gar keine Zeit für so etwas. Du brauchst keine Angst vor ihm zu haben.«

Soya war sterbenselend zumute … Am liebsten hätte sie laut geschrien. Er verstand es nicht – *sie war seine Tochter.*

Wieder begann sein Ring rot zu glühen. Er straffte seine Schultern.

»Besser, du bleibst nicht hier. Es könnten in nächster Zeit Soldaten hierherkommen.« Langsam richtete er sich auf, jedoch ohne ihre Hand loszulassen.

»Gut«, sagte sie ausweichend und erhob sich ebenfalls.

»Geh in die Wälder«, sagte er unvermittelt und mit einem nervösen Unterton in der Stimme. »Sag niemandem, wohin du gehst und wer du bist. Geh abseits der Wege. Schlaf am Tag und sei wachsam in der Nacht. Hier.« Seine Hand glitt in seinen Umhang, dann spürte sie plötzlich etwas Kühles in ihrer Hand. »Das ist ein *Norill*«, erklärte er schnell. »Ein Schutzstein der Drachen. Dieser Stein macht dich für andere magische Wesen unaufspürbar. Trag ihn immer bei dir, dann können sie dich nicht finden.« Die Falten auf seiner Stirn vertieften sich. »Und der hier«, wieder holte er etwas aus seinem Umhang hervor und ließ einen Ring mit einem makellos grünen Stein über ihren Finger gleiten, »der ist dafür, dass wir uns immer und zu jeder Zeit wiederfinden können.«

Soya nickte verzweifelt.

»Wenn du ihn drückst«, erklärte er mit leiser, angespannter Stimme, »und *skal vaur* sprichst, übermittelt er mir die Nachricht, die du dann sagst. Ich trage das Gegenstück dazu.«

Er hob die Hand und Soya blickte auf den grünen Stein, der ebenfalls an einem goldenen Ring an seinem Finger steckte.

»Ich habe mir diese beiden Steine von Saahrrin borgen lassen. Es gibt immer zwei davon, die zusammengehören. *Smürgold* nennen sie sich.«

Merlan ignorierte das erneute Aufglühen des Rings an seinem Finger.

»Soya«, fuhr er leise und eindringlich fort. Er nahm ihr Gesicht fest in seine Hände. »Damit breche ich rund ein Dutzend Abmachungen und Gesetze.« Er schüttelte den Kopf. »Aber ich kann nicht gehen, ohne zu wissen, dass ich dich je wiedersehen kann.«

»Wenn du dir sicher bist, dass Saahrrin mich nicht jagt«, flüsterte Soya, »weshalb brauche ich dann den Norill?«

Sein Blick verfinsterte sich.

»Ich mache mir keine Sorgen wegen Saahrrin oder den Schirkans. Sie würden dir nie etwas tun. Es sind andere, von denen ich befürchte, dass sie dich finden.« Er drückte seine kühlen Lippen auf ihre Stirn. »Pass auf dich auf«, flüsterte er. »Ich versuche dich bald zu finden.«

Soya schloss die Augen. Dann spürte sie einen kühlen Luftzug und er war verschwunden.

Die Stille, die darauf folgte, hallte laut in ihren Ohren wider. Kälte breitete sich in ihr aus und ließ sie frösteln. Sie griff nach ihrer Tasche und ihrem Umhang und ging zum Ausgang.

Das Licht auf der Straße blendete ihr ins Gesicht und im ersten Moment konnte sie nichts erkennen. Dann hörte sie die Kirchturmuhr schlagen und steuerte in diese Richtung. Jemand stieß sie an.

»Entschuldigung!«, hauchte Soya, als ein alter Mann erschrocken seine Hände hob.

»Macht nichts«, murmelte er, dann sah sie, dass sie in eine Art Markt hineingelaufen war.

Die Leute um sie herum begannen sich zu drängeln. Rücksichtslos zwängte sie sich durch und achtete nicht auf die wütenden Rufe, die hinter ihr erklangen. Die Sonne brannte unbarmherzig auf sie herab. Kraftlos schob sie sich an einer dicken Frau vorbei, als ihr Blick plötzlich an einer Gestalt am Rand des Marktes haften blieb. Ramon stand unter einem Vordach, den Blick finster auf sie gerichtet. Soya klammerte sich an einem Fahnenmast fest, hielt seinem Blick ein, zwei Atemzüge stand, dann ging sie weiter.

»Eleona!«

Auf einmal stand er neben ihr.

»Was tust du hier?!«, zischte sie mit zusammengebissenen Zähnen.

»Hast du die Aufgabe bekommen, mich zu beschatten?! Oder«, jetzt kam ihr ein ungeheuerlicher Gedanke, »hast *du* Merlan eine Nachricht zukommen lassen, damit er weggeht?«

Er schürzte die Lippen.

»Geh einfach wieder zurück, Ramon! Du hattest recht, ich gehöre nicht mehr in deine Welt – und du nicht in meine.«

Eine Weile blieb es still, und obwohl das Markttreiben hinter ihnen laut war, hörte sie ihn schwer ausatmen, als hätte er die Luft angehalten.

»Ich möchte dich begleiten«, sagte er schließlich und hob endlich den Blick.

Argwöhnisch betrachtete sie sein Gesicht.

»Du bist im Dienst«, erinnerte sie ihn mit schwacher Stimme.

»Das spielt keine Rolle.«

»Auf einmal?«

Zuerst gab er keine Antwort und es sah aus, als fände ein innerer Kampf in ihm statt. Dann schlug er ergeben die Augen nieder.

»Nein«, antwortete er mit rauer Stimme. »Das tat es nie.« Mit angespanntem Kiefer trat er von einem Fuß auf den anderen. »Zu Beginn dachte ich, du wolltest uns alle täuschen. Ich dachte, du spielst ein falsches Spiel. Dann, als du wirklich mit zum Schloss kommen wolltest, wurde die Angst, die ich plötzlich um dich hatte, größer als die Wut, und ich hatte nur noch den verzweifelten Wunsch, dich mit jedem Mittel vom Schloss fernzuhalten. Als du nach dem Angriff der Morlaks nach fast einem Jahr wieder aufgetaucht bist, zerfraßen mich die unterschiedlichsten Gefühle. Wut darüber, dass du dich nie gemeldet hast, sodass ich dachte, du seist tot; Frustration, weil ich wieder glaubte, du hättest uns alle nur getäuscht, und dann wieder diese Angst, die ich unaufhörlich verspüre, wenn du im Schloss bist. Ich wusste, Saahrrin würde nicht lange weg bleiben, und ich hatte Angst, die Morlaks könnten dich riechen, und das Schlimmste, wovor ich mich fürchtete, war, dass Merlan dich finden könnte«, sagte er mit harter Stimme und ein bitterer Ausdruck lag in seinem Gesicht. »Also schickte ich dich weg. Aber ich habe dich mit meinem Verhalten nur in die Arme des Schlimmsten getrieben.« Ohne Einwilligung und ohne darauf zu achten, dass sie ihren Arm erneut wegzog, nahm er ihre Hand.

»Du hast keine Ahnung, was je in meinem Leben wichtig war, Eleona. Also lass mich dich jetzt begleiten. Wenn du ausgeschlafen bist«, fügte er schnell hinzu, »kannst du mich immer noch wegschicken.«

Die Sonne schien jetzt so stark auf sie herab, dass ihr schwindelte. Sie wusste nicht, ob es wegen der Müdigkeit und der Hitze war, oder weil sie auf einmal so erleichtert war, dass Ramon sie nicht hasste. Doch auf einmal liefen die Tränen über, die sich in ihren Augenhöhlen gesammelt hatten.

»Dann ist es dir also egal, dass ich *anders* bin?« Sie konnte die Worte nur noch hauchen.

»Was redest du denn da? Natürlich ist es mir egal.«

Er nahm ihr Gesicht in seine warmen Hände.

»Und jetzt weiß ich auch, dass du kein falsches Spiel mit uns spielst.« Er lächelte und eine jähe Erleichterung durchströmte sie, als sie sah, dass er die Wahrheit sagte. Er hasste sie nicht, wie sie geglaubt hatte. Es war ihm egal, dass sie ein Mischling war. Er hatte sie nur beschützen wollen.

Der Weg, der aus Tamalin hinausführte, war menschenleer. Vielleicht ergriff sie deshalb Panik, weil sie plötzlich von weit her dunkle Reiter auf die Stadt zu galoppieren sah, oder weil ihr plötzlich bewusst wurde, über große Distanz sichtbar zu sein.

»Gehen wir vom Weg ab«, murmelte Soya und steuerte auf den Wald zu.

»Wann hat das angefangen?«, fragte Ramon widerstrebend, als sie die ersten Bäume erreichten.

Soya verzog das Gesicht. Sie wollte nicht darüber reden. Weder jetzt noch sonst irgendwann. Die Vergangenheit lag im Dunkeln. Alles, was sie damit verband, war Schmerz.

»Hast du es wirklich nicht gewusst? Ich meine, du hast es doch sicher gespürt, dass du *anders* bist.«

»Nein«, sagte sie matt. »Du hast es vermutlich vor mir gewusst.«

Er atmete scharf ein.

»Das muss hart für dich gewesen sein. Zu erfahren, dass das alles gar nicht so ist, wie du es dein Leben lang geglaubt hast.«

»Ja.« Sie seufzte.

»Wo ist denn jetzt Lenidras?«, fragte er zögernd.

Soya fixierte die Tanne vor ihr.

»Er ist tot.«

Sie ging den schmalen Abhang zum Bach hinab, kniete sich ans Ufer und spritzte sich das kalte Wasser ins Gesicht. Ramon setzte sich auf einen großen Stein neben sie. Als sie wieder hochsah, war sein Gesicht angespannt zur Seite gerichtet.

»Wessen Schuld ist es?«, fragte er, als er ihren Blick spürte.

Ihre Stimme ging im Rauschen des Bachs unter: »Meine.«

Eine Weile blieb es still.

»Du verstehst mich falsch. Ich möchte nicht wissen, ob du dich dafür verantwortlich fühlst. Ich möchte wissen, wer es getan hat – wer ihn umgebracht hat.«

Der Wind trug seine Worte in den Wald hinein und während sie von irgendwoher widerhallten, durchfuhr sie ein Schauer.

»Das weißt du doch eigentlich schon«, flüsterte sie.

Ramon vergrub das Gesicht in seinen Händen.

Ohne etwas zu fühlen, richtete sie sich auf. Vermutlich war sie im Moment gar nicht mehr imstande, irgendetwas wahrzunehmen außer Müdigkeit.

»Komm.« Er reichte ihr seine Hand. »Lass uns irgendwo einen Rastplatz suchen. Du musst schlafen.«

Er half ihr den Abhang auf der anderen Seite des Bachs hoch und blieb dann auf einer kleinen Lichtung stehen.

»Leg dich hierhin.« Er faltete seinen Umhang aus und setzte sich daneben. Unschlüssig blieb sie stehen. »Komm schon, Eleona. Ich pass schon auf«, versprach er und lehnte sich mit dem Rücken gegen den Stamm.

Erschöpft ließ sie sich nieder, fühlte seine warme Hand an ihrem Kopf und obwohl sie sich dagegen wehrte, fielen ihre Augen zu.

Der Norill

Soya blinzelte und blickte hinüber zum Horizont, wo eine glutrote Sonne hinter den Tannen verschwand. An den tiefen, regelmäßigen Atemzügen hinter ihr hörte sie, dass Ramon ebenfalls eingeschlafen war. Etwas Weiches neben ihr regte sich.

»Taoko«, flüsterte Soya und streckte ihre Hand nach ihm aus. Er hob den Kopf und brummte zufrieden. Ramon bewegte sich, dann fühlte sie, wie sich sein ganzer Körper hinter ihr jäh versteifte. »Das ist Ramon«, erklärte sie Taoko, der nun aufmerksam seine dunklen Augen auf Ramon richtete.

Langsam hob Ramon die Hand und bewegte sie in die Richtung seines Schwertes.

»Ramon, das ist Taoko«, murmelte Soya zu Ramon gewandt. Sie fuhr Taoko über den Kopf, während Ramon scharf die Luft einsog.

»O Mann«, keuchte Ramon.

Ganz langsam richtete sich Ramon auf. Taokos Nackenhaare sträubten sich ein wenig.

»Eleona«, hauchte er, »wenn es das ist, was ich glaube, dann fressen solche Wesen Menschen wie uns.«

Sie grub ihr Gesicht in Taokos Nacken und genoss die Leichtigkeit, die sie auf einmal durchflutete.

»Normalerweise.« Sie lachte leise.

Ein tiefes, kehliges Dröhnen drang aus Taokos Brust.

»Er ist mein treuster Gefährte«, flüsterte Soya.

Ramon runzelte immer noch misstrauisch die Stirn.

Sie konnte es ihm nicht verübeln. Wenn Taoko auf allen vieren stand, war er mittlerweile so groß wie sie selbst.

»Komm.« Ramon reichte ihr die Hand und blickte misstrauisch auf Taoko, der ihn nun mit gesträubten Haaren beschnupperte.

»Gehen wir weiter. Es ist nicht gut, zu lange an einem Ort zu sein.«

Vorsichtig, um sicherheitshalber ja keine zu schnellen Bewegungen zu machen, zog er sie hoch.

»Eleona«, sagte er plötzlich und sie sah, wie sich der Ausdruck in seinem Gesicht versteinerte. Seine Augen richteten sich auf etwas an ihrer Hand.

Sie fuhr über ihre Hand und ertastete an ihrem Finger etwas Kühles. Unwillkürlich strich ein Lächeln über ihr Gesicht und ein aufgeregtes Kribbeln erfüllte ihre Bauchgegend, als sie Merlans Ring berührte.

»Was ist das?«, fragte er tonlos.

»Ein Geschenk«, entgegnete sie widerstrebend.

»Wer hat ihn dir gegeben?«

Sie strich sich die Haare aus dem Gesicht und hob ihre Tasche.

»Wer hat ihn dir gegeben, Eleona?«, wiederholte er. Seine Stimme wurde lauter.

Ein warnendes Knurren drang aus Taokos Kehle. Beschwichtigend legte Soya Taoko eine Hand auf den Kopf.

»Hast du den Smürgold von Merlan? Hat er ihn dir gegeben?!«

Taokos Kopf grub sich unter ihrem Arm hervor.

»Weißt du, wie er funktioniert?«, fuhr er sie an.

»Ja.«

Ungläubig riss er die Augen auf. »Und du hast ihn trotzdem angenommen?« Zitternd vor Wut blieb er vor ihr stehen.

»Willst du meinen mal sehen?«, fragte er. »Ich habe auch so einen.«

Mit zusammengepresstem Mund holte er das Amulett aus seinem Hemd.

»Weißt du, von wem ich es bekommen habe?« Seine Augen blitzten. »Von Saahrrin.« Er holte tief Luft. »Alle seine Soldaten tragen einen. Und weißt du, was der Unterschied zu deinem ist?« Er drehte die schmale Steinplatte vor ihr in der Luft. Seine Lippen bildeten einen schmalen Strich.

»Meiner hat nur eine feine Schicht dieses magischen Steins. Er dient lediglich dazu, uns zu rufen und die allerwichtigsten Nachrichten zu übermitteln.« Er hielt inne. »Du jedoch«, er griff nach ihrer Hand. Ein grüner, runder Stein war in eine goldene Fassung eingelassen, »hast einen ganzen Smürgold.«

Sie schauderte, als sie seinem harten Blick begegnete. Er legte seinen Kopf schief und sah sie eindringlich an.

»Von diesen Steinen gehören immer zwei zusammen. Der Smürgold, den du bei dir trägst, und ein zweiter Smürgold, den jemand anderes hat. Dieser Jemand weiß immer und zu jedem Zeitpunkt ganz genau, wo du bist. Hast du das gewusst? Merlan ist der treuste Soldat Saahrrins«, fuhr er unbarmherzig fort.

Mechanisch schüttelte sie den Kopf.

»Wieso glaubst du, hat er ihn dir gegeben, Eleona?«, zischte er und missachtete das bedrohliche Knurren Taokos.

Wie ein kleines Kind hielt sie sich die Ohren zu.

»Weil er dich beschützen will?!« Herablassend und ungläubig zugleich funkelten seine wütenden Augen. »Hast du gedacht, er hat ihn dir deshalb gegeben? Aus der puren Verzweiflung, dich verlieren zu können?!« Er lachte kalt und abschätzig auf.

Taokos Knurren war wie ein leichtes Vibrieren auf ihrer Haut.

»Verdammt, Eleona!« Er trat wütend gegen einen Baumstamm.

Das Knurren neben ihr wurde lauter.

»Aber jetzt wird mir einiges klar.« Er schüttelte leise lachend den Kopf. »Ich habe mich noch gefragt, warum ihn Saahrrin in das oberste Zimmer ziehen lässt. Einen Grund musste es ja haben!« Konzentriert formulierte er seine Erkenntnis. »Weißt du, wo Merlan seit Kurzem schläft?« Ein Schimmer puren Wahnsinns lag in seinem Blick. »Im obersten Stock. Dort, wo die wichtigsten Herren schlafen. Die Berater des Königs und der König selbst. Merlan schläft direkt im Gemach neben Saahrrin! Sie schlafen Tür an Tür! Weißt du, was sie sich im Schloss erzählen? Es heißt, für Saahrrin soll Merlan so etwas wie ein *Sohn* sein! Er vertraut Merlan seine wichtigsten Dinge an! Merlan ist sein treuster Diener!«

Soya taumelte.

»Hat er dir das etwa nicht erzählt?«, donnerte er sarkastisch.

Taoko zeigte knurrend seine Zähne.

»Hör auf«, flüsterte Soya.

»Wieso denn! Wie viel Naivität steckt denn noch in dir! Wach endlich auf, Eleona!«

»Merlan ist nicht so, wie du denkst«, stieß sie hervor.

»Neeeein! Natürlich nicht!« Mit zusammengebissenen Zähnen kam er einen Schritt näher. »Wie soll er denn deiner Meinung nach sein, Eleona?« Mühsam beherrscht, hielt er die Luft an. »Glaubst du, er ist an dir interessiert, weil er dich mag?!«

Betreten schlug sie die Augen nieder.

»Das hast du gedacht, hm? Weißt du, wo Merlan jetzt ist?! Zu eben diesem Zeitpunkt?!« Seine Augen verengten sich. »In Elindor!«

»Ich weiß«, hauchte Soya.

»Was gibt dir die Sicherheit, dass er Saahrrin nicht genau zu diesem Zeitpunkt von dir erzählt!?«, schrie er weiter. »Falls er es nicht schon getan hat! Oder es nicht sogar Saahrrin selbst gewesen ist, der ihm befahl, mit dir zusammen zu sein!« Er fuhr sich beherrscht über den kahlgeschorenen Schädel. »Du denkst, Saahrrin hat Lenidras getötet.« Er hielt kurz inne und wartete darauf, dass sie ihn wieder ansah. »Jetzt vertraust du seinem wichtigsten Mann.«

Auf einmal schien die Wut aus seinem Gesicht verraucht. Sie wusste nicht, was er in ihrem Blick sah, das ihm den Anlass gab, die Stimme zu senken. Doch als er weitersprach, wirkte er auf einmal verzweifelt. Er nahm ihr Kinn in seine Hände und hielt es fest. Taoko hatte aufgehört zu knurren.

»Lass den Ring hier. *Bitte.*«

»Nein.«

»Eleona«, flüsterte er.

Unwillkürlich trat sie einen Schritt zurück und umschloss den Ring in ihrer Hand.

»Er hat mir noch etwas gegeben«, flüsterte sie und zog den hellweißen Stein hervor.

Einen Moment starrte Ramon ihn sprachlos an.

»Der Norill!« Mit beiden Händen fuhr er sich übers Gesicht. »Das ist nicht gut. Das ist gar nicht gut.« Er schüttelte den Kopf. »Eleona«, erklärte er mit schwacher Stimme, »seit gestern wird dieser Stein im Schloss vermisst.« Tiefe Sorgenfalten durchzogen seine Stirn. »Es gibt bloß zwei davon. Den einen besitzt Saahrrin selbst. Als gestern wieder ein Angriff aufs Schloss verübt wurde, wurde der zweite Norill gestohlen. Er war sicher verwahrt! Nichts wurde im Schloss besser bewacht als der Norill! Alle dachten, der Eindringling hätte ihn sich geschnappt. Saahrrin war so außer sich deswegen, dass er sogar ein Kopfgeld auf den Dieb ausgesetzt hat!« Er hob die Hand, als hätte er soeben eine Erleuchtung gehabt. »Aber das ist sein Plan!«, sagte er plötzlich. »Merlan will, dass du dich sicher fühlst! Dass du nicht den geringsten Zweifel hegst! Dann kann er dich ohne Widerstand zu ihm führen! Deshalb hat er dir den Norill gegeben!«

»Wohin führen?«

»Ins Schloss, Eleona! Zu Saahrrin! Er will dich ihm bringen! Verstehst du nicht?!«

»Aber ich weiß es doch gar nicht, dass er den Norill für mich gestohlen hat. Ich weiß gar nicht, wie wertvoll dieser Stein ist. Er hat mir nichts davon gesagt. Wieso soll er mir etwas schenken, nur um mein Vertrauen zu gewinnen, wenn ich dessen Bedeutung gar nicht kenne?«

»Er weiß, dass du es herausfinden wirst.«

»Von wem denn, Ramon! Von wem sollte ich es herausfinden?«

»Von mir! Das gehört alles zu seinem Plan! Merlan ist schlau! Er wusste, dass wir befreundet sind!«

»Er braucht nicht mein Vertrauen, um mich zu überwältigen. Er kann mich einfach so zu Saahrrin bringen, wenn er es will.«

Ramon biss die Zähne zusammen.

»Du bist ein *Mischblut*. Er hat Angst vor dir.«

»Merlan ist auch ein Mischblut, Ramon. Er kommt nicht nur von der dunklen Seite.«

»Das hat er dir gesagt?«

»Ja. Und er hat mir auch gesagt, dass er das alles nicht tun dürfte. Dass er gegen Dutzende Regeln verstößt.«

Mit zusammengebissenen Zähnen wandte er sich von ihr ab.

»Du bist auf der völlig falschen Spur, Ramon.« Sie sah ihm nach, wie er sich jetzt mit über dem Kopf verschränkten Armen dem Wald zuwandte.

»Merlan möchte mich nicht ausliefern.«

Wütend drehte er sich um. »Das glaub ich nicht!« Seine Stimme war beißend. »Ich kann nicht glauben, dass du auf ihn reinfällst!«

Taoko stellte sich vor Soya und blickte sie mit treuen Augen an.

»Ja«, hauchte sie. »Wir sollten jetzt aufbrechen.«

Taoko streckte sich.

Sie schob den Norill in ihre Tasche zurück und folgte Taoko den Abhang hoch.

Hinter sich hörte sie Ramon wütend fluchen, dann einen Ast gegen etwas Hartes schlagen und ein wenig später bemerkte sie, wie er ihnen mit schlurfenden Schritten folgte.

Die Landschaft veränderte sich, und je näher sie Bakul rückten, umso nervöser wurde sie. Das letzte Mal, als sie dort gewesen war, hatte sie die Bekanntschaft mit den Schirkans gemacht. Bakul war zurzeit vermutlich der bestbewachte Ort.

Ramon hatte den ganzen weiten Weg über geschmollt und kein Wort mit ihr gesprochen. Erst als Bakul hinter den Hügeln auftauchte, blieb er stehen und wandte sich dann mit schmerzvollem Ausdruck im Gesicht zu ihr um.

»Was machen wir hier?«, fragte er. »Du kannst nicht mehr zurück, Eleona. Du kannst nicht mehr nach Bakul zurückgehen.«

Soya sah hinab auf die wunderschöne, weite Landschaft, die in der Dämmerung lag.

»Das will ich auch nicht«, flüsterte sie.

Taoko folgte ihr einen schmalen Pfad hinab.

»Ich muss nur etwas holen.«

Sie hörte Ramon hinter Taoko über die Felsen klettern. Und dann, als sich die funkelnde Stadt unter ihr von der schönsten Seite präsentierte, hielt Soya den Atem an. So wunderhübsch lag sie eingebettet zwischen den Hügeln, und das Meer davor umschmeichelte die Küste liebevoll mit glitzerndem Wasser.

»Wir sollten nicht da hinuntergehen«, hörte sie Ramons Stimme. Er holte rasch zu ihr auf.

»Ich weiß.« Sie runzelte die Stirn. »Aber ich muss.«

Mit zitternden Knien ging sie weiter. Sie wusste nicht, was sie erwarten würde, wenn sie die goldene Stadt erreichten. Vielleicht würde sie mit dem Norill unbemerkt bis zu ihrem Haus gelangen. Doch irgendwann musste sie hineingehen, und eines war sicher – es würde zu einem Kampf kommen. Für wen er gut ausgehen würde, das war eine andere Frage. Sie konnte nur hoffen, dass Meredon nicht mittlerweile sein ganzes Heer hierhergeschickt hatte.

Bevor sie Bakul erreichten, verabschiedete sie sich von Taoko. Seine Silhouette verschwand in der Dunkelheit des Waldes und Soya riss sich widerwillig davon los.

»Ramon.« Sie drehte sich zu ihm um. »Von nun an gehe ich allein weiter.«

»Ja klar.« Er ging weiter und wie wenn es das Selbstverständlichste war, nahm er ihre Hand.

»Ich meine es ernst.«

»Jaaa.« Ramon schnalzte missbilligend mit der Zunge.

Widerstrebend blieb sie stehen. Dass sie ihr Leben riskierte, war das eine. Etwas ganz anders war es, ihn deswegen in Gefahr zu bringen. Jeder, der mit ihr zu tun hatte, wurde automatisch zur Zielscheibe. Sie sah ihn an, gerührt und panisch vor Angst.

»Du kannst nicht mitkommen«, flüsterte sie. »Das sind andere Wesen, die mich suchen. Wesen keiner menschlichen Natur!«

Ramon zuckte mit den Achseln.

»Sollen sie kommen! Wir werden schon mit ihnen fertig.«

Benommen schüttelte sie den Kopf.

»Sie werden nicht zögern, dich umzubringen, wenn du ihnen im Weg stehst. Bleib hier«, flüsterte sie hoffnungslos.

»Ich werde dich nicht alleine da runterlassen«, flüsterte er zurück. »Wenn du gehst, gehe ich auch.«

»Das ist dein letztes Wort?«, hauchte sie und schaute in sein ernstes Gesicht.

Ramon nickte. Mit zusammengebissenen Zähnen sagte er düster: »Das ist es!« Er hielt sie weiterhin an der Hand fest, die andere Hand legte er auf den Knauf seines Schwertes. »Bringen wir es hinter uns«, knurrte er, den Blick finster auf die Stadt gerichtet. Eine Wolke schob sich vor den Mond und Ramons Gesicht verschwand in der Dunkelheit.

Es war falsch, Ramon mitkommen zu lassen. Es spielte keine Rolle, dass sie versucht hatte, ihn davon abzubringen. Wenn er sie nur deshalb begleitete, damit sie nicht alleine war, dann war sie nicht klar genug gewesen, als sie sagte, dass sie nicht zögern, einen umzubringen. Sie hätte ihm deutlicher klar machen sollen, was das für Wesen waren, weshalb sie hier waren und nach ihr suchten! Womöglich versuchte er jetzt alles, um sie auf irgendeine Art und Weise von Merlan abzubringen. Doch egal, was er auch tun würde, es würde nichts nützen. Ihr Herz war von dem Moment an verloren gewesen, da sie Merlan das erste Mal gesehen hatte und bevor sie sich bewusst dagegen hätte auflehnen können.

Auch wenn es sich schön anfühlte, Ramons Hand zu halten, dass er sein Leben für sie riskierte, hatte sie nicht verdient.

Unerwartete Besucher

Sie bogen in die Seestraße ein und nahmen dann den Umweg durch die schmalen Gassen, die um den Marktpatz herumführten. Ramon legte Soya beschützend einen Arm um die Schulter und zog sie näher an sich.

»Das letzte Mal, als wir zusammen am Meer waren, hat die Geschichte ihren Anfang genommen. Mit dem Stein hat alles begonnen«, sagte er mit düsterer Miene und kniff seine Lippen zu einem schmalen Strich zusammen.

Mittlerweile war tiefste Nacht eingekehrt und nur noch in wenigen Häusern brannte Licht.

»Wir könnten wie früher eine kleine Party mit Fin, Maurin und Xaira unten in der Bucht feiern«, sagte er mit schneidend sarkastischer Stimme und ging gebückt unter einem herunterhängenden Ast hindurch.

Sie wusste nicht, wie sein Gesicht aussah, als er das sagte. Sie spürte nur sein Herz, das aufgeregt gegen seine Brust schlug. Sein Blick war vermutlich wie der ihre, ernst und angespannt. Jetzt, wo sie hier und ihren Freunden so nah wie schon lange nicht mehr waren, vermisste Soya sie alle unerträglich fest. Sie presste sich an Ramon und war froh, dass er sie in diesem Moment festhielt.

Gestern, als sie schon einmal dagewesen war, hatte sie keine Zeit gehabt, sich über alles so viele Gedanken zu machen. Wenn man allein unterwegs ist, passt man besser auf. Und abgesehen davon, war sie auch nicht weit gekommen.

Die Gasse, in der sie gingen, führte sie immer weiter in den Kern der Stadt hinein, immer näher ans Ziel, und Soya konnte vor Beklemmung kaum noch atmen.

»Wohin soll der Ausflug denn gehen?«, fragte er, bemüht, seine Anspannung zu verbergen.

Sie bogen um die Ecke und nahmen dann die Straße, die am Kirchturm vorbeiführte.

»Zu mir nach Hause«, flüsterte sie.

Er schwieg und blickte weiterhin geradeaus. Obwohl er nicht protestierte, fühlte sie, wie sein Körper sich versteifte.

Die Straßenlaternen erhellten die Pflastersteine und die Umrisse der Häuser um sie her.

Soya hatte nie Heimatgefühle für Bakul verspürt, ein Gefühl von Stolz, an diesem Ort wohnen zu können, wie es bei Fin und den anderen immer der Fall gewesen war. Doch jetzt, wo sie durch das Herzstück Bakuls gingen, hatte sie auf einmal das Gefühl, nach Hause zu kommen, obwohl sie nun nichts als Angst emfpand.

»Bist du dir sicher, dass du das Etwas, für was auch immer du es brauchst, unbedingt haben musst?«, fragte Ramon nach einer Weile.

Soya schaute hoch zur Treppe, die direkt zur Kaistenbergstraße führte. Konnten sie es wagen, dort hochzugehen? Es war vielleicht sogar sicherer, als die Straße zu nehmen.

»Ja.« Sie entfernte sich nur so weit von ihm, dass sie in sein Gesicht blicken konnte. »Du musst nicht mitkommen.«

»Ich weiß«, sagte er dumpf. »Das hast du schon mal gesagt.«

»Du kannst hier warten«, beteuerte sie. »Es dauert nicht lange.« Sie versuchte so überzeugend wie möglich zu klingen, obwohl ihre Zähne aufeinander klapperten.

»Eleona.« Mit zusammengepresstem Kiefer schloss er die Augen. »Das, was du da machen willst, ist Blödsinn. Keiner sonst würde sowas tun.« Seine Hände umklammerten mit eisernem Griff ihre Schultern. »Was auch immer du da holen willst, es ist nicht so wichtig, als dass du dafür dein Leben riskieren sollst!« Eindringlich sah er sie an.

»Manchmal muss man eben für ein größeres Wohl handeln.«

Ramon hob ungläubig seine Brauen.

»Welches größere Wohl?« Er suchte ihren Blick. »Was meinst du? Wessen Wohl?«

Sie kaute eine Weile auf der Lippe herum.

»Es gibt wichtigere Dinge als das eigene Leben«, sagte sie schlicht.

Seine Miene wurde hart.

»Was willst du damit sagen?« Sein Tonfall wurde auf einmal schärfer. »Wer hat dir denn solchen Mist beigebracht!«

»Du bist gerade der Richtige, der sowas sagt. Mir war, dass du Soldat bist.«

Ramon erwiderte zornfunkelnd ihren Blick.

»Ich dachte, Soldaten tun genau das!«, sprudelte es aus ihr heraus: »Für das größere Wohl handeln. Für ihren König. Doch für wen du kämpfst, ist wohl mehr als fragwürdig.«

»Für wessen Wohl willst du denn kämpfen, Eleona?«

»Für das unsere! Für das deine, für das deiner Mutter, für das von Xaira, Fin und Maurin, für das Wohl aller Völker.«

Ramon holte tief und kontrolliert Atem.

»Was soll denn bei dir zu Hause versteckt sein, das unser aller Leben retten könnte?!«

»Das kann ich dir nicht sagen.«

»Natürlich nicht.« Seine Hände fielen ergeben hinab. Mit geschlossenen Augen neigte er den Kopf. »Eleona, wenn ich in den Tod schreite, möchte ich zumindest wissen, wieso.«

»Ich habe dir nicht gesagt, dass du mitkommen sollst.«

»Verflucht noch mal, Eleona! Was glaubst du denn! Ich renne gleich zu Saahrrin und erzähl ihm alles!?«

Soya schürzte die Lippen.

»Etwas soll bei uns zu Hause versteckt sein, das Sekretas zu alleiniger Macht verhelfen kann. Ich muss es finden, bevor er es in die Hände bekommt.«

Ungläubig hob er eine Augenbraue.

»Sekretas«, sagte er langsam. Er starrte sie an, dann fuhr er sich über den kahlgeschorenen Kopf und nickte mehrmals. »Gut.« Schmale Linien bildeten sich auf seiner gebräunten Stirn. »Und wieso soll dieses Etwas bei euch zu Hause versteckt sein?«

»Weil es anscheinend Laendor gehabt haben soll.«

»Laendor?«

»Laendor ist Lenidras. Laendor hat bloß den Decknamen Lenidras angenommen, um als Elf nicht entdeckt zu werden.«

Ramon wandte sich von ihr ab und verschränkte seine Hände hinter dem Kopf.

»Und diese komischen Leute bei dir zu Hause?«, fragte er. »Suchen die auch dieses Etwas?«

»Diese komischen Leute, Ramon«, sagte Soya, drehte ihn langsam wieder zu sich um und holte tief Luft, »sind von der dunklen Seite. Und ja, es kann sein, dass sie danach gesucht haben.« ›Oder, und das ist tausendmal wahrscheinlicher, sie warten auf mich.‹

Vollkommen reglos starrte er sie an. Dann, als hätte er einen Entschluss gefasst, zog er sie weiter.

»Bringen wir es so schnell wie möglich hinter uns«, zischte er. Er sprach leise und sein Blick richtete sich ins Gebüsch.

Er zog sie zur Seite, durch das Dickicht hindurch und kauerte sich dann hinter ein paar Büschen nieder, von wo aus sie einen guten Blick aufs Haus hatten – ›mein Zuhause‹, dachte Soya, während sich ihr Innerstes zusammenzog. Es fühlte sich merkwürdig für sie an: Früher war es immer ihr Zufluchtsort gewesen, der sichere Hafen. Jetzt verband sie nichts als Bedrohung damit.

»Gut. Gehen wir«, flüsterte Ramon.

»Was?«, zischte Soya.

»Willst du hier die ganze Nacht verbringen?«, fragte er mit dumpfer Stimme. »Ich zögere den sicheren Tod nur ungern hinaus.«

»Wie stellst du dir das denn vor? Möchtest du etwa hingehen und klopfen?«

Ramon machte eine Grimasse.

»Bei einer Sache, die zum Scheitern verurteilt ist, kann man nicht viel planen.«

Soya kniff die Augen zusammen – an der Wand im Wohnzimmer strichen Schatten vorüber; ihr Herz begann zu rasen.

Langsam richtete sie sich auf.

»Am besten, wir lenken sie ab.« Sie griff nach einem Stein. »Ich versuche, die Mülltonnen da vor dem Schuppen zu treffen. Wenn sie umfallen, gibt es einen Riesenlärm. Sie werden nachsehen, was das war, und in dieser Zeit rennen wir zum Haus hinüber. Links an der Hauswand befindet sich eine geheime Tür ins Haus.«

»Wie viele sind es?«, fragte er.

»Ich glaube, sie sind zu zweit. Vielleicht aber auch mehr. Ich kann es nicht genau erkennen.«

»Gut«, sagte Ramon und atmete tief ein, dann presste er die Lippen fest zusammen. Auf einmal sah er aus, als würde ihm gleich der Kragen platzen. »Hat dir jemand gesagt, dass du das tun sollst?«, fragte er unwirsch.

»Was?«, flüsterte sie, den Stein in der Hand bereit zum Wurf.

»Ich möchte wissen, ob dir jemand gesagt hat, dass du das tun sollst?«, wiederholte er sich.

»N-nein.«

»Das klingt nicht überzeugt.«

Widerstrebend löste sie den Blick von seinem Gesicht und sah hinüber zum Haus, während Ramon den Kopf senkte und die Augen schloss.

»Wer hat dir gesagt, dass du dieses Ding da holen musst?«

»Ich habe es selbst entschieden, hierherzukommen.«

Ramon schnaubte verächtlich.

»Und wer hat dich so weit gebracht, dass du das willst?«

Das war jetzt entschieden der falsche Moment zu streiten.

»Es spielt keine Rolle«, zischte sie.

»Eleona, merkst du denn nicht, was dieser Jemand mit dir tut? Du riskierst bereits dein Leben für etwas, das nicht einmal deins ist!«

»Mein Leben wurde mir schon vorher genommen«, zischte sie.

»Ein umso besseres Opfer!«, gab er zurück. »Ein selbstloses Wesen, das sich bereits aufgegeben hat! Dieses Ding bringt dir deine Familie auch nicht wieder zurück!«

»Zindabor würde nie so etwas von mir verlangen.«

»Zindabor?« Ungläubig sah er sie an. »Zindabor? *Der* Zindabor? Wirklich?«

»Du weißt, wer er ist?«

»Natürlich weiß ich, wer Zindabor ist! Er ist der Einzige, der Sekretas je ebenbürtig war!«

»Lernt ihr das alles in der Soldatenausbildung?«, fragte sie bissig.

»Zindabor ist eine Legende.«

»Zindabor möchte nur, dass Sekretas nicht an die Macht kommt. Das möchten wir alle«, erklärte sie schlicht.

»Und wenn Zindabor dieses Etwas besitzt? Glaubst du, er ist so edelmütig und benutzt es nicht?!«, fragt er ungläubig. »Wieso, glaubst du, hat er überhaupt Kontakt mit dir aufgenommen! Aus purer Selbstlosigkeit?!«

Soya senkte den Blick.

»Nein. Er hat mich gerettet. Wäre er nicht gewesen, würde es mich nicht mehr geben.«

»Und nun bist du ihm verpflichtet«, schloss er.

»Nein. So ist das nicht. Er lässt mir die Wahl. Ich vertraue ihm. Mein Großvater und er waren beste Freunde.«

Sie konnte nicht erkennen, was Ramon dachte. War es Mitleid in seinem Blick? Doch dann nahm er plötzlich ihre Hand und zog sie auf.

»Gut.« Sein Blick war finster. »Wirf den Stein!«

Sie lockerte ein wenig ihren verkrampften Griff.

»Holen wir das verdammte Ding da raus und dann hauen wir ab.« Ramons Augenbrauen waren tief über seine Augen geschoben. »Aber wenn wir hier lebend wieder rauskommen, Eleona, dann verbuddeln wir das Ding tief unter der Erde, damit es niemand finden kann!«

Soya hob die Hand und warf den Stein. Er traf auf eine Mülltonne, die scheppernd umfiel, und die Schatten im Haus bewegten sich.

»Jetzt!«, zischte Soya und sie rannten los. Sie überquerten die Wiese und rannten durch den Garten zur Hauswand. Zitternd schoben sie sich durchs Gebüsch. Im Garten waren Geräusche zu hören. Dann endlich fanden sie die Geheimtür und zwängten sich hinein. Schwer atmend blieben sie im stockfinsteren Keller stehen, gedämpfte Stimmen von oben waren zu hören.

»Los, gehen wir hoch«, flüsterte Soya und zog Ramon vorsichtig durch den schmalen Gang im Keller zur Treppe.

Spuren in der dicken Staubschicht zeigten, dass sie schon hier unten gewesen waren.

Soya umklammerte Farols Dolch, dann schob sie leise die Tür auf. Sie schlichen hoch in den dunklen Flur. Bilder lagen in kaputten Rahmen auf dem Boden, daneben zerfledderte Bücher und die Schneekugel zersprungen in der Ecke an der Wand.

Soya, die wie versteinert auf das vor ihr liegende Chaos blickte, spürte auf einmal Ramons Hand auf ihrer Schulter und wandte sich von dem Anblick ab. Sie huschten die Treppe hoch in das obere Stockwerk und versteckten sich in ihrem früheren Zimmer. Auch hier herrschte ein einziges Chaos. Der ganze Schrankinhalt war auf den Zimmerboden gekippt worden. Ihr Blick blieb auf den Fotos haften, die noch an der Wand über ihrem Bett hingen, und die vielen glücklichen Gesichter ihrer Freunde strahlten ihr entgegen. Sie riss ein Foto mit ihnen allen ab und schob es in die Tasche. Dann hörten sie ein leises Zischen.

»Los, versteck dich!«, flüsterte Soya und schlich aus dem Zimmer in den dunklen Flur. Mit flatternden Nerven wartete sie im kleinen Badezimmer darauf, das leise Knarren der Stufen zu hören.

Doch es blieb aus.

Sie hörte nur das Schleichen leichter Schritte, die in das Zimmer glitten, wo Ramon sich befand. Mit einem Stechen in der Brust zählte sie auf zwei, dann schlich sie hinaus in den Korridor.

Sie sah, dass sich ein Schatten im Zimmer bewegte, dann trat sie ein. Der Blick des Schirkans war voller Verwunderung. Sie ließ ihm keine Zeit, sich zu fassen, drehte sich blitzschnell um sich selbst, schnitt ihm mir Farols Dolch in den Arm und sprach leise und zitternd den Zauber, während sie ihre Hand fest auf die Wunde presste. Das alles ging so schnell, dass der Schirkan, den Blick fest auf ihr Gesicht gerichtet, zu Boden glitt, ohne auch nur einen Laut von sich zu geben. Dann spürte sie, wie sein Herz aufhörte zu schlagen, und ließ ihn zitternd los.

Würgend zog sie ihm seinen Ring vom Finger, während sie angestrengt darauf achtete, nicht in sein Gesicht zu blicken. Es würde sie ohnehin in ihren Träumen verfolgen – sie standen dort, am anderen Ufer des Sees, wenn sie die Augen schloss, all jene, deren Tod sie verschuldet hatte, und warteten darauf, dass sie eines Tages zu ihnen kam.

Dann spürte sie eine warme Hand an ihrem Arm und Ramons angespanntes Gesicht erschien über ihr.

»Eleona«, flüsterte er.

Doch mehr Worte fand er nicht. Es gab auch keine. Sie hasste und schämte sich selbst dafür. Es war abscheulich. Und noch schlimmer war es, dabei beobachtet zu werden.

»Gehen wir«, flüsterte sie.

Lautlos schlichen sie die Treppe hinab. Soya achtete sorgsam darauf, dass sie die knarrenden Stufen ausließen.

Sie waren gerade auf der untersten Stufe angelangt, da hörten sie ein Murmeln aus dem Wohnzimmer. Die Sofafedern quietschten, Soya schob Ramon gerade noch rechtzeitig hinter sich, als der zweite Schirkan in die Küche bog. Sie packte ihn von hinten und schnitt ihm in den Hals.

»*Usstan plynn dosst Yorn! Belbau il ussa!*«, keuchte sie, während sie die Hand fest aufdrückte.

Ein erstickter Schrei hallte durch das Haus, dann sackte er zu Boden. Es dauerte eine gefühlte Ewigkeit, bis er reglos am Boden liegen blieb und seine Füße aufhörten zu zucken. Sie zog ihm den Ring vom Finger, stolperte in die Küche und beugte sich über das Waschbecken. Das dunkle Blut floss in die Spüle, und während sie es von ihren Händen schrubbte, fiel ihr Blick auf Laendors Tasse, die immer noch auf der Anrichte stand.

Sie hörte Ramons Schritte an der Tür innehalten.

Energisch wischte sie sich mit dem Handrücken die Tränen aus den Augen. Nach einem langen Moment des Schweigens schaute sie schließlich zu ihm hinüber.

Ramons Augenbrauen schoben sich zusammen. Er schien gegen mehrere Gefühle gleichzeitig anzukämpfen.

»Komm. Lass uns gehen«, sagte er leise und streckte seine Hand aus.

Verzweifelt schüttelte sie den Kopf.

Er stieß sich vom Türrahmen ab, zog sie an sich und drückte sie fest gegen seine Brust.

»Eleona«, flüsterte er, trat einen Schritt zurück und schaute ihr ins Gesicht. »Was kannst du Zindabor schon bedeuten, wenn er dich allein hierherschickt?«, sagte er und seufzte.

Zittrig hob sie das Foto aus dem zersprungen Rahmen neben sich auf der Anrichte. Auf dem Bild war zu sehen, wie Laendor ihr die Kette schenkte – das Medaillon ihrer Mutter.

»Geh …«, versuchte sie zu sagen, aber ihre Stimme trug nicht. Sie versuchte es noch einmal und ihre Stimme kratzte im Hals: »Geh du schon mal vor. Ich sehe mich noch kurz um.«

Es war das letzte Mal, dass sie hier sein würde, und sie war es ihrer Familie schuldig, dass sie danach suchte, dass sie jetzt dafür die Kraft aufbrachte.

Ramon warf ihr einen abschätzigen Blick zu.

»Klar. Ich lass dich hier einfach allein.«

Unschlüssig blieb er mitten in der Küche stehen und sah sich um.

»Wonach soll ich denn suchen?«, sagte er. Sein Gesichtsausdruck schwankte zwischen Mitleid und Verzweiflung.

»Ich weiß es nicht«, flüsterte Soya. Niedergeschlagen vergrub sie das Gesicht in den Händen. »Es ist ungefähr haselnussgroß und lässt sich in Gegenständen verstecken.«

Ramons Blick lag einen Moment bedrückt auf ihr, dann nickte er mit angespannter Miene. Sie war froh, dass er die sarkastische Bemerkung, die ihm sicher auf der Zunge lag, hinunterschluckte.

»Was denkst du denn, in was es versteckt sein könnte?«, fragte er stattdessen.

»Ich weiß es nicht«, krächzte sie.

Ramon blieb einen Moment mit dem Gesicht zur Wand stehen. Es sah aus, als ringe er um Fassung. Als er sich wieder umdrehte, machte er einen einigermaßen beherrschten Eindruck.

»Ich würde es in etwas völlig Banalem verstecken«, sagte er leise. »Wie zum Beispiel in einer alten Zuckerdose oder so. Wo keiner nachsehen würde.«

Soya nickte halb lächelnd, halb heulend.

»Such du im Korridor. Ich suche hier drin«, schlug er vor.

Soya fuhr sich mit dem Arm über das tränennasse Gesicht und ging dann an ihm vorbei aus der Küche – und ehe sie sich versah, fiel ihr Blick auf den toten Schirkan. Zitternd neigte sie sich zu Boden und begann in den herumliegenden Sachen zu wühlen. Neben seinem Fuß sah sie die zerbrochene Schneekugel und hob sie sachte hoch. Das Glas war zersprungen und vom höchsten Turm war die Spitze abgebrochen.

»Steck die Dinge einfach ein, von denen du denkst, dass sie für ein Versteck in Frage kommen könnten«, kam Ramons Stimme aus der Küche. »Dann können wir sie an einem sicheren Ort genauer anschauen. Wenn wir Glück haben, ist dieses Ding dann dabei.« Sie merkte, wie es ihm gegen den Strich ging. Trotzdem kam er in den Flur und reichte ihr eine Tasche. »Mach schnell, Eleona, wir sollten nicht zu lange hierbleiben.«

Sie nickte und ging die Treppe hoch in Laendors Zimmer. Ihr Blick fiel unwillkürlich auf sein Bett und ihr Magen schien sich um seine eigene Achse zu drehen, die Luft blieb ihr weg. Gebückt stolperte sie zum Nachttisch und öffnete ihn. Wahllos griff sie hinein und begann in seinen Sachen herumzuwühlen. Dann glitt sie kraftlos zu Boden, in den Händen ein zerknittertes zusammengefaltetes Blatt, auf dem stand:

für Eleona

In der Küche hörte sie Ramon die Küchenschränke auf- und zumachen. Mit zitternden Händen faltete sie das Papier auf und strich es glatt:

Liebe Eleona,
mit der Schneekugel geht ein Märchen unter.
Doch es ist immer das Wichtigste, das deinem
Herzen am nächsten ist.
In Liebe,
L…

Seine Unterschrift war so verschnörkelt, dass sie nicht lesen konnte, ob er Lenidras oder Laendor geschrieben hatte. Mit hämmerndem Herzen drehte sie den Brief um; sicher war das noch nicht alles, was er ihr sagen wollte.

Doch die Rückseite war leer. Ein kaltes Gefühl mischte sich in ihren Magen, verzweifelt las sie die Zeilen noch einmal durch:

Mit der Schneekugel geht ein Märchen unter … doch es ist immer das Wichtigste, das deinem Herzen am nächsten ist.

War das alles, was er ihr zu sagen hatte?

»Eleona?«, hörte sie Ramon von unten rufen. »Hast du was gefunden? Ich habe ein paar Sachen eingesteckt. Lass uns jetzt verschwinden.«

Fahrig griff sie in die Schublade. Sicher gab es noch eine zweite Nachricht. Es musste noch eine zweite Nachricht irgendwo sein!

Doch im hinteren Teil der Schublade lagen nur einige Bücher und irgendwelche Dinge wie Taschentücher und dergleichen. Wütend griff sie nach den Büchern und blätterte sie auf. Vielleicht hatte er den Brief in einem der Bücher versteckt. Keuchend griff sie nach dem letzten Buch, doch auch das war nur mit bedruckten Seiten versehen. Mit rasendem Herzen sprang sie auf und warf die Decke und das Kissen vom Bett, dann hob sie die Matratze an und schaute unter dem Bett nach. Irgendwo musste noch eine zweite Nachricht für sie sein! Ihr Blick fiel auf den Schrank. Sie riss die Schranktür auf und zerrte den ganzen Inhalt auf den Boden.

»Eleona?«

Ramon stand in der Tür. Zuerst sah er verwirrt aus, dann wechselte sein Blick in Mitleid. Dies gab bei ihr den Ausschlag. Sie wandte sich wie ferngesteuert um, ging an ihm vorbei in den Korridor und dann in ihr Zimmer.

Sie begann wie Ramon fahrig die Schränke auf- und zuzumachen und suchte, obwohl sie gar nicht wusste, wonach sie genau Ausschau halten sollte. Das Smilion konnte er irgendwo versteckt haben, in irgendeinem Gegenstand, und sie wusste nicht einmal, wie sie ein Smilion in einem solchen Gegenstand überhaupt erspüren konnte. Zindabor hatte ihr nicht gesagt, wie sowas ging; er hatte sie ohne jegliches Wissen gehen lassen.

»Weißt du, was ich einfach nicht verstehe?«, hörte sie Ramon, der zwischen Tür und Angel stehen blieb. Er klang auf einmal wütend. »Wenn Zindabor so ein guter Freund von Lenidras … *Laendor* gewesen ist, warum lässt er dich dann überhaupt hierherkommen? Er hätte wissen müssen, wie schlimm es für dich sein würde. Mal ganz abgesehen von den Gefahren, die dich erwartet haben.« Er lehnte sich an die Wand neben ihrem Schrank. »Das ist wirklich grausam.« Sein Blick richtete sich finster auf das Chaos, das sich ihm darbot.

»Nein«, murmelte Soya, »ist es nicht.«

»Was hat dieser Mann getan, dass du so zu ihm hältst?« Er nahm ihre Hand und zog sie hoch. Seine Wangenmuskeln spannten sich und er ruckte mit dem Kopf in Richtung Tür. »Komm. Lass uns gehen.«

Niedergeschlagen ließ sie sich von ihm aus dem Zimmer führen. Sie gingen die Treppe hinunter und unten im Korridor angelangt, drehte sie sich noch einmal um. Der Anblick dieses Chaos war nicht der Eindruck, den sie sich als letzte Erinnerung gewünscht hatte.

Ramon hielt eine große Tasche in seinen Händen. Anscheinend hatte er wahllos Dinge hineingestopft.

»Bist du so weit?«, fragte er.

»Ich weiß nicht.« Es kam ihr sinnlos vor, noch weiter nach etwas zu suchen und nicht zu wissen wonach. »Ich habe nicht das Gefühl, dass wir es gefunden haben«, sagte sie matt. »Müsste man es nicht merken, wenn man es in Händen hält?« Stirnrunzelnd blickte sie auf die zerbrochene Schneekugel, die sie immer noch in der Hand hatte. In der anderen hielt sie die zusammengeknüllte Nachricht.

»Eleona«, hauchte Ramon plötzlich und blickte starr auf etwas hinter ihr.

Meredon

Die Haustür war aufgeglitten, ohne dass sie es bemerkt hatten. Ein Windstoß ließ die losen Blätter und Fotos durch den halbdunklen Korridor wirbeln, während eine männliche Gestalt mit langem, pechschwarzem Umhang so jäh und lautlos die Schwelle übertrat, als wäre er aus dem Nichts erschienen. Die wächserne Haut seines bleichen Gesichts wirkte unwirklich im Kontrast zu seinen dunklen Haaren, die ihm über die breiten Schultern wehten. Doch es war nicht sein eindrucksvolles Auftreten, das einem alle Härchen im Nacken aufrichtete. Es waren seine Augen, die jeden zu einem Häufchen Nichts zusammenschmelzen und vergessen ließen, wer man war und was man hier überhaupt tat.

Zuerst war sie zu erstarrt, um reagieren zu können. Dann, als ihr Verstand wieder einschaltete, riss sie ihre Arme hoch, um den Schild über sich und Ramon zu ziehen. Doch noch bevor sie auch nur die Formel bilden konnte, spürte sie, wie eine sengende Hitze an ihr vorbeistrich. Ramon wurde mit einer solchen Gewalt gegen das Treppengeländer geschleudert, dass er reglos liegen blieb.

Es war keine Frage, wer er war. Nach ihm kam ein Wächter nach dem anderen ins Haus und alle stellten sich um ihn auf.

»Soya«, sagt er. Seine Stimme war angenehm tief.

Verwirrt schaute sie in sein charismatisches Gesicht, das – obwohl er schon sehr alt sein musste – kraftvoll und erstaunlich junggeblieben wirkte.

Mit wachsamem Blick kam er näher.

»Mein Name ist Meredon. Ich bin der Herrscher der Schattenwelt. Es erstaunt mich, dich auf einmal vor mir zu haben. Nicht einmal vor der Tür habe ich dich erspüren können.«

Sein Blick richtete sich auf Ramon.

»Es tut mir leid wegen deinem Freund. Er kommt schon wieder auf die Beine.«

Ein dumpfes Pochen erfüllte ihren Kopf.

Weitere Schirkans betraten das Haus. Noch nie war es so voll gewesen.

»Es freut mich, dich kennenzulernen, Soya«, fuhr Meredon fort.

Seine Stimme war sehr leise, doch die Worte rüttelten irgendetwas in ihr wach.

»Es ist mir bewusst, dass du keine gute Meinung von mir haben kannst. Wenn man nur eine Seite kennt, ist es schwierig, sich ein objektives Bild über das Ganze zu machen.«

»Ihr habt Saahrrin geholfen, meine Mutter umzubringen«, stieß Soya zitternd hervor, »meine Großmutter, und auch Laendor. Ihr hetzt … Schirkans und Morlaks auf mich, um mich zu töten.«

Die Linien auf seiner Stirn vertieften sich. Einen Moment lang sah er sie nachdenklich an, dann begann er wieder zu sprechen:

»Da muss ich dich leider enttäuschen. Nicht immer sind die von der dunklen Seite für alles Schlimme auf der Welt verantwortlich … Wir haben damit nichts zu tun. Verzeih mir, Soya, aber du scheinst ein völlig falsches Bild von der ganzen Sache zu haben. Ich habe erst vor Kurzem erfahren, dass es dich gibt … Glaubst du wirklich, ich hätte dich bei den Menschen, geschweige denn bei den Elfen aufwachsen lassen, wenn ich gewusst hätte, dass du existierst?« Als widerstrebe ihm diese Vorstellung zutiefst, schüttelte er den Kopf. »Alle Befehle gehen von mir aus. Und ich habe nie einen solchen Befehl erteilt.«

»Ihr lügt«, stieß Soya zitternd hervor, im hinteren Teil des Korridors erklangen Zischlaute.

Meredon hob die Hand und augenblicklich kehrte Ruhe ein.

»Nein, Soya. Ich lüge nicht. Das mache ich aus Prinzip nicht.«

Entsetzt darüber, dass erst vor Kurzem über sie selbst diese Aussage gemacht wurde, starrte sie in sein Gesicht.

»Wer sonst würde uns alle töten wollen?«

Sie zitterte so heftig, dass sie kaum noch aufrecht stehen konnte, doch nicht vor Angst, sondern vor Wut.

Meredon sagte eine Weile lang nichts. Dann hob er die Hand und fuhr mit seinen langen, bleichen Fingern über den goldenen Ring. Der grüne Stein verfärbte sich augenblicklich rot.

»Das kann ich dir nicht sagen, Soya. Jemand, der scheinbar einen unglaublichen Hass auf deine Familie hegt.«

Der Ring brachte sie auf eine Idee. Mit rasendem Herzen versuchte sie, Zindabors Ring unbemerkt hinter ihrem Rücken abzustreifen – sie musste Meredon so lange aufhalten, bis Zindabor da war.

»Wenn Ihr mich nicht töten wollt«, fuhr sie mit bebender Stimme fort, »warum seid Ihr dann hinter mir her?«

»Soya«, Meredon senkte den Blick, »heb dir den Ring für eine Situation auf, in der du wirklich in Not bist. Du hast hier nichts zu befürchten. Es wäre eine Verschwendung.«

Starr vor Entsetzen spürte sie, wie sich der Ring von allein wieder auf ihren Finger schob.

»Haben sich meine Wächter nicht deutlich genug ausgedrückt?«, fragte er sanft. »Ich möchte, dass du zu mir kommst, Soya – in meine Welt. Ich wollte dich endlich bei mir haben, nun, da ich weiß, dass es dich gibt. Keiner von ihnen wollte dir auch nur ein Haar krümmen. Lediglich bändigen und zu mir bringen, da du ja nicht freiwillig kommen wolltest. Natürlich wusste ich, dass du nicht sehr angetan von unserem Volk sein würdest, da du zuvor bei den Elfen gelebt hast …« Er hob eine seiner dunklen Augenbrauen. »Sie sind unser Gegensatz, und wir der ihre. Unsere Naturen stoßen sich gegenseitig ab. Daher wusste ich, dass sie kein gutes Wort für uns übrig haben würden, nicht einmal aus Rücksicht dir gegenüber.«

Seine Augen wirkten, so viel sie deuten konnte, auf einmal leer.

»Ich wusste, du würdest voreingenommen sein. Jedoch hatte ich nicht gedacht, dass es ein solches Problem darstellen würde, dich dazu zu bewegen, mich wenigstens einmal besuchen zu kommen.« Sein samtener Umhang glitt lautlos über den Boden, als er auf sie zuging. Er war jetzt so nahe, dass sie ihn hätte berühren können.

Vage registrierte sie, dass er die Hand hob, während ihr Herz sich holpernd zu überschlagen begann. Als Nächstes fühlte sie, wie sich seine kalte Hand um die ihre legte.

»Soya. Es trifft mich im Innersten, dass du Angst vor mir hast. Vor mir, deinem Großvater, der dich mit seinem eigenen Leben beschützen würde.« Als bereiteten ihm die Worte Schmerzen, hielt er inne. »Du bist mein eigen Fleisch und Blut«, sprach er leise weiter, dass nur sie ihn hören konnte, »es gibt keinen – keinen größeren Stolz, den ich je empfinden könnte.«

»Ich stamme von Mensch, Elf und Schirkan ab. Zwei dieser Rassen hatten ein Problem damit. Ihr nicht?«

Meredon hob seine Augenbrauen und ein warmer Glanz legte sich in seine dunklen Augen.

»Schirkansblut ist wie Gold, Soya. Und du trägst von diesem edlen Blut in dir. Du bist mein Großkind. Hast du eine Ahnung, was das für unser Volk bedeutet? Was das für mich bedeutet? Auch wenn du noch von anderen Rassen abstammst, kümmert es mich nicht, wenn du doch auch von mir bist.« Sein Handrücken fuhr über ihre Wange, dann ließ er sie sachte los.

Sie hörte ein leises Stöhnen hinter sich und sogleich einen erstickten Aufschrei. Ramon stürzte sich humpelnd vor sie und zog sie hinter seinen Rücken.

»Weg von ihr!«, fauchte Ramon und funkelte Meredon wild entschlossen an.

Zu ihrer Überraschung bildete sich ein mildes Lächeln auf Meredons Gesicht.

»Da hast du ja einen tapferen Freund. Und das nur mit reinem Menschenblut. Erstaunlich!«

»Bleibt, wo Ihr seid!«, brüllte Ramon.

Meredon hob eine Braue.

»Ramon«, flüsterte Soya. »Es ist alles gut. Beruhige dich.«

Entgeistert sah er sie an. Dann wandte er sich jäh wieder Meredon zu: »Was haben Sie mit ihr gemacht?«, schrie er. »Was haben Sie ihr angetan?«

Meredon blinzelte. Der Flur war von aufgebrachtem Zischen erfüllt.

»Ramon«, zischte Soya, »es ist nicht so, wie du denkst. Nicht, wie ich gedacht habe!«

»Ach ja! Es ist alles ein Missverständnis!«, donnerte er. »Eleona, wach auf!«

Meredon räusperte sich.

»Soya, kommst du? Deinem Freund scheint es wieder gut zu gehen … vielleicht besser, als ihm guttut.«

»Eleona!«, zischte Ramon und klammerte sich an ihren Arm fest. »*Bitte*! Komm zu dir! Das ist irgendein fauler Zauber, den er da anwendet!«

Meredon zischte einem anderen Schirkan etwas zu, dann wandte er sich wieder an Soya. Er wirkte ungeduldig und die Schirkans hinter ihm wurden allmählich nervös. Sie witterten die Gefahr, als ob eine elektrische Spannung in der Luft lag. Noch nie hatten sie ihren Meister so geduldig gesehen … Erregt begannen sie zu zischen und warteten darauf, dass Meredon dem allem ein Ende setzte.

Doch nichts geschah.

»Eleona?«, fragte Meredon plötzlich: »Haben dich die Menschen so genannt?« Er hielt kurz inne. »Möchtest du, dass ich dich ebenfalls Eleona nenne?«

»Nein«, sagte Soya leise.

Die ganze Welt schien sich auf einmal auf den Kopf zu stellen. Nichts war mehr so, wie es anfänglich schien oder sie zu glauben dachte. Nichts passte mehr zusammen. In ihrem Kopf war ein einziges Durcheinander, das sich nicht entwirren ließ.

»Bitte«, sagte Meredon. »Bitte sieh mich an.«

Soya hob den Kopf, sah in sein bleiches Gesicht und auf einmal verzogen sich seine Lippen zu einem Lächeln. Das Trugbild, dem sie die ganze Zeit über aufgesessen war – die dunkle Seite als die Verbündeten von Saahrrin, die den Tod ihrer Familie verschuldeten – verflüchtigte sich, und eine eigenartige Leere breitete sich in ihr aus.

Wenn nicht die Schirkans, wer war dann der Verbündete von Saahrrin? Er allein konnte niemals so viel Kraft besitzen.

»Du brauchst nicht jetzt mitzukommen. Ich weiß, du bist verwirrt, und das ist auch verständlich.« Er sprach so leise, dass sie sich im ersten Moment nicht sicher war, ob er das tatsächlich gesagt hatte. »Deine Welt hat sich auf den Kopf gestellt und du weißt nicht mehr, wem du glauben kannst. Hör auf dein Herz. Auf deine innere Stimme. Sie wird dich leiten.« Er hielt kurz inne. »Ich hoffe einfach, dass du mich irgendwann besuchen kommst, um meine, und schlussendlich auch deine Welt, einmal zu sehen. Du bist immer und jederzeit willkommen. Mein Reich ist dein Reich.« Liebevoll strich er ihr übers Haar. Seine Stimme hob sich. »Es war ein Fehler von mir, meine Wächter zu dir zu schicken. Natürlich hattest du Angst vor ihnen, wenn sie dich mit Gewalt zu mir bringen wollten. Sie sind manchmal zu erpicht darauf, derjenige zu sein, der den Befehl am schnellsten ausführen kann, sodass ihnen das Wesentliche dabei entgeht.« Er hob schwer atmend seine Brauen. »Dafür entschuldige ich mich. Es tut mir leid, dass du Angst hattest. Das war nicht meine Absicht.« Er hielt kurz inne und sah sie mit beinahe gequältem Gesichtsausdruck an. »Ich kann dir einige Wächter zu deinem Schutz hierlassen, wenn du möchtest.«

Soya schüttelte den Kopf.

»Nein.« Ihre Stimme war auf einmal heiser. Die Vorstellung, von diesen Kreaturen rund um die Uhr umgeben zu sein, missfiel ihr zutiefst. »Ich brauche keine Wachen.«

Meredon war in Gedanken versunken.

»Dann muss ich das akzeptieren.« Seine Lider senkten sich. »Leb wohl, Soya. Ich hoffe, ich sehe dich bald wieder. Ich werde auf dich warten. *Immer.*« Seine Hand strich über ihre Wange, dann, bevor sie fähig war, etwas zu entgegnen, hatte er sich umgedreht, und in einem Atemzug war er verschwunden. Die anderen Schirkans verbeugten sich einer nach dem anderen und verschwanden wie Geisterwesen in ihren dunklen Umhängen zur Tür hinaus.

Unverhofftes Wiedersehen

Als Soya aufwachte, lag sie auf weichem Grund. Über ihr neigten sich dichtbelaubte Äste hinab und schützten sie vor der prallen Sonne. Die Erinnerung, wie sie hierhergekommen war, war diffus. Ganz fern konnte sie sich erinnern, dass sie irgendwann ihre müden Beine wieder getragen hatten und Ramon sie gestützt und aus dem Haus geführt hatte. Doch wie sie in den Wald gekommen waren, lag im Dunkeln. Sie musste irgendwann auf der Straße zusammengebrochen sein.

Ihre Lider waren schwer wie Blei und das Licht war ihr unangenehm. Widerstandslos ließ sie die Augen wieder zufallen. Etwas Weiches schmiegte sich an ihren Arm.

»Taoko«, flüsterte Soya und drückte ihr Gesicht in sein weiches Fell. Ein zufriedenes Brummen drang aus seiner Brust.

»Guten Morgen«, hörte sie eine zynische Stimme.

Schlagartig öffnete sie die Augen. Ramon saß ein wenig abseits von ihnen, über einen Haufen Gegenstände gebeugt.

»Gut geschlafen?«, knurrte er, ohne den Blick zu heben.

Soya stützte sich auf ihre Arme.

Er öffnete eine kleine Dose und ließ sie wieder zuschnappen.

»Ja«, murmelte Soya.

»Gut.« Mit düsterem Blick nahm er die kaputte Schneekugel in die Hand.

»Ramon.« Ungeduldig suchte sie seinen Blick, doch er blickte weiter missmutig auf die Schneekugel. »Hör mal!« Ihre Stimme klang immer noch kratzig. »Es tut mir leid, dass ich auf halbem Weg zusammengebrochen bin.« Vermutlich, dachte Soya, war er wütend, dass er sie den ganzen Weg hatte tragen müssen.

»Na ja, jedenfalls danke, dass du mich hierhergebracht hast.« Sie schluckte. »Ich …«

»Du musst dich nicht bei mir bedanken«, knurrte er weiter und blickte mit glimmendem Blick auf einen Würfel in seiner Hand.

Verwirrt sah sie ihn an.

»Ich durfte dich nicht anrühren«, zischte er.

Sie verstand nicht.

»Wer …«, sie brach ab, als Ramon Taoko einen finsteren Blick zuwarf. »Was?« Ihr Blick ging zu Taoko, der seine dunklen Knopfaugen nun aufmerksam auf sie richtete. »Taoko hat mich hierhergebracht?«

Ramon nickte.

»Ganz genau! Er stand auf einmal mitten auf der Straße in Bakul und hat mich angeknurrt! Als würde ich dir etwas tun! Er hat dich auf seinen Rücken gehievt und dich dann hierhergebracht.«

Nachdem sie sich dankend an Taoko geschmiegt hatte, sah sie sich das erste Mal richtig um. Sie kannte diese Gegend …

»Jedes Mal hat er die Zähne gefletscht, wenn ich dich anfassen wollte! Du wärst ein paarmal fast runtergefallen! »

Ein leises Knurren drang aus Taokos Kehle.

»Ja, ist doch wahr!«, fuhr Ramon ihn an. »Ich wollte ja nur helfen!«

Taoko zog den Kopf ein und sah ihn mit großen Augen an.

Langsam stand Soya auf. Sie waren – Soya ging ein paar Schritte weiter den Hang hoch – ja! Sie waren bei Zindabor! Sie konnte sein kleines Haus durch die Tannen sehen.

»Taoko hat uns zu Zindabor gebracht!«, rief sie und wirbelte herum.

»Na großartig«, hörte sie Ramon murren. Missmutig packte er die Sachen in die Tasche und stand auf. »Dann willst du jetzt also zu ihm?«, fragte er. »Zu diesem Zindabor, der dein Leben aufs Spiel gesetzt hat?«

Soya streichelte Taoko über den Kopf.

»Dieses Dings, nach dem du suchst«, hörte sie Ramons beherrschte Stimme, »und weswegen wir unser Leben riskiert haben, habe ich übrigens bis jetzt noch nicht gefunden.«

Zindabor stand in einem weißen Umhang vor dem Haus.

»Ramon«, sagte er, nachdem er Soya in eine Umarmung geschlossen und Taoko über den Kopf gestreichelt hatte. »Es freut mich, dich kennenzulernen. Mir ist schon viel über dich zu Ohren gekommen.«

Ramon hob kurz den Blick, murmelte etwas wie »freut mich ebenso« und sah dann zu Soya. Es schien Ramon nicht zu überraschen, dass Zindabor seinen Namen kannte, und wenn, dann ließ er sich nichts anmerken.

Zindabors Augen wanderten zu Ramons Sack.

»Ihr kommt von Bakul?« Er hob die Hand. »Setzt euch.«

Sie gingen auf die Veranda und nahmen im Schatten Platz. Taoko rollte sich neben Soya am Boden zusammen, sodass Ramon sich einen Stuhl weiter weg hinsetzen musste. Zindabor ließ sich auf den Schaukelstuhl fallen und nahm dann einen Zug von seiner Pfeife. Er schnippte mit dem Finger, und ein Tablett mit zwei großen Gläsern Holunderblütensirup, frischgebackenen Keksen und Gebäck erschien vor ihnen auf dem Tisch.

»Nun«, fragte Zindabor schließlich, nachdem sie kräftig bei den Keksen und dem Gebäck zugegriffen und er nochmal Nachschub herbeigezaubert hatte. »Was ist in Bakul passiert?«

Ramon schob ihm den Sack mit den Gegenständen über den Tisch zu.

»Wir wissen nicht, ob wir dieses *Dings* gefunden haben, das Sie unbedingt haben wollten.« Finster sah er ihn an und gab sich nicht die geringste Mühe, seine Verachtung vor ihm zu verbergen.

Zindabor nahm den Sack dankend entgegen und begann dann die Gegenstände auf dem Tisch zu verteilen. Gereizt schaute Ramon ihm dabei zu.

»Soya, dir ist in der Zwischenzeit nicht zufällig eingefallen, wo es sein könnte?«, fragte Zindabor nach einer Weile, ohne jedoch den Blick von den Gegenständen abzuwenden, die er genauestens in Augenschein nahm.

Das ungute Gefühl, das sie nicht mehr losgeworden war, seit sie die Nachricht von Laendor gefunden hatte, kam wieder hoch.

»Nein«, antwortete sie und zog die Beine zu sich heran.

Sie spürte Ramons Blick auf sich haften, sah ihn jedoch nicht an.

»Hat dir Laendor einmal ein Geschenk gemacht, zu dem du eine besondere Beziehung entwickelt hast?«, fragte Zindabor weiter.

Soya verzog leicht das Gesicht.

»Nein.« Sie fuhr Taoko über den Kopf. »Zumindest kann ich mich nicht mehr daran erinnern.«

Zindabor öffnete eine kleine Schatulle.

»Die Schneekugel vielleicht«, murmelte sie und begann dann in den Sachen herumzuwühlen. Sie hob sie vorsichtig hoch. »Aber sie ist zerbrochen.«

Zindabor nahm sie behutsam entgegen und murmelte dann leise einen Zauber. Nach einer Weile legte er die Schneekugel wieder auf den Tisch zurück und nahm den nächsten Gegenstand.

Ramons Gesicht erschlaffte.

Soya sah hinüber zum Horizont, und während Taoko seinen Kopf auf ihre Knie legte und Zindabor sich daranmachte, die anderen Gegenstände zu untersuchen, beschlich sie ein eigenartiges Gefühl. So sehr sie die Zeit hier vermisst hatte und so gern sie auch hier war, fühlte sie sich trotzdem unruhig. Nicht zu wissen, wo Merlan war und wie es ihm ging, machte sie nervös – auch wenn es noch so absurd war, denn Merlan war wahrscheinlich einer der am besten ausgebildeten Magier.

»Nun«, sagte Zindabor nach einer Weile, »ich denke, ihr seid da leider erfolglos gewesen.«

Missmutig lehnte sich Ramon in den Stuhl zurück.

»Und ihr habt wirklich das ganze Haus durchsucht?«, fragte Zindabor.

Ramon verzog das Gesicht.

»Sozusagen«, sagte er unterkühlt. Er fuhr sich über den nackten Arm. »Soya musste zuerst zwei Schirkans umbringen und dann haben wir hohen Besuch gekriegt. Demzufolge waren wir *etwas* abgelenkt. Aber wenn wir gewusst hätten, dass wir so erfolglos sein würden, hätten wir diese Gefahr natürlich gar nicht erst auf uns genommen.«

»Hohen Besuch?«, fragte Zindabor und sein Blick glitt hinüber zu Soya.

»Soyas *Großvater, Meredon,* ist gekommen«, sagte Ramon bitter, während sich sein harter Blick fest auf Zindabor richtete.

»Meredon selbst ist gekommen?«, fragte Zindabor. Die Überraschung in seiner Stimme war nicht zu überhören.

»Ja«, bestätigte Ramon kalt.

»Und was ist dann passiert?«, fragte Zindabor fassungslos.

Soya erzählte ihm die ganze Geschichte und Zindabor unterbrach sie kein einziges Mal. Erst als sie fertig war, richtete er seinen Blick wieder nachdenklich auf die Schneekugel.

»Meredon hat, soviel ich weiß, seit über zweihundert Jahren sein Reich nicht mehr verlassen«, murmelte er geistesabwesend. »Es kommt höchst selten vor, dass ein Herrscher der Schattenwelt sein Reich verlässt. Normalerweise bleibt das Herz, das Zentrum von allem, im geschützten Bereich. Er kümmert sich ausschließlich um die wichtigsten Angelegenheiten. Meredon trifft nur Entscheidungen; die Arbeit erledigen seine Diener. Der Herrscher der Schattenwelt ist zu wichtig, um sich den Gefahren draußen auszusetzen.« Er hielt inne. »Den Legenden zufolge bedeutet das Blut alles für einen Schirkan. Sie würden ihr eigenes Leben opfern, um ein Familienmitglied zu retten. Das würde sein Verhalten erklären.«

Nachdenklich zog er an seiner Pfeife.

»Sekretas«, platzte es aus Soya plötzlich heraus. »Sekretas und Saahrrin stecken gemeinsam unter einer Decke! Meredon weiß nur nichts davon!« Jetzt erschien ihr alles auf einmal völlig logisch. Nur ein so mächtiger Zauberer wie Sekretas konnte den Bann um den Mandoriawald herum brechen. Wer sonst?

»Saahrrin verabscheut Sekretas genauso, wie es alle anderen tun«, murmelte Zindabor mehr zu sich selbst. »Zudem, was nützt Sekretas dein Tod?«

»Er hat mit Saahrrin ein Abkommen!«, warf sie ein. »Sie unterstützen sich gegenseitig.«

»Ich weiß nicht, ob wir da auf der richtigen Spur sind«, schüttelte Zindabor den Kopf. »Ich bezweifle, dass Saahrrin jemals mit Sekretas Geschäfte machen würde.«

»Wieso denn nicht?«, zischte Soya. »Manchmal legt man auch diesen verfluchten Edelmut ab, um gewisse Ziele zu erreichen.«

Zindabor ließ feine Kringel aus Rauch in den bewölkten Himmel davonziehen.

»Saahrrin ist zur Hälfte ein Schirkan«, fuhr er in Gedanken versunken fort. »Vielleicht weiß er auch noch nicht lange, dass es dich gibt.«

Ungläubig sah sie ihn an.

»Es wäre eine Schmach für ihn als König, wenn herauskommen würde, dass er trotz des Krieges mit den Elfen eine elbische Tochter hat«, sagte sie eindringlich. »Das habt ihr doch beide gedacht! Du und Laendor. Ihr glaubtet doch beide, dass Saahrrin hinter alldem steckt!«

Sie verstand nicht, wieso er plötzlich davon abkam.

»Eine Annahme ist noch lange keine Bestätigung, Soya. Laendor und auch ich hatten zu keiner Zeit je einen Beweis dafür.«

Einen Moment lang schaute sie ihm wütend ins Gesicht, dann wandte sie sich wieder dem Wald zu.

Ramon, der bis jetzt geschwiegen hatte, schnaubte.

»Wieso konntet Ihr Eleona eigentlich nicht begleiten!«, entfuhr es ihm. »Ihr habt sie einfach ohne jeden Schutz gehen lassen!«

»Oh.« Zindabor hob die Brauen, lächelte. »Sie hatte doch Schutz.«

»Was denn für einen Schutz?«, sagte er grollend. »Hatte sie irgendeinen Zauber auf sich, mit dem man sie nicht hätte töten können?! Wir wären fast umgekommen!«

»Glaubst du, ich würde Soya einer Gefahr aussetzen, von der ich mir nicht ganz sicher bin, dass sie ihr gewachsen ist?«

»Es hätten noch mehr Schirkans im Haus sein können! Und sie wurde auch schon vorher angegriffen! Sie ist ständig in Gefahr!«

Zindabor atmete tief ein.

»Es ist schön zu sehen, dass du so um ihr Wohlergehen besorgt bist. Einen Freund in so einer schwierigen Situation zu haben, ist immer sehr wertvoll.« Zindabor fuhr sich über seinen langen, schneeweißen Bart. »Doch du unterschätzt die Fähigkeiten Taokos und Soyas«, fuhr er gelassen fort. »Ich habe Soya zudem einen Ring mitgegeben, der es mir ermöglicht hätte, innerhalb kurzer Zeit bei ihr zu sein. Sie war nicht so ungeschützt, wie du dachtest. Zudem war sie doch in deiner Begleitung.«

»Ein Ring!«, rief Ramon aus. »Was nützt ihr ein Ring, wenn sie ihn nicht mehr benutzen kann!«

Soya sah, wie Zindabor seine klaren, hellblauen Augen auf ihn richtete.

»Ich wusste, dass keine ernstzunehmende Gefahr von den Schirkans ausgeht. Ich kenne dieses Volk besser, als du denkst. Ich wusste, dass sie ihr niemals auch nur ein Haar krümmen würden, nicht, wenn sie unter dem Befehl Meredons stehen. Und zurzeit ist Meredon immer noch der Herrscher der Schattenwelt. Wie Soya selbst berichtete, sehen sie ihr Blut als das höchste an. Das goldene, edle Blut. Familien bedeuten ihnen alles. Sie hätten nie gewagt, ihr Schaden zuzufügen. Und das haben sie ja auch anscheinend nicht gewollt.«

»Und wenn Saahrrins Leute dort gewesen wären? Oder Sekretas'?«, donnerte Ramon weiter.

»Nun, mir scheint, auch du bist einer von Saahrrins Männern. Du warst doch bei ihr, oder?«

»Sie wussten doch gar nicht, dass ich bei ihr bin!«

Zindabor atmete tief ein und senkte dann müde den Blick.

»Ramon, auf dieser Welt ist nicht immer gleich alles ersichtlich. Ich habe sie so gut geschützt, wie es in meiner Macht stand. Selbst wenn ich ihr auf Schritt und Tritt folgen würde, hieße das nicht, dass ihr nie etwas zustoßen könnte. Was Sekretas anbelangt, wusste ich, dass er zu diesem Zeitpunkt in den Wäldern Mandorias unterwegs war. Von ihm ging in diesem Moment keine Gefahr aus.« Er atmete tief aus. »Es war die freie Entscheidung Soyas, zu ihrem Haus zurückzugehen. Und ich war ehrlich gesagt auch der Meinung, dass es notwendig ist, um dieses Kapitel abschließen zu können. Sie konnte sich noch nie von ihrem alten Zuhause verabschieden. Sie war einfach aus diesem Leben gerissen worden. Von heute auf morgen. Denkst du nicht, sie hatte ein Recht darauf, noch einmal den Ort aufzusuchen, den sie früher ihr Zuhause nannte?«

Sie sah in den Augenwinkeln, wie Ramon ihr einen Blick zuwarf, dann erhob er sich und wandte sich dem Wald zu. Zindabor legte seine Pfeife auf den Tisch.

»Soya«, fragte er schließlich leise, sodass Ramon ihn nicht hören konnte, »du hast dich mit Merlan angefreundet?«

Die Art und Weise, wie er das sagte, störte sie.

»Du weißt, *wer* er ist?«, fragte er weiter mit gerunzelter Stirn.

»Ja«, erwiderte sie und schaute trotzig in sein Gesicht.

»Und du weißt, unter welchem Befehl er steht?«

»Ja.«

Zindabor lächelte unglücklich.

»Es liegt wohl in deinem Blut, dir Männer auszusuchen, die dir nicht unbedingt guttun.«

»Das Bild, das du über Merlan hast, ist falsch«, murmelte sie und richtete dabei ihren Blick auf Taoko, der sie jetzt mit seinen dunklen Knopfaugen musterte.

»Oh«, sagte Zindabor, »ich wage nicht zu behaupten, überhaupt ein Bild von Merlan zu haben. Ich sehe nur gewisse Umstände und Tatsachen, die sich leider nicht verleugnen lassen.«

»Er ist *gut*«, zischte Soya. Ihr Blick verharrte angestrengt auf dem Ring, den ihr Merlan gegeben hatte.

»Du scheinst ihm nicht so viel zu bedeuten wie er dir«, hörte sie die verbitterte Stimme Ramons plötzlich hinter sich. »Er hat sich noch nicht bei dir gemeldet über den Ring, oder?«, fragte er mit bissiger Stimme und hob wissend die Brauen: »Aus den Augen, aus dem Sinn.« Mit tragischem Blick verzog er das Gesicht. »Er hatte wohl *Wichtigeres* zu tun.« Genervt ließ er sich wieder auf den Stuhl fallen.

Zindabor sah sie aufmerksam an.

»Merlan hat dir einen Ring geschenkt?« Seine Überraschung darüber war nicht zu überhören.

Wütend sah sie Ramon an. War ja klar, dass er das Zindabor gleich unter die Nase reiben musste!

Zindabors Blick neigte sich über ihre Hand.

»Und du hast ihn angenommen«, fuhr er in Gedanken versunken fort, während sein Blick auf dem grünen Stein haften blieb. »Du weißt, dass du vom Träger des zweiten Rings jederzeit gefunden werden kannst?«

»Ja«, sagte sie zähneknirschend.

Sie wühlte in ihrer Tasche und zog dann den Schutzstein der Drachen hervor. Demonstrativ legte sie ihn vor Zindabor auf den Tisch.

»Den hat er mir auch gegeben!«

Überrascht hob Zindabor die Brauen.

»Ein Norill!« Er nahm den Stein vorsichtig in die Hände. »Er hat dir einen Norill gegeben?« Als wäre er zerbrechlich, drehte er ihn vorsichtig in seiner Hand. »Meinen Kenntnissen nach gibt es nur drei davon. Einer ist bei den Drachen und zwei sollen im Schloss Siramon versteckt sein.«

Ramon starrte den Stein eine Weile an, dann griff er sich nochmal einen Keks.

»Er hat gemeint, er soll mich beschützen, weil ich damit nicht gefunden werden kann«, meinte Soya.

»Er möchte sie im Glauben lassen, dass sie ihm trauen kann!«, warf Ramon ein. »Das gehört zu seinem Plan! *Er* kann sie ja finden!«

Zindabor räusperte sich und zu Soyas Erstaunen bildete sich ein Lächeln in seinem Gesicht.

»Taoko scheint das anders zu sehen.«

Verständnislos sah sie ihn an.

»Was?«, murmelte sie.

Zindabors Lippen umspielte ein Lächeln.

»Siehst du es denn nicht, Soya?«

Taokos Augen waren mit dunklem Glanz auf Zindabor gerichtet. Und plötzlich hatte sie das Gefühl, dass er ihn anlachte. Ein verschmitztes Lächeln, während er seine spitzen Zähne zeigte.

»Er lässt Ramon nie zu nahe an dich heran. Doch nicht seinetwegen oder weil er ihn nicht mögen würde.«

Soya fuhr Taoko über den Kopf.

»Du meinst«, flüsterte sie, »Taoko *mag* Merlan?«

Zindabor nickte, während Ramon laut aufstöhnte und dann resigniert in den Stuhl sank.

»Aber er hat ihn doch noch gar nicht kennengelernt.«

»Taoko bekommt mehr mit, als du denkst.« Zindabor hob die Pfeife. »Wer weiß, vielleicht können die schwarzen Wölfe ja die Gedanken von anderen lesen. Mir ist, als hätte ich schon mal was darüber gehört.« Er hielt kurz inne, dann wandte er sich an Ramon. »Ramon«, sagte er leise, »ich denke, es ist besser, wenn du dich bald wieder im Schloss zeigst. Es ist nicht gut für dich, in dieser Zeit so lange wegzubleiben.«

Ramon verdrehte die Augen, erhob sich dann jedoch ergeben.

»Gut.« Er winkte Soya auf Distanz zu. »Ich darf dir ja anscheinend nicht zu nahe kommen.« Seine Stimme klang hart und kalt. Mit zusammengepressten Lippen ging er um den Tisch. »Leb wohl, Eleona *Soya*.« Er drehte sich um und schulterte sein kleines Bündel.

»Ramon …«, flüsterte Soya, doch er hatte sich bereits abgewandt und verschwand durch den Garten in den Wald.

Der warme Tag neigte sich dem Ende zu und bald kamen die ersten Falter aus dem Wald. Sie schwirrten umher und ihre Flügelspitzen schimmerten in der untergehenden Sonne. Taoko hatte sich wieder wie ein Schoßhündchen neben ihrem Stuhl eingerollt, als Zindabor plötzlich aufstand.

»Da ist er ja«, sagte er lächelnd und sah hinüber zum Waldrand. »Komm nur«, sagte er und hob einladend die Arme.

Soya blinzelte überrascht. Etwas Dunkles bewegte sich in den Schatten der Bäume auf sie zu. Dann setzte ihr Herz einen Schlag aus.

»Merlan«, flüsterte sie.

Es war so unwirklich, sein engelgleiches Wesen durch den Garten Zindabors schreiten zu sehen. Mit einer Anmut, die nur ihm vergönnt war, ließ er den Arm sinken und kam mit geschmeidigem Gang auf sie zu.

»Guten Abend, Merlan«, sagte Zindabor. »So lange ist es her.«

»Zindabor.« Merlan neigte den Kopf in eine leichte Verbeugung.

Verblüfft sah sie, wie Merlan Zindabor die Hand auf den Arm legte, als wären sie sich vertraut. Dann verbeugte er sich vor Taoko, ließ sich zu ihm nieder und streichelte ihm vorsichtig über den Kopf.

»Ihr kennt euch?«, fragte Soya verblüfft und sah von Zindabor auf Merlan.

»Flüchtig.« Merlan richtete seine dunklen Augen auf sie. Und wie jedes Mal raubte sein Blick ihr den Atem.

»Soya.« Er nahm beim Vorbeigehen Zindabor den Norill aus der Hand. »Sobald du den Stein aus der Hand gibst, verlierst du den Schutz.« Er legte ihr den Stein in die Hand und umschloss ihn mit ihren Fingern. Sein betörender Duft traf sie unvermittelt und Soya ließ sich benommen in den Stuhl zurücksinken.

»Möchtest du Tee, Merlan?«, fragte Zindabor und wies auf den Stuhl neben Soya.

»Ja, bitte«, antwortete Merlan, ließ den Blick jedoch weiterhin auf ihr ruhen. »Wie geht es dir?«, fragte er, während sich feine Linien leichter Besorgnis auf seiner Stirn abzeichneten.

»Gut«, erwiderte sie, erstaunt über die Eindringlichkeit seiner Frage.

»Du hast Meredon getroffen?«, fragte er weiter. »Ist das wahr?« Seine Topasaugen glühten. »Und er hat dir nichts getan«, fuhr er mit einem leichten Lächeln fort, keine Spur Unsicherheit in seiner Stimme, »so, wie ich es dir gesagt habe.« Er beugte sich näher zu ihr hin. Seine plötzliche Nähe ließ ihr Herz rasen.

»Nein. Hat er nicht«, gestand sie, während sie um Fassung rang.

Merlan lächelte zufrieden.

Vielleicht lag er bei Meredon ja richtig. Aber bei Saahrrin mit Sicherheit nicht. Selbst wenn Merlan ihm vertraute; er wusste ja nicht, dass sie seine Tochter war und dass es um mehr ging als nur elbisches, dunkles oder Menschenblut. Es war nicht das Gleiche wie bei ihm damals. Es ging um Saahrrins eigenes, um des Königs Blut. Sein Ruhm wäre gefährdet, wenn die Leute erführen, dass sie existierte.

»Was wollte er denn von dir?«, flüsterte er in einem veränderten Tonfall – eindringlich, und dennoch zögernd.

Soya blickte auf das Muster der Tischplatte, um ihre Gedanken wieder halbwegs zu entwirren.

»Er wollte, dass ich zu ihm komme«, gestand sie mit schwacher Stimme und blickte auf den Norill.

»Weshalb?«, flüsterte er eindringlich.

Sie kreuzte Zindabors Blick.

»Meredon war anscheinend der Meinung, dass es eine Verschwendung sei, sie nicht in seinem Volk zu haben«, erklärte Zindabor. »Dunkles Blut ist ja bekanntlich wie Gold, nicht wahr, Merlan?«

»Natürlich«, sagte er. Seine Stimme war samten. Ein kaum wahrnehmbares Lächeln umspielte seine Lippen. »Und was hast du gesagt?«, frage er mit der gleichen Intensität wie zuvor.

Soya runzelte die Stirn: »Dass ich es mir überlegen werde.« Doch das stimmte so nicht ganz. So, wie sie es in Erinnerung hatte, hatte sie zu diesem Zeitpunkt gar nichts gesagt. Noch immer fühlte sie dieses eigenartige Gefühl der Leere in sich, obwohl es mit Merlan an ihrer Seite nicht mehr ganz so schlimm war.

»Hmm …« Merlan fuhr sich durch die Haare. »Erstaunlich. Dass Meredon selbst gekommen ist, überrascht mich.« Als wäre ihm etwas Wesentliches entgangen, das alles erklärte, runzelte er die Stirn. »Hast du eine Ahnung, wieso?«

Soya rutschte unruhig auf dem Stuhl herum.

»Nein.«

»Meredon hat, soviel ich weiß, noch nie Zakratos verlassen«, fuhr er nachdrücklich fort. »Jedenfalls schon mehrere Hundert Jahre nicht mehr. Es muss einen Grund geben. Er kommt nicht einfach so.« Er schüttelte abermals den Kopf. »Dass er dich aufgesucht hat, Soya, sowas in dieser Art hat es noch nie gegeben.«

Zindabor erhob sich.

»Es ist schon spät. Der Tag war voller Eindrücke und der nächste Morgen erwartet von mir, in aller Frühe begrüßt zu werden.« Er lächelte wehmütig. »Dem Wetter nach sollen morgen die Kralalinien blühen. Die haben eine besonders große Heilwirkung. Leider blühen sie immer nur in den ersten Morgenstunden und verlieren nach dem Verblühen ihre Wirkung.« Er drehte sich um, und bevor er im Haus verschwand, wandte er sich noch an Merlan: »Du darfst selbstverständlich hier übernachten, wenn du möchtest, Merlan.«

Merlan zog seine Augenbrauen hoch.

»Danke, das ist sehr freundlich.«

Zindabor lächelte ihnen zu.

»Gut, dann richte ich euer Zimmer her. Gute Nacht.«

Soya hob zum Abschied die Hand. Sie war immer noch mit den Worten beschäftigt, die er gerade gesagt hatte: *euer* Zimmer. Ramon hatte er wieder weggeschickt. Hatte er gewusst, dass Merlan kommen würde? Hatte er ihn deshalb gebeten zu gehen? Und weshalb schickte er Ramon weg und lud Merlan ein?

Merlan griff wortlos nach der zerbrochenen Schneekugel, die immer noch auf dem Tisch stand. Die anderen Sachen hatte Zindabor weggeräumt.

»Woher kennt ihr euch?«, fragte Soya, während sie ihm zusah, wie er die Schneekugel vor seinen Augen zu drehen begann.

»Zindabor hat mich vor langer Zeit aus fremden Klauen befreit«, sagte er. Seine samtene Stimme klang rau. »Er hat mir mein

Leben wieder zurückgegeben.« Er zögerte; sein Gesicht, das vom Licht der Laterne unnatürlich bleich schien, wirkte auf einmal hart. »Soya«, sagte er und holte tief und lange Luft. »Als ich gehört habe, was passiert ist, dass du alleine Meredon gegenüber gestanden bist … Wenn Sekretas …« Er hielt inne und suchte nach den richtigen Worten. »Wenn er dir über den Weg gelaufen wäre …« Seine kühle Hand berührte ganz vorsichtig ihre Wange.

»Ich hatte den Norill«, sagte sie mit schwacher Stimme.

Merlan vergrub das Gesicht in seinen Händen.

»Trotzdem. Er hätte dich finden können.«

»Sekretas war zu dieser Zeit nicht in der Gegend.« Das hatte Zindabor ja gesagt. »Und ich war nicht allein. Taoko und Ramon haben mich begleitet.«

»Ich weiß.« Es klang niedergeschlagen. »Doch Taokos Kräfte sind auch begrenzt, und Ramon ist nicht unbedingt der Schutz, den ich mir für dich wünschen würde. «

»Komisch. Das denkt er auch von dir.«

»Ach ja?« Sein linker Mundwinkel hob sich.

»Er denkt, du willst mich zu Saahrrin bringen«, erklärte Soya auf seinen fragenden Blick hin, »du möchtest mich ihm ausliefern.«

Merlan verdrehte die Augen.

»Weshalb denn? Damit Saahrrin dich aus dem Land verbannt? Du weißt selber, dass du eigentlich nicht hier sein dürftest. Zumindest nicht ohne Bewilligung. Es gibt weiß Gott größere Verbrechen.« Er verzog das Gesicht. »Und ein Mirok, habe ich herausgefunden, bist du ja nicht.« Er zwinkerte ihr zu.

Er wusste es also wirklich nicht. Er hatte keine Ahnung, dass sie Saahrrins Tochter war. Und deshalb hatte er auch noch nie mit Saahrrin über sie gesprochen. Sonst hätte Saahrrin gewusst, dass er sie meinte … Und es lag auf der Hand, dass er es ihm dann gesagt hätte.

»Ich hätte es mir nie verzeihen können, wenn dir etwas zugestoßen wäre«, sagte er auf einmal leise, während er die Schneekugel wieder auf den Tisch stellte. »Es war unverantwortlich, dich allein gehen zu lassen.« Er rang mit sich und ein eigenartiger Ausdruck lag auf seinem Gesicht, den sie nicht deuten konnte.

»Es ist nicht deine Aufgabe, mich zu beschützen«, sagte sie leise, während ihr Herz anschwoll.

Er starrte auf ihre beiden Hände, die ganz nah nebeneinander lagen; seine Lippen zuckten.

»Ich weiß nicht, ob ich mich überhaupt noch dagegen entscheiden kann, mich nicht verantwortlich für dich zu fühlen.«

»Wieso?«, flüsterte sie.

»Es macht mich nervös …, wenn ich nicht weiß, wo du bist.«

Sein Geständnis ließ ihre Wangen kribbeln und sie war froh, dass sie nicht rot wurde. Er zögerte, ehe er weitersprach.

»Und ob du in Sicherheit bist. Schon das erste Mal fiel es mir schwer, von dir wegzugehen und dich in Tamalin allein zu lassen. Dann beim zweiten Mal, als ich fortging, konnte ich nicht mehr normal denken. Meine Gedanken kehrten immer wieder zu dir zurück. Wo du bist, was du tust, ob du in Gefahr bist. Ich habe das fast nicht ausgehalten und mich mit tausend Schuldgefühlen gequält.« Er runzelte die Stirn und kniff die Augen zusammen.

Taoko erhob sich, sah sie mit seinen tiefschwarzen Augen an, trippelte dann geschmeidig die Treppe der Veranda hinab und verschwand im dunklen Wald.

»Wir sollten auch gehen«, flüsterte Merlan und erhob sich.

»Komm.« Er blieb vor ihr stehen und half ihr hoch; seine kühle Hand in der ihren.

Zindabor hatte ein Doppelbett ins Zimmer gezaubert, mit zwei flauschig aussehenden Bettdecken und Kissen.

»Es ist schön, zur Abwechslung wieder mal in einem richtigen Bett zu schlafen«, sagte Merlan mit schrägem Lächeln und schloss die Tür.

Er stellte seine Umhängetasche auf den Boden und zog ein Sweatshirt heraus. Soya ging an ihm vorbei und versuchte angestrengt, seinen durchtrainierten Oberkörper nicht anzustarren, während er sich umzog. Sie versagte und drehte sich von ihm ab. Mit angespanntem Kiefer klaubte sie ihren Pyjama hervor und schlüpfte ins Badezimmer.

Als sie wiederkam, lag er ausgestreckt auf dem Bett, den Blick auf die weiße Lilie an der Wand gerichtet.

»Ich sehe es mal als Kompliment, dass Zindabor mich hier schlafen lässt.«

»Ja.« Soya runzelte die Stirn.

»Wie lange warst du hier, nachdem das mit Laendor passiert war?«, fragte er leise, als sie sich hingelegt hatte. Er stützte sich auf den Ellbogen, sodass er sie besser betrachten konnte.

»Ziemlich lange«, antwortete Soya.

Sie konnte sich nicht mehr genau daran erinnern. Einzelne Abschnitte traten klarer hervor. Andere, längere Passagen waren ungenau. Als wäre es nicht sie, die das erlebt hatte, sondern eine Erinnerung von jemand anderem, die ihr mal erzählt worden war. Es war eigenartig, dass es dabei um ihr eigenes Leben ging.

»Und dann hat dich Zindabor in allem unterrichtet«, mutmaßte er.

»In einigem. Zindabor kennt Zauber, die sonst niemand kennt. Große, komplexe Zauber.«

»Und du hast die gelernt?«

»Ein paar davon.«

Sein Blick war unergründlich.

»Und dann warst du bei den Elfen«, fuhr er fort.

Soya nickte.

»Aber sie haben dich nicht aufgenommen«, stellte er fest.

»Nein«, murmelte sie.

»Trotzdem haben sie dich in ihre Zauber eingeweiht.«

Soya hob den Blick. Sie wusste nicht, worauf er hinauswollte.

»Ich muss wissen, wie weit du bist, Soya«, sagte er mit flehendem Blick. »Ich muss wissen, wie gut du dich verteidigen kannst.«

Sie holte tief Luft und schüttelte den Kopf, um die unangenehmen Gedanken an Saahrrin und Sekretas zu vertreiben.

»Ich komme schon klar«, murmelte sie.

Er runzelte die Stirn.

»Es ist wichtig, dass du die beste Ausbildung bekommst.«

Soya lächelte halbherzig.

»Ich meine es ernst.«

Sie drehte sich auf den Rücken und blickte auf die hellen Punkte an der Decke, die vom Kreuz im Garten zu ihnen hineinleuchteten.

»Man kann nicht gut genug vorbereitet sein, wenn man Sekretas' Weg kreuzt«, sagte er eindringlich.

»Ich weiß«, sagte sie dumpf.

»Du solltest die Gefahr ernster nehmen.«

»Das tu ich.« Sie schaute ihn finster an.

»Ich glaube nicht, dass du dir über das Ausmaß dessen, was passieren würde, wenn er dich in die Hände bekäme, bewusst bist.«

»Dann ist ja schön, dass wenigstens einer von uns darüber im Klaren ist.«

»Soya.« Er vergrub den Kopf in seinen Händen. »Du kannst dir nicht vorstellen, wie es mich quält, dich in einer Welt zu wissen, wo Sekretas ist und nur ein Ziel verfolgt, nämlich dich zu bekommen. Dich als sein Werkzeug zu schmieden, es zu benutzen und es dann zu zerstören, wenn er alles erreicht hat.« Seine Topasaugen schimmerten dunkel. »Besitze niemals die Illusion, er könne eine gute Seite an sich haben. Die hat er nicht. Nicht Sekretas. Seine Seele ist schwarz, wenn er überhaupt eine hat. Er wird dich nie als etwas anderes sehen, als etwas, das er benutzen will, um höhere Ziele zu erreichen. Sein Herz lässt sich nicht erweichen. Er wird dir nie, nicht nach Jahren, Gnade gewähren. Kalt wie ein Stein wird er dich auslöschen, wenn du ihm nichts mehr bringst. Also hör nicht auf seine Schmeicheleien. Er wird niemals das einhalten, was er dir versprechen wird.«

Sein durchringender Blick ließ sie frösteln. Doch selbst wenn sie die beste Ausbildung bekommen hätte, war es fraglich, ob sie je eine Chance gegen ihn haben würde.

»Wieso sagst du mir das alles?«

»Weil er sehr gut darin ist, Leute zu manipulieren.«

»Ich falle nicht auf ihn herein.«

»Ich möchte einfach, dass du auf alles vorbereitet bist.«

Eine Weile war es still. Dann holte er tief und lange Luft.

»Ich glaube nicht, dass es Zufall ist, dass wir uns getroffen haben«, sagte er leise. »Auch wenn es meine Arbeit ist, magische Wesen aufzuspüren. Aus irgendeinem Grund warst du da, wo ich war. Wir sind gleich, jedenfalls im Kern. Uns verbindet dasselbe Schicksal. Du bist wie ich, und ich bin wie du.«

Sie nickte stumm.

»Deshalb bist du hier? Weil wir beide gleich sind?«

Er lächelte das Lächeln, das seine Lippen umspielte.

»Natürlich nicht.« Er hob ihr Kinn hoch, sodass sie ihn ansehen musste. Sein Blick war weich. »Zindabor hat gefragt, ob ich bei dir schlafen möchte.« Er schüttelte den Kopf. »Das hat er nicht einfach so getan.« Er hob die Hand und strich ihr über die Schläfe. »Wenn etwas so offensichtlich ist, dass man dafür keine Worte braucht, dann kann es nur von einer Tiefe sein, die alle Worte erübrigt.« Er runzelte die Stirn. »Selbst Taoko fühlt es«, flüsterte er. »Er hat uns allein gelassen.«

Einen Moment war sie in der Versuchung, sich nach vorn zu beugen und ihn zu küssen, doch dann atmete er tief ein und schloss die Augen.

»Ah … das sollte nicht so sein.« Mit einem Mal war seine Stimme erfüllt von Schmerz.

»Was«, flüsterte sie.

»Wir haben uns zu dem unpassendsten Zeitpunkt überhaupt kennengelernt. Die Welt ist am Brodeln. Sekretas rüstet auf. Und jetzt präsentieren wir uns vor ihm auf einem goldenen Tablett.«

Soya runzelte die Stirn.

»Es ist die effektivste Waffe, die sich Sekretas wünschen kann«, erklärte er, »wenn man sein Herz einmal in eine andere Hand gelegt hat, ist es für den Gegner ein Leichtes, einen zu kriegen.«

Ihm war es vielleicht nicht bewusst, was er da gerade gesagt hatte. Ihr schon.

»Soya«, er nahm ihr Gesicht in seine beiden Hände. »Wenn es so weit ist, dass ich nicht mehr von der Erde angezogen werde, sondern von dir, dann ist das nicht gut. Zumindest jetzt nicht.«

Soya schloss die Augen und konzentrierte sich auf die regelmäßigen Atemzüge, die seinen Brustkorb anhoben und wieder sinken ließen. Es war erstaunlich; obwohl sie noch nie in ihrem Leben glücklicher war als zu eben jenem Moment, fühlte sie einen Schmerz in ihrer Brust, den sie sich nicht erklären konnte.

Seine kühlen Lippen legten sich auf die ihren, zuerst zögernd und vorsichtig, und als sie ihn nicht wegschob, immer fester. Selbst wenn sie nicht kräftemäßig unterlegen gewesen wäre, hätte sie sich nicht dagegen auflehnen können. Alles, was in ihr existierte, löste sich in dem Moment in Luft auf. Ihr Verstand war ausgeschaltet. Das Einzige, was sie in diesem Augenblick begehrte, was sie brauchte wie die Luft zum Atmen, war seine Nähe. Sie erwiderte seinen Kuss, das Herz unkontrolliert in ihrer Brust hämmernd, während sie keuchend nach Luft schnappte und seinen unglaublich guten Duft in sich einsog.

Seine Hände gruben sich in ihre Haare, während sie gierig sein Gesicht berührte, das sich genauso anfühlte, wie sie es sich vorgestellt hatte. Sein Haar war weich und seidig. Und der Duft seiner Haut war so nah noch besser, als sie es je für möglich gehalten hätte.

Vielleicht war es auch das Wissen, dass etwas, das so schön war, niemals von Dauer sein konnte, dass sie sich nur noch näher an ihn heranschmiegte, ihren Körper an den seinen presste, um sich dann an alle Einzelheiten genau erinnern zu können, wenn es wieder ein Ende nahm.

Merlan schob sie sanft zurück.

»Wie gesagt, Zindabor vertraut mir« lächelte er entschuldigend.

Schwer atmend blieb sie liegen und wartete darauf, dass sich ihr Puls wieder beruhigte. Sie hatte noch nie jemanden geküsst.

Jedenfalls nicht richtig. Der Kuss, den sie Ramon mal beim Flaschendrehen geben musste, zählte nicht und war auch nicht annähernd damit zu vergleichen. Es war besser als alles, was sie je in ihrem Leben erlebt hatte.

Zärtlich strich Merlan ihr die Haare aus der Stirn.

»Bitte nimm das nicht gegen dich. Es ist das größte Kompliment, das ich dir machen kann, wenn ich jetzt aufhöre.« Er zog sein Kissen ganz nah an das ihre heran. »Versuch zu schlafen«, flüsterte er, während sich seine kühle Hand in die ihre legte.

»Wie kann ich schlafen, wenn du bei mir bist?«, flüsterte Soya zurück.

»Hmmm«, murmelte er lächelnd. »Ich weiß genau, was du meinst.« Er hob ihr Kinn an und hielt sie mit seinem glühenden Blick fest. »Versuch es trotzdem.«

Obwohl sie sich fest vorgenommen hatte, keine Sekunde der Nacht dadurch zu vergeuden, nicht in sein Gesicht zu blicken, konnte sie die Augen nur so lange offen halten, bis Zindabors Uhr in der Küche ein Uhr morgens schlug – das Letzte was sie spürte, war Merlans kühle Hand, die sanft über ihre Wange fuhr.

Von irgendwoher hörte sie leise Stimmen. Sie streckte ihren Arm aus, doch neben ihr war nur eine leere Matratze. Sie setzte sich auf und versuchte, die neuen Gefühle in sich zu ordnen.

Merlan und Zindabor saßen bereits draußen auf der Veranda. Soya wollte gerade die Tür aufmachen, als sie jäh in ihrer Bewegung erstarrte – sie hatte Merlan tatsächlich *Smilion* murmeln hören. Unsicher blieb sie stehen und beobachtete die beiden durch den Türspalt.

War es nicht Zindabor selbst gewesen, der ihr verboten hat, mit irgendjemandem darüber zu sprechen? Dass er nun ausgerechnet mit Merlan, dem engsten Vertrauten Saahrrins, darüber sprach, überraschte sie.

Merlan hob den Kopf und ein Lächeln erhellte sein Gesicht, als er sie kommen sah.

»Guten Morgen.« Seine Hand strich über ihren Arm.

Ungeduldig nahm sie seine Hand und vergaß für einen Moment ihre argwöhnischen Gedanken.

Taoko streifte an ihren Beinen vorbei und ging geschmeidig den schmalen Weg in den Garten hinab. Er wandte sich noch einmal kurz um, schaute Soya mit seinen dunklen Knopfaugen an und verschwand dann im dichten Gebüsch.

Wehmütig sah sie ihm nach.

Merlan hob die freie Hand und fuhr mit dem Finger die Kontur ihrer Schläfe nach.

»Alles in Ordnung?«

»Ja.« Ihr Blick fiel auf ein reichhaltiges Frühstück, das Zindabor in Windeseile herbeigezaubert hatte.

»Wir sprachen gerade davon, wie wir am besten an die Smilions kommen können«, erklärte ihr Merlan, um sie auf den neuesten Stand zu bringen.

Langsam ließ sie sich auf den Stuhl nieder – hatte er gerade *wir* gesagt?

Zögernd zog sie eine Scheibe Brot aus dem Brotkorb, den ihr Merlan hinhielt.

»Wir sind zum Schluss gekommen, dass Laendor es an einem anderen Ort als bei euch zu Hause versteckt haben muss«, fuhr Merlan leise fort.

Entsetzt starrte sie in Zindabors Gesicht.

»Was mich gerade auf eine Idee bringt«, murmelte Zindabor und nahm sich eine Aprikose. »Soya, gib mir doch bitte mal dein Medaillon.«

Ihre Hand glitt über die feinen, eingravierten Linien ihres Medaillons, das sie wie immer an einer Kette um den Hals trug.

»Da drin ist nichts!« Ihr Puls ging auf einmal sehr schnell. »Wieso machen wir das überhaupt hier?«, zischte sie. »Sollten wir so etwas nicht drinnen machen?!« Sie sah sich um und ihr Blick blieb am Waldrand kleben.

»Es ist niemand in der Gegend«, entgegnete Zindabor ruhig.

Frustriert blickte sie in sein Gesicht. Was hatte sie verpasst? Gehörte Merlan auf einmal zum verschworenen Kreis? War er über Nacht zum engsten Vertrauten Zindabors geworden? Sie hatte ja nichts dagegen, dass er bei ihnen war, und ja, sie würde ihn auch am liebsten in alles einweihen. Nichts lieber als das. Aber von heute auf morgen? Sie hätten auch noch ein bisschen warten können.

»Lasst uns doch zuerst frühstücken«, schlug Merlan vor.

Soya neigte den Blick und hoffte, dass er nichts von ihren Gefühlen mitbekam. Zindabor begann, Butter auf seine Scheibe Brot zu streichen, während Soya auf ihre leere Brotscheibe starrte. Lustlos hob sie sie hoch und begann daran zu knabbern.

Nach dem wortkargen Mahl stand sie auf und ging hinüber zu Taoko, der gerade wieder aus dem Wald kam. Sie grub ihren Kopf in sein Fell, dann fiel ihr Blick plötzlich auf ihr Medaillon. Vor Taoko am Boden sitzend, nahm sie es in beide Hände. Und auf einmal fiel es ihr wieder ein – Soya kramte die zusammengefaltete Nachricht von Laendor hervor und stricht sie glatt.

Mit der Schneekugel geht ein Märchen unter,
doch es ist immer das Wichtigste, das deinem
Herzen am nächsten ist.

Soya umschloss das Medaillon mit festem Griff, das direkt über ihrem Herzen an der Kette baumelte, als der Groschen endlich fiel: *es ist immer das Wichtigste, das deinem Herzen am nächsten ist.* Dann spürte sie Taokos Kopf an dem ihren und hörte seinen regelmäßigen Herzschlag. Auf einmal verspürte sie den Drang, die Kette mit dem Medaillon irgendwo zu verstecken, wo sie nie jemand finden konnte.

»Taoko«, flüsterte Soya, »kannst du die Kette irgendwo hinbringen, wo sie niemand findet?« Seine Augen blickten sie treuherzig an. »Kannst du das bitte?«, hauchte Soya und zog sie sich vom Kopf. Es war das Einzige, was ihr von ihrer Mutter geblieben war, und mit dem sie sie schon das ganze Leben lang verband. Es jetzt einfach wegzugeben, fühlte sich an, als würde sie die letzte Erinnerung von ihr weggeben.

»Soya?«

Es war Zindabor, der sich zu ihr niederneigte. Sie spürte seine große, warme Hand auf ihrer Schulter. Aufgebracht sah sie zu ihm hoch.

»Laendor war mein bester Freund und mein engster Vertraute, neben meinem Bruder natürlich«, begann er leise. »Ich würde nichts dem Zufall überlassen, wenn es um etwas so Wichtiges wie dich und die Smilions geht. Wir beide haben immer für das höhere Wohl gekämpft und waren immer der Ansicht, dass Geheimnisse nur dann ausgetauscht werden dürfen, wenn nicht die geringsten Zweifel bestehen. Was zu dem führt: Ja, ich vertraue Merlan.«

Betreten blickte sie auf Taokos Pfoten.

»Wieso?«, flüsterte Soya.

»Ich habe gewisse Gründe, die ich dir zum jetzigen Zeitpunkt nicht nennen kann. Wenn die Zeit gekommen ist oder wenn Merlan sie dir anvertrauen will, wirst du es erfahren. Nur so viel, Soya, ich würde meine Hand für Merlan ins Feuer legen, wenn es um Sekretas geht. Er würde niemals zulassen, dass er an die Macht gelangt. Und deshalb können wir ihm auch bei der Sache mit den Smilions zu hundert Prozent vertrauen.«

Soya öffnete langsam ihre Hand.

»Das Medaillon hat sich nie öffnen lassen«, sagte sie leise und fuhr über die feinen Windungen.

»Ach, tatsächlich?« Zindabors Augen leuchteten unter seinen alten Augenlidern hervor. »Seit wann nicht?«

»Schon immer«, flüsterte Soya.

»Seit du es bekommen hast?«, fragte jetzt Zindabor ebenso leise.

Soya legte es in seine große, warme Hand.

»Ja.«

Etwas offenbart sich

Zindabors Blick glitt prüfend über Soyas Gesicht.

»Ich kann nicht versprechen, dass es danach noch ganz sein wird. Vielleicht wird der Zauber das Medaillon zerstören«, warnte er sie.

»Ja«, hauchte Soya.

Sie hatten gewartet, bis es Abend war, denn Zindabor meinte, dass man dann das Smilion am besten erkennen würde: eine helle, weiße Lichtkugel; ein Zauber, der selbst denken kann, und alle drei Smilions zusammen ergeben die große Macht. Die Macht, nach der alle strebten und die alle anderen zu Untertanen machte; unsterblich und unbesiegbar.

Es hörte sich fast wie ein Lied an, als sie Zindabor leise Worte murmeln hörte. Merlan, Soya und Taoko saßen ihm gegenüber. Alle drei blickten gespannt auf seine Hände, die das Medaillon vorsichtig umfassten. Doch die Hoffnung, dass irgendwann etwas passieren würde, dass sich das verschnörkelte Türchen öffnen würde, schwand. Nichts geschah, das Medaillon mit seinen feinen Gravuren lag unverändert in Zindabors Händen, und unter den vieren machte sich Enttäuschung breit. Zwar sagte keiner etwas, aber die gespannte Erwartung, endlich das Smilion, das Laendor gehütet hatte, gefunden zu haben, wich einer stummen Verbitterung. Wieder standen sie am Anfang und hatten nichts in der Hand. Sekretas hatte bereits ein Smilion an sich genommen. Es war nur eine Frage der Zeit, bis er auch die anderen finden würde.

Soya wollte gerade aufstehen, um es ihm wieder aus der Hand zu nehmen, als sie plötzlich in der Bewegung innehielt: Als sie das Medaillon berührte, war das winzige, silberne Tor des Medaillons aufgesprungen und zu ihrer aller Verblüffung stieg jetzt ein feiner, hellsilberner Dunst daraus hervor.

Soya schnappte nach Luft. In Merlans dunklen Saphiraugen spiegelte sich das Smilion als helle, silberweiße Lichtkugel, während sich in seinem Gesicht eine leichte Verblüffung zeigte. Taoko hingegen sträubte es eine wenig die Nackenhaare. Doch auch er schien fasziniert von dem märchenhaften Anblick. Es war, als würde eine leise Melodie von dieser Kugel ausgehen, doch selbst wenn man ganz genau hinhörte und die Ohren spitzte, konnte man trotzdem nicht sagen, was genau man hörte. Es war wie eine Stimme, ein Gesang von einem anderen Ort. Als wäre es mehr Schwingung als tatsächlicher Ton. Hoch, aber trotzdem nicht unangenehm. Merlan fasste sich als Erster.

»Es ist wunderschön«, flüsterte er. »Jetzt, wo es hier vor uns ist, frage ich mich, wie es all die Zeit hatte unbemerkt im Medaillon bleiben können.«

»Laendor hat es gut geschützt«, erklärte Zindabor und blickte mit glänzenden Augen auf die schwebende Kugel. »Brillant, es ließ sich erst öffnen, als du es berührtest. Der Zauber wirkte nur zusammen mit deiner Berührung.«

Soya hob langsam die Hand und näherte sich dann ganz vorsichtig dem glühenden Smilion. Es wankte einen kurzen Moment zur Seite, kam dann aber wie ein neugieriges Kind näher und hielt nur wenige Millimeter vor ihren Fingerspitzen inne.

»Erstaunlich«, sagte Zindabor. »Ein höchst seltsames Verhalten für ein Smilion. Den Legenden zufolge sind sie sehr scheu. Es wird sich über all die Jahre an dich gewöhnt haben.«

Auf einmal wurde ihr schwer ums Herz. Über all die Jahre hatte sie es um ihren Hals getragen. Jeden Tag und jede Nacht. Und nie, nicht einen einzigen Moment lang hatte sie etwas von seiner Anwesenheit gespürt.

Soya sah ganz kurz in Zindabors Gesicht, dann formte sie mit der Hand eine Schale. Das Smilion schwebte langsam näher und legte sich in die Wölbung ihrer Hand hinein. Sie spürte unter dem Tisch die Hand Merlans, die ihre andere Hand festhielt, und schluckte schwer.

»Es ist schrecklich, dass es die ganze Zeit über in dem Medaillon eingesperrt war«, flüsterte Soya leise. »Wir könnten es doch einfach so bei uns behalten.«

Zindabor sah sie unglücklich an.

»Bitte tu es nicht wieder ins Medaillon zurück.« Sie hob den Blick und sah ihn an.

»Es einfach so bei uns zu haben, wäre viel zu gefährlich. Wir müssen es irgendwo sicher aufbewahren.«

Zindabor nahm eine kleine Schatulle hervor. Er hob die Hand, sprach einige Worte und das Smilion erhob sich von Soyas Hand. Sachte schwebte es zu Zindabor hinüber und verschwand im Inneren der Schatulle.

*

Mehrere Wochen vergingen und Merlan blieb mit Soya bei Zindabor. Er übte mit ihr ununterbrochen in den Wäldern die Kampfkunst mit dem Schwert und führte sie in seine Kenntnisse der Zauberei ein. Damit nichts auffiel, kehrte er einmal pro Woche kurz ins Schloss zurück und zeigte sich bei Saahrrin und seinen Gefolgsleuten.

Fast konnte sich Soya nicht mehr an das dumpfe Gefühl der Leere und Trostlosigkeit erinnern, an das nagende Gefühl von Schmerz, obwohl die Schuldgefühle nie ganz von ihr wichen. Doch wenn Merlan da war, fühlte es sich so an, als hätte es das Loch in ihr drin nie gegeben, als wäre sie immer ganz geblieben.

»Wie machst du das?«, fragte Soya und schaute ihm neidisch dabei zu, wie er sich ohne Problem in der grellen Sonne aufhielt.

»Wie mache ich was?« Er blieb auf halber Höhe des Abhangs stehen, der zu Zindabors Haus hinabführte.

»Wie kannst du dich so lange in der Sonne aufhalten, ohne geschwächt zu werden?«

Er schaute sie verdutzt an.

»Hat dir das noch niemand gesagt?«

»Wer denn?«, fragte sie zerknirscht.

Er ging die wenigen Schritte, die sie voneinander trennten, zu ihr und seufzte. Er hob die Hände, die Handfläche zur Sonne und murmelte ganz leise: »*ssussun rath.*« Ein feiner Dunst schoss aus seiner Handfläche und legte sich wie ein durchsichtiger Schleier über ihn.

»Saahrrin hat es mir beigebracht.« Er hielt inne und musterte sie aus den Augenwinkeln. »Du kannst dich so eine gewisse Zeit vor dem Licht der Sonne schützen. Der Schutz hält allerdings nicht sehr lange an und es benötigt einiges von deiner Kraft. Aber immer noch weniger, wie wenn die Sonne dich schwächt. Mit dem Zauber kannst du genauso kämpfen und genauso schnell laufen, wie wenn du im Schatten bist.«

Soya probierte es aus und tatsächlich, als sie neben Taoko vom Schatten in die Sonne trat, fühlte sie nichts weiter als ein leichtes Kitzeln auf der Haut.

»Es funktioniert!«, rief sie.

Merlan warf den Kopf nach hinten und lachte.

Schlechte Neuigkeiten

Es wurde Herbst im Mandoriawald und Zindabors Garten zeigte sich in den schönsten Farben. Als Soya eines Morgens erwachte, blieb sie noch eine Weile liegen und ließ die Tatsache, dass Merlan so nah neben ihr lag, auf sich wirken. Sein Gesicht sah friedlich aus; die Schatten unter seinen Augen waren verschwunden. Und während sie seine Züge betrachtete, hatte sie auf einmal das Gefühl, ihn beschützen zu müssen. So absurd es auch war – Merlan war um einiges stärker und erfahrener als sie –, doch wie Merlan selbst gesagt hatte, präsentierten sie sich vor Sekretas auf einem goldenen Tablett. Wenn Sekretas erfuhr, dass Merlan und sie zusammen waren und Merlan ihm in die Hände fiel, war es keine Frage, was sie tun würde.

Sie versuchte nicht daran zu denken, dass er heute oder morgen wieder nach Elindor würde zurückmüssen. Schon eine ganze Woche hatte er sich nicht mehr im Schloss blicken lassen, und allmählich fiel es auf.

Langsam und vorsichtig richtete sie sich auf. Zindabor war vor zwei Tagen nach Helandibur abgereist. Die Elfen hatten ihm einen Boten geschickt mit der dringenden Bitte, so schnell wie möglich vorbeizukommen. Vielleicht war er schon zurück.

»Soya«, murmelte Merlan. Er streckte seine Hand aus und zog sie zurück. »Wohin gehst du denn?« Er neigte seinen Kopf zur Seite und legte seine Wange an ihre. »Es ist doch noch so früh.«

»Taoko ist schon zurück«, sagte sie, als sie den großen Kopf des Wolfs vor der Verandatür entdeckte, und versuchte, sich aus Merlans Umarmung zu lösen.

»Hmmm.«

»Und ich wollte …«, fuhr sie fort, doch dann spürte sie seine kühle Hand an ihrem Nacken und verlor den Faden.

»Was?«, hauchte er.

»Nachsehen, ob Zindabor schon zurückgekommen ist«, beendete sie den Satz.

Er erstarrte, und als sie ihn ansah, bereute sie es sofort, etwas gesagt zu haben. Er fuhr sich über den Kopf und stöhnte. »Kann das Leben denn nicht einmal ereignislos sein?«, seufzte er.

»Ereignislos klingt gut.« Soya verzog das Gesicht.

Die Zeit war ein müßiges Thema. Sie wusste, dass vieles auf sie wartete, und umso mehr sehnte sie sich danach, an einem Ort zu sein, wo es nichts als Ruhe und Frieden gab.

»Soya«, sagte Merlan niedergeschlagen, »Kannst du mich nicht nach Elindor begleiten?« Er sprach leise, den Blick auf ihre Hände gerichtet, die sich ineinander verschlungen hatten. »Wir erklären Saahrrin alles. Wenn er weiß, wie wichtig du mir bist, wird er dir sicher Papiere ausstellen, damit du in seinem Land sein darfst. Niemand könnte dir mehr etwas anhaben, wenn seine Unterschrift darunter steht.« Er hielt inne und betrachtete den Ring an ihrem Finger. Dann schaute er sie grimmig an. »Ich bin es leid, dass wir uns immer verstecken müssen. Und ich möchte mich nicht immer wieder von dir trennen.«

Soyas Magen krampfte sich zusammen.

»Er kennt mich und er vertraut mir«, flüsterte er eindringlich. »Er würde dich bei sich aufnehmen wie mich damals.« Er sah, wie sie um Fassung rang, wie sie versuchte, sich dieser Vorstellung zu entwinden, und heftete weiterhin seine Augen fest auf sie – hypnotisch und flehend.

»Das ist … eine Illusion«, bemerkte Soya und zog ihre Hand zurück.

Seine Miene verfinsterte sich.

»Was ist der eigentliche Grund?«, fragte er.

»Das weißt du doch.« Sie gab sich Mühe, ruhig zu sprechen.

Sein Blick wurde ernst.

»So, wie du dich verhältst, hast du nicht nur Angst. Du bist panisch.« Er runzelte die Stirn. »Verrat mir den eigentlichen Grund, weshalb du ihn nicht sehen willst. Vertraust du mir so wenig, wenn ich dir versichere, dass er dich akzeptiert, wenn ich darauf bestehe?«

Ihr schwirrte der Kopf und sie brauchte zu lange, bis ihr eine passende Antwort einfiel.

»Saahrrin hasst Elfen«, sagte sie mit schwacher Stimme.

»Wirklich? Das ist alles?« Er schaute sie prüfend an. »Das glaube ich dir nicht.«

»Er hat dunkles Blut«, sagte sie schnell, »ist es da so abwegig?«

»Soya.« Sorgsam sprach er ihren Namen aus. »Dir wurde einfach nicht beigebracht, wie man richtig lügt.«

»Und dir schon?«, gab sie zerknirscht zurück.

»Das ist Teil meiner Arbeit«, erklärte er sanft. »Saahrrins Land wäre dem Untergang geweiht, wenn ich unsere Feinde nicht anlügen könnte.«

Soya stockte der Atem, während sie seine Worte kalt erfassten.

Ein Lächeln kehrte in sein Gesicht zurück.

»Was glaubst du denn?«, sagte er und fuhr mit seiner Hand über ihre Schläfe. »Wenn ich diese Miroks nicht ständig hereinlegen würde, hätten wir keine Mauern mehr ums Schloss, geschweige denn ein Schloss.« Er verzog abschätzig das Gesicht. »Ah«, stöhnte er und strich ihr sanft die Haare hinters Ohr, »das Leben könnte so viel einfacher sein.«

»Können wir das ein andermal ausdiskutieren?«, japste Soya, als ihr von seiner Nähe ganz schwindlig wurde, »ich glaube, Zindabor ist gekommen.«

Merlans Augen funkelten, er sagte aber nichts weiter. Niedergeschlagen stand er auf.

Soya öffnete die Verandatür und Taoko trottete ins Schlafzimmer. Mittlerweile hatte er fast keinen Platz mehr im Haus. Er schmiegte sich an Soya und begrüßte dann auch kurz Merlan, der ihn am Nacken kraulte.

Bevor sie hinaus auf die Veranda traten, nahm er nochmal ihre Hand und drehte sie zu sich um.

»Soya.« Seine Gesichtszüge waren weich und liebevoll. »Aus was für Gründen auch immer du dich fürchtest, du brauchst dir nicht die geringsten Sorgen zu machen.« Er seufzte und schüttelte den Kopf. »Saahrrin ist kein Unmensch. Er hat mehr Größe, als du je erahnen kannst.«

Sie biss sich auf die Lippen.

»Wir könnten zusammen im Schloss wohnen«, fuhr er eindringlich fort. »Du wärst wieder unter Menschen, wenn ich weg bin. Hier bist du immer allein. Das ist auf Dauer nicht gut.«

»Es gefällt mir hier«, flüsterte sie.

»Das sagst du jetzt. Aber was ist in zehn, zwanzig Jahren. Vielleicht schon in fünf oder noch weniger.«

»Das …« Sie hatte sich den Gedanken an die Zukunft verboten. »Wir wissen nicht einmal, was in einem Jahr oder bereits in einer Woche sein wird.«

Sofort verhärtete sich sein Gesicht, aufgeschreckt vom veränderten Ton ihrer Stimme: »Ja, und gerade deshalb sollten wir unser Leben so schön gestalten wie nur möglich.«

»Bitte«, hauchte Soya und schüttelte den Kopf.

Er hob mit zwei Fingern ihr Kinn an, sodass sie in sein Gesicht blicken musste.

»Ich weiß, du bist geprägt«, sagte er mit finsterem Blick. »Niemand hat wohl bis jetzt in deiner Gegenwart ein gutes Wort über Saahrrin verloren. Doch wenn du ihn nur sehen würdest. Soya, wenn du ihn kennen würdest, würdest du merken, dass er nicht annähernd der ist, für den du ihn hältst.« Sein Blick wurde fesselnd. »Natürlich muss er sein Land beschützen!«

Draußen hörte sie Zindabor, der mit Taoko sprach.

»Zindabor ist hier.« Sie entwand sich seinem Griff; sie ertrug es nicht länger, ihm ins Gesicht zu lügen. Sie rannte fast durch das Haus, dann sah sie ihn – Zindabor, wie er draußen auf der Veranda stand und die Art und Weise, wie er sie ansah, ließ sie erstarren. Sie spürte Merlans Hand an ihrem Rücken, doch sie konnte sich keinen Zentimeter mehr bewegen.

»Was ist passiert?«, keuchte sie.

»Setzt euch doch«, entgegnete Zindabor und wies freundlich zum Tisch. Er hob die Hand und der Tisch deckte sich mit einem herrlichen Frühstück. Soya wandte sich davon ab und schaute stattdessen in sein Gesicht.

»Sekretas war in Helandibur, nicht wahr?«, platzte es aus ihr heraus. »Er war da und hat herausgefunden, wer das zweite Smilion hat!«

»Sekretas ist ins Archiv eingedrungen«, bestätigte Zindabor ihren Verdacht, »und hat sämtliches Wissen über die Smilions erlangt.« Zindabors Stimme war sehr hart. »Izaroha selbst hat mir versichert, dass er weiß, wer zuletzt im Besitz des zweiten Smilions war.«

»Sie hat es dir versichert?«, schüttelte sie den Kopf. Sie verstand nicht.

Zindabors Miene verfinsterte sich.

»Sie hat es ihm selbst gesagt.«

»Sie hat … es ihm gesagt.« Sie formte die Worte stumm mit ihren Lippen.

»Wieso hat sie das getan?«, zischte Merlan.

Doch Soya kannte die Antwort. Für Izaroha war sie schon immer eine Bedrohung gewesen. Mit Sekretas würde sie dieses Problem schnell aus der Welt geschafft haben. Zudem hätte sie nie zugelassen, dass ihrem Volk etwas geschah. Vor allem nicht, wenn es dabei um ihr, Soyas, Leben ging.

»Das ist die eine Sache, die mir Sorgen bereitet«, sagte Zindabor ruhig. »Die andere«, fuhr er mit leiser Stimme fort, »ist die Tatsache, dass Sekretas nun genau weiß, was du wirklich bist, Soya.«

Merlan stand auf. Er trat hinüber zum Geländer und griff sich mit beiden Händen an den Hinterkopf.

»Wir müssen von hier weg!«, sagte er. »Und zwar so schnell wie möglich!« Er ging um den Tisch und zog Soya hoch. »Pack deine Sachen. Wir reisen ab!«

»Nein! Ich möchte nicht von hier weg!«

»Ich glaube nicht, dass wir eine Wahl haben«, knurrte er.

»Weiß er, dass ich bei dir bin?«, schrie Soya und versuchte vergeblich, sich aus Merlans Griff zu entwinden.

Zindabor senkte den Blick und der Atem entwich ihr mit einem Zischen.

Er wusste es also. Dann war es nur noch eine Frage der Zeit, bis er hier auftauchte.

»Gehen wir nach Elindor«, schlug Merlan vor.

»Nein!«, brüllte Soya verzweifelt. Sie spürte, wie Merlan und Zindabor Blicke tauschten, doch das war ihr egal. Wenn sie ins Schloss gehen würden, würde sie Saahrrin direkt in die Arme laufen. Dann konnte sie ebenso gut hier auf Sekretas warten. Es würde aufs Gleiche hinauslaufen.

Zindabor lehnte sich in den Stuhl zurück.

»Ich denke, wir sollten keine übereilten Entscheidungen treffen.«

»Sekretas wird hierherkommen!«, sagte Merlan kühl.

»Sicher. Doch er wird weder heute noch morgen hier auftauchen. Also lasst uns zuerst genau überlegen, wie wir vorgehen wollen.«

»Wir vergeuden nur Zeit«, zischte Merlan. »Sekretas wird nicht allein kommen.«

Soya schauderte bei dem Gedanken, Sekretas und seine Kreaturen würden am Waldrand auftauchen und durch Zindabors Garten schreiten.

»Gut«, hörte sie sich selbst sprechen. »Gehen wir.«

Einen Moment lang war nichts zu hören, nur Taoko knurrte leise mit gesträubten Haaren. Dann durchbrach Merlan die Stille.

»Wir packen, dann reisen wir ab.«

Zindabor räusperte sich, doch Soya fuhr ihm dazwischen: »Er würde alles zerstören, was ihm in den Weg kommt!«

»Oh.« Zindabor hob die Augenbrauen. »Das wird er ohnehin, auch wenn wir nicht mehr da sind.«

Soya starrte ihn an, sie verstand nicht, wie er noch gelassen aussehen konnte.

»Es sind nur Gegenstände, Soya. Mein Haus und mein Garten lassen sich wieder herrichten. Also mach dir deswegen keine Sorgen.« Er faltete seine großen Hände ineinander. »Das Einzige, was wichtig ist, bist du und natürlich das Smilion. Wenn er das eine oder andere in die Hände bekommt, sieht es nicht mehr sehr gut für uns aus.«

»Wo sollen wir es verstecken?«, krächzte sie mit überschlagender Stimme und zog die Schatulle aus ihrem Umhang hervor. »Wo sollen wir es hintun, Zindabor?« Sie spürte Taokos Kopf an ihrer Seite. »Lassen wir Taoko das Smilion verstecken!«

»Möchtest du Taoko diese Bürde wirklich auferlegen?«, fragte Zindabor. »Du würdest ihn ebenfalls zu einem Gejagten machen. Sekretas hat seine Mittel, alles herauszufinden.«

»Nein. Dann …«, auf einmal war ihr schlecht, »lasst es mich irgendwo verstecken.« Ihre Hände zitterten so heftig, dass ihr die Schatulle fast hinunterfiel. »Er kann mich foltern. Ich werde es ihm nicht verraten.«

»Du wirst nichts dergleichen tun«, zischte Merlan durch die Zähne. »Ich werde es verstecken.« Er nahm ihr die Schatulle aus der Hand.

»Sekretas würde nie vermuten, dass ich das Smilion versteckt habe. Das wäre viel zu einfach«, unterbrach ihn Soya.

»Soya«, sagte Merlan mit frostiger Stimme und bemühte sich, die Fassung zu bewahren. »Kannst du nicht einmal das tun, worum ich dich bitte?«

»Sekretas ist hinter mir her, würde er euch foltern, um an mich heranzukommen, würde ich mir das nie verzeihen können.«

Merlan presste sich die Finger an die Stirn und schloss die Augen.

»Bitte, Merlan«, flüsterte sie flehend.

Er verharrte reglos und dann sprach er, ohne sie anzusehen. Seine Stimme klang leblos.

»Versteck es an einem Ort, wo Sekretas es unter keinen Umständen finden kann. Verscharr es tief unter der Erde, wenn es sein muss.« Er setzte sich wortlos auf den Stuhl und nahm sich eine Scheibe Brot.

»Gut«, sagte Zindabor. »Morgen früh reisen wir ab.«

»Wohin?«, fragte Merlan.

Eine Weile sah es so aus, als ob sie keine Antwort bekommen würden. Zindabors Blick war weit in die Ferne gerichtet. Dann jedoch, als hätte er einen Entschluss gefasst, hob er den Blick und sah sie durch seine ovalen Brillengläser hindurch an.

»Wir werden in die Berge gehen. Dorthin, wo Sekretas uns am wenigsten vermutet.«

»In die Berge?«, wiederholte Soya. »Wieso rechnet er nicht damit, dass wir in die Berge gehen?«

Zindabor antwortete nicht sofort.

»Weil es zu nahe bei Zakratos ist.«

»Zakratos?« Soya runzelte die Stirn.

Doch diesmal war es Merlan, der antwortete: »Zakratos ist das Reich der Schirkans.«

Soya schnappte nach Luft.

»Zindabor denkt«, erwiderte Merlan scharf, »Sekretas würde nie von ihm erwarten, dass er dorthin gehen würde.«

»Wieso nicht?«, hauchte Soya.

»Weil dort sein Bruder Safirol ums Leben gekommen ist.«

Einen Augenblick erwiderte sie seinen kühlen Blick. Dann wandte sie sich Zindabor zu.

»Wir müssen da nicht hingehen«, flüsterte sie. Der Gedanke, an jenen Ort zurückzugehen, wo sie und Laendor von den Morlaks angegriffen wurden, war schrecklich.

»Zweite Option?« Sie musste schlucken. Es gab doch noch sicher eine andere Möglichkeit.

Zindabor senkte den Blick.

»Es gibt keinen Plan B.«

Plan A

Soya war schon früh wach. Der Himmel war noch dunkel und alles war bereit zum Aufbruch. Taoko stand auf einer kleinen Anhöhe neben dem Haus und beobachtete, wie sie noch die letzten Dinge erledigten. Die Pferde verhielten sich sonderbar. Gwaloth ruckte nervös mit dem Kopf und trabte rastlos herum. Zindabors Pferd wirkte dafür ungewöhnlich still.

Soya stieg die Stufen der Veranda hinab. Seit ihre Verzweiflung gestern spät in der Nacht nachgelassen hatte, verspürte sie nichts als Wut. Wut darüber, dass es nicht aufhörte. Dass es immer weiterging und dass alle, die ihr nahestanden, mit zu Gejagten wurden. Ihr Blick glitt hinüber zum hellen Kreuz. Mit Laendors Tod hatte der Albtraum in ihrem Leben begonnen, und er hörte nicht mehr auf.

Zindabor hatte vorgeschlagen, dass sie das Smilion hierlassen sollten; ebenfalls etwas, wovon er dachte, dass es Sekretas nie erwarten würde. Die Vorstellung, Sekretas würde über die Erde gehen, in der das Smilion vergraben war, war kaum auszuhalten. Was, wenn er das eine Smilion bei sich trug und es das andere spürte? Was, wenn er einen Zauber kannte, der das Smilion in unmittelbarer Nähe aufspüren konnte?

Sie wandte den Blick vom Kreuz ab und sah hinüber zu Gwaloth, der jetzt mit wehender Mähne auf sie zutrabte.

Soya hatte das Smilion gestern Abend vergraben, als alle bereits geschlafen hatten. So wusste mit Sicherheit niemand außer ihr, wo es war.

»Alles bereit, Soya?«

Merlan kam die Holzstufen zu ihr herunter und blieb stehen. Seine kühle Hand strich ihr über den Nacken. Er lächelte, obwohl sein Gesicht wie das ihre müde und angespannt wirkte.

Sie hob ihre Tasche, in der sie ihre wichtigsten Habseligkeiten verstaut hatte.

»Ja. Alles bereit.«

Hinter ihnen trat Zindabor in seinem hellweißen Umhang über die Schwelle.

»Nun, ich denke, wir hätten dann alles.« Mit einem Schwung drehte sich Zindabor um und zog die Tür hinter sich zu. »Sie zu verriegeln, scheint mir überflüssig.« Seine warmen Hände legten sich auf ihre beiden Schultern und er sah sie nacheinander lächelnd an. »Wie zieht ihr es vor zu reisen, langsam zu Fuß oder mit Magie?«

Soya fühlte, wie Merlan sie ansah. Wie bei allem überließ er ihr die Wahl.

»Zu Fuß«, flüsterte sie. Es hatte etwas Beruhigendes, eine kleine Spur von Normalität aufrechtzuerhalten.

Die ersten Sonnenstrahlen färbten die Wolken über ihnen in ein helles Rosa. Zindabor flüsterte Gwaloth und seinem Schimmel etwas zu und widerwillig trabten sie davon.

»Sie machen ein wenig Ferien von mir«, schmunzelte er und ging mit Soya, Merlan und Taoko in Richtung Wald. Zindabor formte leise Worte, während sie den Garten verließen, und zu ihrer Überraschung konnte sie gerade noch sehen, wie sich ein Schmunzeln über sein Gesicht legte.

»Ah«, sagte er zu Soya gewandt, »ich habe nicht gesagt, dass ich Sekretas einfach so in mein Haus hineinspazieren lasse. Mein Zauber soll ihn ein bisschen aufhalten.« Er zwinkerte ihr zu.

Sie brauchten fünf ganze Tage, bis sie endlich von Weitem die Berge erblickten. Sie hatten den ganzen weiten Weg westlich um das Gayenorgebirge herum gemacht, um ja auf keine der Straßen zu treffen. Durch Zindabors Magie gelangten sie schließlich unbemerkt bis an den Fuß des Berges Arambindol. Jetzt, da es steil aufwärtsging und Zindabors Beine allmählich müde wurden, ließen sie sich mit einem Zauber bis ganz nach oben tragen.

»Wenn wir hier in der Nähe von Zakratos sind«, begann Soya und sah sich argwöhnisch um, »wird unsere Gegenwart nicht lange unbemerkt bleiben.«

Zindabor hielt bei einem Tannenhain inne und ließ seine Tasche zu Boden gleiten.

»Zakratos befindet sich auf der anderen Seite des Berges«, erklärte er mit ebenso ruhigem Ton, wie er nun fortfuhr: »Zudem vergisst du, mit wem du hier zusammen bist.« Er zwinkerte ihr zu und in Windeseile erschien ein kleines Haus zwischen den Tannen. »Niemand, der hier vorbeigeht, könnte uns und unser Haus sehen.« Er deutete zu einem Felsbrocken, der aus dem spärlichen Gras herauslugte. »Im Umkreis von diesem Felsen bis hoch zu den anderen Tannen sind wir geschützt und keiner kann uns aufspüren. Ich habe einen Unaufspürbarzauber um uns aufgebaut.«

»Wo ist es passiert?«, flüsterte sie. »Das mit deinem Bruder …?« Mit einem Ziehen im Magen sah sie sich um.

Zindabor hob langsam seine Hand und zeigte zum Fels.

»Hier. Gleich hier unten ist es geschehen.«

»Wir müssen nicht hier sein«, flüsterte Soya. Während sie hinab zum Felsen blickte, wurde ihr elend, und sie bereute es, überhaupt gefragt zu haben. Doch genau so etwas hatte sie erwartet und sie konnte nicht damit umgehen – alle stürzten sich ins Elend, nur ihretwegen.

»Es ist der sicherste Ort«, bemerkte er schlicht und hob seine Tasche auf. »Kommt. Lasst uns etwas essen. Der letzte Tagesmarsch war anstrengend.« Er runzelte die Stirn, »zumindest für mich.« Schmunzelnd ließ er einen Tisch mit drei Stühlen erscheinen und sogleich war der Tisch auch mit einer warmen Suppe und einem Laib Brot belegt.

Taoko, der nicht mit Magie hochgekommen war, erschien unterhalb des Felsens und kam auf sie zu.

»Taoko kann uns sehen?«, fragte Soya, während sie sich setzte.

»Da bin ich mir nicht ganz sicher«, gestand Zindabor. »Auf jeden Fall spürt er uns.«

»Und wenn jemand zufällig hier vorbeikommt und in den Kreis eintritt?«, fragte Soya nach.

»Nun, normalerweise kann man die unsichtbare Grenze nicht überschreiten, sofern ich es nicht gestatte. Doch bei Taoko scheint das auch nicht zu funktionieren.« Zindabor lächelte, als er ihm dabei zusah, wie er ohne den geringsten Widerstand zu verspüren über die Grenze trat. »Faszinierend«, flüsterte Zindabor. »Wirklich faszinierend.«

Taoko brummte zufrieden und blieb hechelnd vor ihnen stehen.

*

Mehr als ein Monat war vergangen, seit sie hergekommen waren, und noch immer war nichts Außergewöhnliches vorgefallen. Selbst Zindabors Zuhause hatte Sekretas nicht betreten. Was zwar gut war, sie jedoch allmählich zu beunruhigen begann. Wenn nichts geschah, dann hieß das nichts anderes, als dass irgendwo in Sekretas' Turm Pläne geschmiedet wurden und es jeden Moment losgehen konnte.

Merlan spähte mit zusammengekniffenen Augen über die vor ihnen liegende Ebene, die sich weit hinüber bis zum Gayenorgebirge erstreckte. Die Aussicht war überwältigend. Für Soya und Merlan aber wirkte die Höhe von Tag zu Tag bedrückender. Vielleicht hatte es auch damit zu tun, dass sie sich hier oben mehr und mehr eingesperrt fühlten.

»Gut«, sagte Merlan und drehte sich um. »Ich mache mich auf den Weg.« Es war das zweite Mal in diesem Monat, dass Merlan zum Schloss zurückkehren musste. Und wie letztes Mal war er jetzt schlecht gelaunt. Er stellte sich ganz nah neben Soya und fuhr mit der Fingerspitze die Konturen ihres Kinns nach.

»Ich komme mit«, flüsterte sie.

Merlan fixierte ihr Kinn, dann sprach er, ohne aufzublicken.

»Ich muss ins Schloss zurück.«

»Ich warte beim Lorima-See, irgendwo zwischen Almalyn und Elindor.« Merlan tat, als würde er es nicht hören.

»Ich komme bald wieder«, versprach er.

»Nein. Ich kann nicht hier sitzen und auf dich warten. Das …« Sie schüttelte den Kopf, während ihr ein Schauer über den Rücken lief. Sie hatte das letzte Mal noch in lebhafter Erinnerung: Merlan hätte für zwei Tage weg sein sollen und war erst nach fünf Tagen wieder zurückgekehrt. Damals hatte sie geglaubt, es sei ihm etwas zugestoßen. Diese Erfahrung wollte sie nicht noch einmal machen.

»Soya.« Er seufzte. »Ich glaube nicht, dass das eine gute Idee ist. Zindabor ist der beste Schutz für dich. Ich kann dich nicht wirklich beschützen. Nicht gegen Sekretas.«

»Das musst du auch nicht. Ich kann mich selber verteidigen.«

Merlan lächelte, doch es war ein trostloses Lächeln und es dauerte nur einen Moment.

»Und wenn ich wieder länger bleiben muss, wie letztes Mal?« Er schaute grimmig auf das Tal, das vor ihnen lag. »Ich hätte kein gutes Gefühl dabei, wenn du alleine dort warten müsstest. Und zu guter Letzt kämst du noch auf die Idee, ins Schloss zu kommen, wenn ich mich verspäte.«

»Das war es doch immer, was du wolltest.«

»Nicht ohne meine Begleitung. Das Schloss ist umgeben von Wachen, die nicht nur menschlich sind.« Er warf ihr einen vielsagenden Blick zu. »Wenn sie dich für einen Mirok halten, wirst du nicht lange am Leben bleiben.«

»Du kannst mir über den Ring Nachrichten übermitteln. Du kannst sagen, wann du dich verspätest. Dann weiß ich, dass nichts passiert ist.«

»Soya.« Seine Hände umschlossen ihr Gesicht. »Du weißt so gut wie ich, dass wir den Ring zurzeit nicht benutzen sollten. Denn wenn Sekretas, wie Zindabor vermutet, unsere Mitteilungen abfangen kann, möchte ich mir nicht ausmalen, was dann passiert.« Er presste seine Lippen aufeinander. »Ich werde keine ruhige Minute haben, wenn du dabei bist. Es könnte auch jemand anderes den Ring in die Hände bekommen und dir falsche Informationen schicken. Was, wenn dich der neue Träger irgendwohin lockt und du direkt in Sekretas' Hände läufst? Was, wenn Sekretas selbst dich zu sich lockt?«

»Ich kann nicht für alle Ewigkeit hier festsitzen«, platze es aus ihr heraus. »Ich halte das hier nicht mehr aus!«

»Es ist doch nur vorübergehend«, sagte Merlan beschwichtigend.

»Wie lange denn!«

Das ständige Warten darauf, dass irgendetwas vorfallen würde, war nicht weniger schlimm, als angegriffen zu werden.

»Ich komme mit.« Entschlossen sah sie ihm ins Gesicht, dann begann sie, ihre Sachen zusammenzupacken.

»Das sollten nicht nur wir beide entscheiden!«, hörte sie seine gepresste Stimme hinter sich. Sie wandte sich um, dann sah sie, dass Merlan Zindabor herbeiwinkte.

»Das ist nicht seine Entscheidung!«, zischte Soya.

»Er gehört dazu«, entgegnete Merlan kühl. »Er entscheidet mit.«

»Nun denn«, fragte Zindabor gelassen, »ihr streitet euch? Ich fragte mich schon, wann ihr euch das erste Mal in die Haare geraten würdet. Selbst dein Großvater und deine Großmutter waren nicht so innig verschworen und verliebt.« Er blickte Soya stirnrunzelnd an. »Ihr kommt mir vor, als wärt ihr die ein und dieselbe Person.«

Ein spöttisches Lächeln umspielte Merlans Mund, doch sein Blick blieb ungerührt. »Wir streiten uns nicht.« Er hob die Hand und fuhr ihr über den Arm. »Soya möchte mich begleiten, und ich habe ihr gesagt, dass ich das keine gute Idee finde.«

Zindabor sah sie nachdenklich an.

»Wenn Soya gehen möchte, steht das in ihrem freien Willen.«

»Siehst du?« Triumphierend sah sie Merlan ins Gesicht.

»Nein!« Merlans Augen sprühten vor Zorn.

»Taoko«, rief Soya. »Wir machen einen Ausflug!«

Taoko streckte sich und blieb dann hechelnd vor ihnen stehen.

»Wieso hast du das getan?«, zischte Merlan Zindabor zu. »Es ist nicht gut, wenn sie ohne jeden Schutz ist!«

»Oh«, antwortete Zindabor immer noch so gelassen wie zuvor. »Wie könnt ihr immer glauben, ich lasse sie ohne Schutz irgendwohin gehen. Zudem ist es gut fürs Gemüt, ein wenig Auslauf zu bekommen.« Er seufzte. »Bis wir einen festen Plan haben, halten wir hier noch ein wenig aus.«

Merlan sah mit starrer Miene zu, wie Soya sich von Zindabor verabschiedete.

Das Gefühl, das Soya durchfuhr, als sie mit Merlan und Taoko die Schutzgrenze übertrat, war wie ein Rausch. Die reale Welt fühlte sich so viel besser an. Soya atmete die kühle Bergluft tief ein und fühlte sich auf einmal frei und unbeschwert; als wäre die Bedrohung, die nicht weit von ihnen war, auf einmal fern und nicht länger von Bedeutung.

Sie erreichten das Tal und näherten sich dem Lorima-See, der vor ihnen in den letzten Abendstunden unter der roten Abendsonne in allen Farben glitzerte.

»Gut«, sagte Merlan mit angespannter Miene, als sie Almalyn von Weitem erblickten. »Verabschiede dich von Taoko.«

»Was?« Soya blieb bei einer Ansiedlung von Büschen stehen. »Wieso?«

Sein Blick richtete sich düster auf die unruhige Wasseroberfläche, während die Wellen hart gegen das Ufer schlugen, obwohl es windstill war.

Seit sie das sichere Versteck verlassen hatten, hatte er kaum ein Wort gesprochen. Wie ein Lamm, das sich ins Löwengehege gewagt hatte, schien er auf das kleinste Geräusch zu warten, auf die kleinste Regung, die aus jeder Ecke kommen konnte, während sein Körper wie Drahtseile gespannt war. Doch wenn Sekretas sie finden würde, wäre dessen Erscheinen ohnehin lautlos und unvermittelt.

»Wir kehren in Almalyn ein«, sagte er tonlos und ohne den Blick vom Wasser abzuwenden.

»Wieso?« Sie verstand nicht, weshalb er plötzlich den Plan änderte.

»Weil ich nicht mehr so spät mit dir weiterreisen will«, erklärte er mit zusammengekniffenen Augen und wandte den Blick vom Wasser ab.

»Ich bin kein kleines Kind mehr, Merlan«, zischte sie wütend.

»Soya.« Er atmete tief und kontrolliert ein. »Du hast keine Ahnung, was hier draußen für Gefahren lauern.«

»Bis jetzt bin ich ganz gut allein klargekommen.«

»Die Lage hat sich seither verändert. Du wolltest mitkommen. Ich bestimme die Regeln. So einfach ist das.« Er ging an ihr vorbei und verabschiedete sich von Taoko.

»Du kannst dich verhalten, wie du willst«, stieß Soya hervor, bevor ihre Stimme brach. Zu aller Entwürdigung schossen ihr jetzt auch noch Tränen in die Augen. »Ich komme das nächste Mal trotzdem wieder mit.«

Merlan verharrte in der Bewegung, drehte sich jedoch nicht um.

»Ich dachte, für dich ist es auch einfacher, wenn wir nicht getrennt sind«, flüsterte sie mit zusammengebissenen Zähnen.

Langsam drehte er sich zu ihr um.

»Du glaubst, ich möchte dich nicht dabeihaben?« Sein Gesicht, das vom Licht der untergehenden Sonne eigenartig rötlich schimmerte, wirkte gequält. »Soya. Ich möchte nichts lieber als das. Doch es geht nicht darum, was ich will oder was gut für mich ist. Ich hasse mich dafür, dass ich das zugelassen habe, dass du mich begleitest, dass du dich unnötig in solche Gefahr begibst. Wenn wir Glück haben«, er holte tief Luft und fuhr dann mit kalter Stimme fort, »dann werden wir wieder sicher zu Zindabor zurückkehren. Und wenn wir da sind, verspreche ich dir, dass es kein zweites Mal mehr geben wird, dass du mich begleiten wirst, egal, was Zindabor sagt oder wie wütend du auf mich sein wirst.«

Wieder traten ihr Tränen in die Augen.

»Das kannst nicht du allein entscheiden.«

Er nahm sie in die Arme und zog sie an seine Brust.

»Ich liebe dich, Soya. Dass ich dein Leben aufs Spiel setze, werde ich mir nie verzeihen.« Seine kühlen Lippen pressten sich auf ihre Stirn. »Es ist etwas anderes, wenn ich mich da draußen bewege. Selbst wenn Sekretas meinen Weg kreuzen würde, er ist nicht interessiert an mir. Doch …«, mit leerem Blick schüttelte er den Kopf, und sie wusste, dass sein Zorn nur gegen sich selbst gerichtet war, »… wenn Sekretas dich findet …«

»Du stündest nicht viel besser da, wenn er von uns weiß!«, japste Soya.

»Dann lassen wir es drauf ankommen«, knurrte er.

Soya starrte geradeaus auf das dunkle Wasser, wo sich die Wellen zu überschlagen begannen. Er fuhr mit seiner kühlen Hand über ihr Haar, dann beugte er sich vor und Soya drückte ihr tränennasses Gesicht gegen seine Brust.

»Wenn wir das alles überstanden haben und Sekretas gefallen ist«, hörte sie seine Stimme an seiner Brust vibrieren, »gehen wir dorthin, wohin auch immer du willst. Du darfst sein, wo du möchtest, und du darfst immer und jederzeit mit mir mitkommen.«

Niedergeschlagen löste sie sich aus seiner Umarmung und ging zu Taoko.

»Auf Wiedersehen, Taoko«, flüsterte sie, um ihre Stimme zu beherrschen, und grub ihren Kopf in sein Fell.

Taoko neigte seine Schnauze und schmiegte sich an sie.

»Wir sehen uns bald wieder, ja?«

Taokos dunkle Augen sahen sie wachsam an, dann drehte er sich geschmeidig von ihnen ab und verschwand in der Dämmerung.

Merlan nahm ihre Hand und drückte sie, dann wandte er der glutroten Sonne den Rücken zu.

»Ich weiß eine gute Unterkunft für dich.«

Der Fußmarsch dauerte bedeutend länger, als sie gedacht hatte. Dann endlich erreichten sie Almalyn. Sie durchquerten ein Viertel, in dem offensichtlich wohlhabende Leute wohnten. Schwere, eiserne Tore mit geschwungenen Rosen und Blütenknospen schirmten riesige Anwesen ab, auf denen kleine Pavillons oder prachtvolle Gärten zu sehen waren.

Merlan öffnete eines dieser Tore und trat, ohne zu, zögern ein.

Soya blieb stehen. »Was machst du denn?«, zischte sie.

»Ich bring dich an einen sicheren Ort«, versprach er.

Im Haus brannte kein Licht. Es lag dunkel und still da wie alle anderen. Natürlich, jeder normale Mensch schlief um diese Zeit.

»Komm«, sagte er und warf einen Blick über die Schulter.

Die Haustür war aus schwerem Holz. Grüner Lack bedeckte die Oberfläche und ein goldener Türknauf glänzte im Licht des Mondes. Merlan hob den Arm, um anzuklopfen, doch Soya ergriff seine Hand, ehe sie das Holz erreichte.

»Was tust du denn?«, zischte sie. »Die Leute, die da wohnen, schlafen bereits.«

Er streichelte ihr flüchtig mit der Hand über ihre Wange, verharrte in der Luft und klopfte dann mit der freien Hand an die Tür.

»Entschuldige«, flüsterte er, im nächsten Moment erklangen Schritte im Haus.

Erstarrt blickte sie auf den Türknauf, der sich langsam drehte.

»Entspann dich, Soya«, flüsterte er mit einem Lächeln auf den Lippen. »Ich kenne diese Leute. Es ist kein Problem, dass es so spät ist.«

Die Tür ging auf und eine Frau mittleren Alters mit Sommersprossen und roten, langen Haaren erschien im Türspalt. Sie blickte verständnislos, jedoch bei Merlans Anblick hellte sich ihre Miene schlagartig auf und sie öffnete die Tür weit.

»Merlan!«, rief sie und hob die Arme.

Soya registrierte, wie er ihr einen Kuss auf den Handrücken gab.

»Oh. Was für eine Freude, dich zu sehen!«, rief sie und strahlte ihn an. »Es ist ja schon so lange her.«

Merlan setzte sein umwerfendstes Lächeln auf.

»Ich möchte dir jemanden vorstellen«, sagte er leise und richtete seinen Blick auf Soya.

»Elira, das ist Soya – Soya, das ist Elira.«

»Freut mich sehr, dich kennenzulernen, Soya«, sagte sie und es klang aufrichtig. »Kommt rein!« Sie warf einen vorsichtigen Blick zur Straße, dann winkte sie sie eilends herein.

Drinnen war es stickig warm. Obwohl es Herbst war, wäre es nicht nötig gewesen, schon Feuer zu machen, fand Soya und sah sich um. An der Wand im Flur hingen Fotos in goldenen Rahmen. Familienfotos, die entweder an Geburtstagen, an Weihnachten oder im Sommer draußen auf der Veranda aufgenommen waren. Elira hatte anscheinend drei Kinder. Alles Jungs und alle mit Sommersprossen und roten Haaren. Ein Schirmständer aus Messing stand am Eingang und daneben sah Soya auf einer polierten Kommode ein üppiges Blumengesteck. Von irgendwoher drang leise Musik in den Korridor.

»Elira«, sagte Merlan leise und seine Stimme klang wie flüssige Seide. »Du weißt, ich würde nie zu so später Stunde auftauchen, wenn es nicht wirklich wichtig wäre.«

»Das weiß ich doch, mein Lieber. Wie kann ich behilflich sein?«, fragte sie strahlend.

»Ich brauche eine Übernachtungsmöglichkeit«, sagte Merlan leise und ohne Umschweife, was bei jemand anderem völlig daneben geklungen hätte. Doch nicht bei Merlan. Bei ihm klang es eher wie ein Kompliment.

»Sicher!«, sagte sie.

Merlan zögerte. »Aber nur für Soya.«

Sie sah im ersten Moment ratlos aus. Dann lächelte sie.

»Natürlich. Kommt.«

Elira winkte sie die Treppe hoch. Im oberen Stockwerk öffnete sie die erste Tür und trat ein. Es musste früher ein Kinderzimmer gewesen sein. An den blauen Wänden hingen immer noch Zeichnungen. Merlan ging zum Fenster und blickte zum Horizont, der verborgen in der Dunkelheit lag. Elira lächelte Soya an.

»Gut. Ich lass euch dann allein. Du bist bestimmt müde. Wenn etwas ist, ich schlafe im Zimmer nebenan.« Feine Grübchen bildeten sich auf ihren Wangen. Soya öffnete den Mund, um etwas zu sagen, doch Elira hatte den Blick bereits von ihr abgewandt und schaute mit ihren dunkelgrünen Augen wieder zu Merlan. »Ich warte dann unten.«

Merlan nickte.

Als Elira gegangen war, flüsterte Merlan leise: »Hier bist du sicher. Hier kann dich niemand aufspüren.«

Soya verzog leicht das Gesicht.

»Wenn ich mich beeile, sollte ich noch vor Mitternacht dort sein.«

Soya sagte nichts und er schien das Missfallen seines Plans in ihrem Schweigen zu hören.

»Soya.« Er wartete, bis sie den Blick hob. »Warte bitte hier auf mich.«

»Das kann ich dir nicht versprechen«, flüsterte sie.

Er zog eine seiner dunklen Augenbrauen hoch.

»Kannst du es mir versprechen, wenn ich dir mein Wort gebe, dass ich alles versuchen werde, um vor der Mittagszeit wieder hier zu sein?«

Sie blinzelte und versuchte, diese Möglichkeit in Betracht zu ziehen. Sie war so müde und mit den Nerven derart am Ende, dass sie kaum mehr einen klaren Gedanken fassen konnte.

Merlan schaute ihr durchdringend in die Augen.

»Wenn du es mir nicht versprichst, bleibt mir keine Wahl, als dich zu Zindabor zurückzubringen.« Er sprach schnell und das Dunkle in seinen Pupillen glitzerte vor Wut.

»Das ist …«, sie suchte nach den richtigen Worten, »nicht fair.«

»Im Leben muss man Prioritäten setzen«, sagte er mit kalter Stimme, während sie ihn argwöhnisch anschaute.

»Also ist das ein Ja?«, fragte er.
»Das habe ich nicht gesagt.«
Er holte tief Luft und straffte seine Schultern.
»Gut.« Seine steinernen Hände legten sich um ihr Gesicht. »Einigen wir uns darauf, dass du bis zur Mittagszeit warten wirst. Wenn ich dann immer noch nicht zurück sein sollte, steht es dir frei zu gehen, insofern du dein und das Leben aller Menschen gefährden willst.«
Jetzt verlor sie die Beherrschung.
»Wenn ich das Leben aller Menschen gefährden will?« Das kam halb krächzend, halb kreischend heraus.
Merlan erwiderte gelassen ihren wütenden Blick und ignorierte, dass sie sich aus seinen Händen winden wollte.
»Wenn du in die Hände von Sekretas gerätst«, fuhr er mit leiser, angespannter Stimme fort, »wird er dich zu seiner Sklavin machen und dich zwingen, ganze Dörfer zu vernichten, wenn andere seine Deals nicht eingehen. Er wird dich Dinge tun lassen, die nicht nur die Tragweite eines Krieges haben, sondern weit darüber hinausgehen.« Kein Zweifel lag in seinem Blick.
Soya öffnete den Mund, um etwas zu sagen, aber sie war zu schockiert, um vernünftig zu widersprechen.
Er kniff die Augen zusammen.
»Ich verspreche dir, dass mir nichts geschehen wird.«
Soya schüttelte den Kopf.
»Versprich mir nichts.«
»Du bist das Wichtigste in meinem Leben. Glaubst du, ich würde zulassen, dass mir etwas geschieht, wenn ich weiß, dass ich dich damit treffen würde?«
»Ich gebe dir persönlich dafür die Schuld, wenn dir etwas zustößt.«
Dann lag sein Mund auf ihrem und Soyas Hände glitten kraftlos in ihren Schoß. Ihr Verstand schaltete sich aus, als ihre Lippen sich trafen und sein Duft ihr in die Nase strömte. Nichts außer der Liebe, die sie für ihn empfand, und ihrem laut pochenden Herz

existierte mehr. Seine Hände berührten gierig ihr Gesicht, als wollte er so viel wie möglich von ihr mit sich nehmen.

»Bis Morgen, Liebste … oder bis später«, flüsterte er im kurzen Moment, da seine Lippen frei waren, »das klingt ein bisschen weniger lang.«

Dann – und es fühlte sich schmerzlich nach einem Abschied an – drückte er sie fest an sich und schmiegte seine Wange in ihr Haar.

Es ist weniger schlimm, als in den Bergen auf ihn zu warten, dachte Soya verzweifelt. *Es ist viel weniger schlimm als damals …*

Sie spürte seine kühlen Lippen auf ihrer Stirn, nahm wahr, wie der Druck seiner Arme nachließ, und als sie die Augen wieder öffnete, war er bereits durch die Tür verschwunden.

Soya blinzelte gegen die blaue Wand.

Ohne sich die Kleider auszuziehen, rollte sie sich, die Beine fest an ihren Körper gepresst, auf dem Bett zusammen.

Was für ein blödsinniges Versprechen.

Was gibt es für einen besseren Köder als die Liebe des Lebens …

Freund oder Feind

Der süßeste Honig kann ekelhaft in seiner
Sünde werden.
Und der Geschmack vergeht uns im Genuss.
Romeo und Julia, zweiter Akt, sechste Szene

Soya schleppte sich zum Fenster und öffnete die Vorhänge. Sie fühlte sich besser … und schlimmer. Sie fühlte sich besser, weil sie ausgeschlafen war. Weil sie keine schwarzen Vögel am Himmel sehen konnte und weil sie in dieser Nacht keine Albträume hatte. Sie fühlte sich schlimmer, weil die Sonne bereits sehr hoch stand und Merlan immer noch nicht da war.

Als sie die Küche betrat und Elira allein am Herd stehen sah, konnte sie vor Beklemmung kaum noch atmen.

»Hallo«, rief Elira ihr fröhlich zu und winkte sie heran. »Hast du gut geschlafen?« Sie zog ihr einen Stuhl zurück und Soyas Blick fiel auf einen reich gedeckten Frühstückstisch.

»Ähm«, sie strich sich die Haare aus dem Gesicht und versuchte zusammenhängend zu denken. »Ja.« Sie setzte sich widerwillig. »Zu lange«, murmelte Soya, doch Elira war bereits wieder zur Anrichte gewuselt und schob ihr jetzt auf einem großen Teller zwei Pfannkuchen hin.

»Tee oder Kaffee?«, fragte Elira.

»Kaffee«, murmelte Soya und runzelte die Stirn. Sie war es nicht gewohnt, so umsorgt zu werden.

Elira setzte sich ihr mit zwei großen Tassen Kaffee gegenüber und schob Soya die größere davon hin.

Soya versuchte zu lächeln.

»Danke«, sagte sie und erwiderte kurz ihren Blick.

Elira nickte großzügig.

»Trink etwas, Liebes«, sagte sie, schob ihr die Tasse näher hin.

Soya nippte etwas an der braunen Brühe.

»Ist dein Mann heute arbeiten gegangen?«, fragte Soya, um Elira von sich abzulenken. Sie fühlte sich unter ihren Blicken, die sie ihr ständig zuwarf, unbehaglich.

Elira atmete tief aus.

»Ja«, sagte sie und hob mit gerunzelter Stirn ihre Brauen. »Er arbeitet sehr viel.«

Soya nickte verständnisvoll.

»Er arbeitet fast Tag und Nacht«, sprudelte es plötzlich aus ihr heraus. »Ich sehe ihn kaum noch.« Traurig schüttelte Elira den Kopf. »Aber es geht ja vielen so. Man darf nicht jammern. Es geht uns ja sonst gut. König Saahrrin macht es schon richtig. Er ist ein guter König. Früher war es viel schlimmer. Hungersnöte und große Armut haben uns da heimgesucht! Und es war nirgendwo mehr sicher! Überfälle auf der Straße am helllichten Tag! Nein, nein. Es ist schon viel besser geworden.« Überzeugt nickte sie. »Es muss sich noch mehr verändern. Es gibt leider immer noch viel zu viel Armut.« Sie presste ihre Lippen mit tragischem Blick zusammen, dann lächelte sie plötzlich verlegen. »Aber reden wir nicht über mich.« Sie hob die Augenbrauen. »Woher kommst du, hm? Bist du aus der Gegend?«

Sogleich verkrampfte sie sich. Dann ertönte ein tiefer Gong und Soyas Blick fiel auf die große Uhr an der Küchenwand.

»Es ist schon zwei Uhr?«, keuchte sie, während der zweite Gong die Küche vibrieren ließ. »War … ist Merlan schon hier gewesen?«

»Er wird sicher jeden Moment da sein.« Elira versuchte, ein so wenig beeindrucktes Gesicht wie möglich zu machen.

»Er«, Soya schluckte krampfhaft, »er hat gesagt, er werde gegen Mittag hier sein.« Sie verstand nicht, wie sie dabei so gelassen bleiben konnte.

»Für Merlan bedeutet die Zeit etwas ganz anderes als für uns«, murmelte sie verlegen.

Eine Weile starrte Soya in ihr Gesicht und fragte sich, wen sie mit *uns* meinte, dann wandte sie den Blick wieder von ihr ab.

»Er sollte längst hier sein«, flüsterte sie. Sie hätte ihn nie alleine gehen lassen dürfen. »Ich geh schon mal ins Dorf«, sagte sie und stand auf.

Elira erhob sich ebenfalls.

»Nein! Ich meine«, ihre Stimme klang nicht länger gelassen, »er kommt bestimmt bald. Es kommt häufiger vor, dass er sich verspätet.«

Sie fingerte fahrig an ihrer Schürze herum und warf nervöse Blicke aus dem Fenster.

»Ihr verpasst euch doch sonst nur.« Mit verkrampften Fingern faltete sie das Tuch in ihren Händen zusammen.

Soya wandte den Blick zur Seite. Doch das Fenster, durch das Elira schaute, lag nicht zur Straße, wo sie Merlan hätten kommen sehen können; es war auf die andere Seite gerichtet, wo nur das dichte Grün des Gartens zu sehen war. Ein flaues Gefühl breitete sich in Soyas Magen aus, und die Angst, dass irgendetwas nicht stimmen konnte, wurde stärker.

Merlan hatte sie hiergelassen, um sie zu beschützen; weil es hier am sichersten für sie war …

»Merlan verspätet sich oft. Das hat nichts zu bedeuten. Warte doch noch ein bisschen«, flüsterte Elira und lächelte sie zaghaft an. Ihre Augen jedoch flackerten unruhig und das Tuch, das sie zusammengefaltet hatte, lag jetzt zerknittert auf dem Tisch.

Soya nickte apathisch. Etwas in ihrer Luftröhre verengte sich und plötzlich fühlte sie ein Brennen in den Augen. Zitternd stützte sie sich an der Theke ab.

Nicht an so etwas denken. Merlan liebt mich. Er würde niemals …

In ihrem Kopf begann es laut zu hämmern.

Der sicherste Ort, fuhr es Soya unwillkürlich durch den Kopf; *wo war der sicherste Ort, an dem sie sein konnte …*

Das Hämmern in ihrem Kopf wurde stärker.

Der sicherste Ort war entweder bei Zindabor oder bei Taoko … Und beide waren nicht hier. Der sicherste Ort war nicht bei einer Frau, die nicht eine Spur von Magie beherrschte …

»Komm, setz dich«, hörte sie Eliras Stimme wie durch eine Glasglocke hindurch. Verwirrt hob Soya den Blick.

Er hätte sie bei Taoko lassen können, das wäre die einfachste Lösung gewesen. Mit dem Stein der Drachen konnte sie nicht aufgespürt werden, aber das hatte er nicht getan.

Eliras Lächeln wirkte seltsam verzerrt. Vielleicht lag es aber auch daran, dass ihr das Sehen immer schwerer fiel. Soya schloss die Augen, blinzelte, doch die Küche war immer noch verschwommen. Soyas Blick streifte zur Tasse, aus der feiner Dampf aufstieg. Hatte sie ihr etwa etwas reingemischt?

»Bitte, komm«, hörte sie Elira sprechen. Sie streckte ihre Hand nach Soya aus und deutete auf den Stuhl am Tisch. »Trink doch wenigstens was.« Sie griff hastig nach der Tasse und schob sie ihr an den Mund. Der Druck ihrer Hände war drängend. »Trink! Danach fühlst du dich besser.«

Soya nahm die Tasse und blinzelte hinüber zum Tisch. Nun war das Brennen auch in ihren Stirnhöhlen.

»Ich sehe nur mal im Dorf nach«, stammelte Soya und beobachtete dabei genau Eliras Gesicht.

»Nein!«, rief sie, während ihre Augen noch nervöser zu zucken begannen. Sie wischte sich die kupferfarbenen Locken aus der Stirn, Schweißperlen hatten sich auf ihr gebildet. »Besser, du bleibst hier. Merlan wird sonst wütend auf mich sein, wenn ihr euch verpasst.« Ihr Blick war streng und alle Warmherzigkeit war mit einem Mal von ihr gewichen.

Hatte Elira in Wahrheit Angst vor ihm? Hatte er ihr gedroht, dass er ihr etwas tun würde, wenn sie sie hier nicht festhielt?

Doch wenn Merlan sie hätte verraten wollen, hätte er es doch schon vorher tun können … Er hätte sich nicht dagegen gewehrt, sie mitzunehmen. Er hatte sie ja gar nicht dabeihaben wollen. Oder hatte er bloß gewollt, dass Zindabor keinen Verdacht schöpfte? Hatte er gewusst, wie Zindabor reagieren würde, und ihren Vorschlag deshalb so vehement abgelehnt? War das alles nur sein perfekter Plan gewesen?

»Ja«, krächzte Soya, »du hast recht. Ich hol nur kurz meine Sachen, damit ich schon bereit bin, wenn Merlan kommt.«

Sie taumelte und drehte sich von Elira ab.

Wie dumm! Wie dumm du doch bist!

Blind stolperte sie die Treppe hoch.

Für Merlan war sie nie etwas anderes gewesen. Wie hatte sie glauben können, dass sie jemals mehr für ihn gewesen war …

Die Tränen liefen, während sie in ihr Zimmer torkelte und ein Schmerz, den sie nicht auszuhalten glaubte, sie in die Knie zwang. Die Tasse, die sie immer noch in der Hand hielt, kippte um und der braune Inhalt breitete sich auf dem Boden aus.

Es war immer abwegig gewesen, dass er sie lieben sollte. Wie hatte sie nur so blind sein können …

Kraftlos richtete sie sich auf und sammelte ihre Sachen ein, dann stolperte sie zum Fenster.

Eliras Stimme erklang von unten: »Soya? Ist alles okay bei dir?«

Soya rüttelte und zerrte mit aller Kraft am Fensterriegel. Er klemmte. Mit aller Kraft drückte sie dagegen, doch ihre Hände rutschten immer wieder ab.

Die Treppenstufen knarrten.

Soya zog und zerrte am Fenster. Doch egal, was sie auch tat, er ließ sich nicht öffnen! Und dann, noch während sie daran zog, fiel es ihr wie Schuppen von den Augen – Merlan musste das Fenster mit einem Fluch belegt haben, als er eine Weile dort gestanden hatte!

»Soya?« Die Schritte, die am unteren Absatz verharrt hatten, kamen die Treppe hoch.

Die plötzlich aufkommende Wut machte Soya eigenartig klar im Kopf. Sie sandte ihre Kraft aus und tatsächlich, als sie mit ihrer Energie bis zum Schließriegel vorgedrungen war, stieß sie auf einen Widerstand. Sie ließ noch mehr Energie in den Zauber fließen, der Widerstand leuchtete auf, flackerte und erlosch dann endlich mit einem leisen Plopp.

Soya hörte, wie die Tür hinter ihr geöffnet wurde; sie war bereits auf den Fenstersims geklettert, als ihr Blick hinab in die Tiefe glitt.

»Soya! Was tust du denn?«, hörte sie die schrille Stimme Eliras.

Hastige Schritte näherten sich, doch bevor Eliras Hände sie erreichen konnten, ließ Soya den Fensterrahmen los …

Vielleicht war es das Mittel, das ihr Elira in den Kaffee getan hatte, das wirkte, vielleicht aber auch der Wahn, der sie in die Tiefe zog; doch es fühlte sich an wie ein Rausch – das Adrenalin schoss durch ihre Adern und sie verspürte keine Angst – es war leicht und einfach, als hätte sie noch nie unter Höhenangst gelitten.

Im nächsten Moment schlug sie hart auf dem Boden auf.

Sie spürte einen dumpfen Schmerz in ihrem Bein. Benommen schaute sie hoch in die Bäume, die sich über ihr zu drehen begannen, dann hörte sie das Klicken der Haustür. Soya drehte sich zur Seite, zog sich hoch, dann sah sie Eliras Gestalt verschwommen auf sie zukommen. Obwohl sie ihre Beine nicht spürte, rannte sie los.

Hätte sie mehr Kraft und nicht das Gefühl gehabt, gar nicht richtig voranzukommen, dann wäre sie bis zum Wald gelaufen. Doch so hätte sie es nicht weit geschafft. Soya hielt sich am Türgriff des erstbesten Lokals fest, stieß die Tür auf und stolperte hinein. Mit einem Rauschen in den Ohren ließ sie sich in der hintersten Ecke auf einen Stuhl fallen, dann sah sie sich um. Es war ein düsteres, heruntergekommenes Lokal, das seine besten Jahre hinter sich hatte. Verblichene Tapeten klebten an den Wänden und halb verdorrte Blumen standen auf der Theke, daneben ein Kuchen unter einer Glasglocke.

Es war wie ausgestorben.

Dafür begann sich der Marktplatz hinter der dreckigen Fensterscheibe rege zu füllen.

»Was zu trinken?«, riss eine Stimme Soya unsanft aus den Gedanken.

Soya sah hoch in ein grimmiges, altes Gesicht.

»Einen Paschimo. Bitte«, sagte Soya.

Die Augen der Wirtin traten merkwürdig hervor. Sie nickte und schlurfte wieder zum Tresen zurück.

Soya grub ihren Kopf in ihre Hände und versuchte, das Rauschen in ihren Ohren auszublenden.

»Hier. Bitte.«

Mit einem Knall landete der rauchende Paschimo vor ihr auf der Tischpatte; die Tasse schwappte über und die heiße Brühe ergoss sich über die Tischplatte.

»Macht nichts«, flüsterte Soya und kramte ihre Geldbörse hervor.

»Schon wieder«, brummte die Wirtin. Ihr Blick war düster auf die Leute gerichtet, die sich um das Rathaus scharten. »König Saahrrin soll heute kommen«, erklärte sie grimmig und sah sie vielsagend an.

»Saahrrin«, stieß Soya hervor und ihr ganzer Körper wurde eiskalt.

»Ja. Ist wohl geheim. Aber anscheinend haben ihn Leute bereits ins Rathaus hineingehen sehen. Er ist zwar noch nie hier reingekommen, aber man weiß ja nie. Es sollte trotzdem etwas aufgeräumt sein, falls er doch mal vorbeischaut. Du weißt schon, was ich meine …«

Die letzten Worte konnte Soya kaum mehr verstehen. Ihr brach der Schweiß aus und sie spürte einen harten Knoten im Magen. Saahrrin war hier, und – Soya fühlte einen stechenden Schmerz in der Brust – Merlan musste sie für ihn festhalten.

»Ich frag mich, was es so Dringendes gibt. Er war doch erst vor ein paar Tagen hier. Da muss was passiert sein.«

Soya sah hinüber, durch die schmutzige Scheibe, hinter der sich die Leute nun zu drängeln begannen. Das ganze Dorf schien versammelt.

»Da kommen sie.«

Mit ihrem dicken Zeigefinger deutete die Wirtin auf das Rathaus. In genau diesem Moment brach ein Tumult aus, der Marktplatz verwandelte sich in ein buntes Farbenmeer aus Fahnen und Händen, die dem König zujubelten.

Ein paar besser bekleidete Männer verließen durch ein großes Holztor das Rathaus. Dann erkannte Soya zwischen einigen Soldaten den König. Saahrrins wehender, dunkler Umhang wallte gebieterisch über seine breiten Schultern und sein langes Haar umrahmte sein unnatürlich bleiches Gesicht. Seine Augen blitzten über die Menge, während er feierlich die Hand zum Gruß hob.

Das Volk tobte.

»Ja, ja«, sagte die Wirtin mit rauer Stimme, »er ist ja ein ganz Hübscher, aber ich glaube nicht, dass er so eine reine Weste hat, wie alle glauben.«

»Ich auch nicht«, flüsterte Soya tonlos.

»Nein?« Die Wirtin sah sie glupschäugig an. »Na, wenigstens jemand, der nicht so blauäugig ist.«

Doch Soya hörte sie nicht. Sie sah nur Saahrrins bleiches, leicht arrogant wirkendes Gesicht, wie er mit hoch erhobenem Kinn in die Menge strahlte, und fühlte einen jähen Hass in sich hochsteigen.

Saahrrin winkte dem Volk noch einmal zu, dann sprang er auf sein Pferd – ein pechschwarzes Ross, das ungeduldig mit seinem prachtvollen Schweif schlug –, er griff nach den Zügeln, seine glitzernden, dunklen Augen streiften ein letztes Mal über die Menge, dann wandte er sich um und ritt davon. Die Männer, die ihm schon zuvor gefolgt waren, ritten eilends hinterher. Als wäre es notwendig; als könnten sie ihn gegen Mächte, von denen sie keine Ahnung hatten, dass sie existierten, beschützen.

»Mädchen?«

Jemand rüttelte an ihren Schultern.

»Was?«, keuchte Soya.

Die Wirtin hatte die Hand ausgestreckt und blickte mit gerunzelter Stirn auf ihren Geldbeutel.

»Oh.« Soya kramte ein paar Münzen hervor und bezahlte den Paschimo.

Die Wirtin schlurfte mit dem Geld davon und Soya sank kraftlos in den Stuhl zurück. Ihr Blick richtete sich ausdruckslos ins Leere, als plötzlich etwas anderes ihre Aufmerksamkeit erregte – eine dunkle Gestalt verließ durch eine kleine Nebentür das Rathaus.

Mit seinen dunklen, legeren Kleidern fiel Merlan im Schatten des Hauses beinahe nicht auf. Er hatte die Augen zu Boden gerichtet, dunkle Schatten lagen darunter, die Haare fielen ihm in die bleiche Stirn. Sein Gesicht sah angespannt aus, als registrierte er jede Bewegung um ihn herum. Eine Kutsche rollte an ihm vorbei, Soya sah ihn in die nächste Seitengasse abbiegen und er verschwand aus ihrem Blickfeld.

Soya merkte kaum, wie sich das Lokal kurz darauf füllte und schließlich wieder leerte, während ihr Blick glasig am Fenster kleben blieb.

Doch Merlan erschien nicht wieder. Und auch nicht, als es bereits dunkelte und sie von der Wirtin aufgefordert wurde zu gehen.

Niedergeschlagen schleppte sie sich durch die nächtlichen Straßen, als sie plötzlich einen Aufschrei hörte. In einem Stall ganz in der Nähe bemühte sich jemand mit einem Pferd, das sich aufbäumte. Ohne zu überlegen, rannte sie in den Stall und half einem Mann, den Rappen zu beruhigen. Erschöpft lächelte er sie an, als das Pferd wieder in seiner Box stand. Er war ein stämmiger, freundlich aussehender Mann mit weißem, kurzem Bart und einer rundlichen Knollennase.

»Danke«, keuchte er und schüttelte ihre Hand. »Ich bin Ciorgio.« Er holte tief Luft und legte erschöpft seine Hand an die Boxentür. »Ein wildes Pferd. Immer wieder das gleiche. Keine Ahnung, wie mein Freund ihn im Griff hat.« Etwas genervt warf er dem schwarzbraunen Rappen einen tadelnden Blick zu. »*Chath* ist sein Name«, fuhr er fort und hob eine Augenbraue.

Soya ließ die Zügel los, die sie immer noch festgehalten hatte.

»Ein besonderer Name«, sagte er in Gedanken versunken, während Soya versuchte, langsam und ruhig weiter zu atmen.

»Ich frage mich, woher dieser Name kommt.« Ciorgio strich dem Pferd über das glänzende Fell.

Doch Soya wusste genau, woher dieser Name stammte – es war die Schirkanssprache, und *Chath* bedeutete Feuer.

»Ah!«, rief Ciorgio, als er einen kurzen Blick über die Schulter durch das schmale Fenster warf und anscheinend etwas draußen auf der Straße erblickte. »Ich bin gleich wieder da«, versprach er und eilte zum Ausgang.

Soya lehnte sich kraftlos gegen die Wand.

»Da ist er ja!«, hörte sie ihn rufen und in diesem Moment hob das Pferd seine Lider – seine Augen waren tiefschwarz.

»Merlan!«, rief Ciorgio, »wie geht es dir? Ich habe Chath bereits in den Stall gebracht.«

»Entschuldige, dass ich mich verspäte … Ich hatte noch etwas Dringendes zu erledigen.«

Soya stolperte zurück.

»Das macht doch nichts, mein Lieber! Schön, dich zu sehen!«

Die Schritte näherten sich und Soya presste sich im letzten Moment hinter ein paar Fässer neben der Hintertür. Ihre Beine knickten ein und sie ließ sich mit dem Rücken zur Wand auf den Boden sinken.

»Ja.«

Sie hörte Merlan leise lachen. Und da sah sie ihn durch die Lücke zwischen den Fässern. Er stand am Eingang, seine dunklen Haare glänzten im schwachen Licht der Laterne.

»Ich freu mich auch, dich zu sehen«, hörte sie seine samtene Stimme. Sie klang wie flüssiger Honig. Dann sah sie, wie sich Merlans Kopf in ihre Richtung drehte – ihr Versteck kam ihr plötzlich zu eng vor.

»Ist noch jemand hier?«, fragte er.

Soya blinzelte angestrengt durch die schmale Lücke nach vorn. Sein Gesicht war wie zu einer Maske erstarrt.

Ciorgio wandte sich ebenfalls in ihre Richtung.

»Eben war sie noch hier«, murmelte er und schaute sich verwirrt um.

»Sie?«, fragte Merlan. Sein Blick schweifte über die Fässer bis nach ganz hinten zur Hintertür, wo das Licht der Scheune nur noch spärlich durch die schmalen Ritzen der Holzwand drang.

Soyas Magen zog sich zusammen, als sie Merlan näherkommen sah.

»Wie war ihr Name?«, hörte sie auf einmal seine Stimme über sich. Er war unvermittelt vor den Fässern stehen geblieben.

»Ich – ich kann mich nicht erinnern«, erwiderte Ciorgio. »Ich glaube, sie hat ihn mir gar nicht gesagt.«

»Du wolltest ihren Namen gar nicht wissen?« Es klang ungläubig.

»Sie war so kurz hier – also …« Ciorgio stand unbeholfen da.

»Wie sah sie denn aus?«, bohrte Merlan weiter.

In Ciorgios Gesicht trat Sorge.

»Stimmt etwas nicht, Merlan? Es war ein so nettes Mädchen. Sie hat mir mit dem Pferd geholfen.« Ciorgio ließ seinen Blick abermals besorgt durch den Stall schweifen.

»Nein.« Merlan lächelte. »Nein. Es ist alles in Ordnung, Ciorgio. Ich bin nur neugierig.«

Ciorgios Gesicht entspannte sich ein wenig. Merlans Charme wirkte nicht nur bei ihr.

»Nun«, sagte Ciorgio hastig, als er sah, dass Merlan immer noch auf eine Antwort wartete, »sie hatte, ähm, ja – langes, braunes Haar, blaue Augen …«, er hielt inne, »nein, grün waren sie. Es war ein merkwürdiges Grün. Ein wie sagt man …«

»Ein Smaragdgrün«, half ihm Merlan auf die Sprünge und Ciorgio lächelte dankbar. »Ja, Smaragdgrün, das kommt hin.«

Merlan legte Ciorgio die Hand auf die Schulter. Ihre Schritte wurden leiser und erstarben schließlich, als sie den Stall verließen.

Soya rappelte sich hoch, zwängte sich durch die Hintertür und rannte die Straße entlang. Gerade als sie abbiegen wollte, kam ihr ein Trupp Soldaten entgegen und sie stürzte in das Haus gegenüber. Um Atem ringend, lehnte sie sich gegen die Wand, dann im nächsten Moment hörte sie Schritte. Panisch ließ sie den Blick durch den abgedunkelten Raum schweifen – irgendjemand war im Haus. Leise schlich sie ins nächste Zimmer. Die Stimmen der Soldaten, die durch das dünne Glas drangen, wurden leiser, bis ihre Schritte ganz verebbten.

Dann nahm sie wahr, dass jemand unter dem Türrahmen hindurchtrat – und Soya, starr vor Entsetzen, blickte auf die dunkle Gestalt, die langsam auf sie zukam.

»Soya«, sagte Merlan leise.

Sie starrte ihn an, fassungslos und entsetzt.

»Wolltest du nicht wenigstens auf Wiedersehen sagen, bevor du gehst?« Er sah sie wütend an.

»Hätte ich denn die Chance dazu gehabt, wenn ich auf dich gewartet hätte?«, sagte sie kalt.

Merlan hob überrascht eine Braue.

»Ich dachte, du wüsstest, dass Elfen misstrauisch sind?«, fuhr Soya gepresst fort.

»Auf was willst du hinaus?«, entgegnete er schroff.

»Es ist wirklich frustrierend …« Sie hörte sich sprechen, während sie innerlich zusammenbrach. Sie war nicht annähernd so stark, wie es nach außen hin wirkte. Sie liebte ihn. Auch wenn es nicht auf Gegenseitigkeit beruhte. Ihr Herz würde immer nur ihm gehören, solange sie lebte.

»Als ich im Café darauf wartete, dass die Wirkung des Mittels nachließ, das mir Elira in den Kaffee getan hat«, sie schluckte und versuchte sich zusammenzureißen, »da habe ich ihn gesehen: Saahrrin mit seinen Wächtern, wie sie das Rasthaus verließen.«

»Du glaubst, ich wollte dich verraten?«, sagte er langsam, als müsse er erst etwas begreifen. »Deswegen bis du gegangen?«

Zu ihrer Überraschung trat ein Lächeln in sein Gesicht.

»Ich habe Elira gebeten, auf dich aufzupassen und dich nicht aus dem Haus zu lassen, falls es länger dauern sollte. Sie hat dich nur deshalb aufgehalten, weil ich dich vor Saahrrin verborgen halten wollte. Das wolltest du doch immer.«

Soya schüttelte den Kopf, ohne aufzublicken. Sie wollte sein Gesicht nicht sehen, nicht, wenn er sie anlog.

»Saahrrin hat gestern kurzfristig den Plan geändert«, erklärte er. »Er wollte mich nicht mehr in Elindor treffen, sondern in Almalyn, was mich in Schwierigkeiten brachte. Ich entschied mich, dir nichts davon zu sagen, weil ich der Meinung war, dass es dich nur unnötig beunruhigen würde. Im Nachhinein«, sein schräges Lächeln ließ ihr Herz schneller schlagen, »weiß ich, dass ich es hätte tun sollen.«

»Elira hat mir ein Mittel verabreicht«, wandte sie ein, »wieso hätte sie das sonst tun müssen, wenn nicht, um mich dazubehalten?«

Jetzt hörte sie ihn leise lachen.

»Das waren nur Kräutertropfen, die einen tief beruhigen. Vermutlich hat sie etwas zu viel reingetan. Ich habe sie darum gebeten, weil ich dachte, dass du vielleicht die Nerven verlieren könntest.«

»Ich habe nicht die Nerven verloren!«

Seine dunklen Augen glühten, während er ihr mit seinen kalten Fingern über die Wange fuhr.

»Ich habe dich zu Elira gebracht, weil ich wusste, dass sie gut für dich sorgen würde und du bei ihr sicher bist. Ich habe das Haus geschützt und du hattest den Norill bei dir. Ich sah keinen Grund, weshalb dich irgendjemand bei ihr suchen würde. Es ist zu absurd, sich bei einer gewöhnlichen Menschenfrau zu verstecken. Verstehst du? Es war das perfekte Versteck.«

»Du hast das Fenster verriegelt«, flüsterte Soya.

»Ich habe den Schutz vor dem Fenster besonders verstärkt, weil du in der Nacht, wenn die Morlaks herumstreunen, in diesem

Zimmer warst. Ich habe es gemacht, um dich zu schützen, nicht um zu verhindern, dass du da hinausgehst. Ehrlich gesagt, daran habe ich gar nicht gedacht … Es gibt ja immer noch eine Haustür.« Er hob eine Augenbraue und seine Lippen zuckten kaum merklich.

»Und was wollte dann Saahrrin hier?« Sie ließ die Möglichkeit, dass er die Wahrheit sagte, immer noch nicht zu.

Merlans Miene verfinsterte sich.

»In Almalyn wurde in Serie eingebrochen, ähnlich wie in Bakul. Mit dem gleichen Ergebnis: Nichts wurde gestohlen.«

Ihr Körper hatte all sein Adrenalin verbraucht, da war nichts mehr, das er noch hätte hergeben können. Ihre Beine ließen nach, aber Merlan fing sie auf, ehe sie auf den kalten Boden fiel.

»Das hat noch nichts zu bedeuten«, flüsterte Merlan an ihrem Ohr. »Es gibt noch keine eindeutigen Beweise.«

»Noch nicht.«

Ihre Kehle war so zugeschnürt, dass sie kaum sprechen konnte. Sie hörte, wie ihr Atem schneller ging, aber sie konnte nichts dagegen tun. So sehr sie sich auch zusammenriss, zu wissen, dass Sekretas hier war, um nach dem Smilion zu suchen, und er erfahren hatte, dass sie hier war, ließ sie halb ohnmächtig in Merlans Arme zurücksinken. Demnach wusste er nun auch, dass Merlan und sie zusammengehörten. Und er war deshalb genauso in Gefahr wie sie.

»Taoko«, flüsterte Soya, während ihr halb übel wurde. »Wir müssen …«

»Schhhhhh«, machte Merlan und küsste sie ins Haar. »Es ist alles gut.«

Dann ließ sie ein erneutes Geräusch zusammenschrecken. Merlan blickte zur Tür, dann war er auf einmal wie betäubt.

»Nein«, hauchte er, »nein, das kann nicht sein.« Im nächsten Moment wurde sie zur Seite gezogen, in den anderen Raum gezerrt und gegen die Wand hinter der Tür gedrückt. Merlan hielt ihr die Hand auf den Mund und starrte zum Ausgang. Das alles war so schnell gegangen, dass sie es gar nicht richtig mitbekam; ihr Herz hämmerte wie verrückt.

»Er ist hier«, zischte Merlan. Erneut verschwamm alles vor ihren Augen und sie fand sich im nächsten Augenblick im oberen Stock wieder. Entsetzt sah sie in sein Gesicht, das nun bleich und abgekämpft wirkte.

»Wer?«, hauchte sie, doch sie kannte die Antwort. Seine Hände zitterten und irgendetwas schnürte ihr die Luft ab.

»Ich habe ihm nicht gesagt, dass du hier bist.« Merlan zog die Stirn in Falten.

»Saahrrin?«, hauchte sie.

Er nickte stumm und mit bedeutungsvollem Blick legte er den Finger auf ihre Lippen, dann verschwand er hinter der geschlossenen Tür.

Ihr Gehirn weigerte sich, die Tatsache zu erfassen, es stellte sich dumm – dann hörte sie Merlan unten sprechen und hielt die Luft an.

Soya sank kraftlos auf den Boden.

Sie hörte Saahrrin etwas zu Merlan sagen, dann war es wieder still. Ein Gefühl der Ohnmacht rieselte durch ihre Arme und Beine, bis es schließlich den Kopf erreichte und sie nur noch das dumpfe, altbekannte Dröhnen wahrnahm. Die kalte, grauenvolle Angst zerstörte den letzten Rest an Konzentration. Kraftlos lehnte sie den Kopf gegen die Tür. Jedes Wort, das er sagte, war wie ein Hammerschlag in ihr Bewusstsein. Saahrrins Stimme war leise, beinahe flüsternd; und das Dröhnen in ihrem Kopf verhinderte, dass sie dem Gespräch folgen konnte. Die Tatsache, Saahrrin so nahe zu sein wie noch nie zuvor in ihrem Leben und ihm mit neunundneunzigprozentiger Sicherheit gleich entgegentreten zu müssen, raubte ihr die letzte Kraft. Es war unmöglich, dass er sie so nahe nicht spüren würde …

Sie umklammerte mit aller Kraft den Norill, dann hörte sie Merlans Stimme und gleich darauf wieder die Saahrrins. Er sprach leise und eindringlich und es hörte sich an wie eine Drohung. Merlans Stimme wurde lauter; sie schienen sich bei einem Punkt nicht einig, und dann war es plötzlich still.

»Nein«, keuchte Soya, rappelte sich zitternd hoch. »Merlan …«

Sie fühlte, wie sich ihr Arm dem Türgriff näherte und ihre Hand darauf bebend verharrte. Doch noch bevor sie den Türknauf drehen konnte, noch bevor sie Merlan zu Hilfe eilen konnte, sprang die Tür auf.

Erschrocken sog sie die Luft ein – da stand er, in seiner Vollkommenheit und unversehrt: Merlan.

»Was?«, fragte sie fast unhörbar. Sie wurde aus seinem Gesicht nicht schlau. Er wirkte entspannt und eine unerklärliche Freude lag in seinem Gesicht.

»Liebste«, flüsterte er. Seine kühlen Hände glitten an ihr Gesicht, dann spürte sie seine Lippen auf ihrer Stirn.

Sie versuchte zu atmen. Doch die Panik lag immer noch wie ein Dämon auf ihrer Brust.

»Schhhhh …«, flüsterte er, »er jagt dich nicht.« Seine Hände gruben sich in ihre Haare und drückten ihren Kopf fest an den seinen.

Es dauerte einen Moment, ehe sie begriff, dann fühlte sie, wie eine jähe Erleichterung ihren Körper durchströmte.

»Wie hast du es fertiggebracht?«, flüsterte sie atemlos. »Wie hast du es geschafft, ihn fortzuschicken? Hat er nicht gemerkt, dass ich hier bin?«

»Saahrrin wusste nicht, dass du existierst. Verstehst du, Soya?« Eindringlich sah er sie an. »Es kann nicht Saahrrin gewesen sein, damals. Wieso sollte er dich auch töten wollen.« Seine Stimme war beinahe flüsternd. »Es liegt ein Irrtum vor! Saahrrin verfolgt dich nicht. Versteh doch – wie konnte er dich jagen, wenn er nicht einmal gewusst hat, dass es dich gibt? Das ergibt überhaupt keinen Sinn.«

»Das denkst du wirklich?« Mühsam riss sie sich von seinem glücklichen Gesicht los. »Du glaubst wirklich, was er sagt?«

Merlan setzte zu einer Antwort an.

»Wenn die Lüge genug schön verpackt ist«, fuhr sie dazwischen, ehe er etwas sagen konnte, »wird sie oft mit der Wahrheit verwechselt …«

»Was meinst du damit?«

»Ich meine, wenn man etwas so gerne möchte … so gerne, Merlan … dass man vergisst, worum es in Wirklichkeit geht … dass man Tatsachen übersieht, weil die Wahrheit mehr schmerzt und die Lüge einem Hoffnung gibt. Dann kann es sein, dass man die Lüge für die Wahrheit hält.«

»Du denkst, ich lüge?«

»Nein, nicht du.«

Merlans Ausdruck wurde hart.

»Du denkst, ich erkenne nicht, wenn ich angelogen werde?«

»Ich denke nur, dass es möglich ist, gewisse Dinge schwer zu erkennen, wenn man einen großen Wunsch hegt – Merlan.«

Er machte den Mund auf, um etwas zu entgegnen, doch dann schloss er ihn wieder. Seine Wangenmuskeln traten hervor.

»Du irrst dich.«

»Ich verstehe es, Merlan. Er hat dich gerettet.«

Es dauerte einen Moment, dann straffte er seine Schultern und hob den Blick.

»Ja. Das dachte ich auf jeden Fall, bis ich dich kennengelernt habe. Da habe ich erkannt, dass er mich nur wieder zum Funktionieren gebracht hat.« Er fuhr mit seiner kühlen Fingerspitze über ihr Kinn, während seine Lippen bebten. »Du jedoch … du hast mir meine Seele gezeigt, von der ich nicht gewusst habe, dass sie noch irgendwo in mir drin existiert. Du bist alles für mich. Alles. Also erzähl mir nicht, dass ich, wenn es um deine Sicherheit geht, irgendetwas übersehen könnte oder aus puren Schuldgefühlen oder aus Dankbarkeit heraus irgendwelchen Lügen glauben würde.« Er schüttelte den Kopf. »Ich könnte es nicht ertragen, wenn dir etwas geschehen würde.« Er schluckte, während sein Blick eindringlich auf ihrem Gesicht haften blieb. »Ich verdanke Saahrrin viel, sehr viel. Doch bilde ich mir nicht annähernd ein, meine

Schuld jemals bei ihm begleichen zu können. Also lohnt es sich gar nicht erst, es zu versuchen.«

Saahrrin hat es nicht gewusst, schoss es ihr auf einmal durch den Kopf. Er hatte nicht einmal etwas von ihr gewusst …

Merlans eben gesagten Worte drehten sich fortwährend in ihrem Kopf: *»Er verfolgt dich nicht – wie konnte er dich jagen, wenn er nicht einmal gewusst hat, dass es dich gibt?«*

Plötzlich war ihr schlecht – hieß das, wenn er sagte, dass er es nicht gewusst hatte, dass er es jetzt weiß? War es möglich, dass er es ihm gesagt hatte? Merlans Augen sahen sie treuherzig an – ja, es war möglich. Benommen schüttelte sie den Kopf.

»Du hast es ihm gesagt«, flüsterte sie, doch ihre Stimme versagte.

»Soya, beruhige dich. Ich wusste, wie Saahrrin reagieren würde … »

Sie war sich kaum bewusst, dass ihr Herz nun in merkwürdigen, holprigen Abständen schlug. Sie merkte es erst, als sie so rasch atmete, dass ihr ein stechender Schmerz in die Brust fuhr. Sie sah ihn auf einmal vor sich: Saahrrins triumphierendes Gesicht, wie seine blitzenden Augen strahlten, als er erfuhr, dass er sie bald haben würde, dass er jemanden gefunden hat, durch den er an sie herankommen konnte …

»Du hättest ihn sehen sollen, Liebste … Wie er sich gefreut hat, dass ich dich kenne …«

Ihre Hände fanden die kalte Wand.

»Er ist nicht der, für den du ihn hältst. Du wirst sehen. Er hat mich damals auch wie einen eigenen Sohn aufgenommen.«

»Nein, du«, presste sie mit erstickter Stimme hervor.

»Schhhh!«, machte er, hielt den Finger an ihre Lippen und schaute vorsichtig zur Tür, dann sah er sie bedeutungsvoll an.

Einen Moment war sie wie erstarrt. Dann fühlte es sich an, als verließe alles Blut ihren Körper.

Merlan hob entschuldigend die Schultern. Sie wollte etwas sagen, doch sie wusste nicht mehr, wie man die Lippen bewegte.

Er war hier – Saahrrin war immer noch hier und wartete auf sie!

»Soya«, sagte er liebevoll und streichelte ihr Gesicht, »er möchte dich so gern kennenlernen.«

»Nein«, keuchte sie. Ein seltsames Würgen erfasste ihre Kehle.

»Soya, du siehst das alles völlig falsch …«

»Bitte«, würgte sie. »Bitte. Nicht …«

»Du kennst ihn nicht. Du brauchst dich vor einem Treffen nicht zu fürchten.«

Sie schwankte.

»Nein.«

Mit angespanntem Kiefer sah sie zur Tür, jeden Moment damit rechnend, dass sie aufsprang.

»Ich fürchte mich nicht vor einem Treffen.« Sie biss die Zähne zusammen. »Ich ertrage es nur nicht, in sein Gesicht zu sehen. In das Gesicht meines Vaters, der aus Schmach meine ganze Familie ausgelöscht hat! Seine Familie! Ich hasse ihn mit jeder Faser meines Körpers! Also erzähl mir nicht, dass sich irgendwelche Missverständnisse auflösen könnten!«

Merlans Erstarrung dauerte nur einen Herzschlag.

»*Deines Vaters*?«, keuchte er. »*Saahrrin ist dein Vater*?«

»Als hättest du es noch nicht gewusst!«, zischte Soya. »Als hätte er es dir nicht gesagt, nachdem du ihm von mir erzählt hast.«

Verwirrt schüttelte er den Kopf.

»Nein, das hat er nicht. Er hat mir nichts gesagt.«

»Ja. Und weißt du, wieso?!«, zischte sie ganz leise. »Weißt du, was seine Hoffnung ist?!«

»Was?«, sagte Merlan mit gepresster Stimme.

»Er hat es dir nicht gesagt, damit du keinen Verdacht schöpfst. Dass du weiterhin glaubst, ich sei bloß ein ausgestoßener Mischling, wie du es warst, und damit er durch dich an mich herankommen kann!«

Merlan zuckte zusammen, als hätte sie ihn geschlagen.

»Und er ist sooo nah dran!«

Eine Weile sah er aus, als stünde er unter Schock, dann schüttelte er heftig den Kopf.

»Wenn Saahrrin dich tot sehen wollte, Soya, bitte verzeih mir, dass ich dir das jetzt so sagen muss, aber dann wärst du es schon lange … Saahrrin braucht niemanden, um an jemanden heranzukommen … Weder die Morlaks noch sonst irgendjemanden, und schon gar nicht mich.«

Einen Moment schwiegen sie beide und sahen sich wütend an.

»Dann war also deine Mutter seine große Liebe«, sagte er plötzlich und als würde ihm endlich etwas klar, hellte sich sein Blick wieder auf. »Er hat mir vor einiger Zeit von ihr erzählt. Er hat mir gesagt, dass sie plötzlich verschwunden ist.«

Er packte sie an der Schulter.

»Soya, kapier doch endlich! Was gäbe es denn für einen Grund, seine Familie auszulöschen?! Er würde sie doch am meisten beschützen!«

»Nicht, wenn es Elfen sind. Es wäre für ihn eine zu große Schande, wenn herauskommen würde, dass er eine uneheliche Tochter hat, die zudem noch Elfenblut in sich trägt.«

»Du reimst dir da etwas völlig Falsches zusammen!« Jetzt sah er schon fast wieder wütend aus. »Wie ich dir schon sagte, Saahrrin wusste nichts von dir. In dem Fall wusste er auch nicht, dass er eine Tochter hat.«

Soya schüttelte den Kopf. Egal, was er glaubte, sie wusste, dass Saahrrin nach ihr suchte, dass er hinter ihr her war.

Merlan sah sie unglücklich an.

»Soya«, flüsterte er, doch Soya löste den Griff seiner Hände.

»Lass mich«, flüsterte sie, obwohl sich alles in ihr dagegen sträubte, und entzog ihm ihren Arm. Sie löste den Blick von dem seinen, stieß die Tür auf der anderen Seite des Raums auf und stolperte den schmalen Korridor hindurch auf eine braune Holztür zu.

Sie schaute nicht zurück. Hätte sie zurückgeschaut, hätte sie nicht die Kraft dazu gehabt, weiterzugehen.

Die Tür schwang dumpf hinter ihr zu. Ein monotones Klingen in ihren Ohren sagte ihr, dass es zu leise war, als dass er ihr hätte folgen können. Sie ging durch einen weiteren Korridor – immer noch keine Schritte.

Ihre Lungen verlangten nach Luft, doch etwas hatte sich in ihrer Kehle verschlossen.

Mit brennenden Augen starrte sie geradeaus. Rannte stolpernd an Wänden vorbei, die mit Teppich verkleidet waren. Dann stieß sie eine weitere Tür auf und gelangte in einen halbdunklen Raum. An einer Wand hing ein großer Spiegel, an einer anderen ein Haken mit festlicher Kleidung. Sie hatte die Hand bereits an der Klinke, als sie plötzlich eine kühle Hand auf ihrer Schulter spürte.

Der schwarze Skorpion

Merlans Stimme war leise: »Wohin gehst du denn?«, fragte er. Er sah sie nicht an. Sein Blick war auf ihre Hand gerichtet, die er nun festhielt.

Die Tränen, die sich in ihren Augen gesammelt hatte, rollten über ihre Wange.

»Soya«, flüsterte er mit weicher Stimme und hob den Kranz seiner tiefschwarzen Wimpern. Sein Blick glühte. »Wenn du noch nicht bereit dazu bist, ihn kennenzulernen, verstehe ich das. Und er wird das auch verstehen.« Seine kühlen Hände zogen sie zärtlich an sich. »Es tut mir leid, wenn ich dich überrumpelt habe.«

Soya schloss die Augen. Und als er weitersprach, sah sie über seine Schultern zum Spiegel, in dem sie sich selbst sah. Sie schaute in ihr Gesicht, das bleich und abgekämpft wirkte, während Merlan mit geneigtem Kopf weitersprach.

»Wir haben alle Zeit der Welt.«

Sein Hemd hatte sich durch die Umarmung gehoben und an der Stelle, wo die nackte Haut zum Vorschein kam, sah sie etwas Dunkles. Langsam hob sie den Stoff etwas höher und erstarrte – ein schwarzer Skorpion war auf seine Haut tätowiert. Sie wollte einen Schritt zurücktreten, doch ihre Beine schienen mit dem Boden fest verwachsen.

Sein lächelndes Gesicht folgte ihrem Blick, der immer noch starr auf den Spiegel gerichtet war. Dann, als er erkannte, was sie sah, wurde sein Blick plötzlich kühl.

Das Gefühl strömte wieder in ihre Beine und sie stolperte zurück.

»Es ist nicht so, wie du denkst«, sagte er schnell, seine Stimme klang erstickt. »Ich wollte es dir sagen.«

»Wann?«, hauchte sie.

»Wenn die Zeit dafür gekommen ist.«

»Natürlich.«

Seine Augen wurden dunkel.

»Du glaubst mir nicht.«

Sie starrte immer noch hinüber zum Spiegel, obwohl sie schon lange nicht mehr hineinsah.

»Dieses Symbol hat man nicht einfach so«, hauchte sie.

»Nein, das hat man nicht.«

Er schloss die Augen. Seine Stimme klang tief und rau: »Ich habe dir erzählt, dass ich eine Weile im Gayenorgebirge gelebt habe. Die Zeit, bevor Saahrrin mich gefunden hat. Ich weiß nicht, was mich dazu bewogen hat, mich den Ferrans anzuschließen. Vermutlich war es die Einsamkeit. Die Sehnsucht, irgendwo dazuzugehören.« Er hielt kurz inne, als widerstrebte es ihm, die Erinnerung daran weiter zuzulassen. »Schon bald wollte ich mich wieder von ihnen trennen, als ich merkte, was sie taten, wer sie wirklich sind – und zu was sie mich machen wollten. Doch man kann nicht einfach wieder austreten.« Seine Augenbrauen schoben sich zusammen. »Man dient ein Leben lang. Es sei denn, man wählt den Tod.« Sein Blick war ausdruckslos ins Leere gerichtet. »Ich bin trotzdem gegangen.« Er strich sich mit nach vorn geschobenem Kinn die Haare aus der Stirn. »Einige Zeit später fand mich Saahrrin.« Er hob die Hand. »Du weißt ja, wie ich zu ihm stehe.«

»Ihm verdankst du dein Leben.«

Unwillkürlich streckte er die Hand nach ihr aus, als plötzlich im Zimmer nebenan Stimmen zu hören waren.

»Wo ist sie?«

»Ist sie nicht hier?«

»Ist sie schon wieder abgehauen?«

Es waren die Stimmen von Soldaten.

»So ein Mist! Saahrrin wird gar nicht erfreut sein! Wo ist denn Merlan, der sollte sie doch für ihn festhalten!«

Zu realisieren, dass alles in einem zerfällt wie ein Glasschloss, das in tausend Scherben zerbricht, hält einen ganzen Herzschlag an. Dann beginnst du innerlich zu brennen, oder du wirst kalt. Die Wahl zwischen diesen Optionen wird nicht dir überlassen. Letztendlich entscheidet dein Körper, was dich länger am Leben erhält.

Obwohl sie so schnell rannte, dass sie dachte, ihre Lungen würden zerbersten, glaubte sie zu fallen.

Soya rannte die Wiese hinab und dann am Fluss entlang bis zum See. Bei einer Böschung knickte sie um, rollte noch ein Stückchen weiter, dann blieb sie keuchend liegen. Sie drehte den Kopf und blickte hinüber auf die schimmernde Oberfläche des Wassers, in dem sich der Mond am Himmel spiegelte.

Irgendwann hörte sie, wie etwas sacht die Blätter an den Sträuchern streifte, und im nächsten Moment fühlte sie Taokos Schnauze an ihrem Nacken.

»Was ist passiert?«, hörte sie eine Stimme in ihrem Kopf und Soya sah sich überrascht um.

Einen kurzen Moment lang fragte sie sich, ob sie noch bei Sinnen sei oder ob das Mittel, das ihr Elira in den Kaffee gemischt hatte, allmählich Halluzinationen in ihr auslöste. Doch dann hörte sie die Stimme erneut.

»Ist Merlan etwas zugestoßen?«

Soya schaute verdutzt in das vertraute Gesicht Taokos. War es möglich, dass er tatsächlich zu ihr sprach? Nicht im wortwörtlichen Sinn, aber in Form von Gedanken in ihrem Kopf?

»Du verstehst mich?«, krächzte Soya.

Taoko neigte seinen großen Kopf und sah sie treuherzig an.

»Es hat eine Zeit gebraucht, bis ich eure Sprache gelernt habe.«

Einen Moment war sie zu perplex, um etwas Vernünftiges zu entgegnen.

»Aber mittlerweile verstehe ich euch ganz gut.«

Soya war immer noch fassungslos. Es war unverständlich, weil es unmöglich war.

Er stupste sie mit der Schnauze in die Seite, nicht fest, aber doch so, dass ihr Kopf vom aufgestützten Arm kippte.

»Soya.« Ein Brummen drang aus seiner Brust. »Du kannst mir glauben, du bist nicht verrückt.«

Und da fing sie an zu weinen.

»Wenn du wüsstest«, stieß sie hervor, in der kurzen Sequenz, als der Weinkampf so weit nachgelassen hatte, dass sie sprechen konnte. »Es war alles nur eine große, perfekte Täuschung. Und dann bin ich noch einmal auf ihn hereingefallen.«

Soya erzählte ihm von Anfang an die ganze Geschichte und Taoko legte sich ganz nah zu ihr, damit sie ihren Kopf an seine Seite legen konnte, bog sich zu einem Halbkreis, sodass er sie aufmerksam betrachten konnte.

Nun, da sie endlich jemanden hatte, dem sie bedingungslos vertraute und dem sie alles anvertrauen konnte, spürte sie eine unendliche Erleichterung in sich aufsteigen. Ihr Rücken bebte so heftig, dass die Worte nur noch in Fetzen und unverständlich hervorkamen.

»Ramon hatte recht«, schluchzte Soya und schüttelte den Kopf, während ihr immer wieder neue Tränen in die Augen schossen. »Er hatte die ganze Zeit über recht gehabt und ich habe ihm nicht geglaubt.«

»Vielleicht«, hörte sie Taokos Stimme. Er neigte seinen großen Kopf. »Du solltest nicht allzu schnell urteilen. Es sind nur Mutmaßungen. Du solltest dir zuerst seine Meinung über diese ganze Geschichte anhören.«

»Elira hat mir ein Mittel verabreicht, damit sie mich festhalten kann!«, brach es aus ihr heraus.

»Oder vielleicht hat sie dir einfach etwas zu viel von diesen Beruhigungstropfen in den Kaffee getan, wie Merlan dir gesagt hat.«

Soya warf ihm einen wütenden Blick zu.

»Kann man deine Stimme wieder ausschalten, wenn man sie nicht mehr hören will?!«

Jetzt hörte sie ein seltsames Röhren aus Taokos Brust, fast so, als ob er einen Lachanfall hätte.

Die folgenden Tage waren der reinste Albtraum. Das Einzige, das sie davor bewahrte, den Verstand zu verlieren, waren die Gespräche mit Taoko.

»Hören alle Menschen deine Stimme in ihrem Kopf?«, fragte Soya, während sie den steilen Abhang erklommen, der zu Zindabors Versteck führte.

Taoko neigte seinen Kopf zu ihr herüber.

»Nein. Nur wenn ich es ihnen gestatte.«

Soya hob die Augenbrauen.

»Oh.«

Taoko stupste sie in die Seite.

»Und du hast dich erst jetzt dafür entschieden, dass du mit mir sprechen willst?«

»Nein. Wie gesagt, ich kenne eure Sprache noch nicht lange.«

Soya nickte.

Der Hang wollte kein Ende nehmen. Nach mehreren Stunden erspähten sie die ersten niedrigen Sträucher. Vornübergebeugt und die Hände auf die Knie gestützt, blieb sie keuchend stehen. Hier irgendwo musste Zindabors Zauberbann sein. Soya sah sich um. Wenn Merlan hier war, würde sie ihn erst sehen, wenn sie den Bann durchschritten hatten.

Sicher bereute er es jetzt, dass er ihr den Norill gegeben hatte.

»Zindabor ist abgereist«, hörte sie Taokos leise Stimme in ihrem Kopf, noch bevor sie die Schutzgrenze erreicht hatten.

»Nein«, keuchte Soya, beschleunigte ihre Schritte und blieb dann schwer atmend auf der Fläche stehen, wo zuvor Zindabors kleine Hütte gestanden war. Jetzt war nichts als verdorrtes Gras zu sehen. Erschöpft fiel sie auf die Knie.

»Hätte er nicht wenigstens noch einen Tag warten können?!« Verzweifelt grub sie sich die Hände ins Haar. »Wieso musste er so früh abreisen!«

»Zindabor hat immer seine Gründe, weshalb er etwas tut.«

Soya warf wütend ihre Tasche zu Boden.

»Merlan war hier«, zischte sie. »Er war hier und hat ihm irgendetwas erzählt, damit er weggeht!«

»Vielleicht«, hörte sie Taokos Stimme, doch sie klang nicht überzeugt.

»Was machen wir denn jetzt?« Ihre Nerven lagen blank. Sie blickte versteinert an die Stelle, wo sie immer gesessen hatten.

»Du wolltest doch deinen Großvater besuchen«, hörte sie Taoko auf einmal neben sich. Soya fuhr herum. »Wir sind ganz in der Nähe«, sagte er schlicht und sah sie gelassen mit seinen dunklen Knopfaugen an.

»Das habe ich dir nie erzählt«, flüsterte Soya.

»Ich bin eben aufmerksam.«

Ihr Herz schlug auf einmal sehr schnell.

»Und was, wenn Saahrrin bei ihm war und Meredon irgendeine Geschichte verkauft hat, damit er mich aufhält?«

»Meredon ist ein kluger Mann«, dröhnte es aus Taokos Brust, »und selbst wenn, er kann sich selbst ein Urteil bilden. Meredon weiß, wer du bist, dass du elbisches Blut in dir hast. Bisher hat es ihm nichts ausgemacht.«

Verzweifelt blickte sie hinüber zu den Bäumen.

»Gut. Gehen wir.«

Taoko sprang auf den Felsen.

»Begleitest du mich?«, fragte sie nervös, als sie ihm hinterherging. »In die Höhle hinein, meine ich?« Sie stand kurz vor einem Nervenzusammenbruch. Alleine dorthin zu gehen, brachte sie nicht fertig.

»Was glaubst du denn?« Anklagend sah er sie an und ein mürrisches Knurren drang aus seiner Brust. »Ich begleite dich immer und überallhin.«

»Danke«, murmelte sie.

Taoko neigte den Kopf zu einer leichten Verbeugung, dann ging er über den Felsabhang weiter.

Es vergingen abermals Stunden, ehe er wieder Halt machte. Erschöpft blieb Soya stehen.

»Bist du dir sicher, dass wir richtig sind?«

Weit und breit war keine Höhle zu sehen.

»Ja.«

Ungeduldig suchte sie die Felswand nach dem kleinsten Zeichen einer Öffnung ab.

»Wenn du möchtest, dass sie uns begrüßen, musst du schon den Unsichtbarkeitszauber auflösen«, hörte sie seine Stimme in ihrem Kopf.

»Oh.«

Widerwillig hob sie die Hand. Es war ihr unwohl dabei, sich erkennbar zu machen, da sie niemanden sehen konnte. Langsam löste sie den Zauber auf und fühlte sich dabei nackt und verletzlich. Sie war froh, dass sie Taokos warmen Körper an ihrer Seite spürte.

»Sie kommen.« Taokos Blick war nach vorn gerichtet.

Soya starrte jetzt ebenfalls nach vorn. Doch sie sah nur grauen Fels.

»Sie stehen gleich da«, er ruckte mit dem Kopf an einen Punkt an der Felswand.

»Du kannst durch den Felsen sehen?«, fragte sie ungläubig.

»Konzentrier dich.« Seine Stimme klang angespannt und streng. »Du kannst sie auch spüren.«

Sie versuchte es einen Augenblick mit geschlossenen Augen, doch dann riss sie die Augen wieder auf. Sie war zu nervös, um sich jetzt auf ein solches Experiment einzulassen.

»Jetzt«, hörte sie Taoko, und im selben Moment glitt die Felswand vor ihnen zur Seite. Dort, wo zuvor nur Stein gewesen war, war jetzt ein dunkelblauer Bogen zu sehen, der den Eingang bildete.

Fünf Wächter in langen, schweren Umhängen traten aus dem Tor.

»Meredon kommt«, hörte sie Taokos Stimme.

Und tatsächlich. Im nächsten Moment sah sie Meredon hinter den Wächtern auftauchen.

»Seine Aura ist mächtiger als ich gedacht habe«, hörte sie Taokos Stimme.

Meredon trat fast schwebend auf sie zu und breitete die Arme aus.

»Endlich.«

Seine offensichtliche Freude war so ansteckend, dass sie gar nicht anders konnte, als sein Lächeln zu erwidern.

»Herzlich willkommen in Zakratos!«, sagte er und nahm Soya in die Arme. »Was für eine Freude!«

»Ich freue mich auch«, sagte Soya. Und das stimmte sogar. Jetzt, wo sie bei ihm und die Angst verflogen war, fühlte sie nichts als Wärme für diesen Mann.

»Du hast einen Gast mitgebracht?«, fragte er erfreut und blickte von ihr auf Taoko.

»Das ist Taoko. Taoko, das ist mein Großvater Meredon.«

Über Meredons Gesicht breitete sich abermals ein strahlendes Lächeln aus.

»Sehr erfreut«, sagte er, dann sog er plötzlich scharf die Luft ein. »Dann ist es also wahr«, flüsterte Meredon fasziniert und erschrocken zugleich. »Mir war von eurer Intelligenz berichtet worden. Doch leider war es mir bis jetzt nie möglich, einen von euch kennenzulernen.«

Soya realisierte sofort, dass Taoko auch Meredon an seinen Gedanken hatte teilhaben lassen.

»Normalerweise findet auch kein Zusammentreffen statt. Wir fressen Fleisch wie das eure.« Taoko schloss beide in seine Gedanken mit ein.

Meredon lachte laut auf: »Natürlich!«, rief er vergnügt. »Da haben wir ja richtig Glück, nicht wahr, Soya?«

»Wir haben uns unter besonderen Umständen kennengelernt«, berichtete Taoko. »Soya hat mich vor einiger Zeit gefunden und mir das Leben gerettet.«

»Und du ein Dutzend Mal das meine«, flüsterte Soya.

Meredons Griff um ihre Schulter verstärkte sich.

»Taoko ist seither mein treuester Gefährte«, erklärte Soya.

Meredon neigte den Kopf in eine Verbeugung.

»Es ist mir eine große Ehre«, sagte er. »Und noch mehr bin ich dir zu Dank verpflichtet, dass du Soya beschützt.«

»Die Freude liegt auch auf meiner Seite«, sagte Taoko. Soya bemerkte, dass, wenn er zu beiden gleichzeitig sprach, sich seine Stimme weniger nah anhörte, fast, als würde er von weiter weg sprechen.

Meredon hob einladend die Arme.

»Bitte kommt. Zakratos erwartet euch voller Ungeduld!«

Er führte sie hinüber zum königsblauen Bogen.

»Ich möchte euch mein Königreich zeigen. Euer Königreich. Bitte fühlt euch wie zu Hause. Was mein ist, ist auch das Eure.« Seine Stimme bebte vor feierlichem Stolz.

Bevor sie unter dem Bogen hindurchtraten, blieb Taoko noch einmal stehen.

»Bist du bereit?«, fragte er Soya.

»Wenn du es bist.« Sie sagte es nicht laut. Sie sprach ebenfalls nur mit ihren Gedanken.

»Ja.«

Soya lächelte.

»Du kannst wirklich meine Gedanken hören?«, bildete sie wieder die Worte im Kopf.

Taoko ließ einen dröhnenden Laut hören.

»Ihr Zweibeiner habt manchmal eine merkwürdige Art zu denken.« Seine Augen funkelten tückisch. »Die ausgesprochenen Silben sind nur das Echo eurer Gedanken. Wieso sollen wir uns mit dem Überbleibsel begnügen, wenn wir die goldene Essenz, die Reinheit eines Gedankens hören können!«

Meredon, der sie begeistert beobachtet hatte, klatschte in die Hände.

»Faszinierend«, sagte er. »Wie ihr miteinander kommuniziert. Ihr versteht euch, ohne dass ihr sprechen müsst!«

»Wir tauschen die Worte in Gedanken aus«, sagte Soya leise.

»Nun, nicht ganz«, warf Taoko ein. »Wir tauschen die Essenz aus«, korrigierte er sie, doch Soya sah ihn nicht an.

Meredons Blick glitt stirnrunzelnd über das hinter ihnen liegende Tal.

»Kommt. Die Welt ist unruhig. Man sollte jetzt kein Feuer in den Teufelsschlund werfen.«

In Taokos Kehle dröhnte es laut, als müsse er schallend lachen.

Meredon führte sie unter dem Bogen hindurch und sie gelangten in eine Art Eingangshalle. Ihre Augen mussten sich zuerst an die Dunkelheit gewöhnen, ehe sie etwas erkannte. Die Wände waren in einem ebenfalls blauen Ton gehalten, die Böden aus Naturfels belassen. Es gab keine Fenster; an den Wänden waren Kerzenhalter angebracht, die mit farbigen Diamanten besetzt waren. Schimmerndes Licht erhellte ein Relief, das sich auf Augenhöhe eine Handbreit hoch durch den ganzen Raum zog. Das einzige Möbel war ein sehr langes Sofa aus samtenem Stoff. Es stand ganz hinten an der Wand und einige der Wächter, die darauf gesessen hatten, standen auf und verbeugten sich.

Weitere Schirkans kamen ihnen entgegen. Meredon legte ihr einen Arm um die Schulter und zog sie nah an sich.

»Die Dunkelheit ist nicht immer düster«, bemerkte er. »Man findet ebenso Ruhe und Stille in ihr. Alles ist relativ. Für einen Schirkan, der die Sonne und das helle Licht nicht verträgt, ist die Dunkelheit ein Schutz, ein Zufluchtsort. Er besitzt dort die meiste Energie, hat am meisten Kraft und die größte Stärke.« Er neigte den Kopf ein wenig zu ihr herüber, sodass sein Haar fast das ihre berührte. »Die Dunkelheit kann auch Geborgenheit geben. Ebenso stärkt sie die Willenskraft und die Entschlossenheit. Du siehst also, wir leben hier nicht in einem faulen Loch.«

Er fuhr den Arm aus und führte sie in einen breiten Korridor. Hoch über ihnen war die Decke zur Gänze mit denselben kleinen roten, violettfarbenen und blauen Diamanten besetzt wie die Kerzenhalter in der Eingangshalle. Soya blieb von der funkelnden Schönheit, die über ihr lag, der Mund offen stehen.

»Zakratos ist für uns das schönste, geborgendste Reich, das wir uns nur wünschen können. Wir wären nicht glücklich in einem prunkvollen Schloss. Uns genügt es, friedlich hier im kühlen Dunkeln leben zu dürfen.«

Am Ende des Korridors blieb er stehen und breitete seine Arme aus.

»Willkommen in Zakratos!«

Es war, als wären sie unter Wasser getaucht – als würden sie sich in einer völlig anderen Welt aufhalten. Es war ruhig, und alles schien einem völlig anderen Rhythmus anzugehören. Es gab keine Hektik. Keinen Lärm. Sanfte, melancholische Melodien waren zu hören, drangen aus den vielen kleinen Höhlen an den Seiten der Wände und erfüllten die Luft wie ein sanftes Wiegen. In der Mitte der Landschaft lag ein schimmernder See.

Soyas Blick blieb eine Weile auf ihm haften, dann sah sie unwillkürlich nach oben – denn das, was auf der Oberfläche so glitzerte, konnte unmöglich das Wasser selbst sein.

»Der Kambilot!«, keuchte Soya.

Atemlos blickte sie zu dem funkelnden Sternenhimmel, der sich über das ganze Tal hinweg erstreckte. Der gesamte Berg musste ausgehöhlt sein, denn erst mehrere Hundert Meter weiter oben offenbarte sich das Himmelszelt, das auf sie herabschimmerte.

»Es gibt ihn wirklich!«

»Natürlich gibt es ihn.«

»Die Elfen halten ihn für einen Mythos«, flüsterte Soya, und doch schien es ihr zu laut. Sie wusste nicht wieso, aber irgendwie getraute sie sich hier nicht, laut zu sprechen.

»Selbstverständlich tun sie das.« Meredons Stimme war samten. »Sie könnten den Gedanken nicht ertragen, dass wir so etwas

Wundervolles besitzen, das sie nicht imstande sind zu erschaffen.«

Soya sagte nichts. Sie war immer noch wie verzaubert. Ihre Augen konnten die ganze Schönheit gar nicht fassen.

»Du verteidigst sie nicht?«, fragte Meredon leise.

»Soya ist neutral«, hörte sie Taokos Stimme neben sich.

Meredon sah nachdenklich aus. Eine Weile lang sagte er nichts und ließ den Blick zwischen ihnen hin- und herwandern. Dann legte er Soya eine Hand auf die Schulter.

»Kommt, lasst uns was essen. Ihr seid bestimmt hungrig.«

Taoko und Soya gingen neben ihm einen schmalen Weg hinab zum See und setzten sich ins Gras nahe am Ufer. Es wuchs so niedrig, dass sie es von Weitem für Moos gehalten hatte. Automatisch streckte sie ihre Hand aus und fuhr darüber. Es fühlte sich an wie Seide.

Bald darauf erschienen ein paar Wächter und brachten auf silbernen Tabletts verschiedene warme und kalte Speisen in kleinen Schälchen, die sie auf niedrige Tische verteilten. Taoko wurde ein ausgewachsener Hirsch hingelegt.

Einen Moment verharrte ihr Blick reglos auf dem Hirsch. Dann hörte sie Taokos Stimme im Kopf: »Sieh besser nicht hin. Es verdirbt dir sonst den Appetit.«

Soya wandte sich von ihm ab. Dann hörte sie hinter sich ein leises Schleifen. Taoko hatte den Hirsch einige Meter weiter weggezogen, um ihn dort ungestört zu verspeisen.

Auch das entging Meredon nicht.

»Sehr aufmerksam, dein Freund«, sagte er leise.

»Du isst kein Fleisch?«, fragte er.

»Nein.«

Er nickte.

»Nun, wir eigentlich auch nicht. Einer der Wächter hat den Hirsch nur Taoko zuliebe geholt. Wir essen gelegentlich Fisch. Das müssen wir, um nicht plötzlich mehr Fische als Wasser in unserem See zu haben.« Er nahm sich eine kleine Pastete. »Fisch ist zudem auch gut für die Gesundheit. Was man ja beim Fleisch nicht unbedingt behaupten kann. Bitte greif doch zu.«

Soya nahm einen aus Teig geformten Halbmond aus der Schale und biss ab. Es war das Beste, das sie seit Langem zu sich genommen hatte.

Meredon zögerte. Er schien seine Worte genau abzuwägen, bevor er sprach: »Schön, dass du endlich da bist, Soya.«

»Ja«, sagte sie, senkte den Blick und runzelte die Stirn. Ein schlechtes Gewissen durchzuckte sie »Es ist viel passiert.«

»Du brauchst dich nicht zu rechtfertigen.«

»Es wäre besser gewesen, wenn ich gleich mitgekommen wäre.« – Dann hätte sie Merlan nie kennengelernt und nie die Liebe erfahren, die sie im gleichen Zug wieder vernichtet hatte. Mit seinem Kommen war die Sonne aufgegangen. Nun befand sie sich in einer Mondfinsternis. Das Licht und alles Leben in ihr hatte er mit sich genommen.

Soya spürte Meredons Blick auf sich haften und sah angestrengt geradeaus, dorthin, wo das Licht der Sterne auf das Wasser traf.

»Schau mal.« Er zeigte zum Himmel, wo sich nun eine Sternschnuppe vom Himmelszelt löste.

»Es ist wunderschön«, flüsterte Soya und kämpfte gegen das lähmende Gefühl in ihrer Brust an. Würde sie sich jemals besser fühlen? Irgendwann, in ein paar Monaten vielleicht? Würde es besser werden? Oder würde sie wie Farol dreihundert Jahre leiden müssen?

Taoko kehrte zu ihnen zurück und Soya lehnte sich an seine Seite, während Meredon ihnen die Geschichte und Legenden der Schirkans zu erzählen begann. Sie lauschte den tiefen Klängen seiner Stimme und betrachtete sein Gesicht, als er eine große Schriftrolle ausbreitete, die er sich hatte bringen lassen. Dann zeigte er ihnen seinen Stammbaum.

»Zuvor war mein Vater, dann mein Großvater und dann mein Urgroßvater Herrscher der Schattenwelt«, erklärte er und deutete mit dem Finger auf den Blutsverlauf der Königsfamilie.

»Dann wird König Saahrrin irgendwann auch dein Amt übernehmen?«, fragte Soya.

»Saahrrin?« Er lachte leise. »Wohl kaum!«

»Aber er ist der Nächste in der Reihe«, schlussfolgerte Soya.

»Ja, doch das hat nichts zu bedeuten. Der König sucht sich seinen Nachfolger selbst aus. Und ich denke nicht, dass Saahrrin die Muße hat, zwei Königreiche gleichzeitig zu regieren. Er wollte überdies nie König sein, auch jener der Menschen nicht. Ich musste ihn in sehr jungen Jahren dazu zwingen.«

Er seufzte sehr tief.

»Kein anderer wäre in der Lage gewesen, den Krieg gegen die Elfen zu gewinnen und das Land wieder in Griff zu bekommen. Die Menschen waren dem Untergang geweiht. Auch wenn es den Krieg nie gegeben hätte; sie konnten sich selbst nicht helfen. Armut und Kriminalität waren kaum mehr aufzuhalten. Es war viel Arbeit. Doch schlussendlich hat es sich gelohnt. Die Welt ist besser geworden und es hat keine erneuten Kriege mehr gegeben. Auch wenn es Saahrrin sicherlich etwas mit Stolz erfüllt, muss ich mir trotzdem hin und wieder Vorwürfe anhören, ich hätte ihm sein Leben geraubt.«

»Er wollte nie König sein?«, flüsterte Soya.

»Oh nein! Er hätte ein ruhiges Leben auf dem Land dem Ruhm vorgezogen. Mein Nachfolger wird einmal ein anderer sein. Ich kann ihm nicht noch mehr aufbürden.«

»Lebt denn dein Vater und Großvater noch? Mein … Ur- und Ururgroßvater, meine ich?«, fragte Soya. Wenn die Elfen so alt werden konnten, dann sicherlich die Schirkans auch.

»Nein.« Ein trauriger Glanz trat in seine Augen. »Der neue Herrscher der Schattenwelt kann erst den Platz des vorherigen Königs übernehmen, wenn er ihn in der Öffentlichkeit besiegt.«

Soya blickte starr auf die dampfenden Teetassen, die ein Wächter ihnen hinstellte. Sie wusste nicht, wie viel ihr Gesicht preisgab.

»Ihr müsst zuerst euren König töten, um selbst einer zu werden?«, flüsterte sie, ohne den Blick von den Tassen abzuwenden.

Meredon faltete die Schriftrolle sorgfältig zusammen.

»Nun, wir teilen es unserem gewünschten Nachfolger mit, wann wir beabsichtigen zu sterben. Die Krone ist nur im Familienstamm weitergegeben worden, weil wir es so wollten.«

Sie hatte sich immer noch nicht so weit unter Kontrolle, dass sie ihn anschauen konnte.

»Ihr teilt eurem Nachfolger mit, wann ihr beabsichtigt zu sterben, damit …«, ihre Stimme brach und sie erschauderte auf einmal.

»Für jeden ist es irgendwann an der Zeit zu gehen, Soya.«

»Kann denn die Krone nicht einfach so weitergegeben werden? Ohne dass man den anderen vorher umbringen muss?«, flüsterte sie.

»Wir bringen sie nicht um. Wir übernehmen mit dem Abschied die Krone. Und nein, das ist leider nicht möglich.«

»Das muss schrecklich für dich gewesen sein … deinen eigenen Vater zu tö… ich meine, ihm sterben zu helfen.« Soya brach ab. Egal, wie sie es betrachtete, der Gedanke, jemanden zu töten, den man liebte, war schrecklich.

»Nicht mehr als man auch sonst unter dem Tod einer geliebten Person zu leiden hat«, sagte Meredon mit sanfter Stimme.

»Was geschieht denn mit den verstorbenen Königen?«, fragte Soya leise.

»Sie werden verbrannt. Und die Asche des Verstorbenen wird im Gebirge dem Wind mitgegeben; so bleibt der Geist ewig unter uns und hilft dem neuen König, sein Volk zu führen.«

Soya dachte eine Weile darüber nach.

»Bei der ganzen Sache gibt es jedoch einen Haken«, fuhr Meredon mit gedämpfter Stimme fort. »Man kann zwar den König auswählen, aber schlussendlich entscheidet der Ring, ob der neue Thronfolger dem Thron gerecht wird. Der Ring … fügt sich nur einem wahren König.«

Soya sah ihn fragend an.

»Was bedeutet das?«

»Auch wenn jemand für diese Position als König ins Auge gefasst wurde, kann es sein, dass der Ring ihn verweigert«, erklärte er geduldig.

»Wie das denn?«, flüsterte sie.

»Der Ring akzeptiert nur dann seinen Träger, wenn er ihn für würdig genug hält. Sonst stößt er ihn ab.«

»Er …« Entsetzt blickte sie auf den goldenen Ring an seiner Hand. »Wie?«

Seine Worte glitten leise übers Wasser, während um sie her die sanften, melancholischen Klänge aus den Höhlen der Wände drangen.

»Der Ring besitzt noch vom Vorgänger unermessliche Kraft. Diese sendet er gegen den unwürdigen Träger aus, der augenblicklich den Tod findet. So geht es weiter, bis sich der Ring fügt und sich dem Finger des neuen Trägers anpasst, welchen er als wahren Thronfolger sieht. Und erst dieser wird dann zum neuen Herrscher der Schattenwelt gekrönt. Auch das Volk dient, folgt und fügt sich nur dem Ringbesitzer. Es kann nicht einfach irgendwer die Macht an sich reißen.«

Nachdenklich sah sie ihn an.

»Ist das denn schon mal vorgekommen?«, fragte Soya.

Er fuhr mit ernstem Blick über den Ring.

»Mein Vater hat so seinen Bruder verloren. Nicht er wäre vorgesehen gewesen.«

Soya erschauderte.

»Und wenn jemand den Herrscher der Schattenwelt vorher tötet? Ohne dass er jemanden ausgesucht hat? In einem Kampf oder bei einem Angriff? Wird automatisch dieser der neue König, wenn sich der Ring ihm fügt?«

»Nein, der Herrscher der Schattenwelt trägt mit dem Ring einen unbesiegbaren Schutz mit sich. Nur wenn er seinen Schild niederlegt, ist er verwundbar wie ein Mensch. Man wäre ein Narr, wenn man den Herrscher der Schattenwelt angreifen würde. Man schaufelt sich so nur sein eigenes Grab.«

Meredon hob seine Tasse und nahm einen Schluck Tee.

Taoko erhob sich.

»Was nun folgt, muss ich nicht mit anhören«, sagte er zu Soya gewandt und trottete zum Ufer hinab, wo er sich hinsetzte und zum anderen Seeufer blickte.

Soya sah ihm stirnrunzelnd nach.

»Dieser Junge«, sagte Meredon nach einer Weile, »Ramon, hast du ihn genannt. Ist er dein … Freund?«

Soya warf Taoko einen wütenden Blick zu. Er hätte sie wenigstens warnen können.

»Nein.« Sie runzelte die Stirn. »Nicht so, wie du denkst. Er ist bloß ein guter Freund.«

»Aber du hast doch einen Freund? Einen richtigen Freund, oder?«

Am liebsten wäre sie aufgestanden und weggegangen. Sie konnte jetzt nicht darüber sprechen. Soya beugte sich nach vorn und schlang die Arme um ihre Knie.

»Nein«, flüsterte sie und versuchte vergebens, dem Schmerz zu entrinnen. »Nicht mehr.«

»Das klingt noch nicht abgeschlossen.«

Ihre Muskeln verkrampften sich.

»Er ist nicht der, für den ich ihn gehalten habe.«

»Ah …« Meredon seufzte schwer. »Es ist nicht immer einfach zu erkennen, wer Freund und wer Feind ist. Besonders, wenn jemand so einflussreich und mächtig ist wie du.«

Soya nickte knapp. Das hatte sie schon ein paarmal gehört. Aber »mächtig« und »einflussreich« waren Eigenschaften, die sie absolut nicht mit sich in Verbindung brachte.

»Aber du liebst ihn immer noch.« Er nickte und sah sie wissend an.

»Es spielt keine Rolle, was ich fühle.«

»Wieso seid ihr denn nicht mehr zusammen?«, fragte er.

»Er«, sagte sie mit schwacher Stimme, »fühlt nicht so wie ich. Er hat … andere Prioritäten.«

»Das musst du mir erklären.«
Soya vergrub den Kopf in ihren Händen.
»Betrifft es Saahrrin?«, fragte er plötzlich.
Ihr Mund klappte auf.
»Also es geht um ihn.« Er machte einen bedeutenden Augenaufschlag.
»Mmmm«, murmelte sie, »nicht direkt. Also …«
»Hör mir zu, Soya«, sagte er. »Du musst dir keine Sorgen darüber machen, dass ich Saahrrin etwas erzählen könnte. Er ist mein Sohn, ja, aber ich kann sehr gut Dinge auch für mich behalten.«
Soya nickte steif; sie bezweifelte jedoch, dass er so etwas ihm gegenüber verschweigen könnte.
»Also, was ist es, was meinen Sohn betrifft?«
Soya zögerte.
»Saahrrin«, sagte sie schließlich mit gepresster Stimme, »hat meine ganze Familie umgebracht.« Die letzten Worte flüsterte sie: »Und jetzt will er mich töten.«
Meredons Ausdruck im Gesicht wechselte in jähes Entsetzen.
»Das siehst du so? Immer noch?«
»Ich weiß es«, zischte sie zwischen den Zähnen hindurch.
»Soya. Ich weiß nicht, wer dich auf den fürchterlichen Gedanken gebracht hat, Saahrrin könnte für diese Morde verantwortlich sein. Ich weiß nicht, wer dich glauben lassen wollte, dass es so ist.« Er seufzte schwer. »Ich habe dir schon einmal gesagt, dass die dunkle Seite keine Schuld trifft. Ich kann dir versichern, dass wir, Saahrrin und ich, erst vor Kurzem von dir erfahren haben. Saahrrin kann es nicht gewesen sein.« Er schüttelte den Kopf. »Der Gedanke daran, dass du denkst, dein Vater sei für all das verantwortlich, quält mich. Er ist zwar zur Hälfte ein Mensch, doch in seinem Herzen ein Schirkan, er denkt und fühlt wie ein Schirkan und ein Schirkan hat Ehre und Familiensinn. Er würde so etwas nie, niemals tun.« Sein ernster Blick ließ keine Zweifel zu. »Saahrrin hat deine Mutter mehr geliebt, als ich je erahnen konnte. Ich habe dir ja erzählt, dass ich ihn gezwungen habe, König zu sein,

damals, als der Krieg ausbrach.« Er fuhr mit der Hand über seine in Falten gelegte Stirn. »Das war für uns alle ein Schock … Wir hatten nie damit gerechnet, dass die Elfen so handeln würden, dass sie so weit gehen und einen Krieg anzetteln würden. Saahrrin musste an die Macht, damit wir die Lage wieder unter Kontrolle bringen konnten. Nur so konnten wir den Überblick behalten und die Gefahren, die von Sekretas ausgingen, früh genug erkennen und bannen. Elehna war das Einzige, das ihm als König Kraft gegeben hat.« Er hielt inne. »Und dann war sie plötzlich verschwunden … und …«, er hob die Augenbrauen, »von da an nie wieder gesehen worden. Mein Sohn war am Boden zerstört. Er hatte sie überall gesucht – wochenlang – monatelang … Jahre. Er wusste nicht einmal, dass sie schwanger war mit dir, geschweige denn, dass du später auf der Welt warst. Eine schwere Zeit war für ihn herangebrochen. Ich hatte meinen Sohn noch nie so gesehen. Er wirkte wie tot. Innerlich aufgegeben. Er fiel in ein tiefes Loch … sehr, sehr lange Zeit … Ich glaubte nicht, dass er sich jemals wieder erholen würde … Sie war die Liebe seines Lebens.«

Er sah sie mit offenem, wehmütigem Blick an, dann sah er hinüber zu Taoko. »Saahrrin war gestern hier. Er hat mir erzählt, dass du Angst hättest, ihn kennenzulernen … dass du anscheinend schlecht von ihm denken würdest. Ich habe ihm natürlich nicht gesagt, dass ich das Vergnügen bereits hatte, dich kennenzulernen … das hätte ihm all seine Ehre geraubt … und ehrlich gesagt, ich hatte nicht gedacht, dass du so schlecht über ihn denken würdest.«

»Nein – das …«

»Soya, bitte glaub mir, ich kenne meinen Sohn. Er würde sein Leben dafür geben, um dich zu schützen. Er leidet, musst du wissen – zu wissen, dass es dich gibt und er dich nicht sehen darf. Und dass er schon über sechzehn Jahre von deinem Leben verpasst hat. Es bricht ihm das Herz, dass du ein Treffen verweigerst! Es ist nicht Saahrrin, der deinen Tod will …«

»Aber«, stieß sie hervor, doch Meredon unterbrach sie erneut.

»Ich weiß, das ist jetzt sehr viel, aber es ist die Wahrheit. Und das sage ich nicht deswegen, weil er mein Sohn ist, sondern weil ich ihn besser kenne als irgendjemand sonst und weiß, wie er denkt.« Seine Augen blitzten vor Zorn. »Ich denke, da möchte dich jemand glauben lassen, dass Saahrrin dahintersteckt, und ich fürchte, dass er dabei etwas Wesentliches außer Acht gelassen hat. Denn wie du weißt, unterscheiden sich die Elfen von den Schirkans grundlegend. Hätte dieser Jemand dies berücksichtigt und sich die Mühe gemacht, sich mit unserer Kultur auseinanderzusetzen, wäre ihm dieser entscheidende Fehler nicht unterlaufen.«

Soya war zu perplex, um etwas darauf zu entgegnen. Beschuldigte er tatsächlich die Elfen?

Meredon zögerte kurz, als wüsste er nicht recht, wie er es formulieren sollte.

»Im Gegensatz zu den Elfen«, fuhr er fort und beantwortete damit ihre Frage, »bedeutet uns Familie alles. Du kannst ja nicht ahnen, wie sich Saahrrin über diese Nachricht gefreut hat, dass er eine Tochter hat.«

»Dann hatte er also recht«, murmelte Soya. Sie hatte es nicht laut sagen wollen.

»Womit?« Es war Taokos Stimme in ihrem Kopf, der sich wieder neben sie ins Gras legte.

»Dass Saahrrin gar nicht meinen Tod will …« Ausdruckslos starrte sie auf den Keks in ihrer Hand. »Seit Laendor tot ist, habe ich geglaubt, Saahrrin wäre für alles verantwortlich … dass er es ist, der meine ganze Familie ausgelöscht hat … Auch Laendor und Zindabor dachten das, und die Elfen bestärkten mich in dieser Annahme.«

Meredon hob abschätzig die Brauen.

»Natürlich tun sie das.« Dann wurden seine Augen schmal. »Was mich allerdings erstaunt, ist, dass Zindabor so denkt …«

»Ich denke, es ist, weil Morlaksgift in ihren Venen gefunden wurde«, erklärte Taoko.

»Morlaksgift?« Entgeistert sah er ihn an. »Und wo war das passiert?«

»Sie wurden nicht weit von Zindabors Haus angegriffen … im Mandoriawald«, sagte Soya.

»Aber das …« Meredon schüttelte den Kopf. »Nein, nein das, das kann …das kann nicht sein! Morlaks wären nie imstande, die Grenze zu überschreiten! Geschweige denn, dass sie die Macht hätten, zwei Elfen zu töten!«

»Ja«, flüsterte Soya. »Das war Laendor und Zindabor auch klar, nur, die Einzigen, die dazu in der Lage wären, den Bann zu durchbrechen, waren die Schirkans …«

»Und wir besitzen Morlaks«, flüsterte Meredon.

»Elfen würden die Morlaks nicht gehorchen«, sagte Soya leise.

Meredon lachte kalt auf.

»Vielleicht haben sie einige Morlaks getötet und ihnen dann bloß noch ihr Gift eingeflößt.«

»Ein interessanter Gedanke«, hörte sie Taoko.

Das passte einfach nicht. Weshalb sollten die Elfen so etwas tun? Ihre Mutter hatte ihr Reich ja verlassen.

»Aber da ist ihnen noch ein Fehler unterlaufen!«, sagte Meredon plötzlich und stieß ein verächtliches Schnauben aus. »Die Schirkans können den Schutz des Mandoriawaldes gar nicht durchdringen.«

»Wieso?«, flüsterte Soya.

»Weil immer ein Elf dabei sein muss, damit der Bann um den Mandoriawald aufgehoben werden kann. Sonst geht das nicht. Viele wissen das nicht, weil nur die Vermittler und die Könige über diesen Paragrafen des Abkommens informiert waren.«

»Aber was hätten denn die Elfen für einen Grund?«, sprach Soya ihre Frage aus.

Meredon zuckte mit den Schultern, dann atmete er tief aus.

»Ich weiß es nicht.«

Taoko legte seinen Kopf auf ihren Schoß.

»Dann war also Merlan dein Freund?«, fragte Meredon plötzlich.

Soya nickte: »Du kennst ihn?«

»Natürlich kenne ich Merlan. Er ist zur Hälfte Mensch und zur Hälfte Schirkan, nicht wahr? Noch eine jener seltenen Mischungen …«

»Ja.« Soya runzelte die Stirn. »Saahrrin hat ihn … im Gayenorgebirge gefunden und bei sich im Schloss aufgenommen.«

»Ja. Saahrrin hat mir davon erzählt. Merlan war im Gayenorgebirge in eine schlimme Sache geraten und musste die halbe Ferrans-Gang auslöschen, um wieder gehen zu können. Das hat ihm die letzte Kraft geraubt. Nein, Merlan hatte ohne Zweifel ein schweres Los.«

Darauf trat ein langes Schweigen ein und danach folgte ein noch längeres Seufzen.

»Weiß Merlan, dass du Saahrrins Tochter bist?«

»Ich habe es ihm gestern gesagt.« Jetzt vergrub sie das Gesicht in ihren Händen. »Ich dachte, er wollte mich ihm ausliefern. Ich dachte, Merlan hält mich für Saahrrin fest.«

Meredons Stimme, die sich nun meldete, war samten: »Es wird nicht das letzte Mal sein, dass du falsch liegst. Das Leben ist der reinste Irrgarten. Man muss nur immer gut darauf achten, dass man sich selbst nie dabei verliert. Es ist schwierig zu erkennen, wer die Wahrheit sagt und wer lügt, und noch schwieriger ist es zu sehen, was richtig und was falsch ist, denn das sieht bekanntlich jeder wieder anders.«

Er lächelte.

»Als ich und Saahrrin erfahren hatten, dass es dich gibt, hat er sofort Nachforschungen angestellt, um dich zu finden. Er wusste nicht, dass Merlan dich kannte, geschweige denn dein Freund ist. Er hat es erst gestern erfahren. Merlan hat dich nicht ausliefern wollen. Das hatte er niemals vor.« Er schaute sie mit einem tiefen Blick an. »Saahrrin hat mir immer nur Gutes von Merlan erzählt. Vor einiger Zeit hat er mir von seinen Veränderungen berichtet. Er sei auf einmal nicht mehr wiederzuerkennen. Zu Beginn erzählte Merlan nur sehr wenig. Er erzählte von einem Mädchen, später dann beschrieb er dein Aussehen, das Saahrrin sehr an seine eigene große Liebe erinnerte. Erst vor Kurzem hat Merlan Saahrrin verraten, dass du ein Mischblut seist. Er wollte, dass dich Saahrrin akzeptiert, dir Papiere ausstellt, dich aufnimmt und dich beschützt wie ihn damals.«

Soya sagte nichts. Sie fühlte sich elender als je zuvor.

Meredon legte ihr eine Hand auf den Rücken und die Kühle seiner Hände beruhigte ihren aufgewühlten Puls.

Soya hob ein letztes Mal die Hand, dann schloss sich die Felswand und Meredon verschwand aus ihrem Blickfeld.

»Es fällt ihm genauso schwer wie dir«, hörte sie Taokos leise Stimme, dessen Knopfaugen aufmerksam auf sie gerichtet waren.

»Wohl kaum«, flüsterte Soya und wandte sich von der kalten, grauen Wand ab.

»Du hast ihn richtig gern, hm?«

»Ja.«

»Du könntest hierbleiben und Meredon bitten, einen Boten mit einer Nachricht zu Merlan zu schicken.«

»Nein«, sagte Soya unvermittelt und schüttelte den Kopf. »Nein, ich möchte zu Merlan. So schnell wie möglich.«

Taoko sprang über die Felsen.

»Du solltest wieder einen Unsichtbarzauber über uns legen. Wenn du willst, kannst du auf mir reiten, dann kommen wir schneller voran.«

Soya nickte dankbar und sprang auf.

»Leg deine Arme um meinen Hals und halt dich fest.«

Soya tat wie geheißen. Es fühlte sich anders an als auf einem Pferd, viel weicher.

»Hast du den Norill?«, fragte er.

»Ja.«

»Gut. Dann geht's los.«

Taoko rannte durch die karge Gegend wie ein Pfeil. Der Rücken bewegte sich kaum, nicht die geringste Anstrengung war spürbar. Doch die niedrigen, kargen Sträucher flogen mit rasender Geschwindigkeit an ihnen vorbei. Ihre Augen tränten von dem Wind, der ihr ins Gesicht blies. Die Gegend kam ihr seltsam verlassen vor. Sie sah keine Tiere oder Menschen. Sie hörte auch keine Vögel. Die Stille war erdrückend und unheimlich.

In kurzer Zeit erreichten sie Almalyn und Taoko blieb ungeduldig vor dem Haus von Elira stehen.

»Er ist nicht hier«, sagte er knapp.

»Gehen wir nach Elindor«, flüsterte Soya.

Sie wartete auf Taokos Stimme in ihrem Kopf. Doch sie blieb aus. Stattdessen wandte er sich um und rannte die Straße zurück. Bald schon waren sie aus dem Dorf und vor ihnen tat sich die große, blaue Fläche des Lorima-Sees auf. Während sie am Seeufer entlangjagten, zogen dunkle Wolken herauf. Die Brandung wurde stärker, die Wellen krachten donnernd gegen die Felsen und weiße Gischt spritzte zum Himmel.

»Meredon hat dich schnell überzeugt«, hörte sie die Stimme Taokos in ihrem Kopf, als sie die Stadt Elindor von Weitem erblickten. Ein Wind kam auf und die ersten schweren Tropfen klatschten ihnen ins Gesicht.

»Erstaunlich, dass du ihm mehr glaubst als Merlan.«

»Meredon ist mein Großvater. Er liebt mich«, erinnerte sie ihn.

»Und bei Merlan bist du dir nicht sicher.«

»Ich …« Soya blickte fest nach vorn auf die Stadt, die immer näher rückte. Die Mauern wirkten immer noch wie ein bedrohliches Stoppschild auf sie, obwohl sie jetzt wusste, dass Saahrrin nicht für den Tod ihrer Familie verantwortlich sein konnte. Es schauderte sie trotzdem. Das Gefühl von Saahrrin und Gefahr hatte sie so lange Zeit miteinander verknüpft, dass sie es fast nicht mehr voneinander lösen konnte.

»Wenn du die Gedanken der Menschen hören kannst, wieso hast du dann nicht nachgesehen, ob Merlan die Wahrheit sagt?«, fragte Soya. »Oder was er denkt? Du hättest mir ja sagen können, ob es echt ist, ob er mich wirklich liebt.«

»Es ist unhöflich, einfach jemandes Gedanken zu lesen. Natürlich verfüge ich über diese Gabe, doch Gaben müssen mit Bedacht eingesetzt werden.«

»Du hättest ja nur dieses eine Mal nachsehen können.«

Seine Stimme blieb weg und er sagte auch nichts, als er vor den steilen Mauern des Schlosses Halt machte und nach oben blickte, wo die Wachen ihre Runden drehten. Sie rutschte von seinem Rücken und achtete sorgfältig darauf, dass der Unsichtbarzauber um sie beide herum aufrecht blieb.

»Es gefällt mir, so zu reisen«, sagte Taoko schließlich, während sie sich die Beine rieb. »Unsichtbar. Es ist schön, sich nicht immer verstecken zu müssen oder Menschen schreiend davonrennen zu sehen.«

»Ich sollte vielleicht meine Gabe auch nur für meine Vorteile einsetzen«, sagte sie bissig. Missmutig ging sie an den Wachmännern vorbei und betrat den Innenhof.

Was war das schon, nur mal kurz zu schauen, ob Merlan die Wahrheit sagte!

Es war erstaunlich wenig los.

»Kannst du bitte schauen, wo Merlan jetzt ist?«, fragte Soya immer noch wütend.

In diesem Moment brach ein heftiges Donnergrollen über das Gelände und hallte an den steinigen Mauern wider. Der Regen wurde stärker und peitschte gegen die Festung.

Es kam keine Antwort.

Soya blinzelte durch den Regen nach vorn, wo sich jetzt noch ein Soldat ins Trockene flüchtete.

»Sprichst du nicht mehr mit mir?«, fragte sie schließlich wütend und versuchte, seine Miene zu entschlüsseln.

Taokos Blick war immer noch nach vorn gerichtet.

»Ich bin nicht dein Eigentum und gehorche dir nicht, wenn du mir einen Befehl erteilst.«

»Was?«, rief sie aus. »Nein, natürlich bist du nicht mein Eigentum, und wenn du meine Gedanken richtig deuten würdest, wüsstest du das auch! Du bist mein Freund, das bist du! Und Freunde helfen sich! Sie beschützen einander! Ich würde dir alles sagen, was dir helfen könnte herauszufinden, wer dein wahrer Freund und wer dein Feind ist! Ich müsste nicht einmal überlegen, um das zu tun!«

Taoko neigte seinen großen Kopf.

»Es tut mir leid. Ich bin noch nicht so an eure Sitten gewöhnt. Bei uns ist das eine abgrundtiefe Schande, jemandes Gedanken zu lesen, wenn es einem vorher nicht ausdrücklich gestattet wurde.«

Der Sturm toste über den Innenhof und ließ noch immer Türen und Fensterläden auf- und zuschlagen. Sie streckte ihre Hand aus und fuhr ihm übers nasse Fell.

»Es tut mir leid, dass ich die Fassung verloren habe.«

Taoko stupste sie mit dem Kopf.

Und dann sah sie Saahrrin, umgeben von einem Trupp Soldaten – und er steuerte direkt auf sie zu.

»Kann er uns sehen?«, keuchte Soya erschrocken und trat ein paar Schritte zurück.

»Nein. Sie bringen nur ihre Pferde in den Stall.«

Da blähte auf einmal ein Pferd die Nüstern und bäumte sich auf, sodass der Soldat, der auf ihm saß, zu Boden fiel.

»Es riecht mich«, hörte sie Taokos leise Stimme in ihrem Kopf.

»Was ist, wenn sie die Morlaks rauslassen?«, flüsterte Soya, die jetzt zusah, wie die aufgeregten Pferde in den Stall gebracht wurden und sich einige der Soldaten über den Kameraden am Boden beugten. Es sah ganz so aus, als hätte er sich den Arm gebrochen.

»Die fresse ich zum Frühstück«, hörte sie Taokos höhnische Stimme.

Saahrrins Blick richtete sich plötzlich in ihre Richtung.

»Er sieht uns!«, keuchte Soya.

»Nein. Aber merkt, dass etwas hier ist, das nicht hierher gehört. Mit dem Norill kann er dich nicht erspüren. Und mich kann er nicht deuten.«

Seine Schritte näherten sich. Langsam trat er auf sie zu, den Blick unergründlich.

»Wieso offenbarst du dich ihm nicht?«

Soya fühlte ihre Gliedmaßen nicht mehr. Auch wenn es grundsätzlich eine Überlegung wert war, sie konnte sich partout nicht bewegen. Dann, etwas weiter hinter ihm, erkannte sie plötzlich Ramons Gesicht. Er blickte zu ihnen herüber, dann rannte er auf einmal weg. Plötzlich, bevor Saahrrin fast in sie hineinstieß, ertönte ein trommelfellerschütternder Knall. Saahrrin wirbelte herum.

»Das war Ramon«, zischte Taoko, »und jetzt komm! Er hat ihn von uns abgelenkt.«

Er stupste sie in die Seite und sie rannten los, über den Platz, hinaus an den Wächtern vorbei, die Wiese hinab und hielten erst inne, als sie das Ufer erreichten.

»Merlan ist nicht im Schloss«, erklärte er.

»Ah, da kommt Ramon.« Etwas missmutig wandte Taoko den Kopf. »Ach, ich unterschätze ihn andauernd.«

Soya runzelte die Stirn und sah Ramon mit einem Pferd aus dem Schloss reiten.

»Er liebt dich. Weißt du das? Er riskiert andauernd sein Leben deinetwegen.«

»Ich dachte, es gehört sich bei euch nicht, jemandes Gedanken zu lesen«, fauchte Soya.

»Manche Dinge werden einem förmlich ins Gesicht geschrien. Die kann man gar nicht überhören.«

Wenige Schritte vor ihnen begann sich das Pferd zu sträuben. Ramons Augen wurden schmal. Soya trat die wenigen Schritte zu ihm vor, ergriff die Zügel des Pferdes und presste ihm den Kiefer zusammen, damit es nicht laut wiehern konnte.

»Eleona?«, keuchte Ramon und blickte angsterfüllt in die Leere.

»Ja, ich bin es«, zischte Soya. »Reite zu den Bäumen hinüber. Ich komme nach.« Sie ließ das Pferd los und Ramon ritt zu den dem kleinen Wald hinüber.

»Bist du verrückt, uns jetzt zu folgen?«, zischte Soya, nachdem sie den Zauber aufgelöst hatte und funkelte ihn wütend an. »Glaubst du, es fällt nicht auf?«

»Es ist mir niemand gefolgt. Sie waren zu sehr damit beschäftigt, sich nach der Lärmquelle umzusehen.«

Soya trat gegen einen Stein.

»Mach nicht solche Sachen! Ich kann sehr gut selbst auf mich aufpassen!«

»Jaaa, sicher! Das hat man ja gerade gesehen! Saahrrin hätte dich gekriegt, wenn ich dir nicht geholfen hätte!«

»Ich habe alles im Griff!«

»Ja, klar!«

Seine Augen blitzen wütend. Dann strich sein Blick über ihre Kleider.

»Hat dir Merlan nichts zu essen besorgt?«, fragte er zynisch. »Echt, du fällst ja auseinander.«

Soya funkelte ihn wütend an.

»Er war bei mir«, bemerkte er leise und mit hasserfüllter Stimme und starrte finster zum Schloss hinüber. »Und hat nach dir gefragt.«

Etwas in ihrem Innersten regte sich …

»Ich habe gefragt, was passiert ist. Doch als ich ihm nicht sagen konnte, wo du bist, ist er ohne ein Wort einfach wieder weggegangen.« Sein Blick bohrte sich in den ihren. »Was ist passiert?« Seine Wangenmuskeln hatten sich noch nicht entspannt.

Soya vergrub ihr Gesicht in den Händen.

»Das kann ich dir jetzt nicht sagen. Weißt du, wo er ist? Ich muss Merlan unbedingt sprechen!«

»Du hast doch einen Ring!«, zischte er wütend.

»Den dürfen wir nicht mehr benutzen.«

»Pfffff«, machte Ramon und blies die Luft aus. Aufgebracht fuhr er sich über den kahlrasierten Kopf. »Wieso wollen das überhaupt alle auf einmal wissen!«

Soya erstarrte.

»*Wer* will das wissen?«, keuchte sie atemlos.

»Keine Ahnung! Irgendwelche Leute eben!«, sagte Ramon kalt. Sein Gesicht war beherrscht und abweisend, aber seine Hände ballten sich zu Fäusten. »Sie wollten wissen, wo dein *Freund* sei.«

»Wo *mein Freund* ist …«, stieß Soya keuchend hervor.

Aber er hörte ihr nicht mehr zu. Sein Blick richtete sich plötzlich geradeaus, als hätte ihn jemand angeschrien.

Neben den Tannen, oberhalb von ihnen, stand Taoko. Reglos und starr blickte er zu ihnen hinab.

»Soya …«, hörte sie auf einmal Taokos Stimme im Kopf. In wenigen Schritten war er bei ihnen. »Es war eine Falle.«

Es dauerte einen Herzschlag, bis sie begriff.

»Ramon, was hast du geantwortet?«, hörte sie Taokos Stimme, wie verschwommen. Sie klang schroff.

Entgeistert blickte Ramon in das Gesicht des großen Wolfs.

»Dass ich nicht weiß, wo Merlan ist!«, antwortete er kalt.

Soyas Knie knickten ein.

»Was ist?«, rief Ramon.

Soya vergrub das Gesicht in ihren Händen.

»Es waren Sekretas' Sklaven«, erklärte ihm Taoko scharf. »Sie wollten nur wissen, wie Soyas Freund heißt.«

»Wieso?« Verständnislos blickte Ramon von Taoko zu Soya und wieder zurück.

»Um durch ihn an sie heranzukommen!«, sagte Taoko. Seine Stimme war jetzt sehr hart.

»Was machen wir denn jetzt?«, wimmerte Soya und rieb jetzt wie verrückt an ihrem Ring.

Taoko neigte den Kopf.

»Wir müssen ihn finden, bevor sie ihn finden.«

Dieser schlichte Satz hatte eine gewaltige Wirkung.

»Du gehst nirgendwo mehr hin, Eleona!«, zischte Ramon und hielt sie am Arm fest. »Und hör auf damit! Du sollst den Ring doch nicht mehr benutzen!«

»Lass mich los, Ramon!« Ungeduldig boxte sie ihn von sich weg.

»Wir teilen uns am besten auf«, schlug Taoko vor. »Ich sehe zuerst bei Zindabor nach. Das ist am weitesten entfernt und ich bin allein am schnellsten. Du gehst zu Meredon und bittest ihn um Hilfe. Er soll seine Wächter ausschicken, um Merlan zu finden.«

»Meredon«, stieß Ramon hervor. »Du warst wirklich bei ihm?«

Keiner antwortete ihm.

»Gut«, sagte Soya. »Gehen wir.«

»Nimm dir ein Pferd.« Taokos Augen glitzerten zu Ramon hinüber.

»Mein Pferd? Wie soll ich denn das im Schloss erklären?«

»Gut«, sagte Soya.

Ramon hielt mit zitternder Hand die Zügel fest.

»Eleona. Bitte bleib. Ich kann zu Saahrrin gehen. Ich kann ihm sagen, dass er Merlan suchen soll, dass er in Gefahr ist. Aber bitte, ich flehe dich an, geh jetzt nicht allein da hinaus.«

Taoko trat vor sie.

»Bis bald, Soya! Beeil dich, und pass auf dich auf!« Er schmiegte kurz seinen Kopf an ihre Seite, dann sprang er davon.

»Bis bald«, flüsterte Soya.

Ein weiterer Soldat kam auf sie zugeritten.

»Hast du jemandem gesagt, wohin du gehst?«, zischte Soya.

»Nein!«

Ramon kniff die Augen zu und spähte hinüber.

»Es ist nur Jonah. Ein Freund von mir.«

»Großartig«, zischte Soya, »wir haben jetzt keine Zeit für Erklärungen.«

»Lass mich das machen«, sagte Ramon.

Jonah riss vor ihnen die Zügel hoch und hielt an. Mit einem federnden Sprung landete er im Gras.

»Hier bist du.« Es klang vorwurfsvoll. Jonahs Blick glitt hinüber zu Soya. »Und was macht die hier?«

Oh, wie nett!

»Gibst du mir jetzt dein Pferd, Ramon?« Ohne auf Jonahs Gesicht zu achten, nahm sie Ramon die Zügel aus der Hand.

»Ich begleite dich«, sagte er mit frostiger Stimme. »Leih mir dein Pferd, Jonah!«

»Was? Spinnst du?«

»Ich gebe es dir wieder«, zischte Ramon durch die Zähne.

»Ist es wegen Merlan?«, fragte Jonah angriffslustig.

Ramon hatte ihm also von ihr erzählt. Wütend funkelte Soya ihn an.

»Er hat gerade den Befehl bekommen, ins Gayenorgebirge zu gehen.«

»Woher weißt du das?«, stieß Soya hervor.

»Ich habe zufällig gehört, wie Saahrrin es zu seinen Beratern gesagt hat. Er sagte, es habe Auseinandersetzungen gegeben zwischen einem Mischblut und den Ferrans.«

»Einem Mischblut«, keuchte Soya und schwankte – die Falle war zugeschnappt.

»Wann ist Merlan gegangen?«, frage sie atemlos.

»Vor knapp einer Stunde. Er ist erst kurz davor zurückgekehrt und dann gleich wieder gegangen. Er ist fast ausgerastet. Hat ein anderes Pferd genommen und ist wieder losgeritten.«

Soya riss Ramon die Zügel aus der Hand und sprang auf.

»Wo?«, rief sie im Wegreiten.

»Keine Ahnung. Es soll auf der rechten Seite der Schlucht im Gayenorgebirge eine Höhle geben!«, rief ihr Jonah nach.

»Warte!«, schrie Ramon. »Eleona, du rennst geradewegs in die Falle!«

Sie hörte, wie er sich mit Jonah stritt, doch sie sah sich nicht mehr um.

Man hat die Wahl

Die untergehende Sonne lag über dem Gayenorgebirge, als Soya es erreichte. Noch während sie ritt, streifte sie Zindabors Ring vom Finger und warf ihn hoch in die Luft. Ihre Worte gingen im Hufgetrampel unter; ein Kolibri entfaltete seine Flügel und flog in die Dämmerung davon. Dann sprang sie vom Pferd, ohne anzuhalten. Ihre Blicke folgten verzweifelt dem kleinen flügelschlagenden Vogel, während sie die erste Felswand erklomm. Die Höhenangst züngelte an ihren Nerven, doch sie achtete nicht auf sie. Rücksichtslos kletterte sie über die Felsbrocken.

»Merlan!«, schrie Soya, obwohl sie noch viel zu weit entfernt war, als dass er sie hören könnte. Die rote Abendsonne, die sich zwischen zwei Berggipfel hinabsenkte, starrte ihr wie ein großes Zyklopenauge entgegen und nahm ihr die Sicht. Blind stolperte sie weiter, den steilen Hang hinauf, dem blendenden Rot entgegen – sie rannte und schrie, während ihre Lungen brannten, dann sah sie den Eingang der Höhle.

»Merlan!«

Die Äste eines Strauches zerkratzten ihre Arme und Beine, als sie in die Höhle rannte. Verzweifelt kämpfte sie sich hindurch, dann drang der Geruch nach frischem Blut in ihre Nase. Zuerst sah sie es nicht, weil sich ihre Augen zu sehr auf den Punkt fixierten, wo Merlan am Boden lag, dann sah sie die Blutlache, die sich um seinen Oberkörper herum ausbreitete …

Soya stürzte auf ihn zu. Sie fühlte den steinernen Boden unter ihren Knien und mit einem schmerzhaften Ziehen im Magen registrierte sie, dass er sich nicht mehr rührte.

»*Nein …*«, keuchte sie.

Energisch blinzelte sie die Tränen weg. »*Bitte, Merlan.*« Sie sah in sein vollkommenes Gesicht, dann, ohne eine Sekunde darüber nachzudenken, zog sie Farols Messer aus der Klinge und ritze sich in die Hand. Zitternd fuhr sie ihren Arm aus und legte ihre Hand auf eine seiner Wunden. Es würde nichts nützen, wenn sie seine Verletzungen heilen würde. Sie waren es nicht, die ihm so sehr zusetzten.

Die Worte des Zaubers lösten ein Kitzeln in ihrer Kehle aus, dann nahm sie wahr, wie die Energie langsam aus ihrem Körper floss. Sie versuchte sich mit der anderen Hand am Boden abzustützen, doch schon bald knickte sie zur Seite. Sie legte sich neben ihn, Merlans Hand, reglos und schneeweiß, in der ihren. Dann wandte sie den Kopf so, dass sie sein Gesicht sehen konnte.

Seine unvergleichliche Schönheit war das Letzte, was sie sehen würde … nur noch ein wenig Kraft musste sie durch seine Wunde fließen lassen, dann würde sie bei ihm sein …

Dumpfe Schritte erschütterten den Boden. Störende, sinnlose Laute zerrissen die Stille um sie her.

»Eleona!« Die Schritte wurden lauter. »Was tust du denn!« Die Stimme klang verzerrt vor Schmerz. Etwas schob sich unter ihren Rücken. Dann wurde sie hochgehoben.

»Wir müssen hier weg!«, hörte sie eine fremde Stimme, dann fiel ihr Blick auf etwas Dunkles, das am Boden lag. Eine Gestalt beugte sich darüber.

Ein nagender Schmerz tief in ihrem Innersten begann sich zu regen.

»Ramon! Merlan ist …«

Die Stimme ließ das Etwas in ihr frei. Es wand sich aus den Tiefen empor.

»Er ist tot!«, keuchte er.

Der Schmerz erhob sich turmhoch – dann hörte sie jemanden schreien.

»Eleona … schhhh …«

Plötzlich lag sie am Boden. Hände versuchten sie festzuhalten, sie schlug hart mit dem Gesicht gegen die Wand. Die Schreie wurden lauter. Ein Dröhnen erfüllte ihren Kopf. Dann wurde sie von starken Armen zu Boden gedrückt. Sie spürte warmen Atem an ihrem Ohr.

»Schhhhh … Beruhige dich!«

»Ich glaube, sie hat einen Anfall oder sowas«, hörte sie die andere Stimme sagen.

Dann erst merkte sie, dass sie es war, die so schrie, und verstummte. Eine warme Hand legte sich auf ihre Stirn. Verzweifelt versuchte sie ihren Arm nach Merlan auszustrecken, der viel zu weit weg von ihr lag.

»Wir müssen hier weg!«

Warme Hände versuchten sie erneut hochzuheben.

»Wir können Merlan nicht hierlassen!«, kreischte sie, als sie endlich ihre Stimme wiederfand.

»Elona.«

»NEIN! LASS MICH!«

»Es macht ihn nicht lebendig, wenn du dein Leben auch noch opferst!«

»LASS MICH LOS, RAMON!« Wie ein kleines Kind schlug sie die Hände von sich, die sie fest an seinen Körper pressten.

Ramon grub seinen Kopf in ihren Nacken.

»Hör bitte auf.« Seine Stimme zitterte und sein Kinn bebte an ihrer Haut. »Bitte, Eleona. Hör auf damit.«

Ihre Arme wurden von etwas Warmem an ihre Brust gepresst.

Dann hörten sie die andere Stimme schreien: »Sie kommen!«

Natürlich kamen sie. Das alles gehörte zum Plan … Merlan war nur der Köder gewesen … Benommen ließ Ramon sie los, richtete sich auf und stolperte auf den Ausgang zu. Sie sah Jonah nur wenige Schritte getroffen von einem Fluch vor ihr zusammenbrechen. Ramon schrie ihr etwas zu, fuchtelte wild mit dem Armen, doch sie verstand nicht, was er sagte; ihre Ohren waren von einem eigenartigen Klingeln erfüllt. Blutverschmiert trat sie vor den leblosen Körper Jonahs und hob ihre Arme. Dann sprach sie ihn, den unverzeihlichen Todesfluch, während sie am ganzen Körper heftig zu zittern begann – sollte der letzte Fluch sie doch erschöpfen, dann würde Sekretas sie wenigstens nicht bekommen.

Ihre Hände begannen heftig zu beben, doch nicht, weil sie schwach war, nicht, weil sie etwas tat, das ihr überlegen war. Sie zitterte, weil auf einmal eine jähe Kraft durch ihre Arme strömte. Eine Kraft, die weder gut noch böse war, doch so rein und vollkommen, dass es sie erschaudern ließ.

Soya richtete die Arme gegen ihre Feinde, die mit aschfahlen Gesichtern und lautem Geschrei auf sie zustürmten. Es überraschte sie ein wenig, dass Sekretas' Sklaven Schirkans waren und sie denselben Umhang trugen wie die Wächter Meredons. Doch der Gedanke wurde rasch wieder unwichtig. Sie schloss die Augen. Alles war jetzt so viel klarer; jede Regung; jede noch so kleine Bewegung. Ihre Sicht wurde nicht mehr durch Nebensächlichkeiten getrübt. Sie konnte sehen, wie sie in Form von Lichtgestalten auf sie zustürmten; sah jeden kurz vor ihr zusammenbrechen, tot auf dem Boden aufschlagen und reglos liegen bleiben. Und es kostete sie keine Kraft, das Ganze zu steuern, denn endlich hatte sie es begriffen …

Endlich begann sie die eigentliche Botschaft des Phylenos zu verstehen. Sie musste eins werden mit der Magie. Nichts, rein gar nichts hatte daneben Platz.

Sie konnte jetzt mühelos den Angreifern Energie entziehen, um sie gegen sie selbst einzusetzen. Auch ihren Schild, den sie um sich herum aufbaute, konnte sie ohne jegliche Kraft aufrechterhalten und war stärker denn je. Stärker als jemals zuvor. Kein Zauber brachte ihn auch nur zum Wanken.

Ein Schirkan nach dem anderen brach zusammen, kein Funke Energie war mehr in ihren Körpern, Soya sog alles aus ihnen heraus, um die nächsten damit zu töten. Sie war einfach nur da und kontrollierte das Geschehen. Sie war mächtiger als alle Schirkans zusammen. Sie allein kämpfte gegen alle – Sekretas hatte seine besten Krieger geschickt und keiner würde zurückkehren. Sie trat immer weiter hinaus ins Freie und drängte die wenigen, die noch übrig waren, zurück. Sie würden nicht zur Höhle kommen und Merlans Leiche schänden. Sie würde nicht zulassen, dass sie ihm erneut etwas antaten.

Dann erklang in weiter Ferne ein Schlachthorn – es kamen noch mehr … Wo war Zindabor? Ihr Blick flackerte hoch zur Höhle. Hatte der Kolibri ihn nicht erreicht?

»Eleona!« Es war die panische Stimme Ramons, die von der Höhle zu ihr herunterdröhnte. »Wir müssen von hier weg!« Er stand hinter einem Felsen, an dem alle Flüche abprallten.

»Geh!«, rief sie. »Geh, Ramon! Ich komme nach!«

Sie wandte sich wieder nach vorn, doch dann hörte sie Schritte. Wütende Hände packten sie an den Schultern und zerrten sie hinter den Felsen.

»Eleona, das schaffst du nicht! Ich habe sie gesehen! Es sind Hunderte! Du wirst ihnen nicht standhalten können!« Ramons panischer Blick streifte kurz hinüber zum Abhang. »Wir müssen von hier weg! Es sind zu viele! Sie werden dich töten!« Mit verzweifeltem Blick sah er an ihr vorbei. »Wenn du dich rächen willst, dann räche dich an dem, der das befohlen hat«, seine Stimme war hart, »nicht an seinen Sklaven!«

Soya klebte einen Moment, hin- und hergerissen, an seinem Gesicht, dann fasste sie einen Entschluss.

»Gut«, sagte sie. »Du hast recht. Holen wir Merlan.«

Sein Blick wurde eindringlich.

»Wir haben keine Zeit«, knurrte er.

»Ohne ihn gehe ich nicht fort.«

Ramons Wangenmuskeln spannten sich. Soya dehnte ihren Schild aus, sodass er ihn miteinschloss, und sie rannten zum Höhleneingang zurück, während sie in einem einzigen Fluch die letzten Schirkans niederfegte.

Ihr Magen zog sich zusammen, als sie die Dunkelheit betraten und abermals der Geruch von Blut in ihre Nase drang. Soya hob verzweifelt den Blick, um das Grauen, das sich ihr gleich darbot, erneut zu ertragen, doch dann blieb sie jäh stehen. Dort, wo zuvor Merlan gelegen hatte, war nur noch der dunkelrote Fleck, der sich langsam in die feinen Ritzen im steinigen Boden ausbreitete. Wie vom Donner gerührt starrte sie auf die Blutlache. Dann sah sie eine Spur, die von der Blutlache weg aus der Höhle führte. Ihr ganzer Körper wurde taub. Soya stolperte der Spur nach, aber schon bald löste sie sich auf.

Sie spürte Ramons Hand an ihrem Rücken.

»Komm«, sagte er. Seine Hand zog sie fort, weg von der Blutlache, weg von dem Ort, mit dem sie nichts als Schrecken verband. Ihr Blick glitt die steile Felswand hinab auf die Staubwolke unter ihnen – ein Heer von Hunderten von Schirkans, die auf dem Weg zu ihnen waren. Ein Schüttelfrost durchfuhr sie, doch es hatte nichts mit den Schirkans zu tun, die in bedrohlich raschem Tempo immer näherkamen.

Ihr war kaum bewusst, wohin sie rannten. Ramon zerrte sie mit und bald erreichten sie eine schmale Schlucht – die Felsen flogen an ihnen vorbei, während eine schmerzerfüllte Stimme in ihrem Kopf schrie.

In der Nähe eines Bachs wurde ihr klar, dass sie in die falsche Richtung liefen. Sie steuerten nach Osten, doch sie mussten in Richtung Westen. Zu Zindabors Haus.

Wieso war Zindabor nicht gekommen? War der Zauber misslungen? Und wo war Taoko?

Mehrere Stunden, so kam es Soya vor, rannten sie durch dichtes Grün, kraxelten steile Hänge hoch, während Ramon andauernd gehetzte Blicke hinter sich warf. Die Sonne war bereits wieder am Aufgehen, als Soya die große Eiche erkannte. Sie rannte den Hang hinunter, umrundete die kleine Böschung und dann trat es endlich in ihr Blickfeld, das ersehnte kleine Haus mit wildem Garten.

Doch noch während sie rannte, erkannte sie, dass etwas nicht stimmte. Es brannte kein Licht. Die Tür stand sperrangelweit offen; die Tabakspfeife auf dem Tisch war erloschen.

»Zindabor!«, schrie sie und rannte durch den Garten.

Sie stürzte ins Haus, stolperte durch die Küche und riss die Türen auf.

»*ZINDABOR*!«

Ihre Hände umklammerten den kühlen Fenstersims. Sie spürte einen reißenden Schmerz in ihrem Inneren. Das strahlende Kreuz im Garten schimmerte silbern durch die Vorhänge. Im Wohnzimmer hörte sie die Wanduhr ticken. Heftiges Pochen erfüllte ihren Kopf, als würde jemand kräftig gegen ihren Schädel schlagen. Die Ablage in der Küche war bedeckt mit frischen Kräutern und ein schweres Messer lag daneben. Eine Kelle, mitgerissen von ihrer schlaffen Hand, fiel scheppernd zu Boden.

Atemlos erschien Ramons Gesicht in der Tür. Sein panischer Blick flackerte durch die Küche, während er keuchend stehen blieb und am Türrahmen Halt suchte, dann blieb er schmerzerfüllt auf ihr haften.

Sie wandte sich von ihm ab und hob abwehrend die Hand.

»Sag – nichts«, würgte sie hervor. Sie wischte sich mit dem Ärmel über das Gesicht und stolperte hinaus in den Garten.

Die Baumwipfel, die sich vom Herbst bereits verfärbt hatten, erglommen im Licht der aufgehenden Sonne golden.

Nach einer Weile spürte sie Ramons warme Hände an ihrer Schulter. Er drehte sie zu sich um und zog ihren kraftlosen Körper an sich.

Willenlos ließ sie es geschehen; ließ sich an seinen Körper pressen, ohne dabei etwas zu fühlen.

Als er sie wieder losließ, ging sie hinüber zum Kreuz.

Sie taumelte.

Doch obwohl ein wirres Durcheinander in ihrem Kopf herrschte, trat eine Frage deutlicher hervor als alle anderen: Weshalb waren es Schirkans gewesen, die sie angegriffen hatten? Wenn es Sekretas' Sklaven gewesen wären, hätten sie doch unmöglich Meredons Abzeichen auf ihren Umhängen gehabt …

Ihre Hand rutschte vom Kreuz und ehe sie auf die taunasse Erde fiel, fing Ramon sie auf.

Im ersten Moment, als Soya erwachte, wusste sie nicht, weshalb sie sich so dumpf und niedergeschlagen fühlte. Sie hob den Kopf und fuhr sich mit der Hand übers Gesicht, das immer noch tränennass war.

Es roch nach Erde und Moos. Ramons warme Hand lag auf ihrem Rücken und ruhige, regelmäßige Atemzüge an ihrem Nacken verrieten, dass er schlief.

In weiter Ferne hörte sie einen Waldkauz, dann das Flattern von Flügeln.

Ein Teil von ihr horchte den rhythmischen Schlägen ihres Herzens. Dass es überhaupt noch schlug, überraschte sie. Dann drängte sich ohne Vorwarnung das Bild von Merlan, tot in der Blutlache liegend, vor ihr inneres Auge. Soya stolperte einige Meter weiter und erbrach sich ins Gebüsch. Das Grün um sie verschwamm.

Du liegst am Boden; zitternd in kalter Schwäche.
Versuchst dich windend am Boden aufzurichten.
Fällst abermals, siehst hoch, doch da ist kein Licht.
Und während du daliegst
bricht die Gewissheit bitter über dich herein, dass
du das Licht niemals wieder sehen wirst;
Stattdessen starrst du in die Finsternis,
liegst in deiner eigenen Gruft,
brennst, lichterloh, in unersättlichem Feuer.
Es schlängelt sich durch deine Venen empor bis zu
deinem Herzen.
Dein Blut tränkt den Boden, während die Lebens-
kraft aus deinen Adern sickert.
Du starrst empor zur Höllendecke, doch sie endet
nicht.
Verwirrt blickst du zur Seite. Da war doch eine
Stimme –
Wo ist die Stimme, die gesprochen hat –

Ist es der Teufel, der da spricht?
Der meinen Namen ruft, mit zuckersüßer Stimme?
Wie war mein Name, den ich trug, als ich noch am Leben war?
Kann man sich daran erinnern?
Bittere Wahrheit. Wahre Bitterkeit.
Alles ist eins und alles ist dasselbe …
Pech und Unglück, Schmerz und Verzweiflung.
Der Topf ist gefüllt mit Blei und Gift.
Es dringt zu deinen Lungen empor,
und während es dich erstickt, lacht der Teufel über dir.

»Eleona?«

Etwas in ihrem Innersten reagierte auf diesen Namen – die Stimme, die rief, klang panisch. Dann hörte sie plötzlich hastige Schritte, die näherkamen.

»Eleona!«

Ramons wütendes Gesicht erschien über ihr.

»Mach das nie wieder, hörst du? Einfach weglaufen …!«

Die Wut wich etwas anderem und Soya wandte den Blick von ihm ab. »Bist du hingefallen?«, fragte er.

»Nein.«

Sie versuchte sich aufzurichten, aber ihre Arme knickten wieder ein. Sie würgte erneut, doch ihr Magen hatte nichts, was er hergeben konnte.

Verzweifelt blinzelte sie ins Blätterdach, während sich ein Schmerz in ihr hochwand, der alles Bisherige überbot. Es war kein normaler Schmerz – es würde niemals besser werden. Nicht das hier.

Ramon holte tief Luft.

Dann, ohne zu fragen, ergriff er ihre Hand und zog sie hoch.

»Kannst du gehen?«

Seine Stimme klang merkwürdig.

»Ja«, hauchte Soya, klammerte sich jedoch weiterhin an ihm fest.

Nach wenigen Schritten waren sie wieder beim Rastplatz, den Ramon am vorigen Tag eingerichtet hatte. Wortlos fing er an, die Sachen zusammenzupacken.

»Der Ring«, flüsterte Soya und fuhr darüber. Obwohl sie gestern Merlan eine Nachricht geschickt hatte, hatte sie keine Antwort erhalten.

Ramon schüttelte den Kopf.

»Wirf ihn weg, Eleona. Du weißt nicht, wer ihn jetzt hat.«

Doch sie konnte ihn nicht einfach so aufgeben. Nicht Merlan. Nicht in tausend Jahren. Das würde sie niemals tun. Selbst nicht, wenn alles dafür sprach, dass er wirklich … Das Ende des Satzes drängte sie mit aller Kraft zur Seite.

Obwohl sie Merlan mehrere Nachrichten geschickt hatte, war nichts geschehen.

Als es wieder dunkelte, errichteten sie erneut einen Rastplatz und Ramon machte Feuer.

»Wieso haben uns die Schirkans eigentlich angegriffen?«, fragte Ramon, während er sich neben sie setzte. »Ich dachte, Meredon würde dich beschützen.«

Sie erinnerte sich an die dunklen Umhänge, an das schimmernde Wappen … Sie zog die Knie nah an sich heran.

»Ich weiß es nicht.«

»Komisch, dass Meredon dich töten lassen will, obgleich du doch erst vor Kurzem bei ihm warst.«

Soya zuckte bei dem Gedanken zusammen.

Stirnrunzelnd blickte er ins Feuer und stocherte in der Glut herum.

»Es waren doch Meredons Wächter, oder?«

»Ich weiß nicht.«

Sie schüttelte den Kopf und rieb erneut den Ring.

Gereizt atmete Ramon aus.

»*Iss etwas.*« Er schob ihr einen Keks hin.

»Vielleicht ist er kaputt.« Sie rieb mit dem Ärmel über die grüne Oberfläche.

Ramon stopfte sich wütend den Keks in den Mund und stand auf.

Mechanisch ging Soya ihm nach und legte sich neben ihn, obwohl er sich von ihr wegdrehte.

Nachdem sie eine Weile beobachtet hatte, wie sich sein Brustkorb hob und senkte, fielen ihr die Augenlider zu.

Der Doppelgänger

Das Gayenorgebirge zu durchqueren, stellte sich als leichter heraus, als sie gedacht hatten. Obwohl sie im Höhlensystem immer wieder die Stimmen der Ferrans hörten, waren sie ihnen zum Glück nie direkt begegnet. Ein paarmal hatten sie sich gerade noch rechtzeitig in eine Nebenhöhle flüchten können, ehe sie von einem Ferran entdeckt wurden. Soya hatte den Weg nicht gekannt. Zumindest hatte sie sich nicht mehr daran erinnern können, wo sie und Laendor damals durchgegangen waren. Doch wenn man immer geradeaus ging, kam man auch durch Umwege auf der anderen Seite wieder raus.

Nach drei weiteren Tagen, es dämmerte bereits, sahen sie von Weitem die Lichter Arohbys.

»Kehren wir in Arohby ein?«, fragte Soya. Merlan hatte ihr gesagt, dass die Morlaks in Saahrrins Land vor allem nachts herumstreunten. Und je näher sie Elindor rückten, umso mehr von ihnen gab es.

»Gut«, sagte Ramon nach kurzem Überlegen und zuckte mit den Schultern. »Wenn du willst.«

In Arohby angelangt bestand Ramon darauf, nach einer Unterkunft zu suchen, und Soya setzte sich widerwillig auf eine Bank. Sie fühlte sich unwohl und seltsam befangen, während sie auf ihn wartete. Doch vielleicht lag es daran, weil Ramon weg war.

Sie strich über den Ring, während sie sich zum hundertsten Mal darüber den Kopf zerbrach, wo Zindabor und Taoko waren, und zuckte zusammen, als plötzlich eine alte, bucklige Frau aus einer Tür lugte, die neben ihr aufging.

»Entschuldigung«, murmelte Soya und stand auf.

»Nein, nein«, krächzte sie und winkte sie zu sich.

Soya blickte argwöhnisch durch die beschlagenen Fenster.

»Komm, Mädchen. Leiste mir doch Gesellschaft.«

Soya sah sich hilfesuchend um. Doch keine Menschenseele war in der Nähe, geschweige denn Ramon. Dieses Dorf war so klein, da sollte es doch nicht so schwierig sein, ein Zimmer zu finden. Die runzlige Hand der alten Frau griff nach ihrem Ärmel. Für so eine winzige, gebückte Frau, hatte sie einen ziemlich festen Druck.

»Ich habe kein Geld«, murmelte Soya.

»Oh, das macht nichts.«

Warme, stickige Luft schlug ihr entgegen, als Soya durch die Tür in einen abgedunkelten Raum trat. Tücher waren über die Lampen gehängt, die ein schummeriges Licht auf merkwürdige Gegenstände in einem Regal warfen. Etwas sah aus wie ein verschrumpelter Kopf.

»Setz dich hierhin«, sie deutete auf einen bestickten Hocker vor einem kleinen, hölzernen Tisch. Eine dunkle Schale mit Wasser stand darauf.

Die alte Frau ging an Soya vorbei, zog im Vorbeigehen ein Bündel getrockneter Kräuter aus dem Regal und setzte sich ihr gegenüber. Jetzt begann sie, merkwürdige Laute zu murmeln und ihre Augen drehten sich nach innen. Es waren keine elbischen oder schirkanischen Worte. Auch von Zindabor hatte sie noch nie solche Sätze gehört.

Soya warf einen raschen Blick durch das Fenster. Von Ramon fehlte immer noch jede Spur.

»Zuvor noch unerkannt im dichten Blätterdach«, murmelte die alte Frau auf einmal mit merkwürdig rauer Stimme, die Augen geschlossen, *»dann gesehen und gerühmt, zum hohen Thron gehoben. Doch so großes Lob verlangt nach großen Taten, und im Zenit als goldenes Korn verblüht, fällt sie zur Erde hinab, Gevatter Tod in der Brust.«*

Soya starrte auf ihre grauen, verschleierten Augen, die sich langsam hoben. Stöhnend verrieb die alte Frau die Kräuter in der Hand, dann warf sie sie mit einem Schrei ins Wasser.

»Sieh, sieh hierhin.« Sie zeigte mit ihrem knöchernen Finger in die Mitte der Schale und stirnrunzelnd beugte sich Soya über die Schüssel. »Konzentriere dich«, hörte sie ihre eigene krächzende Stimme.

Doch da war nur ihr eigenes Spiegelbild, das mit Kräutern besprenkelt war.

Soya atmete erschöpft aus. Sie war müde und die Wärme und das schummrige Licht machten sie schläfrig. Sie wollte sich gerade davon abwenden, als sich das Bild plötzlich zu bewegen begann. Ihr Spiegelbild verschwamm und auf einmal tat sich eine Lücke auf. Am unteren Ende erschien die Silhouette eines Mannes. Sie kam auf sie zu, und während Soya ihn anstarrte, erkannte sie, dass die Lücke die Distanz zwischen Himmel und Erde war. Er ging langsam und immer wieder knickten seine Beine ein. Vögel kreisten am Himmel. Plötzlich verfärbte sich der Himmel dunkel und er sackte vornüber auf die Knie. Er hob den Blick und schaute zu ihr auf; Soya umklammerte die Tischkante mit aller Kraft, als sie Merlans Gesicht erkannte, dann fiel er ins Gras und blieb reglos liegen.

Keuchend starrte sie auf die Kräuter, die wieder zu einem undeutbaren Haufen zusammenschwappten.

»Nein«, keuchte Soya und stand so schnell auf, dass sie fast über einen Topf fiel.

»Was hast du denn gesehen?« Die Augen der Alten leuchteten silbern.

»Nichts«, wisperte Soya.

»Nichts?«, fragte sie.

»Eleona?« Ramons Kopf lugte herein.

Soya wirbelte herum, packte ihn am Arm und zerrte ihn mit hinaus.

»Weg hier«, zischte sie. »Wieso hat das denn so lange gedauert!«

»Es gibt hier nicht viele Unterkünfte«, rechtfertigte er sich. »Hier.« Er deutete unweit von ihnen rechts auf ein Haus. »Gleich hier drüben. Was war denn los?«

Soya antwortete nicht. Sie rannte fast ins Haus. Die Frau hinter dem Tresen empfing sie lächelnd, doch Soya ging ohne ein Wort an ihr vorbei.

»Eleona«, zischte Ramon und blieb wütend hinter ihr im Zimmer stehen. »Kannst du dir nicht wenigstens Mühe geben, *nett* zu sein?«

Keuchend hielt sie sich den Bauch fest.

»Ich habe Merlan gesehen!«, stieß sie hervor. »Er hat gelebt! Und dann ist er auf einem Feld zusammengebrochen!« Kraftlos ließ sie sich aufs Bett sinken.

Ramon blickte gequält drein.

»Wieso bist du da überhaupt hineingegangen?«

»Ich weiß es nicht.« Das Zittern war jetzt nicht nur in ihren Knien, es reichte hoch bis zu ihren Schultern. »Keine Ahnung!«

»Versuch ein wenig zu schlafen.« Er hob die Decke und zog sie ihr über die Knie.

»Bitte geh nicht weg.«

Ramon blieb auf halbem Weg zur Tür stehen. Mit leerem Blick wandte er sich um, schloss die Tür hinter sich und legte sich wortlos neben sie. Er sah genauso fertig aus wie sie.

Soya hatte erst in der frühen Morgendämmerung Schlaf gefunden, und als sie endlich in einen tiefen Schlaf gefallen war, hörte sie auf einmal Schritte im Korridor.

Die Tür öffnete sich.

»Eleona?«, hörte sie Ramon flüstern.

»Was ist?«, knurrte Soya. »Was machst du denn schon so früh da draußen?«

»Es ist bald Mittag«, antwortete er. »Ich habe noch etwas Proviant gekauft.«

»Mmmm.«

»Eleona?«

»Was?«

Doch er gab keine Antwort.

»Was ist?«

Wütend blinzelte sie zu ihm hoch, und dann war sie auf einen Schlag hellwach – sein Gesicht indes war starr und wirkte seltsam grau.

»Was?«, zischte sie und riss die Decke von sich.

Er kaute an seiner Oberlippe herum, dann hob er entschlossen den Blick.

»Ich habe deinen Großvater gesehen.«

»Meredon?«

»Nein«, sagte er, sah sie jedoch nicht an.

Eine Weile sah sie ihn verständnislos an, dann ließ sie sich wieder aufs Bett zurücksinken.

»Ramon. Laendor ist … Er ist tot.«

»Ich weiß, das ist es ja … Es klingt verrückt … aber ich bin mir hundert Prozent sicher, dass ich ihn gesehen hab.«

»Das hast du dir nur eingebildet.«

»Nein, Eleona«, flüsterte er eindringlich. »Ich habe ihn gesehen!«

»Ramon«, sie wischte sich die Haare aus dem Gesicht. »Ich habe Laendor sterben sehen.«

»Ich weiß«, zischte er.

»Du hast ihn schon lange nicht mehr gesehen. Kann sein, dass er jemandem ähnlich sieht.«

Er presste den Kiefer fest zusammen.

»Eleona. Es tut mir wirklich leid. Wirklich, du kennst mich, ich würde dir niemals, niemals so etwas zumuten, wenn ich nicht überzeugt wäre. Schon gar nicht jetzt. Aber ich schwöre dir auf mein Leben, ich habe *ihn* gesehen.«

»Laendor war ein Elf, Ramon. Er hat sich bloß in einen Menschen verwandelt. Selbst wenn er aus unerklärlichen Gründen noch leben würde, was sollte er hier als Mensch tun? Das ergibt keinen Sinn.«

»Ich weiß.« Er vergrub das Gesicht in seinen Händen, dann erstarrte er jäh. Als er wieder hochsah, war sein Gesicht auf einmal wie versteinert. »Also ist es das«, flüsterte er, »warum du unter keinen Umständen hierherkommen solltest.«

»Wovon sprichst du?«

»Zindabor. Er hat … er hat mir verboten, mit dir nach Arohby zu gehen.«

»Zindabor hat was? Wieso? Wann denn?«

»Ich dachte …« Er atmete auf einmal zu schnell. »Ich wollte mich ja daran halten. Aber es war gestern schon so spät und du warst so erschöpft. Ich dachte, eine Nacht kann ja nicht schaden.«

»Wann hat er dir das gesagt?«, keuchte Soya.

»Im Schloss.«

»Wo?«, sagte sie und schluckte krampfhaft, »in Elindor?«

»Ja.«

»Was hat er denn da gemacht?!«

»Keine Ahnung, Eleona! Er war nur kurz da!«

Soya schüttelte den Kopf.

»Und dann hat er dir das gesagt, als er dich gesehen hat?« Stirnrunzelnd sah sie ihn an und ahmte Zindabors Stimme nach: »Ah, Ramon, falls du mal mit Soya unterwegs sein solltest, geh nie nach Arohby?«

»Ja.« Er verzog das Gesicht. »Na, jedenfalls so ungefähr.«

»Was hat er dir noch gesagt?!«

»Ich – ich weiß nicht mehr, Eleona. Er hat nicht viel gesagt.«

»Hast du ihn denn nicht gefragt, wieso?«

»Nein.«

»Nein?«

»Ich – na ja, du weißt ja, wie das ist bei Zindabor. Es war nicht bloß eine *Bitte* gewesen … Es war sozusagen ein Befehl. So ein Satz, auf den man nichts erwidert und mit dem das Gespräch beendet ist.«

»Hat er dir nur das gesagt?!«

»Ich weiß es nicht mehr!«

»Dann überleg!«

Wütend fuhr er mit der Hand durch die Luft.

»Er hat sowas gesagt, dass ich niemandem etwas über dich erzählen darf und dass ich mich um dich kümmern soll, egal was passiert, und so weiter.«

Soya sog scharf die Luft ein.

»Was? Dann bist du nur deswegen hier bei mir? Weil er es dir befohlen hat?«

»Nein! Natürlich nicht! Es war völlig überflüssig, dass er sowas sagt!« Er streckte seine Hand nach ihr aus. »Ich würde dich nie im Stich lassen!«

Obwohl Soya viel zu müde und zu aufgewühlt war, stand sie auf. Sie hatte Laendor auf dem Floß brennen sehen. Es war nicht deshalb, dass sie sich aufraffte und mit Ramon hinausging – Zindabor hatte Ramon verboten, mit ihr hierher zu gehen, und sie wollte herausfinden weshalb.

Sie standen draußen, das Licht der Sonne kitzelte sie im Gesicht, nachdem sie den Schutz über sich hatte niedergleiten lassen. Dann ließ sie den Türrahmen los, als ihr Blick den Punkt erreichte, auf den Ramon mit dem Finger deutete.

»Nein«, flüsterte Soya. »Das ist nicht möglich.«

Der Mann, der gerade aus der Bäckerei kam und nun mit dem Blick auf sie gerichtet stehen blieb, sah exakt so aus wie Laendor, selbst seine Kleidung.

»Eleona, was tust du denn?«, zischte Ramon.

Doch Soya stolperte bereits über den sonnenbeschienenen Platz auf ihn zu.

»Entschuldigen Sie«, sagte der Mann mit einer Stimme, die der Laendors derart ähnlich war, dass es ihren Magen unsanft zusammenzog. »Kennen wir uns?« Unschlüssig blickte er von Soya auf Ramon, der widerwillig hinter ihr hergegangen war.

Soya wollte etwas sagen, aber sie brachte kein Wort heraus.

Ramon warf ihr einen kurzen Seitenblick zu. »Hi«, sagte er und hob die Hand. »Ähm … entschuldigen Sie bitte, dass wir Sie so … *anstarren.*« Er fuhr sich peinlich berührt über den Kopf. »Aber, nun ja, Sie haben eine erstaunlich große Ähnlichkeit mit jemandem, den wir kennen, oder den wir gekannt haben«, er zögerte, »ihrem Großvater, um genau zu sein.«

Der Mann lächelte väterlich.

»Es tut mir leid … es liegt wohl eine Verwechslung vor.«

Soya konnte nicht aufhören, ihn anzustarren. Jedes noch so kleine Merkmal war genau gleich wie bei Laendor.

»Darf ich fragen«, fuhr Ramon fort, »wie Ihr Name ist?«

»Ja, natürlich.« Der Mann sah besorgt von ihm zu Soya, »Lenidras Sildas ist mein Name.«

Soya taumelte, dann fühlte sie Ramons kräftige Arme, die sie festhielten.

»Geht es ihr nicht gut?«, fragte der Mann besorgt. »Kommen Sie doch mit.« Er wies auf ein paar Häuser weiter hinten. »Ich wohne gleich da drüben. Sie können sich dort ausruhen. Ich kann ihnen etwas zum Trinken geben.«

Ramon hob dankend die Hand, dann folgten sie Lenidras zu einem Haus mit roten Läden. Er öffnete die Tür und sie traten ein. Im Wohnzimmer servierte er ihnen Tee und Gebäck und als Soya ein Gebäck wiedererkannte, das Laendor in Bakul immer gebacken hatte, erstarrte sie. Unsicher blieb Lenidras stehen.

»Mögt ihr keine Krapfen? Ich kann euch auch was anderes bringen.«

Ramon hob die Hand.

»Nein …«, sagte er kopfschüttelnd. »Das ist großartig. Krapfen sind … großartig.« Ramon griff nach einem Krapfen und streckte ihn Soya hin. »Iss etwas«, zischte er ihr zu.

Sie nahm widerstrebend einen Krapfen, dann biss sie vorsichtig ab. Die Krapfen schmecken genauso, wie sie sie von Laendor kannte.

»Wohnten Sie schon immer hier, in Arohby?«, fragte Ramon in die beklemmende Stille hinein. Es hätte eine belanglose Frage sein sollen.

»Nein«, sagte er leise. Er schauderte auf einmal und sah sie dann unsicher an. »Vor … ungefähr sechzehn, siebzehn Jahren, ich weiß es nicht mehr genau, verspürte ich auf einmal so einen Drang, von hier wegzugehen. Meine Frau war ein Jahr zuvor gestorben, vielleicht war das der Auslöser dafür, denn von da an ging es nur noch bergab. Ich packte einfach meine Sachen und ging weg. Vor einem Jahr bin ich wieder zurückgekehrt.«

»Wo sind Sie denn hingegangen?«, flüsterte Ramon. »Wo haben Sie all die Jahre über gelebt?«

»Ich bin ins Gayenorgebirge gegangen, obwohl es mir vorher immer Angst gemacht hat. Ich weiß nicht, woher dieses Gefühl auf einmal gekommen ist, aber ich fühlte mir dort plötzlich so sicher und wohl.« Er schüttelte den Kopf. »Eigenartig.« Er blickte nachdenklich auf den Krapfen in seiner Hand. Dann biss er wieder ein Stück ab. »Und jedes Mal, wenn mich die Sehnsucht wieder von Neuem packte und ich nach Hause gehen wollte, ging ich ein Stück, und dann plötzlich war die Sehnsucht wieder verschwunden. Erst vor, ja, etwa einem Jahr verschwand der Wunsch, noch länger im Gayenorgebirge zu bleiben, und es zog mich zurück in meine Heimat. Seither bin ich wieder hier. Und jetzt, wo ich wieder da bin …« Er runzelte die Stirn. »Kann ich mir nicht erklären, was mich all die Zeit im Gayenorgebirge gehalten hat. Ich bin eigentlich kein Mensch, der gern allein ist. Ich mag Gesellschaft. Ich mag Leute um mich herum …«

»Mir …« Soya rappelte sich mühselig auf. »Mir ist schlecht«, wisperte sie. »Ich … muss …« Torkelnd stolperte sie um den kleinen Tisch.

»Danke für die Krapfen …« Ramon rannte ihr nach, Lenidras noch einen letzten entschuldigenden Blick zuwerfend.

»Bitte«, stammelte Soya, »lass uns von diesem schrecklichen Ort verschwinden.«

Nachdem sich Ramon zum siebten Mal dafür entschuldigt hatte, sie hierhergebracht zu haben, brach es plötzlich wie eine Sturmflut aus ihr heraus:

»Sie haben sein Leben geklaut! Sie haben diesen armen Mann kopiert und ihn mit einem Zauber weggeschickt! Er musste sechzehn Jahre an einem Ort leben, vor dem er sich immer gefürchtet hat!«

Ramon schüttelte den Kopf. »Ich versteh nicht, wieso sie das getan haben.«

»Damit Laendors Tarnung nicht auffällt!«, rief Soya ungeduldig. »Aber dazu hatten sie kein Recht!«

»Nun ja, sie hätten ihn auch töten können.« Es war beschwichtigend gemeint.

Soya schnaubte laut und verächtlich auf.

»Wie kannst du sie so in Schutz nehmen!«

»Ich nehme sie nicht in Schutz. Ich zeig dir bloß eine andere Sichtweise auf.«

»Laendor hat diesem armen Mann das Leben geklaut! Sechzehn Jahre seines Lebens hat er ihm geklaut!«

»Ich sage ja nicht, dass das gut war«, sagte Ramon und hob ergeben die Hände. »Aber anscheinend hat es ihm im Gayenorgebirge gefallen, als er dort war.«

»Es hat ihm nicht gefallen!«, schrie Soya und ihre Stimme überschlug sich. »Zindabor hat Zauber in einem gewissen Umkreis gelegt, die ihn immer wieder zurückgehalten haben! Er hat ihn dort gefangen gehalten!«

»Ja, schon. Aber es scheint ihm doch gut zu gehen.«

Tränen vor Wut schossen ihr in die Augen.

»Eleona«, er legte ihr die Hände auf ihre Schultern und suchte ihren Blick. Wild flackerten ihre Augen zu ihm herüber. »Es ist nicht deine Schuld, dass das passiert ist.«

»Doch!« Sie starrte ihn mit zusammengebissenen Zähnen an. »Sie haben das meinetwegen getan!«

»Nein, sie haben es wegen demjenigen getan, der dich jagt und deine Familie getötet hat! Auf den kannst du wütend sein!«

Soya starrte resigniert auf das Feld vor ihnen.

»Gut«, sagte sie, die Augen schmal. »Gehen wir.«

»Was hast du vor?« Misstrauisch sah er ihr nach.

Doch Soya antwortete nicht.

Sie waren noch nie so schnell vorangekommen. Selbst als sie den steilen Aufstieg erklommen und Ramon ganz außer Atem war, protestierte er nicht. Sie schwiegen die meiste Zeit. Die Gegend wurde immer karger und nur noch vereinzelt waren Bäume in der Dämmerung zu sehen. Soya sprang über einen Felsen und blieb stehen.

»Was ist?«, zischte Ramon, der beinahe in sie hineingeprallt war.

»Wir sind bald da«, entgegnete sie, den Blick finster nach vorn gerichtet.

Ramon sah sie fragend an.

»In Zakratos«, erklärte sie. »Wir sind bald da.«

Dann sah er sich das erste Mal richtig um. Und als er realisierte, was sie tun wollte, verlor er die Fassung.

»Du willst zu Meredon?!«, fuhr er sie an. »Ich dachte, wir gehen nach Elindor!«

»Was glaubst du denn, was wir hier machen! Denkst du, ich kraxle aus Spaß auf einen Berg!«

»Keine Ahnung! Ich habe nicht … darüber nachgedacht.«

Soya biss die Zähne hörbar zusammen.

Vollkommen reglos stand er da.

»Du stürzt dich in den Tod?«, sagte er mit harter Stimme. »Ist das dein Ernst?!«

»Du selbst sagtest, dass jemand anderes für den Tod meiner Familie verantwortlich ist.«

Doch Ramon hörte ihr nicht zu. Er ergriff ihre Hand und zerrte sie in die andere Richtung.

»Das lasse ich nicht zu«, knurrte er.

In dem Moment trat etwas Dunkles aus dem Gebüsch und blieb geradewegs vor ihnen stehen.

»Taoko«, keuchte Soya.

Ein lautes Dröhnen drang aus seiner Brust.

»Wo warst du denn?«, flüsterte sie erleichtert und schmiegte sich an ihn.

»Ich war bei Zindabor«, hörte sie Taokos Stimme in ihrem Kopf. »Aber er war nicht da. Dann bin ich zu den Elfen. Leider habe ich auch von ihnen keine Hilfe bekommen.« Sie hörte ein bedrohliches Knurren in seiner Brust. »Anschließend bin ich wieder nach Elindor zurück. Doch ich konnte dich nirgends finden. Dann habe ich die Gedanken der Soldaten gehört. Sie sagten mir, dass es einen Aufstand im Gayenorgebirge gegeben hat. Doch als ich ankam, war die Schlacht schon vorüber. Jetzt endlich habe ich dich gefunden.« Sein Kopf schmiegte sich an ihre Seite. »Wo ist Merlan?«

Soya zuckte bei seinem Namen zusammen.

»Die Schirkans …«, stieß sie hervor, doch dann versagte ihr die Stimme. Den Rest formte sie in Gedanken.

Sie wartete auf eine Antwort in ihrem Kopf. Doch es blieb still. Taoko wandte den Kopf zur Seite und blickte zu Boden.

»Das tut mir leid«, hörte sie ihn schließlich. Seine Stimme, obwohl sie in ihrem Kopf erschien, war nicht mehr wiederzuerkennen. »Und jetzt bist du deswegen hier. Weil du dich rächen willst.« Es war keine Frage.

Soya neigte den Kopf.

»Dann begleite ich dich.« Sein Blick war jetzt furchteinflößend.

»Nein.« Ihr Kinn bebte. »Ich möchte nicht, dass du da mitkommst.« Es würde kein Zurück mehr geben.

»Ich lasse dich nicht sterben.« Es klang wie ein Geständnis. Er blieb vor ihr stehen und sah sie mit seinen dunklen Knopfaugen an.

»Bist du sicher, dass es Meredons Heer war?« Ein tiefes Grollen drang aus seiner Brust.

Sie holte ein Bild aus ihren Gedanken, sein glitzerndes Abzeichen, das gleiche, wie es die Angreifer trugen. Jetzt fletschte er bedrohlich die Zähne.

»Dann lass uns aufbrechen«, knurrte er.

Ramon stellte sich ihnen in den Weg.

»Du kannst nicht mitkommen!«, herrschte Taoko Ramon an.

»Ich weiß.« Er wandte sich Soya zu. Und sein Gesicht war voll tiefem Schmerz. »Eleona. Bitte. Geh nicht.« Seine Hände umklammerten die ihren. »Bleib bei mir.« Als hätte er Fieber, schüttelte es ihn am ganzen Leib. »Vielleicht, vielleicht lebt Merlan ja noch.« Sein Blick flackerte hilflos. »Vielleicht war das wahr, was du da gesehen hast. Vielleicht hat ihn jemand gerettet.«

Taokos großer Kopf drehte sich zuerst zu ihr um, dann schaute er Ramon eindringlich an. Sie hörte nicht, was Taoko zu ihm sagte. Doch kurz darauf neigte Ramon den Kopf, küsste sie auf die Stirn und zog sie an sich. Seine Arme bebten und er grub sein Gesicht in ihr Haar.

»Leb wohl, Eleona.«

»Ramon«, flüsterte sie. Doch er rannte bereits den Abhang hinab.

Was, wenn sie ihn nie wieder sah?

»Steig auf«, befahl Taoko mit harter Stimme.

Soya hob sich mit schwachen Knien auf seinen Rücken. Ihre Hände zitterten noch immer und die Tränen ließen alles vor ihr verschwimmen.

»Was hast du zu ihm gesagt?«, flüsterte sie.

Er schwieg einen Moment, als er den steilen Abschnitt hochsprang, dann sagte er: »Ich habe zu ihm gesagt, wenn er eine Spur Liebe für dich empfindet, soll er dich gehen lassen.«

Hell und Dunkel

Sie erreichten den Felsen in wenigen Atemzügen und als Soya von Taokos Rücken stieg, schnürte ihr die Angst die Kehle zu – sie waren hier und nun gab es kein Zurück mehr. Sie zog Taokos Kopf dicht zu sich heran und versuchte trotz der aufsteigenden Panik klar zu denken. Sein Fell war kühl wie die Nacht, und während sie ihn an sich drückte, spürte sie wie zuvor bei Ramon einen tiefen, brennenden Schmerz.

»Taoko«, hauchte sie und fuhr ihm mit der Hand über den Kopf. »Ich möchte, dass du jetzt gehst.« Sie sah ihn an und ein schweres, bleiernes Gefühl erfüllte ihre Magengegend. »Du kannst mir hier nicht helfen.«

Mit aller Macht konzentrierte sie sich darauf, dass sie bald bei Merlan sein würde … alles würde gut sein … Doch zu gehen, wenn man liebte, war genauso schlimm wie verlassen zu werden.

»Geh!«, sagte sie entschieden und richtete sich auf.

»Ich kämpfe mit dir«, hörte sie seine Stimme.

»Nein.« Ihre Stimme bebte.

Er sah ihr ins Gesicht, hob dann eine Pfote, wirkte einen Moment, als würde er sich von dannen machen, doch dann setzte er sich auf den kargen Boden.

»Ich lass dich hier nicht sterben«, wiederholte er.

Mechanisch schüttelte sie den Kopf, dann griff sie ihn am Nacken und zog ihn hoch.

»Wenn du mich eine Spur liebst …«, ihre Stimme zitterte, »dann geh jetzt.«

Taokos Augen weiteten sich.

»Geh!«

Reglos blieb er stehen, die Haare am Nacken ein wenig gesträubt.

Fieberhaft blinzelte sie die Tränen weg, als er wimmernd einige Schritte auf den Wald zuging und sich dann wieder zu ihr umwandte. Doch sie liebte ihn zu sehr. Dass er sein Leben für sie opferte, würde sie nicht zulassen.

»*GEH*!«

Taoko sah sich noch ein paarmal um, dann verschwand er geduckt hinter den Bäumen.

Zitternd drehte sie sich um und fuhr nochmal über den Ring: »Ich liebe dich«, murmelte sie, dann hob sie den Blick.

»Meredon!«, schrie sie.

Nichts regte sich. Keine Stimmen oder andere Geräusche waren zu hören. Mit leerem Blick starrte sie auf die graue Fläche, während die Wut in ihren Adern pochte. Ein Wind kam in der Dämmerung auf, der ihr durch die Haare fuhr, dann begann es zu regnen.

»Meredon!«

Die Regentropfen klatschten in ihr Gesicht und obwohl ihre Augen allmählich zu brennen begannen, konnte sie den Blick nicht mehr vom Fels abwenden. Meredon würde kommen. Er musste einfach.

Der Wind wurde stärker, peitschte ihr die Haare ins Gesicht und ließ sie frösteln. Sie blieben auf dem tränennassen Gesicht kleben und verfingen sich in ihrem Mund.

Sie atmete tief und fest ein, dann schrie sie erneut: »Meredon!!«

Die Felswand glitt zur Seite und eine unsichtbare Macht drängte sie zurück. Schwer atmend blickte sie auf die dunklen Schemen, die sich um sie schlossen. Dann erkannte sie Meredons Gesicht. Ihre Blicke trafen sich und plötzlich sah sie, dass sich seine Augen erst erstaunt, dann erschrocken weiteten. Mit gesenkten Armen trat er auf sie zu.

»Soya«, flüsterte er mit samtweicher Stimme. Doch Soya riss die Hände hoch; sie schmetterte ihm einen Todesfluch entgegen, der sich an seinem Schild auflöste. Der Ausdruck in seinem Gesicht wechselte in jähes Entsetzen.

Beschwichtigend hob er die Hände, um die Wächter um ihn herum zu beruhigen.

»Soya«, sagte er, während der letzte Rest an Farbe sein bleiches Gesicht verließ. »Aber – was soll das bedeuten … Was tust du hier? Weshalb greifst du mich an?«

Angewidert blickte sie ihn an.

»Tu doch nicht so, als wüsstest du von nichts! Du hast Merlan in einen Hinterhalt gelockt! Du hast ihn getötet!« In ihr Geschrei mischte sich ein hysterisches Zittern. »Er ist tot«, wisperte sie, »und das wäre ich auch, hätte ich nicht die Kraft gehabt, Dutzende von Schirkans gleichzeitig zu töten!«

Meredon stand reglos wie eine Säule vor ihr. Niemand sagte ein Wort.

»*Schirkans*?«, stieß er hervor, »*Mehrere Dutzend Schirkans*?«, fragte er. Seine Stimme klang ebenso verblüfft wie fassungslos. »Sie haben Merlan *getötet*? Und sie haben *dich* … sie haben *dich angegriffen*?«

Abermals brach er ab und seine noch zuvor hart zusammengepressten Lippen begannen plötzlich zu beben. Seine Augen waren mit Panik erfüllt und etwas Glitzerndes, Dunkles begann darin zu lodern.

»Wann war das, Soya?«, fragte er mit gebrochener Stimme.

Soya schüttelte es am ganzen Leib. Bevor sie antworten konnte, wandte er sich zu seinen Wächtern um.

»Lasst uns allein.«

Nichts geschah.

»Lasst uns allein!«, schrie er. Endlich zogen sie sich widerwillig zurück.

Mit glimmenden Augen wandte er sich erneut Soya zu.

»Mein Kind … Wie kannst du *glauben,* ich hätte das befohlen. Glaubst du im Ernst, ich würde *dich* umringen lassen?« Sein Gesicht war auf einmal schmerzverzerrt. »Ich habe allen, *allen* Schirkans die Pflicht auferlegt, dich zu *beschützen*! Ich – ich kann nicht verstehen, wie das geschehen konnte!« Seine Augen schauten sie gequält an und dann, ganz allmählich, als würde er etwas begreifen, verdüsterte sich sein Blick.

»*Alkar* …«, murmelte er plötzlich mit hasserfüllter Stimme. »Er muss … Aber das kann nicht sein … Er würde mich nie …« Meredon fuhr mit der Hand über seine Lippen und fing an mit fassungsloser Ungläubigkeit den Kopf zu schütteln. »Also, wann war das?«

»Vor wenigen Tagen …«, murmelte sie.

Meredon atmete schwer aus und setzte sich auf den Felsbrocken gleich neben dem Eingang, als hätte ihn diese Nachricht so sehr geschwächt, dass er nicht mehr aufrecht stehen konnte. Auf einmal sah sie ihm sein Alter an. Er schloss die Augen, und wie er so dasaß, zusammengesunken und hilflos, erinnerte er sie an den gebrochenen Mann, der immer auf dem Markplatz in Bakul gebettelt hatte. Er sah auf einmal wie ein kleines Häufchen Elend aus. Der mächtige Herrscher war von ihm gewichen wie die Luft aus einem löchrigen Sack.

Mit immer noch aufgewühltem Puls sah sie zu ihm herab.

»Ich fürchte, ich wurde von meinem besten, wie ich dachte treuesten Mann hintergangen …«, gestand er. Kopfschüttelnd sah er auf. »Er hat mich um einige Wächter gebeten, weil es Widerstände gegeben haben soll. Es gab in letzter Zeit mehrere solche Situationen, wo wir für Ordnung sorgen mussten. Und ich habe eingewilligt. Dass er damit vorhatte, *dich* zu jagen …« Seine Stimme versagte.

Mit wackligen Knien stand er auf.

»Soya.« Seine kühlen Hände umschlossen ihr Gesicht. »Du und Saahrrin seid das Wichtigste in meinem Leben!« Seine Augen waren geweitet. »Wenn ich denke … Wenn ich mir vorstelle, was hätte passieren können …« Meredon schüttelte abermals den Kopf und betrachtete sie voller Kummer. »Mein Kind …«, flüsterte er und drückte sie für einen Moment fest an sich. »Dass Merlan dieser schrecklichen Sache zum Opfer gefallen ist, tut mir unendlich, unendlich leid.«

Wie die Zeit stillstehen kann … Man möchte nicht an Morgen oder Übermorgen denken, nicht an das, was gestern war oder was gleich in ein paar Minuten kommen mag. Es ist der Augenblick, der einen hält, der einen von allen Schmerzen befreit. Man möchte die Zeit und den Moment für alle Ewigkeit festhalten …

Meredon löste sanft seine Umarmung und küsste sie auf die Stirn.

»Alkar plant irgendetwas …«

»Aber wie kann er sich dir widersetzen?«, fragte Soya. »Wäre das nicht sein Todesurteil?«

Meredon nickte.

»Ja, das ist es.«

Plötzlich schoss etwas sengend Heißes an ihr vorbei. Grelle Lichtblitze erhellten alles um sie, dann spürte sie neben sich einen dumpfen Aufprall. Geblendet blinzelte sie nach vorn, während sie einen Fluch nach dem anderen zurückschoss. Dann verblasste das Licht und ihr Blick ging hinab. Sie sah ihn neben sich auf der Erde liegen; die Arme weit ausgestreckt, das Abzeichen glänzte im Schein des Mondes.

Einen Herzschlag lang sah Soya in Meredons weit geöffnete, schwarze Augen, die ausdruckslos zum Himmel starrten. Dann, noch bevor sie begriff, noch bevor sie imstande war, etwas zu fühlen, spürte sie einen kaum wahrnehmbaren Luftzug, verlor den Boden unter den Füßen und landete auf dem harten Fels – Merlans Ring in ihrer Hand fiel zu Boden.

»Nein«, hauchte Soya.

Im nächsten Moment wurde sie grob gepackt und herumgezerrt.

Ein gleißend heller Strahl traf den Ring und er zersprang in tausend Splitter.

Eine große Gestalt, eingehüllt in einen dunklen Umhang, das Gesicht unter einer Kapuze verborgen, begann, Soyas Hände auf dem Rücken zusammenzuschnüren. Die Fesseln brannten wie Feuer und versengten ihr die Haut.

»Schnür die magischen Fesseln gut zu!«, hörte sie eine Stimme.

Irgendetwas in ihrem Inneren begann sich zu regen – sie kannte diese Stimme …

Dann wurde sie hochgerissen und mitgezogen. Soya spähte durch die Dunkelheit und versuchte etwas zu erkennen – fünf Gestalten in langen Kapuzengewändern standen unweit von ihr entfernt und blickten zu ihr herüber; weiter hinten erkannte sie noch mehr. Dann, als sie nahe genug war, konnte sie die Gesichter der Gestalten in der Dämmerung erkennen. Sie wurde umgestoßen und landete vor ihren Füßen.

Soya keuchte, als sie das Gesicht Izarohas erkannte.

Ein eisiges Lachen erfüllte die Dunkelheit. Mit verzückt triumphierendem Blick warf sie ihren Kopf zurück und sah die Schirkans an.

»Endlich ist die Zeit gekommen … So lange habe ich gewartet … so lange …«, zischte sie und ihre Stimme klang giftiger als die der Schirkans.

»*Ihr*!«, stammelte Soya und sah mit tränenden Augen zu ihr hoch, während der Schmerz an den Handgelenken sie halb ohnmächtig werden ließ.

Mit einem Ausdruck grausamer Genugtuung sah sie auf Soya hinab.

»Ich musste viele Opfer bringen … o ja … viele Opfer …«, zischte sie.

»*Ihr* und die *Schirkans*?«, keuchte Soya. Sie verstand nicht.

»Ich habe mit Alkar ein paar kleine Geschäfte abgeschlossen … schon vor vielen Jahren. Genauer gesagt, als *du* zur Welt kamst. Ich habe um einen Trank gefeilscht damals … Ein Trank, der jemandem den *eigenen Willen stiehlt* … Der einen Dinge tun lässt, die man unter normalen Umständen nie tun würde, aber mit diesem kleinen Trank – wird man in Sekundenschnelle zum treuesten Diener.« Ihr Blick veränderte sich. »Ja, nur hat er nicht ganz das erreicht, was ich ursprünglich vorhatte, nämlich deine Mutter *und dich* zu töten!« Ihre Augen sprühten pures Gift. »Aber jetzt werde ich selbst die Gelegenheit dazu haben, das Versäumnis nachzuholen.«

»*Ihr* wart das …«, stieß Soya hervor.

Sie verstand immer noch nicht. Das ergab keinen Sinn … nicht den geringsten.

»Deine Mutter hat das Herz meines Mannes geraubt und das meines Sohnes zerstört! Sie hat mich als Elfe zu Tode gekränkt! Es war nur gerecht, dass ihr eine faire Strafe widerfahren würde … Nur hat Colin versagt …«

»*Colin*?«, krächzte Soya.

»Ja, Colin. Wenn ich gewusst hätte, dass er nicht einmal *das* richtig zustande bringt …« Sie ließ ein schwaches Seufzen hören. »Er hat deine Wiege *nicht getroffen,* und als er Zindabor und Laendor kommen hörte und der Trank allmählich seine Wirkung verlor, hat er Panik gekriegt und ist geflohen … Seitdem versuchte ich, dich ausfindig zu machen, aber Laendor hatte dich über all die Jahre gut versteckt.«

»Aber es waren doch die Morlaks, die Eldevin und Elehna getötet haben.«

Wieder lachte Izaroha schrill und wahnsinnig auf.

»So sollte es auch aussehen, du Dummerchen! Es durfte natürlich niemand darauf kommen, dass *ich* hinter allem stecke! Und wenn Zindabor Colin gekriegt hätte, dann wäre es nur gerecht gewesen …« Tiefe Bitterkeit spiegelte sich in ihrem hasserfüllten Gesicht. »Er wollte Elehna bei sich behalten. Er wollte ihr verzeihen! Er wollte ihr *alles* vergeben. Colin hatte Elehna über mich und seinen eigenen Sohn gestellt! Kannst du dir das vorstellen! Er hat seine gerechte Strafe bekommen … Es war ein Hochgenuss für mich zu sehen, wie er sich auf den Weg gemacht hat, um meinen Befehl auszuführen: *Euch alle zu töten*!«

Ihre Stimme hallte in der Ferne wider. Dann erklärte sie kalt: »Colin hat deine Großmutter und Mutter mit Hilfe der Schirkans angegriffen, getötet und anschließend Morlaksgift in ihre Adern geflößt, damit alle glaubten, es sei die Schuld von Saahrrin. Er würde hinter allem stecken! Dieser arme, kleine, nichtsahnende Menschenkönig wusste nicht einmal, dass es dich gibt! Und Zindabor, dieser alte Narr, hat es auch noch geglaubt!« Mit wahnsinnigem Leuchten in den Augen verzog sie ihre schmalen Lippen.

»Aber«, zischte Soya, der Schmerz der Fesseln war nur noch fern, »wie konnten die Schirkans in den Mandoriawald eindringen?« Da fielen ihr plötzlich Meredons Worte ein.

»Wenn ein Schirkan mit einem Elfen unterwegs ist und der Elf seinen Zauber spricht, kann ein Schirkan ohne Problem die Grenze überschreiten, ebenso die Morlaks«, sagte Izaroha. Sie warf dem Schirkan gegenüber einen bedeutungsvollen Blick zu. Soya folgte ihrem Blick und sah ein bleiches, von irrem Wahnsinn erregtes Gesicht. Der Schirkan nickte eifrig.

»Dann wart Ihr es auch, die den Schutzbann um den Mandoriawald aufgehoben hat, als die Morlaks Laendor und mich angegriffen haben«, flüsterte Soya.

»Kluges Mädchen. Natürlich war das ich … Alles hätte perfekt geklappt, nur haben es diese nichtsnutzigen Morlaks trotz meines Verstärkungszaubers nicht fertiggebracht dich zu töten! Und leider ist Zindabor aufgetaucht!«, zischte Izaroha.

»Und dann habt Ihr noch einmal einen Pakt mit Alkar geschlossen«, zischte Soya, »und habt Merlan getötet.«

Izaroha neigte mit heuchlerisch wehmütigem Blick den Kopf.

»Was habt Ihr den Schirkans als Gegenleistung versprochen?«, stieß Soya heiser hervor. »Eure Seele vielleicht?!«

Lautes Zischen drang aus den hinteren Reihen, doch Izaroha hob die Hand.

»Was war es!«, schrie Soya. »Was kann eine Elfe einem Schirkan geben, dass er seinen eigenen Meister hintergeht und noch dazu seine Anweisungen, *mich* zu beschützen, *missachtet* … einen Befehl *verweigert*!« Sie sah hinüber zu den Schirkans und das Grinsen wich plötzlich aus ihren Gesichtern. »*WAS WAR ES?*« Obwohl Soya nichts tat, stolperte Izaroha zurück.

Erschrocken stand sie wieder auf, taumelte und hob die Hand.

»Lombrostindor chambar!«, schrie sie.

Soya wurde umgerissen, fiel rücklings auf den harten Boden und eiserne Messer schienen sich in ihren Körper zu bohren; ihr Kopf überdehnte sich nach hinten und ihre verkrampften Finger gruben sich in den harten Boden. Der Schmerz war so allumfassend, dass sie vergaß, wo sie war.

Dann war es vorüber.

Reglos blieb Soya liegen und sah durch Nebelschwaden hoch in Izarohas hämisch grinsendes Gesicht. Ihre kalten Augen blitzten und leises, erregtes Zischen kam von den Schirkans.

»Ihr müsst mir nicht beweisen, was für ein krankes Wesen Ihr seid, Izaroha. Das weiß ich bereits! Aber dass Ihr Flüche von der dunklen Seite benutzt, hätte ich nicht erwartet.«

Izarohas Gesicht verzerrte sich. Dann spürte Soya einen harten Schlag im Genick und fiel zu Boden. Helle Lichtblitze tanzten vor ihren geschlossenen Augen.

Izaroha würde sich nicht mit einem kurzen, schmerzlosen Tod begnügen. Sie würde leiden müssen, so viel stand fest. Und dennoch: Langsam hob Soya den Kopf und rappelte sich auf. Das Zischen hinter Izaroha verebbte.

Und dann wusste sie plötzlich, was Izaroha ihm versprochen hatte …

»Ihr habt Alkar den Thron der Schattenwelt versprochen!«, keuchte Soya und sah in ihr Gesicht. »Aber das könnt Ihr nicht, Ihr habt nicht die Macht dazu.«

»Natürlich kann ich das!« Ein giftiger Ausdruck trat in ihr Gesicht. »Ich besitze Kräfte, von denen du nicht mal zu träumen wagst!«

Soya wischte sich mühsam das Blut mit der Schulter von den Lippen.

»Wer … wer von euch ist Alkar?«, stieß Soya hervor und blinzelte zu den Schirkans hinüber.

Der Schirkan, der gleich neben Izaroha stand, trat vor.

»*Ich* bin Alkar, *Soya*«, zischte er in wichtigtuerischem Ton und seine blitzenden Zähne kamen zum Vorschein, »und jetzt, ich bitte darum: *der neue Herrscher der Schattenwelt.*«

»*Das werdet Ihr erst sein, wenn sich der Ring Euch fügt!*« Hasserfüllt sah sie ihn an.

Der verunsicherte Blick, den Izaroha ihr nun zuwarf, verriet Soya, dass sie nichts über den Ring gewusst hatte …

»Sei unbesorgt, Alkar!«, zischte sie stattdessen. »Der Ring wird sich dir fügen!« Sie lächelte ihr spitzes Lächeln.

Doch Soya wusste, in Wahrheit war es ihr egal, was der Ring auch immer tun würde, wenn das alles hier vorbei war. Hauptsache, sie hatte bekommen, was sie wollte.

Alkars Nasenlöcher weiteten sich, während sich Soya mit aller Macht auf die Fesseln konzentrierte. Sie sandte ihre Energie aus und erschrak, wie groß der Widerstand war. Verzweifelt bot sie ihre gesamte Kraft gegen den Widerstand auf. Konzentrierte sich und entzog den anderen Schirkans um sie herum die Kraft, wie sie es im Gayenorgebirge schon einmal getan hatte. Plötzlich ging alles wieder wie von allein. Sie brauchte sich nicht anzustrengen, sie brauchte nichts anderes zu tun, als den Vorgang zu steuern; der Widerstand ließ plötzlich nach …

Ein Stöhnen drang von hinten zu ihnen herüber. Die Schirkans spürten, wie sie schwächer wurden. Izaroha hob energisch die Hand und gebot Ruhe. Das Stöhnen verstummte. Dann erklang ein dumpfer Aufprall. Einer der Schirkans war in sich zusammengesackt. Soya wurde schwindelig. Bald hatte sie den Widerstand durchdrungen. Nur noch ein klein wenig Kraft – Soya zog und zerrte an den Kraftreserven der Schirkans. Fünf weitere Schirkans fielen tot zu Boden. Dann endlich spürte sie, wie der Widerstand erlosch. In ihrer Erinnerung blitzten kurz die Worte auf, die ihr einst Zindabor gesagt hatte: *Die magischen Fesseln gelten als unüberwindbar. Niemandem ist es je gelungen, sich aus ihnen zu befreien.* Doch wie durch ein Wunder fielen die Fesseln von ihr ab.

Izaroha wandte sich in diesem Augenblick um, sah die toten Schirkans am Boden liegen, die entsetzten Gesichter der anderen und wirbelte wieder herum.

Soya griff sich Farols Messer und schnitt Alkar tief in die Kehle.

»*Usstan plynn dosst Yorn! Belbau il ussa!*«, zischte Soya.

Alkars Augen weiteten sich, dann begannen seine Beine zu zittern und er sackte auf die Knie.

»Das ist die Rache für den Tod meiner Mutter, Eldevin, Laendor und Merlan! Und dafür, dass ihr Meredon hintergangen und getötet habt!«, zischte Soya.

Alkar schlug dumpf auf den Boden auf und Izaroha wich mit wackligen Beinen zurück.

»*Wie konnte sie sich befreien!*«, gellte Izaroha mit schriller Stimme. Ihre wahnsinnigen Augen richteten sich auf die Schirkans. »*Ergreift sie! Tötet sie!*«

Doch die Schirkans bewegten sich nicht von der Stelle.

»*Töte sie*!« Ihre Stimme überschlug sich. »*Das war ein Befehl!*«

Soya stand immer noch dort, mit ihrem Messer, das sie in der schlaffen Hand hielt und von dem immer noch dunkles Blut tropfte.

Plötzlich fiel ein Schirkan nach dem anderen vor ihr auf die Knie.

Meredons einstige Worte traten in ihr Gedächtnis: »*Ein neuer Herrscher kann erst den Platz des vorherigen Königs übernehmen, wenn er ihn in der Öffentlichkeit besiegt.*«

»Sie erkennen mich als ihren neuen Meister an, Izaroha«, sagte Soya ruhig. »Würden sie Eurem Befehl gehorchen, müssten sie ihren eigenen König angreifen, was wiederum die Todesstrafe bedeutet.« Kalt ließ sie den Blick über die Schirkans streifen.

»Nein! Was …«, keuchte Izaroha. »Was ist mit dem Ring! Was hast du vorher über den Ring erzählt! Du bist erst König, wenn sich der Ring dir fügt!«

»Das wird er auch. Doch auch schon zuvor, bis der Ring sich meiner annimmt, bis zur Krönung, bin *ich* der rechtmäßige Herrscher der Schattenwelt.« Das stimmte zwar nicht. Doch es war ihr egal. Izaroha spielte auch nicht mit fairen Mitteln.

Ihr panischer Blick huschte von Soya zu den Schirkans.

»Du wirst doch nicht etwa eine Elfe töten.« Ihre hohe Stimme zitterte.

»Nein«, sagte Soya kalt. »Ihr sollt Euch vor Eurem eigenen Volk verantworten.«

Das aufgesetzte Lächeln, das sich in Izarohas Gesicht gebildet hatte, verblasste.

Soya wandte sich den Schirkans zu.

»Ihr wisst, was euch erwartet, wenn sie euch entkommen wird! Dieses Mal verschone ich euch, obwohl es mir zuwider ist! Wenn euch euer Leben etwas wert ist, dann bringt Izaroha bis an die Grenze und seht zu, dass Colin sie persönlich abholt. Klärt ihn über alles auf! Wenn nicht, werde ich davon erfahren! Sollte sich jemand auf einen Handel mit Izaroha einlassen, erwartet ihn der Tod! Ich stamme vom selben Blut wie Meredon! Also versucht es nicht! Ich trage nun den Schutz des Herrschers der Schattenwelt und ich werde meinen Schild nicht mehr ablegen. Ihr könnt mich nicht besiegen.«

Ein anerkennendes Gemurmel ging durch die Menge und die Schirkans verbeugten sich abermals. Ergeben nahmen sie Izaroha in Gewahrsam und führten sie weg.

»Wartet! Legt ihr die magischen Fesseln an. Eine um die Hände und eine um den Mund.« Izaroha wimmerte. »Und nehmt sie erst wieder ab, wenn ihr Colin über alles berichtet habt und er und seine Wächter Izaroha entgegengenommen haben! Richtet ihm einen Gruß von mir aus und erzählt, dass ich erwarte, sie werde eine gerechte Strafe bekommen«, fuhr Soya unbeirrt fort.

Zwei Schirkans traten vor und legten Izaroha die Fesseln an. Sie sah sie hasserfüllt an, doch aus ihrem Mund drang kein Laut mehr. Die glimmenden Fesseln hatten sich um ihre Lippen geschlungen. Wieder wimmerte Izaroha, doch jetzt richteten sich ihre Augen starr auf etwas hinter ihr.

Soya wirbelte herum. Mehrere Dutzend schwarzer Wölfe standen am Hang hinter ihnen. Alle in geduckter, angriffsbereiter Haltung. An der Spitze stand:

»Taoko«, flüsterte Soya.

Taoko kam langsam näher.

»Du brauchst unsere Hilfe nicht mehr?«, hörte sie seine Stimme in ihrem Kopf.

»Nein.« Sie fuhr ihm über sein weiches Fell. »Nein. Es ist vorbei.«

Langsam zogen sich die Wölfe zurück. Taoko blieb.

»Danke!«, rief Soya ihnen zu. Sie verneigten sich und im nächsten Augenblick waren sie verschwunden.

Taoko schmiegte sich an sie.

»Ich bin so froh, dass du noch lebst«, hörte sie ihn, dann ging er weiter und blieb vor Izaroha stehen. Ihr aschfahles Gesicht versteinerte sich. Soya wusste nicht, was er ihr sagte. Es interessierte sie auch nicht.

Soya gab das Zeichen, Izaroha abzuführen, und die Wächter verschwanden mit ihr und ihrem klagenden Wimmern in der Dunkelheit. Eine kleine Gruppe Schirkans war übrig geblieben. Erwartungsvoll blickten sie sie an und Soya starrte zurück. Dann fiel ihr auf, dass Alkars blasse Leiche immer noch vor ihren Füßen lag.

»Bringt ihn weg!«, befahl sie. »Tut mit Alkars Leichnam das, was ihr mit Verrätern und Betrügern immer tut!«

Aus den Augenwinkeln sah sie, wie sie sich abermals vor ihr verbeugten.

»Ja, Herrin«, hörte sie sie zischen.

Soya sah, wie sie seine Leiche wegtrugen. Sein Kopf schleifte am Boden hinterher und schlug hie und da gegen einen hervorstehenden Stein. Dann verschwanden sie hinter dem Eingang der Höhle.

Auf einmal fühlte sie sich leer und erschöpft.

Dann, ganz langsam sickerte etwas anderes in ihr Bewusstsein – weshalb sie überhaupt dastand und diesen schrecklichen

Befehl erteilt hatte. Die Dunkelheit um sie herum floss in ihr Innerstes und sie hatte keine Kraft mehr, sich dagegen zu wehren …

Langsam drehte sie sich um und ging auf ein kleines Häufchen am Eingang der Höhle zu, das sich nur wenig von der nassen Erde abhob. Der Regen wurde stärker. Sie tastete nach seiner Hand, während der nasse Boden ihre Kleider durchnässte.

»Meredon«, flüsterte Soya.

Sie blickte in seine Augen, in denen sich der Mond widerspiegelte. Es war, als würde sie wieder in die schreckliche, altbekannte Vergangenheit sinken. Das dunkle Loch öffnete sich weiter – noch ein Schritt und sie würde fallen – und auf irgendeine Weise sehnte sie sich danach, alles zurückzulassen.

Lange blieb sie sitzen und spürte nur Taokos Fell an ihrer Seite. Die Zeit verging. Verstrich in merkwürdigen, wirren Sprüngen. Ein Wechsel von wachen Albträumen und nicht realem Schmerz. Dann, als sie wieder hinüber zum Gebirge blickte und sich zu erinnern versuchte, wie sie es das letzte Mal geschafft hatte, wieder aufzustehen, bildeten sich am Horizont bereits die ersten goldenen Streifen.

Taokos feuchte Schnauze stupste ihre Wange, dann senkte er seinen Kopf und ließ ihn auf ihrem Oberschenkel nieder.

»Atme, Soya.«

Sie holte tief Luft, das erste Mal, so kam es ihr vor, seit sie angegriffen wurden. Langsam und vorsichtig hob sie die Hand, versuchte ihre Finger möglichst ruhig zu halten und schob sie über den starren, leeren Blick des Toten. Ein goldener Ring mit einem klaren, grünen Stein glitzerte an seinem Finger. Sie zog ihn langsam vom Finger – sein Ring würde ihr bleibendes Andenken sein.

Noch ein letztes Mal schaute sie in das Gesicht ihres Großvaters. Dann schob sie sich den Ring über den Finger.

Und noch ehe sie es sich versah, ehe sie begriff, was sie hier tat, sandte der Ring plötzlich ein helles, grünes Licht aus. Er wurde so sengend heiß, dass sie ihn verzweifelt vom Finger zu reißen versuchte. Doch der Ring schien sich in ihrer Haut festgebrannt zu haben. So sehr sie auch daran zerrte, er ließ sich nicht mehr entfernen. Als wäre plötzlich Leben in ihm entfacht, passte er sich ihrem Finger an.

Mit heftig pochendem Herzen schaute sie ihn an. Das Incal des Königs leuchtete golden und spiegelte sich in den Augen Taokos. Die Stimme Meredons drang flüsternd durch ihr Bewusstsein und sie schauderte. Der Ring hatte sie als den wahren Herrscher der Schattenwelt erkannt und sich ihr gefügt. Das bedeutete, dass sie jetzt wahrhaftig die neue Herrscherin der Schattenwelt war … bis sie selbst den Tod finden würde.

Panisch zerrte sie am Ring.

Sie war nicht in der Lage, ein Volk zu führen! Sie kannte ihre Gebräuche, Rituale und Gesetze nicht … sie war *anders* … sie fühlte nicht so wie ein Schirkan …

Der Ring fügt sich nur einem wahren König …

NEIN! NEIN! NEIN! ICH KANN DAS NICHT!

Kalte Nässe drang durch ihre Kleider. Der Regen wurde immer stärker. Vor und zurück wippend, blinzelte sie hinüber zur Höhle, zwei Schirkans kamen heraus.

»Herrin«, sagten sie, verneigten sich und senkten ergeben die Augen, als ihr Blick auf den Ring fiel. »Gestatten Sie es uns, ein Feuer für Meredon zu entfachen?«

Soya schaute sie einen Moment verdutzt an, dann fiel ihr Blick auf Meredon.

Einer der Schirkans half ihr aufzustehen. Seine Hand glitt kurz über den Ring an ihrem Finger, während er scharf die Luft einsog. Soya schwankte einen kurzen Moment, dann biss sie die Zähne zusammen und hob abwehrend die Arme.

»Nein, ich mach das schon.« Ihre Stimme zitterte. »Ruhe in Frieden, Meredon, König der Schattenwelt.«

Und obwohl ihre Stimme nicht mehr weiter trug, wirkte der Zauber: »*Schakafy nindostor.*«

Der Leichnam von Meredon fing Feuer. Helle Flammen züngelten sich durch die angebrochene Morgendämmerung und vertrieben die letzte Dunkelheit. Bald war Meredon zur Gänze von Rauch und Feuer verschluckt.

Es dauerte einen Moment, bis sie begriff, dass sie nicht mehr alleine waren. Ohne dass sie es gemerkt hatte, hatten sich einige Dutzend Schirkans um sie versammelt und beobachteten das Ritual. Taoko richtete sich zu seiner vollen Größe auf.

»Wenn Sie gestatten, Herrin«, sagte der Schirkan, der ihr zuvor seine Hilfe angeboten hatte, und ließ die übrig gebliebene Asche mit einem Zauber abkühlen.

Soya nickte, dann trat sie vor, zog ein kleines Tuch aus ihrer Tasche und legte die Asche Meredons darauf. Sie schnürte es fest zu, dann wandte sie sich wieder zu den Schirkans um. Nach ein paar tiefen Atemzügen hob sie den Kopf. Einer nach dem anderen verneigte sich tief.

Ein eigenartiges Kribbeln erfüllte ihre Nackengegend, während sie auf die geneigten Häupter blickte. Sie hörte nur Taokos Atemzüge dicht an ihrer Seite. Ihre Hand fand seinen Kopf. Mit glasigem Blick sah sie nach vorn.

»Meredon ist tot.« Sie spürte den Ring an ihrem Finger pulsieren. »Er wurde von Alkar und Izaroha umgebracht. Ich, Soya Sil…«, ihre Stimme brach, »ich, Soya«, fuhr sie fort, »Meredons Nachkomme, trage nun seinen Ring. Den Ring des Herrschers der Schattenwelt.« Sie hob den Arm in die Luft und der Ring leuchtete golden in den ersten Sonnenstrahlen. »Ich bin die neue Herrscherin der Schattenwelt und werde Meredons Platz einnehmen.« Es kamen Wörter und Sätze aus ihrem Mund, denen sie zuhörte, als wäre es nicht sie, die sprach. Die Worte waren von großer Kraft. Es waren die Worte eines Königs. Eines weitsichtigen Denkers. Nicht die ihren.

Waren es noch die letzten Worte ihres Großvaters, die er auf sie übertrug, die es ihr ermöglichten, das zu sagen, damit sein Volk ihr gehorchte? Respekt vor dem hatte, was sie sagte, und sie als würdig genug empfand? Oder war es der Ring, der ihr dabei half, der ihr die Kraft gab, stehen zu bleiben?

»Ich möchte das ganze Volk in einer Stunde in der Höhle versammelt sehen. Es gibt keine Ausnahme, abgesehen von jenen, die Izaroha zur Grenze geleiten.« Sie hielt kurz inne. »So geht nun.« Wie sie es von Meredon gekannt hatte, hob sie die Hand.

Abermals verneigten sie sich und gingen, einer nach dem anderen, in die Höhle zurück.

Meredon würde ihr nie sagen können, wie man ein Volk führte, was man zu ihnen sagte … Sie war nicht vorbereitet worden.

Hatte es eigentlich schon einmal eine Herrscherin gegeben? Meredon hatte nur von seinem Vater, Großvater und Urgroßvater gesprochen.

Sie ging ein paar Schritte, da neigte sich Taoko vor ihr zu Boden.

»Spring auf.«

Soya kletterte mühsam auf seinen Rücken und grub sich in sein Fell. Leichtfüßig sprang er den Berg hoch. Auf einem Plateau blieb er stehen. Soya rutschte von seinem Rücken hinab und blieb mit dem Blick auf die Berglandschaft stehen. Mit zitternden Fingern öffnete sie das Tuch und die Asche wurde vom Wind davongetragen.

Die Sonne war bereits aufgegangen, als Soya in die Höhle ging und von einigen Schirkans empfangen wurde. Sie führten sie durch mehrere Gänge, dann trat sie unter den Kambilot. Sie schaute in das Tal, das im Schatten lag und wo sich Hunderte Schirkans versammelt hatten. Sie alle blickten voller Erwartung zu ihr hoch. Soya folgte dem leicht abfallenden, schmalen Weg hinunter. Ein Gemurmel ging durch das Volk, als sie sie kommen sahen, mit Taoko an ihrer Seite.

Einige Schritte vor ihnen blieb sie stehen und hob den Blick. Ein Raunen ging durch das Volk, als sie die smaragdgrünen Augen aufblitzen sahen. Soya hielt den Kopf hoch und blickte über die Köpfe der Schirkans. Einer nach dem anderen ging in die Knie und verbeugte sich. Soya griff in die Tasche und zog das leere Tuch hervor. Als sie ihren Blick senkte und auf das Tuch schaute, sah sie, wie das Incal auf dem Ring, den sie nun an ihrem Finger trug, erglühte.

»Wir haben einen schweren Verlust erlitten.« Sie hörte eine Autorität in ihrer Stimme und eine Gefasstheit, die wie schon zuvor nicht die ihre war. »Meredon ist von uns gegangen. Ich, Soya, werde nun das Amt des Herrschers der Schattenwelt mit Stolz antreten und mit Hochachtung Meredons Arbeit weiterführen.« Alle Gesichter waren ihr zugewandt und es schien, als registrierten sie jede ihrer Bewegungen. Soya versuchte, so ruhig und reglos dazustehen wie sie. »Der Ring hat sich mir gefügt. Somit hat er mir den Schutz des Königs der Schattenwelt verliehen. Meredon wird alle Zeit dem Volk mit seinem Geiste zur Seite stehen. Er wird uns helfen und uns unterstützen. Ich habe seine Asche dem Wind in den Bergen mitgegeben. Er wird nun für immer mit uns sein.«

Sekretas

Es hatte aufgehört zu regnen, als Soya und Taoko am nächsten Morgen geschützt mit dem Unsichtbarzauber Zakratos verließen. Die Kronenübergabezeremonie hatte länger gedauert, als sie gedacht hatte, und sie war froh, dass sie in Zakratos endlich wieder einmal in einem normalen Bett hatte übernachten können. Es hatte sie einige Überredenskünste gekostet, Meredons frühere engste Wächter davon zu überzeugen, sie alleine mit Taoko gehen zu lassen. Und obwohl sie eigentlich am liebsten das getan hätte, was sie schon die ganze Zeit hätte tun sollen, nämlich Saahrrin endlich gegenüberzutreten, fühlte sie sich trotzdem noch nicht bereit dazu. Sie musste zuerst Zindabor finden.

Den Norill in der Hand, ging sie mit Taoko die leicht abfallende, karge Wiese hinab.

Noch immer fühlte sie den Ring an ihrem Finger schwer lasten und spürte ein leises Gefühl der Einengung.

Erst nach Stunden machten sie Halt und Soya legte sich ein wenig hin. Doch an Schlaf war nicht zu denken, dafür war sie viel zu aufgekratzt. Ihre Gedanken kreisten um die vergangenen Monate, in denen so viel passiert war. Es kam ihr komisch vor, dass es sich dabei nicht um Jahre oder gar Jahrzehnte handelte.

Die letzten paar Tage waren dann vergangen wie in Trance. Ihr einziges Ziel war nur die Rache gewesen. Doch jetzt, wo all diejenigen, die für die Morde verantwortlich waren, zur Rechenschaft gezogen waren und die Wut und der Hass allmählich nachließen, fühlte sie nichts als Leere.

Obwohl in Merlans Ring nie eine Antwort erschienen war, konnte sie nicht umhin, immer wieder auf ihre Hand zu schauen. Das hatte sie in letzter Zeit so oft getan, dass sie nicht mehr damit aufhören konnte.

Die Fragen, wieso ihr Zindabor nicht geholfen hatte und wo Merlan hingekommen war, trieben sie um.

Merlan war in der Schale von dieser merkwürdigen Frau erschienen; was, wenn er wirklich noch lebte? Was, wenn ihn jemand wiederbeleben konnte? Konnte es sein, dass Zindabor ihn geholt hatte, als sie mit Ramon draußen war? Aber warum hatte er sich dann nicht gezeigt? Oder, und ihr Magen verzog sich, hatte Sekretas ihn zu sich genommen und Merlan war jetzt in seiner Gewalt?

»Soya«, hörte sie Taoko, und das erste Mal hörte sie Angst in seiner Stimme.

Soya wirbelte herum und sah dichten, weißen Nebel zu ihnen emporwabern. Wie sich aufbäumende Pferde türmte er sich vor ihnen auf und umhüllte sie in großen Wellen.

»Sekretas«, hörte sie die erstickte Stimme Taokos in ihrem Kopf.

Soya konnte vor lauter Beklemmung kaum noch atmen. Dann stieg aus dem Nebel ein dunkler Schatten empor. Er erhob sich aus den weißen Schwaden und glitt langsam auf sie zu. Groß und mächtig erhob sich die Gestalt wie dunkler Rauch aus weißem Dunst. Wie vom Donner gerührt starrte Soya zu ihm hinüber und atmete nur noch flach vor Angst. In einigem Abstand blieb er stehen und neigte ein wenig den Kopf. Er streckte seine Arme aus und der Nebel bäumte sich neben ihm zum Himmel empor. Dann streifte er sich die Kapuze langsam vom Kopf.

Nicht dass er Zindabor wirklich ähnlich sah; seine Haare waren grau und nicht so weiß wie die Zindabors. Auch seine Augen waren nicht von einem so strahlendem Blau, sondern tiefschwarz. Doch seine große, dünne Gestalt, sein Auftreten und sein durchdringender Blick, alles das erinnerte sie an ihn, obgleich er etwas in seinem Gesicht hatte, das ihr nicht gefiel – etwas Hartes, obwohl er lächelte. Seine Augen waren kalt und sein Blick wirkte starr, während ihn seine Arroganz merkwürdig verbissen erscheinen ließ.

»Soya«, sagte er leise und ließ die Arme sinken. »Endlich treffen wir uns. Mein Name ist Sekretas«, fuhr er fort und hielt kurz inne. »Du scheinst nicht überrascht zu sein? Demnach schließe ich, dass du weißt, *wer* ich bin.« Es klang überheblich. »Nun denn.« Er wurde wieder ernst. »Wie ich sehe, achtest du jetzt mehr auf den *Phylenos.*«

Soya verkrampfte sich und spürte das dicke Buch in ihrer Tasche schwer lasten.

»Ehrlich gesagt, es hat mir missfallen, als er in die Hände Zindabors geraten ist. Es hat mich einige Mühen gekostet, ihn ihm wieder wegzunehmen.« Seine langen, bleichen Finger fuhren andächtig seine Schläfe entlang. »Er war für *dich* gedacht. Für *dich,* Soya. Und für niemanden sonst.«

Seine dunklen Augen bohrten sich in die ihren.

»Ich dachte, du wüsstest dieses – *kostbare* Geschenk zu schätzen. Stattdessen …«, er machte eine abfällige Handbewegung, »gibst du es einfach Zindabor, der es nie im Geringsten würdigen könnte!«

Seine dünnen Lippen zitterten.

»Aber es ist dennoch erstaunlich«, flüsterte er leise. »Gebrauch gemacht hat er nicht vom Phylenos, dieser *edle* Zindabor. Seine Enthaltsamkeit, *diese Beherrschung* muss man ihm doch hoch *anrechnen*!« Dann trat ein Funkeln in seine Augen. »Du hingegen, Soya, du hast doch wahrlich Gefallen daran gefunden, nicht wahr?« Seine Mundwinkel zuckten.

»Nein«, krächzte sie heiser und zwang sich, in seine dunklen Augen zu blicken.

»Ja, ja, ja. Natürlich. Am Anfang, kann – und *will* man gewisse Dinge – gewisse *Neigungen*, einfach nicht – für *wahr* halten. Es – braucht einige Zeit, bis man akzeptieren kann, was man *ist.*«

Sein überheblicher Blick wechselte in eine gespielt väterliche Fürsorglichkeit und seine Stimme wurde samtig weich: »Du, Soya, bist eine *Kybalin*. Eine wahrhaftige Kybalin – es liegt in deiner *Natur*, in *deinem Blut*, dass du solche Zauber magst. Es ist nichts, wofür du dich schämen musst. Vielmehr liegt der Grund dafür, dass du noch nicht so weit bist, es anzunehmen, in der Erziehung, die andere für dich als *gut* empfunden haben.« Abschätzig wandte er den Blick von ihr ab.

»Nein«, stieß Soya hervor. »Ich … bin nicht so, wie ihr denkt.« Sie biss die Zähne zusammen: »Die Zauber des Phylenos gefallen mir nicht.«

Diese Worte hatten eine erstaunliche Wirkung. Sekretas' Miene verdüsterte sich schlagartig. Dann schloss er angestrengt seine zuckenden Augenlider. Eine Weile verharrte er reglos.

»Soya.« Er faltete seine großen Hände ineinander. »*Bitte.* Sag nicht – sag nicht *solche Dinge*. Es ist nicht klug zu urteilen, wenn man keine Ahnung hat.« Sein Blick war eindringlich. »Aber kommen wir doch auf den eigentlichen Punkt – weswegen ich hier bin. Ich würde dir gern ein Angebot unterbreiten.« Seine Stimme wurde leiser. »Lass uns die Diskussion doch an einem geeigneteren Ort weiterführen«, er schaute sich missbilligend um, als widerstrebte es ihm, sich in dieser Gegend aufzuhalten.

Soya sah hoch und erwiderte seinen gierigen Blick. War ihre Abneigung nicht deutlich genug gewesen?

»Nein, danke«, sagte sie und bemühte sich laut zu sprechen, damit sie nicht ängstlich klang.

Sein Lächeln wurde verbissen.

»Ah, Soya«, seufzte er leise. »Du willst doch sicher hören, was ich dir für einen Handel unterbreiten will. Ich möchte, dass du mich in meinen Turm begleitest und dir anhörst, was ich zu sagen habe. Danach steht es dir frei, zu gehen.«

»Was wollt ihr?«, fragte Soya.

Sekretas' Miene ließ darauf schließen, dass er es nicht gewohnt war, so unwirsch angesprochen zu werden. Doch die letzten Tage waren so anstrengend gewesen, dass Soya es leid war, um den heißen Brei herumzureden. Er hatte sie zum ungünstigen Zeitpunkt erwischt – wenn man nichts mehr zu verlieren hatte, war man eindeutig in der besseren Position.

»Die Fragen, die ihr an mich habt, könnt ihr mir auch hier stellen«, legte Soya nach.

Seine Augen verengten sich. Trotzdem schien er belustigt.

»Nein, das kann ich leider nicht. Du wirst schon sehen, weshalb. Und ich bin mir sicher, dass du mein Angebot nicht abschlagen wirst.«

Darauf wusste Soya nichts zu erwidern. Er bestand darauf. Mit süffisantem Lächeln trat er näher. Er streckte seine langen Finger aus und hob Soyas Kinn an.

»Du gefällst mir.« In seine dunklen Augen blitzte etwas auf. »Ich mag Entschlossenheit und Mut.« Er zögerte. »Aber den Hund nehmen wir nicht mit.«

Bevor sie reagieren konnte, bevor Taoko etwas tun konnte, hatte er Soya zu sich herangezogen und Taoko blieb knurrend und zähnefletschend vor seinem Schild stehen.

Er hob nur einmal kurz die Arme, sprach leise einen Zauber und schon wurden sie von einem dunklen Rauch weggesogen. Es fühlte sich anders an als damals, als sie mit Laendor durch die Luft gereist war. Laendors Zauber hatte sich sanfter angefühlt. Jetzt war es so, als würde ihr die Luft aus den Lungen gepresst.

Nach nur ein paar Sekunden hatten sie wieder festen Boden unter den Füßen, der Wirbel verschwand und ihr Blick blieb an einem dunklen Turm haften. Er war aus schwarzem Granit und an der Mauer rankte dunkelgrüner Efeu empor. Ringsum erstreckte sich eine karge Landschaft. Auf einer Seite schimmerte in der Ferne eine gewaltige, rötliche Bergkette. Es war das Gayenorgebirge, das bis zu den Wolken ragte. Deutlich näher dagegen erhob sich der Berg Hakul. Sekretas ging auf das große, halbrunde Tor zu, das sich vor ihnen öffnete.

»Nach dir, Soya«, sagte er und machte mit dem Arm eine einladende Geste.

Im Inneren des Turms waren vereinzelt Kerzen an der Wand angebracht, denn nur durch die kleinen Fenster wäre nicht genügend Licht ins Gebäude gekommen.

Dumpf registrierte sie das Klicken der Tür hinter sich. Dann spürte sie einen kühlen Luftzug. Sein langer Umhang glitt wie Wasser an ihr vorbei. Sekretas wies auf eine Wendeltreppe, die nach oben führte, und Soya zwang sich, ihre Beine zu bewegen.

Oben angekommen, schaute sie sich überrascht um.

Mehrere Dutzend Kerzen schwebten in der Luft und erhellten mit ihrem flackernden Schein prachtvolle Möbel. Ein dunkelrotes, samtenes Sofa sowie rote Samtsessel standen um einen kleinen Tisch, auf dem bereits eine dampfende Teekanne und zwei Tassen standen. Abertausende Bücher standen in den riesigen Bücherregalen, die sich bis hoch zur Decke erstreckten. Sonst war nicht mehr viel in dem Raum, außer einem edlen Schreibtisch, auf dem unordentlich etliche Pergamentrollen lagen, einem großen, königlichen Stuhl, der stolz dahinter stand, und einer großen Kristallkugel auf einem kleinen Podest. Auch in diesem Raum führte eine weitere Wendeltreppe ins nächste Stockwerk hinauf.

»Bitte setz dich«, sagte Sekretas und wies auf das Sofa.

Soya ging hinüber, und während sie sich umsah, erkannte sie über dem Sofa an der Wand eine goldene Kette mit einem grünen Stein daran. Alles in ihr drin wurde kalt, als sie ihren Stein erkannte. Doch das konnte nicht sein! Laendor hatte ihn weggeworfen!

Sekretas' Blick blieb auf ihrem Gesicht haften.

»Ah, dein Smürgold. Deine Freundin konnte sich natürlich nicht mehr daran erinnern, wie ich ihr die Kette über den Kopf gestreift und ihr eine falsche Erinnerung in den Kopf gepflanzt habe. Sie hat ja so bitterlich geweint, die Arme. Aber sie hat getan, was ich wollte. Du hast den Stein bekommen und ich konnte endlich mit dir Kontakt aufnehmen.«

»Wieso«, fragte sie verwirrt, »wieso diese Umwege? Wieso habt Ihr mir nicht direkt den Stein zukommen lassen?«

Der Gedanke, dass Sekretas Xaira so nahegekommen war, ließ sie schaudern.

Das künstliche Lächeln war aus seinem Gesicht gewichen und er schaute Soya mit finsterem Blick an.

»Woher wusste ich, dass du nicht sofort zu Laendor rennst und ihm alles erzählst? Er hätte mir alles vermasselt. Wenn Laendor so früh erfahren hätte, dass ich schon so nah an dir dran bin, hätte er dich mir sofort wieder weggenommen. Er hätte dich mit Zindabor an einem anderen Ort untergebracht, wo ich dich nicht mehr hätte finden können. Es sollte echt wirken. Es sollte so aussehen, als hättest du den Stein zufällig in die Hände bekommen.« Er hielt einen Moment inne. »Nur so konnte ich testen, ob du es überhaupt wert bist, dass ich mich weiterhin um dich bemühe.«

»Was meint Ihr damit?«, fragte Soya.

»Ich wollte testen, ob du wirklich so mächtig bist. Ich habe den Stein mit einem Zauber versehen, der nur bei sehr mächtigen magischen Wesen wirkt. Wärst du zu schwach gewesen, hätte der Stein nie auf dich reagiert.« In seine hungrigen Augen trat jetzt ein dunkles Glimmen.

Soya riss den Blick von der Kette los und setzte sich auf das samtene Sofa.

»So.« Sekretas ließ sich auf einen der dunkelroten Sessel ihr gegenüber nieder. »Endlich ist der Tag gekommen, da du mich besuchst.«

Soya wandte den Blick von ihm ab. Ein blau schimmerndes Schwert, das an der Wand angebracht war, erweckte ihre Aufmerksamkeit. Es hatte eine spitze Klinge, war länger und breiter als ihr Schwert und das Blau, das von ihm abstrahlte, war so intensiv, dass es sogar die umstehenden Bücherregale bläulich schimmern ließ.

»Das *velve faerbol*«, sagte Sekretas mit leiser Stimme und musterte Soya aufmerksam. »Das *magische Schwert.* Ich nenne es *elghinn.*« Seine Augen glitzerten, während sein Blick über das bläulich schimmernde Schwert glitt. »Was übersetzt *Tod* bedeutet«, sagte er überflüssigerweise und machte eine abfällige Handbewegung. »Aber das sollte dir ja bekannt sein.« Seine Lippen kräuselten sich. »Eine von hundert anderen wertvollen Eigenschaften der Schirkans, die du vererbt bekommen hast: *ihre Sprache* … obwohl du sie zuvor kein einziges Mal gehört hast, kannst du sie verstehen und sprechen. Eindrücklich, nicht wahr?«

Er hob die Hand.

»*Elghinn* ist absolut tödlich. Es gibt niemanden, der eine Verletzung durch dieses Schwert je überlebt hat.«

Stolz sah er sie an, als hätte er selbst das Schwert erschaffen. Wieder wandte sie den Blick mühsam von seinem überheblichen Gesicht ab.

»Tödlich jedoch macht ihn nicht die Klinge allein«, hörte sie ihn weitersäuseln, »nein. Es ist die Magie, die das Schwert enthält, die sich wie Gift im Körper ausbreitet. Je länger das Gift auf den Körper einwirkt, umso schneller ist sein Tod. Man kann es nicht heilen. Nicht einmal die Elfen können das. Man wird unwiderruflich den Tod finden. Nicht der mächtigste Zauber kann das Gift aufhalten.« Er lächelte zerknirscht. »Nicht dass ich mich je um die Künste der Elfen geschert hätte.« Er machte eine abschätzige Geste. »Nicht der Rede wert. Doch die *Heilkunst* ist das Einzige, was mir noch fehlen würde in meiner Perfektion – doch leider«, sagte er mit rauer, kalter Stimme, »hielten es die Elfen nicht für angebracht, mich in diese Kunst einzuweihen.« Er hob mit steinernem Blick die Augenbrauen, zuckte dann jedoch die Achseln, um den Anschein zu erwecken, dass ihm dies nichts ausmachte, was ihm jedoch nicht gelang. »Doch – vielleicht lässt sich das ja bald ändern.« Er hob den Blick und sah sie an. »Wohin warst du denn unterwegs Soya?«, fragte er.

»Persönliche Angelegenheit«, murmelte sie.

Seine Miene verfinsterte sich ein wenig. Dann jedoch seufzte er.

»Ja, ja, ja. Die Smilions. Wir wollen sie doch alle.«

Soya fühlte, wie sich ihre Hände in den samtenen Stoff krallten.

»Nur keine falsche Bescheidenheit. Jeder, der nach Macht strebt, erliegt der Gier nach den Smilions.«

»Nein! Ich – sie müssen nur …«

»… an einen sicheren Ort gebracht werden?«, beendete er den Satz. »Zindabors Worte, nicht wahr?« Eine kleine Bitterkeit schwang mit. »Doch …«, er hob die Augenbrauen und versuchte ernst dreinzublicken, »überraschenderweise bin ich genau derselben Meinung, Soya. Die Smilions müssen *unbedingt* an einem sicheren Ort aufbewahrt werden. Wenn sie in die falschen Hände kommen würden … nicht auszumalen, was für Konsequenzen das hätte …«

Er hielt inne und ließ die Kanne die heiße Flüssigkeit in ihre Tassen gießen.

»Erstaunlich, wie sehr du dich beherrschen kannst.« Er blickte auf ihre verkrampften Hände. »So wütend, und man sieht es dir beinahe nicht an.«

Soya wusste nichts Besseres zu tun und nahm einen Schluck von dem Tee. Es schmeckte köstlich. Süß und warm, und plötzlich wurde ihr schlecht. Es war ein Paschimo. Ihr Lieblingsgetränk aus Bakul.

»Schmeckt es dir?«

Eine dunkle Vorahnung breitete sich in ihr aus.

Genüsslich nippte er an seiner Tasse, die ebenso dampfte wie die ihre, und beobachtete mit seinen stechend dunklen Augen jede ihrer Bewegungen.

»Nein.« Soya verzog das Gesicht. »Ich mag keine süßen Getränke.«

Ein süffisantes Lächeln breitete sich auf seinem Gesicht aus. War es möglich, dass er ihre Gedanken lesen konnte? Sekretas schnippte und wie aus dem Nichts erschien ein Tablett. Ein Tablett überladen mit haufenweise Köstlichkeiten – ihren Lieblingsgebäckstücken aus Bakul.

»Du bist bestimmt hungrig, nicht wahr?«, sagte er mit seiner tiefen, schmeichelnden Stimme. Dann erschienen, auf seinem Befehl hin, Teller, die sich ebenfalls vor ihnen auf dem Tisch niederließen.

»Ehrlich gesagt, ich habe gerade gegessen«, krächzte sie, während ihr Magen knurrte.

Missbilligend schnalzte er mit der Zunge.

»Soya«, sagte er sanft. »Bitte iss.« Er streckte ihr das Tablett hin.

Mit schwachen Armen ergriff sie einen Kringel.

»Magst du die Krapfen nicht lieber?«

Soya biss vom Kringel ab.

Eine Weile schwiegen sie beide. Dann schien ihm der Geduldsfaden zu reißen und er schaute sie mit abschätzigem, fast beleidigtem Blick an.

»Gut«, seufzte er und hob schließlich eine Augenbraue. Dann sagte er, und es klang vorsichtiger: »*Ja*.«

»Was?«, fragte Soya, die sich keinen Reim auf seine Antwort machen konnte.

»Ja zu deiner Frage.« Er atmete gereizt aus. »Deine – Befürchtungen … Annahmen, was auch immer«, er fuchtelte ungeduldig in der Luft herum, »sind – wahr.«

Soya sah ihn verständnislos an.

»Ich beobachte dich«, half er ihr auf die Sprünge. »Um ehrlich zu sein, schon dein ganzes Leben lang. Jedenfalls, na ja, seit ich wusste, dass es dich gibt. Und das ist schon eine ganze Weile. Du warst noch ein Kind …« Er richtete seine stechend dunklen Augen auf sie, als wollte er sich versichern, dass sie jetzt keines mehr war, und fügte dann in einem Anflug von Häme hinzu: »Als du noch ein *kleines* Kind warst.« Seine schmalen Lippen verzogen sich. »Ich muss sagen, es war nicht immer einfach. Zindabors Zauber sind wirklich *gut* … Aber *meine* Künste übertreffen die Zindabors um das Vielfache.«

Nichts an seinem Gesichtsausdruck verriet, dass er auch nur eine winzig kleine Spur daran zweifelte. Es war keine Frage, dass er sich für unbesiegbar hielt.

»Aber unbedeutend«, sagte er. »Dennoch, leider konnte ich dir nie nahe genug kommen, um dich *persönlich* kennenzulernen.« Sekretas' Lippen verzogen sich ein wenig. »Deine Entwicklung ist bemerkenswert. Nicht außergewöhnlich, doch bemerkenswert. Du hast dich verbessert über all die Jahre hinweg und hast viele Lebenslagen gut bis sehr gut gemeistert. Manchmal jedoch *miserabel.*« Als würde ihm etwas Schmerzen bereiten, verzog er das Gesicht. »Aber sprechen wir jetzt nicht darüber.« Er machte eine abfällige Handbewegung.

»Ihr habt mich … immer beobachtet?«, flüsterte sie. Etwas drückte ihr auf die Brust.

»Ja, fast immer«, sagte er stolz, Soyas entsetzten Blick missdeutend.

»Auch als …«, ihre Stimme bebte. »Laendor und ich von den Morlaks angegriffen wurden?«

Sekretas' Miene veränderte sich. Kurz warf er ihr einen prüfenden Blick zu, dann hob er mit gewichtiger Miene den Kopf.

»Ja.« Er hob die Brauen, »dort ebenfalls.«

Soya krümmte sich nach vorn.

»Wieso«, hauchte sie, »*wieso* habt Ihr *nicht eingegriffen*?« Das Wissen, jemand hätte einschreiten können, jemand hätte helfen können, war schlimmer als die Tatsache, dass sie angegriffen wurden.

»Wie kannst du dich verbessern, wenn man dir immer wieder aus der Patsche hilft? Durch gewisse Dinge im Leben muss man einfach durch. Ein erbärmlicher, aussichtsloser Kampf, dem sich Laendor gestellt hat. Es gibt Gewinner und Verlierer. Laendor hat nun mal nicht zu den Besten gehört.«

Der Kringel fiel ihr aus der Hand, sie war aufgestanden, ohne dass sie es gemerkt hatte.

»*Ihr – hättet – verhindern – können – dass – Laendor – stirbt!*«, schrie sie.

Sekretas hob seine dichten Brauen.

»Ja«, seufzte er, »das hätte ich wohl … Jedoch … es lag leider nicht in *meinem* Interesse. Wenn er zu schwach ist, um sich selbst zu verteidigen«, er lächelte, »verdient er schlicht und einfach nicht, auf dieser Welt zu sein.« Er senkte kurz und mit tragischer

Miene den Blick. »Ja, die Natur ist hart, Soya, ich weiß … Doch die schwächeren Glieder müssen gehen. Das ist nun mal so. Die Natur nimmt ihren Lauf … Ich bin nicht Gott … ich kann nicht alle Schicksale ändern, alle retten, die nicht fähig sind, es selbst zu tun.«

Er faltete seine Hände ineinander.

»Sieh mal, Laendor hatte so oder so ein unglückliches Los gezogen … Ich meine … er *musste* mit dir bei den *Menschen* leben. Weißt du, wie *demütigend* das ist für einen Elfen?« Er schüttelte mit gespielter Bestürzung den Kopf. »Nein, nicht einmal ein einfacher Elf hat das verdient. Es war eine Erlösung für ihn, glaub mir, ich wollte ihm da nichts verbauen.« Er schüttelte den Kopf. »Hättest du nur auf Laendor gehört, dann wäre das alles nicht passiert. Laendor hätte nicht sterben müssen, wenn du nicht heimlich ins Schloss gegangen wärst …«

Diesmal seufzte er sehr tief.

»Ich weiß, das ist alles furchtbar tragisch … zumal er für dich sowas wie ein Vater gewesen ist.« Er sah sie mitleidvoll an. »Doch solche Dinge geschehen nun mal, und man muss versuchen, das Beste daraus zu machen …«

Er hob die Hand.

»Komm.« Er deutete mit einladender Miene auf das Sofa. »Bitte setz dich wieder.«

In ihrem Kopf begann es merkwürdig zu rauschen.

Sekretas stand auf.

»Soya, Soya, Soya … Du willst doch nicht schon wieder so einen schlimmen Fehler machen wie bei diesem Mädchen. Wie hieß es nochmal? Ah ja, Sabina war ihr Name, nicht wahr? Eine wirklich tragische Geschichte … Armes Mädchen …Wirklich tragisch …« Er schüttelte mit schiefer Miene den Kopf.

»Was hast du dir nur dabei gedacht …«

»Ich wollte das nicht«, krächzte Soya.

»Na, na, na«, sagte Sekretas. »Aber bitte verrat mir eines, Soya, *was* hat Zindabor dazu gesagt?«

»Zindabor?«, stieß Soya keuchend hervor, »er weiß davon?«

»Natürlich. *Alle* wissen davon, Soya.« Sekretas sah sie mit tragischem Blick an. »Wusstest du das nicht? Zindabor erfährt immer alles als Erster. Nach mir, natürlich. Es überrascht mich allerdings, dass er dir *nichts* gesagt hat – und es erstaunt mich wirklich, dass er dich danach überhaupt noch bei sich aufgenommen hat.« Er legte grüblerisch den Finger an seine Lippen. »Armer Zindabor«, er seufzte. »Schon wieder eine Enttäuschung. Er hatte so fest an dich geglaubt … und das noch nach allem, was mit seinem Bruder passiert ist …«

Entsetzt schaute sie in sein Gesicht.

»Du hast ein unschuldiges Mädchen auf dem Gewissen … und hast es einfach in der Erde verscharrt. Was werden die Eltern wohl durchgemacht haben? Und ihre Geschwister – nicht auszudenken! Sie konnten sich nicht einmal mehr von ihr verabschieden … Aber – es war ja nur ein … Mensch, nicht wahr?«

»Nein!« Soya schüttelte es am ganzen Leib. »So war es nicht! Es war keine Absicht! Ich wollte sie beschützen! Ich, ich hatte keine Ahnung, dass Schirkans in der Nähe sind. Ich, ich wollte so was nicht!«

»Natürlich nicht.«

Sekretas kniff ein Auge zusammen und sah sie übertrieben forschend an.

»Weshalb hast *du* dann überlebt und sie nicht?«

Die Erinnerung an diesen Abend brach wie eine große Woge über sie hinein.

»Mein Schild war für einen Moment erloschen und sie wurde in dem Moment von einem Fluch getroffen! Ich wollte das nicht! Wirklich! Es war ein Unfall!«

»Ja ja … ein *Unfall*, Soya. Und was glaubst du, wie viele Unfälle noch passieren werden, wenn du dich nicht in der Gewalt hast? Wenn du mit deiner Magie nicht richtig umzugehen weißt? Was glaubst du, hm?«

Er trat zu ihr.

»Ich möchte dir doch nur *helfen*, verstehst du? Ja. Es ist schrecklich, was alles passiert ist. Aber du wärst jetzt niemals so weit, niemals an diesem Punkt, wenn ich immer eingegriffen hätte. Denn bei jedem Kampf, bei jedem Angriff, den du erlebtest, wurdest du noch stärker! Kam deine Magie erst mal ins Fließen, verdoppelte sie sich automatisch. Und so wurdest du immer mächtiger! Man kann nur in der Praxis lernen und verstehen, begreifen, wie alles funktioniert! Und da! – Endlich hattest du es begriffen, als ihr von den Schirkans angegriffen wurdet im Gayenorgebirge! Da hattest du es verstanden, nicht wahr? Da wusstest du, was das Buch gemeint hat! *Eins werden mit der Magie*, den Zauber auch wirklich so *meinen*! Und es *erfüllte dich mit Stolz*! *Genau so muss es sein!*« Erregt leckte er sich die Lippen.

Soya keuchte.

»Dann habt … Ihr Merlan mitgenommen?«

»*Merlan?* Nein.« Er lächelte überheblich. »Was hätte ich denn mit ihm anfangen sollen? … Ich habe nur Interesse an deiner Macht.«

»Wieso …?«, krächzte Soya.

»Weil du das bist, auf das ich mein Leben lang gehofft und gewartet habe. *Du bist der Schlüssel* – der Schlüssel zu meiner Macht.«

»Nein«, flüsterte Soya.

Sekretas schaute sie missbilligend an.

»Ich glaube nicht, dass du eine Wahl hast.«

»Was sollte mich noch erpressen können?«, flüsterte Soya. »Wie Ihr wisst, habe ich alles verloren, was mir jemals etwas bedeutet hat.«

»Oh, da liegst du wieder so falsch, Soya!« Ein heimtückisches Lächeln ließ seine Lippen kräuseln. »Ich *kann* dich dazu zwingen …«

Ein nachdenklicher Ausdruck legte sich in sein Gesicht. »Ein Jammer, dass es dazumal mit Merlan nicht geklappt hat. Mit ihm wäre das Ganze wohl etwas – angenehmer … einfacher verlaufen als mit dir. Er wäre vermutlich eher auf einen Deal eingegangen.«

Seine Augen verengten sich.

»Doch Merlan hat sich nicht so tapfer durchs Leben geschlagen wie du. Er hat, um ehrlich zu sein, jämmerlich versagt.« Sein Mundwinkel verzog sich missbilligend. Dann veränderte sich sein Gesichtsausdruck. »Erstaunlich«, seufzte er und schaute sie mit einem eigenartigen Leuchten in den Augen an. »Ich hatte gedacht, dass du dich diesmal am allerwenigsten beherrschen kannst … wenn es um … Merlan geht …« Er hielt inne. »Ehrlich gesagt«, fuhr er fort, »fand ich damals Gefallen daran, dass ihr einander nähergekommen seid.« Sein spitzer Mund formte sich in ein Lächeln. »Ich dachte, oder zumindest hoffte ich, du könntest ihn dazu bewegen, etwas mehr … wie soll ich sagen …?« Er fuhr mit dem Finger hilfesuchend durch die Luft. »Etwas mehr aus sich herauszukommen«, beendete er den Gedanken. »Nicht einmal all die Zeit im Gayenorgebirge hat er genutzt, um sich besser kennenzulernen, all seine Fähigkeiten auszuprobieren, sie zu erproben … So viel Zeit hätte er gehabt … Aber nicht einmal da wurde er ein klein wenig experimentierfreudig … Nein! Das Einzige, was er tat, war, den Verstand zu verlieren. Er war absolut nicht der, worauf ich gehofft habe …« Sekretas seufzte erneut. »Es war eine Verschwendung, ihn überhaupt erst – zu erschaffen …«

Soya schwankte.

»Ihn zu erschaffen?«, keuchte sie.

Sekretas knirschte mit den Zähnen.

»Merlan ist mein … *Sohn* – wenn du so willst.« Er machte eine abfällige Handbewegung.

Soya schnappte nach Luft. Dann hörte sie Merlans Worte in ihrem Ohr: »Er ist nicht zufälligerweise dein Vater?«, hatte er sie gefragt, als sie ihn das erste Mal in Tamalin getroffen hatte.

»Er hat es dir nicht gesagt, nicht wahr? Ach, ich weiß, du dachtest, Merlan hätte vollstes Vertrauen in dich.«

Mitleidvoll neigte er den Kopf. Dann hob er die Hand.

»Aber bleiben wir beim Thema. Wo war ich? Ah ja.« Er lächelte süffisant. »Schon in meiner Jugend las ich in Legenden, dass die allermächtigsten, die größten Zauberer immer Mischungen von Rassen waren. Es waren nie Reinblüter, weder Schirkans noch Elfen … Ich wollte eine – Kreatur schaffen, die so mächtig ist, wie noch nie jemand zuvor! Doch Merlan erwies sich als … *unbrauchbar.*«

Dann klatschte er auf einmal in die Hände und Soya zuckte zusammen.

»Aber!«, sagte er und schaute sie wieder voller Begierde an. »Da hörte ich auf einmal Gerüchte; Neuigkeiten, die streng geheim gehalten wurden – und dennoch schafften sie es, bis zu meinen Ohren zu gelangen. Es waren Gerüchte von einem Mädchen, das eigentlich gar nicht hätte geboren werden dürfen, denn – so wurde gemunkelt – es würde Blut von allen drei Rassen in sich tragen. Es sollte eine Mischung aus Mensch, Elf und Schirkan sein!« Seine Augen brannten wie schwarzes Feuer. »Aber das war unmöglich! Natürlich ging ich diesen Gerüchten auf den Grund. Und dann fand ich dich!« Seine schmalen Lippen zitterten. »Du warst noch viel interessanter und noch um ein Vielfaches besser, als ich mir in meinen kühnsten Träumen erhofft hatte und Merlan je hätte sein können! Niemals hätte ich geglaubt, dass so etwas möglich ist! Eine Mischung aus Mensch, Elf und Schirkan!«

Ein Hämmern erfüllte ihren Kopf.

Sekretas hielt einen Moment lang inne und betrachtete mit glühendem Blick ihr Gesicht.

»Ah, Soya. Merlan wäre ohnehin nicht gut genug für dich gewesen.« Ein freudloses Lachen erfüllte den Raum. »Was denn! Liegt dir wirklich so viel an ihm? Nun«, sagte er leise, »dann ist es ja gut, dass er überlebt hat.«

»Nein«, keuchte sie, »Ihr lügt.«

»Der eigentliche Grund«, fuhr er unbeeindruckt fort, »weshalb ich dich dazu zwingen kann, dass du alles tust, was ich von dir verlange.«

Soya hielt sich zitternd an der Sofalehne fest.

»Zindabor war mal wieder so freundlich …« Er verzog das Gesicht in eine Grimasse.

»Nein.« Sie schüttelte heftig den Kopf. »Merlan ist tot. Ich habe ihn gesehen.«

Sekretas ging an ihr vorbei und trat zu der großen Kristallkugel.

»Komm und sieh selbst.«

»Ihr könnt das manipulieren …« Sie schluckte krampfhaft, während sie ihm hinterher sah. »Ich glaube Euch nicht …«

»Was … Glaubst du, ich könnte diese Kugel manipulieren?« Sekretas lachte. »Ich bin sehr mächtig, da hast du völlig recht, aber das übersteigt selbst meine Künste.« Er schaute sie abschätzig an. »Du hast wirklich von so vielem keine Ahnung! Weißt du überhaupt, was das ist?«, er wies auf die große, Kristallkugel vor sich.

Soya starrte auf die helle Kugel. Sie war sich nicht sicher.

Sekretas breitete die Arme in einer gespielt hilflosen Geste aus.

»Ja, so viel dazu, was Zindabor dir alles beigebracht hat! Hat er dich überhaupt irgendetwas gelehrt?! Komm!«, befahl er. »Ich zeige dir jetzt, wie diese Kristallkugel funktioniert!«

Eine Macht schob sie zu ihm hinüber.

»So. Siehst du diesen Späher, hier oben an der Decke?« Er zeigte mit seinen langen Fingern zur Decke, wo ein rabenschwarzer Vogel auf einem hervorstehenden Granitstein saß. Mit roten Augen blickte er auf sie hinab. »Hm, siehst du ihn?«

Soya nickte.

»Gut. Und jetzt beobachte die Kugel. Be-ob-ach-te sie ganz genau!«

Sekretas flüsterte einen leisen Zauber. Dann verfärbte sich die Kugel rot. Das Rot veränderte sich. Wechselte in ein Orange und schließlich in ein helles Gelb. Dann, als die Kugel so hellweiß war, dass es sie blendete, erschien wie aus dem Nichts plötzlich ein Bild.

Soya sah hinab auf die Kugel. Sie sah sich und Sekretas in einem großen Raum stehen. Beide den Kopf leicht vornübergebeugt vor einer Kugel stehend. Und nun fiel es ihr wieder ein, was ihr Zindabor einmal über Sekretas' Vögel erzählt hatte.

»Nun. Was siehst du?«, fragte er.

»Mich und euch.«

»Und durch was?!«

»Durch den Vogel«, sagte sie leise.

»Na, wurde auch Zeit!« Er verdrehte die Augen. »Also. Siehst du! Ich sehe durch diese Kugel nur das, was die Späher mit ihren eigenen Augen sehen. Ich sehe durch sie. Nicht mehr, und nicht weniger.« Er zuckte mit den Achseln. »Ich habe sie überall im ganzen Land verteilt, sogar an manchen Stellen im Mandoriawald, was natürlich unter uns bleibt, nicht wahr?« Er zwinkerte ihr zu. »Ich kann überall hinsehen, wo ich will. Ich schicke nur meine Vögel dorthin, wo ich sie haben möchte, und kann alles ganz genau beobachten.«

Soya schaute zu, wie Sekretas in der Kugel sie jetzt begierig ansah.

»Großartig. Nicht? Nun«, er fegte das Bild mit einer Wischbewegung seiner Hand weg, »dann richten wir doch einmal ein Auge auf … Merlan.«

Ihr Atem entwich mit einem Zischen. Sie war erstarrt, wie von scharfen Messern durchbohrt.

»Seh hierhin«, sagte er leise und zeigte mit dem Finger in die Mitte der Kugel. Sie verfärbte sich abermals.

Soya umklammerte das Podest, auf dem die Kugel stand.

›Es ist ein Trick. Eine List. Es kann nicht anders sein.‹

Und trotzdem, obwohl sie wusste, dass das, was sie gleich sehen würde, sie für immer hinab in die Tiefe ziehen würde, starrte sie auf das helle Gelb, das langsam immer mehr in ein kräftiges Weiß wechselte.

Das Bild erschien.

Sie sahen auf ein altes Haus mit roten Ziegeln. Eine kleine Scheune stand davor und es sah so aus, als ob es sich in einem Wald befinden würde. Es war umgeben von Tannen und Bäumen und ein mit Unkraut überwucherter Garten umzäumte das Grundstück.

»Ich kann Merlan nirgends sehen«, murmelte Soya. Die Enttäuschung erfasste sie eiskalt.

»Ich bitte um ein klein wenig Geduld« hörte sie ihn leise zischen. »Ich kann meine Vögel ja schließlich nicht ins Haus hineinschicken.« Er biss hörbar die Zähne zusammen. »Es würde vielleicht etwas komisch aussehen, findest du nicht?« Grimmig wandte er sich wieder der Kugel zu. Dann klatschte Sekretas laut in seine Hände und zeigte mit seinen langen Fingern auf die dunkle Scheune. »Sieh – hier!«

Soya sah drei Pferde im Stall stehen.

»Und?«, flüsterte sie.

»*UND*?« Er sah sie ungläubig an. »Siehst du sie denn nicht?«

»Was?«, stieß sie hervor, dann versagte ihre Stimme, als sie Zindabors weißen Schimmel erkannte. Und daneben – und ihre Nase berührte jetzt fast die Kugel – standen unverkennbar …

»Chath und Gwaloth«, flüsterte Soya.

»*Aufregend, nicht wahr?*« Sekretas' Stimme bebte.

»Es sind nur ihre Pferde. Das beweist noch gar nichts.«

Sekretas hob eine Braue.

»Ich habe nichts dergleichen gesagt. Ich wollte dich lediglich auf einen zentralen Punkt hinweisen, den du scheinbar übersehen hast.« Er fuhr mit ernstem Ton fort: »Scheinbar sind sie hier. Ich frage mich, was sie da wohl treiben.« Seine Lippen formten einen schmalen Strich. »In letzter Zeit verbringen sie mehr Zeit im Haus, als mir lieb ist … Sie planen irgendwas …«

Und während sie auf das Haus starrte, öffnete sich plötzlich eine rote Tür. Eine Gestalt, in eine weiße Robe gehüllt, den knorrigen Stock in der rechten Hand und den Bart so schneeweiß wie sein Schimmel, trat aus dem kleinen, verwitterten Haus. Ihre Fäuste spannten sich, während sie zusah, wie Zindabor die steinernen Stufen hinabstieg. Sein Gesicht war mit ernsten Falten durchzogen und er wirkte tief in Gedanken versunken.

Und dann – trat eine weitere Gestalt unter dem roten Türrahmen hervor. Die schlichten, dunklen Kleider waren der pure Gegensatz zum Gewand Zindabors. Doch das bleiche Gesicht war ebenso angespannt wie seins.

»Merlan!«, keuchte Soya und versengte sich fast den Nasenspitz an der Kugel.

Apathisch folgte er Zindabor den Weg hinab bis zur Scheune. Sein Gesicht wirkte eingefallen und blasser als sonst. Dann sagte er etwas und Zindabor lachte. Merlans Mundwinkel verzog sich in ein schiefes Grinsen, dann hob er sich in einer geschmeidigen Bewegung auf Chath und trabte hinter Zindabor, der bereits auf seinem Schimmel saß, hinterher. Sie bogen um die Scheunenecke und verschwanden aus ihrem Sichtfeld.

»Sag diesem Vogel, er soll ihnen folgen!«, rief Soya.

Sekretas' linke Wange zuckte ein wenig.

»Denkst du, Zindabor merkt es nicht, wenn wir ihm folgen?«

Er hob mit einem Schwung seinen Finger, wischte mit der Handfläche über die Kugel und die Bilder verschwanden.

»Er, er kann ihm ja unauffällig hinterherfliegen!«

»Es ist ein Tier, Soya. Kein Mensch, dem man irgendwelche komplizierten Anweisungen geben kann!«

Sekretas wandte sich beherrscht von ihr ab und ging hinüber zum Sofa.

Sie hatte ihn gesehen. Merlan. Das war keine List Sekretas' gewesen. Seine Künste reichten nicht aus, um Merlans gottgleiche Bewegungen derart perfekt nachzuahmen. Es war kein Bluff.

Sekretas sah sie bemitleidend an.

»Nun, ich hätte nicht gedacht, dass du mir so rasch Glauben schenken würdest.«

Soyas Blick flackerte zu ihm herüber.

»Was muss ich tun?«

Überrascht öffnete er den Mund.

»So gefällt es mir schon besser.« Er winkte sie zu sich. »Ich möchte, dass du für mich arbeitest.«

›Natürlich will er das.‹

»Ich möchte, dass du bei mir bleibst und meine Schülerin wirst. Ich werde dir alles beibringen, was *ich* kann und dir alles erklären, was *ich* weiß und dann, wenn du so weit bist, hilfst du mir, die Smilions zu finden, und wenn wir sie haben, dann möchte ich, dass du an meiner Seite kämpfst. *Ich möchte die Herrschaft über alle drei Völker!*« Es war unausweichlich – das Grauen strich wie ein Hauch eisiger Kälte über ihre Haut. Seine schneidend kalte Stimme, die vor Habgier erbebte, erfüllte den Raum. »*Die Macht, über Mensch, Elf und Schirkan*!«

Er wollte das Unmögliche … jenes, das niemals geschehen durfte. Seine dunklen Augen glitten über ihr Gesicht.

»Was sagst du?«

»Ich dachte, Ihr unterbreitet mir einen Vorschlag. Das ist er nun?« Soya blickte fest in das Dunkle seiner Augen. »Es gibt da nur etwas Wesentliches, das Ihr vergessen habt.« Sie hielt inne. »Ich erkenne dabei meine Vorzüge nicht.« Kühl hielt sie seinem Blick stand. Sie wusste nicht, inwiefern sie überhaupt eine Chance hatte, seinen Vorschlag abzulehnen.

»Du erwartest eine *Gegenleistung*?«, erwiderte er kühl. Seine Miene wechselte in Ungläubigkeit. »Ich werde dir *alles* beibringen Soya, all meine Künste, meine Zauber! Ich werde dir mein ganzes Wissen übermitteln, werde dir alle meine Bücher zum Lesen geben und ich werde aus dir eine Kybalin machen, wie sie es vorher noch nie gab!« Seine Stimme hallte in dem Raum wider. »Ist das denn nicht *genug* Gegenleistung?!« Seine Stimme donnerte und die Kerzen begannen jetzt wild zu flackern.

Einen Moment lang war es still. Dann zwang sich Soya zu sprechen: »Und wenn ich das gar nicht will?«

Das Schwarze in seinen Augen schien zu brennen. Sekretas rang um Fassung.

»Du …«, stotterte er, »du – *willst nicht*?«

Er stand auf, drehte sich ruckartig von ihr ab und ging zu seinem Pult. Dort blieb er reglos stehen, den Rücken ihr zugewandt.

Die Sekunden verstrichen und auf einmal fragte sie sich, wann der Endpunkt seiner Selbstbeherrschung wohl erreicht war.

»Du bist ein *Nichts* ohne mich, Soya!«, zischt er plötzlich. »Ein *Nichts* und wirst es immer sein, wenn du nicht an meiner Seite stehen kannst!«

Soya sah mit leerem Blick zu ihm hinüber.

»Und wenn ich dir zusätzlich noch eine weitere Gegenleistung biete?«, in einem Schwung drehte er sich zu ihr um.

Wieder trat Stille ein.

Aufmerksam betrachtete er ihr Gesicht.

»Ich würde Merlan immer beschützen, damit ihm nie etwas zustößt. Es könnte ihm allerhand passieren. In der Welt lauern viele Gefahren … Das ist doch dein größter Wunsch, oder?«

Das war es also, mit dem er sie erpressen wollte – weshalb er ihr überhaupt Merlan gezeigt hatte. Würde er so weit gehen, seinen eigenen Sohn zu töten?

»Nun, was sagst du?«

»Ich möchte auch Taoko bei mir haben.«

Sekretas sah Soya mit schmalen Augen an.

»Ich mag keine Hunde«, sagte er schnippisch, schürzte dann jedoch die Lippen. »Na gut«, sagte er und schloss die Augen, angewidert von der Vorstellung, einen Wolf, beinahe so groß wie ein Pferd, in seinem Wohnzimmer zu haben.

›Ich brauche mehr Zeit‹, dachte Soya verzweifelt, ›ich muss Zindabor warnen, was er im Schilde führt … Vielleicht hatte er einen Plan, wie sie da wieder hinaus kamen … und sie Merlan nicht noch ein zweites Mal verlor …‹

»Ach, Soya«, unterbrach Sekretas ihre Gedanken, »was kannst du Zindabor und Merlan schon wert sein, wenn sie nicht einmal nach dir suchen? Zindabor hat nur Merlan gerettet«, fuhr er in betont einfühlsamen Ton weiter. »Dich nicht. Ihn weiht er in die vertraulichsten Dinge ein. Dich lässt er im Stich. In Merlan scheint er eher die Person gefunden zu haben, die seinen Ansprüchen gerecht wird. Von dir scheint er enttäuscht zu sein.«

Soya schluckte. Sie hatten bestimmt ihre Gründe, weshalb sie nicht nach ihr suchten.

»Ich hole Taoko«, sagte Soya und stand auf.

Sekretas sah sie ungläubig an.

»Ja, sicher.«

»Ich gehe nicht zu Zindabor«, sagte sie schnell. »Ich brauche nur Taoko. *Bitte.*« Sie setzte eine Miene auf, von der sie glaubte, dass sie abgekämpft und kaputt aussehen würde; das war gar nicht so schwierig. »Ich kann nicht mehr … sein ohne ihn.« Ihre Stimme brach im richtigen Moment.

»Schon gut!«, fuhr er dazwischen. Er sah sie scharf an, dann blies er aufgebracht die Luft aus. »Nun gut. Ich weiß zwar nicht, was dieser Hund dir bringen soll … aber ich erlaube es dir, *großzügig*, wie ich bin.« Der höfliche Ton und das Lächeln verschwanden. Sein Gesicht hatte dafür einen außerordentlich hässlichen Ausdruck angenommen. »Solltest du jedoch mit Zindabor Kontakt aufnehmen – und sei dir gewiss, ich werde davon erfahren –, wirst du Merlan nie mehr wiedersehen.«

Soya nickte.

»Gut, geh!« Er wies mit einer wirschen Handbewegung Richtung Tür, nahm dann ein Buch und beachtete sie nicht weiter.

Soya ließ sich das nicht zwei Mal sagen. Sie rannte fast die Treppe hinab und stieß, unten angekommen, die schwere Holztür auf. Der Wind peitschte ihr ins Gesicht und Soya atmete tief ein – Merlan lebte!

Im selben Moment schoss ein schwarzer Vogel auf sie herab und Soya rannte los. Sie hätte am liebsten einen Unsichtbarzauber um sich gelegt, doch sie hatte keine Ahnung, wie lange sie noch unterwegs sein musste, um an ein Pferd zu kommen, und der Zauber beanspruchte zu viel von ihrer Kraft. Ein weiterer Vogel kam von einem Ast direkt auf sie zu und flog beinahe in sie hinein.

»Sonderlich geschickt sind deine Vögel ja nicht gerade«, presste Soya säuerlich hervor und ließ sie mit einem Erstarrungszauber kurzerhand abstürzen.

Sie erreichte ein dicht bewachsenes Waldstück und rannte hinein, eilte durch das dichte Unterholz, das rötliche Gestein des Gayenorgebirges vor sich, das ab und an durch die Blätterwand schimmerte. Es vergingen Stunden, so kam es ihr vor, doch sie war nicht mehr müde. Die Gewissheit, dass Merlan lebte, gab ihr immense Kraft.

»Taoko!«, schrie sie und rannte einen steilen Hang hinab.

Vielleicht würde er sie von irgendwoher hören. Das Gayenorgebirge war jetzt rechts von ihr, das hieß, wenn sie jetzt immer geradeaus ging, würde sie irgendwann zum Lorima-See gelangen. Plötzlich hatte sie wieder das Bild von dem Haus in ihrem Kopf, aus dem Zindabor und Merlan gekommen waren. Gab es nicht in Vyn solche Häuser? Mit Dachziegeln in diesem seltsamen Rot? Was, wenn sich dieses Haus im nahegelegenen Cäciliawald befand? Soya versuchte sich zu erinnern, ob sie das Haus irgendwann, als sie mit Taoko und Gwaloth dort gewesen war, gesehen hatte.

»Taoko!«, rief sie erneut und mit neuem Mut rannte sie weiter.

Plötzlich spürte sie etwas neben sich, etwas Großes und Schwarzes, und stieß beinahe mit ihm zusammen. Ohne anzuhalten sprang sie auf Taokos Rücken und dann verschwammen die Umrisse vor ihren Augen.

»Zum Cäciliawald?«, fragte er, während sie das rote Gestein vorbeiflitzten sah. »Entschuldige«, hörte sie ihn weitersprechen, »ich musste meine Sinne ausschweifen lassen, um dich zu finden. Dabei habe ich noch die nächsten paar Gedanken mit aufgeschnappt.«

Soya presste ihren Kopf in sein Fell.

›*Danke!* Und: Ja!‹, dachte sie, während sie jetzt laut in die Nacht hinausschrie. So laut, dass Taokos Rücken unter ihrem Lachen vibrierte. Soya legte den Unsichtbarkeitszauber über sie und erzählte ihm in Gedanken die ganze Geschichte.

Die Sonne war schon fast untergegangen, da wurde Taoko langsamer und hielt schließlich bei einem Wirtshaus an.

»Geh schon mal hinein und iss etwas«, sagte Taoko. »Du musst wieder zu Kräften kommen. Ich suche so lange Zindabor und Merlan.«

Soya stieg ab. Ihr ganzer Körper schmerzte von der anstrengenden Tour.

Taoko wandte sich um und verschwand im Wald.

Im Windfang des Wirtshauses ließ Soya den Unsichtbarkeitszauber von sich gleiten, dann betrat sie den Gastraum.

Er war halb leer. Vereinzelt saßen einige Stammgäste an einem länglichen Tisch ganz vorne bei der Theke und blickten argwöhnisch zu ihr hinüber. Soya setzte sich widerwillig in die hinterste Ecke an einen Tisch. Es verging fast eine halbe Stunde, bis der Wirt endlich zu ihr herüberschlurfte. Soya bestellte das Erste auf der Karte und begann dann müde die Zeitung durchzublättern. Als sie gerade damit anfing, den Absatz mit dem Titel *Neuste Ereignisse aus Elindor* zu lesen, erfasste sie ein kühler Luftzug und sie hob den Blick. Und als sie hinüber zur Tür des Wirtshauses blickte, sanken ihre Hände schlaff auf die Tischplatte hinab.

Glück und Pech

In einen dunkelblauen Umhang gehüllt, stand Zindabor am Eingang des Wirtshauses und seine klaren, hellblauen Augen leuchteten wie Sterne durch die Dunkelheit des Lokals.

Soya stand auf und die Zeitung fiel mit einem leisen Rascheln zu Boden.

Und dann – unter einer Art Trommelwirbel, der sich in ihrer Brust vollführte – erkannte sie eine Stimme, die sie immer und überall erkennen würde, und für einen Moment blieb ihr Herz in vollkommener Reglosigkeit stehen.

»*Soya!*«

Merlan drängte sich an Zindabor vorbei. Im nächsten Moment fand sie sich in seinen Armen wieder.

»Soya …« Seine Stimme brach. »Es tut mir so leid …«

Soya presste ihr Gesicht an seine Brust und versuchte vergebens den Tränen zu entkommen.

»Du lebst«, flüsterte sie.

»Dass ich noch lebe, verdanke ich nur dir, Liebste«, flüsterte er zurück, fuhr ihr zärtlich über die Wange und drückte die Lippen an ihr Haar. »Komm.«

Er legte ihr einen Arm um die Taille, warf ein Blick über die Schulter zu den Stammgästen hinüber und führte sie ganz nah bei sich zu ihrem Tisch zurück.

»Meinetwegen bist du erst angegriffen worden«, flüsterte sie.

Als ihr klar wurde, dass er durch ihr Zusammentreffen erneut in tödlicher Gefahr war, schmiegte sie sich noch näher an ihn.

»Zindabor hat von dir die Nachricht durch den Kolibri bekommen und hat mich gerade noch rechtzeitig retten können.«

»Zindabor war also wirklich da?« Ihre Augen glitten zu Zindabor hinüber, der jetzt für sich und Merlan am Tresen ebenfalls etwas zu essen bestellte. Ihr Teller wurde gerade von dem etwas buckligen Wirt gebracht.

»Ja, er hat die Nachricht bekommen.« Liebevoll fuhr er ihr über die Wange. »Er war da und hat mich geholt. Er konnte mich nicht dort heilen. Es war viel zu riskant und er brauchte dringend ein bestimmtes Kraut, das Thyramuskraut«, er flüsterte jetzt, während er die Hand hob und sich für das Essen bedankte, und ging erst sicher, dass der Wirt auch wieder zurück zum Tresen ging, ehe er weitersprach. »Ich habe sehr viel Blut verloren. Und das Thyramuskraut lässt das Blut im Körper wieder rasch entstehen.«

»Aber du warst tot.« Mit aller Macht versuchte sie im Jetzt zu bleiben.

»Das war ich auch. Jedenfalls sehr nah dran.« Seine Augen glühten mit eigenartiger Kraft, »jemand muss mir in der Zeit, bis Zindabor da gewesen war, immense Kraft gegeben haben, damit ich nicht ganz verblutet bin.« Seine Stimme wurde eindringlich. »Sonst hätte ich nicht überlebt.«

»Ich habe es versucht«, flüsterte sie.

Zindabor trat feierlich durch den Raum und stellte das Essen, das ihm der Wirt gleich mitgegeben hatte, auf den Tisch.

»Soya.« Seine große, warme Hand legte sich auf ihre Schultern. Er lächelte sie strahlend durch seine ovalen Brillengläser hindurch an. »Willkommen in unserem Stammlokal.« Er zwinkerte ihr zu und Merlan stimmte in sein Lachen ein.

Soya verzog das Gesicht und kaute dann auf ihrer Unterlippe herum.

Zindabor setzte sich und wie er sie so ansah, brach es plötzlich aus ihr hervor: »Wieso bist du nicht zurückgekommen, nachdem du Merlan gerettet hattest?«

Zindabor ließ die Hände sinken.

»Zu der Höhle? Nun, ich war zurückgekommen. Doch ich fürchte, leider zu spät. Ihr wart nirgends mehr zu sehen.«

»Wir waren bei dir zu Hause.« Sie schüttelte den Kopf. »Doch du warst nicht da.«

Zindabor seufzte tief.

»Ich konnte es nicht riskieren, nach allem, was passiert war, mit Merlan in den Mandoriawald zurückzukehren. Wir mussten uns anderswo verstecken.«

»Wieso habt ihr denn nicht geantwortet! Ich habe so viele Male versucht, über den Ring eine Nachricht zu übermitteln.«

»Ich habe ihn im Kampf gegen die Schirkans verloren«, sagte Merlan leise. »Ein Hitzezauber, der mir zu nah gekommen war, hat ihn zersprengt, und den Smürgold, den ich noch hatte auffangen können, habe ich später im Kampf verloren.« Er hob seine Hand und zeigte ihr die Brandnarben.

»Ihr hättet trotzdem mit mir Kontakt aufnehmen können.« Ihre Stimme bebte. »Ihr hättet mich trotzdem finden können.« Die ganze Zeit über hatten sie sie in dem Glauben gelassen, Merlan wäre tot. Merlan und Zindabor wechselten einen kurzen Blick.

»Du warst in diesem Moment in zu großer Gefahr«, sagte Merlan leise und blickte kurz zum Wirt hinüber. »Wenn sie glaubten, ich sei tot, wenn du es selbst glaubtest, würde dich niemand mehr erpressen können. Verstehst du? Es geht hier mehr als nur um ein Leben. Es geht um unser aller Leben. Wenn dich Sekretas mit mir erpresst hätte, um an dich heranzukommen.« Er schüttelte den Kopf. »Wir durften auf keinen Fall riskieren, dass so etwas passiert.«

»Sekretas«, flüsterte Soya, »hat mich bereits in seinen Turm entführt.«

»Du warst bei ihm?«, fragte Merlan entsetzt.

Zindabor schloss die Augen. Ihre Strategie war nicht aufgegangen.

»*Er* hat mir gesagt, dass du noch lebst«, erklärte Soya matt.

Merlan vergrub den Kopf in seinen Händen. Als er wieder aufsah, wirkte der Ausdruck in seinen Augen seltsam leer.

»Was hat er dir gesagt?«, presste Merlan mühsam hervor. Er schaute sie an, als wollte er sicher sein, dass sie noch an einem Stück war. »Hat er dir etwas getan?«

»Er hat mir ein Angebot gemacht. Er wird mich alles lehren, mir alles beibringen, was er weiß, und sorgt dafür, dass dir nichts geschieht.«

Merlan biss die Zähne zusammen, Zindabor jedoch sah sie aufmerksam an.

»Im Gegenzug«, fuhr sie leise fort, »muss ich ihm helfen, die Smilions zu bekommen. Er möchte Herrscher werden über alle drei Völker. Er möchte die alleinige Macht.«

Zindabor nickte.

»Nun«, sagte er, »das war ja zu erwarten.« Er atmete tief ein. »Was mich jedoch überrascht ist, wieso du jetzt hier bist.«

»Ich habe ihm gesagt, dass ich Taoko bei mir haben will«, sagte Soya. »Dass ich ohne ihn nicht sein kann.«

Merlan sah nicht weniger überrascht aus.

»Und daraufhin hat er dich gehen lassen?« Zindabors Lippen erzitterten. »Mein guter, alter Freund, was für Nerven muss ihn das nur gekostet haben!« Er zwinkerte Soya zu. »Wegen Sekretas' Drohungen musst du dir keine Sorgen machen. Er droht ständig mit irgendwas. Das gehört zum guten Ton.«

Zindabor spießte eine Kartoffel auf seine Gabel.

»Lasst uns essen. Für gewöhnlich beruhigt ein gutes Mahl die Nerven, und die waren bei uns allen doch die letzte Zeit recht angespannt.«

Eine Weile lang hörte man nur das Klirren des Bestecks. Der Wirt schlurfte ein paarmal hin und her, dann setzte er sich an den Stammtisch zu den anderen Gästen.

Nach der Nachspeise, die Zindabor für alle bestellt hatte – Zwetschgenkuchen –, erzählte Soya, was geschehen war, seit Merlan im Gayenorgebirge angegriffen wurde.

»Ich verstehe das nicht«, flüsterte Soya schließlich. »Wie konnte Alkar Meredon töten? Er trug doch den unüberwindbaren Schutz.«

Zindabor fuhr sich über den schneeweißen Bart.

»Ich denke, da kommt nur eine Möglichkeit infrage. Der Ring hat eine aktive Zaubermacht. Auch die Zeit eines Herrschers der Schattenwelt ist irgendwann abgelaufen. Der Schutz des Rings wird schwächer, das spürt der Ringträger instinktiv. Er macht sich mehr und mehr Gedanken über seinen Nachfolger. Sobald sich der Herrscher in Gedanken entschieden hat, wer ihm nachfolgen soll, verringert der Ring seinen Schutz und er ist in der Gegenwart dieser Person durchaus verwundbar. Sonst könnte ja auch nie ein Herrscherwechsel stattfinden. Und die Bräuche der Schirkans sehen es ja vor, dass der aktuelle Herrscher öffentlich besiegt wird. Konkret heißt das, dass Meredon sich für Soya als neue Herrscherin der Schattenwelt entschieden haben muss. In ihrer Gegenwart war er verwundbar. Dass das Alkar gewusst hat, ist nicht wahrscheinlich, aber auch unerheblich. Er hat, vermutlich mit Unterstützung elbischer Magie durch Izaroha, so viel Energie wie möglich aufgebracht, um Meredon zu töten. Und er hat es geschafft.«

Er blickte nachdenklich den Rauchkringeln nach, die vor ihm in die Luft stiegen.

»Alkar muss es vermutet haben«, sagte Soya tonlos.

»Aber was ist mit Alkar?«, sagte Merlan. »Er trug doch unmittelbar nach dem Tod Meredons ebenfalls den Schutz des Herrschers der Schattenwelt. Wie konnte sie ihn da einfach so töten?« Zindabor fuhr sich nachdenklich über den Bart. »Das ist allerdings erstaunlich …«, sagte er in Gedanken versunken und schaute hinüber zum Wirt, der noch zwei Gläser mit Bier füllte. »Was hat dir Meredon noch alles über die Herrscher der Schattenwelt erzählt? Gibt es da nicht noch eine andere Legende mit dem Ring? Demnach der Herrscher der Schattenwelt erst durch diesen Ring den endgültigen Segen zum König bekommt?«

»Ja«, bestätigte Soya. »Es heißt, dass sich der Ring nur einem wahren König fügt. Wenn er ihn nicht für würdig genug empfindet, stößt er ihn ab.« Sie hob die Augenbrauen. »Der unrechtmäßige Träger des Ringes findet augenblicklich den Tod.«

»Dann hat womöglich der Ring, der noch an Meredons Finger war, Alkar nicht für würdig genug empfunden, um ihm den Schutz des Herrschers der Schattenwelt zu übertragen. Somit war er verwundbar wie jeder andere Schirkan. Deshalb konntest du ihn töten. Hätte der Ring Alkar als König anerkannt …«

»… hätte es Soya getötet«, flüsterte Merlan.

»Es war sehr mutig von dir, Alkar anzugreifen«, sagte Zindabor und seine Augen glitzerten hinter seinen Brillengläsern hervor.

»Ich hatte keine andere Wahl.« Soya lächelte schwach.

»Dann ist Izaroha also auch für den Tod von Elehna und Eldevin verantwortlich«, sagte Zindabor leise. »Sie hat Colin mit dem Gift diese schreckliche Tat ausführen lassen …«

Merlan sah ihn skeptisch an.

»Colin hat gemordet, ohne zu wissen, was er tut? Kein Zauber lässt einen so geschickt Dinge tun.«

»Du vergisst, dass es ein geheimes Gift der Schirkans ist, das Izaroha von Alkar bekommen hat. Mir ist, als hätte ich schon einmal etwas über dieses Gift gehört. Almöhr nennt man es, wenn ich mich nicht täusche; es lässt einem Dinge tun, die man unter klarem Verstand nie fähig wäre zu vollbringen. Und wenn die Wirkung nachlässt, hat man keinerlei Erinnerung mehr daran, was man getan hat.« Er runzelte die Stirn. »Das erklärt auch, weshalb damals Colin die Verbannung ausgesprochen hat und nicht Izaroha.« Dann hob er die Hand. »Da fällt mir ein, ich habe ein Buch in meiner Bibliothek, das dich interessieren dürfte«, sagte Zindabor, murmelte einige Worte und in seinen Händen erschien ein Buch mit goldenem Umschlag.

»Es ist mir durch einen besonderen Zufall in die Hände geraten und ich dachte mir, dass es dich vielleicht interessieren könnte.«

Soya runzelte die Stirn, als sie den Titel: *Bräuche und Sitten der Schirkans*, las. »Danke«, flüsterte sie matt. Sie hätte erwartet, dass er ihr wie immer eine verblüffende Lösung unterbreiten konnte, etwas wie einen Rückwärtszauber, der alles ungeschehen werden ließ, sodass sie nicht mehr die neue Herrscherin der Schattenwelt war, oder vielleicht ein Zauber, der ihr alles Wissen darüber einflößte, wie man ein Volk richtig regieren kann. Sie bezweifelte, dass ihr ein Buch dabei wirklich helfen konnte.

»Es ist zumindest ein Anfang.« Zindabor lächelte, als hätte er ihre Gedanken gehört. »Ich werde natürlich alles tun, was in meiner Macht steht, um dir da irgendwie beizustehen. Wir werden uns in dieser neuen Aufgabe finden. Das werden wir schon hinkriegen.«

»Bestimmt«, flüsterte Merlan und drückte ihre Hand.

»Da kommt mir in den Sinn«, sagte Zindabor, »ich bin vor Kurzem zufällig Ramon begegnet.«

»Ramon«, flüsterte Soya.

»Er hat mir erzählt, dass ihr in Arohby wart.« Sein Blick war unergründlich.

»Ja«, sagte Soya tonlos. »Wir waren da.«

Zindabor nickte: »Er erzählte mir, dass ihr einen gewissen Lenidras Sildas getroffen habt«, sagte er leise. »Du möchtest sicher dafür eine Erklärung haben.«

»Nein«, sagte sie dumpf, »ich weiß, wieso ihr es getan habt.«

»Und nun bist du wütend darüber«, bemerkte er gelassen.

Soya sagte nichts.

»Du weißt, dass zu diesem Zeitpunkt nichts wichtiger war, als dein Leben zu schützen und dafür zu sorgen, dass du an einem guten Ort, mit guten Freunden und einem liebevollen Umfeld aufwächst.«

»Ihr hattet trotzdem kein Recht, sein Leben dafür zu opfern.«

»Wenn man dieses eine Schicksal betrachtet, dann gebe ich dir recht. Doch wenn man das Schicksal aller Völker vor einem noch viel schlimmeren Schicksal bewahren kann, ist das im Vergleich dazu doch ein recht kleines Opfer.«

Der Wirt schlurfte herbei und flüsterte Merlan etwas ins Ohr. Merlan erhob sich und folgte dem Wirt ins Nebenzimmer.

»Um ein gutes Wesen aus dir zu machen, mussten wir dafür sorgen, dass du an einem guten Ort aufwächst.«

»Ihr hättet besser mein Leben geopfert. Ich bin nicht so wertvoll, wie ihr alle hofft. Ich bin nichts Besonderes.«

»Ich sehe schon«, sagte Zindabor und fixierte Soya mit seinen hellblauen Augen. »Sekretas hat ganze Arbeit geleistet. Ein kluger Schachzug, das muss man ihm lassen. Ich nehme an, er hat über mich auch kein allzu gutes Wort verloren.« Er lächelte, wobei sein langer, schneeweißer Schnauzbart zitterte.

»Nicht sonderlich.« Sie verzog das Gesicht.

»Soya.« Seine warme, große Hand legte sich auf ihre Schulter und die Gläser seiner Brille auf der langen, knolligen Nase spiegelten glitzernd das Licht. »Ich denke, es gibt mehr als genügend Beweise, dass du eine mächtige Kybalin bist. Sieh, da ist zum einen der Ring, der sich dir, ohne zu zögern, um deinen Finger gelegt hat. Dann hast du neben den vielen Kämpfen, die du meisterhaft bestritten hast, sehr viel Größe und Ehrhaftigkeit gezeigt. Du hast Izaroha vor dem Tod bewahrt, obwohl du erfahren hast, was sie getan hat.«

Soya neigte den Blick.

»Nein.« Die Wut in ihrem Bauch war nur noch als kompakter Klumpen spürbar. Sie war dieses Thema so leid. Seit sie wusste, wer dahintersteckte, hatte sie es endlich loslassen können. Sie hatte keine Kraft mehr, Wut und Hass zu empfinden. Sie wollte nur noch, dass alles endlich aufhörte.

»Ich wusste nicht, welche Strafe für sie angemessen wäre«, sagte sie dumpf. »Hätte ich sie getötet, hätte Colin nie die Möglichkeit gehabt zu erfahren, was sie getan hat.«

»Die Elfen werden es dir hoch anrechnen, Soya, dass du sie ihnen lebend ausgeliefert hast.«

»Sie wird dort vermutlich eine noch viel schlimmere Strafe erhalten.«

»Mit Sicherheit«, pflichtete ihr Zindabor bei. »Der Tod ist nicht die schlimmste Strafe.«

Soya lehnte sich erschöpft in den Stuhl zurück. Merlan war immer noch nicht zurück.

Zindabor sog an seiner Pfeife und ließ weiße Kringel in die Luft steigen.

»Für die Schirkans bedeutet Blut alles, richtig?«, fragte Soya in die Stille hinein.

»Richtig«, sagte Zindabor.

»Sie würden alles für einen tun, sobald sie erfahren, dass man dasselbe Blut besitzt.«

Ihr Blick wanderte abermals zur Tür, hinter der Merlan verschwunden war.

»Sekretas hat mir gesagt, dass er …«

»Dass er Merlans Vater ist?«, beendete Zindabor den Satz.

»*Du weißt es*?« Ihre Augen flackerten.

»Natürlich.«

»Und du hast es nicht für wichtig empfunden, es mir zu sagen?«

»Was hätte es denn für einen Unterschied gemacht?«

Soya sah ihn sprachlos an.

»Sieh mal, Soya, unter anderen Umständen wäre es sicher vernünftig gewesen, das zu hinterfragen und sich zu überlegen, ob es gut ist, ihn in alles einzuweihen, gerade wenn es um die Smilions geht. Doch wie ich dir schon mal sagte, ich vertraue Merlan. Die Frage, ob Merlan je bereit sein würde, in Sekretas so etwas wie seinen Vater zu sehen, erübrigt sich. Ich denke, nirgends auf der Welt gibt es jemanden, der einen größeren Hass auf Sekretas hegt als Merlan. Für Sekretas ist Merlan bloß ein Objekt, das er erschaffen hat. Er dachte, mit ihm so etwas zu vollbringen, wie du es bist. Doch zu Merlans Glück sieht er in ihm nichts als eine Enttäuschung. Merlan ist nicht annähernd das, was er sich erhofft hat. Glücklicherweise hat Merlan das Herz seiner Mutter geerbt und nicht die Machtgier und Skrupellosigkeit seines Vaters.« Er senkte nachdenklich den Kopf. »Anstatt ein Monster zu werden, ist Merlan mit nichts als Abscheu vor sich selbst in ein Loch gefallen. Wie ich schon mal angedeutet habe – und jetzt ist wohl der richtige Zeitpunkt, dir alles darüber zu sagen, was ich weiß –, habe ich Merlan dazumal aus Sekretas' Klauen befreit und ihm danach angeboten, zu mir zu kommen.« Er seufzte sehr tief. »Doch es war mir klar, dass er das nie tun würde.«

»Wieso nicht?«, flüsterte Soya.

»Merlan ist immer verdrängt worden. Weggestoßen von seinen angeblichen Freunden. Von seinem Vater hat er nichts als Peinigungen und Demütigungen über sich ergehen lassen müssen. Hätte Sekretas erkannt, wie kaputt Merlan war, und etwas Herz besessen, hätte er ihn vielleicht doch für sich gewinnen und ihn zu dem machen können, was er sich erhofft hatte. Doch glücklicherweise hat er Merlan nur noch mehr von sich weggetrieben. Nein, seine Wunden waren noch zu frisch. Ich wusste, es würde eine Zeit lang dauern, bis er das Vertrauen in andere wieder aufbauen konnte. – Mein Angebot jedoch stand und er sagte, er würde es sich überlegen. Er hat sich daraufhin ins Gayenorgebirge zurückgezogen und ist unglücklicherweise bei den Ferrans gelandet.«

Die Tür ging auf und Merlan kam aus dem Nebenzimmer, gefolgt von dem grimmig dreinblickenden Wirt.

»Er meint, ein alter Hof ganz hier in der Nähe würde verlassen dastehen«, sagte Merlan leise, als er wieder bei ihnen war.

Zindabor erhob sich stirnrunzelnd.

»Komm.« Merlan nahm ihre Hand. »Lass uns gehen.«

Zindabor bezahlte, und mit einem kühlen Zauber, den Zindabor über sie alle gleiten ließ, verließen sie das Gasthaus.

Unsichtbar für alle anderen traten sie hinaus und bogen gleich darauf in einen schmalen Seitenweg ein.

»Wohin gehen wir?«, fragte Soya.

Doch Zindabor hielt mit vielsagendem Blick den Finger auf den Mund. »Schhhh«, macht er und deutete zu den schwarzen Vögeln, die überall auf den Bäumen saßen und ihre dunklen Perlenaugen in die Weite richteten.

Soya blickte hasserfüllt zu Sekretas' Vögeln hoch. Sie folgte Merlan und Zindabor, die nun ihre Schritte beschleunigten.

»Rasch«, flüsterte Zindabor und schob sie vor sich durch eine schmale Lücke zwischen zwei Tannen. »Schnell, da hindurch.«

Sie traten unter dichten, schwer behangenen Tannen hindurch, und als sie auf der anderen Seite wieder herauskamen, hob Soya verblüfft die Brauen. Ihr Blick fiel auf ein Anwesen, das mitten im Grünen, umgeben von einigen großen Linden, verlassen dastand.

Soya war deshalb so verblüfft, weil man an diesem Ort nie mit so etwas gerechnet hätte. Zindabor ging ganz selbstverständlich auf das Gebäude zu, und als sie vor der mächtigen, hellbeigen Tür stehen blieben, schob er einen großen Schlüssel ins Schloss und öffnete die Tür.

Drinnen war es dunkel. Die Vorhänge an den Fenstern waren zugezogen und es kam fast kein Licht in die Innenräume. Ein verdorrter Blumenstrauß stand auf einer Kommode am Eingang und als sie das Wohnzimmer durchschritten, wirkte es, als hätte jemand das Anwesen verlassen und gleich wieder zurückkehren wollen. Farbige, weich aussehende, bestickte Kissen schmückten die lederbezogenen Sofas, die um einen großen Kamin standen. An den Wänden hingen Bilder von Landschaften und Blumen. Auf einem Bild war ein Mann abgebildet, der Soya irgendwie bekannt vorkam. Zindabor öffnete eine weitere Tür und sie betraten eine große Küche, aus der man den Blick auf eine Wiese hatte, auf der ein kleiner Pavillon stand. Einladende Bänke standen um einen rechteckigen, großen Holztisch und auch dort stand eine Vase mit verdorrten Blumen.

»Wieso ist es leer?«, fragte Soya leise, als sie die Veranda betraten und eine zerbrochene Tasse am Boden liegen sahen.

Zindabor setzte sich seufzend in den Schaukelstuhl, sein Blick schweifte in die Ferne.

»Ich weiß es nicht. Ich wusste nicht, dass es leer ist. Es scheint, als sei es schon seit längerer Zeit verlassen.«

»Der Mann auf dem Bild«, flüsterte Soya, »wer ist das?«

Es war nichts zu hören außer dem monotonen Tropfen des Regens, der wieder eingesetzt hatte.

»Das war dein Urgroßvater«, antwortete Zindabor.

Sie spürte Merlans Blick, der sie kurz ansah.

»Das ist Saahrrins Elternhaus«, fuhr Zindabor erklärend fort, »Saahrrins Großeltern haben schon hier gewohnt und bis vor Kurzem seine Mutter, deine Großmutter, um genau zu sein.«

Soya hob die zerbrochene Teetasse vom Boden auf. Langsam ging sie in die Küche zurück und stellte sie vorsichtig auf die Ablage. Es sah nicht so aus, als hätte ihre Großmutter das Anwesen freiwillig verlassen.

Sie schaute Merlan durch das Fenster zu, wie er sich neben Zindabor auf die Bank setzte und etwas zu reden anfing. Dann schweifte ihr Blick über die Küchenablage, auf der einige verdorrte Äpfel und ein vertrockneter Teig in einer Kuchenform standen.

Auf einmal spürte sie jähe Wut in sich hochsteigen. Ihre Großmutter hatte nicht die geringste Chance gehabt, sich zu wehren. Nicht gegen solche Kräfte, denen selbst sie unterlegen war.

Soya wandte sich von dem Anblick ab, ging durch das Wohnzimmer – ihr Blick blieb noch einmal am Bild mit ihrem Urgroßvater hängen –, zurück in den Korridor und langsam die Treppe hoch in das obere Stockwerk. Oben angelangt, blieb sie vor einem kleinen Bild von einem Jungen und seiner Mutter stehen. Soya trat näher an das Bild heran. Die Frau hatte Grübchen in den Wangen und freudige, dunkelblaue Augen. Ihr rehbraunes Haar fiel gerade über ihre hellbeige, mit Rüschchen versetzte Bluse und in den Armen hielt sie einen Jungen mit blassem Gesicht. Er lächelte wie seine Mutter und schmiegte sich an ihre Schulter, den Blick in die Kamera gerichtet.

Soya ging weiter an einem Schlafzimmer mit schneeweißer Blümchendecke vorbei und blieb beim Kinderzimmer stehen. Ein kleines Plüschtier lag auf einer braunen Decke. Die Wände waren mit Zeichnungen geschmückt, auf dem Regal standen einige Bücher.

Dann betrat sie das letzte obere Zimmer, das Badezimmer. Ein Kamm und eine Brosche lagen auf der Spiegelablage, daneben ein Parfum und eine Dose. Zögernd streckte sie ihre Hand nach dem Parfum aus und hielt sich das kleine Fläschchen an die Nase. Es duftete nach Lavendel. Eine bleiche, junge Frau mit smaragdgrünen Augen blickte ihr aus dem Spiegelbild entgegen.

Leise Schritte waren im Korridor zu hören und Soya legte das Parfum wieder auf die Ablage zurück.

»Soya?«, hörte sie Zindabors Stimme. Sein schneeweißer Schopf lugte durch den schmalen Spalt der Tür. »Alles in Ordnung?«

»Ja.« Sie wandte sich vom Spiegelbild ab und trat hinaus in den Korridor.

»Was ist mit ihr passiert?«, flüsterte sie.

»Das wissen wir noch nicht, und ich bezweifle, dass Saahrrin irgendetwas davon weiß. Merlan reist für kurze Zeit nach Elindor.«

Ihre Erstarrung dauerte nur kurz, dann schoss ihr das Blut ins Gesicht.

»Nein!« Den erstickten Worten folgte ein Aufschrei, der sie beide zusammenzucken ließ. »Er kann ihm die Nachricht mit dem Smürgold übermitteln!«

»Den hat er ebenfalls im Kampf verloren«, sagte Zindabor ruhig.

»Er kann jetzt nicht da raus!«, rief sie.

»Merlan muss Saahrrin darüber aufklären, dass seine Mutter möglicherweise von Sekretas entführt wurde.«

Soya biss hörbar die Zähne zusammen. Das war nicht Grund genug. Ungeduldig trat sie an ihm vorbei und rannte die Treppe hinab.

Merlan stand vor dem großen Bild im Wohnzimmer.

›Sekretas wird nur auf so eine Gelegenheit warten. Seine Vögel sind überall verteilt.‹

»Du gehst?«, fragte sie so ruhig wie möglich, während sie hinter ihm stehen blieb.

Langsam drehte er sich zu ihr um.

»Ich bin bald wieder hier«, versprach er.

Schnell schaute er hinter sie und Soya wusste, dass sich seine und Zindabors Blicke kreuzten. Er nahm ihre Hand und führte sie hinüber zur Tür.

»Bewege dich im Schatten«, sagte Zindabor. »Zu viele Späher sind unterwegs.« Er folgte ihnen durch das Haus und murmelte einen leisen Zauber.

Merlan nickte. Vor der Tür stand Taoko.

»Du kannst auf mir reiten, dann kannst du den Unsichtbarzauber um dich legen«, hörte sie seine ferne Stimme in ihrem Kopf.

Merlan spähte hinaus und murmelte jetzt ebenfalls leise Worte. »Gut.« Er wandte sich zu ihnen um.

»Nein«, krächzte Soya, während ihr die Tränen in die Augen schossen, »wenn Sekretas dich findet!«

»Taoko ist schnell. Er wird uns nicht kriegen.«

Mit zugeschnürter Brust blickte sie in sein Gesicht, das immer noch bleich und abgekämpft wirkte.

»Es gibt keinen Aufschub«, erklärte er. »Saahrrin hat das Recht zu erfahren, was mit seiner Mutter geschehen ist.«

»Dann komme ich mit!«

Seine Hände umschlossen abermals die ihren und er zog sie zärtlich an sich.

»Selbst Zindabor ist diesmal der Meinung, dass du besser hier bei ihm bleibst.«

Aus Taokos Kehle dröhnte es – er wollte gehen.

»Dann nimm den Norill«, sagte sie mit stockender Stimme.

»Du solltest ihn tragen.« Merlan schüttelte unglücklich den Kopf. »Ohne dich nützt er mir nichts.« Mit zitternden Händen zog sie ihn aus der Tasche. »Nimm ihn«, presste sie hervor.

Sie drückte ihm den Stein in die kalte Hand und schloss seine Finger um ihn.

»Ich verspreche dir, ich werde bald zurück sein«, flüsterte Merlan. Seine Stirn legte sich an die ihre und er zog sie ganz nah an sich. Er schien Zindabor und Taoko nicht wahrzunehmen, nur sie allein. Einen Moment lagen seine kalten Lippen auf ihren, dann war es vorüber. Er ließ sie los, ihre Blicke verschmolzen ein letztes Mal, dann drehte er sich um und ging nach draußen. Er setzte sich auf Taoko und schon waren sie verschwunden.

Der Regen wurde stärker und Zindabor begann in der Küche Tee zuzubereiten.

Soya blieb vor dem großen Rahmen stehen und versuchte sich auf das Bild von ihrem Urgroßvater zu konzentrieren: mittelbraunes Haar, grüne Augen, stattlicher Mann. Doch es war jetzt kein günstiger Moment, um allein zu sein.

Als sie wieder in die Küche ging, waren die Äpfel und die Form mit dem Teig verschwunden. Sie sah Zindabor draußen auf der Veranda und setzte sich zu ihm.

»Hier.«

Er deutete auf eine von den großen, dampfenden Tassen auf dem kleinen Tisch. Soya setzte sich. Zindabor nahm seine Pfeife und fing an, sie zu stopfen, dann zündete er sie an und Soya sah zu, wie die großen Kringel weit oben an der Decke der Veranda verpufften.

In der Nacht trommelte der Regen gegen die Fenster, während sie vom Sofa aus zum Bild ihres Urgroßvaters blickte. Zindabor hatte sich in das Bett ihrer Großmutter schlafen gelegt.

Den ganzen nächsten Tag blieb sie im Wohnzimmer und starrte auf den Platz vor dem Haus, hielt Ausschau nach irgendeinem Zeichen der Ankunft von Merlan und Taoko. Doch es verdunkelte sich bereits wieder der Himmel und lange Schatten fielen auf den Vorplatz.

»Sie sind immer noch nicht hier«, bemerkte Soya bissig, als sie wieder in die Küche kam und auf Zindabor hinabblickte, der am Tisch saß und den Kopf über ein altes Buch gebeugt hatte. Sie war so panisch und zittrig, dass sie ihre Verärgerung nicht länger unterdrücken konnte.

»Sie sollten schon längst wieder hier sein.« Sie zog sich einen Stuhl zurück und setzte sich ihm gegenüber.

»Geben wir ihnen noch eine Nacht Zeit. Dann werde ich Ausschau nach ihnen halten.«

»Noch eine Nacht?« Gereizt schob sie das Kinn vor.

Eine leichte Brise ließ die Blätter vor dem Fenster rascheln. Hinter den Gewitterwolken, die über den dämmernden Himmel zogen, kam der Mond zum Vorschein.

»Vielleicht war Saahrrin auswärts und sie mussten auf seine Ankunft warten. Vielleicht musste Merlan Saahrrin auch helfen herauszufinden, was mit seiner Mutter geschah.«

Soya vergrub den Kopf in ihren Armen, die auf dem Tisch lagen.

»Wenn sie morgen Mittag noch nicht hier sind«, versprach Zindabor, »mache ich mich auf den Weg.«

Obwohl sie sich Mühe gab, zuversichtlich zu denken, waren sie auch am nächsten Tag noch nicht zurück.

»Sekretas hat sie!«, rief sie, als sie Zindabor in den Korridor hinterherlief. »Er hat sie zu sich geholt, weil ich nicht mehr zu ihm zurückgekehrt bin!«

Zindabor griff nach seinem Umhang.

»Kann ich mitkommen?«, presste sie hervor.

Zindabor neigte den Kopf.

»Soya«, sagte er leise und sah aus, als würde ihn jedes Wort große Anstrengung kosten, »der Grund, weshalb du zurzeit den größten Schutz überhaupt benötigst, ist nicht nur der, weil Sekretas durch dich an die große Macht kommen will, sondern auch um an das zweite Smilion zu kommen.«

»Aber das eine hängt doch mit dem anderen zusammen.«

»Nun, nicht ganz. An das zweite Smilion kann er nur dann kommen, wenn er den Herrscher der Schattenwelt in seiner Gewalt hat. Und da nun du dieses Amt innehast, wäre es ein Leichtes für ihn, mit dir an seiner Seite in die Höhle zu marschieren. Somit bräuchte er nur noch ein Smilion, das sich, wie er sicher weiß, auf unserer Seite befindet. Würde er die geeignete Person finden, die er vor deinen Augen foltern kann, käme er schnell zum dritten Smilion. Es war ein Glück, dass er, als du bei ihm warst, noch nicht erfahren hat, dass du nur wenige Stunden zuvor zur neuen Herrscherin der Schattenwelt gekrönt wurdest.«

Soya sah ihn bestürzt an.

»Wo ist denn das Smilion der Schirkans versteckt?«

Zindabor lächelte.

»Im Kambilot. Der Kambilot selbst ist das Smilion.«

Soya schwieg völlig verdutzt.

»Ich habe das Haus mit einem Schutzbann umgeben«, erklärte er rasch. »Niemand kann das Haus betreten, wenn du ihn nicht einlädst. Nicht einmal Sekretas.«

Soya blickte ihm mit dumpfem Gefühl im Bauch nach.

Mit einem Lächeln hob er die Hand, dann sah sie zu, wie er in einer einzigen geschmeidigen Umdrehung verschwand.

Warten

Das leise Ticken der Wanduhr schlug jedes Mal wie ein Hammerhieb in ihr Bewusstsein. Mit leerem Blick gegen die Wand starrend, wartete sie auf das kleinste Geräusch, das entweder die Ankunft von Merlan und Taoko ankündigte oder die von Zindabor.

Nach einer Weile ging sie in das obere Stockwerk. Um sich abzulenken, stellte sie sich an das Fenster von Saahrrins früherem Kinderzimmer.

Ihr Gehirn arbeitete nur sehr langsam und träge, als hätte es endlich den Schaden genommen, auf den sie schon lange gewartet hatte. Ausgestiegen. Von den ewigen Strapazen überfordert. Es war nur verständlich, dass dies irgendwann geschehen würde – nach allem, was passiert war.

Und während sie über die unbekannten Ländereien blickte, fragte sie sich unwillkürlich, was in dem Haus damals vorgefallen war. Wieso hatten sie ihrer Großmutter etwas getan? Wieso hatten sie sie einfach mitgenommen? Was hatten sie davon? Was ergab es für einen Sinn, wenn sie Saahrrin noch nicht mal mit ihr erpressten?

Müde schloss sie die Augen, doch sofort riss sie sie wieder auf. Hatte sie da nicht gerade eine Gestalt gesehen?

Und tatsächlich, unten am Waldrand ging an den Büschen eine in einen langen Umhang gehüllte Gestalt entlang. Sie hatte die Kapuze tief in die Stirn gezogen, sodass sie das Gesicht nicht erkennen konnte. Sie näherte sich dem Haus und blieb plötzlich kurz vor der Veranda jäh stehen.

›Der Schutzbann‹, dachte Soya erleichtert. Dann beobachtete sie, wie sich die Gestalt langsam umsah.

»Eleona!«, hörte sie eine altbekannte Stimme rufen.

Soya stand vollkommen reglos und erstarrt da, mit vibrierenden Sinnen, während die Stimme von unten abermals dumpf zu ihr durch die Scheibe dröhnte.

»Eleona!«

Soya riß das Fenster auf.

Die Kapuze fiel von Ramons Kopf, und während er zu ihr hochblickte, trat ein erschöpftes Lächeln in seine Züge.

Soya schlug das Fenster zu, rannte zwei Stufen auf einmal nehmend die Treppe hinab, durchquerte das Wohnzimmer und stieß die Tür auf.

»Endlich.« Seine Stimme klang heiser, als er sie in die Arme schloss. »Ich habe mir solche Sorgen um dich gemacht!«

Soya presste ihr Gesicht in seinen Umhang, dann zog sie ihn rasch über den Schutzbann.

Drinnen zog er den Mantel aus und sie setzten sich an den kleinen Tisch in der Küche.

»Wie hast du mich gefunden?«, fragte Soya. Es dürfte eigentlich niemand wissen, dass sie hier war.

Ramon verzog abschätzig das Gesicht.

»Ich besitze zwar keine Magie, Eleona, doch …«, er pochte mit dem Finger gegen die Schläfe, »ich bin nicht auf den Kopf gefallen.« Er grinste. Doch es wirkte aufgesetzt. »So fleißig …« Er hob die Augenbrauen und nickte zum Phylenos, der aufgeschlagen auf dem Tisch lag.

Soya runzelte die Stirn. So, wie das Buch dalag, schwarz und ausgeleiert, die rote Schrift im Schatten dunkel schimmernd, erweckte es den Eindruck von etwas Gefährlichem … etwas, das versteckt gehörte. Am liebsten hätte sie es gepackt und ins Feuer geworfen. Doch es blieb ihr nichts anderes übrig, als die Waffe, die Sekretas jahrelang gedient hat, nun gegen ihn selbst einzusetzen …

»Was ist?« Er grinste. »Widern dich diese wunderhübschen Zauber etwa an?« Seine Augen glommen golden.

»Wenn es nur widerlich wäre, wäre das Ganze ja noch erträglich.«

Ramon schnaubte verächtlich.

»Die Zauber sind schrecklich«, erklärte sie nachdrücklich. »Echt, das ganze Buch ist«, sie schüttelte den Kopf, »abscheulich.« Angewidert blickte sie auf die roten Ziffern. »Ich bin gezwungen, mir alles beizubringen, das mir nur irgendwie nützen könnte, gegen Sekretas anzukommen.«

Ramon hob das schwere Buch hoch und schlug es auf.

»Lohnt sich nicht«, sagte er nach einer Weile und legte es wieder hin. »Ich verstehe kein Wort.« Dann nickte er. »Wieso kannst du diese Schrift eigentlich lesen?«

Soya zuckte mit den Schultern.

»Keine Ahnung. Es wurde mir anscheinend vererbt.«

Sein Blick verweilte ungläubig auf dem ausgefransten, schwarzen Buchumschlag, dann fragte er leise: »Ist es wirklich so, wie alle sagen? Ist Meredon wirklich tot?«

Die Erinnerung an Meredons Tod ließ sie zusammenzucken.

»Ja«, sagte Soya mit gedrückter Stimme. Dann erzählte sie ihm alles, was vorgefallen war. Ramon unterbrach sie kein einziges Mal, auch nicht, als sie ihm erzählt hatte, dass Merlan noch lebte. Er schien nicht einmal überrascht von der Neuigkeit. Vermutlich hatte er es bereits gewusst.

»Eines versteh ich nicht«, murmelte er schließlich leise, als sie fertig erzählt hatte, »wenn den Schirkans Blut alles bedeutet, wieso vertraust du Merlan dann noch weiterhin?«

Soya starrte ihn einen Moment perplex an, dann stand sie auf und trat hinaus auf die Veranda.

»Weißt du, wer Merlans Vater ist?«, hörte sie plötzlich Ramons eisige Stimme hinter sich und wandte sich wieder langsam zu ihm um. Ohne zu blinzeln, erwiderte sie seinen wütenden Blick.

»Das ist der Grund, warum du ihm nie vertraut hast«, murmelte Soya, »weshalb du alles, was er tut, auf die Goldwaage legst.«

»Ist das denn nicht Grund genug?!«, sagte er leise. Sein Oberkörper hob und senkte sich so heftig, als würde er nicht genug Luft bekommen. »Die Schirkans sehen ihr Blut als etwas Heiliges,

Goldenes. Die Familie bedeutet ihnen alles. Sie würden alles tun, um ihr Blut zu verteidigen. Eleona, wenn Merlan Sekretas' Sohn ist und auch er Schirkansblut hat …« Er trat näher und nahm ihr Kinn in seine bebende Hand. »Dann liegt es wohl auf der Hand, für wessen Seite er sich entscheidet.«

»Niemand hasst Sekretas so sehr wie Merlan«, wiederholte sie Zindabors Worte und versuchte, genauso überzeugt zu gucken.

»Woher weißt du das?«, flüsterte er panisch. »Wie kannst du dir da nur so sicher sein?«

»Ich vertraue ihm.« Und als sie das sagte, wusste sie ganz tief in ihrem Innersten, dass es stimmte. Sie vertraute ihm vorbehaltlos. »Zindabor und Taoko vertrauen ihm auch«, fügte sie hinzu, als wäre damit alles gesagt.

»Pah!«, machte Ramon.

»Merlan wäre meinetwegen fast ums Leben gekommen. Er hat alles riskiert, um mich in der Höhle zu retten. Du warst da. Du hast gesehen, dass sie ihn fast getötet haben.«

»Und wenn das nur ein blöder Zufall war?! Was, wenn er dich einfach für Sekretas hätte holen müssen?!«

»Nein«, flüsterte Soya tonlos.

»Wieso bist du dir da so sicher?«

»Weil Sekretas da war«, antwortete Soya.

Ungläubig riss er die Augen auf.

»Er war da? Sekretas war da?«

»Ja. Und er hat seinen Sohn fast verbluten lassen! Wäre Zindabor nicht gekommen, wäre er gestorben!«

Ramon riss den Mund auf.

»Merlan kann nicht auf Sekretas' Seite stehen. Du weißt nicht, was Sekretas alles mit ihm gemacht hat.«

»Und Saahrrin«, sagte er. »Du dachtest doch selbst immer, dass Saahrrin dich jagt. Mag ja sein, dass deine Familie jemand anderes auf dem Gewissen hat. Doch was, wenn dich Saahrrin ebenfalls jagt; wenn Izaroha ihm nur bis jetzt zuvorgekommen ist?«

»Ramon, wenn du immer noch der Meinung bist, Merlan will mich an Saahrrin verraten«, sie schluckte, »dann muss ich dir jetzt was darüber sagen.« Sie holte tief Luft: »Saahrrin ist … na ja …« Ihr Magen zog sich zusammen, »er ist mein Vater.«

Damit hatte er nicht gerechnet. Er öffnete den Mund, um etwas zu sagen, dann schüttelte er fassungslos den Kopf.

»Saahrrin ist dein *Vater*«, stammelte er.

»Ja«, antwortete Soya ergeben. »Ich habe immer gedacht, er jagt mich, weil er es nicht verkraftet, ein Kind mit elbischem Blutanteil zu haben. Ich glaubte, dass es für ihn eine Schande ist und dass dies niemals herauskommen darf. Doch«, sie schüttelte den Kopf, »er hatte keine Ahnung, dass es mich gibt. Er und Meredon haben es erst vor Kurzem erfahren.«

Ramon lehnte sich erschöpft gegen das Geländer, als plötzlich in einem Wirbel aus hellen Farben, Zindabor neben ihnen erschien.

»Zindabor«, keuchte Soya, während Ramon vor Schreck fast von der Veranda fiel. »Hast du sie gefunden?«

Zindabor nickte.

»Sie werden jeden Moment um die Ecke biegen.« Er zeigte lächelnd zu den Bäumen hinüber, während er über die Schwelle ins Haus trat.

Ramon lehnte sich demonstrativ neben sie an die Wand, dann sah sie einen schwarzen Wolf zwischen den Bäumen. Mit einer leichtfüßigen Bewegung sprang Merlan von Taokos Rücken. Es dauerte einen Herzschlag, dann war er bei ihr.

Seine Stimme war samtweich, als er zu sprechen begann.

»Entschuldige, Soya. Ich musste für Saahrrin noch einige Dinge regeln.« Obwohl er ruhig klang, spürte sie, dass er wütend war.

Ramons Blick richtete sich düster auf die Holzdielen vor sich.

Merlan fuhr zärtlich mit dem Zeigefinger ihre Schläfe hinab, während das Dunkel seiner Augen zu glühen begann.

»Saahrrin hat mir wieder ein Paar Smürgold mitgegeben. Hier.« Er band ihr eine Kette um den Hals und ein grüner Stein leuchtete auf ihrer schneeweißen Haut. »Saahrrin hat sie mit einem Schutz umgeben. Sekretas kann sie nicht mehr manipulieren.«

Sie spürte seine kühlen Lippen auf den ihren, dann das Vibrieren der Wand hinter ihr. Ramon hatte mit solcher Wucht gegen die Mauer getreten, dass weißer Verputz abblätterte.

Endlich neigte Merlan den Kopf ein wenig in seine Richtung.

»Hallo, Ramon.«

Hasserfüllt blickte ihm Ramon ins Gesicht.

»Arrogant wie eh und je!«

Merlans linker Mundwinkel zog sich schräg nach oben.

»Erstaunlich, wie wütend man werden kann, wenn man nicht die ganze Wahrheit erkennt.«

Ramon blinzelte: »Hat Zindabor tatsächlich schon so auf dich abgefärbt?«

»Ich würde mir gern, ein, zwei Scheiben von Zindabor abschneiden.« Ein entspanntes Lachen drang aus Merlans Kehle, dann hob er die Augenbrauen und blickte Ramon scharf an. Seine Stimme klang streng: »Aber nun zu dir: Ich rate dir, dich auf deine dir aufgetragenen Dienste zu konzentrieren. König Saahrrin wäre nicht erfreut, wenn er von deinen zwischenzeitlichen Aktivitäten erfahren würde. Geh zurück zu deinem Heer. In Kürze wird es zur Schlacht kommen.«

Der Blick, den Ramon ihm jetzt zuwarf, war von so tiefer Abscheu erfüllt, dass sich Soya keine Menschenseele vorstellen konnte, die er mehr hassen konnte.

»Du hältst dich wohl für besonders wichtig, was!«

Merlan lächelte schwach.

»Bei deinem Temperament kannst du von Glück reden, dass du nur ein Mensch bist.«

»Was willst du damit sagen?« Ramons Muskeln spielten unter seinem engen T-Shirt.

»Dass es gut für dich wäre, deine Emotionen besser in den Griff zu bekommen.« Merlan hob desinteressiert den Blick. »Sie interessieren keinen.«

»Wie hältst du das nur aus?« Ramons braune Augen richteten sich jetzt voller Verachtung auf Soya. »Wieso gibst du dich mit so einem ab! Ich mein, sieh dich doch mal an, wie du aussiehst! Merlan ist nicht gut für dich!«

»Hmm …« Merlan verzog das Gesicht.

»Was?«, bellte Ramon ihn an.

»Schon ein starkes Stück, so eine Aussage zu machen. Zumal ich mich erinnern kann, wie schlecht es Soya wegen dir gegangen ist.«

»Ich habe sie so schützen wollen!«

»Sicher. Hat ja auch großartig geklappt.«

»Ich habe es in Kauf genommen, dass sie mich hasst, um ihre Sicherheit zu gewährleisten! So etwas würde dir nie in den Sinn kommen!«

»Wenn du damit meinst, Soya unnötigerweise in Gefahr zu bringen, dann hast du recht. Aus diesem Fehler habe ich gelernt.«

»Ich habe sie nicht in Gefahr gebracht!«

»Sie allein sich selbst zu überlassen in einer Welt, wo alle nur nach Macht streben, ist nicht gerade weitsichtig, Ramon.«

Obwohl er mehr als kontrolliert aussah, kannte sie Merlan zu gut, um nicht zu wissen, dass es hinter der Fassade allmählich brodelte.

»Was meinst du, Soya«, sagte Merlan leise und fuhr ihr mit der kühlen Fingerspitze über das Kinn, »sollen wir reingehen?«

»Eleona kann immer noch für sich selbst entscheiden!«

»Soya«, berichtigte ihn Merlan.

»Was?«

»Soya ist ihr richtiger Name.« Sie spürte Merlans Arm an ihrem Rücken, wie er sie langsam an sich zog – weg von Ramon.

»Wärst du nur ein Mensch, würde ich dich zu sowas von Kleinfutter verarbeiten!« Er starrte ihn wütend an. »Scheiß Kaltblüter!«

Merlan verzog das Gesicht.

»Glaube nicht, dass dich dein Hirn gewinnen lassen würde, auch wenn ich ein Mensch wäre.«

Soya riss sich los.

»Hört auf! Alle Beide!«

Die Härte wich schlagartig aus Ramons Gesicht; gequält blickte er sie an.

»Was wäre passiert, wenn ich mich damals im Schloss nicht wie ein Idiot benommen hätte?«, fragte er unvermutet. »Wir haben doch schon immer zusammengehört.« Eine tiefe Furche entstand auf seiner Stirn und auf einmal schmerzte sie sein Blick mehr als alles andere. »Ich wollte dich damals nur beschützen! Das weißt du doch!« Seine Augenbrauen schoben sich zusammen. »Das weißt du! Eleona, du kannst dir nicht vorstellen, was ich wegen dir durchgemacht habe! Es war das Schlimmste, das Schwerste, was ich je in meinem Leben ertragen musste; dich so zu behandeln, damit du gehst und nie mehr zurückkommen würdest.« Das Braun in seinen Augen glühte. »Ich weiß, dass du mich auch liebst, Eleona.« Eindringlich sah er sie an. »Ich weiß es.«

Vage nahm sie wahr, wie Merlan den Arm, den er nach ihr ausgestreckt hatte, wieder sinken ließ.

»Bitte«, hauchte sie kraftlos. »Tu das nicht, Ramon.«

»Was …« Ramons Gesicht war jetzt nur noch wenige Zentimeter entfernt, »sagen, dass du mich liebst?« Eine schmerzvolle Falte zog sich über seine Stirn. »Aber das sehe ich, Eleona.«

»Nein«, stieß sie heiser hervor, energisch schüttelte sie den Kopf. »Merlan hat recht. Geh zurück. Dein Heer braucht dich.«

»Erst wenn du mir sagst, dass du nichts mehr für mich empfindest! Denn das tatest du. Du hast mich geliebt. Schon immer. Und ich dich!« Mit ausgebreiteten Armen stand er da. Wut und Schmerz im Blick. *»Sag es mir!«*

»Ramon«, flüsterte Soya kraftlos. Langsam hob sie den Blick und zwang sich, in das warme Braun seiner Augen zu sehen. »Merlan ist mein Leben. Ich liebe ihn.« Sie schluckte und versuchte den Schmerz zu ertragen. »Ich werde immer nur ihn lieben, solange ich lebe.« Sie hörte sich sprechen, während ein dumpfes Pochen ihren Kopf erfüllte. »Und nichts wird daran jemals etwas ändern.« Sie wusste nicht, was es war, was sie für Ramon empfand. Doch eins stand fest: Niemals würde jemand auch nur annähernd Merlan das Wasser reichen können, und somit war es schließlich egal, was sie für ihn empfand oder wie es ihr nun dabei erging.

Ramon senkte den Blick. Er nickte und seine Brauen schoben sich dicht über seine Lider.

Soya blinzelte durch die Tränen, die ihr auf einmal die Sicht raubten.

Doch Ramon sah nicht nochmal hoch. Er wandte sich ohne ein weiteres Wort ab und verschwand über die Wiese im dichten Grün des Waldes.

Die Tränen liefen über ihr Gesicht, dann spürte sie Merlans Hand, wie er sie an sich zog. Soya lehnte sich gegen ihn, wagte es aber nicht, in sein Gesicht zu sehen. Sie wollte nicht, dass er sah, wie weh ihr das getan hatte.

»Saahrrin braucht ihn«, flüsterte Merlan. »Er ist ein guter Soldat. Ein guter Führer.«

»Es kommt zur Schlacht?«, fragte sie und versuchte das Beben in ihrer Stimme zu verbergen.

Merlan drehte sie langsam zu sich um.

»Ja.« Der Blick seiner dunklen Augen war voller Sorge.

»Saahrrin war außer sich vor Zorn. So habe ich ihn noch nie erlebt. Er hat fast die Beherrschung verloren. Und das will was heißen. In all den Jahren habe ich Saahrrin noch nie die Kontrolle verlieren sehen.« Er fuhr mit dem Finger über ihre Schläfe. »Er hat erfahren, dass Sekretas dich zu sich geholt hat und was er jetzt vorhat – Sekretas schickt eine Armee in unser Land. Eine selbsterschaffene Armee. Du kannst dir selbst ausmalen, was für Kreaturen das sein werden.«

»Um mich zu holen«, flüsterte sie. Und auf einmal hatte sie das Gefühl, der Boden würde unter ihren Füßen weggezogen.

»Er wird dich nicht kriegen. Saahrrin hat alles unter Kontrolle. Du brauchst keine Angst zu haben.«

»Nein«, hauchte Soya.

Sie fürchtete sich nicht um ihr Leben. Sie konnte den Gedanken nicht ertragen, dass erneut ihretwegen so viele Menschen in Gefahr waren.

»Ich gehe zu Sekretas«, sagte sie fest entschlossen.

»Soya.«

»Nein! Ich gehe zu ihm!« Sie konnte nicht riskieren, dass noch mehr ihretwegen das Leben ließen.

»Soya.« Er zog die Brauen zusammen. »Glaubst du denn, damit würde es enden? Wenn er dich bekommen würde, würde es noch viel mehr Elend geben. Und dann wirst du es sein, die all die Menschen töten muss, damit er seine Ziele erreicht.«

»Sie haben keine Chance gegen Sekretas' Kreaturen!« Sie war wieder nah dran loszuheulen. Und Ramon – ihr Magen zog sich unsanft zusammen – war dabei, in den sicheren Tod zu laufen …

»Saahrrin hat alles unter Kontrolle.«

Doch das Bild: Ramon an vorderster Front, machtlos dem sicheren Tod ausgeliefert, ließ sich nicht mehr aus ihrem Kopf entfernen.

Merlans kühle Hände an ihrem Gesicht und der Herzschlag an seiner Brust beruhigten nur ein wenig ihren aufgebrachten Puls.

»Kannst du nicht dafür sorgen, dass Saahrrin Ramon nicht für die Schlacht einsetzen wird?«, murmelte Soya unter erstickten Tränen, das Gesicht fest an seine Brust gepresst.

»Saahrrin braucht jetzt jeden an seiner Seite, der halbwegs in der Lage ist, einen kühlen Kopf zu bewahren.«

»Du weißt so gut wie ich, dass es keine Rolle spielt, wer in diesem Moment neben Saahrrin stehen wird. Sekretas würde sie so oder so nicht lange genug am Leben lassen, dass sie eine Chance dazu hätten, ihre Kühnheit zu beweisen.«

»Der König wird seine Soldaten nicht ungeschützt in die Schlacht führen.«

»Wie meinst du das?«

»Er wird sie mit einem Schutzzauber umgeben.«

Soya starrte in sein Gesicht.

»Was …«, stieß sie hervor. »Das ganze Heer?«

»Was hast du denn gedacht … Er lässt sie gegen eine Mauer laufen?« Er hob eine Augenbraue und sah sie missbilligend an.

»Wie macht er das? Ich meine – wie viele Soldaten werden das sein? Hunderte?«

»Nun …« Er hob seine Augenbrauen und ließ die volle Kraft seines überwältigenden Blickes auf sie nieder. »Wohl eher Tausende.«

»Tausende?«, fragte sie ungläubig.

Ein schräges Lächeln zog seinen linken Mundwinkel nach oben.

»Sekretas unterschätzt seine Gegner andauernd.«

»Auch wenn sie geschützt sind«, sagte Soya, »werden sie sich niemals gegen ihn behaupten können.«

»Das sollen sie auch nicht«, sagte er mit ungezwungenem Lächeln.

»Was dann?«, fragte Soya mit einem Anflug von Ungeduld. »Da stehen und nichts tun?«

Merlan verzog das Gesicht.

»Na ja. So etwas in der Art.«

»Was soll das heißen?«

»Sie sollen Macht ausstrahlen … während andere … die eigentliche Arbeit erledigen …«

Sie starrte in sein bleiches Gesicht und versuchte seine Worte zu verstehen.

»Andere?«

Seine Miene war jetzt wieder angespannt.

»Ja.«

»Wie …«

Sein Blick war auf einmal entschuldigend.

»Saahrrin würde sich nie mit Sekretas anlegen, wenn er nicht eine stärkende Kraft im Rücken hätte.«

»Eine stärkende Kraft«, murmelte sie misstrauisch.

»Saahrrin ist siegessicher, weil er auch allen Grund dazu hat.« Er hielt einen Moment inne. »Die Schirkans werden ihn unterstützen.«

»Die Schirkans?«

»Natürlich wird Sekretas sie nicht sehen«, erklärte er. »Sie werden unter den Soldaten getarnt sein. Sekretas wird niemals mit einer solchen Macht rechnen. Und auch wenn sie Sekretas nicht vernichten können, werden sie es zumindest schaffen, ihn in die Flucht zu jagen und erreichen so, dass er sie so bald nicht wieder angreift.«

»Wie können sie so etwas tun, wenn ich es ihnen noch gar nicht befohlen habe?«

»Saahrrin hat schon seit jeher einige Schirkans unter seiner Macht. Meredon hatte sie ihm verpflichtet. Sie stehen unter seinem Befehl.« Merlans Stirn zog sich in Falten. »Das gilt natürlich, bis du diesen Befehl aufhebst. Er hätte dich ja um mehr Schirkans gebeten, die ihm hätten beistehen können, doch er hatte noch keine Gelegenheit, die neue Herrscherin der Schattenwelt persönlich kennenzulernen. Da empfand er es als taktlos, eine Taube zu schicken.«

Soya fuhr sich unwillkürlich mit der Hand über den Ring und rieb das goldene Incal.

»Du musst dir keine Sorgen machen, Soya. Saahrrin hat das im Griff. Glaub mir, Saahrrin ist bestens vorbereitet.«

Am Abend besprachen sie im Wohnzimmer ihre weitere Vorgehensweise. Zindabor hatte sich auf dem Sessel niedergelassen, der direkt neben dem Kamin stand, in dem ein knisterndes Feuer brannte. Taoko lag auf dem großen Teppich vor dem Sofa, auf welchem Soya und Merlan saßen.

»Nun«, sagte Zindabor, nachdem er mit einer Handbewegung jedem von ihnen einen Becher Tee hatte zukommen lassen – bis auf Taoko, der eine große Schale Wasser vor sich fand –, »hätten wir mehr Zeit, so würde ich vorgeschlagen, dass wir alle zusammen aufbrechen, um die Drachen, die Schirkans und die Elfen um Hilfe zu bitten.« Als Zindabor die Elfen erwähnte, blies Merlan herablassend die Luft aus. »Doch da die Zeit drängt«, fuhr Zindabor unbeirrt fort, »müssen wir uns aufteilen.«

»Ich werde meine Familie ebenfalls um Hilfe bitten«, hörten sie Taokos Stimme in ihren Köpfen.

»Sehr gut«, erwiderte Zindabor lächelnd. »Das kommt uns natürlich sehr gelegen. Vielen Dank.«

»Ich kann jedoch nicht versprechen, dass sie sich den Zweibeinern anschließen werden.«

Zindabors Schnurrbart zuckte.

»Das würde ich mir allerdings auch gut überlegen.« Er schmunzelte. Als sein Blick wieder auf sie und Merlan fiel, fuhr er in sachlichem Ton fort: »Ich schlage vor, ihr beide macht euch morgen früh zu den Schirkans auf, um sie über diese missliche Lage aufzuklären. Sie sollen in Alarmbereitschaft sein und einige von ihnen sollen euch zu eurem Schutz zurückbegleiten.«

Einen Moment herrschte Stille.

»Für Soya ist es zu gefährlich, jetzt das Haus zu verlassen«, bemerkte Merlan und es fiel ihm schwer zu vermeiden, dass seine Stimme vorwurfsvoll klang.

»Natürlich werde ich euch den größten Schutz mitgeben, den ich kann«, sagte Zindabor ruhig.

»Aber der größte Schutz, der mir bekannt ist, lässt sich nicht bewegen«, sagte Merlan.

»Es gibt da noch einen anderen Zauber, ein höchst komplexer, schwieriger Trank, an dem ich monatelang herumgebraut habe. Er bietet euch zwei Stunden den höchsten Schutz. Nichts kann in dieser Zeit an euch herankommen. Doch wenn ihr es nicht schafft, in dieser Zeit wieder zurückzukommen, verliert er seine Wirkung.«

»In zwei Stunden«, sagte Merlan zaghaft, »und was, wenn etwas schiefläuft?«

Zindabor erhob sich und stellte sich in seinem mitternachtsblauen Umhang vor das Fenster.

»Dann müsst ihr dafür sorgen, dass nichts schiefgehen kann«, sagte er mit dem Rücken zu ihnen gewandt.

Soya blickte auf ihre Hände.

»Sekretas kann jederzeit über die Völker herfallen«, hörten sie Zindabor weitersprechen.

»Und was ist mit den Drachen und den Elfen?«, fragte Merlan.

»Darum werde ich mich kümmern«, sagte Zindabor. »Ich werde noch heute Nacht aufbrechen.

»Fraglich, ob du bei den Elfen Erfolg haben wirst«, murmelte Merlan.

»Unter den gegenwärtigen Umständen könnten sie sich uns durchaus anschließen.«

»Glaubst du ernsthaft, sie würden sich neben die Wölfe und Schirkans stellen, von gleich zu gleich?« Merlan verzog das Gesicht. »*Niemals.*«

»Soya hat Izaroha am Leben gelassen. Sie stehen in ihrer Schuld.«

»Und der ist mit einem Krieg zu begleichen?« Merlans Stimme wurde energischer.

»Der Krieg betrifft sie genauso.« Zindabor trat vom Fenster zurück und sah ihn an. »Würde Sekretas an die Macht kommen, wäre das Elfenvolk sein nächstes Ziel.«

Taoko erhob sich.

»Ich werde mich jetzt auf den Weg machen«, hörten sie seine Stimme.

»Taoko …«, flüsterte Soya, und blickte in seine dunklen Knopfaugen.

»Ich werde bald wieder hier sein.« Taoko schmiegte seinen großen Kopf an ihre Seite. »Pass auf dich auf«, hörte sie in ihrem Kopf und sah ihm dann nach, wie er durch die Tür verschwand.

Rache ist …

Soya und Merlan hatten Zindabors Trank vor dem Zubettgehen getrunken. Die Wirkung setzte nach genau acht Stunden ein. Merlan stand am Herd und war gerade dabei, Tee zu kochen, als er Soya kommen sah. Er lächelte, doch irgendetwas schien mit seinen Augen nicht zu stimmten. Sie schmiegte sich an seine Brust und versuchte sich durch seinen Herzschlag zu beruhigen. Merlans Sorge, es in zwei Stunden nicht zu schaffen, war durchaus berechtigt. Was, wenn tatsächlich etwas schiefging?

Langsam löste sie sich wieder aus seiner Umarmung, doch nur so weit, um zu sehen, dass sie sich geirrt hatte und sein Lächeln in keinem Widerspruch zum Ausdruck seiner Augen stand. Sobald sie darin eine Schwäche sah, ein Bezweifeln ihres Plans, wäre auch ihre Zuversicht dahin.

»Soya.« Seine Stimme war leise. Er hatte die Lider gesenkt. »Du brauchst keine Angst zu haben. In weniger als zwei Stunden sind wir wieder in Sicherheit. Es wird alles gut. Taoko wird sich uns anschließen, sobald er mit seiner Mission fertig ist. Sekretas wird unseren Plan nicht durchschauen.«

»Er wird den Plan nicht durchschauen? Wie meinst du das?«

Er zog seine formvollendeten Augenbrauen hoch.

»Zindabor hat eine Nachricht geschickt: Sekretas hat versucht, ihm den Weg abzuschneiden. Aber es ist ihm misslungen. Und uns wird er nicht finden.«

»Er hat Zindabor den Weg abgeschnitten?«, keuchte sie.

Da erstarrte er plötzlich.

»Der Zauber!« Rasch sah er auf die Uhr. »Er beginnt in fünf Minuten zu wirken!«

Dann ging alles viel zu schnell. Wäre er nicht so angespannt gewesen, hätte sie wie ein kleines Kind losgeheult. Wenn Sekretas

Zindabor hatte aufspüren können, war es nur logisch, dass das Gleiche auch bei ihnen geschehen würde.

»Du kannst den Verschwindungszauber?«, presste sie hervor, während er sie fest an sich zog und leise zu murmeln begann.

»Zindabor hat ihn mir beigebracht, in der Zeit, als wir viel allein waren«, erklärte er rasch, dann verschwand alles in wirren Farben.

*

Soya trat aus dem Schatten des Tors und blinzelte in das helle Licht. Sie hatten, bevor sie wieder zum Hof zurückkehren wollten, nur aus einem Grund in Nadeera Halt gemacht: Um nachzusehen, weshalb der Bote von Saahrrin keine Nachrichten mehr übermittelte. Wie durch ein Wunder war zuvor alles wie am Schnürchen gelaufen. Zehn Schirkans hatten sich auf den Weg zum Hof gemacht. Merlan hatte es bevorzugt, mit Magie und allein mit ihr zu reisen. Es wäre auch nicht möglich gewesen, zehn von ihnen mitzunehmen. Die Schirkans standen also bereit, falls ein Angriff stattfinden sollte. Sie hatte noch einen Smürgold von einem der obersten Bediensteten bekommen, um immer mit ihm in Kontakt zu sein. Nun hingen also zwei Ketten mit einem grünen Stein um ihren Hals.

Soya ließ den Schutz des Zaubers, der sie vor den Sonnenstrahlen abschirmte, über sich gleiten und trat mit Merlan über den knirschenden Kies. Dann spürte sie Merlans Hand an ihrer Taille. Doch sein Griff war anders als sonst – er hielt sie fest. Oder besser gesagt, er hielt sie davon ab, weiterzugehen. Der Schutz des Zaubers klärte ihr Blickfeld und ihr stockte der Atem.

Mehrere Hundert Menschen, in Stücke gerissen, die Gesichter und Arme von Splittern übersät, lagen in einer dicken Schicht aus schwarzem, getrocknetem Blut. Es klebte an den Wänden der Häuser und glitzerte schwarzrot auf den tausend Scherben, die um sie herum lagen.

Vergeblich versuchte Soya, die Kontrolle über ihren Atem zu bekommen. Merlans Hand fand die ihre, dann spürte sie, wie sie jäh zurückgezogen wurde.

»Wir müssen von hier weg!«

Merlans Hände zogen sie weiter. Dann erhellte sich der Himmel scharlachrot. Soya hörte einen scharfen Knall, ein dumpfes Dröhnen, dann wurde sie um eine Ecke gezerrt. Etwas sengend Heißes glitt über ihre Köpfe hinweg, dann schlug sie der Länge nach zu Boden. Merlans Hände bedeckten ihr Gesicht. Dann ertönte ein weiterer Knall. Überall züngelte Feuer die Wände empor, die Luft brannte und eine Feuerwalze kam auf sie zu.

»Komm! Schnell!«, zischte er.

Die Flammen waren jetzt überall. Brennende Trümmerteile fielen in die Gassen. Eine Hauswand brach neben ihnen zusammen und etwas Scharfes schnitt ihr in den Arm. Sie merkte, wie Blut ihre Haut benetzte, doch der Schmerz blieb aus.

Irgendwann waren sie draußen. Das ganze Dorf stand in Flammen und der Himmel war schwarz vor Rauch.

Im nächsten Moment zog sie ein Wirbel aus Farben weg.

Es kam ihr vor, als dauerte es eine Ewigkeit, bis sie endlich wieder festen Boden unter sich hatte. Merlan ließ sie sanft zu Boden gleiten, ihren Kopf immer noch in seinen Händen haltend. Erst jetzt merkte sie, dass etwas Kühles ihre Schläfe hinunterlief. Merlans Augenbrauen schoben sich zusammen, während er leise zu flüstern begann.

»Es tut mir leid.« Unablässig entschuldigte er sich, während er mit einem Tuch das Blut stoppte.

Soya schloss die Augen. Mit aller Macht konzentrierte sie sich auf den Heilzauber. Doch die Schuldgefühle wurden immer stärker und die Konzentration ließ rasch nach – sie alle hatten ihretwegen das Leben verloren.

Merlans Hand strich jetzt sanft über die Stelle, wo sie zuvor noch geblutet hatte, dann spürte sie seine Lippen auf ihrer Stirn und das erste Mal sah sie sich um.

Sie waren nicht wie erwartet auf dem Anwesen, zu dem sie zurückkehren wollten.

»Wir müssen zu Saahrrin«, sagte Merlan rasch und hob den Blick. Da erst sah sie die hohen Stadtmauern Elindors. »Ich schicke Zindabor eine Nachricht, dass wir hier sind. Ich muss Saahrrin darüber informieren, was geschehen ist. Die wenigen Minuten, die uns danach noch bleiben, reichen nicht, um auf den Hof zurückzukehren.«

Von fern hörte sie Trompeten blasen, dann sah sie einige Pferde aus dem Tor kommen. Soldaten in glänzenden Rüstungen ritten die Straße hinab.

»Komm.« Merlan zog sie hoch, nahm ihr die Kette der Schirkans vom Hals, strich darüber und sprach einige Worte. »Die Schirkans müssen wissen, dass sie gleich zu Saahrrin sollen«, erklärte er, »sonst warten sie vergebens auf dem Hof.«

Er legte ihr die Hände auf die Schultern und hielt sie fest.

»Ich hätte mir gewünscht, du könntest Saahrrin unter anderen Umständen kennenlernen«, flüsterte er, die Tränen in ihren Augen missdeutend. »Aber du brauchst keine Angst zu haben, ich bin bei dir.«

Soya nickte hölzern. Sie hatte keine Angst. Sie war viel zu aufgekratzt, um so etwas wie Nervosität zu empfinden. Sie sah immer noch die vielen Menschen vor sich und das Dorf, das in Trümmern lag. Dann spürte sie den Boden neben ihnen vom Hufgetrampel leicht erbeben. Die Soldaten blieben vor ihnen stehen und sahen sie misstrauisch an. Sie hörte, wie Merlan etwas zu ihnen sagte, dann ritten einige davon wieder zurück ins Schloss. Zwei stiegen von ihrem Pferd. Sie fühlte die Blicke der Soldaten, nahm wahr, wie ihre Augen über ihren blutverschmierten Arm strichen, über den Schnitt an ihrem Kopf und ihre feuchten Augen; als dachten sie, es hätte etwas mit Merlan zu tun. Als hätte er ihr das angetan.

Die Soldaten murmelten etwas und Merlan fuhr sie an. Winkte einen von ihnen herbei und nahm ihm die Zügel aus der Hand.

»Kannst du aufsteigen?«, murmelte er leise.

Mechanisch hob sie ihr Bein. Es fühlte sich taub an; auf einmal hatte sie Angst, wieder abzurutschen. Dann spürte sie, wie Merlan sie von unten hochschob. Kaum war sie oben, spürte sie seinen Körper an ihrem Rücken. Er legte ihr den Arm um die Taille, hob die Zügel und das Pferd setzte sich in Bewegung. Ihr Blick fiel auf die großen Tore, die vor ihnen geöffnet wurden. Ein Trupp Soldaten ritt an ihnen vorbei.

Sie war schon drei Mal in Elindor gewesen, und jeden dieser Besuche hatte sie in schlechter Erinnerung. Das erste Mal war sie von Morlaks angegriffen worden, das zweite Mal hatte Ramon sie wieder weggeschickt und das dritte Mal war sie mit Taoko unter einem Unsichtbarzauber hier gewesen und Merlan war zu einem Hinterhalt im Gayenorgebirge gelockt worden.

Merlan hob die Zügel und das Pferd kam zum Stehen. Er sprang ab und half ihr abzusteigen.

»Hier lang.«

Merlan drückte einem auf sein Handzeichen herbeigerannten Soldaten die Zügel in die Hände und deutete auf eine große, marmorne Treppe. »Wir müssen da hoch.«

»Lass mich nicht fallen«, flüsterte Soya, die die Blicke mehrerer Soldaten auf sich spürte. Merlan schob seinen Arm unter den ihren und hielt sie fest.

Oben angelangt, waren dort noch mehr Leute, die sie mit verstärktem Interesse musterten. Den Blick stur nach vorn gerichtet, ging Soya neben Merlan durch eine große Eingangshalle wieder auf eine Treppe zu.

Sie stiegen langsam die Stufen hoch. Hier oben waren die Wände mit Stofftapeten verkleidet und prachtvolle Bilder schmückten sie. Es waren Gemälde von wichtigen, berühmten Menschen, einstigen Königen. Doch Soya kannte sie alle nicht.

Sie gingen weiter und auf dem Teppich waren ihre Schritte vollkommen lautlos. Sie schritten durch mehrere Gänge in noch größere und prunkvollere Flure, und obwohl diese Vorstellung geradezu lachhaft war, kam ihr das Schloss Siramon nun auf einmal noch größer vor als das Schloss Helandibur. Allmählich begann sie sich zu fragen, ob sie sich verirrt hatten. Doch Merlan ging so sicher und selbstverständlich durch die Gänge, als wäre er schon tausendmal hier entlanggeschritten … Und das erste Mal wurde ihr schlagartig bewusst, dass dies eigentlich Merlans zu Hause war. Er gehörte hierhin. Sie wusste nicht, weshalb sie das nun traf wie ein Schlag. Immerhin hatte sie schon lange gewusst, dass er im Schloss wohnte und für Saahrrin arbeitete. Doch sie hatte sich noch nie wirklich darüber Gedanken gemacht, wo Merlans wirkliches Zuhause war.

»Wir sind da«, sagte Merlan leise.

»Gut«, flüsterte Soya.

»Du brauchst dir keine Sorgen zu machen.«

»Ich weiß.«

Dann legte er die Hand auf den goldenen Türgriff.

Vor ihr tat sich ein großer, mit antiken Möbeln ausgestatteter Saal auf. Die Gardinen waren zugezogen und an den Wänden flackerten rote Kerzen. Das leise Gespräch von sechs Männern verstummte abrupt. Ein leises Rascheln ertönte, als sie sich alle in ihren langen, purpurnen Roben zu ihnen umwandten.

Saahrrin, der Einzige in einem schwarzen Umhang, die langen, dunklen Haare über seine breiten Schultern fallend, blickte reglos zu ihnen herüber. Das Pergament in seinen Händen fiel raschelnd auf den großen Tisch. Er murmelte einige Worte, dann verließen die alten Herren einer nach dem anderen den Saal und ließen die drei allein.

Merlans Hand entfernte sich langsam von Soyas Rücken, doch nicht, weil er zurücktrat – sondern weil sie sich, ohne dass sie es merkte, auf Saahrrin zubewegte.

Dann, endlich, stand er vor ihr, das Gesicht zu einer Maske tiefer, uralter Traurigkeit verzerrt, die Augen mit dunklen Tränen gefüllt.

»Soya«, flüsterte er leise.

Es war, als würde sie seine Stimme schon seit einer Ewigkeit kennen; als hätte sie sie jeden Tag in ihrem Leben gehört.

Im nächsten Moment lag sie in seinen Armen, ohne zu wissen, wie sie da hingekommen war. Sie presste ihr Gesicht in seinen Umhang und wartete darauf, dass das Zittern endlich nachließ.

»Ich habe gehört, was passiert ist«, sagte er leise. Seine Stimme klang rau. »Geht es dir gut?«

Soya nickte. Dann glitt sein Blick hinüber zu Merlan. Sie hörte ihn einige Worte murmeln, dann richtete Saahrrin seine dunklen Augen wieder auf Soya. Obwohl der Ausdruck in seinem Gesicht jetzt wieder weicher war, lag etwas darin, das sie nicht deuten konnte.

»Du bist Elehna wahrlich aus dem Gesicht geschnitten.« Die Sorgenfalten auf seiner Stirn gruben sich noch tiefer in seine Haut. »So wunderschön bis du.«

Seine dunklen Augen fielen auf den Ring an ihrer Hand und seine Lippen verzogen sich.

»Natürlich habe ich davon gehört«, sagte er leise. »Der magische Ring hat sich dir um den Finger gelegt.« Ein Lächeln entstand auf seinem Gesicht, wobei sich ein trauriger Glanz in seinen Augen spiegelte. »Als hättest du nicht schon genug Bürde zu tragen. Ich kann es nicht in Worten ausdrücken, wie stolz es mich macht, obwohl ich zu einem solchen Gefühl vermutlich kein Recht habe …« Er schlug die Augen nieder. »Ich hätte mir für dein Leben etwas anderes gewünscht, als dass du das gleiche Schicksal tragen musst wie ich.« Er schüttelte leicht den Kopf, dann hörten sie einen lauten Knall.

Saahrrin hob den Blick und Soya wusste, dass er den von Merlan suchte. Dann sah er auf den Ring, der sich rot verfärbte.

»Ein Probeschuss«, murmelte er leise und so schnell, dass sie seine Worte kaum verstand.

Die Tür ging auf und Wachen traten ein. Sie kamen zu Saahrrin und begannen zu flüstern. Hinter sich spürte Soya, dass Merlan jetzt ganz nahe bei ihr stand. Saahrrin entgegnete etwas, ließ sie dabei jedoch nie ganz los. Dann nickten die Wächter und traten mit einer leichten Verbeugung wieder zurück.

»Soya.« Es war Saahrrins leise Stimme. Sie klang noch rauer als zuvor. »Ich muss leider kurz weg.«

Er begleitete die beiden hinaus in den Korridor und in ein anderes Zimmer. Merlan stellte ihre Tasche auf den Sessel und zog die Vorhänge zu. Soya sah sich um.

Es stand nicht viel in dem Raum. Ein großes Bett, ein Schrank, eine Kommode, ein Sessel und ein sehr bequem aussehendes Sofa, auf dem einige Bücher herumlagen. Ihr Blick fiel auf eine weitere Tür, hinter der vermutlich das Badezimmer war. Sie schaute dabei zu, wie Merlan zum Schrank trat und etwas herausnahm – das also war Merlans Zimmer.

Saahrrin seufzte und fuhr ihr übers Haar.

»Hier seid ihr sicher. Sobald deine Wachen hier sind, lasse ich sie im Korridor postieren. Sie werden rund um die Uhr zu eurem Schutz hier sein.«

Merlan nickte.

»Gut, dann«, Saahrrin löste seine kühlen Finger von den ihren. »Bis bald. Ich lasse euch etwas zu essen bringen.«

Soya hob die Hand, Saahrrin die seine, dann verschwand er mit glühendem Blick und einem Lächeln durch die Tür.

Unverhofftes Wiedersehen

»Es wird schon gut gehen«, flüsterte Merlan.
Ihr Blick fiel durch das Fenster.

»Du kannst gegen eine Horde Schirkans kämpfen, und hier vor Menschen … verlierst du die Nerven?« Er zeigte missbilligend auf die Menge Aberhunderter Leute, die sich draußen auf dem großen Innenhof versammelt hatte und begierig auf ihre Ankunft wartete. Soya verzog das Gesicht.

»Ich verliere nicht die Nerven.«

»Hmm …« Merlan küsste sie hinters Ohr. »Natürlich nicht.«

Dann hörten sie Schritte und wandten sich um.

»Es ist so weit«, bestätigte Merlan.

Um die Ecke kamen vier Männer in langen Gewändern. Ihre langen, purpurnen Umhänge schlugen ihnen um die Knöchel.

Seltsam, dass sie gerade jetzt daran dachte, aber sie hatte Ramon noch kein einziges Mal gesehen, seit sie das Schloss betreten hatte – und mittlerweile war schon eine ganze Woche vergangen.

Saahrrin kam aus einem anderen Zimmer.

Soya ließ den Blick über die Gesichter der vier Berater streifen. Sie blieben vor ihnen stehen und blickten an ihr vorbei durch das trübe Glas hinunter auf den Hof.

»Soya?«, fragte Saahrrin und trat neben sie. Seine Hand legte sich in die ihre. »Bist du bereit?«

Soya folgte dem Blick der Berater.

Unten auf dem Hof waren ihre Freunde. Xaira hatte ihr geschrieben, dass sie kommen würden. Im ganzen Land gab es nur noch ein Thema: König Saahrrin hatte seine verlorene Tochter wiedergefunden. Nun war es soweit, dass Saahrrin seinem Volk seine Tochter vorstellen wollte. Entgegen Zindabors Rat hatte Saahrrin dieses Fest in die Wege geleitet.

»Jeder soll wissen, dass du meine Tochter bist. Die ganze Welt soll davon erfahren«, hatte er gesagt. »Was schert mich Sekretas? Ich richte mein Leben nicht nach ihm.«

Doch Sekretas wartete nur auf so eine Gelegenheit. Der Angriff war bis jetzt ausgeblieben. Alle waren in Alarmbereitschaft.

Merlan war schon den ganzen Morgen über seltsam ruhig gewesen. Auch die Berater schienen verhalten. Wussten sie etwas, was sie vor ihr verborgen hielten? Stand ihnen ein Angriff bevor?

Verschwommen nahm sie wahr, wie Saahrrin mit der Hand ein Zeichen gab und die Berater sie allein ließen.

»Soya.« Saahrrins Stimme war sanft: »Es gibt nichts, vor dem du dich da draußen fürchten müsstest. Die Menschen werden dich lieben. Du bist meine Tochter und sie werden dich genauso verehren wie mich. Wie könnten sie auch anders?« Liebevoll strich er ihr über die Wange.

»Das ist es nicht …« Ihre Stimme versagte.

Saahrrin warf Merlan einen raschen Blick zu.

»Du weißt es …« Er atmete tief ein. »Nun gut, vielleicht ist es besser so.« Merlan hob die Hand, doch Saahrrin schüttelte den Kopf. »Ist schon gut, Merlan. Ich kann dir keinen Vorwurf machen. Wäre ich in deiner Lage, hätte ich es ihr vermutlich auch gesagt.«

»Was?«, murmelte Soya, während ihr Herz zu rasen begann.

»Du musst dich um nichts sorgen, Soya. Wir haben genügend Schützen überall auf dem Schlossgelände aufgestellt. Es kann dir nichts passieren.«

Soya starrte auf die Menge hinab und ihr Atem ging nur noch flach vor Angst.

»Sie hat es nicht gewusst«, flüsterte Saahrrin.

»Nein«, bestätigte Merlan. »Ich habe ihr nichts davon erzählt. Wie du siehst, macht sie sich nur allzu viele Sorgen.«

Sie spürte Saahrrins Hand auf ihrer Schulter.

»Hör zu, Soya, dies ist unser Fest. Wir lassen uns das nicht kaputt machen, nur weil Sekretas seine Miroks schickt. Er hat kein

Recht auf dieser Welt, sich in unser Leben einzumischen.« Langsam drehte er sie zu sich um. »Soll er sie schicken«, fuhr er fort. »Meine Wachen kümmern sich um sie. So einfach können sie nicht ins Schloss kommen. Wir töten sie, bevor sie gefährlich für uns werden können. Es besteht kein Grund zur Unruhe.«

Die Berater kamen auf das Winken Saahrrins wieder zu ihnen herüber. Vorsichtig sahen sie sie an, doch Soya wandte den Blick von ihnen ab. Sekretas würde das Schloss niemals angreifen, wenn er nicht einen perfekten Plan hätte.

»Wir können jetzt nicht da raus!«, stieß sie hervor.

»Soya, wir können das Fest jetzt nicht mehr absagen. Du wirst sehen, deine Angst ist völlig unbegründet.« Mit einem Lächeln schob Saahrrin sie vorwärts. »Wir haben alles unter Kontrolle.«

Sie schüttelte den Kopf, als könnte sie damit die schlechten Gedanken abschütteln. ›Was, wenn alles wie in Nadeera in einem Massaker endet?‹

Mit bleiernem Gefühl trat sie mit Saahrrin und Merlan an ihrer Seite vor das große Tor. Sie sah, wie er den Hitzeschutz über sich niederlegte. Dann trat Saahrrin ans helle Licht. Ein Tumult, als würden ihre Ohren zerplatzen, brach draußen über ihn herein. Soya konnte sehen, wie er seine Arme hob und die kreischende Menge begrüßte. Er rief ihnen etwas zu, aber sie verstand nicht, was er sagte. Wie in Trance setzte sie einen Fuß vor den anderen; Merlans Arm an ihrem Rücken, der sie vorwärts schob. Mit Eis im Herzen trat sie ans helle Licht. Merlan ließ den Schutzzauber gegen die Sonne über sie niedergleiten, dann war auf einmal Saahrrin neben ihr, der ihre Hand zum Himmel emporhielt.

»Versuch zu lächeln«, flüsterte Saahrrin ihr zu.

Eine Welle der Euphorie wogte durch das Publikum. Saahrrin küsste sie auf die Wange und rief: »Das ist meine Tochter! Soya! Seht alle her!«

Ohrenbetäubender Lärm ließ die Mauern erzittern, grellbunte Fahnen wurden wild umhergeschwenkt und Tausende jubelnde Hände winkten ihnen entgegen.

»Da! Da ist sie!« Xaira boxte Fin in die Seite. »Siehst du sie?«

Fin streckte sich, lugte hinter den vielen Köpfen hervor und spähte nach vorn.

»Eleona! Hey, Eleona! Hier sind wir! Eleona!«, rief er.

»Wer ist das, der neben ihr steht, der mit den dunklen Haaren?«, flüsterte Xaira und hielt den Atem an.

»Saahrrin?«

»Nein, du Blödmann«, zischte Xaira. »Der andere!«

Xaira hielt sich an Maurin fest, um sich besser strecken zu können. Hinter ihr begannen die Leute zu protestieren.

»Hey, Eleona!«, jubelte sie und ruderte heftig mit den Armen in der Luft.

Soyas Gesicht wandte sich in ihre Richtung und jetzt hoben auch Fin und Maurin die Arme.

»Hey, Eleona!«

»Eleona!«

»Hier sind wir!«

Ein Schatten fiel über die Köpfe und Soya hob den Blick zum Himmel – eine große, graue Wolke kam auf sie zu. Von Grauen gepackt sah sie, wie sie sich in Sekundenschnelle vergrößerte. Wie sie sich immer weiter auftürmte und sich im Inneren verdunkelte.

»Sie wirkt nicht gerade entspannt«, sagte Xaira und ließ sich ein wenig enttäuscht wieder auf die Ferse sinken.

»Ich möchte dich mal sehen«, sagte Fin, »wenn du vor Hunderten von Leuten auftreten musst.«

»Nein«, sagte Xaira plötzlich, während sich ihre Augen zu schmalen Schlitzen verengten, »da ist etwas anderes, etwas, das ihr Angst macht.«

»Wieso guckt sie denn immer da hinüber …«

Sie wandten ihre Köpfe um und dann sahen sie es auch – Applaus ließ die laue Luft wie ein schwaches Erdbeben erzittern.

»Merlan«, keuchte Soya.

Dann lief alles an ihr vorbei wie in einem Traum. Sie sah, wie Merlan zum Himmel sah und dann Saahrrin die Nachricht weiterleitete. Saahrrin winkte seine Männer herbei, die gleich darauf in alle Richtungen stürmten. Dann sah sie hoch oben auf einer Turmspitze einen Schatten vorbeifliegen. Ein Ungetüm, halb Drachen, halb Vogel, hatte sich aus der Wolke gelöst, entfaltete seine riesigen, schwarzen Flügel, erhob sich in den Himmel und stürzte senkrecht in die Menge hinab.

Einer nach dem anderen hob den Kopf und eine Panik wirbelte das farbige Meer der bunt schwingenden Fahnen durcheinander. Kinder weinten, Mütter schrien und alle versuchten, sich vor den Krallen des herabstürzenden Ungetüms in Sicherheit zu bringen. Kühle Hände rissen Soya von der Stelle, die im nächsten Augenblick in Flammen aufging. Sie wirbelte herum, doch durch den dichten Qualm konnte sie nur Saahrrins Umrisse erkennen, der, abgeschirmt von den Soldaten, zurück in die Schatten des Tors gedrängt wurde.

»Soya!«, hörte sie Saahrrins panische Stimme. »Wo ist meine Tochter! Schützt meine Tochter!«

Doch im selben Moment verlor sie ihn aus dem Blick, wurde weiter von den kühlen Händen durch die Menge gezerrt, weg von der Masse, weg von dem Lärm, in eine schattige Gasse.

»Bewahren Sie Ruhe!«, hörte sie jetzt die magisch verstärkte Stimme Saahrrins, die über den Hof hallte. »Gehen Sie alle langsam zu den Eingängen des Schlosses. Die Türen werden geöffnet und drinnen sind Sie in Sicherheit!«

»Wir müssen uns einen Weg bis ganz nach oben suchen«, hörte sie Merlans Stimme an ihrem Ohr. »Da lang!«

Sie rannten in eine weitere Gasse, dann eine steinerne Treppe hoch zum Nordturm. Nicht weit von ihnen, auf dem Südturm, erkannte sie Saahrrins Schirkanswächter, die jetzt den Drachen mit Flüchen beschossen.

Soya schloss die Augen und versuchte nicht zu denken; sie richtete wie Merlan ihre zitternden Hände auf das Ungetüm und versuchte, die Schreie und Rufe, die bis zu ihr heraufbrandeten, auszublenden.

Der Drache schrie vor Schmerzen auf, als ihn ihre Flüche erfassten. Wild tobte der Drache in der Luft und spie keuchend Feuer in die Menge hinab. Ein Mann, getroffen vom sengenden Feuer, brach schreiend am Boden zusammen. Leute, die um ihn standen, schlugen sich die Hände vors Gesicht, um sich vor der Hitze zu schützen.

»Mach hier weiter. Ich gehe hoch zum Westturm«, schrie Merlan, »dann können wir ihn von allen Seiten angreifen.«

Soya nickte. Obwohl sie unaufhörlich weiter Flüche schoss, spie der Drache immer wieder Feuer in die Menge und brannte alles nieder, was ihm in die Quere kam. Dann traf sie ihn an der Seite. Der Fluch drang durch die dicken Schuppen und der Monsterdrache schrie abermals auf. Der rechte Flügel war gebrochen. Heftig flügelschlagend versuchte er die Höhe zu halten. Im gleichen Moment sah sie Merlan auf dem Westturm. Er hob die Arme und traf den Drachen auf der anderen Seite am Hals. Dann sah sie zwei Gestalten hinter Merlan wie aus dem Nichts auftauchten.

»MERLAN!«, schrie Soya, doch einer von ihnen hatte Merlan bereits von hinten gepackt und warf ihn über die Mauer. Der andere schaute zu ihr herüber.

»Nein«, keuchte Soya und beugte sich über die Mauer. Merlan lag reglos auf dem unteren Treppenabsatz. Mit heftig hämmerndem Herzen sah sie aus den Augenwinkeln, wie der Mirok, der sie angestarrt hatte, sich urplötzlich duckte und dann so schnell, dass er in der Bewegung verschwamm, hinüber zur anderen Mauer sprang. Innerhalb von zwei Herzschlägen stand er vor ihr.

»Der Meister wird erfreut sein, wenn ich ihm Euch unversehrt zurückbringe.« Er lächelte sie unverwandt an.

Während Soya in sein bleiches Gesicht starrte, verzog sich sein Lächeln immer mehr, bis er eine hässliche Grimasse zeigte.

Soya riss ihre Hände in die Luft und während sie von der Mauer sprang, schoss sie den Zauber auf ihn. Dann keuchte sie auf. Sie wusste nicht, mit was er sie traf, dafür ging es zu schnell – sie spürte nur einen stechenden Schmerz in ihrem Rücken und wie sie hart gegen die Steinmauer prallte.

Benommen blieb sie etwas abseits von dem brennenden Mann an der Mauer liegen und blickte auf die dunkle, verschwommene Gestalt, die jetzt von oben herabschwebte und leichtfüßig auf sie zu glitt.

»Soya, Soya, Soya«, hörte sie seine undeutliche Stimme, »es ist genau so, wie es der Meister gesagt hat. Vergeudetes Talent. Ungeschickt, tölpelhaft und schwach.«

Soya versuchte sich zu drehen. Sie sah verschwommen Merlans Kopf. Er bewegte sich immer noch nicht.

Am Himmel hörte sie ein lautes Kreischen. Große, lederartige Flügel stürzten neben sie, dann, mit einem dumpfen Aufprall, blieb der Drache nur wenige Meter neben ihr liegen. Aus seinen Nüstern drang immer noch heißer Dampf. Sie spürte einen Zauber an sich vorbeigleiten und der Mirok stolperte mit entsetztem Blick zurück. Soya sah nicht, was ihn angriff, sie murmelte bloß unablässig den Schutzzauber, damit ihr Schild nicht erlosch, und versuchte das Bewusstsein zu behalten.

»Soya!«, hörte sie plötzlich Merlans Stimme.

Nein!, dachte Soya verzweifelt. *Komm nicht! Bleib, wo du bist!* Doch dann gruben sich kühle Hände unter sie, während ihre Sinne schwanden.

Aushalten

Soya schlenderte durch die Flure. Es war eines der wenigen Male, dass Saahrrin sie allein hatte gehen lassen. Er ließ sie jede Sekunde von den Schirkans bewachen, wenn nicht gerade Merlan bei ihr war. Sie durfte keinen Schritt mehr unbewacht tun. Und das war der Grund, weshalb sie nun hinab in die Kerker ging. Sie hatte Merlan schon den ganzen Morgen nicht mehr gesehen, und um sich davon abzulenken, musste sie irgendetwas tun. Sie wusste, dass der Mirok, den sie zu fassen gekriegt hatten, in den Kerker gebracht worden war. Sie konnte es sich selbst nicht erklären, aber ein Gefühl trieb sie dorthin. Sie musste ihn sehen. Sie musste mit ihm reden.

Doch gerade in dem Moment, als sie das unterste Geschoss erreicht hatte, in dem sich auch die Kerker befanden, kam eine in Schwarz gekleidete Gestalt aus einer Zelle. Sie zog eilig die Tür hinter sich zu und als die Gestalt Soya erblickte, erstarrte sie jäh inmitten ihrer Bewegung. Soya blieb reglos stehen.

»Merlan?«, fragte sie unsicher.

Irgendetwas hatte sich in ihrem Hals verfangen. Für den Bruchteil einer Sekunde starrte er sie an und es schien fast so, als wüsste er nicht, was er tun sollte. Sein Gesicht war schneeweiß und hart und erinnerte sie an das Bild, als sie ihn durch die Kristallkugel bei Sekretas gesehen hatte. Sie schauderte.

»Soya!« Seine Stimme klang vorwurfsvoll. »Was tust du hier!? Wieso bist du allein!«

Soya deutete mit dem Finger überflüssigerweise dorthin, von wo sie gerade hergekommen war: »Ich … wollte nur kurz …« Doch dann brach sie ab. »Was tust *du* hier?«, fragte sie tonlos.

Er kam die wenigen Schritte, die sie voneinander trennten, zu ihr und führte sie weiter.

»Ich musste nur etwas nachsehen …«, sagte er leise und seine Stimme war samtweich. Doch sie registrierte den festen Druck um ihren Arm und spürte, wie sich seine Schritte beschleunigten – Soya blieb stehen und zog den Arm aus seinem Griff.

»Was musstest du nachsehen?«

Merlan zwickte sich mit dem Finger in die Nase.

»Wenn ich mich nicht irre, sind wir hier unten bei den Kerkern«, bemerkte Soya bissig. »Saahrrin hat das Verbot deutlich ausgesprochen, hierhin zu gehen.«

Er hob seine Brauen.

»Wenn mich das Licht nicht täuscht«, begann er leise und strich ihr dabei sanft über die Wange, »und mich meine Sinne nicht irren, so komme ich leider nicht darum herum zu bemerken, dass du dich ebenfalls hier unten befindest. Da wirft sich doch sogleich die Frage nach dem *Wieso* in mir auf. Was war für dich der Anlass, hierher zu kommen? Noch dazu allein?«

Soya funkelte ihn wütend an.

»*Hm*?«

Als sie nicht gleich antwortete, nickte er mit dem Kopf in Richtung Ausgang.

»Komm, gehen wir, ich bin etwas in Eile. Ich bin mit Saahrrin verabredet. Und …«, er setzte sein schräges Lächeln auf, »du weißt ja, er wartet nicht gern.«

Soya sah ihn an, sah das leichte Zucken an der Stirn, das verbissene Lächeln, welches seine Augen nicht erreichte, und ihr Magen verkrampfte sich.

»Komm jetzt. Es ist nicht gut, wenn uns andere hier unten sehen.« Er legte seine Hand etwas behutsamer um ihre Taille, doch es fühlte sich immer noch drängend an. Hinter ihnen, genau dort, wo zuvor Merlan herausgekommen war, trat eine weitere Gestalt in den abgedunkelten Korridor. Entsetzt und bis auf die Knochen erstarrt, starrte sie auf den Mirok.

»Was?«, keuchte Soya, doch bevor der Mirok auch nur einen Finger rühren konnte, schleuderte ihn Merlan mit einem Fluch gegen die Wand. Bewusstlos blieb er liegen. »Du hast ihm die Tür geöffnet?«, zischte Soya. »Wirklich?«

»Nein – ich …«

»Du wolltest ihn freilassen? Im Wissen, was er uns allen angetan hat?!«

Merlan schlug die Augen nieder.

»Was denn?«, flüsterte Soya. »Willst du mir sagen, dass du die Tür zufällig offengelassen hast?«

Merlan vergrub das Gesicht in seinen Händen.

»Er ist mein Bruder«, sagte er leise.

Die Worte hallten in ihrem Kopf nach, während ihr Blick zu dem Mirok hinüberglitt, als wollte sie Ähnlichkeiten entdecken.

»Er ist dein … *Bruder*?«

»Ja, mein …«, er zögerte und fuhr abfällig mit der Hand durch die Luft, »mein Halbbruder, um genau zu sein. Ich habe die Tür offengelassen, weil ich ihn testen wollte. Am Ende der Korridore habe ich Fallen aufgestellt. Demnach hatte er mich angelogen, als er sagte, ich könne ihm vertrauen und er würde den Kerker nicht verlassen.«

»Was, wenn jemand anderes hier durchgekommen wäre?«, zischte Soya. »Wenn du nicht dagewesen wärst? Was, wenn irgendjemand zufällig hier langgegangen wären und der Mirok ihn angegriffen hätte? Hast du daran schon mal gedacht?«

»Ich hätte die Tür nicht lange offengelassen. Normalerweise geht hier niemand durch. Und Saahrrins Wort ist Gesetz. Niemand hätte hierherkommen dürfen.«

Ein Stöhnen erfüllte die Stille. Merlan wandte sich um.

»Es war schwierig für mich zu entscheiden, ob ich ihn am Leben lassen soll oder nicht. Er hat sich dieses Leben nicht ausgesucht – genauso wenig wie ich. Er hat nie etwas anders kennengelernt außer Gewalt und Hass. Wie sollte er sich anders verhalten können? Er kennt nur das eine Ziel: Sekretas zu gehorchen, mächtig zu sein und zu zerstören; sein Innerstes ist verkümmert … Er weiß nicht, was Liebe ist – seine Mutter, obwohl sie ein Mensch ist, ist genauso grausam wie Sekretas. Sekretas hatte schnell gemerkt, dass er bei mir falsch vorgegangen war, und wusste, dass er von Anfang an mehr in seine Erziehung eingreifen musste. Jeremias wurde nur fünf Jahre nach mir geboren und musste die Wochenenden und Ferien bei seinem Vater verbringen.«

Jeremias wand sich am Boden, dann fiel sein Blick auf Merlan und Soya. Sofort war er auf den Beinen. Doch Merlan warf ihn mit einem erneuten Zauber zurück.

»Du wolltest gehen?« Merlans Stimme war schneidend.

Jeremias' Blick richtete sich auf Soya.

»Wir hatten eine Abmachung!«, erinnerte ihn Merlan.

Jeremias blinzelte.

»Sieh mich an, wenn ich mit dir rede!«

Jeremias drehte den Kopf langsam zu Merlan. Seine Augen loderten wie schwarzes Feuer.

»Also, was hattest du vor?«

Jeremias' Mund verzog sich.

»Antworte mir!«

Er zuckte leicht zusammen, dann hörte Soya ihn sprechen und erschrak, wie kindlich seine Stimme klang. Sie trat vorsichtig hinter Merlan hervor. Jeremias' Haltung spannte sich sofort wieder an; wie bei einem Tier kurz vor dem Angriff.

»Jeremias«, sagte Soya sanft, doch Merlan schob sie hinter sich.

»Er bringt dich um, Soya«, zischte er. »Er ist noch lange nicht so weit, um mit anderen zu sprechen – und schon gar nicht mit dir.«

Jeremias sagte etwas, das Soya nicht verstand.

»Du wolltest das Schloss verlassen?« Merlans Stimme war leise, doch bedrohlich wie ein leise knurrendes Tier. »Wir hatten eine andere Abmachung!«

Jeremias murmelte erneut etwas Unverständliches.

»Ich denke, das kriegen wir noch ein wenig genauer hin.« Merlans Miene zeigte keine Regung, und während seine dunklen Augen auf dem erbleichten Gesicht seines Halbbruders verweilten, fuhr dieser fahrig über sein Hemd; seine Hand zitterte.

»I-ich kann …«

»Was!« Merlans Stimme klang mit jeder Silbe bedrohlicher. »Vielleicht sollte ich dir auf die Sprünge helfen, wem du nun zu gehorchen hast! Dass du dein Leben noch hast, verdankst du nur mir!«

»Nein, bitte …« Jeremias hob ergeben seine Hände – er war jetzt weiß wie Kreide, und nun, da sein Kinn zu zittern begann, tat er ihr leid. »Tu mir nichts.«

Mühsam riss Soya den Blick von seinen dünnen Lippen los, aus denen jetzt nur noch zusammenhangloses Gebrabbel kam, und blickte stattdessen angestrengt auf die rußverdreckte Kerkerwand.

»Ich wollte zu meiner Mutter«, wimmerte er.

»Tatsächlich!« Merlan sah ihn abschätzig an.

»B-bitte.«

Merlan atmete langsam und tief aus.

»Du wirst jetzt wieder da hineingehen und du wirst deine Arme und Beine selber festschnallen. Ich werde es überprüfen. Dann wirst du eine weitere Woche warten müssen, ehe ich dich wieder losbinde.«

»Nein … bitte.«

»So war die Abmachung.«

Beherrscht neigte Merlan den Kopf zur Seite, doch als er seine stechend dunklen Augen wieder auf seinen Halbbruder richtete, sog Jeremias plötzlich scharf die Luft ein – er keuchte, dann fasste er sich mit weit aufgerissenen Augen an die Kehle, versuchte röchelnd nach Luft zu schnappen, doch seine Kehle schien verschlossen. Soya richtete bestürzt den Blick auf Merlan. Keuchend und hustend versuchte Jeremias, ein wenig Luft in seine Lungen zu kriegen, er beugte sich nach vorn, stützte sich an den Knien ab und griff sich abermals an die Kehle.

Dann fuhren alle drei plötzlich herum – etwas Riesiges, Schwarzes stand am Ende des Korridors.

»Taoko«, wisperte Soya.

Leise knurrend kam er näher und fixierte mit seinen dunklen Augen Jeremias, der jetzt abermals zu wimmern begann. In voller Größe stand er vor ihm, fletschte die Zähne und ein bedrohliches Knurren drang aus seiner Kehle. Sie hörten nicht, was Taoko zu ihm sagte, sie sahen nur, wie sich seine Augen weiteten, er sich wortlos die Fesseln umlegte und dann eingeschüchtert auf dem Stuhl Platz nahm.

*

Soya sah hinüber zum Lorima-See, dessen Oberfläche in der aufgehenden Sonne wie viele kleine Sterne glitzerte.

Während sie darauf wartete, dass die Sonne ihre ganze Kraft erlangte, sodass sie den Schutz über sich niedergleiten lassen musste, genoss sie das freie Gefühl, einfach so dazusitzen. Ihr Blick bohrte sich in das tiefe Blau des Sees und sie versuchte, ihre Gedanken von allem freizumachen.

Irgendwo rechts von sich spürte sie die Präsenz einiger Schirkans, die zu ihrem Schutz hier waren und die Lage überprüften. Die Sonne knapp oberhalb des Horizonts ließ feine, hellrosa Streifen in der Morgendämmerung erscheinen und sie malte sich aus, wie befreiend es jetzt wohl wäre, mit Taoko durch das dichte Grün des Waldes zu rennen. Das alles vermisste sie so sehr, auch wenn sich Saahrrin alle Mühe gab, dass es ihr hier an nichts fehlte. Er lud sogar dann und wann ihre Freunde ein, und vor Kurzem konnten sie bis in die späte Nacht im großen Schlosssaal feiern. Doch obgleich sie auch Merlan und Taoko um sich hatte, fühlte sie sich zunehmend eingeengt, eingesperrt wie in einem goldenen Käfig.

Wenn Merlan nicht hier war und es ihr wieder einmal langweilig wurde, hatte sie es sich zur Gewohnheit gemacht, heimlich nach Jeremias zu schauen. Er tat ihr leid. Wie Merlan sagte, hatte er sich dieses Leben nicht ausgesucht. Obgleich jeder die Wahl hat, für welche Seite er sich entscheidet – wenn man nur Grausamkeit und Böses erfahren hat, braucht es eine immense Kraft, sich aus diesem Muster zu befreien. Güte und Liebe waren für ihn Fremdwörter, Vertrauen und Freundschaft ebenso. Vielleicht, wenn er lernte, wenn er sah, dass es auch diese andere Seite gab, würde er zu jemand anderem werden können.

Langsam schlich sie in den Korridor, der zum Kerker hinabführte. Taoko wartete bereits unten am Treppenabsatz.

»Du bist schon hier.« Erleichtert streichelte sie ihm über den Kopf.

»Du machst es zu deinem täglichen Ritual, bei Jeremias vorbeizusehen«, grummelte er und folgte ihr zur Kerkertür.

»Er ist Tag und Nacht allein hier unten. Niemand spricht mit ihm. Wie soll er da ein besseres Herz bekommen?«

»Fraglich ist, ob er in seinem Wesen überhaupt noch anders werden kann«, sagte Taoko.

Ihr Blick blieb einen Moment auf ihm haften, dann öffnete sie die Tür.

»Könntest du jetzt noch zu einem schlechten Menschen werden?«, fragte Taoko. »Ist man ab einem gewissen Alter nicht schon zu stark in seinem Wesen gefestigt, als dass man sich noch ändern kann?«

Soya betrat den Kerker und sah Jeremias aufstehen. In ihrem Herz wurde es leichter, als sie ihn lächeln sah.

»Oft ist Schein nicht mehr als Schein«, fügte Taoko seine Gedanken hinzu, dann setzte er sich neben die Tür, die leise zufiel.

»Soya.« Ergeben senkte Jeremias den Blick. »Ich habe gehofft, dass du mich besuchen kommst.«

Mit einem leisen Schnauben legte Taoko den Kopf auf seine Pfoten.

»Hier. Ich habe dir was mitgebracht.« Sie hatte in der Küche einige belegte Brote und einen Kuchen erhalten.

Er pfiff anerkennend durch die Lippen.

»Was hat es dich gekostet, Soya?« Er grinste breit, dann wurden seine Augen auf einmal leer. »Danke. Dass du so freundlich zu mir bist, habe ich nicht verdient.«

»Du hast dir nicht ausgesucht, ein Mirok zu sein«, erklärte sie schlicht. Sie merkte, wie er die Achseln zuckte.

»Ich versuche, nicht darüber nachzudenken.«

»Solltest du aber. Es nützt dir nichts, wenn du es von dir wegschiebst.«

»In meinem Fall ist das wohl etwas anders.«

Er öffnete das Papier und begann, von den belegten Broten zu essen.

»Mögt ihr auch was?« Er streckte ihnen den Kuchen entgegen.

»Wie wenn ich gerne Kuchen essen würde«, hörte sie die missvergnügte Stimme Taokos in ihrem Kopf. »Auf so etwas wie ihn hätte ich jetzt Appetit.«

Soya winkte verlegen ab.

»Danke. Wir haben gerade gegessen.«

»Ist Merlan nicht hier?«, fragte er kauend.

»Er ist bei Saahrrin.«

»Ah.« Er hob die Hand und fuhr, die Augen verdrehend, mit dem Finger durch die Luft, als würde er etwas zeichnen. »Sie planen einen Angriff oder was in der Art, hm?« Es war seltsam, mit dem »Feind« über so etwas zu reden. »Wieso bist du eigentlich nicht dabei?«, fragte er.

»Keine Ahnung.« Soya zuckte mit den Schultern.

»Vielleicht denken sie, du bist nicht vertrauenswürdig«, sagte Jeremias.

»Was?« Sie sah hoch in sein Gesicht.

»Liegt es nicht auf der Hand?«

»Was liegt auf der Hand.«

»Niemand könnte je so mächtig sein wie du. Und du könntest den besten Lehrer haben.«

Ein leises Knurren drang vom Kerkerende zu ihnen herüber.

»Ich sage nicht, dass er gut ist«, warf Jeremias kleinlaut ein. »Er ist schrecklich und boshaft, doch er wäre der Beste. Niemand könnte dir zu so viel Macht verhelfen wie Sekretas.«

»Ich weiß.«

»Aber?« Ungläubig hob er die Brauen. »Du willst nicht?«

»Nein.« Erschöpft sah sie auf den staubigen Boden, auf dem hundert Fußabdrücke zu sehen waren. Niemand machte sich hier unten die Mühe zu putzen.

»Ich möchte, dass das hier alles ein Ende hat. Ich möchte mein Leben zurück.«

»Das wirst du nie mehr bekommen.« Jeremias schüttelte kauend den Kopf.

Sie sah eine Maus in einer schmalen Lücke der Wand verschwinden.

»Ich möchte mir keine Sorgen mehr machen müssen.« Das wäre jedenfalls schon ein Anfang. »Ich möchte frei sein.« Sie hob den Blick und sah ihn an. »Es ist anstrengend, immer befürchten zu müssen, gleich angegriffen zu werden oder dass andere angegriffen werden könnten.«

Sein Blick blieb unergründlich auf ihr liegen. Dann schob er den Kuchen beiseite.

»Soya, gehen wir?« Es war die leise Stimme Taokos, die sich meldete.

Langsam richtete sie sich auf. Am liebsten wäre sie noch geblieben, aber nur, weil sie sich auf einmal zu erschöpft fühlte, um aufzustehen. Sie schlurfte hinüber zu Taoko, der auf sie wartete, und öffnete die Kerkertür. Sie hatte das ausgesprochen, was sie tief in sich trug. Es jetzt so vollends zu begreifen, zu realisieren, wie es wirklich um sie stand, hatte etwas in ihr ausgelöst, das sie nun zu ersticken drohte.

Taoko trat neben ihr durch das große Tor in den Innenhof und sogleich hatte sie ihre Schirkanswächter neben sich.

»Wir können euch nicht den Schutz gewährleisten, den Saahrrin von uns wünscht, wenn ihr uns andauernd davonschleicht, Soya«, erklärte einer von ihnen mit mühsam beherrschter Stimme.

»Tut mir leid«, murmelte Soya.

Sie gingen in den Schatten der Lindenbäume und Soya ließ sich auf der Bank nieder.

»Es wird nicht immer so sein. Die Tage werden sich wieder verändern.«

»Jaaaaaa …«, murmelte Soya niedergeschlagen.

»Und es stimmt nicht, was du denkst«, sagte Taoko.

»Was?«

»Sie schließen dich nicht aus.«

Soya sah in die dunklen Knopfaugen Taokos.

»Sie machen sich bloß ein wenig Sorgen um dich.«

Sie wusste nicht, wieso er das sagte. Sie mochte im Moment auch nicht weiter darüber nachdenken. Die Stille, die sie auf einmal umgab, war wundervoll.

Eine Kutsche fuhr an ihnen vorbei, doch das Geräusch blieb aus. Verwundert sah sie hinüber, als sie realisierte, dass Taoko das machte. Er saß ganz nah bei ihr und hatte die Augen geschlossen, während sein großer, schwerer Kopf neben ihr auf der Bank lag und seine Schnauze ganz leicht ihr Knie berührte. Sein Zauber hüllte sie in eine wundervolle Stille, kein Geräusch drang an ihre Ohren.

Zindabor machte sich am Abend auf, um nochmals nach Helandibur zu reisen. Anscheinend war er noch nicht der Meinung, dass die Elfen ihnen tatsächlich zu Hilfe kommen würden, falls Elindor angegriffen würde. Die Drachen hatten sich ihnen angeschlossen. Auf sie war Verlass.

Auch die folgenden Tage war Merlan ausgesprochen viel beschäftigt. Sie trafen sich andauernd in irgendwelchen Sitzungen, und obwohl sie ständig Ausschau nach Ramon hielt, konnte sie ihn nirgends mehr entdecken.

Soya stand im Schatten der Linde, Jeremias lehnte sich neben sie und wischte sich die langen Haare aus dem Gesicht.

»Es ist schön hier«, sagte er und musterte sie, während sie ihren Blick über den Schlosshof gleiten ließ.

Sie hatte ihn heute das erste Mal mit auf den Schlossplatz genommen. Nach großem Wenn und Aber hatte der oberste Schirkanswächter zugestimmt, unter der Bedingung, dass mehrere Dutzend Wachen in unmittelbarer Näher um sie herum aufgestellt waren.

»Ja.« Soya lächelte matt und wandte den Blick von den Wächtern ab.

Ein schiefes Lächeln erhellte sein Gesicht.

»Aber du bist hier nicht glücklich«, stellte er fest.

»Nein, das ist es nicht.« Sie dachte über die letzten Tage nach. »Es ist nur … ich würde gerne wieder mal hinausgehen.«

Für Soya war es ein Tabu geworden, auch nur einen Fuß vor die Schlossmauern zu setzen, da das Schloss immer wieder angegriffen wurde.

»Ich weiß, was du meinst«, sagte er düster. »Ich werde aber, im Gegensatz zu dir, wohl nie mehr frei sein.«

Sie runzelte die Stirn.

»Wenn Sekretas gefallen ist und du deine gute Seite bewiesen hast, wieso nicht?«

Er zuckte mit den Schultern und lächelte hoffnungslos.

»Wo ist eigentlich Merlan?«

»Ich weiß es nicht«, murmelte Soya und versuchte gleichgültig zu klingen.

»Nervt dich das eigentlich nicht, dass er ständig weg ist?«

»Das ist er nicht.«

Jeremias sah sie schräg an und verdrehte dann die Augen.

»Das hört schon wieder auf.« Es war nur eine Frage der Zeit. Dann würden sie wieder mehr zusammen sein können.

»Wie war es eigentlich in Bakul?«

In ihrer Befangenheit brauchte sie einen Moment, bis sie schaltete. »Woher weißt du, dass ich aus Bakul bin?«, fragte sie so locker wie möglich.

»Sekretas hat es mal erwähnt.«

Soya verzog das Gesicht. ›Was hat er ihm wohl noch alles erzählt. War es wichtig für die Täter, alles über ihre Opfer zu wissen?‹

Soya rief sich die Stadt wieder in Erinnerung: die Küste, das Meer, die Hügellandschaft und die schöne Altstadt.

»Ja. Ich habe Bakul sehr gemocht.« Sie biss die Zähne zusammen, als sie einen kleinen Stich von Heimweh verspürte.

»Ich bin an einem abgelegenen Ort aufgewachsen«, hörte sie auf einmal Jeremias' Stimme, »und war immer nur mit meiner Mutter zusammen. An den Wochenenden war ich bei Sekretas.«

Soya registrierte dumpf, dass er ihn nicht »Vater« nannte.

»Ja«, sagte sie geistreich.

»Ich wäre auch gern in einer Stadt aufgewachsen.« Sein Blick richtete sich träumerisch in die Weite. »Ich hätte gerne andere Menschen um mich herum gehabt.« In diesem Moment erstarrte er plötzlich und griff sich an die Kehle, als bekäme er nicht genügend Luft. Soya wirbelte herum. Einige Soldaten, die gerade den Platz überquerten, wichen unwillkürlich vor Taoko zurück, der nun an der Seite von Merlan um die Ecke bog.

Mit finsterem Blick blieb Merlan vor ihnen stehen. Seine dunklen Augen lagen einen Moment auf Jeremias' Gesicht, dann wandte er sich Soya zu.

»Ist alles in Ordnung?«, fragte er leise und mit samtener Stimme, doch seine Tonlage war zu tief, er war bemüht, die Fassung zu bewahren.

»Ja«, sagte sie leise.

Merlan fuhr sich über den Nasenrücken.

»Wieso hat Jeremias den Kerker verlassen?« Sein Blick hätte gelassen wirken sollen, aber dafür waren seine Augen viel zu dunkel.

»Es ist nicht gut, wenn er immer drinbleibt«, erklärte sie zerknirscht. »Ich habe ihm angeboten, dass wir kurz zusammen raus können.«

»Ach ja?« Seine Wangenmuskeln spannten sich. »Hast du Saahrrin um Erlaubnis gefragt?«

»Ich muss ihn nicht um Erlaubnis bitten.«

»Natürlich nicht«, entgegnete Merlan unterkühlt. »Du bist ja des Königs Tochter.«

Er atmete gereizt aus.

»Du hättest uns wenigstens darüber informieren können.«

Jeremias wandte sich jetzt wie unter Hypnose Merlan zu, als hätte er nach ihm gerufen. Seine Augen wirkten merkwürdig verschleiert.

»Was tust du hier?«, fauchte Merlan ihn an.

Soya verstand seine Frage nicht. Sie hatte es ihm doch eben gerade erklärt.

»Ich habe es mir anders überlegt«, entgegnete Jeremias matt und mit gesenktem Blick, bevor Soya etwas entgegnen konnte. Verständnislos sah sie ihn an.

»Anders überlegt?« Merlans Stimme hatte einen noch schärferen Unterton angenommen.

»J-ja. Ich möchte …«

»Was du möchtest, interessiert hier niemanden, Jeremias. Du bist die Abmachung eingegangen. Du hast versprochen, im Kerker zu bleiben.«

»Ja, aber …«

»Du hast hier nichts selbst zu entscheiden. Das weißt du. Ich werde so gütig sein und den König davon nicht in Kenntnis setzen. Sollte das jedoch noch einmal vorkommen, kann ich nicht mehr so tun, als hätte ich nichts gesehen!«

Jeremias begann heftig zu zittern.

»Merlan!« Wütend stellte sie sich vor ihn hin und zog Jeremias beschützend hinter sich. »Was tust du denn!«

Kaum war Jeremias in ihrem Schild, fiel er augenblicklich in sich zusammen.

Ein paar Soldaten in unmittelbarer Nähe waren stehen geblieben und blickten jetzt argwöhnisch zu ihnen herüber. Einige der Schirkanswächter kamen näher.

»Lasst uns nach oben gehen«, sagte Merlan kurz angebunden und warf einen nervösen Blick über die Schulter.

»Nein«, knurrte Soya.

Seine Augen glühten wie schwarzes Feuer.

»Du würdest mich bitten, ihn zu foltern, wenn du wüsstest, was er getan hat.«

Jeremias wandte den Blick ab.

»Gehen wir woanders hin«, wiederholte sich Merlan. »*Bitte.*« Er wies mit seinem Blick hinüber zu den Soldaten. »An einen Ort, wo wir ungestört sind.« Mit sanftem Druck zog er Soya an seine Seite und hob die andere Hand; Jeremias bewegte sich vorwärts, obwohl er selbst nichts dazu beitrug.

Sie gingen ins Schlossgebäude. Im Kerker angelangt, stellte sich Taoko an die Tür und blickte wachsam zu ihnen herüber.

»Du!«, zischte Merlan und zeigte mit dem Finger auf Jeremias. »Setzt dich hier hin!« Er wies mit der Hand grob auf den Stuhl. Als er sich nicht gleich setzte, hob Merlan jäh die Hand und als bekäme er keine Luft mehr, griff sich Jeremias an die Kehle. Keuchend hielt er sich den Hals fest, während er sich auf den Stuhl niederließ, und blickte hasserfüllt zu Merlan hoch.

Mühsam beherrscht biss Soya die Zähne zusammen.

»Kannst du mir endlich sagen, was los ist?«

Merlan neigte ergeben den Kopf.

»Er hat dich verraten«, sagte er leise.

Jeremias vergrub sein Gesicht in den Händen. Dann schüttelte er heftig den Kopf. Seine Nasenflügel bebten.

»Sekretas hat mir versprochen, dass er mich freilässt, wenn ich ihm deinen Aufenthaltsort verrate …« Er atmete schnell und oberflächlich. »Es war ja nur der Aufenthaltsort.« Leise wimmernd sah er sie an. »Du bist ja sicher hier …«

»Wie dumm du doch bist!«, fauchte Merlan. »Sekretas wird dich nie freilassen! *Nie*!«

»Es tut mir leid«, wimmerte Jeremias. »Es tut mir wirklich leid!«

Soya schüttelte den Kopf.

»Ist schon gut«, flüsterte sie. »Es lag ohnehin auf der Hand, dass ich hier bin.«

»Wir haben eine Fährte in die Berge gelegt. Sekretas sollte annehmen, du bist in Zakratos«, murmelte Merlan leise.

»Was?«, krächzte Soya. »Wieso …« Widerspenstig wandte sie sich zu ihm um.

»Weil sonst die Angriffe auf das Schloss nicht abgenommen hätten.«

»Und diese Angriffe gehen nun nach Zakratos«, hauchte sie jetzt ungläubig. »Wieso habt ihr das getan?«

»Sekretas greift Zakratos nicht so schnell an«, warf Merlan ein. »Wir haben das gut geplant.«

Soya schnaubte verächtlich.

»Und wie? Wie habt ihr das getan?« Es war lächerlich, dass sie glaubten, Sekretas hereinlegen zu können.

»Eines der Hofmädchen hat sich zur Verfügung gestellt, sich als dich auszugeben.«

Einen Moment starrte sie ihn fassungslos an. Dann schoss ihr eine glühende Hitze das Rückenmark empor.

»Ich habt was?!«, keuchte sie. Es war klar, dass sie dem Hofmädchen keine Wahl gelassen hatten. »Und wie hat sie das getan?«, sagte Soya und hob die Augenbrauen.

»Wir haben ein wenig ihr Äußeres verändert, vorübergehend.«

»IHR HABT *WAS*!?!?!«

»Nicht so laut«, flüsterte Merlan. »Jemand könnte uns hören.«

Soya wandte sich von ihm ab und verließ ohne ein Wort den Raum. Mit pulsierenden Adern stampfte sie den langen Flur entlang zurück. Hinter ihr hörte sie Merlan fluchen, dann ein Stöhnen von Jeremias.

Sie rannte die Treppe hoch und steuerte blind vor Wut durch die Flure. Im oberen Stock hörte sie Saahrrins Stimme und stieß, ohne zu klopfen, die Tür auf. Saahrrin saß mit fünfzehn seiner Berater am großen Tisch.

»Wieso habt ihr das getan?«, donnerte Soya.

Merlan stürzte hinter ihr ins Zimmer.

»Entschuldigt, mein Herr«, murmelte Merlan ergeben, und nahm Soya an der Hand. Entschieden riss sie sich los.

»WIESO TUT IHR SOWAS!«, schrie sie ihm entgegen.

Saahrrin stand auf. Aufgebrachtes Gemurmel erhob sich.

»Soya.«

Mit ein paar großen Schritten hatte Saahrrin den Tisch umrundet und führte sie aus dem Zimmer.

»Kannst du mir erklären, was das hier soll? Ich bin mitten in einer Besprechung.«

»Ihr habt ein Mädchen verwandelt und sie in meiner Gestalt da hinausgeschickt?!«

Saahrrin schob sie ins nächste Zimmer und schloss hinter Merlan die Tür.

»Er hätte sie töten können!«

Saahrrin atmete, wie schon zuvor Merlan, tief ein und senkte dann den Blick.

»Wenn man ein höheres Ziel erreichen will, muss man gewisse Risiken eingehen.«

»Ihr hättet mich darüber informieren müssen!«

Saahrrin warf Merlan einen raschen Blick zu.

»Nun«, er fuhr sich über den samtenen Stoff seines Umhangs, worauf sein königliches Abzeichen glitzerte, »demnach hätten wir keine allzu große Chance gehabt, dein Einverständnis dafür zu bekommen, nicht wahr?«

»*NEIN*!«

»Da siehst du es.«

»Sie hatte meine Gestalt! Ich habe ein Recht zu wissen, wenn jemand in meiner Gestalt herumläuft!« Das Gefühl zu zerplatzen, übermannte sie mit voller Wucht. Sie wollte nur noch weg – ausbrechen – alles hinter sich lassen – Sie hatte genug! Genug von allem! Sie fühlte sich eingesperrt, bedroht und vor lauter Schuldgefühlen konnte sie nicht mehr richtig denken! Niemand scherte sich darum, wie es ihr ging! Sie weihten sie in nichts ein, als hätte sie nicht das Recht darauf zu erfahren, was los war! *Sie*, die von Sekretas gejagt wurde und all das Elend und die Qualen erdulden musste, welches anderen ihretwegen angetan wurde! *Ihr* wurde nichts gesagt!

Sie hörte, wie Saahrrin und Merlan miteinander flüsterten, als sich die Tür von hinten aufschob und Taokos großer Kopf erschien.

»Ich habe Soyas Stimme vom Korridor her gehört, da wollte ich nachsehen, was los ist.«

Langsam trottete er ins Zimmer hinein.

Saahrrin seufzte und ließ die Hand sinken.

»Alles in Ordnung?«, hörte sie Taokos leise Stimme in ihrem Kopf. Er schmiegte sein weiches Fell an ihre rechte Seite.

»Ja«, log Soya trotzig.

Sie sah gerade noch rechtzeitig auf, um Saahrrin und Merlan einen Blick tauschen zu sehen, der ihr sagte, dass sie genau so reagierte, wie sie befürchtet hatten.

»Ich bin Herrscherin der Unterwelt«, sagte Soya leise und hatte äußerste Mühe, ihrer Stimme einen ruhigen Klang zu geben. »Wenn Befehle erteilt werden, die mein Volk betreffen«, sie spürte den Ring an ihrem Finger pulsieren, »dann möchte ich darüber informiert werden!« Sie funkelte sie an, immer noch mit rasendem Puls, dann wandte sie sich von ihnen ab und schritt auf das Fenster zu. Auf dem Schlosshof hörte sie die Stimmen einiger Soldaten und sah sie auf das Hauptgebäude zumarschieren.

Eine lange Pause trat ein, während Soya geistesabwesend über ihr Medaillon fuhr und den anderen weiterhin den Rücken zuwandte.

»Du hast natürlich recht«, sagte Saahrrin mit gezwungen ruhiger Stimme. »Als ich beschossen habe, dich nicht damit zu belasten, da habe ich als Vater gehandelt, nicht als König.«

Soyas Blick blieb an einem hervorstehenden Ziegel haften.

»Aus der Sicht eines Königs betrachtet«, fuhr er sanft fort, und sie hörte das leise Rascheln seines Umhangs, als er näherkam, »war das falsch.«

Lautlos blieb er hinter ihr stehen.

»Ich bin noch nicht so lange in der Rolle eines Vaters. Verzeih mir, wenn ich meine Instinkte – dich andauernd beschützen zu wollen – noch nicht so weit im Griff habe, um dich so behandeln zu können, wie es eine Herrscherin der Schattenwelt verdient hat.«

Saahrrins kühle Hand legte sich auf ihre Schulter, dann spürte sie seine Lippen auf ihrem Haar.

»Niemals in dieser Welt wird jemals etwas anderes wichtiger sein als du.« Obwohl er leise sprach, hörte sie das Beben in seiner Stimme. »Die Angst, dich verlieren zu können, treibt mich um und macht mich wahnsinnig.«

Soya lehnte ihren Kopf gegen den seinen.

Doch noch bevor sie etwas entgegnen konnte, räusperte sich Taoko: »Ich möchte nur ungern unterbrechen, aber Ramon ist zurück. Er wartet unten im Schlosssaal und spricht mit ein paar Soldaten. Er meint, er habe eine Botschaft von Sekretas.«

Langsam, einer nach dem anderen, drehten sie sich zu Taoko um. Merlan fluchte leise, während die Züge von Saahrrin eine Härte annahmen, die sie erschaudern ließ. Seine Augen flackerten kurz über ihr Gesicht, dann ließ er sie los und rauschte aus dem Zimmer.

Das unausweichliche Treffen

Der Weg nach Süden war mühsam. Und allmählich wurde Soya nervös. Taoko war nun mehr als eine Stunde weg, dabei wollte er nur kurz jagen gehen.

Ramon hob die Zügel.

»Machen wir hier Halt.«

Das Heer begann sich einzurichten, und während Soya ungeduldig hin und her ging und Ausschau nach Taoko hielt, wurde bereits über dem Feuer gekocht. Merlan und Saahrrin sowie alle Berater und höheren Wächter hatten sich zurückgezogen, um das weitere Vorgehen zu besprechen.

Sekretas hatte erneut mit einem Massaker gedroht und nun waren sie unterwegs in den Süden. Soya hatte sich durchgesetzt, dass sie mitreitet. Sonst würde es nie zu einem entscheidenden Treffen kommen.

»Was machst du denn hier allein?« Ramon stand auf einer Wurzel einige Meter hinter ihr. »Komm, das Essen ist fertig.«

Widerwillig wandte sie den Blick von dem in der Dunkelheit liegenden Tal ab. Die Äste knackten unter ihren Schuhen, als sie unter dem samtschwarzen Himmel hinüber zum Lager gingen.

»Alles okay?«, fragte Ramon leise und führte sie zurück an die Feuerstelle.

In seinen braunen Augen spiegelte sich die Glut des Feuers wider und Soya hielt sich verzweifelt an seinem Gesicht fest.

Seit ihrem letzten Zusammentreffen hatte sich ihre Beziehung verändert. Ihre Freundschaft war einmal so leicht gewesen. Leicht und unbeschwert, wie atmen. Nun fühlte es sich anstrengend an, bedrückend und mit einer Schwere belastet.

»Kannst du nicht mein Freund bleiben, auch wenn ich mit Merlan zusammen bin?«, flüsterte sie und wartete darauf, dass er sie ansah.

»Klar.« Sie spürte, wie er mit den Achseln zuckte. »Ich bin so lange dein Freund, wie du es möchtest.«

»Ich möchte es. *Immer*«, sagte sie nachdrücklich und mit zusammengebissenen Zähnen.

Jemand rief Ramons Namen und endlich sah er hoch.

»Ich muss gehen«, sagte er leise.

»Komm nicht mit«, flüsterte sie flehend. »Geh zurück zum Schloss.«

Er zog sie kurz an sich. »Wieso denn?«, flüsterte er mit einem schiefen Lächeln. »Das wird doch ein Spaß!«

Hilflos sah sie zu, wie er zu den anderen hinüberging.

Alle waren in euphorischer Stimmung. Sie alle sahen der Schlacht optimistisch entgegen.

Nur sie nicht.

Schlimm genug – grauenvoll, dass erneut so viele Menschen ihretwegen in Gefahr waren. Dass sie auch noch zulassen musste, dass sich ein ganzes Heer aufmachte, um dem schrecklichsten Zauberer aller Zeiten die Stirn zu bieten, war unerträglich. Selbst wenn sie eine unterstützende Kraft dabeihatten und einige der Schirkanswächter unter den Soldaten getarnt waren, Sekretas würde nicht unvorbereitet kommen. Ihr schwindelte bei der Vorstellung, dass sie Sekretas bald die Stirn würde bieten müssen und sie konnte kaum noch denken. Sie schaute hinüber zum Lager, sah die fröhlichen Gesichter der Soldaten, wie sie unbeschwert am Feuer standen und das Glas hoben.

Wie viele von ihnen würden umkommen?

Würde überhaupt einer überleben?

Und was war mit ihnen?

Würde sie wieder jemanden verlieren, den sie liebte?

*

Es war Vormittag und sie waren vom Lager bereits zwei Stunden zuvor aufgebrochen, obwohl Taoko noch nicht zurück war.

»Ja!«, sagte Merlan lachend und warf Soya einen gespielt drohenden Bick zu. Die Geschichte, wie sie sich kennengelernt hatten, hatte Saahrrin bis ins Detail interessiert. Doch dann schaute Merlan plötzlich zur Seite, zu dem gewaltigen, rötlichen Gestein, das wie feuerroter Granit leuchtete. Eben war er noch locker in seinem Sattel gesessen. Jetzt umklammerte er mit versteinertem Griff die Zügel. Sein Blick war hart und angespannt. »Irgendwas stimmt hier nicht«, sagte er und stieg von Chath.

»Er ist hier«, hörte sie Saahrrins Stimme hinter sich. Sein schwarzes Pferd, das eben noch auf Merlans Seite war, trabte jetzt dicht neben ihr, den Schweif nervös hin und her schlagend.

»Und er ist nicht allein«, entgegnete Merlan leise.

Saahrrin sah ihn nur kurz an, dann wandte er sich seinem Heer zu.

»Halt!«, rief er seinen Soldaten zu. »Wir werden in Kürze angegriffen! Macht euch bereit!«

Zunächst herrschte vollkommene Stille und die Soldaten blickten verwirrt in das Gesicht ihres Herrschers. Soya konnte sehen, wie sich die Augen einzelner mit Panik füllten, wie sie verstört zur Seite blickten, auf irgendeinen Hinweis hoffend.

Doch die Wahrheit war, es gab keinen – jedenfalls nicht für ein gewöhnliches Auge. Niemand außer Merlan hatte die außergewöhnliche Gabe, Sekretas' Schritte vorauszuahnen.

Und dann, zuerst kaum vernehmlich, hörte sie, wie messerscharfe Klingen aus Scheiden gezogen wurden. Sie glühten wie flüssiges Gold in der Sonne, genauso todbringend wie wunderschön erstrahlten sie prächtig in den Fäusten der Soldaten. Saahrrin riss sein Pferd herum und ritt um seine Soldaten. Dann hörte sie ihn die Nachricht abermals verkünden.

Soya stieg von Gwaloth.

Ohne den Blick vom Felsen abzuwenden, drückte Merlan einem Soldaten die Zügel von Chath und Gwaloth in die Hand.

»Bring sie in Sicherheit«, befahl er ihm. Gwaloth ruckte unruhig mit dem Kopf und trabte widerwillig davon.

Dann fühlte Soya plötzlich, wie sich Merlans Muskeln spannten – und dann sah sie es auch: In einiger Entfernung traten zehn dunkle Gestalten aus einem schmalen Felsspalt hervor. Sie trugen dunkelgraue, lange Umhänge und ihre Gesichter waren von Kapuzen verdeckt. Ganz zum Schluss, in Schwarz gekleidet und mit langem, bis zum Boden fallendem Umhang, erkannte sie Sekretas. Er trug als Einziger keine Kapuze. Die Blässe und die grauen, langen Haare waren unverkennbar.

Ihr Herz begann zu rasen. Sekretas war tatsächlich gekommen.

Er war noch zu weit weg, als dass sie die Mimik in seinem Gesicht hätte deuten können.

Dann glitt ihr Blick finster über die Wesen vor ihm – das also war Sekretas' eigene, kleine Armee. Obwohl es dürftig aussah, wie sie dastanden ohne Schwerter und ohne irgendwelche Waffen, der riesigen Armee bestens ausgerüsteter Soldaten zugewandt, wusste Soya, dass diese Gestalten, deren Gesichter sie immer noch nicht sehen konnte, wohl kaum menschlicher Natur sein konnten … Egal, wie klein die Gruppe wirkte, wusste sie, dass Sekretas niemals sein Gesicht in aller Öffentlichkeit zeigen würde, wenn er nicht überzeugt wäre zu siegen.

Sie sah zu, wie Merlan einige Schritte auf ihn zutrat, dann hörte sie, wie Saahrrin hinter ihr vom Pferd stieg. Sie sah hinüber zu den dunklen Wesen, die sich jetzt in eine neue Formation begaben. Sie bewegten sich in vollkommenem Gleichklang, als hätten sie es jahrelang geübt. Sekretas war jetzt in ihrer Mitte und nun schritten sie gemeinsam und ohne Hast vorwärts.

Im nächsten Moment spürte sie einen leichten Windzug im Nacken, dann spürte sie eine Hand auf ihrem Rücken. Soya sah hoch in Saahrrins Gesicht.

Sekretas' kaltes Lachen drang über die karge Landschaft und ein stummes Schaudern glitt durch das Heer der Soldaten. Soya konnte das Zittern ihrer Hände um die schweren Schwerter und

Speere hören, das Klingen von Metall auf Metall, wenn sie zufällig an die Waffe ihres Nachbarn stießen. Sie sorgten sich zu Recht, obwohl sie nicht wussten, was auf sie zukam. Ihr Überlebensinstinkt hatte eingesetzt und witterte Gefahr. Obwohl sie in der Überzahl waren, fürchteten sie um ihr Leben. Sie spürten die Anspannung, die in der Luft lag. Sie würden fallen … bevor sie die Chance hatten, sich zu beweisen.

Saahrrin drehte Soya von den Soldaten weg, sodass sie sie nicht mehr sehen konnte.

Sie wollte etwas sagen, doch ihre Kehle brannte.

Auch er sagte nichts und Soya war froh darüber, dass seine Hand über ihren Ohren lag, als Sekretas' schauriges Gelächter erneut herüberhallte. Saahrrins Umhang roch nach einem edlen, schweren Parfum, sie sog seinen Duft tief in sich ein und versuchte, das Flattern in ihrem Herzen auszublenden. Versuchte, sich darauf zu konzentrieren, wie er roch, um sich daran erinnern zu können, wenn sie sterben würde … Wie er so dastand und sie mit seinen kühlen Händen festhielt, reglos, still verharrend, obwohl die Kreaturen seinem Heer immer näherkamen, spürte sie plötzlich eine noch größere Panik in sich hochsteigen. Es war eine andere Angst als das Wissen, vor einer unbesiegbaren Macht zu stehen. Es war jene allumfassende Angst vor dem schmerzlichsten Verlust, den sie nur allzu gut kannte. Stumm blickte sie auf das dunkle Schwarz seines Umhangs. Glaubte auch er, es wäre sinnlos? Die Art und Weise, wie er sie festhielt, fühlte sich schmerzlich fest nach einem Abschied an.

»Soya«, flüsterte er.

Er sah sie mit treuen Augen an. Doch sie wusste, dass er sie nur beruhigen wollte. Er wusste ebenso gut wie sie, dass ein Sieg utopisch war. Vor allem, wenn Zindabor noch nicht hier war.

Sie starrte auf seine Brust; seine gewellten Haare fielen glänzend über den samtenen Stoff.

Sie würde ihren Vater verlieren, bevor sie ihn richtig gekannt hatte … sie würde ihn verlieren wie Laendor und Meredon. Und wie sie ihre Mutter und Großmutter verloren hatte. Mit aller Macht versuchte sie nicht an Merlan zu denken – und Ramon …

»Es wird alles gut.« Seine Augen suchten ihren Blick.

»Ja«, krächzte sie.

Ein spöttisches Lächeln erschien auf seinem Gesicht.

»Glaubst du denn, ich hätte nicht damit gerechnet, dass Sekretas wirklich kommen würde? Glaubst du, ich bin nicht darauf vorbereitet?« Er sah sie mit hochgezogenen Augenbrauen an. »Ich kenne Sekretas. Ich kenne ihn besser, als du denkst. Wir werden es schaffen. Wir werden ihn besiegen.«

Sie sah in sein Gesicht, und das erste Mal sah sie, dass seine Augen nicht schwarz, sondern von einem ganz dunklen Braun waren.

»Sekretas ist zu siegessicher«, fuhr er fort. »Er erwartet nicht, was wir für ihn bereithalten.«

Er sprach wie Merlan und fast hatte sie das Gefühl, er meine es ernst. Doch selbst wenn; wenn sie tatsächlich daran glaubten, ging es Soya durch den Kopf, dann fühlten sie in den letzten Minuten ihres Lebens wenigstens noch etwas Gutes. Soya wandte sich um. Sekretas' dünne Gestalt hob sich eine Kopflänge von den anderen, in Kapuzen gewandeten Gestalten ab. Sein Gesicht, das nun nahe genug war, um den Ausdruck darin erkennen zu können, wirkte gelassen. Fast sah es aus, als umspielte ein überhebliches, bemitleidendes Lächeln seine Mundwinkel. Er wirkte unverkennbar siegessicher und so war auch sein Auftreten.

Dann sah sie Merlan. Sein Gesicht war bleich und sein Körper war zum Zerreißen gespannt. Fast war sie erleichtert, ihn so zu sehen, immerhin spielte er ihr nichts vor.

Im selben Moment wandte er sich zu ihr um und kam auf sie zu. Er drückte ihre Hand, dann wandte er sich wieder Sekretas und seinen Kreaturen zu. Sekretas glitt noch wenige Schritte näher, während die Gestalten um ihn herum stehen geblieben waren.

»Oh!«, krächzte Sekretas' hohe Stimme und hielt inne. »Wie ich sehe, habt Ihr Eure Tochter kennengelernt, Saahrrin?« Jede einzelne Silbe klang vor Abschätzigkeit tief beleidigend. »Und Ihr bringt all Eure Soldaten mit, um sie mit Euch in den Tod zu nehmen? Welch eine Verschwendung … Ihr habt sie nicht eingeweiht, nicht wahr, Saahrrin? Keiner von ihnen wäre mitgekommen, wenn sie gewusst hätten, was sie erwartet.«

»In der Tat«, hörte sie Saahrrins Stimme neben sich, »hatte ich das große Glück, endlich Soya kennenzulernen.«

»Und, wo habt Ihr Zindabor gelassen?«, fragte Sekretas belustigt. Natürlich fragte er das. Er wollte sichergehen, dass ihm nichts mehr im Wege stand.

»Er ist nicht hier, wie Ihr seht«, antwortete Saahrrin schlicht. »Anscheinend ist er anderswo beschäftigt.«

»Tatsächlich?«, sagte Sekretas und lachte hohl auf. »Ich frage mich, was es Wichtigeres geben könnte, als eben gerade hier zu sein. Er kämpft doch schon jahrelang darum, Soyas Leben zu verschonen und sie so mächtig zu machen, dass sie mich stürzen kann!«

Saahrrin sagte nichts, erwiderte gelassen seinen durchdringenden Blick und sah ihn weiterhin unbeirrt an.

»Was hat das zu bedeuten, Saahrrin?«, warf Sekretas nach einer Weile ein, als er merkte, dass er keine Antwort bekam.

»Wir waren auf dem Weg nach Süden«, erklärte Saahrrin nüchtern. »Wir hatten keine Ahnung, dass Ihr unseren Weg persönlich kreuzen würdet. Sonst hätten wir Zindabor selbstverständlich eingeladen mitzukommen.«

Jetzt bildete sich auf Sekretas' Gesicht ein Lächeln. Genau diese Antwort hatte er sich erhofft.

»Ihr seid so wenig auf den Mund gefallen wie einst Euer dummer Vater. Nur schade, dass er vor einiger Zeit, Soyas wegen, den Tod gefunden hat …«

»Es ist doch immer wieder erstaunlich, Sekretas, wie genau Ihr über alles im Bilde seid. Ich bin zugegeben äußerst beeindruckt. Doch nebenbei wirft das doch unvermeidlich die Frage auf, wieso Ihr nichts unternommen habt, als Soya die vielen Male angegriffen wurde, da Ihr doch anscheinend in der Nähe wart?«

Sekretas zuckte mit den Schultern.

»Es stand nicht in meinem Interesse, wie ich schon Soya zu erklären versuchte. Nur das Leben von Soya ist mir wichtig und wertvoll genug, um sie am Leben zu halten, solange sie in meinem Dienst steht.«

»In Eurem Dienst? Verzeiht, doch ich fürchte, ich kann Euch nicht folgen. Eben noch ist sie mit unseren Reihen vorangeschritten und steht verblüffenderweise gar nicht an Eurer Seite. Wie kann das sein, Sekretas?«

Sekretas hielt die Arme steif an seinen Körper gepresst, die Hände zu Fäusten geballt.

»Noch nicht, Saahrrin. Doch schon bald!«

Der Himmel verfärbte sich rot und mehrere grelle Lichtblitze erschienen.

Soya hob genauso schnell ihre Hände wie Merlan und schloss die Augen. Sie ließ ihre Kraft wie ein Strom kühles Wasser in sich aufwallen, um sie sogleich Sekretas entgegenzuschleudern. Sie wusste nicht, was neben ihr geschah; sie wusste nicht, wie ihr Vater und Merlan kämpften und die anderen Schirkans, die verteilt unter den Soldaten standen; sie war sich nur ihres Schildes, den sie auch um ihren Vater und Merlan gelegt hatte, bewusst, und hielt ihn mit aller Macht aufrecht. Sie ließ die Kraft ihrer Flüche auf Sekretas' Kreaturen nieder und sog gleichzeitig aus ihnen Energie. Plötzlich verschwanden die Kreaturen in einer dunklen Rauchwolke und als sie sich wieder auflöste, war auch Sekretas verschwunden.

Soya wirbelte herum; neben ihr schrie ein Soldat auf und sackte zu Boden; die Rüstung schepperte laut und sein Schwert fiel klirrend auf den roten Stein. Soya blickte angestrengt geradeaus; mit kalter, zittriger Hand wischte sie sich die Haare aus dem Gesicht und versuchte, klar zu denken; ihr Blick schweifte panisch über die vielen Köpfe hinweg – ein Soldat nach dem anderen fiel zu Boden.

›Wo ist er! *Wo ist Sekretas?*‹

Fiebrig durchforstete sie das Gelände. Ihr Blick blieb am rötlichen Gestein haften. Sie musste nicht unter den Kämpfenden nach ihm suchen, dachte Soya plötzlich, und ein eigenartiges pulsierendes Gefühl durchfuhr ihren Körper. Eigentlich war es klar, dass er sich nicht unter die Schlacht mischen würde – er wartete auf sie … Er wartete irgendwo versteckt darauf, dass sie zu ihm kam, und er wusste, dass sie kommen würde.

Ein leises, herzzerreißendes Wimmern drang zu ihr herüber; ein Wolf, der Qualen litt.

»*Taoko!*«, keuchte Soya.

Zuerst kam das leise Wimmern aus dem Nichts, dann erkannte sie, dass es aus einem Felsen nahe der Stelle kam, wo zuvor die Kreaturen und Sekretas aufgetaucht waren. Einen Moment zögerte sie, Merlan und Saahrrin waren in einen Kampf verwickelt. Sie wandte sich um, dann rannte sie los. Schon auf halber Strecke sah sie einen schmalen Spalt in der Felswand. Das Wimmern wurde lauter. Soya beschleunigte ihre Schritte; kurz bevor sie den schmalen Spalt, der in die Dunkelheit hineinführte, erreichte, verstummte das Jaulen abrupt. Ohne zu überlegen, rannte sie ins dunkle Schwarz und kam dann schlitternd zum Stehen. Ihre Augen brauchten einen Moment, ehe sie sich an die Dunkelheit gewöhnten. Sie stand am Ende einer sehr großen Höhle. An den Wänden liefen feine Bahnen klaren Wassers hinab.

Mit zittrigen Knien stolperte sie weiter. Jeder ihrer Schritte hallte laut wider, doch das war ihr egal; Sekretas wusste ohnehin, dass sie da war. Mit hoch erhobenen Armen, jeden Moment bereit, einen Fluch loszuschleudern, rannte sie um die Ecke.

Dann sah sie Taoko am Boden kauernd, zitternd am ganzen Leib …

»Taoko!«, schrie sie.

Sie rannte auf ihn zu, doch noch bevor sie ihn berührte, noch bevor sie Taoko in ihren Schutz mit einschließen konnte, spürte sie, wie ein jäher Fluch sie von hinten erfasste. Soya fühlte vage, wie sie durch die Luft flog, als sie im nächsten Moment hart gegen die Felswand prallte.

Soya lag auf dem kalten Fels. Helle Punkte traten vor ihre Augen und als sie sich bewegte, spürte sie einen brennenden Schmerz in der Schulter. Benommen schob sie sich an der Wand hoch, stellte sich auf ihre wackligen Beine und versuchte, etwas zu erkennen. Sie starrte blind in die Richtung, von der sie glaubte, dass der Fluch gekommen war. Die grellen, hellen Punkte hüpften vor ihr auf und ab und verhinderten, dass sie etwas sehen konnte. Ein schauriges Lachen erfüllte die Höhle und hallte von den Wänden wider. Dann trat Sekretas' schneeweißes Gesicht in ihr Blickfeld. Er öffnete seine schmalen Lippen und begann zu sprechen:

»Nun, Soya, hättest du gedacht, dass wir uns schon so bald wiedersehen würden?«

Ihr Blick fiel unweigerlich in die Ecke und ihr Magen krampfte sich zusammen. Taoko lag jetzt reglos am Boden. Sie stieß sich von der Wand ab und rannte zu ihm hinüber.

»Taoko«, keuchte sie und tastete nach seinem Puls. Zittriges Schluchzen erfüllte sie, als sie sein Herz klopfen spürte. Rasch ließ sie von ihrer Kraft in seinen schwachen Körper fließen, suchte nach Brüchen oder sonstigen Verletzungen und heilte sie in Sekundenschnelle. Dann hob Taoko nach einer unerträglichen Weile träge den Kopf und zwei schwarze Augen blinzelten sie an.

»Taoko«, stieß Soya zitternd am ganzen Körper hervor und vergrub ihr Gesicht an seinem Hals. »Es tut mir so leid.«

»Ts, ts, ts«, erklang es, während Soya Sekretas' Umhang über den Boden gleiten hörte. Er schritt langsam um sie herum und warf einen belustigten Blick auf Taoko, der ihn knurrend und mit seinen pechschwarzen Augen boshaft fixierte. Soya richtete sich auf. Mit hochgezogenen Augenbrauen blickte Sekretas auf sie herab.

»Ich dachte, schwarze Wölfe können mit einem sprechen. Doch«, er hob überheblich den Blick, »alles nur Mythos. Es ist nichts weiter als ein ganz gewöhnlicher Hund, ohne jede Kraft oder Magie.«

Soya hörte Taokos Stimme in ihrem Kopf: »Dumm und feige. Ich lass mich doch nicht auf sein Niveau herab und rede mit ihm.«

Sekretas sah sich um.

»Von hier aus werde ich das Schauspiel viel besser verfolgen können«, sagte er mit leiser Stimme und Soya fühlte, wie ihr die Angst den Nacken hochkroch. Sein Blick wurde kalt. »Du hast dich nicht an meine Regeln gehalten«, erinnerte er sie. »Die Abmachung war anders. Du hast versprochen zurückzukommen.«

Soya nahm wahr, wie sich Taoko hinter ihr langsam aufrichtete. Sie streckte verdeckt hinter ihrem Rücken den Arm nach ihm aus und tastete nach seinem Kopf. Leises, grollendes Knurren drang aus seiner Kehle. Sie fand ihn, dann packte sie ihn am Genick und hielt ihn fest.

»*Didallias chom ustar!*«, schrie Soya und der Blindheitsfluch traf Sekretas mitten im Gesicht.

»AHHHH!«, brüllte Sekretas und Soya duckte sich, um seinen Flüchen auszuweichen. Dann schob sie Taoko am Genick nach vorn. »Los!«, zischte sie und deutete zum Ausgang. »Geh! Geh schon!«

Taoko blieb bockig stehen.

»GEH!«, schrie sie ihn an. »LOS, GEH JETZT!« Sie klatschte in die Hände und scheuchte ihn vehement weg. »Du kannst mir hier nicht helfen!« Er duckte sich mit geweiteten Augen, dann rannte er mit eingezogenem Schwanz aus der Höhle hinaus.

Sekretas bauschte sich auf und Soya glitt erschöpft zu Boden.

»Was fällt dir ein!«, donnerte er, seine Augen immer noch feuerrot. »Was hast du dir nur dabei gedacht!« Er sah sich um. »Was«, fragte er fassungslos, als er sah, dass Taoko weg war, »das hast du für ihn gemacht? Du bringst dich in Gefahr, um diesen Köter zu retten?«

Soya starrte auf ein abgebrochenes Felsstück am Boden.

»Wieso hast du dieses Biest gerettet und nicht dich selbst? Oder – wieso bist du nicht gleich mit ihm zusammen hinausgerannt?«

Es hatte keinen Sinn, ihm zu erklären, was Liebe bedeutete. Und dass sie genau deshalb ihr Leben opferte, um das Merlans, ihres Vaters und Taokos zu schützen. Sie konnte unmöglich riskieren, dass ihnen etwas geschah. Wenn man nicht liebte, konnte man so etwas unmöglich nachvollziehen.

»Denkst du, du rettest die anderen, wenn du dich opferst?«, schrie er. »Was für ein Trugschluss! Ich werde einen nach dem anderen vernichten! Alle, die dir je lieb gewesen sind!«

Soya schob sich an der kalten Wand hoch.

»Nun gut …«, sagte er schließlich etwas ruhiger und schloss kurz seine brennenden Augen. »Du hast Glück, dass ich dich wegen deiner Dummheit nicht hier und jetzt zu einem Haufen Asche verbrennen lasse!«

»Wohl kaum«, entgegnete Soya kühl. »Ihr braucht mich noch, also …«

Sein Gesicht versteinerte sich und Soya wartete angespannt auf den nächsten Schlag. Doch auf seinem wutverzerrten Gesicht erschien jetzt ein überhebliches Lächeln.

»Soya«, sagte er leise. »Willst du denn wirklich, dass ich in der Welt so viel Unheil anrichte?« Mit übertrieben qualvollem Ausdruck im Gesicht senkte er den Blick. »Du bist also fest entschlossen, dich gegen mich zu stellen?« Als er weitersprach, veränderte sich seine Stimme. »Du könntest groß werden. Sehr groß … Ich würde dir zur Macht verhelfen … Deine Möglichkeiten wären – unbegrenzt … Du würdest all deine Träume verwirklichen können …«

Soya blickte finster auf ihr Medaillon, das nichts mehr war als ein ganz gewöhnlicher Schmuck. Und in diesem Moment fühlte sie Zindabor gegenüber jähe Dankbarkeit, dass er das Smilion daraus entfernt hatte.

»Nein«, flüsterte sie.

Sein Lächeln verschwand so jäh, wie es aufgeblitzt war. Jetzt sah er sie mit einem sehr kalten Ausdruck im Gesicht an.

»Töricht von dir zu denken, dass du dich mit mir messen könntest, Soya, selbst mit dem Schutz, den du nun als Herrscherin der Schattenwelt auf dir trägst. Ich besitze Zauber, die so einen Schutz mit Leichtigkeit durchbrechen … doch«, er hob die Hand, »noch mehr überrascht es mich, wie wenig du Zindabor bedeuten musst … dass er dich einfach alleine vom Schloss aufbrechen lässt … Er weiß, dass ich dich will, dass ich alles dafür geben würde, dich zu kriegen … Und wenn ich dich nicht bekäme«, er machte eine kleine Pause und ein tragischer Ausdruck trat in sein Gesicht, »dich töten würde, damit kein anderer mit deinen Kräften beschenkt wird … schon gar nicht Zindabor selbst!« Außer sich vor Wut kam er durch die Höhle auf sie zu. »Er tut immer so bescheiden, der gute, alte Zindabor … doch in Wirklichkeit«, er warf ihr einen wissenden Blick zu, »ist er gar nicht so anspruchslos, wie er immer tut. Er hat seine – wie sagt man – Taktik, seine Methode, wie er die Leute für sich gewinnen kann. In Wahrheit ist er nicht minder an der Macht interessiert als ich!« Er machte eine wegwerfende Handbewegung. »Ich hingegen spiele mit offenen Karten, Soya. Bei mir weißt du immer, woran du bist. Zindabor hingegen ist ein verschleiertes Etwas. Er ist immer genau das, was er sein muss für die Person, die gerade vor ihm steht. Er weiß, wie er mit den Leuten umgehen muss … Er weiß, was er sagen und machen muss, damit sie ihn mögen und ihm zu Füßen liegen! Er … »

»Nein«, unterbrach ihn Soya entschieden. »Das ist er nicht.«

»Wie rührend. Siehst du, wie er dich schon um den Finger gewickelt hat? Siehst du, was er bereits mit dir gemacht hat? Er hat dich schon vollkommen unter Kontrolle. Du bist, ohne dass du es gewusst hast, Zindabors kleine Sklavin … durch und durch!«

»Nein«, sagte Soya mit zitternder Stimme.

»Was!« Er lachte laut und boshaft auf. »Du glaubst, er beherrscht dich nicht?« Seine pechschwarzen, glitzernden Augen gruben sich in die ihren, seine Lippen zuckten. »Siehst du denn nicht, wie du dich ihm vollkommen unterwirfst? Wie du ihm hörig bist und ihn in Schutz nimmst? Du verteidigst ihn ununterbrochen und das, obwohl du langsam ins Zweifeln kommst. Du kommst ins Grübeln, nicht wahr? Was hat dich denn Zindabor schon alles machen lassen, was nicht zu deinen Gunsten war? Was hat er schon alles von dir verlangt, was dir im Grunde nichts genützt hat? Wach auf, Soya! Glaubst du, irgendjemand wäre an deiner schönen Seele oder deinem guten Herzen interessiert, sobald er erfahren hat, wer du bist und zu was du fähig sein kannst? Glaubst du, irgendjemand würde jemals vorurteilslos dir gegenüber sein können, wenn er weiß, was du ihm für eine Welt zu Füßen legen kannst?!«

In jeder Furche seines schrecklichen Gesichts stand der blanke Hass.

»Nein!« Seine Stimme hallte kalt in der Höhle wider. »Wieso hat dich Zindabor zu den Elfen geschickt und dich dort gelassen, obwohl er gewusst hat, wie sie dich behandeln würden? Hat dich Zindabor nicht beauftragt, die Smilions zu finden?! Geht er nicht bereits so weit, dass er dich den Kambilot in der Höhle der Schirkans auslöschen lässt? Ihn deinem Volk raubt, obwohl er weiß, was er den Schirkans bedeutet, und obwohl er weiß, dass du ihn eigentlich beschützen solltest?!«

Soya keuchte.

Ein fürchterliches Lächeln bildete sich auf seinen Zügen und seine Zähne blitzten auf.

»Du hast nicht geahnt, dass ich es weiß, nicht wahr? Du hast nicht gewusst, dass ich weiß, wo das Smilion der Schirkans versteckt ist.« Seine Augenbrauen senkten sich. »Bei mir wirst du immer wissen, woran du bist, Soya … Du wirst dich immer auf mich verlassen können und ich werde dir nie etwas vorspielen. Natürlich bin ich an deinen Kräften interessiert! Natürlich bin ich von dem Gedanken berauscht, wie mächtig du werden kannst! Aber ich kann dir auch etwas dafür geben! Ich kann dich die mächtigsten, geheimsten Zauber lehren! Niemand wird dir das je bieten können, was ich dir geben kann. Es wird dich nie wieder jemand besiegen können! Ich werde gut für dich sorgen, Soya! Sehr gut. Ich werde deinem Vater und all jenen, die du beschützen willst, nichts tun. Du wirst Merlan mitnehmen dürfen … Ihr dürft beide zusammen bei mir leben …«

Soya blickte angewidert hoch.

»… dann sind wir fast so etwas wie eine kleine Familie.«

»Auf einmal soll Merlan so etwas wie ein Sohn sein.«

Soya wandte sich von ihm ab und sah zum Ausgang, wo sie Licht hereinschimmern sah.

»Soya«, ertönte Sekretas' schneidende Stimme hinter ihr. »Wo willst du denn hin?«

Ausdruckslos blickte sie auf das Schimmern an der Wand vor ihr, wo sich die schmalen Rinnsale an der kahlen Felswand einen Weg hinabbahnten. Sie hatte nicht vorgehabt zu gehen. Sie zog es nur vor, mit dem Blick gegen den kalten Stein zu sterben.

»Hast du nicht verstanden, als ich sagte, dass ich dich töten werde, wenn du dich mir nicht anschließt?«

»Doch, das habe ich.«

»Dann komm und sieh mich an, Soya. Sieh mich an – *während ich dabei zuschaue, wie dein Herz aufhört zu schlagen*!«

Eine fremde Kraft drehte sie zu ihm um. Entschlossen sah sie an ihm vorbei. Langsam hoben sich seine Augenbrauen und ein Ausdruck unverhohlener Belustigung trat in seine Züge.

»Es ist erstaunlich – du flehst nicht einmal um dein Leben … du … bettelst nicht einmal um Gnade oder darum, dich mir doch anschließen zu können …«

Soya ließ das Amulett los.

Wenn er sie tötete, würde er nie erfahren, wo sie das dritte Smilion versteckt hatte – er würde es nie finden und nie die Macht über die Völker gewinnen.

»Es ist schade. Jammerschade, um ehrlich zu sein.« Er schüttelte den Kopf. »Doch du scheinst es tatsächlich ernst zu meinen und ich kann nicht riskieren, dass du mich eines Tages angreifst, wenn du stärker geworden bist ...« Er hielt inne und neigte den Kopf. »Sag es einfach, wenn du dich doch noch umentscheiden ... wenn du dich doch noch für mich entscheiden willst. Fleh einfach um Gnade und ich werde sie dir gewähren, Soya. Ich werde sofort aufhören, ich verspreche es.«

Dann ging alles plötzlich ganz schnell; Sekretas hatte seine Hände erhoben und in nächster Sekunde prallte ein Fluch mit solcher Wucht auf ihren Schild, dass alles zu vibrieren begann.

Sekretas' kalte Augen blickten auf sie hinab. Er würde so lange auf sie niederschmettern, bis sie um Gnade flehen würde. Doch darauf würde er vergebens warten ... Sie trug zwar den Schutz des Herrschers der Schattenwelt, aber gegen Sekretas' Mächte war vermutlich auch der begrenzt. Sein Gesicht verzerrte sich vor Anstrengung. Dann begann die Höhle zu beben.

»Kommt hervor, ihr dunklen Wesen meiner Macht! Kommt hervor und zeigt euch eurem Herrn!«

Soya wandte sich um und sah von Grauen gepackt vier dunkle Gestalten mit flammend roten Augen aus dichtem, schwarzem Rauch steigen. Ihre Gesichter hatten keinen Mund, weder eine Nase noch irgendwelche Nüstern, über die sie hätten Luft saugen können. Mit ihren pechschwarzen Händen, die mit eigenartig verkohlter Haut überzogen waren, streiften sie sich die Kapuzen vom Kopf, darunter kam ein kahler Schädel zum Vorschein.

»Nun, dann wollen wir doch mal sehen, wie du dich gegen die vom größten Magier aller Zeiten erschaffenen Kreaturen schlägst!«

Soyas Blick ging nach unten und ihr Magen begann zu rebellieren. Die Füße dieser Wesen schienen sich aufzulösen; Sekretas' Zauber war nicht sorgfältig genug, um ihnen die Haut am Leib zu halten.

Mit einem Brechreiz in ihrer Kehle riss sie ihren Blick los und sah hoch in ihre Augen. Obwohl sie blutrot waren, wirkten sie von allem anderen noch am menschlichsten. Merkwürdige Zischlaute gingen von diesen Kreaturen aus und Soya war froh, dass sie nicht verstand, was sie sagten. Dann hörte sie Sekretas' leise, hasserfüllte Stimme.

»*Tötet sie*!«

Seine Worte hallten durch die Höhle. Die Kreaturen glitten näher und Soya stolperte zurück, wissend, dass Merlan irgendwo da draußen war, in ihrer Nähe – er war hier, er würde nah bei ihr sein, wenn sie sterben würde. Alle gleichzeitig hoben sie langsam ihre langen, steifen Arme. Soyas Flüche, die sie ihnen entgegenschleuderte, lösten sich kurz vor ihnen einfach in Luft auf. Sekretas' schauriges Lachen hallte in der Höhle wider, und Soya starrte entsetzt auf die grauschwarzen Hände, die leuchtende Feuerbälle auf Soya zuschossen.

Sie drehte sich blitzschnell zur Seite, doch die Kugeln wechselten mitten im Flug die Richtung und hielten geradewegs auf sie zu. Wie Magnete blieben sie an ihrem Schild haften. Sie fraßen sich regelrecht durch ihren Schutz hindurch. Obwohl sich ihr Schild kontinuierlich erneuerte und der Ring seine Pflichten erfüllte, wagte sie nicht daran zu denken, was geschehen würde, wenn so eine Kugel bis zu ihr durchdrang. Einen Todesschlag hätte sie dem schmerzhaften Auflösen ihres Körpers vorgezogen. Langsam ließ die Energie der Kugeln nach und sie erloschen.

Sie hörte Sekretas erneut etwas zischen, dann ertönte hinter ihr plötzlich ein wildes, lautes Dröhnen; Soya fuhr herum und blickte in mülleimerdeckelgroße, rubinrote Augen. Ein Ungeheuer, so groß, dass es mit seinem Buckel fast die Decke berührte, schlug sich die Fäuste auf die Brust und brüllte so laut auf, dass die Höhle erzitterte. Soya wich zurück, so gut es ging, in Richtung der anderen Kreaturen, die nun grellgelbe Flüche auf sie niederschossen, die so stark blendeten, dass sie vor Schmerzen die Hände vor die Augen presste. Die Flüche prallten auf ihren Schild und rüttelten ihren ganzen Körper durch, doch ihr Schild blieb bestehen. Und dann geschah etwas, das Sekretas nicht beabsichtigt hatte; das Ungetüm, geblendet von den Lichtblitzen, blieb taumelnd stehen. Es blinzelte und dann brüllte es vor Schmerz auf.

Soya hielt den Atem an. Von den Lichtblitzen erhellt, sah sie die rissige, dicke Haut des Ungetüms. Es trug einen zerfetzten, lumpigen Stofffetzen um seine massigen Hüften und fast der ganze Teil seines Oberkörpers war mit borstigen, schwarzen Haaren bedeckt. Der Kopf war merkwürdig klein und seine Augen wirkten übergroß. Es hob seine klauenartigen Hände; Soya hielt die Hände auf dem Knauf ihres Schwerts, bereit, es aus der Scheide zu ziehen, sobald das Ungetüm nahe genug war, damit sie zustechen konnte. Plötzlich sah sie, wie sich etwas Schwarzes, viel Kleineres hinter dem Monster anschlich.

»*NEIN*!«, schrie Soya. »*GEH WEG*!«

Das Geschrei hatte die Wächter abgelenkt; verwirrt blickten sie umher. Soya, die die Chance erkannte, schloss die Augen und ließ beinahe ihre gesamte Kraft in den Todesfluch fließen: »*Schikindor rebur!*«, rief sie und zielte auf die Kreaturen. Dem roten Blitz folgte ein ohrenbetäubendes Kreischen, dann hörte sie ein merkwürdiges, hohes Zischen und die Kreaturen schrumpften in sich zusammen. Soya öffnete die Augen einen Spaltbreit und sah angewidert, wie sie in einem Schleim zerflossen.

»*Nein!*«, hörte sie Sekretas; dann vernahm Soya ein leises Knurren und kurz darauf einen dröhnenden Aufschrei. Soya sah unter wildem Pochen ihres Herzens Taoko an die Kehle des Ungetüms springen, während sie ihr Schwert aus der Schneide zog. Das Ungetüm schlug mit seinen klauenartigen Händen um sich – Taoko wich aus und biss abermals zu; das Blut spritze aus der Kehle des Monsters. Soya sprang auf seine massigen Knie und rammte die spitze Klinge ihres Schwerts mit aller Kraft in den Bauch – das Monster brüllte vor Qual, dann schlug es mit der Klaue um sich und verfehlte Soya nur um Haaresbreite. Wieder stieß Soya zu – noch einmal rammte sie ihr Schwert in seinen massigen Leib; angewidert fühlte sie Blut über das Schwert ihre Hände herabströmen.

»Soya, pass auf!«, hörte sie Taokos Stimme, sie duckte sich weg und schon schossen die Pranken des Ungetüms über sie hinweg; Taoko war auf seinen Rücken gesprungen und riss an seinem Genick.

»Nein!«, hörte Soya Sekretas schreien und das Ungetüm begann zu taumeln.

»Weg!«, zischte Soya flüsternd Taoko zu und nickte hinüber zum Höhlenausgang. *»Los! Geh schon!«*

Taokos Augen verengten sich, seine starken Kiefer waren noch immer im Nacken des Monsters verbissen. Taoko blickte sie aus seinen dunklen Augen an, blinzelte, dann ließ er von ihm ab, sprang mit geschmeidiger Eleganz herunter und rannte zum Ausgang. Soya sah ihm nach und stach erneut zu. Ihr Schwert bohrte sich in das Monster und dann traf sie eine Hauptschlagader am Hals; das Monster, die Augen weit aufgerissen, wankte ein letztes Mal, brüllte schmerzerfüllt auf, dann kippte sein massiger Leib zur Seite und die Höhle zitterte, als es auf dem Boden aufprallte.

ELGHINN

Sekretas tobte vor Wut und kam mit hoch erhobenen Armen auf sie zu.

Soya stolperte zurück.

»Klug von dir, deine Kräfte zu schonen, indem du die von mir erschaffene Kreatur mit nichts weiter als *deinem Schwert* zunichtemachst! Doch es wird dir nichts nützen, *Soya*! Du wirst nie gegen die *Kräfte von Sekretas* ankommen können. *Niemals*!« Ein abschätziges Lächeln umspielte seine Lippen, doch die Ader an seiner Schläfe zuckte bedrohlich. Plötzlich hob er die Arme.

»*Schikindor rebur!*«, rief er und Soya riss im selben Moment die Arme hoch.

Ein ohrenbetäubender Knall erzitterte die Höhle, als ihre Zauber in der Luft gegeneinander krachten und sich in einem Feuerwerk ergossen. Soya verstärkte ihren Schild, dann schloss sie die Augen. Ein Lichtspiel von roten, weißen und grünen Lichtblitzen erhellte die steinigen Wände, als ein Zauber nach dem anderen von seinem Schild abprallte oder mit einem von seinen zusammenkrachte. Soya zermarterte sich das Gehirn, was sie tun sollte; sie musste … Doch bevor sie den nächsten Zauber sprechen konnte, hörte sie, wie sich seine Schritte blitzschnell auf sie zubewegten. Überrascht sah sie, dass Sekretas – nur noch ein verschwommener Schweif aus dunkelstem Schwarz und Grau – mit hoch erhobenem, bläulich schimmerndem Schwert auf sie zustürmte.

Soya keuchte, als sie *elghinn* erkannte, Sekretas' tödliches Schwert. Nur noch wenige Zentimeter vor ihr, die Augen weit aufgerissen, stieß Sekretas zu. Soya hatte sich in letzter Sekunde wegducken können und die blaue Klinge stach ins Leere. Vyns Ausbildung machte sich bezahlt. Wieder stieß Sekretas zu und verfehlte sie diesmal nur knapp. Ein weiteres Mal schlug die blaue Klinge nach ihr; doch jetzt prallte sie gegen ihr blutverschmiertes Schwert – Sekretas war stark und *elghinn* schimmerte giftig. Einen Augenblick sahen sie sich in die Augen, dann stieß sie ihn mit aller Kraft zurück und drehte sich blitzschnell zur Seite. Sie wirbelte herum und griff ihn von der anderen Seite an, wie es Vyn ihr beigebracht hatte – ihre spitze Klinge schnellte nach vorn und ein eiskalter Schrei erfüllte die Stille. Sekretas' Augen weiteten sich. Sie spürte sein kaltes Blut; die Klinge bohrte sich in seine Schulter – dann verengten sich seine Augen zu schmalen, schlangenförmigen Schlitzen und plötzlich blieb ihr die Luft weg …

Ein scharfer, stechender Schmerz breitete sich in ihrem Magen aus – Sekretas' blaue Klinge drang Zentimeter um Zentimeter in ihren Bauch. Ein stechender, lähmender Schmerz breitete sich aus; ihre Knie wurden weich, dann glitt sie langsam zur Seite. Sie spürte, wie sich die Magie der Klinge verteilte, wie es anfing, ihren Körper zu vergiften.

Sekretas hatte das Schwert losgelassen und es fiel klirrend zu Boden. Sein Gelächter hallte dröhnend in der Höhle wider.

Kalte Nässe breitete sich um die Wunde herum aus und das Blut durchtränkte ihre Kleider. Sie spürte, wie die Kraft aus ihrem Körper wich. Alles wurde unklar; an den Rändern ihres Blickfelds begann es zu flimmern. Sekretas' Gesicht verschwamm und alles um sie her wurde dunkel.

Dumpf nahm sie ein wütendes, grollendes Knurren wahr. »*Nein*«, wollte Soya schreien, doch ihre Lippen bewegten sich nicht mehr; sie sank immer tiefer, immer tiefer, wie in eine Woge eiskalten Wassers …

Plötzlich ertönte ein erschreckender Aufschrei und holte Soya wieder zurück. Keuchend schnappte sie nach Luft und ein helles, grelles Licht durchflutete die Höhle. Es blendete, obwohl sie die Augen geschlossen hielt. Sie hörte ein paar merkwürdige, schnell gesprochene Worte – dann war es wieder still.

Soya zwang sich, die schweren Lider zu öffnen. Ein dunkler, verschwommener Fleck bewegte sich auf sie zu, dann hörte sie ein leises Wimmern neben sich.

»Taoko«, wisperte Soya mit lahmer Zunge. Sie spürte Taokos weiches Fell an ihrer Wange und schmiegte ihren Kopf daran.

Dann hörte sie eine weitere Stimme. Eine Stimme, die sie gelöst in Taokos Fell sinken ließ. Eine wundersame Erleichterung durchflutete ihren Körper. Jetzt war alles gut. Merlan und Saahrrin würde nichts geschehen.

»Soya.«

Sie spürte einen kühlen Luftzug, als Zindabor sich zu ihr niederbeugte. Seine Stimme linderte ihre Schmerzen und dämpfte ihre Sinne, und dann war sie wieder da ... Wie schon zuvor im herrlich kalten Wasser ... Tief in ihrem Kopf, in einem fernen, leeren Raum, hörte sie dumpf und undeutlich Zindabors Stimme erneut rufend widerhallen.

›Was regt er sich so auf‹, dachte Soya.

Dann drang von irgendwo weit her noch eine weitere Stimme in ihr Unterbewusstsein und meldete sich schwach und leise zu Wort: »Du stirbst gerade, Soya ...«

»Nein«, lallte sie.

»Doch, das wirst du. Du bist schon fast tot.«

»Nein«, rief sie. »Wer bist du?«

»Ich bin dein Unterbewusstsein. Ich bin im Moment das Einzige, was noch wirklich in dir lebt.«

»Nein, ich sterbe nicht!«, rief sie.

»Soya.« Zindabors Stimme drang deutlicher zu ihr durch. Seine Hände fühlten sich feurig heiß auf ihrer Stirn an; dann durchflutete langsam eine angenehme Leichtigkeit ihren Körper.

»Komm zu dir«, hörte sie ihn sagen.

Die Schmerzen kehrten zurück und Soya riss entsetzt die Augen auf. Zindabors Gesicht, zuerst verschwommen, dann immer klarer, war nur Zentimeter von ihr entfernt; seine Stirn mit tiefen Falten durchzogen.

»Soya.« Er klang erleichtert. Dann atmete er tief aus, und schloss die Augen. »Fast wäre ich zu spät gekommen.«

Als ihr Blick durch die Höhle flackerte, sah sie vor ihrem inneren Auge erneut, wie die blaue Klinge in ihren Bauch drang, und zuckte zusammen.

»Hat er dich schwer verwundet?«, fragte er.

»N-nein«, krächzte sie heiser. *Elghinn* lag verdeckt unter einem Fetzen ihres Umhangs; nur der Knauf war zu sehen; unauffällig ließ sie den Stoff darüber gleiten.

»Es ist nicht schlimm.« Ein erneuter Schmerz durchzuckte sie und sie biss die Zähne zusammen. »Ich habe nur einen kleinen Kratzer abbekommen. Ich kann es selbst heilen. Geh nur …« Sie spürte, wie die Energie, die ihr Zindabor gegeben hatte, wieder langsam aus ihrem Körper wich.

»Sekretas ist an der Schulter verletzt«, stieß sie vor Schmerz zitternd hervor und bemühte sich, ihrer Stimme einen ruhigen Klang zu geben. »Geh ihm nach, Zindabor. Er kennt sich mit dem Heilzauber nicht aus.«

Einen Moment sah sie ein warmes Glühen über sein Gesicht huschen, dann jedoch wurde sein Blick wieder ernst.

»Gut.« Er stand auf. »Merlan und Saahrrin sind nicht weit von der Höhle. Soll ich dich zu ihnen bringen?«

»Nein. Ich …« Sie tat so, als wäre sie schon dabei, sich aufzurichten. »Das ist nicht nötig. Geh nur. Ich – schaff das schon allein.« Abermals stiegen ihr vor Schmerz Tränen in die Augen.

»Wir haben es bald geschafft«, sagte Zindabor, ihre Tränen missdeutend.

Krampfhaft nickte sie.

»Gut.« Er ließ kurz prüfend seinen Blick über seine ovalen Brillengläser gleiten, dann stand er auf. »Bis gleich.«

Soya hob die Hand.

Er drehte sich um und Soya sah ihm hilflos zu, wie er mit wehendem Umhang dem Ausgang der Höhle entgegenschritt.

»Leb wohl«, flüsterte sie so leise, dass er sie nicht hören konnte.

Auf halbem Weg blieb er stehen – sein Blick, als er sich abermals zu ihr umdrehte, war unergründlich.

Soyas Wangenmuskeln spannten sich, während sie einen Schrei unterdrückte.

Zindabors Blick schweifte kurz zum blutgetränkten Stoff, wo die Schnittwunde war. Seine Augenbrauen schoben sich tief über seine hellblauen Augen.

»Ist wirklich alles in Ordnung?«

»Ja!«, würgte sie hervor. »Geh, Zindabor!« Lange würde sie sich nicht mehr zusammenreißen können.

Einen Augenblick sah er ihr prüfend ins Gesicht; dann lächelte er, hob seinen langen Umhang und verschwand mit einer einzigen geschmeidigen Umdrehung.

»Wieso hast du es ihm nicht gesagt?«, hörte sie Taokos Stimme.

Soya blickte immer noch gequält auf die Stelle, wo er eben gerade verschwunden war. Langsam und mit zusammengebissenen Zähnen schob sie den Stoff über der Wunde beiseite und stöhnte auf – die Haut um die Wunde hatte sich bereits bläulich verfärbt und es sah aus, als würde sich das Gift immer weiter ausbreiten.

»Es hätte nichts gebracht«, flüsterte sie.

Mit zittrigen Händen tastete sie nach *elghinn.* Angewidert starrte sie auf die blutbenetzte Klinge.

Mühselig richtete sie sich auf; hielt sich taumelnd an der Felswand fest und zwang sich vorwärts. Taoko stützte sie an der Seite. Ihre steife, zittrige Hand glitt über sein Fell, dann schleifte sie sich schwerfällig weiter.

Sie wollte Merlans Gesicht nur noch einmal sehen. Nur noch einmal seine Hand halten, ihren Vater und Ramon sehen, um dann für immer wegzugehen.

»Bitte hilf mir«, flüsterte Soya.

Taoko schmiegte seinen Kopf an sie, dann spürte sie, wie er sich mit seiner Schnauze unter ihren Arm drängte. Sie griff in sein schwarzes Fell und schleifte sich weiter.

Dann sah sie das Schlachtfeld, sah die vielen Soldaten auf dem Boden liegen; einige von Sekretas' Kreaturen waren ebenfalls tot – und dann sah sie ihn, Merlan, wie er mit Saahrrin gegen noch zwei von ihnen kämpfte, die Schirkans an ihrer Seite, die jetzt nicht mehr getarnt unter den Soldaten versteckt waren.

Taokos Fell begann sich zu sträuben. Leises Knurren drang aus seiner Kehle und er ging mit gefletschten Zähnen weiter.

Dann fielen die beiden letzten Kreaturen zu Boden und blieben reglos liegen – Soya schloss die Augen, doch schon bald erhellte sich der Himmel und ein paar Elfen erschienen unweit von ihnen neben dem rötlichen Gestein. Im hellen Glockenton erklang eine Stimme, die alle erschaudern ließ.

»Die Elfen haben sich dazu entschlossen Krieg zu führen, wenn ihr uns Soya nicht ausliefert! Sie werden kämpfen bis an ihr Ende, bis nichts außer Asche und Feuer übrig bleibt! Gebt sie uns und wir verschwinden. Wenn nicht, kommt das ganze Heer und fegt euch nieder!«

Soya versuchte etwas zu erkennen, doch so sehr sie sich auch anstrengte, sie wusste nicht, wen Colin da geschickt hatte. Trübte das Gift sie schon so sehr, dass sie seine Krieger nicht mehr erkannte? Colin würde doch sicher nur die besten seiner Soldaten schicken und – sie spähte mit zusammengekniffenen Augen nach vorn – sie konnte nicht einmal Vyn unter ihnen entdecken. Sie starrte auf die glänzenden Rüstungen, die reglos vor ihr am Boden lagen, und versuchte, nicht ohnmächtig zu werden. Ihre Beine gaben nach.

Sie verstand nicht – weshalb sollte Colin so etwas tun? War es nicht immer er gewesen, der sie bei jeder Gelegenheit in Schutz genommen und verteidigt hat? Wieso wollte er sich ausgerechnet jetzt gegen sie wenden und sie in Gefangenschaft nehmen? Oder war etwas schiefgegangen, nachdem sie Izaroha in die Hände ihrer Schirkanswächter gegeben hatte? War sie ihnen entkommen und hatte ihrem Volk eine ganz andere Geschichte verkauft? Oder, und es fuhr ihr bei dem Gedanken eiskalt den Rücken hinunter, hatte Izaroha es geschafft, ihm abermals einen Trank unterzujubeln?

Dann hörte sie, wie Saahrrins Stimme lauter wurde, zorniger, und auf dem Feld widerhallte.

Jemand neben ihr rief: »*DIE ELFENKRIEGER! SIE KOMMEN*!«

Soya sah hoch. Und dann erschienen sie, einer nach dem anderen, im hellen Licht auf einer Anhöhe.

Sie griff nach der Rüstung, die unter ihr lag und hievte sich hoch; sie musste es schaffen, sich irgendwie nach vorn zu kämpfen. Sie spürte Taoko an ihrer Seite, wie er sie stützte, damit sie nicht umfiel. Ihre Hand krampfte sich um den Knauf *elghinns*. Die Schmerzen in der Wunde waren in ein dumpfes, lähmendes Gefühl hinübergeglitten und sie fühlte, wie das Gift sich jetzt bis unterhalb ihrer Brust ausgebreitet hatte – es war nur noch eine Frage der Zeit, bis sich das Gift hoch zu ihrem Herzen erstreckte, um ihr anschließend den letzten Herzschlag zu rauben.

Sie kämpfte sich über die vielen Körper, die am Boden lagen.

»Irgendetwas stimmt hier nicht«, hörte sie Taokos Stimme.

Soya blinzelte nach vorn und sah hinüber zu den Soldaten, die sich alle von ihr abgewandt hatten und in eine Richtung sahen. Nur ein Gesicht stach aus einem Meer von Köpfen heraus – es war das einzige, das nicht zum Horizont gewandt war. Merlans Augen weiteten sich, als er sie erblickte. Dann rannte er zu ihr hinüber.

»Was ist passiert?« Verwirrt schaute er auf *elghinns* Klinge, die im hellen Licht der Sonne wie viele kleine, hellblaue Diamanten glitzerte. Seine Augen wanderten vom bläulich schimmernden Schwert zu ihrem blutgetränkten Kleid und blieben starr auf der Hand haften, mit der sie die Wunde bedeckte.

Langsam streckte er seinen Arm aus. Sein Gesicht war zu einer harten Maske versteinert. Als er ihre Hand hob und das letzte Sonnenlicht die Wunde traf, durchschoss ein brennender Schmerz ihren Körper. Merlan zog die Hand zurück, als hätte er sich verbrannt und sein Gesicht verlor jeglichen Ausdruck.

Laute, helle Trompetentöne erfüllten die Luft – gleich würde der Kampf beginnen. Denselben Gedanken schien auch Merlan zu haben. Als hätte ihn jemand gerüttelt, fiel er aus der Starre.

»Du wurdest mit diesem Schwert verwundet?«, fragte er mit einer Stimme, die ihr fremd war. »Hat Sekretas dir das angetan?«

»Ja«, antwortete Taoko.

Soya sah ihn an.

»Er hat ein Recht darauf zu wissen, dass du stirbst«, hörte sie seine Stimme in ihrem Kopf.

»Sag mir, was ich tun soll?«, flüsterte Merlan, ohne zu atmen. Seine Hand näherte sich vorsichtig der Wunde und verharrte dann in einigem Abstand, so wie er es von ihr kannte, wenn sie etwas heilte.

»Wie lautet der Heilzauber?«

»Merlan.«

»Wie lautet er?!«, drängte er. Das Glimmen in seinen Augen wurde stärker. Reglos wartete er auf eine Antwort.

»Es lässt sich nicht heilen …« Ihre Stimme versagte.

Merlan hob den Blick.

»Wo ist er! Zindabor! Wo, wo zum Teufel ist er! Er war doch gerade noch hier!«

Die Trompeten von Saahrrins Heer ertönten und lautes Geschrei erfüllte die Luft; die Soldaten stürmten den Hang hinauf. Mit heftigem Brennen in den Augen beobachtete Soya Saahrrins Krieger, deren Schwerter im hellen Licht der Sonne glühten; voller Ehre und Mut stürmten sie auf die Elfen zu …

Merlan nahm ihr Gesicht in seine Hände und wandte es von ihnen ab. Seine Arme hoben sie hoch, während seine Lippen an ihrer Stirn verharrten.

»Bring mich zu ihnen«, krächzte Soya. »Bring mich zu den Elfen.«

»*Niemals.*«

Sie versuchte sich auf das Schlagen seines Herzens zu konzentrieren, um die Schreie hinter ihnen auszublenden … Die Schreie

Aberhunderter Soldaten … Die Schreie Ramons und die ihres Vaters, als alles um sie verschwamm, während Merlan über den rostbraunen Boden rannte.

Noch bis vor ein paar Wochen hätte sie nie geglaubt, dass sie einmal um das Leben ihres Vaters fürchten würde. Doch so, wie es jetzt in ihrem Innersten stach, musste er bereits ein Teil von ihr sein.

»Wir müssen zurück«, keuchte Soya an seiner Brust.

Keine Antwort. Sie hörte nur, wie er schwer ein- und ausatmete.

»Sie werden alle sterben!« Der Gedanke machte sie halb wahnsinnig. »Sie haben keine Chance!« Ihre Kehle war so zugeschnürt, dass kaum ein richtiges Wort dabei herauskam.

»Ich verhandle nicht in diesem Punkt«, sagte er leise. Seine Wangenmuskeln spannten sich.

»Vielleicht lassen sie mit sich reden!«, krächzte sie panisch.

»Nein.« Er sprach mit zusammengebissenen Zähnen. Seine Stimme war hart und tonlos.

Sie krallte sich an seinem Hemd fest und versuchte, sich gegen seine Arme zu wehren.

»MEIN VATER IST DA VORN!« … und Ramon. »Liefere mich ihnen aus. Bitte. Ich sterbe ohnehin.«

Merlan blieb stehen. Sein Körper vibrierte leicht.

»Sag so etwas nicht.«

Mühsam wartete sie, bis er die Augen wieder öffnete, während wenige Meter weiter alle um ihr Leben kämpften.

»Wir können sie nicht im Stich lassen!« Endlich sah er sie an. »Ich lasse nicht zu, dass sie dich bekommen.« Seine Augen flackerten erneut. »Wenn du stirbst, gibt es für mich in dieser Welt nichts mehr, was noch von Wert wäre.«

Wie in Trance nahm sie wahr, wie sie weitergingen. Taoko folgte ihnen lautlos. Sie hörte auf zu protestieren – sie wusste nur zu gut, wie es sich anfühlte, wenn man den anderen verlor.

Hinter zwei Felsbrocken legte er sie auf den Boden. Als Nächstes murmelte er leise einen Zauberbann und setzte sich neben sie.

»Und jetzt sag mir, wie der Heilungszauber geht.« Sein Gesicht war schmerzverzerrt.

»*Elghinn* ist tödlich«, krächzte sie. »Es nützt nichts, wenn du hier deine Energie vergeudest.«

Merlan biss hörbar die Zähne zusammen. Dann hielt er den Kopf zur Seite.

»Ich habe doch Zindabor gesehen! Er war doch eben noch gerade hier!«

»Zindabor ist zu Sekretas' Turm gegangen.«

Seine Augen flackerten zu ihr hinüber.

»Wieso? Was tut er denn da?« Seine Stimme wurde immer lauter. »Was macht er dort! Er sollte hier sein! Hier findet der Kampf statt!«

»Er beendet es.« Sie sah hoch in sein Gesicht. »Zindabor hätte mich nie verlassen, wenn ich ihn darum gebeten hätte zu bleiben oder wenn er gewusst hätte, was mit mir geschehen ist. Ich habe ihm gesagt, er soll gehen. Ich habe Sekretas verletzt und er kennt sich nicht mit der Heilkunst aus. Seine Kräfte schwinden …«

Mit leerem Blick sah er sie an.

»Kannst du mir sagen, was mir das jetzt noch bringt, wenn Sekretas tot ist?« Seine Arme drückten sie fest an sich heran. »Die Schirkans«, flüsterte er plötzlich. »Du musst sie rufen … die Elfen dürfen nicht siegen.«

»Nein«, sagte sie, doch ihre Stimme war nur ein jämmerliches Krächzen.

»Ich glaube nicht, dass wir eine Wahl haben!«

Gequält senkte sie den Blick. Grelles Licht flammte am Horizont auf und es wurde ruhig. Dann hörten sie eine Stimme. Eine Stimme, die tief in ihr Innerstes drang und schmerzhafter war als die Stille der beendeten Schlacht:

»*SOYA!*«

Es war keine Frage, was Saahrrin wollte. Und Merlans Blick nach zu urteilen, wusste er es auch.

»*ELEONA SOYA, trete hervor!*«

Merlans Enttäuschung schmerzte mehr als ihre eigene.

Sie spähten hinter ein paar Büschen hervor. Saahrrin war umgeben von Soldaten. In einigem Abstand erkannte sie die Elfen.

»Bring mich runter.«

»*Nein.*«

»Bitte.«

»*Niemals*!« Er sah sie an. Sein Blick war verzweifelt. »Ich liefere dich ihm nicht aus!«

»Ich glaube nicht, dass er das vorhat«, log Soya und versuchte überzeugt zu klingen.

Sie hörte sich selbst zu, wie sie sprach, als würde sie neben sich stehen. Saahrrin handelte für sein Volk. Was war falsch daran – eine Person für ein ganzes Volk. Dann hörte sie ein Rauschen in ihren Ohren. Vermutlich das Rauschen ihres Blutes, wie es nun vor Panik schneller als sonst durch die Bahnen schoss.

»*SOYA!*«

Es ertönte wieder, diesmal jedoch klang die Stimme anders. Soya spähte hinüber – sie wusste nicht, weshalb die Stimme anders klang. Sie erkannte die Emotion darin nicht. Sie sah die Elfen, stolz und wunderschön mit wehenden Gewändern am Hügel stehen und weiter unten …

»Merlan«, keuchte sie. Sie starrte auf Saahrrins Heer, das immer noch so dastand wie vorhin.

»Es hat gar keinen Kampf gegeben«, sprach Taoko ihre Worte aus.

Verständnislos sah er von Taoko auf Soya und dann hinüber zum Schlachtfeld.

Die Elfen standen immer noch alle in voller Formation vor dem Menschenvolk, alle unversehrt. Niemand lag am Boden. Niemand war verletzt. Außer diejenigen, die schon vorher beim Kampf gegen Sekretas' Wesen gefallen waren.

Merlan starrte auf das Feld.

»Die Elfen haben mit dem Zauber bloß verhindert, dass die Menschen sie angreifen. Es war ein Schutzzauber gewesen, nichts weiter.« Taoko richtete sich in voller Größe auf.

»Aber was ist denn passiert?« Merlan schüttelte verständnislos den Kopf.

»Die ersten Elfenkrieger waren keine Elfen gewesen«, hörten sie Taoko weitersprechen. »Es war eine List von Sekretas, um Soya doch noch zu bekommen. Seine Sklaven haben die Gestalt der Elfen angenommen.«

Deshalb hatte sie niemanden von ihnen erkannt, schoss es Soya durch den Kopf. Jetzt begriff sie endlich.

»Und die Elfen sind erst danach erschienen, um uns zu Hilfe zu kommen«, flüsterte Soya. Sie sah hoch in sein Gesicht, während eine unendliche Erleichterung sie durchströmte. »Merlan, bitte, bring mich zu ihnen.«

»Was wollen sie von dir?« Die Augen waren schmal, blickten immer noch argwöhnisch auf die Stelle, wo Saahrrin stand.

»Es bleibt uns nicht mehr viel Zeit …«

Sein Blick wurde gequält.

»Ja«, brachte er mühsam hervor, »daran musst du mich nicht erinnern.«

Die Schmerzen wurden immer stärker und hüllten alles um sie herum wie in dichten Nebel. Merlan neigte den Kopf zu ihr hinab. Merkte er, wie sie dabei war, den Verstand zu verlieren … langsam einzuschlafen … um danach nie wieder aufzuwachen? Ihre Augen fielen zu. Ihre kostbare Zeit … die sie nur so kurz miteinander erleben durften … war allmählich abgelaufen.

Plötzlich überfiel sie Panik – sie musste sich noch von ihm verabschieden! Ihr Körper löste sich bei diesem Gedanken auf. Noch nie war es so endgültig gewesen, so absolut sicher, dass sie ihn nie wieder sehen würde, außer man glaubte an das Leben nach dem Tod. Doch mit welcher Gewissheit würde sie ihn wiederfinden? Sie konnte sich nicht darauf verlassen. Sie hatten so viel Glück gehabt … so viele Male …

Und irgendwann hat es ein Ende.

Soya versuchte ihre Augenlider zu öffnen. Doch sie waren zu schwer. Panisch blickte sie ins Dunkel … fühlte, wie die lähmende Furcht, das Grauen vor dem Unvermeidlichen in ihr hochstieg.

»Soya?«

Es war merkwürdig, wie fern seine Stimme auf einmal klang … anders als sonst, als würde er in einem ihrer Träume sprechen …

Ein Surren drang in ihren Kopf. Bunte Farben vertrieben das dunkle Schwarz, in das sie verzweifelt hineinblinzelte und versuchte, sich irgendwo an einem Punkt festzuhalten. Festzuklammern, um nicht zu entgleiten … Die Farben wurden blasser …

»Soya, bitte!«

Seine Stimme klang jetzt unwirklich. Nicht einmal in einem ihrer früheren Albträume, als sie geglaubt hatte, ihn verloren zu haben, war seine Stimme so matt, so klanglos gewesen wie jetzt.

Hatte er sie abgegeben, ohne dass sie etwas davon mitbekommen hatte?

Erneut versuchte sie, die Augen zu öffnen – diesmal gelang es ihr, doch nur einen Spalt weit. Angestrengt starrte sie in das verschwommene Gesicht, das sie vor sich hatte – schwarzes Haar umzeichnete ein kreidebleiches Antlitz.

Dann wurden die Umrisse langsam und stoßweise klarer.

»SOYA!«

Merlans Blick versteinerte sich. Dann spürte sie, wie sich der Boden unter ihr bewegte. Zuerst langsam und dann immer schneller. Die Umrisse verschwammen erneut; doch nicht deshalb, weil ihr erneut die Sinne entglitten – sondern weil er so schnell rannte. Sie fühlte seine Muskeln, wie sie sich bewegten, und presste ihren Kiefer fest an seine Brust. Obwohl das Grün der Blätter zu einem einzigen Streifen verschwamm, spürte sie keine Erschütterung. Er trug sie, als hätte sie kein Gewicht, als wäre sie schwerelos.

Dann fühlte sie, wie das Gift ihre Lungen erreichte und hielt sich am letzten Atemzug fest – *doch wenn dir ein Leben beschert wurde, das deine kühnsten Träume übertraf, ist es sinnlos zu trauern, wenn es zu Ende geht.*

»*SOYA!*«

»*Sie ist hier.*«

Sie hörte Merlans Stimme schwach an ihrem Ohr – sie klang tonlos, ergeben.

Und dann fuhren alle Köpfe zu ihnen herum.

Soya spürte, wie sich Merlans Körper an dem ihren verkrampfte; wie er zu Eis erstarrte, während sich der Druck um ihren Körper verstärkte, als wartete er auf einen Schlag.

Sie blinzelte hinüber in die vielen Gesichter um sie herum, sah die angsterfüllten Blicke der jungen Soldaten, die bei ihrem Anblick versteinerten. Sah, wie sich ihre Augen weiteten, als sie die Tochter ihres Herrn blutend und halb tot in Merlans Armen liegen sahen … und sahen ihn an, als glaubten sie, er hätte ihr das angetan … er hätte sie verwundet …

Dann konnte sie sehen, wie sich ihre Muskeln unter ihren Kettenhemden spannten; wie ihre Finger zur Waffe hin zuckten.

Doch noch immer geschah nichts – Soya suchte nach dem Grund, was sie davon abhielt, auf ihn zuzustürmen. Auf ihn loszugehen, um ihn zu Boden zu reißen.

Erst daraufhin merkte sie, dass sie auf einen Befehl warteten.

Allerdings kam er nicht … Und sie folgte den Blicken der Soldaten; sah, wie sich ihre Köpfe, einer nach dem anderen, drehten, wie sie alle in dieselbe Richtung blickten; an jenen Ort, woher der Befehl hätte kommen sollen.

Doch das Gesicht, das ihr nun entgegenblickte, war nicht wie das der Soldaten von Argwohn und Misstrauen erfüllt. Es schaute nicht verachtend zu ihnen herüber und überlegte, Merlan anzugreifen – diese Augen sahen Merlan nicht als Bedrohung. Es war etwas anders in dem Gesicht des Mannes, das ihn innehalten ließ; ihn unfähig machte, sich zu bewegen – es war kalte, grauenvolle Angst.

Wenn vor dem Ende ein Anfang steht

Sie sah in das entsetzte Gesicht ihres Vaters. Dann spürte sie das erste Mal eine Erschütterung. Der Boden erbebte, als plötzlich alle auf sie zu gerannt kamen.

»Was ist passiert!« Saahrrins Hand griff nach der ihren. Sie hörte, wie er scharf die Luft einsog, während seine Augen auf der blauen Wunde kleben blieben. Dann, nach einem Herzschlag, drehte er sich um. Seine Stimme war laut, als er zu sprechen begann. Laut und gebieterisch und von fremder Härte, wie sie es noch nie bei ihm gehört hatte.

»JETZT KÖNNT IHR BEWEISEN, DASS IHR IN FRIEDLICHER ABSICHT HIERHERGEKOMMEN SEID«, schrie er über das ganze Feld. »SCHICKT JEMANDEN, DER DIE VERLETZUNG VON SOYA HEILEN KANN! SIE WURDE DURCH SEKRETAS' SCHWERT ELGHINN VERWUNDET!«

Einen Moment lang herrschte Stille. Nur die Stimme Saahrrins hallte noch ein paarmal im Gayenorgebirge wider.

Soya versuchte krampfhaft Luft zu holen.

Eine Gruppe Elfen, die ganz an der Spitze stand, drehte sich einander zu; dann, es dauerte nur ein Augenblick, erschien ein Elf in einigem Abstand neben ihnen – er war groß, hatte blondes, gerades Haar, das ihm bis über die Schultern fiel und auf der Seite kunstvoll nach hinten geflochten war. Seine stahlblauen Augen leuchteten aus dem bleichen, makellosen Gesicht hervor. Eine Kette mit einem hellen Edelstein hing um seinen Hals.

»Vyn«, bewegte Soya ihre Lippen, doch es kam kein Ton heraus. Sie wollte ihre Hand nach ihm ausstrecken, doch ihre Arme blieben taub an ihrem Körper liegen.

Vyn trat auf sie zu und sah sie kurz an. Sofort legte er seine Hand über ihre Wunde, dann hörte sie im Kopf seine Stimme, obwohl er seine Lippen nicht bewegte: »*Lasto beth nin Soya – tolo dan na.* – Höre meine Stimme Soya – komm zurück zum Licht.«

Colin erschien ebenfalls und kam mit raschen Schritten auf sie zugeeilt.

»*Soya hebo estel. Annathar dulu* – Soya, hab Hoffnung. Dir wird geholfen werden«, flüsterte er leise und legte ihr mit schmerzverzerrtem Gesicht seine kühle Hand auf die Stirn. Ein hochkonzentrierter Ausdruck legte sich in seine Züge, dann begann er Vyns Zauber zu unterstützen. Sie spürte, wie durch ihre Hände eine kühlende Kraft durch ihre Stirn floss, sich ausbreitete und sich einen Weg durch ihren ganzen Körper bahnte. Aber sie heilten sie nicht damit, das konnten sie nicht. Dafür waren die Verletzung und das unaufhaltsame Gift zu stark. Doch sie milderten den Schmerz und vielleicht, ja vielleicht würde sie dadurch länger am Leben bleiben. Erleichtert fühlte sie, wie endlich wieder Luft in ihre Lungen strömte.

»*STOP!*«, hörte sie plötzlich eine Stimme neben ihnen.

Alle Gesichter schossen herum.

Kashika stand nur wenige Schritte hinter Vyn, ihre langen, gewellten, hellbraunen Haare im Wind wehend, die karamellfarbenen Augen zu schmalen Schlitzen verengt, und blickte Vyn kalt und berechnend an.

»HÖR AUF, VYN! GEH VON IHR WEG!«

»Kashika!« Colin sah ihr entsetzt ins Gesicht. »Was soll das!«

»*Geh -von - ihr - weg*«, zischte sie leise und kam dann mit lodernden, von abgrundtiefem Hass erfüllten Augen näher, das weiße, feenhafte Kleid über den steinigen Boden gleitend.

Niemand wagte, etwas zu tun; die Macht um sie herum war gewaltig – die Soldaten starrten sie mit offenem Mund an. Doch nicht, weil sie noch nie zuvor eine Elfe gesehen hatten, die so anmutig und lautlos, mit fast tanzenden Schritten über den Boden glitt – Kashika hatte von ihrer effektivsten und doch einfachsten

Waffe Gebrauch gemacht. Sie hatte ihren Liebescharme über die Soldaten ausgesprüht, der sie reglos machte – es war ihnen unmöglich, sie anzugreifen.

Doch diese Waffe wirkte nicht bei allen.

»Kashika! Ich verbiete dir …« Doch weiter kam Colin nicht – Kashikas vernichtender Blick ließ ihn verstummen. Dann wandte sie sich Soya zu und etwas flackerte über ihr Gesicht. Doch bevor sie es auch nur deuten konnte, waren ihre Züge schon wieder zu einer eisernen, kalten Maske erstarrt und sie taxierte Vyn erneut.

»Hör auf damit, habe ich gesagt!«, wiederholte sie. Ihr Ton war noch schärfer geworden.

Plötzlich erschienen wie aus dem Nichts sechs weitere Elfenkrieger und umklammerten Kashikas Arme.

»NEIN!«, schrie sie und schlug wild um sich, während ein lautes Stimmengewirr losbrach. »ER WIRD IHR ETWAS TUN! ER WIRD SIE TÖTEN!«

Die Krieger hielten inne.

»Sie ist meine Schwester!«, schrie Kashika weiter. »Ich möchte nicht auch noch meine Schwester verlieren!« Es war Saahrrin, der nun das Wort ergriff. Seine Stimme war ernst und kontrolliert.

»Was sagst du da?«

Kashika gab auf; hörte auf, sich gegen die vielen Arme zu wehren und schaute mit leerem Blick zu Boden. Als sie dann sprach, war ihre Stimme leise und von einem eigenartigen Schmerz erfüllt.

»Elehna war meine Mutter. Soya ist meine Halbschwester«, begann sie. Tränen schossen ihr in die Augen. »Soya, es tut mir leid.« Ihre Stimme zitterte. »Vyn ist nicht dein Freund. Er war es niemals.« Sie schüttelte den Kopf.

Jetzt wurde auch Vyn von Kriegerelfen umkreist.

»Nein«, hauchte Soya lautlos und mit letzter Kraft. Grob zogen sie ihn von ihr weg, während er sich widerstandslos ergab.

Kashikas Stimme war sanft: »Er war nicht *ehrlich* zu dir – er …«

»Ich weiß …«, lallte Soya kraftlos; ein tiefer Ozean brach vor ihr auf, in den sie unweigerlich hineinglitt. Jetzt, wo keine zusätzliche Kraft mehr in ihren Körper floss, verlor sie die Energie schneller als zuvor.

»Du *weißt* es?«, keuchte sie. »Aber …« Auf Kashikas Stirn erschienen schmale, zierliche Falten.

»Er … hat es mir gesagt …« Soya versuchte, sich über Wasser zu halten. »Wir … haben … Frieden geschlossen … noch bevor …« Starke Schmerzen überfielen sie von Neuem und sie geriet unter Wasser … Noch ein letztes Mal tauchte sie auf und zwang sich, ihre Augen zu öffnen. Doch obwohl sich ihre Lippen bewegten, obwohl sie sich mit aller Kraft bemühte, war nur noch ein undeutliches Lallen zu hören. Kashika sprach ihre Worte mit heiserer Stimme nach: »Noch bevor ich das Schloss verlassen habe.«

Vyn wurde losgelassen. Eine Kälte durchfuhr Soya und ihr Körper begann zu zittern; Hände hielten sie fest, damit sie nicht aus Merlans Armen fiel, dann fühlte sie, wie sie sachte zu Boden gelegt wurde.

Sie sah noch ein letztes Mal hoch in Merlans Gesicht. Dann verschwamm alles zu einem undeutlichen Fleck; alles um sie herum verdunkelte sich; die Stimmen wurden leiser und Vyns verzweifelte, schreiende Stimme: »Sie entgleitet mir! Ich schaffe es nicht allein!«, ging in einem dumpfen, fernen Dröhnen unter.

Mehrere Stimmen erhoben sich gleichzeitig, schrien laut durcheinander, brüllten sich an und Panik brach aus – doch wie auch die Farben, begannen sie sich zu vermischen und ergaben plötzlich keinen Sinn mehr; sie entfernten sich … waren auf einmal nur noch matt und unverständlich … unerreichbar …

Dann hörte Soya etwas anderes, etwas, das aus allen Stimmen herausstach; das sie aus den Tiefen ihres Daseins herauszog und ihr das Herz zerriss. Dieses Geräusch war schlimmer als alles je zuvor in ihrem ganzen Leben – und es würde sie bis in alle Ewigkeit verfolgen … Sie verspürte nichts mehr als den sehnlichsten Wunsch, dieses Geräusch auszuschalten – es nicht in ihre schwache Seele zu lassen, die zu wenig stark war, um es ertragen zu können. Es war ein leises Wimmern, das herzzerreißend zu ihr herüberdrang; weggeschoben von den Händen anderer, die sich um sie scharten. Er musste allein dort sitzen und warten, bis sie hinübergeglitten war … in die Welt der Toten … um nie mehr zu ihm zurückzukehren.

»Leb wohl, Soya«, hörte sie Taokos Stimme in ihrem Kopf, dann verebbte auch sie wie alles andere.

»Es funktioniert nicht!«, hörte sie Vyns panische Stimme erneut dumpf durch das Wasser dringen. Doch nur kurz, wie eine Blase die gleich wieder zerplatzte. »Die Wunde lässt sich nicht heilen! Es geht nicht!«

Abermals ertönte lautes Stimmengewirr. Wo war Merlans Stimme … wo war er … hatten sie auch ihn weggedrängt?

»Wir schaffen es nicht!«

»Sie wird uns entgleiten!«

»Soya ist nicht mehr stark genug, ihr Körper nimmt den Heilungszauber nicht an!«

»*Es liegt nicht an Soya*!« Endlich hörte sie Merlans Stimme. »Es ist *elghinn*, die Waffe von Sekretas, die sie verwundet hat! Soya war stark genug, überhaupt so lange durchzuhalten! Es scheint so, als ob diese Waffe, dieses Gift, sogar eure Künste übersteigt! Also wenn ihr nicht fähig seid, sie zu heilen, dann lasst uns jetzt allein. Wenn ihr nichts dagegen habt, würde ich mich gerne von ihr verabschieden …«

›Merlan …‹

Sie nahm kaum mehr wahr, wie einer nach dem anderen sie berührte, als wäre sie schon tot; wie sie in den harten Armen Merlans weggetragen und dann auf dem kühlen Boden abgelegt wurde, neben ihr das leise Wimmern Taokos nur noch leise erahnend.

Sie wollte ihre Hand nach Taoko ausstrecken, ihn streicheln und trösten. Verzweifelt kämpfte sie gegen die Lähmung an. Sie wollte ihn doch nur noch ein letztes Mal berühren.

Merlans Gesicht legte sich in ihren Nacken und riss sie aus den Gedanken; seine kalte Haut milderte die stechende Glut, die ihren Körper verbrannte.

»Soya«, flüsterte er leise.

Er hielt sie fest, das wusste sie, auch wenn sie es nicht spürte … er drückte sie sicher mit aller Kraft an seine Brust und hielt ihren Kopf mit beiden Händen fest umschlungen, wie er es immer tat.

Ein eintöniges, leises Surren erfüllte die Leere ihres Kopfes. Es schien überall zu sein. Und plötzlich merkte sie, dass nicht dieses Surren um sie herum oder in ihrem Kopf war, sondern sie sich selbst in diesem Surren befand. Es gab nichts anderes mehr als dieses helle, leise Surren, das so zart und doch so mächtig war, dass sie glaubte, es anfassen zu können.

Plötzlich veränderte es sich. Alles begann zu vibrieren, als würde jemand sie rütteln. Doch es fühlte sich so an, als wäre sie jetzt sehr klein und ihr Körper übergroß; er gehörte nicht mehr zu ihr.

Sie sah hoch in ein helles Licht. Doch merkwürdigerweise machte ihr die strahlende Helligkeit nichts aus. Es war angenehm … es war wie das Funkeln der farbigen Diamanten in Zakratos, wie der Kambilot.

›Eigenartig‹, dachte Soya.

»*Soya!*«, rief eine Stimme.

Soya wandte sich gedanklich um. ›Wer ist da und ruft …? Ist noch jemand hier?‹

»*Soya*!«

Sie kannte diese Stimme …

»Ja, ich komme«, wollte sie rufen. »Ich komme zu dir.«

»*Soya! Bitte! Du musst jetzt kämpfen!*«

Jetzt war seine Stimme auf einmal laut und tat ihr weh in den Ohren.

»*Soya, bitte, verlass mich nicht!*«

»Sie hat es überstanden«, hörte sie jetzt Zindabor und eine angenehme Wärme durchströmte ihren Körper. »Sie ist über dem

Berg.« Es fühlte sich an, als würde ihr Körper erwachen … ein Kribbeln weckte sie auf … durchströmte ihren Körper und heilte die Vergiftung.

Doch mit dem Erwachen kam der Schmerz zurück und plötzlich stand ihr ganzer Körper in Flammen. Soya riss die Augen auf und schnappte nach Luft. Zuerst sah sie nur etwas Weißes; dann wurde das Bild klarer und sie erkannte Zindabors schneeweißen Bart. Vyn drängte an ihm vorbei und legte seine Hände wieder über ihren Bauch, dorthin, wo jetzt ein qualvoller Schmerz hervorstach. Merlans Körper verkrampfte sich, als ihr ein Schrei entwich.

»Es funktioniert«, hörte sie Vyn schnell und leise sprechen. »Der Fluch ist behoben. Die Wunde kann geheilt werden.«

Zindabors große, warme Hand legte sich wieder über ihre Augen und eine endlose Müdigkeit fiel über sie.

»Ich liebe dich, Merlan«, lallte sie, bevor sie die Müdigkeit zu ertränken drohte. Sie wusste, sie hatte es noch nie so direkt ausgesprochen. Und obwohl es nun kläglich und unromantisch klang, war es ihr wichtig, dass er es hörte. Er musste es wissen – es durften nicht die geringsten Zweifel bestehen, wenn ihr jemals etwas zustoßen würde.

Merlan neigte den Kopf, nahm ihr Gesicht in seine Hände, dann spürte sie seine kühlen Lippen an ihrer Stirn.

»Du bist mein Leben«, hörte sie ihn flüstern, dann schlief sie ein.

Es dämmerte, als sie das zweite Mal erwachte. Sie lag immer noch in Merlans Armen. Doch jetzt waren sie nicht mehr steif und hart. Sie waren weich und umschmiegten sanft ihren schwachen Körper; sein Atem ging tief und langsam und sie spürte sein Herz in regelmäßigen Abständen in seiner Brust pochen.

Sie wollte ihre Hand heben, um ihn zu berühren, um über sein Gesicht zu streicheln, das immer noch gequält wirkte, obwohl er eingeschlafen war. Doch ihr Arm fühlte sich an, als wäre er mit Blei gefüllt.

Das Schlimmste war nicht die Tatsache gewesen zu glauben, dass sie sterben würde, sondern an einem Ort zu sein, wo er nicht war.

In einiger Entfernung stand eine Handvoll Leute in einem Grüppchen zusammen. Darunter Saahrrin, der mit angestrengter Miene in eine ernste Diskussion mit Colin vertieft war.

Sein dunkler Umhang fiel ihm gebieterisch über die breiten Schultern. Und während er nur dastand und nichts weiter tat, als eben hier zu sein, überragte er mit seiner Präsenz alles andere. Er hatte die Fähigkeit seines Vaters geerbt, die ganze Aufmerksamkeit auf sich zu ziehen, zum Gebieter zu werden und die anderen zum Verstummen zu bringen.

Soya wurde aus seiner Miene nicht schlau und der Gegenstand des Gesprächs blieb ihr ebenfalls verborgen. Die Stimmen waren zu leise. Nur unverständliches Gemurmel lag wie ein feines Summen in der Luft.

Saahrrin hielt mitten im Gespräch inne und wandte den Kopf zu ihr herüber. Einen Moment strich ein Ausdruck der Verblüffung über sein Gesicht, dann kam er mit schnellen Schritten zu ihr herüber.

»Soya«, flüsterte er. »Du bist aufgewacht.« Mit zittrigen Händen umfasste er ihr Gesicht. »Ich dachte schon …« Er schluckte und neigte den Blick. »Doch … du *lebst* …«

Merlan drückte sie sanft an seine Brust, mit größter Vorsicht, um ihr ja nicht weh zu tun.

Ihr Blick glitt von Saahrrin über Colin, der nun neben ihm erschien, hinüber zu den anderen. Darunter Zindabor, der die Hand hob und ihr fröhlich zulächelte.

»Wo ist Taoko?«, flüsterte Soya, ohne dass ein Laut ihren Mund verließ.

»Er ist hier«, sagte Saahrrin.

Taokos Kopf erschien neben Saahrrin. Seine Stimme in ihrem Kopf blieb aus. Er grub bloß seinen Kopf unter ihren Arm, damit sie ihn festhalten konnte.

»*Glassen achened le* – Es ist mir eine Freude, dich zu sehen«, hörte sie Colin flüstern, nachdem sich Taoko neben sie gelegt hatte und sie ihm über das Fell streichelte. »*Im garon trass alcen.* – Ich hatte große Sorgen um dich.« Der Ausdruck in seinem Gesicht veränderte sich. »Das Elfenvolk ist dir mit solch großem Argwohn gegenübergetreten und du hast uns trotzdem so viel Gnade erwiesen.« Er legte seine Hand auf ihre Schulter. »Nicht dass du es nötig hättest, Soya, aber du hast dem elbischen Volk sehr viel Ehre erwiesen, indem du Izaroha nicht einfach getötet hast. Niemand konnte es glauben, nach all dem, was sie dir und deiner Familie angetan hat … Du hast edler gehandelt, als manch anderer mit elbischem Blut es gekonnte hätte.« Plötzlich rang er um Fassung. »Ich habe erfahren, was ich getan haben soll. Das alles tut mir unendlich leid. Ich wollte es nicht … Du musst mir glauben … Ich …«

»Ich weiß«, sagte Soya. Obwohl sie ihre Stimme wiedergefunden hatte, hörte sie sich heiser an. »Izaroha hat es mir erzählt. Du standest unter dem Zauber. Niemand kann dir einen Vorwurf machen.«

Saahrrin, der bis jetzt geschwiegen hatte, erstarrte.

»*Was?*«, fragte er. »Was meinst du damit, was wird ihm niemand vorwerfen können?«

Colin ergriff das Wort, doch Soya hob die Hand.

»Nicht …«, flüsterte sie leise. »Nicht jetzt.«

Saahrrins Miene verhärtete sich. Dann richtete er seinen Blick jäh auf Colin.

»Ihr habt Elehna umgebracht? Ihr wart es, der sie getötet hat?« Seine Stimme war plötzlich laut und stark. Die Hände hielt er hinter dem Rücken zu Fäusten geballt.

Colins Blick begann zu flackern.

»Nein …« Verzweifelt hob Soya die Hand. »Er hat keine Schuld … Der Zaubertrank ist so stark, Saahrrin. Colin wusste nicht, was er tat. Er war nur die Marionette von Izaroha … Als der Trank nachließ, wusste er nicht einmal, was er in dieser Zeit getan hat. Er hat keinerlei Erinnerung daran …«

»Woher weißt du das?« Colins Augen weiteten sich.

»Zindabor hat es mir gesagt. Er hat mir erklärt, wie dieser Trank wirkt.«

Colins Blick wechselte in große Dankbarkeit. Saahrrin jedoch wandte sich abrupt von ihnen ab und ging davon.

»Er wird einige Zeit brauchen«, flüsterte Soya.

»Selbstverständlich. Ich kann es ihm nicht verübeln.« Colins Stimme bebte. »Ich kann nicht erwarten, dass mir jemals irgendjemand verzeihen wird, wenn ich es selbst nicht kann.« Er legte seine Hand über die ihre, dann hob er den Kopf und sah sie an. »Du und deine Gefährten, ihr seid in Helandibur immer herzlich willkommen. Falls ihr jemals unsere Hilfe braucht, ihr werdet sie jederzeit bekommen.« Er neigte den Blick. »Ich ziehe mich in Kürze mit meinem Heer zurück. Hab Tausend Dank. *Namaarie, balan in dû. No ce ammaer ab lû thent.* – Leb wohl, Göttin der Nacht. Möge es dir bald bessergehen.«

Er verneigte sich kurz, schenkte auch Merlan und Taoko einen dankenden Blick, dann kehrte er zu seinen Kriegern zurück.

In einiger Entfernung erkannte sie Vyn. Er neigte den Kopf zu einem Gruß, als er ihren Blick auffing.

»Wo ist Kashika?«, flüsterte sie.

»Sie ist, kurz nachdem Vyn dich heilen konnte, verschwunden.«

Merlan küsste sie zärtlich auf die Wange und Soya schloss die Augen.

»Und Ramon«, hauchte sie. »Ist er …«

»Er ist wohlauf. Er war gar nicht beim Kampf.«

»Was? Wieso nicht? Er war doch dabei.«

»Zindabor hat ihm eine andere Aufgabe zugeteilt«, erklärte er schlicht.

»Eine andere Aufgabe? »

»Ramon war von Anfang an Zindabors Gehilfe.«

»Was?«, stieß sie hervor.

»Ramon? Wieso das denn. Ich mein, er besitzt doch keine magischen Kräfte.«

»Das war der Trick. Niemand rechnete mit so etwas. So war er in keinem Moment jemals in Gefahr.«

Sprachlos sah sie ihn an.

»Ramon kannte dich am besten«, fuhr Merlan erklärend fort. »Er wusste, wie du dich verhalten würdest. Zindabor erteilte ihm demnach die verschiedensten Aufgaben.«

»Seit wann?«, hauchte Soya.

»Seit du ihn im Schloss nach deinem Aufenthalt bei den Elfen besucht hast. Da hat Zindabor erkannt, dass er der richtige Mann für diese Aufgabe ist. Du bist nur zu ihm zurückgekehrt. Mit keinem anderen nahmst du Kontakt auf.«

»Und du wusstest es auch?« Sie blinzelte aufgeregt.

»Zindabor hat es mir erst vor Kurzem verraten.«

Eine Weile sagte sie nichts, dann hob sie den Blick.

»Was war es, weshalb du den Entschluss gefasst hast, mich doch noch zu Saahrrin und den Elfen zu bringen?«, hauchte sie immer noch vor bleierner Müdigkeit, doch überglücklich.

Merlan legte den Kopf an den ihren und überlegte einen Moment.

»Ich hatte realisiert, wie du dabei warst zu sterben«, bei diesen Worten versteifte sich sein Körper, »wie du langsam hinübergeglitten bist, und das Wichtigste war, dass das nicht passierte; dass du am Leben bleibst. Die Folgen habe ich ausgeblendet. Ich hätte schon eine Lösung gefunden, damit sie dich nicht mitnehmen.«

»Ich verstehe immer noch nicht, wie man mich heilen konnte.«

»Als Zindabor in Sekretas' Turm war«, erklärte Merlan, »und das blaue Schwert nicht an der Wand hatte hängen sehen, da hat er begriffen, dass er eigentlich an dem Ort sein sollte, von dem er gerade gekommen war.«

»Aber es gibt kein Gegengift«, murmelte Soya verständnislos.

Seine Stimme war immer noch rau, doch zugleich triumphierend: »Sekretas hat dich angelogen. Er würde nie etwas herstellen lassen, ohne das Gegengift dafür zu bekommen.«

Soya sah hinüber zum roten Gestein, über dem die rot glühende Sonne stand.

»Zindabor hat das erkannt. Er hat das Gegengift gefunden und ist dann so schnell, wie er nur konnte, wieder zu uns zurückgekehrt. Hätte er nur ein paar Minuten länger gebraucht, wäre es zu spät gewesen.«

Noch eine Frage brannte ihr auf der Zunge – mehr als alle anderen.

»Was ist mit Sekretas?«, hauchte sie. Fiebrig sah sie hoch in sein bleiches Gesicht. Taoko regte sich ein wenig.

»Er ist davongekommen«, sagte Merlan leise und atmete tief ein. »Niemand weiß, wo er ist.«

Es war also noch nicht vorbei.

»Er wird nicht so schnell wiederkommen«, besänftigte Merlan sie. »Komm.« Er küsste sie auf die Stirn. »Gehen wir heim. Es war ein langer Tag.« Langsam und vorsichtig richtete er sich mit ihr auf.

Dann – sie traute ihren Augen nicht, sah sie in einiger Entfernung Drachen und daneben standen die Wölfe. Sie sah die Soldaten Saahrrins und die Schirkanskrieger. Die Elfen waren dabei, sich zu verabschieden.

»Wir alle haben uns vereint«, flüsterte Merlan. »Alle. Auch die Elfen. Sekretas ist allein.«

Wenn Liebe blind macht

So wilde Freude nimmt ein wildes Ende
und stirbt in seinem höchsten Sieg
wie Feuer und Pulver.

Romeo & Julia, zweiter Akt. sechste Szene

Die letzten Äste flogen an ihr vorbei, während sie vor Panik kaum noch Luft bekam; ihre Beine bewegten sich immer schneller, obwohl das Gestrüpp kniehoch war. Dann weinte sie fast vor Erleichterung, als sie den Waldrand erreichte, und stolperte hinaus aufs offene Feld.

Sekretas hatte nichts mehr von sich hören lassen; einen ganzen Monat lang. Doch nur, um die Rache perfekt zu planen. Sie wusste nicht, wie er den Stich überlebt hatte, doch jetzt hatte er von der schlimmsten Waffe Gebrauch gemacht …

Sie war mit Zindabor nach Helandibur gereist, um weitere Punkte des Vertrags zwischen den Schirkans und dem Elfenvolk zu besiegeln. Weitere Abkommen, die ein friedliches Miteinander gewährleisteten, auch noch weitere dreihundert Jahre lang.

Doch noch während sie allein mit Colin am Tisch gesessen hatte und die Punkte durchgegangen war, war ihr Smürgold rot aufgeflammt.

Und die Worte, die darin geschrieben standen, hatten ihr Innerstes auseinandergerissen – verlässlich und unwiderruflich:

Wenn du willst, dass Merlan am Leben bleibt, dann komm allein zur Grenze, wo der Fluss Anil in den Mandoriawald fließt. Ich warte auf dich zwei Stunden. Wenn du in dieser Zeit nicht kommen solltest oder Verstärkung mitbringst, wirst du Merlan nie wieder sehen. Sekretas

Nachdem sie es geschafft hatte, sich von ihren Leibwächtern unbemerkt davonzustehlen, hatte sie den Verschwindungszauber angewandt, den sie erst vor ein paar Tagen von Zindabor gelernt hatte und der sie nun bis fast zur Waldlichtung brachte. Es hieß, der Zauber benötige viel Übung. Doch es blieb ihr keine Zeit, zu Fuß den ganzen Mandoriawald zu durchqueren.

Dann sah sie ihn. Ein dunkler Punkt auf dem Feld, sein blasses Gesicht ihr zugewandt.

»MERLAN!«, schrie Soya und rannte auf ihn zu.

Sie kannte dieses Bild … Dann bemerkte sie, dass der Himmel voller schwarzer Vögel war.

Soya sah die Schale Wasser vor sich, mit dunklen Kräuterschnipseln gesprenkelt, in der sie bei der Alten in Arohby Merlan gesehen hatte – sie sah Merlan fallen.

»Nein!«, schrie Soya. Merlan sank zu Boden.

Er rappelte sich hoch, dann brach er nach einigen Schritten wieder zusammen.

Ein gellendes, durch Mark und Bein fahrendes Lachen erklang und der Himmel verfärbte sich scharlachrot.

Merlan fiel nach vorn – es schien, als dauerte es eine Ewigkeit, bis sein Körper den Boden erreichte und er mit dem Gesicht nach unten liegen blieb.

Schlitternd fiel sie vor ihm auf die Knie und drehte ihn um. Seine dunklen Augen waren ausdruckslos in die Weite gerichtet.

»Merlan …«, wisperte sie, tastete mit der Hand über sein Gesicht und fuhr über seine weichen, viel zu entspannten Wangenmuskeln. Mit fiebrigem Blick beugte sie sich vor und legte ihren Kopf an seine Brust. Vielleicht hatte sie den Puls nur nicht richtig gespürt – vielleicht hatte sie bloß nicht richtig nachgeschaut.

Doch das Einzige, was sie hörte, das Einzige, was sie in ihrer Benommenheit registrierte, war das Rauschen in ihren Ohren.

Sein Herz war genauso still, genauso lautlos wie die anbrechende Dunkelheit um sie herum.

»*Soya.*«

Soya fuhr herum – Sekretas stand auf einer kleinen Anhöhe, den Horizont im Rücken. Sein dunkler Umhang flatterte in den letzten roten Streifen der Abenddämmerung. Er kam mit geschmeidigem Schritt näher, glitt über den dunklen Boden zu ihr und blieb dann in einigem Abstand vor ihr stehen.

Soya richtete ihre brennenden Augen auf sein hartes Gesicht. Dann sah sie, dass sich ein mildes Lächeln auf seinem Gesicht regte. Dies gab ihr den Anlass, sich aufzurichten.

»ICH DACHTE, FÜR EUCH SCHIRKANS BEDEUTET FAMILIE ALLES!«, schrie sie.

Sekretas' Miene veränderte sich ein wenig, doch das Lächeln blieb auf seinem Gesicht haften.

»ICH DACHTE, IHR WÜRDET EUER BLUT FÜR SIE OPFERN! DOCH«, sie schluckte krampfhaft, »IHR TÖTET EUREN EIGENEN SOHN?!«

Sekretas' Gesicht verzerrte sich. Dann verzogen sich seine Mundwinkel zu einem wüsten Grinsen; ein hohes, kaltes Lachen entfuhr seinen schmalen Lippen.

»Soya, Soya, Soya.« Er schüttelte mit wehmütiger Miene den Kopf. »Du musst wirklich noch viel lernen …« Das Lächeln wich aus seinem Gesicht und ein kalter, herablassender Blick nahm seinen Platz ein.

»Denken ist wohl nicht deine Stärke, hm? Wie einfach es doch manchmal ist … so einfach. Ich frage mich …«, fuhr er leise zischend fort, hielt inne und sah gedankenverloren hinüber zu Merlan, »… wie es wohl wäre, wenn Merlan nicht gestorben wäre …«

Soya vergaß, dass es Magie gab, vergaß, dass sie einem der mächtigsten Zauberer gegenüberstand. Sie wusste nur, dass der Schmerz sie zerbrechen würde, wenn sie ihrer Wut nicht freien Lauf lassen würde.

Kurz vor ihm rannte sie gegen eine durchsichtige Wand und fiel rücklings ins kalte Gras.

»Nun, nicht gerade sehr einfallsreich.« Sekretas hob abschätzig eine Augenbraue. »Wenigstens Magie hättest du anwenden können. Möchtest du noch einen Versuch?« Er zog seine Mundwinkel hoch, während seine Augen kalt blieben.

»Ihr seid … der mieseste … Abschaum.«

»Du solltest vorsichtig sein mit dem, was du sagst«, sagte er ruhig, doch seine Stimme war jetzt sehr giftig, » … und vor allem, wem du es sagst …«

»IHR HABT GERADE EUREN SOHN GETÖTET!«

Sekretas hob einen Finger und Soya krümmte sich vor Schmerzen. Selbst als Izaroha sie gefoltert hatte, hatte sie nicht solche Schmerzen verspürt.

»Tut nur das, was Ihr am besten könnt«, stieß sie gepresst hervor, den Blick in die weite Leere gerichtet, wo die Bäume sich wie lange Finger in den nachtblauen Himmel emporstreckten. »Es kümmert mich nicht. Denn ich besitze keine Seele mehr.«

Ihre Zähne klapperten leicht. Sie hätte nicht allein herkommen sollen. Es war verantwortungslos, so zu handeln. Sie war die Herrscherin der Schattenwelt. Wenn Sekretas sie besiegte, würde er als neuer Herrscher ihr Volk quälen und peinigen.

Man ist das beste Opfer, wenn man liebt, wie Merlan richtig gesagt hat – man handelte impulsiv, nicht mehr überlegt.

»Ihr könnt mich zu nichts zwingen«, sagte Soya matt.

»Da bin ich aber anderer Meinung … ganz anderer Meinung, um ehrlich zu sein.«

»Das einzige Druckmittel, das Euch noch geblieben ist, habt Ihr gerade umgebracht.«

»Ach ja? Denkst du?« Sekretas seufzte tief. »Schon wieder liegst du falsch, Soya. So falsch. Hat dir Zindabor nie von meiner Fähigkeit erzählt, für die er viel zu edel wäre, sie einzusetzen? Hat er dir nie davon erzählt, was es ist, das mich auszeichnet – und zum größten Magier aller Zeiten gemacht hat? Nein? Nun, dann werde ich dir jetzt etwas verraten, Soya, und hör mir gut zu …« Seine leise Stimme ging ins Flüstern über: »Ich kann Merlan wieder zum Leben erwecken.«

Soya sah zitternd hoch; das Medaillon mit fester Hand umschlossen.

»Wenn du nicht willst, dass Merlan so tot liegen bliebt, dann muss das nicht so sein …«

Er schritt lautlos über den Boden.

»Ich kann ihn dir zurückgeben, Soya. Alles kann wieder so sein wie zuvor, nur unter einer kleinen Bedingung …« Er hielt inne. »Du musst mir versprechen, dich mir anzuschließen.«

»Ihr könnt nicht …«, würgte sie hervor.

»Doch. Ich kann! Ich kann ihn dir zurückgeben.«

Soya sah ihn an – die unersättliche Begierde stand in sein Gesicht geschrieben. Es widerstrebte ihr nichts mehr, als ihm diese zu befriedigen … ihm das zu geben, was er wollte. Doch die Entscheidung war gefallen, noch bevor sie sie bewusst getroffen hatte. Sie konnte nicht mehr davon abrücken. Nichts war schlimmer, nichts unerträglicher als der Gedanke daran, dass Merlan tot war …

»Ich tu alles, was Ihr wollt.« Noch nie im Leben war ihr eine Entscheidung so leichtgefallen.

Auf Sekretas' Gesicht bildete sich ein zufriedenes Lächeln – all seine Erwartungen hatten sich erfüllt.

Er ging an ihr vorbei, hinüber zu Merlan, und Soya stolperte ihm nach.

»Hast du schon einmal einen Schwur abgelegt?«, fragte er.

»Nein.«

»Nein?« Sein Blick wurde eindringlich. »Sicher nicht?«

Sie hatte Farol einen Schwur abgelegt, doch das tat hier nichts zur Sache.

»Zindabor hat dich nie etwas schwören lassen?«

Verwirrt sah sie hoch.

»Nein«, stammelte sie.

Ein zufriedener Ausdruck legte sich in seine Züge.

»Gut. Dann sag es. Sag, dass du dich mir anschließen wirst, wenn ich dir Merlan zurückgebracht habe. Sag, dass du alles für mich tun wirst, was ich von dir verlangen werde. Versprich es.«

»Ich verspreche es.«

Sekretas hob die Augenbrauen.

»Ich werde mich Euch anschließen«, fuhr sie zitternd fort, »ich werde alles tun, was Ihr von mir verlangt. Aber nur, wenn Merlan lebt.«

Sekretas hob die Hand und glitzernder Staub erhob sich zwischen ihnen. »Gut. Dann stell dich da rüber, und egal, was jetzt passiert, du bleibst dort stehen.«

Soya quälte sich hoch und trat einige Schritte zurück.

Sekretas sprach mit gedämpfter Stimme. Dann erfüllte ein leises Stöhnen die Stille und Merlan begann sich in der Dunkelheit zu regen. Es sah so aus, als würde er sich auf die Seite drehen.

»Merlan!«, entfuhr es Soya und sie stürzte auf ihn zu. Mitten im Lauf spürte sie eine wogende Hitze, spürte, wie sie zurückgeschleudert wurde und schlug hart auf den Boden.

»Ich – habe – gesagt – du – sollst – dort – stehen – bleiben!«, brüllte Sekretas.

Soya rappelte sich auf und starrte auf Merlan, der sich mit der Hand übers Gesicht fuhr.

Dann richtete er sich langsam auf – ihre Knie ließen nach.

»Soya?« Merlan sah sich um. »Soya!« Sein Blick blieb panisch auf ihr haften. Dann sah er, dass Sekretas neben ihm stand.

Sekretas räusperte sich.

»Du, mein Junge, bleibst genau da, wo du bist. Und du, Soya, du kommst jetzt mit mir mit.«

Sie wollte sich aufrichten. Sie wollte alles tun, was er sagte, doch ihr Körper gehorchte ihr nicht.

»Komm«, sagte Sekretas sanft und eine seltsame Kraft half ihr hoch. Ohne dass sie etwas dazu beitrug, steuerten ihre Beine jetzt in seine Richtung.

Merlan schaute sie verständnislos an, dann, als dämmerte ihm etwas, wurde seine Stimme laut: »WAS HAST DU MIT IHR GEMACHT?«, brüllte er und stand langsam auf. »LASS DEINE DRECKIGEN FINGER VON IHR!«

»Nein, Merlan!«, schrie Soya. »Bleib, wo du bist!«

Sekretas umklammerte mit eisigem Griff ihren Arm und in einem Wirbel aus Farben wurden sie weggesogen.

Im nächsten Moment schlug sie hart auf Granitboden auf. Sie befanden sich in Sekretas' Wohnzimmer.

»Willkommen zu Hause.« Sekretas glitt zu seinem Schreibtisch hinüber und begann in einem Haufen Blätter zu wühlen, dann hielt er plötzlich inne und seine Augen richteten sich verschleiert gegen die Wand.

»Erstaunlich«, murmelte er. »Wir haben schon Besuch.«

Es klopfte und Sekretas wandte sich mit hochgezogenen Augenbrauen zu ihr um.

»Soya, bitte öffne dem Besucher doch die Tür.«

Starr blieb sie stehen.

»Soya, wo bleiben denn deine Manieren?«

Irgendetwas drückte sie vorwärts. Zitternd ging sie die steinernen Stufen hinab und zur Tür. Doch noch bevor sie die Hand auf den Griff legte, sprang sie auf.

Soya stockte der Atem – vor ihr stand in weißem Gewand, groß und mit unendlich entspanntem Gesichtsausdruck: Zindabor.

Soya wollte die Tür wieder zuschlagen, doch Zindabor trat schon ein. Ohne einen weiteren Blick auf Soya ging er mit raschen Schritten die Treppe hoch.

»Ah, mein alter Freund!«, hörte sie Sekretas' Stimme.

»Sekretas.« Zindabor nickte und ging feierlich auf ihn zu. Soya blieb am oberen Treppenabsatz stehen.

»Ihr habt etwas, das ich gerne haben würde«, sagte Zindabor ohne Umschweife. »Im Gegenzug habe ich Euch etwas anzubieten, von dem ich vermute, dass Ihr es gern besitzen würdet.«

»Tatsächlich?« Er wies auf den Sessel. »Nun, ich bin gespannt.«

Zindabor setzte sich, dann nahm er eine kleine, schimmernde Kugel aus seinem Umhang hervor.

»Nein!«, schrie Soya und stürzte auf ihn zu, doch eine Macht hielt sie zurück. Sekretas' bleiche Finger glitten fahrig über seinen Umhang.

»Ein Smilion?«, sagte er mit hochgezogenen Augenbrauen und neigte sich unwillkürlich vor. »Jenes, das im Besitz der Elfen gewesen ist, nehme ich an.«

Zindabor zog die Hand rasch zurück und steckte das Smilion wieder in seinen Umhang.

»Du weißt, was ich will?«

»Ich denke schon, doch …« Sekretas' Augen huschten kurz zu Soya hinüber.

»Nein!«, kreischte Soya und ihre Stimme hallte im Turm wider. »Gib es ihm nicht, Zindabor! Das bin ich nicht wert!«

Sekretas sah nachdenklich aus.

»Ich denke nicht, dass ich Euch das geben kann. Bitte verzeiht, Zindabor, doch was Ihr wollt, scheint mir um das Vielfache wertvoller als ein einziges Smilion.«

»Gut.« Zindabor stand auf. »Soya, kommst du?«

Im nächsten Augenblick spürte sie Zindabors große, warme Hand in der ihren, die sie rasch hinter seinen Rücken zog. Sekretas sprang auf.

»Ich wünsch noch einen schönen Tag, Sekretas.« Er hob seinen Spitzhut, dann drängte er Soya vorwärts und ging eilig mit ihr zur Treppe.

»Was?«

Sekretas blieb wie vom Donner gerührt stehen.

»Zindabor! Was hat das zu bedeuten?«

»Nun«, sagte Zindabor und klang dabei recht amüsiert. »Ich hätte eigentlich gern einen der Diamanten gehabt, aber den wolltet Ihr mir ja nicht geben, also gehe ich wieder – und Soya nehme ich gleich mit, denn die gehört Euch ja nicht.«

Zindabors Druck an ihrem Rücken wurde fester, während er sie langsam die Treppe abwärts schob. »Soya hat mir bereits einen Schwur abgelegt«, fuhr Zindabor fort, als er Sekretas' verblüfften Gesichtsausdruck sah, »somit verfällt der eure.« Er beschleunigte seine Schritte. »Rasch, Soya«, sagte er leise. Unten angekommen, durchquerten sie den halbdunklen Raum. Die Tür öffnete sich. »Geh! Geh durch den Ring! Ich komme gleich nach.«

Vor ihnen erschien wie aus dem Nichts ein leuchtend heller Ring.

»Was? *Nein …*« Soya wehrte sich gegen seine Hände, die sie vorwärts schoben.

»Soya, tu, was ich dir sage! Geh durch diesen Ring!« Ein ohrenbetäubender Knall ertönte, der den ganzen Turm erzittern ließ, und sie hörten Sekretas schreiend die Treppe herunterstürmen.

»Geh, Soya! *Geh jetzt*!«

Eine Kraft drängte sie weiter.

»ZINDABOOOOOR!«, brüllte Sekretas.

Der Himmel verfärbte sich dunkel, Blitze zuckten. Dann entlud sich ein Donner, der alles vibrieren ließ.

Bleich vor Zorn erschien Sekretas an der Tür, doch Zindabor ließ lediglich einen feinen Schleier hellen Lichts über sie niedergleiten und legte die Fingerspitzen entspannt aufeinander.

»Was soll das, Zindabor!«, schrie Sekretas mit hoch erhobenen Händen. »Bist du dir zu *edel* für einen Kampf!?« Ein gewaltiger, rot schimmernder Fluch prallte auf den feinen Schleier, löste sich jedoch sofort auf.

»Oder versuchst du deine Kräfte zu schonen!« Sekretas' Lippen zitterten und er sah furchteinflößender aus denn je.

»Nicht unbedingt.« Zindabors Stimme war immer noch so ruhig wie zu Beginn und nichts an ihm hätte darauf hingewiesen, dass er sich soeben mitten in einem Kampf befand, noch dazu mit einem der schrecklichsten Magier, den die Geschichte kannte. Zu ihrer Überraschung breitete sich ein Lächeln auf seinem Gesicht aus.

»Was soll das heißen, *nicht unbedingt*?«

»Das heißt, dass ich meine Kräfte nicht schonen muss.«

»Du und deine alten, nichtsnutzigen Reden! Nichts als Reden! Kämpf, Zindabor! Kämpf mit mir! Dann sehen wir, wer hier der Mächtigere von uns beiden ist!«

Zindabor hob gelangweilt seine Schultern.

»Meinst du nicht, es ist irgendwann an der Zeit, die Gewalt ruhen zu lassen? Glaubst du nicht, es wurde schon genug gekämpft, Sekretas?«

Zindabor fasste mit seinen Händen in seine Tasche und zog sie wieder heraus, jetzt drei Smilions in seiner Hand haltend, und Sekretas ließ schlaff die Arme fallen.

»Es ist so, Sekretas, ich habe so oder so schon gewonnen«, sagte er ruhig.

Sekretas fasste sich an die Kehle.

»Wie zum Teufel – wie war es dir möglich, an mein Smilion zu kommen, Zindabor!«

»Ja, gute Frage«, sagte Zindabor leise. »Nun …« Er sah hinauf zu dem riesigen, schwarzen Granit-Turm. »Ich wollte dir schon vor ein paar Stunden einen Besuch abstatten, aber da warst du leider nicht zu Hause … Um ehrlich zu sein, habe ich mich ein bisschen gelangweilt. Nichts gegen deine Bibliothek, Sekretas, aber wir scheinen einfach nicht denselben Geschmack zu haben. Ich habe mich also gefragt, wann du wohl wiederkommen würdest. Da habe ich einen Blick durch die Glaskugel geworfen. Vielleicht würde ich so erfahren, wo du bist und wie lange ich noch auf dich warten muss, da dieses Ausspionieren bei dir ja immer so gut klappt.« Er schmunzelte, als würde er sich über alte Zeiten unterhalten. »Ein recht nützliches Ding deine Glaskugel, muss ich sagen. Es war interessant, mal durch die Augen deiner Späher zu gucken und nicht ständig von Angesicht zu Angesicht mit ihnen zu sein. Ist doch recht viel amüsanter, würde ich sagen. Ich habe mir verschiedene Orte angesehen und dann habe ich mich gefragt, wieso du wohl einen Späher in deinem eigenen Haus, im obersten

Stock, platziert hast.« Sekretas' Hände verkrampften sich. »Der gute Vogel ist sofort, als ich das Zimmer betreten hatte, auf eine hölzerne Truhe losgeflogen. Da war es ein Leichtes für mich, ihn zu stoppen und den Smilion an mich zu nehmen.«

Sekretas' Gesicht hatte jeglichen Ausdruck verloren.

»Nun, da stehen wir und ich frage mich, was jetzt am sinnvollsten wäre zu tun; dich einfach so zu erledigen oder dir die Schmach und die Peinigungen zuzufügen, die du jahrelang anderen angetan hast – oder ob wir dich einfach in eine kleine Ratte verwandeln sollen, die ein so trostloses Leben zu fristen hat wie einer deiner Sklaven? Was meinst du?«

Sekretas stand da, mit leicht hervorquellenden Augen, der Nerv an seinem Auge zuckend.

»Da fällt mir ein«, fuhr Zindabor leichthin fort, »diese Peinigungen und niederträchtigen Zauber, die ich dir zufügen müsste, stehen ja in *deinen* Büchern, nicht in meinen.«

»Zindabor«, stieß er hervor, presste die Fäuste fest zusammen und kniff die Augen zu, »du bist für deine Größe berühmt. Du wirst doch nicht einen alten Freund töten! Ich verspreche dir, ich …«

»*Genuuuuuuuug!*« Zindabors Worte fegten über Sekretas hinweg, als wären sie schneidend scharf. Auf einmal sah er furchteinflößend aus und nichts von der Güte, die sie sonst immer bei ihm gesehen hatte, war mehr übrig geblieben. Seine Augen waren kalt und hart und die Macht, die jetzt von ihm ausging, drang durch jede Faser ihres Körpers, als würde eine sengende Hitze von ihm ausgehen.

»Ich werde dich töten, Sekretas, damit das alles ein Ende hat, damit all das Leid und das Elend, das du über das Land gebracht hast, endlich vorbei ist. Soya wird von nun an frei sein. Du wirst sie nicht mehr bedrohen, sie einschüchtern oder sie zwingen, Dinge zu tun, die sie verabscheut. Es ist vorbei, Sekretas. Endgültig!«

»*Neiiiiin!*« Aus einem Wirbel von Farben kam Jeremias auf sie zu gerannt. »*Neeeeiiiiiin, niiiiiicht!*«

»Jeremias«, rief Soya und stürzte auf ihn zu, doch er hob die Hand und sie prallte gegen eine durchsichtige Wand. Mit bebendem Brustkorb blieb er vor ihnen stehen. In Sekretas' Augen flackerte etwas auf.

»Jeremias, du lebst. Was für eine Freude!« Er fuhr seine lange, bebende Hand nach ihm aus. »Du kommst gerade zum richtigen Zeitpunkt«, hörte sie ihn weitersäuseln. »Ich war mir immer sicher, dass du es schaffen wirst. Ich bin stolz auf dich!«

Langsam trat Jeremias auf Sekretas zu und blieb dann zitternd am ganzen Körper vor ihm stehen.

»Hör auf zu lügen! Mein Leben lang hast du mir nur Lügen erzählt!«

Sekretas' Augen weiteten sich.

»Du hast meine Mutter getötet! Dabei hattest du mir versprochen, sie am Leben zu lassen!«

Sekretas' Gesicht wurde schneeweiß. Und noch bevor er etwas antworten konnte, hob Jeremias seine zitternden Arme und sprach seinen Fluch – der eine Fluch, auf den er von Sekretas sein Leben lang geschult worden war. Grellrotes Licht erhellte die Umgebung, der Turm hinter Sekretas schien in blutrotem Licht auf und er fiel wie ein schwerer Sack zu Boden. Sein Gesicht prallte auf harten Stein und seine Augen blickten ausdruckslos in die Ferne.

Jeremias taumelte, dann nahm Soya das Flattern von Zindabors Umhang wahr, der an ihr vorbeirauschte. Mit einer fließenden Bewegung riss er Sekretas die Kette vom Hals, ließ sie in seinem Umhang verschwinden und richtete sich noch einmal vor ihm auf, als rechne er damit, dass er nochmals zuschlagen würde, dass er nochmals auflebte, als könnte er, der schrecklichste Magier aller Zeiten, nicht tot sein.

Dann plötzlich schoss Sekretas' Oberkörper unnatürlich hoch, die Augen vor wildem Wahnsinn geweitet, die Zähne gebleckt – doch noch bevor er einen Zauber aussprechen konnte, traf ihn der nächste Fluch Zindabors mitten in die Brust und er krachte auf den kalten, harten Boden zurück.

Jeremias half Zindabor, ein Feuer heraufzubeschwören, das Sekretas in dichten Rauch hüllte. Aus Angst, Sekretas könne erneut aus den Flammen entkommen, ließ Soya das Feuer keine Sekunde aus den Augen. Sie blinzelte erst wieder, als sich Zindabor und Jeremias hinter sie stellten und ebenfalls ihren Blick in die Flammen richteten. Es dauerte nicht lange, da war von Sekretas nichts mehr als ein kleiner Haufen Asche übrig.

»Gehen wir«, hörte sie Zindabors Stimme. »Es tut mir leid, dass du das mitansehen musstest, Soya. Ich hätte dir das gern erspart.«

»Nein« krächzte sie, »ich bin froh, dass ich es gesehen habe. Sonst hätte ich immer auf seine Rückkehr gewartet.«

»Ich weiß, was du meinst«, murmelte Zindabor.

Sie traten auf den Bogen aus hellsten Farben zu. Jeremias streckte seine Hand nach ihr aus. Als hätte sie dieses Erlebnis miteinander verbunden, der Tod der eigenen Mutter, das Schicksal, ohne Familie zu sein, spürte sie seinen Schmerz wie ein Echo, das in ihrem Körper widerhallte.

»Jeremias …« Sie nahm seine Hand, die immer noch zitterte.

Zindabor breitete seinen Arm hinter ihnen aus und führte sie durch den Ring. Niemand schaute mehr zurück, sie alle richteten den Blick auf die hellen, ineinanderfließenden Farben.

»Wie wusstest du, dass ich hier bin?«, fragte sie Zindabor, als alle drei von einem feinen, dichten Nebel umhüllt wurden.

Zindabor sah sie mit seinen strahlend hellblauen Augen an.

»Während du in der Verhandlung mit Colin warst«, sagte er leise, »habe ich, wie ich bereits bei Sekretas erwähnt habe, schon einmal bei seinem Turm vorbeigeschaut. Beim Blick in die Kristallkugel habe ich gesehen, dass Merlan in Sekretas' Gewalt war. Nachdem ich es geschafft hatte, Sekretas' Smilion, das ich durch einen anderen Späher in seinem Turm entdeckte, an mich zu nehmen, bin ich, so schnell ich konnte, an jenen Ort geeilt, wo du auf Merlan getroffen bist. Doch leider war Sekretas mit dir schon wieder weg. Merlan hat mir nur noch berichten können, was geschehen war. Er erzählte mir, dass Sekretas ihn mit einer List zu sich geholt hat. Meine Befürchtungen, Sekretas könnte Einfluss auf eure beiden Ringe nehmen, trotz des Schutzes, den Saahrrin ihnen verliehen hatte, hat sich bewahrheitet. Er hatte Merlan eine Nachricht über eure Ringverbindung geschickt, und Merlan hatte geglaubt, die Nachricht sei von dir. Du hattest ihn gebeten, zum Berg Okar zu kommen, allein. Du hattest geschrieben, du müsstest ihm etwas Wichtiges sagen, etwas mitteilen, das du ihm nur unter vier Augen verraten konntest.« Er atmete tief aus. »Natürlich war das eine Falle. Wer Merlan da empfangen hat, war Sekretas, nicht du. Nachdem mir Merlan dies alles erzählt hat, habe ich ihn zurück nach Elindor geschickt und bin euch direkt zum Turm gefolgt.«

Soya schüttelte den Kopf.

»Aber wie hast du das Smilion gefunden? Das Smilion von Laendor, das ich versteckt habe?« Sie hatte es ganz alleine vergraben.

»Nun«, sagte Zindabor und lächelte, »da hat mir Taoko ein wenig geholfen. Zu seiner Verteidigung muss ich dir sagen, dass er es nicht gern getan hat. Er hat damals zufällig deine Gedanken gehört, als du über das Versteck der Smilions nachgedacht hast.« Er hob die Schultern. »Das lässt sich leider nicht immer vermeiden.« Zindabor schmunzelte.

Soya hielt einen Moment lang verdutzt inne.

»Was hast du mich eigentlich schwören lassen?«, fragte Soya weiter. Sie konnte sich partout nicht erinnern, ihm jemals einen Schwur geleistet zu haben.

Sein Schmunzeln verwandelte sich in ein verschmitztes Lächeln.

»Nichts«, sagte er. »Natürlich nichts. Es war im Grunde ein ziemlich gemeines Spiel.«

»Aber wie war es mir möglich, mich von ihm zu distanzieren? Wenn ich mich doch ihm verpflichtet habe?«

»Von dem Moment an, als er *glaubte*, ich sei im Besitz der drei Smilions, hat er seine Kraft aufgegeben. Und somit hat sich auch der Schwur aufgelöst. Zuvor hat es mich einiges an Kraft gekostet, dich weiter von ihm wegzubekommen.«

»Als er es glaubte?«, fragte Soya.

Zindabors Augen leuchteten.

»Ich besitze nicht alle drei. Ich besitze lediglich zwei davon. Den Kambilot habe ich in der Höhle der Schirkans gelassen. Ich kann doch nicht die Herrscherin der Schirkans um den größten Schatz bestehlen.« Ein Lächeln erhellte sein ebenfalls müdes Gesicht. »Ich habe bloß eine kleine Projektion davon gemacht.« Er hob die Hand und eines der drei Smilions löste sich einfach in Luft auf.

In einem Wirbel aus Rauch verschwanden Jeremias, Zindabor und Soya und binnen eines Atemzugs spürte sie wieder festen Boden unter ihren Füßen. Der stolze Umriss vom Schloss Siramon prangte vor dem dunklen, wolkenlosen Himmel.

»Es tat mir in der Seele gut, ihm alles endlich heimzahlen zu können«, hörte sie Zindabors Stimme neben sich. »Eines frage ich mich allerdings«, sagte Zindabor, während er zusah, wie die Wachen das eiserne Tor zur Seite schoben und ein Bote hoch ins Schloss stürmte. »Wie war es Sekretas möglich, dich doch noch dazu zu bringen, sich ihm anzuschließen?«

Die Erinnerung an Merlans leblosen Körper durchzuckte sie. Sie holte tief Luft, dann erzählte sie ihm alles, von der Nachricht, die er ihr über Merlans Smürgold geschickt hatte, der Drohung, Merlan umzubringen, wenn sie nicht binnen zwei Stunden und allein bei ihm war, bis zu dem Moment da sie ihn hatte fallen sehen. Soya atmete schwer ein.

»Merlan war schon tot, als ich ihn erreichte«, fuhr sie zittrig fort, »und nur die Einwilligung, mich Sekretas doch anzuschließen, hat ihn veranlasst, Merlan von den Toten wieder auferstehen zu lassen.«

Zindabor lächelte müde, während sie an den Wachen vorbeigingen und das Schlossgebäude betraten.

»Ah … ja. Brillant, wie ich es von ihm nicht anders erwartet hätte.« Er sah hoch zu den schwarzen Vögeln von Sekretas, die nun verstört und ziellos umherflatterten. »Niemand hat die Macht, einen Toten wieder zum Leben zu erwecken.«

»Aber ...«, stieß sie hervor.

»Er hat dich hereingelegt«, sagte er schlicht. »Er hat dich glauben lassen, Merlan sei tot, indem er ihm mit einem simplen Zauber das Bewusstsein genommen hat.«

»Aber sein Herz«, erwiderte sie aufgeregt. »Sein Herz hat nicht mehr geschlagen!«

»Auch das gehört zu diesem Zauber.« Er atmete tief aus. »Doch er ist höchst gefährlich. Sekretas blieb nur kurze Zeit, denn wenn man jemanden zu lange in diesem Zustand lässt, kann es zum wirklichen Tod führen. Sekretas wusste, wie sehr du ihn liebst und dass du alles für ihn tun würdest.«

Sie hörten einen Soldaten fluchen, als er von jemandem beiseitegeschubst wurde, der schnell angerannt kam. Und im nächsten Moment fand sie sich in Merlans Armen wieder.

»Soya ...«, flüsterte er und hielt sie ganz fest.

Das Wissen, dass sie frei waren, dass keine Gefahr mehr drohte und dass sie keine Angst mehr haben musste, ließ sie erleichtert wie nie in seine Arme sinken.

Sekretas war tot. Er konnte kein Unheil mehr anrichten. Sie konnten hingehen, wohin auch immer sie wollten. Nichts würde sie mehr aufhalten.

Von Weitem sah sie Saahrrin und Taoko auf sich zukommen, weiter rechts stand Ramon neben ein paar Soldaten.

Und während Soya auf sie zuging, fühlte sie, wie etwas, das sehr schwer und gleichzeitig sehr schön war, auf ihre Brust drückte. Das Gefühl, nach Hause zu kommen, durchflutete sie mit aller Macht.

Merlan drückte ihre Hand.

Sie war daheim.

Als Nächstes spürte sie Taokos Schnauze, die sich in ihre Seite grub, dann Saahrrins kühle Hände, die sich um ihr Gesicht legten.

»Sekretas ist tot.«

Es war Jeremias, der sprach. Saahrrin drehte sich wortlos zu Zindabor um. Und als er nickte und Saahrrin die Nachricht noch einmal laut verkündete, brach ein Jubel aus, dass sie glaubte, ihr Trommelfell würde zerplatzen.

Ferner betrachtet, hätte man
sagen können, dies alles wäre
dem Schicksal zu verdanken.

Doch wenn du mitten im Kampf
stehst und um mehr als um dein
eigenes Herz flehst, wäre dieser
plumpe Satz nichts als
beleidigend, und ohne den
Schmerz und die Panik, die du
fühltest – aus Angst, etwas
Wichtigeres zu verlieren als dein
Leben – bloß dahingesagt und
ohne jeglichen Wert.

Soya

Glossar

Chath: (Schirkanssprache) Feuer. Merlans schwarzes Pferd von den Schirkans.

Ferransymbol: schwarzer Skorpion. Es ist das Erkennungszeichen der skrupellosen Ferrans-Gang, die im Gayenorgebirge in Höhlen lebt.

Gwaloth (Elbensprache): Blüte. Weißer Schimmel aus dem Mandoriawald.

Helandibur: Elfenschloss.

Incal: das schirkanische Emblem des Herrschers der Schattenwelt.

Kambilot: künstlicher Sternenhimmel in Zakratos, der mit Magie erschaffen wurde.

Körhjok: Tier zwischen Bär und Drachen (ohne Flügel).

Kybalis: große, mächtige Magierin mit überdurchschnittlichen Kräften.

Miroks: magische, seelenlose Wesen/Waffen von Sekretas, die nur aus einem Grund erschaffen werden: um zu töten.

Morlaks: Spürhunde der Schirkans; sehen ähnlich aus wie Pitbulls, sind jedoch größer, pechschwarz und haben rote Augen, riechen und jagen das Elbenblut.

Norill: Schutzstein der Drachen, der einen unaufspürbar macht, wenn man ihn trägt.

Paschimo: heißes, süßes Getränk aus der Gegend um Bakul. Schmeckt nach Beeren.

Phylenos: Buch voller dunkler Zauber, das einst von Jarell Pytheko, Schirkan und mächtiger, dunkler Magier, verfasst wurde.

Siramon: Schloss der Menschen in Elidor, wo König Saahrrin regiert.

Smürgold: magischer grüner Stein, über den man sich Nachrichten übermitteln kann.

Taoko: schwarzer Wolf aus dem Mandoriawald.

Xulixgk: alle drei *Smilions* (Lichtkugeln) ergeben ein Xulixgk. Damit wird man unsterblich und unbesiegbar.

Zakratos: Schirkanshöhle.

Verzeichnis der wichtigsten Personen

In Bakul

Eleona: Deckname, den Soya bis zu ihrem sechzehnten Lebensjahr trägt
Fin, Maurin, Ramon, Xaira: Eleonas Freunde in Bakul
Anil, Dzana, Evalac, Hassan, Peika: Eleonas Quartierfeinde in Bakul

Bei den Elfen

Colin: Elfenkönig
Eldevin: Großmutter von Soya
Elehna: Mutter von Soya
Elias: Sohn von Colin und Izaroha / Ex-Ehemann von Elehna
Farol: über dreihundert Jahre alter, ausgestoßener Elf
Izaroha: Elfenkönigin
Kashika: Tochter von Elehna und Elias, Soyas Halbschwester
Lenidras: Deckname Laendor, Großvater von Soya sowie Vater von Elehna
Vyn: Meister der elbischen Kampfkunst

In der kleinen Hütte zu Beginn des Mandoriawaldes

Zindabor: großer, mächtiger Zauberer

Im Schloss Siramon

Merlan: halb Mensch, halb Schirkan, treuster Soldat Saahrrins
Saahrrin: König der Menschen und Vater von Soya (Eleona)

In Zakratos

Alkar: Schirkan, Soldat von Meredon
Meredon: König der Schirkans. Er ist der Vater von König Saahrrin und Großvater von Soya

Im Osten des Landes

Jeremias: Merlans Halbbruder, Mirok, von Sekretas erschaffen
Sekretas: mächtigster dunkler Zauberer
Sabina: Mirok, von Sekretas erschaffen

In Almalyn

Elira: Menschenfrau mit roten, langen Haaren und Sommersprossen, ist circa 40 und eine Freundin von Merlan

Schirkanssprache

velve: Schwert
faerbol: magischer Gegenstand
elghinn: Tod
dalharil lil yorn: Tochter der Macht
khal ukta naut: vertrau ihm nicht
skal vaur: Zauberspruch, um mit dem Smürgold eine Nachricht zu übermitteln
op'elgin: Diebstahl. Schwarze Magie, mit der man dem Opfer seine Kraft entziehen kann.
Usstan plynn dosst Yorn! Belbau il ussa!: Ich ergreife deine Macht! Gib sie mir!
oloth jiv'elgg: äußerst schwieriger, komplexer Todesfluch / schwarze Magie
Didallias chom ustar: Fluch Blindheit
Makarindus nandarr: Fluch Kraftschlag (grün)
Schakafy nindostor: Fluch Feuerball
Schikindor rebur: Fluch Todesschlag (rot)
Lombrostindor chambar: Qualfluch

Zaubersprüche der Elfen

Nerrheviur warwyn tewel: Heilzauber
Vuirglode: Hitzeschlag
Wynvainkra: Kraftschlag

Quellennachweise

www.sindarin.de (Sindarin)
www.yumpu.com (Sindarin)
www.m.dourden-der-lichtung.de (Dunkelelfen-Sprache)
Albert Einstein: »Das Genie beherrscht das Chaos.«
Shakespeare: Romeo & Julia, erster Akt, zweitete Szene: » Glut kann im Feuer nur vergehen. Ein alter Schmerz verliert durch neue Qual.«
Shakespeare: Romeo & Julia, zweiter Akt, sechste Szene: »So wilde Freude nimmt ein wildes Ende und stirbt in seinem höchsten Sieg wie Feuer und Pulver.«
Shakespeare: Romeo & Julia, zweiter Akt, sechste Szene: » Der süßeste Honig kann ekelhaft in seiner Sünde werden. Und der Geschmack vergeht uns im Genuss.«